KB160317

[폴
링]

[폴
링]

DAHYANG
ROMANCE
STORY

하지연 장편 소설

Contents

● 일러두기

외국어 대사는 『 』로 표기하였습니다.

1

2011년 겨울. 어두컴컴한 계단은 폭이 좁았다. 발을 디딜 때마다 삐그덕거리는 소리가 났다. 즐거워 못 참겠다는 듯 큭큭거리는 진경의 웃음소리가 들렸다. 미간을 찌푸린 채 하연은 그 뒤를 따랐다.

후끈한 공기가 언 뺨을 단숨에 녹였다. 그게 아니라면 당장 뒤돌아 나갈 만한 상황이었다.

12월. 지상은 영하 10도의 칼바람이 불고 있었다. 하연의 상태도 그랬다. 실패한 대입, 미쳐 버린 어머니, 낯선 여자를 안은 아버지. 하연은 혹한기의 정점에 있었다.

"저기다. 저기!"

흥분한 목소리로 무대를 가리킨 진경이 옆구리를 찔러 왔다.

"오늘 재미있게 놀자! 인상 좀 펴고. 알았지?"

살가운 표정이 스치기를 잠깐, 그녀는 어느새 무대를 향해 손을 흔들고 있었다. 환한 얼굴이 한 사람을 향해 반짝였다. 찢어진 청바지 속 무릎이 깡마른 남자가 진경을 향해 피식 웃음을 날렸다.

'쟤가 찬우라고?'

하연은 깜짝 놀랐다. 교실 뒤편에서 메고 온 가방을 그대로 베고 하루 종일 잠만 자던 녀석이 총기 어린 눈으로 깨어 있는 것은 처음 보았다.

"학교에서랑은 완전히 다르지? 나 처음 보자마자 진짜 반했다니까!"

흥분이 가득한 목소리에 하연이 고개를 끄덕였다. 무대 위의 녀석은 기타를 메고 손가락으로 줄을 하나 튕기더니 맘에 안 든다는 듯 인상을 슬쩍 찌푸렸다. 어라? 허세가 가득한 표정이라는 건 알겠는데 그 앞에 옹기종기 붙어 열광하는 팬들이 있으니 무시할 수만은 없었다.

"스톰! 스톰!"

진경이 지지 않겠다는 듯 환호성을 질러 댔다. 어이가 없어 헛웃음이 나왔다.

순간 홱 뒤돈 누군가와 눈이 마주쳤다. 제가 좋아하는 것에 동의하지 않는 자는 적으로 간주하는 건지 험악한 표정에 기가 죽어 버렸다. 하연은 입을 꾹 다물었다.

폭이 좁고 긴 공연장에는 사람들이 가득 차 있었다. 20대 초중반. 30대로 보이는 사람들도 적지 않았다. 남자, 여자. 성별은 한쪽으로 치우치지 않았다. 맥주를 들고 저들끼리 즐기는 사람. 애타게 공연만 기다리며 무대 앞을 장악한 사람들.

드럼이 세팅되고 찬우 옆으로 나타난 기타리스트가 가볍게 손을 풀고 있었다. 어둑해진 실내 무대 중앙에만 지나치게 비현실적인 조명이 비추었다. 저도 모르게 벌어져 있던 입술에서 한숨 같은 외마디 소리가 흘러나왔다. 의식한 순간 흠칫 놀란 가슴으로 찬 바람이 불어 들었다. 실금 같은 상처가 벌어져 아렸다.

"이제 시작이다!"

조명이 얼비친 친구의 얼굴이 낯설게 보였다.

끼아악!

그들의 환호가.

생전 처음 듣는 것 같은 리듬이.

그 속에 출렁거리는 사람들이 아득하게 멀어졌다.

○ ● ○

　같은 반 찬우가 공연을 하는데 같이 보러 가자 진경이 조른 지 오래였다. 중학생 때부터 친하게 지낸 진경은 예민한 하연의 성격을 모두 받아 주는 무던한 아이였다. 무관심하게 응대해도 그러려니 하고 또다시 조르는 진경에게, 같이 가겠다 말한 것은 서울대 불합격 통지를 받은 직후였다.

　오늘 온 건 하나뿐인 친구에게 의무를 다하기 위한 것이었다. 혹시라도 제 기분이 조금 나아질까 하는 기대도 없지 않았다. 하지만 뭐, 별것 없네.

　뺨이 뻣뻣하게 경직되어 몇 번이고 입매를 고쳐 다물었다. 들고 있는 맥주병이 거추장스럽게 느껴졌다. 순간 사방이 컴컴해졌다.

　희뿌연 조명이 무대를 비췄다. 이제 본격적인 시작이라는 듯 드럼이 신호를 보내자 베이스가 울렸다. 아래쪽에 서 있었던 건지 처음 보는 남자가 느릿한 걸음으로 무대 한가운데로 올라와 마이크를 잡았다. 읊조리듯 낮은 음성이 들려왔다. 꺄악! 짧은 환호성이 순식간에 빨려들어 가고 빈 공간에 그의 목소리가 가득 채워졌다. 위태로워 보이는 그가 마이크만이 이 세상의 유일한 구원인 양 지탱하고 서 있었다.

　하연은 몇 번이나 눈을 깜빡였다. 남자는 보고 있으나 보이지 않는 것 같은 착각을 불러일으켰다. 망막에 맺힌 이미지가 뇌에 가 닿지 않는 것 같았다. 그건 제 눈이 한 번도 경험하지 못한 것을 경험할 때의 현상이었다. 벌어져 있다는 것도 알지 못했던 입술을 다물 수 있었던 건 남자의 노래가 끝난 뒤였다.

　"계속해서 들려드릴 곡은 〈lazy〉입니다."

　다음 곡을 소개하는 그의 목소리는 노래를 부를 때와 다름없이 나른한 것이었다. 등에 메고 있던 기타를 앞으로 옮겨 잡은 남자가 기타 줄을 튕겼다. 뒤이어 베이스와 드럼이 따라붙었다. 음악은 잘 몰라도 그들이 발산하는 분위기가 특별하다는 것은 알 수 있었다. 조명이 무대를 환하게 비추고 있었지만 마치 자욱한 안개가 끼어 있는 것 같았다. 꿈속에 빠져 있었다. 묘하게 신경을 건드리는 기분 나쁜 꿈이었지만 깨고 싶지 않았다. 하연은 몇 번이고 눈을 깜빡였다. 심장이 두근거렸다. 조금이라도 자세히 보기 위해 까치발을 들고 있었다는 걸 깨달은 건 네 곡이 모두 끝난 뒤였다.

"장난 아니지! 죽인다. 그지?"

그들이 무대로 내려가자마자 진경이 소리쳤다. 하연은 고개를 끄덕였다. 흥분한 진경이 오히려 정상적으로 보일 지경이었다. 하연은 아예 넋이 빠져 버렸다.

○ ● ○

"왜? 왜 싫은데? 응? 잠깐만 들렀다 가자."

하연의 팔을 잡은 진경의 손이 간절했다. 얼마나 애가 닳는지 눈물마저 고인 것 같았다. 공연장 앞에는 한 무더기로 우르르 몰려나온 팬들이 스톰의 멤버들과 사진을 찍고 선물을 주고 그러고도 흥분이 가라앉지 않아 큰 소리로 떠들고 있었다. 깜깜한 골목이 열기로 휩싸였다. 그 모습을 보는 것만으로도 어색했는데 이제 그들의 뒤풀이 자리에 섞여 들자니 이렇게 난감한 일도 없었다. 강하연 성미에는 딱 질색이었다.

"한 번만. 한 번만 가자. 응? 내가 6년 동안 너한테 이렇게 간절하게 원하던 거 있었어?"

진경이 애원했다.

"혼자 가면 안 될까?"

하연의 표정이 난감했다.

"나 혼자면 안 되지. 찬우가 너 있으니까 잠깐 왔다 가라고 한 거야. 켄타가 너보고 귀엽다고 했대. '저기 귀여운 여자아이들이 네 친구야? 그럼 잠깐 와서 같이 저녁 먹자고 해.'"

순간 피식 웃음이 났다. 어찌나 실감나게 재연을 하는지 진짜 켄타가 말하는 줄 알았다. 무대 뒤에서 드럼 치는 모습만 잠깐 본 게 다였는데 그 사람이 말을 한다면 딱 이럴 것 같았다.

"어? 너 웃었지? 웃었다! 그지?"

손가락으로 하연의 콧등을 톡톡 건드린 진경이 신이 나서 소리쳤다. 무거워 좀체 움직이지 않을 것 같은 팔을 꾹 잡아서 진경이 제 쪽으로 끌었다. 못 이기는 척 하연이 따라나섰다. 터덜거리는 걸음 속에, 무대 위에 서서 마이크만이 제 구원이라 느껴질 만큼 간절하게 노래하던 남자의 얼굴이 떠올랐다. 희뿌연 조명과 처음 느껴 보던 생소한 기분. 그 남자의 일상적인 목소리는 어떨지 호기심이 났다.

  "너 아까 찬우 뒤 졸졸 따라가는 여자애들 봤지? 걔네들 찬우가 막내니까 일부러 그러는 거야. 걔가 맘 약한 거 알고 어떻게든 엮여 보려고 하는 거라니까! 그래 보라지! 그런 애들은 깜도 안 되니까."

  지하철 화장실에는 사람이 가득했다. 줄을 서서 기다리는 사람도 많았지만 대부분은 화장실 거울을 사용하기 위해서였다. 그 사이 까치발로 선 진경이 립글로스를 고쳐 바르며 신이 나서 말했다.

  진경은 열네 살 이후로 가장 신이 나 있었다. 공부에 재능이 없었던 그녀는 크게 욕심을 부리지 않고 지방 사립의 의상디자인학과에 추가 지원해 합격한 상태였다. 3월이면 기숙사에 들어가 대학 생활을 만끽하게 될 터였다. 그녀의 옆에 서 멍하니 거울 속에 비친 제 모습을 확인한 하연이 진경에게 손을 내밀었다.

  "그거 나도 줘 봐."

  진경은 웬일이냐며 놀라는 표정이었다. 하지만 입으로 그 감정을 내뱉진 않았다. 그런 것은 딱 질색하는 하연을 알고 있기 때문이었다.

  "하여간 찬우가 실력이 없는 건 아닌 거 같아. 스톰 하면 홍대 쪽에서 알아주는 밴드거든. 드럼 치는 켄타는 이 바닥 10년이야. 밴드는 드럼이 진짜 중요한 거 알지. 박자가 어그러지면 사운드가 무너지니까. 준은 또 어떻고! 보컬 매력이 밴드 먹여 살린다는 말이 과언이 아니라니까! 너도 아까 봤지? 완전 미친 거 같아!"

  하연이 난생처음 립글로스를 바르는 내내 진경은 호들갑을 떨었다. 그 소리가 듣기 싫지 않았다. 준이라고 하는구나. 립글로스의 뚜껑을 닫으며 하연의 시선은 거울을 향했다. 낯선 얼굴이 자신을 쳐다보고 있었다. 붉은 입술만 유달리 또렷했다. 역시 괜한 짓인가?

"휴지 있어?"

"예쁜데 왜 그래? 생기 있어 보이고 훨씬 좋다. 그러지 말고 어서 가자! 늦겠어!"

잡아끄는 통에 그대로 딸려 갔다. 남은 손으로 입술을 쓰윽 문질렀다. 끈끈한 감촉이 손등에 묻어 나왔다. 날 선 바람이 늘어진 머리카락을 마구 헝클었다.

가게는 지하철역에서 멀지 않았다. 문밖으로 시끄러운 음악이 들려왔다. 통유리 창으로 스며든 까만 어둠 속에 노란 불빛으로 장식된 펍은 전체적으로 조금 어두웠다. 낯선 분위기에 머뭇거리며 두 사람 다 선뜻 발을 떼지 못했다.

"왔네!"

문가에 서 있던 찬우가 보인 건 잠시 뒤였다. 들고 있는 접시에는 셀프로 담아 가는 팝콘이 산더미처럼 쌓여 있었다. 신기한 듯 잠시 하연을 쳐다본 찬우가 길을 비켰다.

"친한 친구가 공연 보러 왔다고 했더니 데리고 오라고 하더라고."

찬우가 걸어가며 진경에게 말했다. 시선은 하연을 향한 채였다.

"정말? 완전 고마워, 찬우야."

찬우에게 딱 붙어 걸어가던 진경이 눈을 반짝이며 이건 보통 건수가 아니라는 듯 하연을 향해 웃었다.

"고마워."

하연이 말했다.

"아니, 별로!"

대답과는 달리 대단한 일을 해낸 양 찬우가 어깨를 으쓱해 보였다. 멀리 사람들이 모여 있는 것이 보였다. 슬쩍 한 발을 뺀 하연이 진경에게 말했다.

"나, 화장실 좀 다녀올게."

"그래. 그럼 빨리 와."

다른 쪽으로 눈이 팔린 진경이 건성으로 대답했다. 음악 소리가 어찌나 큰지 화장실까지 쿵쿵거리며 울렸다. 까만색 타일로 장식된 화장실은 칸막이 앞에 메이크업 공간이 별도로 있었다. 세련되게 꾸민 여자가 눈을 커다랗게 뜨고 아이라인을 고치는 것이 보였다. 힐끔 하연이 들어온 것을 확인한 여자가 다시 자신의 일에 몰두했다. 물을 틀어 하연은 손등을 비볐다. 끈끈한 자국이 쉽게 없어지지 않았다. 선반에 세워져 있던 클렌저 뚜껑을 눌렀다. 픽픽 비어 있는 소리가 났다.

정성스럽게 화장을 고친 여자가 무시하는 표정으로 하연을 힐끔 쳐다보더니 또각또각 소리를 내며 밖으로 나갔다. 여러 번 문질러 까칠해진 손등이 보였다. 무색의 창백한 얼굴을 확인한 하연이 손을 닦고 밖으로 나왔다. 가볍게 한숨을 쉬고 뒤돌아 펍의 입구를 슬쩍 쳐다본 것은 무의식의 행동이었다. 가로등 아래 한 남자가 서 있었다.

준?

모자 위에 후드를 뒤집어쓴 남자는 준이 틀림없었다. 그의 앞으로 좋아서 어쩔 줄 모르는 여자아이들이 그의 품에 무언가를 안기고 있었다. 선물이나 편지 같은 거겠지. 까딱 고개를 숙여 고마움을 표시하는 준의 표정이 언뜻 스쳤다.

건방져. 하연은 소리 없이 입술을 달싹였다. 입안이 뻣뻣하게 말라 왔다. 찬 바람에 어깨가 시려 왔다.

'대체 여기 뭘 하러 온 거지?'

눈을 꾹 감았다 뜬 하연이 고개를 돌렸다. 요란한 뮤직비디오가 대형 화면에 번쩍이고 있었다. 한 록 밴드의 공연 실황이었는데 화려한 무대, 거대한 공간을 가득 메운 팬들이 열광하는 모습이 보였다. 무대에 서 있는 리드 보컬이 팬들을 향해 손을 흔들어 보이고는 마이크를 잡았다.

하지만 그건 별로였다. 그러니까 그건 평소 하연이라면 무심하게 보고 지나쳤을 만한 그런 장면일 뿐이었다. 원래 음악은 잘 몰랐다. 특히 밴드라면 그저 시끄러운 음악을 하는 사람들이라 생각했다. 지금 스피커를 울리는 소리도 그랬다. 하연은 인상을 찌푸렸다.

그 화면 아래로 시선을 내리자 무리 속에 한 여자가 보였다. 테이블에 기대 있는 여자는 환하게 웃으며 맥주잔을 기울였다. 방금 전 화장실에서 봤던 여자다.

'이런.'

어쩐지 가까이 다가가고 싶지 않았다. 잠시 멈칫거리는 순간 등 뒤로 차가운 공기가 느껴졌다. 돌아보니 열린 문 안으로 그가 걸어 들어오고 있었다. 차가운 검은색 눈동자가 날을 베듯 스쳐 지나갔다.

그 모습이 화면 속의 록 밴드보다 더 화면처럼 느껴졌다. 준은 마치 연기를 하고 있는 것 같았다. 순간 눈이 마주쳤다. 찌푸린 눈가를 풀지 못한 채 그대로 못 박혔다. 무대 위에서 보았을 때 느꼈던 기묘한 느낌이 다시 온몸을 휘감았다.

"어, 왔네?"

크게 손을 흔드는 건 드럼을 치던 켄타였다. 하연이 고개 숙여 인사했다. 하연의 시선은, 방금 들어온 준이 자리를 잡자마자 그의 옆으로 옮겨 앉는 여자의 모습에 가 닿았다. 그 여자 이외에 다른 사람들도 몇 있었지만 그렇게 행동하는 건 그 여자 하나뿐이었다. 다른 사람들은 그저 호감의 시선을 던질 뿐 더는 다가서지 못하고 있었다.

그러나 핏 된 원피스를 입은 여자는 제 가슴이 그의 팔에 닿을 만큼 몸을 휘고 앉아 있었다. 어떻게 그런 자세가 가능한지 신기할 정도였다. 여자는 그의 시선이 벗어나지 못할 위치에 제 가슴골을 드러내 놓은 채 맥주를 마시고 있었다. 흘깃 준의 시선이 하연에게 닿았다. 대체 누군데 나를 이렇게 쳐다보는 거야? 딱 그 표정이었다. 얼굴이 화끈거리는 게 느껴졌다.

"이제 며칠 뒤면 갓 스물?"

켄타가 하연을 향해 부럽다는 듯 이야기했다. 스피커 바로 앞자리에서 그의 목소리는 몇 톤 높아져 있었다. 제 인상이 구겨졌다는 것을 의식하지 못한 채 하연이 고개를 끄덕였다. 시야 끝으로 준이 느껴졌다. 살얼음이 어는 듯 뺨이 바짝 굳어 버렸다.

"찬우 너하고 동갑이라고 했지?"

그렇게 말하며 켄타가 빈 잔에 맥주를 따르려다 말고 히죽 웃더니 찬우의 잔에 든 것과 같은 음료를 따라 하연과 진경의 앞에 날랐다.

"네. 이제 한 달 있으면 스물이에요."

진경이 그 잔을 받아 손에 쥐며 역시 큰 소리로 말했다. 하지만 하연은 계속해서 뚫어져라 바라보는 준의 시선에 몸이 얼고 귀가 머는 것 같았다. 대체 왜 이렇게 쳐다보는 건지 알 수 없었다.

"그럼 손님들도 왔으니 건배할까?"

켄타가 잔을 들어 올리자 찬우와 준이 가볍게 잔을 맞부딪쳤다. 진경이 화사하게 웃으며 잔을 들었다. 눈앞으로 커다란 화면 속 기타리스트가 속주하는 것이 보였다. 귀가 찢어질 듯 시끄러워 하연은 여전히 인상을 풀지 못하고 있었다.

슬쩍 고개를 돌리자 이제는 아예 노골적으로 준에게 달라붙어 있는 여자가 보였다. 다리를 꼬아 허벅지를 훤히 드러낸 여자는 숫제 준의 무릎 위에 올라앉은 것 같았다. 하연의 시선이 구겨져 멈췄다.

짠 해야지? 진경이 속삭였다. 잔을 들어 올린 사람들이 하연을 기다리고 있었다. 아! 하연이 잔을 들었다. 쨍그랑 소리가 제법 크게 났다. 꿀꺽꿀꺽 진경의 목이 울리는 소리가 들렸다. 잠시 머뭇거리다 입술을 대고 그 기포가 잔뜩 올라오는 액체를 목 안으로 넘겼다. 탄산이 식도를 타고 내려갔다. 다시 인상이 찌푸려졌다.

"오늘 공연 어땠어?"

켄타가 이쪽을 향해 물어 왔다.

"정말 장난 아니었어요! 오늘이 열 번째인데 볼 때마다 새로운 것 같아요. 사운드도 훌륭하지만 무대 장악력이라고 해야 하나. 카리스마라고 해야 하나. 그게 굉장해요. 역시 스톰!"

흥분한 목소리로 진경이 기다렸다는 듯 이야기를 했다. 선생님 앞에서 제 아들을 칭찬하는 학부형 같아 보였다.

"와우! 대단한 찬사인데!"

켄타가 껄껄대며 웃었다. 세컨 기타를 치고 있던 노아가 진경의 잔에 가볍게 제 잔을 부딪쳤다.

"우리가 좀 괜찮긴 하지. 타고난 스타감이랄까."

"그걸 알아주는 팬이 있으니까 정말 기분 좋은걸."

"그게 찬우한테만 해당되는 말은 아니고?"

진경은 부끄러운 듯 살짝 미소 지었다. 그 미소가 예뻐 보였다. 제가 좋아하는 것에 대한 자연스러운 열정. 하연이 넋 놓은 듯 그 미소를 바라보고 있었다. 그때 켄타의 시선이 제 쪽으로 향하는 것이 느껴졌다.

아, 이제는 내 차례인 건가. 뭐라고 이야기를 해야 하는데 잘 생각이 나지 않았다. 켄타뿐만 아니라 나중에는 찬우와 진경까지 어서 무슨 말이라도 해 봐. 하는 듯 쳐다보고 있는 것이 느껴졌다.

메인 보컬이 사람을 홀리게 하는 재주가 있는 것 같더라고요. 그러니까 지금 저 여자도 저렇게 오징어처럼 몸을 꼬고 난리겠죠. 연주 같은 건 하나도 모르겠고. 그런 감상이 머릿속에 퍼뜩 떠올랐다. 그 순간 준과 눈이 마주쳤다. 까칠한 눈빛이 스치듯 지나갔다. 슬쩍 입술을 깨물었다.

"……?"

"아…… 좋았어요."

일순 침묵. 리듬이 끊겨 버렸다.

"얘는 아직 잘 몰라요. 공부만 해서 음악 같은 것도 잘 안 듣고. 우리 반 1등이거든요. 전교에서 1등이기도 하고. 오늘 처음 온 거라."

진경이 빠르게 대답했다. 말끝으로 진경의 웃음소리만 울렸다. 크게 벌어졌던 진경의 입술이 어색하게 닫혔다.

풋. 전교 1등이라니. 하는 감상 같은 비웃음이 준의 얼굴에 스치는 것이 보였다. 어색한 침묵이 감돌았다.

"아, 모범생 소녀구만. 그럼 오늘 그 소녀를 타락시켜 볼까?"

겨우 농담거리를 생각해 낸 것처럼 켄타가 과장스럽게 이야기하며 하연의 잔을 부딪쳐 왔다. 쭈뼛거리며 하연이 그 잔을 받아 들었다. 내키지 않았지만 여기서 한 발 뺐다가는 어색해질 것 같았다.

이런 곳에 대체 왜 온다고 했던 거지? 무대 위에서 봤던 남자는 무대와 마찬가지였다. 그것이 무대 위에서는 카리스마로, 무대 아래서는 까끌거리는 감촉으로 다가왔다. 아무렇게나 놓인 팬들의 편지 더미는 그들의 코트 밑에 깔려 있었다. 목 안에 들어왔던 탄산이 헛기침을 만들어 냈다. 어른들 세계에 낀 풋내기 꼴이었다.

그렇게 몇 잔이 다시 돌았다. 입술만 축이다 부담스러운 사람들의 시선에 두어 번 잔을 비웠다. 켄타가 친절히 몇 마디 물어 왔다. 대학에는 떨어졌다고 솔직히 말했다. 지원한 대학이 서울대였다고 덧붙인 건 진경이었다. 공부하다 스트레스받으면 공연을 보러 오라며 켄타가 다음 공연 일정을 일러 주었다.

그렇게 30분이 지났다. 머리가 핑 도는 느낌이 들었다. 여자가 제 가슴을 준의 어깨에 문지르며 가볍게 그의 뺨에 키스하는 것이 보였다.

"그만 갈게."

충동적인 기분으로 하연이 진경의 귀에 대고 속삭였다.

"왜? 벌써?"

입 밖으론 소리도 내지 않고 진경이 놀라 되물었다.

"인사했으니까. 그냥 많이 늦은 것 같아서."

둘 사이의 대화를 알아챈 것은 켄타였다.

"왜, 벌써 가게?"

"네. 많이 늦은 것 같아서요."

"아쉽네. 더 있다 가지."

하연이 고개를 흔들었다.

"그러지 말고 더 있다 가요."

"그래, 더 있자."

"왜, 조금만 더 있어."

멤버들이 돌아가며 재차 권했다. 단 한 사람만 빼고.

일어서지도 앉지도 못하고 하연은 그렇게 있었다. 그때 옆에서 목소리가 들렸다.

"처음이야?"

톤이 한참은 내려간 낮은 음성이었다. 하지만 선명하게 들렸다.

"네?"

하연이 엉겁결에 옆을 돌아보았다. 검붉은 입술이 방금 전 마셨던 알코올에

촉촉하게 젖어 있었다. 하연은 눈을 깜빡이며 시선을 돌렸다. 제 것보다 몇 배는 두꺼워 보이는 단단한 손목이 눈에 들어왔다. 당황한 시선이 어쩔 줄 몰랐다.

"처음이냐고."

남자의 시선이 제 쪽으로 쏠렸다. 바짝 긴장됐다. 그건 일전에 느껴 본 적 없는 강한 힘을 가지고 있었다. 어설프게 허세를 부리느니 솔직한 것이 낫겠다 싶었다.

"아, 처음이에요. 이런 공연은."

피식 코웃음이 들렸다. 처음인 데다 말귀도 못 알아듣는군. 하는 투였다. 마치 휘파람을 부는 것 같은 웃음소리였다.

"아니, 그거 말고 여기. 재미없어?"

"네?"

그가 고개를 들었다. 눈이 마주쳤다. 미간을 좁힌 눈이 하연을 똑바로 쳐다보았다. 가만히 있다 뒤통수를 맞은 것처럼 뺨이 얼얼해졌다. 겨우 고개를 돌렸다. 머릿속에는 방금 전 보았던 길게 뻗은 콧날의 매끄러운 마루, 그 위로 짙은 눈썹, 그 아래 깊은 눈이 인상에 남아 있었다. 기분 나빠.

"내내 인상 쓰고 있는데. 애들은 그만 보내지 그래."

준이 여자의 빈 잔에 술을 따르며 말했다. 켄타가 난감한 듯 얼굴을 찡그렸다.

애들? 보내라고?

자존심이 상할 만한 단어였지만 마음에 걸린 건 그게 아니었다.

'내내 인상을 쓰고 있는데.'

계속 그런 표정을 짓고 있었다고, 내가?

의식적으로 찡그려져 있던 얼굴을 편 순간 볼이 뜨겁게 데워졌다.

인상 펴고 즐기자. 공연장에 들어서던 그때 진경이 그렇게 말했던 게 기억났다.

'쟤 좀 이상해지지 않았어? 얼굴이 왜 저래? 사람 무시하는 거야? 남 기분 나쁘게

18

하는 데 재주 있는 거 같아.'

교실에서 수군대던 아이들의 목소리가 떠올랐다.

내 얼굴이 지금도 그렇다는 거야?

변명할 거리가 수십 개였다. 하지만 그 어느 것 하나 입 밖으로 나오지 않았다. 대입에 실패해서, 어머니가 정신 병원에 입원해서, 아버지가 외도를 하는 것을 목격했기 때문에 언제부터인지 나도 모르게 자꾸만 인상을 쓰게 됐다고 말할 수 없었다. 차라리 이 음악이 듣기 싫게 시끄럽다고 말하는 편이 나을 것 같았다.

순간 지잉 하고 기타 소리가 울렸다. 물론 그것은 스피커에서 나는 소리였다. 찌익 갈라지는 것 같은 잡음과 함께 하연이 다시 인상을 썼다. 또 이러는구나. 입술이 살짝 뒤틀려 올라갔다. 인상을 쓰는 건 제 의지가 아니었다. 눈물을 삼키기 위해서였다.

"이 음악 뭔지나 알아?"

피식 코웃음을 친 준이 오만하게 자문자답했다.

"하긴 건즈 앤 로지스를 모르는 사람이 있을 수 없지."

그런 사람하고는 상종하고 싶지 않다는 듯 짜증스러운 표정으로 그가 하연을 바라보았다. 풋내기 전교 1등. 불합격한 주제에. 딱 그 표정이었다. 얼굴이 빨갛게 물들었다. 홧홧한 열이 발끝까지 뻗어 나갔다.

"쟤 또 저런다."

놀리듯 말하는 켄타의 목소리가 들려왔다. 더 이상 참을 수 없을 것 같은 기분이 들었다. 하연은 들고 있던 가방끈을 확인하듯 다시 고쳐 들며 일어났다.

"음악이 신이고 네 목숨이지? 하연 씨가 이해해. 이 자식한테는 음악이 전부라 그래. 음악 아니면 다 우습고 유치하다고 생각해. 약간 미쳤어."

켄타가 덧붙이며 하연에게 미안하다는 듯 미소 지었다. 난감해 어쩔 줄 모르던 찬우가 하연이 밀어 낸 의자를 하연의 앞으로 다시 밀어 주었다.

"모를 수도 있지 뭘 그래. 음악이 뭐, 어디 귀로만 듣는 건가?"

노아가 히죽거리며 말했다. 행간의 의미를 읽어 낸 하연이 입술을 고쳐 물었다. 두둔하는 내용처럼 들렸지만 그게 아니었다. 교묘하게 두 사람을 싸잡아 묶어 조롱하는 말이었다. 얼굴로 노래하는 남자와 얼굴만 보고 따라다니는 여성 팬. 이제 더 이상은 참을 수 없었다.

"귀로 듣든 눈으로 만족하든 저는 그딴 거 잘 몰라서요. 오늘 실례가 많았습니다."

얼굴이 화끈거렸지만 말을 맺고 고개까지 까딱 숙이고 뒤돌아섰다. 등 뒤에서 피식 비웃는 소리가 들려왔다. 입술을 꾹 깨물고 더 이상은 얼굴을 구기지 않으려 노력하며 하연은 걸음을 떼어 냈다.

"하연아! 강하연!"

진경의 목소리가 들려왔지만 걸음을 멈출 수 없었다. 테이블 사이를 지나 곧바로 문을 열고 밖으로 나왔다. 싸늘한 공기가 일순간 온몸을 휘감았다. 뒤에서 진경이 손을 잡아 왔다. 그 손등이 유일하게 온기를 지니고 있었다. 눈물이 날 것 같은 기분을 간신히 참아 삼키며 하연이 뒤돌아섰다. 진경의 뺨에 눈물이 흘러내렸다. 당황한 모양이었다. 친구를 울리고 싶지는 않았다.

"저 사람들 스타일인가 본데. 나하고는 안 맞아. 그렇다고 남의 뒤풀이에 낀 주제에 배려받고 싶은 생각도 없고. 나는 그만 갈게. 너는 찬우랑 더 있어."

"네가 이렇게 가는데 내가 어떻게 있어. 나도 기분 나빠. 너랑 같이 갈래."

울상이 된 얼굴이 이 상황을 감당하지 못하고 어쩔 줄 몰라 하고 있었다. 그래도 재차 권하면 남았을 아이이지만 그러고 싶은 기분이 들지 않았다.

지갑을 뒤져 남은 돈을 모아 택시를 세웠다. 돌아오는 내내 둘이선 말이 없었다.

미안해. 차에서 내리면서 진경이 그렇게 말했다. 세상 가장 큰 죄를 진 사람처럼 얼굴이 어두웠다. 아니야. 라고 말하고 싶었지만 하연은 고개를 흔드는 것밖에 할 수 없었다.

다시는 그런 곳에 가고 싶지 않았다. 제 기분을 달랠 만한 그 무엇도 찾고 싶지 않았다. 안 좋은 상태 그대로 견뎌 내는 것이 지금의 몫이었다. 건방지게 기분을 전환하려고 했던 게 문제였다.

무대 위에 서 있던 준의 모습이 불쑥 튀어 올라올 때마다 손가락 끝을 맞부

딮쳐 몇 번이고 꾹꾹 눌러 댔다. 시건방져 보이는 그의 얼굴을 손가락 끝으로 비벼 부스러트렸다.

○ ● ○

창밖의 겨울에 시선을 두었던 하연이 시계를 확인하며 자리에서 일어났다. 면회는 금지되었다. 도착한 지 한 시간쯤 지나서야 확답을 들었다. 면회가 허락되어도 이 이상 머무를 생각은 없었다. 이로써 마음의 짐을 덜어 냈다고 생각했다. 하연은 무릎에 놓여 있던 책을 덮어 가방에 넣었다.

이른 아침 엄마가 계시는 병원까지 시외버스를 타고 두 시간 걸리는 먼 길을 달려왔다. 이유는 하나였다. 어릴 적 어머니가 잡아 주셨던 오른손. 그 안의 온기 때문이었다. 엄마를 엄마라고 생각할 수 있는 추억은 그것뿐이었다. 이쯤이면 남은 빚은 없는 것 같았다.

어렸을 적 하연은 늘 붉은색 원피스를 입고 다녔다. 두어 벌 비슷한 분위기의 옷을 엄마는 매일 저녁마다 빨아 다음 날 아침 다시 입히곤 하셨다. 머리를 땋아 내릴 때는 왼쪽으로 다섯 번 오른쪽으로 여섯 번. 엄마는 입으로 숫자를 세셨다.

하연은 세상 모든 엄마들이 다 그렇게 하는 줄 알았다. 다름을 알게 되었던 건 유치원에 원복이 생겼을 때였다. 아이들이 모두 연두색 원복을 입고 다닐 때 하연이만 붉은 원피스를 입었다. 그것은 마치 꽃받침 사이에 낀 한 송이 꽃 같았다. 원장님께 자초지종을 이야기한 어머니 덕택에 하연이만 푸른 이파리 사이 꽃이었다.

너는 붉은색이 잘 어울리잖아. 처음에는 하연도 그 남다름이 싫지 않았다. 그것이 따돌림과 괴롭힘으로 변해 가면서 하연은 무언가 잘못됐다는 걸 깨달았다. 엄마는 점이라든가 굿 같은 원시적인 종교에 의존했다. 엄마는 그게 집안 내력으로부터 온 거라고 했다. 붉은색은 하연을 지켜 주는 색이었다.

외할머니와 외삼촌 모두 우울증을 앓았다. 외삼촌은 20대 초반 우울을 이기지 못하고 자살했다. 그것이 신호였다. 가까스로 감추어 두었던 엄마의 여린 감정이 충격을 받았다. 억누르려 했지만 쉽지 않아 보였다. 엄마의 우울은 남편에 대한 의존, 그리고 의부증으로 변질되었다. 집에서는 늘 향내가 진동했다. 서랍 속 옷 안주머니에서 불쑥불쑥 튀어나오는 부적은 불길하게 느껴졌다.

정신 병동의 수간호사는 어머니가 안정될 때까지 몇 주 동안은 가족 면회도 금지하는 것이 낫겠다 말했다. 다행이었다.

오전 11시. 서울에 도착하면 재수 학원을 알아볼 생각이었다. 자리를 털며 되돌아보자 대기실에 몇몇 사람들이 앉아 이야기를 나누고 있는 것이 보였다. 그들의 평온한 얼굴을 보니 마음이 놓였다. 불길한 곳이라 생각했는데 그들에 겐 일상같이 느껴졌다.

어쩌면 조금 나아지지 않을까. 하연이 알고 있는 한 20년을 그렇게 살아왔던 어머니였지만 혹시나 어쩌면 조금은 달라지지 않을까. 속절없는 기대를 품었 었다.

문손잡이를 잡아당기자 내내 호기심을 꾹꾹 눌러 담고 있었는지 흘깃 자기 들끼리 눈치를 주고받던 사람들이 하연에게 물어 왔다.

"학생, 이제 가?"

"네."

"누구 때문에 온 건데? 보지도 못하고 가네."

안쓰러운 눈빛들에 호기심이 끼얹어져 있었다.

"나야 집안 어른 때문에 온 거지만 학생은 아직 고등학생인 것 같은데."

하연은 살짝 고개를 끄덕였다. 더는 그만. 그들에게 안녕하듯 하연은 꾸벅 고개를 숙이고 문을 열었다.

○ ● ○

찡한 통증이 뒷골을 타고 올라오는 게 느껴졌다. 꽉 머리통을 부여잡자 부스 스한 머리카락이 짓눌리며 버석거리는 소리를 냈다. 허리 쪽에 느껴지는 불쾌 한 느낌에 손을 집어넣자 구겨진 캔이 딸려 나왔다. 얼굴을 잔뜩 찌푸린 채 준 이 소파에서 일어났다. 발에 무언가 차이는 느낌이 들었다. 오전 8시였다.

건너편에 벗겨진 옷을 추스르지 않은 채 잠든 여자가 보였다. 흘러내린 원피스와 브래지어 밖으로 나와 있는 가슴을 손으로 끌어안고 있는 건 켄타였다. 준의 눈가가 일그러졌다.

"형! 형."

술에 찌든 켄타는 쉽게 일어나지 않았다.

"아침이야. 여기서 이러고 있을래?"

켄타는 죽은 듯 꿈쩍도 하지 않았다. 준은 눈앞에 보이는 봉지를 벌려 주섬주섬 바닥에 떨어진 것들을 주워 담았다. 여자가 부스스 자리에서 일어나 마스카라가 잔뜩 번진 눈을 떴다.

"뭐야?"

고개도 돌리지 않는데 옷을 추스르며 여자가 눈을 부라렸다.

"그만 가라."

준이 인상을 찌푸린 채 비켜서라는 듯 고개를 흔들었다. 제 팔에서 온기가 떨어져 나간 것을 느낀 켄타가 꿈틀거렸다. 높은 구두 안에 발을 끼워 넣은 여자가 휘청거리며 자리에서 일어났다. 벌떡 몸을 일으킨 켄타가 나뒹구는 생수병 하나를 들어 벌컥벌컥 들이마셨다. 구석 자리에서 청소 도구를 꺼낸 준이 안쪽부터 쓸어 나오기 시작했다.

"야, 천천히 좀 하자. 천천히!"

걸걸한 목소리가 신경질적으로 말했다.

"시간 없어. 형도 얼른 일어나서 준비해."

"뭘 준비?"

"연습실. 아침에 쓴다고 하지 않았어?"

"뭐? 연습? 야. 아직 해도 안 떴다."

퉁명스럽게 이야기하는 켄타를 향해 준이 얼굴을 흐렸다. 후퇴하는 그의 실력에 핀잔을 준 것이 어제였다. 이제부터 열심히 하겠다 대답한 지 만 하루도 지나지 않았다.

"그만 닫아."

잔뜩 날이 선 켄타의 말에 아랑곳 않고 준이 문을 활짝 열었다. 구석에 박혀 있던 노아가 끄응 소리를 내며 한 바퀴 뒹굴었다. 어젯밤 늦게까지 다들 술을 퍼마셨다. 펍은 노아의 형이 운영하는 곳이었다. 운영 자금은 노아의 부모님에게서 나왔다. 노아는 준하고는 달랐다.

"어차피 형 늦게 나올 거야. 부산 떨 거 없다니까! 문 좀 닫자. 문 좀!"

"얼른 켄타 형이랑 연습실 다녀와. 너 요즘 엉망이야. 그러다간 우리 잘린다고."

준이 무거운 머리를 짚으며 말했다. 노아가 별 걱정을 다 한다는 식으로 능글맞은 눈빛을 보냈다. 그들이 서는 무대의 매니저는 노아 형의 친구였다.

"진짜 피곤하게 산다."

"무대에 오른다고 다가 아니야. 거기 오는 팬들, 사운드에 예민한 사람들이야. 지금은 우리한테 환호해도 금방 다른 밴드한테 눈 돌릴 거야."

"야. 너 아직 스물셋이야. 쓸 만해! 반반하다고. 얼굴값 좀 넉넉히 받는다고 문제 될 게 뭐 있어? 어차피 늙으면 써먹지도 못할 거. 아님 내가 옷이라도 벗을까? 얼굴은 별로라도 다른 데는 봐 줄 만한데."

벌떡 일어난 노아가 킬킬거리며 당장이라도 바지를 벗어 던지려는 척 버둥댔다.

"재수 없는 놈."

퉤 침을 뱉은 준이 매장 뒤쪽의 창을 활짝 열었다. 구석구석 햇살이 어둑한 실내를 비추었다. 일행이었는지 기억도 나지 않는 여자 하나가 화장실 쪽으로 느릿하게 걸어갔다. 비워진 캔과 음식 찌꺼기. 나뒹구는 술병과 더럽혀진 시트가 12월 26일 아침 남겨진 크리스마스 케이크처럼 볼품없었다.

준은 울렁거리는 속에 연신 인상을 구기면서도 빠르게 손을 놀렸다. 한 시간 내로 청소를 마치고 다른 아르바이트 두 탕을 더 뛰어야 했다. 그것이 음악에 담보 잡힌 제 인생을 위한 유일한 안전장치였다.

고등학교를 졸업한 뒤 자립해야 했던 준은 열여덟부터 주유소에서 아르바이트를 했다. 24시간 주유소의 나이트 타임을 택한 것은 잘 곳을 마련하기 위해서였다. 가게 소파에서 쪽잠을 자면서 사이사이 손님을 받는 것은 고역이었지만 낮이면 또 다른 아르바이트를 뛰었다. 우연히 소개를 받은 인터넷 쇼핑몰 모델 일을 한 것이 생활에 크게 도움이 되었다. 그 일을 계기로 준은 밤에 하던 주유소 일을 그만두고 고시원으로 들어가 잘 곳을 마련했다.

그때 알게 된 것이 켄타였다. 그는 돈은 많고 할 일은 없던 노아를 준에게 소개했다. 셋이 밴드를 만들었다. 그게 스톰이었다. 객원으로 쓰던 베이시스트를 영입한 건 얼마 되지 않았다.

음악은 준에게 유일한 것이었다. 사방이 컴컴한 심해 속 마지막 남은 산소통이었다. 지루하고 무의미하기만 한 삶에서 그는 제 존재의 이유를 알아차렸다. 음악을 알아 가고 삶에 대해 착해질 수 있었다. 내내 제 삶이 축복받지 못했다고 생각했지만 이젠 상관없었다. 음악을 하게 된 후로 준은 세상이 필요했다.

얼마간 놀고 나면 다시 돌아갈 자리가 있는 건 노아였다. 켄타는 실력은 있지만 생각은 없는 놈이었다. 폭풍우는 외부가 아닌 내부에서 휘몰아치고 있었다. 들어온 지 얼마 되지 않은 찬우까지 신경 쓸 여력은 없었다. 저 하나 고민하기에도 힘든 상황이었다.

고시원보다는 펍의 긴 소파에서 잠을 자는 편이 좋았다. 마감을 하고 잠을 자다 깨면 오픈 준비를 해 놓고 다른 아르바이트생에게 배턴을 넘기는 것이 준의 첫 번째 아르바이트였다. 쇼핑몰 모델을 서 주고 난 뒤에도 또 다른 아르바이트를 했다.

일을 마치면 곧바로 공연장으로 직행이었다. 밤 8시부터 다음 날 아침까지는 스톰의 준으로, 낮에는 김동준으로 살았다. 김동준은 아버지가 지어 준 이름이었다. 아버지는 그에게 재미없는 이름을 하나 지어 주고 대신 지독한 빚을 떠넘긴 채 알코올 중독으로 죽어 버렸다. 아버지가 돌아가신 뒤 한동안 보육원에서 생활했던 준은 이후 그 이름만큼이나 재미없는 무언가를 결국에는 맞닥뜨려야 했다. 김동준, 보육원 신상 카드에 적힌 그 이름 때문이었다.

하늘이 잔뜩 찌푸렸다. 시트지로 가려져 있는 창틈으로 어둑한 하늘이 보였다. 병원에서 돌아와 학원에 들어설 때만 해도 쾌청했던 날씨였다. 레벨 테스트를 받는 두어 시간 새에 달라진 모양이었다. 결과지를 받아 든 하연이 계단을 내려와 창구 앞 긴 줄에 섰다. 혼잡한 학원의 답답한 공기가 하연의 가슴을 무겁게 짓눌렀다. 하지만 별수 없었다.

아버지는 하연이 서울대에 합격하면 혼자 살 수 있는 원룸을 알아봐 주시겠다고 했다. 불합격 소식을 알렸을 때 아버지는 재수를 권했다. 아버지는 학원비와 생활비 1년 치를 한 번에 송금했다. 서울대에 합격하면 학비와 원룸은 걱정하지 말라고 하셨다.

일이 바쁜 아버지는 집에 자주 들어오지 않았다. 어머니가 병원에 입원한 이후로는 내내 그랬다. 아무도 없는 집이 하연에겐 감옥이었다. 지금으로서는 서울대에 합격하는 것만이 하연에게 유일한 탈출구였다.

반쯤 얼이 나가 있는 녀석들이 적지 않은 금액을 지불하며 울상이 되어 있었다. 하연은 창구에 성적표를 내밀었다.

"a반이요."

지난 수능 성적표와 함께 레벨 테스트 결과지를 제출했다. 학원 등록을 위해서는 수능 성적표 사본도 필요했다. 별도로 복사를 해 올 수도 있었지만 그럴 만한 상황이 아니었다. 하연은 원본을 내밀었다. 신청서를 제출하자마자 창구 안에서 건조한 목소리가 들려왔다.

"a반 김경숙 선생은 마감됐는데요."

"네?"

설마 벌써 그랬다고? 서울대 합격 여부가 발표되긴 했지만 다른 대학들은 아직이었다. 아무리 인기 강사라고 해도 그렇지 벌써 마감이 되었을라고.

인상을 찌푸린 하연이 창구 안을 들여다보았다. 무뚝뚝한 눈이 하연과 마주치자마자 피식 코웃음을 흘렸다. 뭐야? 누군가 자신에게 농담을 하는 것 같았다. 강좌가 마감되었다는 것만으로도 놀랄 노릇인데 그 안에 있는 남자 때문에 더 놀라고 말았다.

하마터면 못 알아볼 뻔했다. 어제와는 다른 모습이었다. 무대 위의 모습만 생각한다면 이 일과는 전혀 어울리지 않는 남자가 그 안에 앉아 있었다. 체크무늬 셔츠를 입고 머리를 단정하게 빗은 채였다. 어이가 없어 말을 잃었다. 어젯밤 여자들에게 둘러싸여 있던 남자가 한낱 재수 학원 직원이 되어 있다.

"대기 순위도 23번이네."

준은 명찰에 김동준이라는 명찰까지 달고 있었다. 준이라는 이름과는 전혀 다른 느낌이었다. 같은 학교를 다니더라도 내내 모를 것 같은 무색의 얼굴이었다. 어안이 벙벙한 채로 있다 등 뒤에서 조급한 다른 학생들의 구시렁거리는 소리에 시간표를 확인한 하연이 다급하게 물었다.

"그럼 이한동 선생은요?"

"그것도 마감. 그건 대기 순위 43번."

아. 하연은 다시 또 할 말을 잃었다. 학원에 등록하지 못하리란 건 생각도 못한 일이었다. 이 남자가 여기 앉아 있으리란 걸 상상하지 못한 것과 같았다. 난감했다. 이곳은 하연이 아는 유일한 재수 학원이었다. 물론 학원이야 많았지만 어디로 가야 할지 몰랐다.

"어차피 다른 곳에 가 봤자 비슷비슷할 거야. 서울대 재수할 놈들은 딱 하나만 보거든. 다른 학교 대기 보고 학원 등록하는 거 아니잖아. 서울대 불합격. 그 즉시 학원 등록이지."

휙휙 서류를 넘기며 말하는 준의 목소리가 불쾌했다. 제가 제출한 성적표를 노골적으로 쳐다보는 것도 짜증스러웠다. 언어 영역. 수리 영역. 외국어……. 그의 눈이 숫자를 헤아리는 것이 느껴졌다. 하연은 미간을 찌푸렸다. 그 순간 준이 저를 쳐다보았다. 빤히 보던 눈매가 피식 웃음을 흘렸다. 떨군 고개가 가로저어졌다. 고여 있던 침이 한 번에 꿀꺽 삼켜 들었다. 가슴이 두근거렸다. 대체 왜? 제 스스로도 어이가 없어 하연은 다시 얼굴을 찡그렸다.

"미간 찌푸리는 거. 그건 습관성이네 완전."

가볍게 던진 말이 하연의 인중에 와 닿았다. 그 이상으로는 눈을 들어 올릴 수 없었다. 무대에서 느꼈던 것과는 또 다른 분위기가 그녀를 압도했다. 준은 사방 자로 잰 화폭 위에 그려진 정물 같았다. 하연은 그에게 손을 내밀었다. 성적표를 돌려 달라는 이야기였다.

"그러니까 레벨 테스트 보기 전에 원하는 강좌 마감됐는지 먼저 확인하지 그랬어."

그는 하연은 쳐다보지도 않고 이야기했다.

"됐어요. 그만 주세요."

"대기로 올려 줄까? 혹시 모르지. 다른 대학 의대 합격한 애들이 빠져나갈 수도."

틀리지 않은 이야기였다. 다만 꿍꿍이가 있는 것 같은 언사가 불편했다. 하연은 잠시 실리를 택할 것인지 아니면 자존심을 택할 것인지 머뭇거렸다. 마우스를 바삐 움직이며 모니터에 시선을 고정한 그가 말했다.

"요 앞에 약국 있거든. 거기서 술 깨는 약 하나만 사다 줘. 어제 먹은 술이 올라올 것 같거든. 여기서 아직 두 시간은 더 근무해야 하는데."

눈이 마주쳤다. 짙은 검은색 눈동자. 사적인 영역의 빛깔. 무언가 반박할 말을 찾으려 입이 벌어지는 순간 그가 시선을 돌려 말했다.

"다음 분이요. 오래 기다리셨습니다."

등 뒤로 불쾌하다는 듯 어깨를 툭 치고 들어온 여학생이 창구 안으로 성적표를 들이밀었다. 하연이 속절없이 뒤로 밀렸다. 창구 밖으로 하연의 성적표 원본이 불쑥 튀어나왔다. 매너 없게도 성적이 훤히 보이는 앞면이었다. 창구에 기대 있던 여학생이 순식간에 성적을 확인하고 다시 하연의 얼굴을 돌아보았다. 전국 상위 2퍼센트 내외의 성적이 버젓이 보였다. 제 차례가 늦은 것에 대해 불쾌해했던 표정이 민망한 듯 어그러졌다.

성적이 계급이 되는 사회. 하연은 아직 그곳에서 벗어나지 못한 상황이었다. 그런 제 자신이 한없이 어려 보였다. 저 남자가 사는 세상과는 완전히 다른 그런…….

한숨을 내쉰 하연이 그것을 집어 가방 안으로 구겨 넣었다.

"아이고. 죽겠다."

혼잣말처럼 하는 소리가 등 뒤에서 들려왔다. 어제의 도발이 혹시 관심을 끌기 위한 것이 아니었는지 의심이 될 정도였다. 문을 열어 밖으로 나오자마자 확인 문자가 도착했다.

[대한학원 김경숙 강좌 대기 1번으로 접수되었습니다.]

하연이 다시 눈을 찡그렸다. 코웃음이 났다. 수가 보이는 수작 같아 불쾌했다. 순간 차가운 바람이 몸으로 스며들어 어깨가 잔뜩 움츠러졌다. 휴대 전화를 주머니에 집어넣은 채 어디로 가야 할까. 멍하니 사거리를 살폈다. 건널목 앞으로 하필 약국이 버젓이 보였다. '아이고. 죽겠다.' 그의 목소리가 리플레이되었다. 잠시 머뭇거리는 동안 수많은 생각이 스쳐 지나갔다.

인정을 베풀까. 그가 자신에게 보인 만큼. 하지만 싫었다. 그는 쉬운 사람이 아니었다. 사연이 많은 사람 같았다. 그런 사람과 엮이고 싶지 않았다. 제 것만으로도 충분히 버거웠다. 주머니를 뒤져 남은 돈을 확인한 하연이 택시를 불러 세웠다.

"부연동으로 가 주세요."

택시에 올라타자마자 하늘에서 눈이 내리기 시작했다. 횡단보도 앞에서 멈춰 선 택시는 하염없이 눈을 맞고 있었다. 전면 와이퍼가 바쁘게 움직였다. 갑작스레 내리는 눈을 속절없이 그대로 맞는 사람들. 현명하게도 미리 준비한 우산을 든 사람들이 택시 앞으로 걸어가는 것이 보였다.

크게 하품을 한 택시 기사가 눈을 껌뻑이며 라디오 볼륨을 높였다. 클래식 음악이 나오는 채널은 아무리 볼륨을 높여도 귀에 거슬리지 않아 신경이 쓰이지 않았다. 하연은 점점 굵어지는 눈발을 바라보았다. 빨간불이 초록불로 변하는 순간 음악 소리가 잦아들더니 색다른 시그널 음악이 들렸다. 그것은 음악이라기보다는 경고음처럼 들려왔다.

— 뉴스 속보를 말씀드리겠습니다. 현 A백화점 대표 이사인 이수정 씨가 27일 밤 교통사고로 사망한 것으로 밝혀졌습니다. 경찰에 따르면 이날 밤 이수정 씨가 탑승한 차량이 편도 4차로에서 1차로로 진행 중 차량이 미끄러지며 도로변에 설치돼 있는 전신주가 운전석 옆면에 충격을 가해 이와 같은 사고가 발생한 것으로 알려졌습니다. 이 사고로 해당 승용차를 운전하던 이수정 씨가 현장에서 사망했으며 경찰은 사고 원인을 과속 운전에 따른 것으로 보고 정확한 사고 경위를 조사 중에 있습니다.

짧은 뉴스 속보 이후로 멈춰 있던 클래식 음악이 다시 흘러나왔다. 때맞춰 택시가 출발했다.

"아이고, 웬일이래?"

택시 기사가 혼잣말처럼 내뱉었다. 하연의 눈이 사납게 일그러졌다.

"이수정이라고 한 거예요?"

"응?"

내내 조용하던 승객이 갑작스레 말을 걸어 운전기사는 깜짝 놀란 듯했다.

"그래. 이수정. A백화점 사장 말이야. 그 돈 많고 대단한 여자가 뭔 일이래. 참. 그러고 보면 세상 별거 없어. 이렇게 허무하게 끝나 버릴 거 돈이고 명예고 다 무슨 소용이야."

한탄일지 모를 허무한 웃음소리와 함께 차는 오른쪽으로 방향을 틀었다. 휴대 전화를 꺼낸 하연이 포털 사이트에 접속했다. 실시간 검색어에 이수정, 한참이나 낯설게 느껴지는 그 이름이 올라 있었지만 하연은 여전히 그것을 믿을 수 없었다.

엄마는 늘 아버지에게 여자가 있다고 생각했었다. 지겹고 우울한 근거 없는 이야기였다. 그것이 소설이 아니라는 걸 알게 된 건 몸살감기로 학교에서 조퇴를 하고 왔던 열일곱, 고등학교 1학년 때였다.

엄마는 외할머니 댁에서 한 달 동안 돌아오지 않고 있었다. 오후 2시였다. 집 안은 고요했다. 기묘한 느낌을 받은 것은 평소와는 다르게 방문이 반쯤 닫혀 있던 침실 때문이었다. 엉켜 있는 다리와 향긋한 향수 냄새. 방문 틈새로 여자의 얼굴이 또렷하게 보였다. 텔레비전 뉴스에서 종종 보던 얼굴이었다.

택시를 돌린 하연은 몇 분 뒤, 병원 분향소에 와 있었다. 검은 옷을 입은 비슷비슷한 사람들 사이 하연이 시선을 바삐 돌려 누군가를 찾았다. 하지만 그 '누군가'는 눈에 띄지 않았다. 하연은 천천히 앞으로 걸어가 여인의 사진을 바라보았다.

영정 속 여인의 얼굴은 더없이 고왔다. 상아빛 피부는 나이를 들어감에 따라 조금은 어둡고 조금은 흐트러졌지만 콧날을 따라 흐르는 매혹은 사진 속에서도 선명하게 빛을 발하고 있었다. 제단 위에는 동산을 이뤄 물결치는 하얀 국화 사이로 노란 수선화가 화사했다. 연분홍빛 하노이와 하이얀 스톡. 여인은 급작스러운 죽음에도 세상과 아름답게 작별하고 있었다.

올해 나이 53세. 영원그룹의 외동딸인 그녀는 존경받는 경영인이었다. 철저한 자기 관리를 바탕으로 도덕적인 의무를 충실히 이행해 마지않았던 그녀는 냉철한 카리스마와 그 바탕에 깔려 있는 인간적인 면모로 사람들의 호감마저 얻은 성공한 여성이었다.

하지만 이러한 평판과는 달리 그녀의 사생활은 건조하기 짝이 없었다. 하나뿐인 딸은 유학 생활로 떨어져 지낸 지 오래였고, 엄청난 위자료로 세간의 관심을 모았던 이혼으로 10년간의 결혼 생활이 결말지어진 뒤에는 내내 혼자였다. 그렇게 그녀의 장례식은 그녀의 삶과 닮아 있었다.

잠시, 호기심을 억제할 수 없었던 기자들 사이에서는 하루 종일 빽빽하게 짜인 스케줄 가운데 그녀가 혼자 차를 몰아 급하게 달려가던 목적지가 어디인지 화제 되기도 했지만 내비게이션에 찍히지 않은 목적지는 그룹 내 공식 발표를 통해 이수정의 오피스텔로 일단락되었다.

그 후로 식장은 차분하기 이를 데 없었다. 빈소 앞 그녀의 젊은 시절을 떠올리게 할 만큼 아름다운 그녀의 무남독녀 외동딸, 차유라의 오열이 아니었다면 종교 예식을 치르는 것처럼 성스럽기까지 했을 것이다.

시간이 지나자 그런 딸의 눈물도 차츰 잦아들었다. 어깨를 들썩이며 속을 게워 내던 그녀의 눈물이 조금씩 고요 속으로 사라졌다. 그렇게 온전히 소리가 사라진 가운데 사람들은 제단에 국화를 올려 절을 하고 그녀의 전남편에게 위로의 말을 건네고 돌아섰다. 끝도 없는 긴 행렬이 순서대로 들어오고 나가고 또 들어오고 나가고 들어오고. 그 행렬 가운데.

툭. 툭. 툭.

"삼가 고인의 명복을 빕니다."

검은색 블라우스를 입은 하연이 후드득 갑작스럽게 발끝으로 떨어지는 제 눈물에 놀라 우뚝 멈춰 섰다. 고요하게 흐르던 조문객의 물결이 미묘하게 흐트러졌다. 식장 안에는 그녀와 일면식이 있는 사람은 하나도 없었다.

20대 초반쯤 되었을까? 대체 저 앳된 얼굴의 여자는 누구지?

하지만 의아해하던 것도 잠시 사람들은 그녀가 유라의 친구일 거라 생각했다. 오랫동안 외국에서 유학 생활을 했다지만 이런 일에 와 줄 친구 하나 없을까. 그래서 대부분은 급하게 눈물을 닦아 낸 여자가 꽃을 바치고 절을 하고 나가면서 유라와 말없이 눈인사를 주고받은 것 같다고 생각했다.

어딘가 두 사람의 분위기가 비슷하다는 느낌마저 받은 사람들도 있었다. 길고 가는 눈매가 무남독녀 외동딸, 영원그룹의 상속자 유라의 매력이었다. 어쩐지 비슷하게 느껴진다 생각한 사람들이 제 눈을 의심하며 몇 번이고 뒤돌아 하연을 확인했다.

하지만 그뿐이었다. 잠시 흐트러졌던 리듬이 다시 천천히 돌아가기 시작했다. 어차피 장례식장은 사람들이 오래 머물고 싶어 하는 공간이 아니었다. 모두들 그곳에서 있었던 일들은 재빨리 잊고 싶어 했다. 사람들의 주목을 받았던 하연도 그렇게 그들에게서 잊혔다.

하연은 그 후로 꽤 오랜 시간 아버지를 기다리며 어둠이 짙어진 유리문 밖에 서 있었다.

이수정은 누구를 만나러 갔을까? 정확한 건 알 수 없었다. 아내를 정신 병원에 입원시킨 뒤 집에 들어오지 않았던 아버지는 어디 있었을까? 그것 역시 정확히 알 수 없었다.

하지만 하연은 분향소 밖에서, 늦은 시간 과속한 차량이 향하던 곳에서 그녀를 기다렸을 남자를 기다렸다. 제 아이에겐 성공을 위해 재수를 권하면서 자신의 모든 것은 오직 한 여자를 향해 던진 그 남자를 기다렸다. 하지만 그는 겁쟁이인 것이 틀림없었다. 아버지는 위선자였다. 그는 끝내 그 자리에 나타나지 않았다.

'당분간 면회는 금지예요.' 말하던 수간호사의 얼굴이 떠올랐다. 차유라의 길고 가는 눈매가 떠올랐다. 아버지의 눈매와, 더없이 고왔던 영정 사진 속 이수정의 얼굴까지 생각난 순간 속이 울렁거렸다.

아버지가 이곳에 나타난다면 어쩌면 조금은 용서할 수 있을 것 같았다. 오열하며 제 사랑에 아파한다면 연민을 느낄 수도 있을 것 같았다. 언 몸으로 눈발이 스며들었다. 속이 뒤집혀 밖으로 게워질 것 같았다.

끝내 나타나지 않은 아버지를 절대 용서할 수 없었다. 안에서 흐느끼는 울음소리가 빤히 들려왔다. 제가 얼마나 불행한지 모르는 차유라가 지금 제 작은 불행에 울고 있었다.

병원 앞 버스 정류장 앞에서 버스를 타고 한참을 왔다. 눈에 익은 곳에서 내린 뒤에도 눈길을 한참 걸었다. 인적이 드문 것을 보니 밤이 꽤 깊어진 모양이

32

었다. 불을 밝힌 작은 간판을 확인한 하연이 어두컴컴한 계단 아래로 걸어 내려갔다. 부들부들 다리가 떨리고 결국에는 마지막 계단 앞에서 미끄러졌다. 순간적으로 손잡이를 잡았지만 앞으로 꽈당 넘어졌다. 얼얼한 무릎 통증이 뼈 속으로 스몄다. 엎어진 그대로 눈을 감았다. 이대로 누가 저를 밟아 버렸으면. 바닥에 붙어 눈 녹듯 사라졌으면.

"안 일어날 거야?"

그의 목소리가 들렸다. 하연은 손을 짚어 천천히 몸을 일으켰다. 질끈 다시 한번 눈을 감았다 뜬 하연이 상대를 노려보았다. 짙은 검은색 눈동자가 무시하듯 자신을 흘겨보고 있었다. 하연은 똑바로 일어섰다. 루즈 핏의 스웨터를 입은 그는 커다란 청소기를 들고 있었다. 기타를 들었을 때보다 더 잘 어울리는 게 영락없이 허드렛일이나 하면 딱 어울릴 만한 한량으로 보였다. 낮에 보았을 때와도, 어젯밤에 보았을 때와도 또 다른 분위기였다. 부스스한 머리카락이 이마를 뒤덮고 있었다. 오묘한 눈동자가 막 비웃으려는 것처럼 보였다.

"공연은 진즉에 끝났는데?"

"알고 있어."

"왜? 설마 약 지금 사 온 거야? 이젠 필요 없어. 게다가 지금 어차피 해장술 하러 갈 거니까."

"그 술 나도 마시면 안 돼?"

건들거리는 그의 말을 가르고 하연이 말했다. 탁 튕기듯 비웃는 눈이 하연을 내려다보았다. 하연은 지지 않으려는 듯 그 눈을 피하지 않았다.

"무슨 일 있어?"

한참 뒤 그가 말했다. 내내 그녀를 압도하던 분위기가 한발 물러난 것처럼 잠잠했다.

"술이 마시고 싶은데 여기 오면 마실 수 있을 것 같아서 왔어."

이미 정해진 것을 요구하듯 하연이 당당하게 말했다. 잠시 생각하듯 멈춰 있던 그가 고개를 흔들며 말했다.

"술 마시고 싶어서 술 찾는 것은 금물이야. 술이 술을 마시다 사고가 나니까."

하연은 짧게 한숨을 쉬었다.

"알았어. 그럼."

그대로 뒤돌아섰다.

"뭐야, 지금?"

"환영하지 않는다며. 그럼 돌아가야지. 술은 나 혼자라도 얼마든지 마실 수 있으니까."

"야! 너 그런 얼굴로 그렇게 돌아가면 어쩌라는 거야! 야!"

뒤에서 그가 외치는 소리가 들렸지만 상관없었다. 거절을 당했지만 어젯밤처럼 무안하지도 않았다. 드문드문 불이 꺼진 가게들 사이 불을 밝힌 곳으로 하연이 들어갔다. 문을 열자 앳된 그녀를 아르바이트생이 위아래로 훑어보았다. 뒤이어 준이 뛰어들듯 따라왔다. 그를 확인한 아르바이트생이 어깨를 으쓱해 보였다.

"내 동생."

"동생?"

안면이 있는지 반가워하던 아르바이트생이 그에게 말도 안 되는 소리라며 놀란 척을 했다. 하지만 준은 그런 반응에는 관심도 없다는 듯 하연의 앞으로 나는 듯 다가와 마주 앉았다. 까만 눈동자가 하연을 비웃었다. 하지만 그 눈빛 안에는 당혹스러움도 비쳤다. 그는 어제처럼 여유로워 보이지 않았다. 하연이 눈을 깜빡였다. 속으로 잠깐 다행이라는 생각이 들었다. 무릎이 후들거리고 그대로 쓰러질 것 같은 기분이었다.

"내가 보는 앞에서 딱 한 병만 마시고 가."

그가 손을 들어 소주 한 병을 시켰다. 하연은 말없이 그것을 기다리고 있었다. 얼마 지나지 않아 기본 안주와 함께 소주 한 병과, 잔 두 개가 두 사람 사이에 놓였다. 그가 병을 흔들어 따 하연의 잔을 채웠다. 하연은 그것을 들었다. 투명한 액체가 대체 무슨 역할을 할 수 있을까. 하연이 순식간에 잔을 꺾어 비웠다. 한 번도 느껴 본 적 없었던 독한 기운이 식도를 타고 내려가는 것이 느껴졌다. 알싸한 기분에 얼굴이 잔뜩 찡그려졌다.

"안주 먹어."

그가 말했다. 하연은 무시하고 테이블 위에 놓인 소주병을 들었다. 그가 빼앗듯 그것을 가지고 갔다.

"안주 먹으면 따라 줄게."

그가 노려보았다. 하연도 지지 않았다. 하지만 그는 쉽게 물러설 사람이 아니었다. 하연은 하는 수 없이 작은 과자 조각을 하나 입안에 집어넣어 씹었다. 그가 하연의 잔에 술을 따랐다.

"친구는?"

그가 물었다.

"친구는 괴롭히고 싶지 않아."

잔을 들며 하연이 말했다. 그가 어이없다는 듯 코웃음을 쳤다. 소주가 목구멍을 타고 흐르는 것이 뚜렷하게 느껴졌다. 인상이 쓰였다. 잔뜩 찌푸린 채로 하연은 작은 조각 하나를 다시 입에 넣었다. 그러나 그는 술을 따르지 않았다. 하연이 빨리 달라는 듯 잔을 두드렸다. 그가 고개를 저었다.

"친구는 괴롭히기 싫고 나는 괜찮다?"

"너는 어차피 괴로워 보이니까 상관없어."

준이 인상을 썼다.

"무슨 말이 그래?"

"진경이는 감당 못 해. 하지만 넌 내가 이러는 거 우습잖아. 너도 이미 다 해 봤을 테니까."

"아. 전문가한테 맡기시겠다."

그가 무슨 말인지 알았다는 듯 고개를 끄덕이더니 다시 잔을 채워 주었다. 하연은 그것을 단숨에 들이켰다. 쓰디쓴 액체가 식도를 타고 넘어 내려갔다. 홧홧한 속이 울렁거렸다. 머리가 찡하고 어지러웠다.

흐흐으으으후우.

부르르 떨며 긴 숨이 토해졌다. 그는 그것을 말없이 지켜보았다. 묻는 말 없이 그것을 받아 낸 그가 다시 술잔을 채워 주었다. 후드득 눈물이 떨어졌다. 소리는 나지 않았다. 하지만 한번 시작된 눈물은 금세 흘러넘쳤다. 그는 휴지도 건네지 않았다.

"잘 데는 있어?"

하연은 고개를 가로저을 힘도 없었다.

"전에 만났던 가게. 거기 노아 형네 가게야. 거기서 먹고 자고 대충, 다들 그렇게 살아."

준 역시 대답을 기다리지 않았다.

"그 가게에서 자고 싶으면 자. 소파는 많고. 나는 멀리 떨어져 있을 테니까. 대신 아침 8시 전에 나가야 돼."

"……고마워."

그로부터 딱 2주일이었다. 스톰의 공연은 매일 밤 9시에 있었다. 하연은 그 시끄러운 음악 속에서 마음껏 인상을 찌푸렸다. 그리고 재수 학원 등록금을 환불받아 고시원으로 들어갔다. 준 덕분에 100퍼센트 환불을 받을 수 있었다.

2

하연에게 아버지로부터 전화가 온 것은 며칠 후였다. 날씨가 무척 추운 날이었다. 1월은 1년 중에 가장 추운 달이기도 했지만 그즈음 더욱 그랬다. 아버지는 평소와 다름없는 목소리로 이야기했다.

— 돈은 충분한 거냐? 기숙사 생활은 괜찮고?

긴장했다. 아버지에겐 기숙사를 제공하는 재수 학원에 등록했다고 말해 놓은 상태였다. 뭐라 해야 좋을지 몰랐다. 역시 거짓말에 능통한 스타일은 아니었다.

"아, 뭐……."

망설이는 사이에 아버지의 목소리가 먼저 들려왔다.

— 그래. 잘 있겠지. 그래서 말인데, 어차피 집은 당분간 사용하는 사람이 없을 것 같아 처분하기로 했다.

순간 말을 잃었다. 하연이 살던 집은 2층짜리 주택이었다. 태어날 때부터 살고 있었던, 때 묻은 집. 나쁜 기억이 가득한 곳. 하지만 내 집.

— 이런 집은 임자가 나설 때 팔아야 하는 거니까.

아버지가 말했다.

그럼 엄마는요?

그렇게 물으려 했다. 엄마가 퇴원해서 돌아오면 돌아갈 집은 있어야 하는 거 아닌가 싶었다. 하지만 헛웃음이 나와 그 말을 삼켰다. 이제 와서 우리가 돌아갈 집이라는 게 의미가 있을 리 없었다. 돌아갈 날이 있을까 싶기도 했다. 아버지의 모든 것을 알고 있다. 라는 말을 하고 싶었지만 입이 떼어지지 않았다. 내 삶이 너무 무거웠다.

— 필요한 거 있으면 연락해라.

그 말은 필요한 것이 없으면 연락하지 말라는 것과 같았다. 아버지가 받아야 할 연락은 서울대 합격뿐이었다.

이제는 모든 것이 사라졌다.

전화를 끊었을 때 옆에 있던 것은 준이었다. 언제 들어왔는지 그는 점퍼를 바닥에 던져두고 길게 누워 있었다. 하연이 머무는 고시원은 준이 살고 있던 곳이었다. 그곳을 이어받았다. 그 방에는 아직 준의 물건들이 있었다. 준은 이사할 집을 알아보고 있다고 했다. 그는 공연을 가기 전엔 이곳에 들러 잠시 쉬었다. 하연이 보기엔 꽤나 정신없는 동선이었지만 그는 잘 지켜 나가고 있었다.

"너는 세상에 왜 태어났는지 생각해 본 적 있어?"

하연이 물었다. 발끝에는 방금 전 말 한마디 제대로 하지 못하고 끊은 휴대전화가 놓여 있었다. 목소리가 떨렸다. 벽에 등을 기대고 있었는데 등 뒤로 냉기가 잔뜩 올라와 온몸이 시렸다. 하지만 그편이 마음이 놓였다. 따뜻하거나, 편안하거나, 좋거나 하는 기분을 느끼는 것은 소름 끼칠 만큼 싫었다. 순간 쓰윽 무언가 등 뒤로, 그러니까 등과 벽 사이로 찔러 들어오는 것이 느껴졌다.

"그런 걸 왜 고민해?"

"……."

그건 준의 손바닥이었다. 그는 천장을 보고 누워 있다 모로 몸을 틀어 한 손으로는 제 얼굴을, 한 손으로는 하연의 등을 받치고 있었다. 그 손바닥이 하연의 등에 온기를 전했다. 그 온기는 온몸의 혈관을 타고 돌아 심장을 얼어붙게 만드는 냉기를 차단하고 있었다. 여전히 몸은 시렸지만 그 냉기가 심장을 뚫고 들어가진 못했다. 아주 작은 차이였는데 온몸의 신경이 그 손바닥 한 곳으로 몰리는 것이 느껴졌다.

"우린 무언가를 위해 태어난 게 아니야. 그 누구도 지구상에 태어난 사명 같은 건 없어. 그런 생각을 한다는 거 자체가 네가 아직 풋내기라는 증거지."

그가 아주 우스운 소리를 들었다는 듯 코를 찡그렸다. 장난스러운 얼굴이었다.

"뭐? 풋내기?"

순간 열이 훅 올랐다. 전화를 끊고 멍해 있었는데 풋내기라는 말에 바짝 독이 올랐다. 반쯤 장난기가 솟구친 것도 사실이었다. 꾹 쥔 주먹을 그의 콧등까지 직행시킨 순간 등 뒤에 놓여 있던 그의 손바닥이 그 주먹을 쥐었다. 가볍게 손목이 꺾이고 비틀렸다.

"이러니까. 이러니까. 네가 아직 애라는 거야."

그가 웃으며 말했다. 그에게 손이 잡힌 채로 하연은 말을 잃었다. 그는 아이, 그러니까 불쌍하고 안쓰러운, 아직 제 삶을 짊어지고 어쩔 줄 몰라 비틀대는 어린아이를 쳐다보고 있었다. 준은 꼭 그런 눈이었다.

하지만 그건 하연의 생각일 뿐이었다. 그에게 기대고 싶어서, 저를 바라보고 있는 준 역시 고작 스물셋의 어른인 척하고 싶어 하는 철없는 아이라는 걸 하연은 눈치채지 못했다.

"네가 왜 태어났는지에 대해선 네 스스로 찾아. 어차피 그런 이유 같은 건 애초에 없으니까."

"그럼 너한테는 그런 게 있어?"

"응."

준은 고개를 끄덕였다. 그리고 잠시 뒤 마치 사랑을 고백하듯 말했다.

"음악. 지금은 그게 그래."

하연이 그 얼굴을 지긋이 응시했다. 그 얼굴은 아름다웠다. 방금 전 하연의 주먹을 저지했을 때 보이던 그 단단한 눈빛과는 달랐다. 그건 수줍음이었다. 그야말로 풋내기, 지금의 저와 같았다. 그게 순간 화가 났다. 왜 그러는진 알 수 없었다.

"난 시끄럽기만 하던데?"

"그거야. 너니까 그러겠지. 풋내기 씨."

"쳇."

콧등에 그의 검지가 살짝 내려앉았다 톡 금세 사라졌다. 얼굴에 살짝 열이 올라 멍하니 그를 바라보았다. 그는 하연이 보기에는 영락없이 어른의 얼굴을 하고 자리에서 일어났다.

"이따 올 거지?"

하연은 시선을 피하며 고개를 끄덕였다.

매일 밤 계속되는 공연에 하연은 한 번도 빠지지 않았다. 낮 동안 좁은 방에서 책을 펴 놓고 멍하니 앉아 있다 밤이 되면 공연장으로 나는 듯 달려가는 것이 그녀의 일과였다. 그러지 않고서는 도저히 참을 수 없었다. 그렇게라도 하지 않으면 어딘선가 뛰어내릴 것 같은 기분이었다.

무대 위의 준은 모든 것을 압도했다. 그는 명확히 한 지점을 향해 달려가고 있었다. 그것이 하연에게 안정감을 주었다. 음악은 잘 몰랐지만 이젠 음악을 사랑하게 될 것 같았다. 모든 것을 다 알아야만 사랑할 수 있는 건 아니니까.

2주일째 되던 날 그가 공연을 마치고 무대에서 내려와 하연의 손을 잡았다. 근처 고깃집에서 소주 한 병을 시키고 준이 집게를 들고 고기를 굽기 시작했다. 벽은 수많은 낙서들로 뒤덮여 있었다. 누구 왔다 간다, 우리 사랑 영원히, 울 오빠들 짱……. 하연은 배낭에서 네임 펜을 꺼내 들었다.

스톰 짱.

흘깃 뒤를 돌아본 준이 피식 웃었다. 피식거리는 그를 보고 하연이 쿡쿡거렸다. 그가 하연의 잔에 술을 따르고 제 잔도 채워 들었다. 짠 해. 그가 말했다. 하연은 놀란 얼굴로 잔을 들었다. 같이 술을 마시는 건 처음이었다. 그동안에 그는 혼자 술을 마시는 하연을 지켜보기만 했다.

"천하의 스톰 아니야? 음악 모르는 사람하고는 상종하고 싶지 않아 하는."

"맞아. 그런데 더 이상 너 궁상떠는 꼴은 못 보겠다. 짜증 나서."

준이 막 구워진 고기 한 점을 하연의 접시 위에 올려 주었다. 접시에 놓인 음식을 낯선 눈으로 바라보던 하연이 처음 대하는 것인 양 조심스럽게 그것을 집어 입에 넣고 우물거렸다.

"공연은 대체 왜 오는 거야? 음악도 모르면서."

그가 비어 있는 접시에 재빨리 고기 한 점을 더 올렸다. 하연이 그것을 집어 들며 말했다.

"멸시당하고 싶어서."

풋. 헛웃음이 그의 얼굴에 흘렀다. 매력적인 주름이 까딱 고개를 비틀자 순식간에 사라졌다. 그 순간 시간이 느리게 흘러갔다. 숨이 멈추는 것 같았다.

까끌거리는 촉감이 좋았다. 그에게 가까이 다가가면 따끔따끔했다. 그럼 아픈 것이 잊혔다. 그가 무시하는 눈길로 쳐다보는 것이 좋았다. 쥐어박듯 내려다보는 것도 편안했다.

그날 밤 그의 집으로 갔다. 그가 하연에게 고시원을 넘기고 새로 얻은 집이었다. 새로 얻었지만 그 집은 무척 낡아 보였다. 그들보다 더 나이를 많이 먹은 것 같았다. 새해가 시작된 지 얼마 지나지 않아서였다.

준의 키스는 놀랄 만큼 뜨거웠다. 엉켜든 혀는 무척이나 이질적이고 괴이했다. 그것은 생각만큼 그리 낭만적이지 않았다. 하지만 어느새 하연은 그의 입술을 뜨겁게 빨아들이고 있었다. 그 안에서만 숨을 쉴 수 있었다.

그를 끌어안은 채 잠이 들었다. 바짝 곤두선 그의 남성이 엉덩이에 와 닿는 게 느껴졌지만 하연은 내내 그것을 모르는 척하고 있었다.

시간이 빠르게 흘러갔다.

○ ● ○

며칠 뒤 하연은 공연장 앞에서 준을 기다리고 있었다. 그즈음 하연은 거의 매일 그의 집에 갔다. 그의 손은 이미 하연의 가슴을 침범했다. 곡선과 곡선이 겹쳐 들고 큰 파도가 몰아치기 직전처럼 출렁였다. 하지만 거기까지였다. 그는 아직 그녀의 것이 아니었다.

매일 밤 독감을 앓듯 열에 들떠 하연은 쉽게 잠을 잘 수 없었다. 긴장한 채로 숨죽여 서로를 경계하다 저도 모르는 사이 어느새 잠이 드는 날이 계속되었다. 하지만 그 매혹을 도저히 잃을 수 없었다. 그것은 일종의 줄다리기 같은 것이었다. 누구도 먼저 손을 놓을 수 없고 그렇다고 제 쪽으로 강하게 끌어당길 수도 없는.

밤 10시. 공연장 앞에는 검은 그림자가 져 있었다. 가로등 밑에만 노랗게 밝혀졌다. 대학 생활을 준비하는 진경에게는 재수 학원 기숙사에 들어가 있다고 말했기 때문에 찬우에게는 들키지 않아야 했다. 하연은 그림자 속에 숨어 있었다. 누구도 보지 못하도록. 그 안에서만 있었다.

그때 공연을 마친 멤버들이 한 무더기 밖으로 나오는 것이 보였다. 그들은 왁자지껄 떠들면서 곧장 술집으로 향했다. 맨 뒤에 따라 나가는 것이 찬우였다. 하연은 언 발을 한 발자국 뒤로 밀었다.

그 뒤로 꽤 오랜 시간이 지난 후에 준이 나왔다. 하연은 반보 어둠 속에서 나왔다. 그때 반대편 어둠 속에 세워져 있던 검정 차량의 문이 열리고 누군가 내리는 것이 보였다. 불쑥 나타난 남자는 준을 불러 세웠다.

뭐지? 처음에는 그것이 무슨 범죄와 연루된 상황이라 여겼다. 딱 그럴 만했다. 하지만 그를 억지로 차에 태우는 것은 아니었다. 무언가 설명을 들은 준이 남자가 열어 주려는 것을 제지하고 저 스스로 차에 올라타는 것뿐이었다.

하지만 하연은 휴대 전화를 꼭 틀어쥐고 있었다. 혹시라도 무슨 일이 생기면 경찰에 알려야겠다고 생각했다. 과연 할 수 있을지 의문스러울 정도로 잔뜩 긴장을 하고 있는데 차 문이 열리고 색다른 것이 목격되었다. 순간이었지만 여자라고 판단되었다.

그리고 거의 몇 초 뒤. 거의 몇 초라고 할 만한 시간이 맞지만 하연에게는 몇 시간처럼 느껴지던 그 몇 초 뒤 준은 그 차에서 내렸다. 한 마디나 나눴을까 싶은 시간이었다.

차 문이 열리고 가지런히 모은 여자의 다리가 드러났다. 언뜻 얼굴이 보였지만 생김새를 식별할 수 있을 정도는 아니었다. 하지만 분위기만은 확실히 느낄 수 있었다. 그녀는 세련되고 아름다운 여자였다. 나이는 준과 비슷하거나 그보다 더 나이가 있는, 하여간 서른이 되어 보이진 않는 여자였다.

준은 뒤돌아보지도 않고 그대로 하연이 숨어 있는 곳으로 다가왔다. 차는 잠시 뒤 사라졌다.

뭘까? 저게 뭘까?

그를 만난다는 생각만으로 달궈져 있던 심장이 차갑게 식어 있는 것이 느껴졌다. 그건 엄마가 정신 병원에 입원하던 그날보다, 마치 절연처럼 느껴지던 아버지의 전화를 받았을 때보다 더 딱딱하고 시렸으며 도저히 회복이 불가능할 것처럼 생각되었다. 순간 그를 잃을 것같이 느껴졌다. 그건 제 자신을 잃는다는 것과 같은 의미였다. 두려웠다.

그가 가까이 다가와 약간은 멋쩍은 듯 말했다.

"봤어?"

"어. 누구야?"

최대한 태연하게 흐를 수 있도록 꾸며 낸 목소리는 그때가 처음이었다. 물론 실패한 것 같았지만.

"그냥. 좀. 누가 이야기할 것이 있다고 해서."

"여자?"

"응. 여자이긴 하지. 하지만 나한테 여자는 아니고. 좀 다른 종류?"

불안했다. 미친 듯이 불안한 느낌이 들었다. 하지만 그는 너무도 태연했다. 그런 그에게 아직 자신은 몰아칠 자격이 없다는 생각이 들었다. 자격을 가져야 했다. 그런 것이 있다면.

그날 밤 하연은 그가 제 몸을 달구고 그의 손이 제 얇은 팬츠 속으로 들어오는 순간 저지하지 않고 그대로 그것을 받아들였다. 두 사람은 하나가 되었다. 하지만 놀라울 만큼 이질감이 들었다. 그래서 세상이 뒤집히는 것처럼 느껴지던 그 첫 경험 이후 하연은 그것이 그를 잡아 둘 구실이 되지 못한다는 것을 느꼈다. 어떤 감정인지는 알 수 없었지만 그랬다.

그리고 그 경험은 제가 그에게 무언가 이야기할 수 있는 자격을 주는 것이 아니라 자신이 그에게 구속되었다는 의미라는 걸 아주, 아주 오랜 시간이 흐른 후에야 온전히 깨달았다. 시간이 위태롭게 흘러갔다.

○ ● ○

위태로운 것도 시간이 지나 버리면 종종 그 위태로움을 잊곤 한다. 아슬아슬하게 쌓아 올린 벽은 나름 견고하여 사람을 아둔하게 만든다. 계절이 바뀌고 하연은 많은 것들에 적응했다. 실패한 대입으로 선로를 이탈해 버린 제 인생과 아무도 찾지 않는 저라는 존재. 그 모든 것이 지금 자신의 상태라는 걸 하연은 인정하게 되었다.

준은 하연을 뒤에서 끌어안는 것을 좋아했다. 그의 키는 하연보다 20센티미터는 더 크고 몸집은 커다래서 그의 품 안에 들어가면 하연은 온전히 속박되어 버렸다. 5월은 늦은 밤까지 공연이 많았고 매번 무대의 제일 앞줄을 차지하던 하연은 스톰의 공연이 끝나고 나면 관객들의 틈바구니를 빠져나와 준과 그의 동료들과 흥겨움이 사라질 때까지 술을 마셨다.

그즈음 찬우는 하연의 상황을 알고 있었다. 진경도 역시 그랬다. 하지만 그런 건 상관없게 되어 버린 상태였다. 하연은 세상이 저를 어떻게 보고 있는지 보이지 않았다. 술로 정신을 흐릿하게 만들고 준으로 하늘을 가렸다. 그리고 그의 손을 잡고 그의 새집, 반지하방, 그곳의 오래되어 삐걱거리는 침대 위에서 낡은 담요들과 어두침침한 냄새에 감싸여, 쌓아 놓은 일거리와 어머니와 아버지, 그 밖의 모든 것을 잊은 채 그에게 몰두했다.

처음 놀라울 정도로 아팠던 그날의 기억과 그 후로 거의 매일 빠지지 않고 그로 인해 다듬어져 가는 저를 느낄 때마다 하연은 그 두렵고도 달콤한 그의 세계에서 헤어 나올 수 없을 거라 예감했다.

서로에게 조금 더 밀착되기 위해 끝없이 끌어당겨 안고도 모자라 그에게 녹아들고 싶었던 순간. 몇 번이나 되풀이되었는지 기억할 수 없던 절정 속에서 그의 입술이 음률처럼 부르던 이름.

그때 하연은 생각했다. 그와의 사랑은 검푸른 우주. 적막하고 아름다운 그 미지의 공간에 오직 서로에게만 인공호흡기를 매단 채 끝도 없이 유영하는 것과 같다고. 서로의 표피에 와 닿는 싸늘한 감촉. 그것을 잊으려 몸부림치듯 매달리는 포옹과 생존의 가능성을 이야기하는 혀끝의 감각. 마지막 희망 같은 키스.

그것을 하연은 감히 사랑이란 너무도 쉽고 통속적인 한마디로 정의 내릴 수 없다고 생각했다. 그래서 하연은 그가 단 한 번도 나에게 사랑한다 말하지 않는 것에 대해 불안해하지 않기로, 불안하다 생각하지 않기로 마음먹었다.

그의 집에 하나뿐인 의자에 준이 앉아 있었다. 늘 그렇듯 그가 먼저. 그리고 그의 무릎 위에 그녀가 있었다. 그가 틀어 놓은 텔레비전에서는 감정이 절정에 치달은 주인공들이 연기하고 있었고 하연의 가슴은 그의 손안에 살며시 쥐어져 조금씩 부풀어 가고 있었다.

"난 우리 아버지 미워하지만 그래도 가끔 생각은 해."

하연의 말에 준이 자신의 뺨을 하연의 머리카락에 대고 살살 문질렀다. 따뜻한 감촉이 마음을 녹이고 있었다. 이런 상황이라면 누구든 용서할 수 있을 것 같았다.

"그 사람……. 아버지 말이야, 생물학적인. 그 사람, 머리는 똑똑했어. 처세술도 뛰어났고. 엄마와는 달랐어. 왜 그런 남자가 엄마랑 결혼했는지는 모르지만. 나는 그 유전자를 닮아서 다행이라고 생각해. 우울함 때문에 제 인생을 모두 던져 버리는 사람이라니. 말도 안 되잖아. 난 엄마 싫어. 하나부터 열까지 저주해. 아버지를 닮아 똑똑한 거 그거 하난 고마워. 어렸을 때부터 공부는 무척 쉬웠거든."

"재수 없어."

그가 말했다. 큭큭 하연이 소리를 낮춰 웃었다.

낮에도 컴컴한 그의 방. 느리고 약간은 무심하게 쓰다듬던 그의 손가락이 가슴의 정점을 쥐어 놀리듯 슬쩍 비트는 순간 입을 꼬옥 다물어 참아 왔던 신음이 기어코 그녀의 입술 사이에서 흘러나왔다. 아랫배로 몰려오는 미끈한 감각에 하연은 가볍게 허리를 튕겼다. 그를 소유하고픈 욕구가 치밀어 머리가 어지러웠다.

그는 너무도 정중하게 무대에서 선보였던 옷 그대로 갖춰 입은 상태. 대부분 벗겨진 것은 하연 혼자. 하연은 어딘가 부끄러움을 느끼며 그의 가슴에 뺨을 기대었다. 그의 손에 너무도 쉽게 흥분해 버리는 하연은 그에게 쥐어진 인형 같았다. 하연은 아무 말이나 지껄여 댔다.

"요즘 진경이가 얼마나 예민한지 몰라. 까딱하다가는 학교 휴학하고 서울로 올라올 심산이라니까?"

"아아. 뭐, 사랑의 객기 같은 건가?"

그는 여전히 제 손으로 그녀의 가슴을 쓰다듬고 있었다. 하연은 열띤 목소리를 간신히 가라앉히며 말했다.

"객기라고 하기에는 조금……. 그러니까 진경이는 오랫동안 찬우를 좋아했으니까."

"시간이 중요한 건 아니지. 두 사람 밀도는 높지 않잖아. 찬우 쪽에서 진경이는 그냥 친구 아닌가."

그 이야기를 하면서 그는 그녀를 조금 더 제 안쪽으로 끌어당겼고 그의 입술이 하연의 이마에 닿은 순간 그녀는 키득거리며 웃었다. 행복했다. 그의 행동은 마치 우리의 5개월이 가진 밀도는 그 누구와도 비교할 수 없다는 증거 같았다.

"공부는 잘되어 가?"

그의 허스키한 목소리가 전혀 어울리지 않는 일상을 물어 왔지만 하연은 즐겁게 웃으며 대답했다.

"응."

"모의고사는?"

"매번 똑같지, 뭐."

"목표하는 대학도 똑같고?"

"응."

하연은 흥겨워진 대답 사이로 두 팔로는 역부족인 그의 가슴을 최대한 끌어안으며 말했다.

"이번에는 기필코 합격할 거야."

공부라고는 제대로 하고 있지도 않으면서 하연은 그렇게 말했다.

"그래."

그가 말했다. 그의 가슴에 뺨을 대고 있었기 때문인지 그의 대답은 마치 입이 아닌 가슴에서 나오는 것 같았다. 어쩐지 쓸쓸하게 느껴졌다.

"뭔가 힘든 거 있어? 공연 때문에 그래?"

그는 대답하지 않았지만 하연은 알고 있었다. 준은 내내 걱정을 하고 있었다. 최근에는 스톰을 계속할 수 있을 것인지 심각하게 고민했다. 밴드를 하는 목적이 여자인 노아는 사고를 치고 다니기 일쑤였다. 켄타 쪽은 삶에 대해 자포자기한 것 같았다. 다들 따라 주고 있기는 했지만 겨우겨우라는 느낌을 지울 수 없었다. 한동안 이쪽에서 최고의 주가를 날리던 스톰이 저물고 있다는 건 하연도 알고 있었다. 매일 새로운 밴드가 등장했고 부단히 노력하지 않으면 그 자리를 지키기 어려웠다.

"합격해서 돈 받으면 다른 집으로 옮기자."

하연은 그에게 힘을 주고 싶었다.

"여기로 이사 올까? 오빠 연습하러 가는 동안 나는 학교에서 수업 듣고. 공연하러 갈 때 같이 가고. 경제적인 거 오빠한테 의존 안 해. 나는 과외하면 되니까. 우리 먹고사는 거 내가 충분히 마련할 수 있어. 돈이 조금 모이면 테이블도 하나 사고. 가스레인지도 들이자. 그럼 밥도 해 먹을 수 있잖아. 삐걱거리는 침대는 우리의 시그니처니까 꼭 들고 가자. 그래도 이불은 새로 살까?"

하연은 가슴이 달아올랐다. 그에게 정말로 도움이 되어 줄 수 있을 것 같았다. 그가 음악을 계속할 수 있도록. 자신이 돕고 싶었다.

머릿속으로 소꿉장난 같은 상상이 피어올랐다. 마음만 먹으면 못 할 일도 아니었다. 인디 밴드의 보컬과 서울대 간판이 필요한 재수생. 곧 과외로 엄청난 돈을 벌어들일 서울대생. 쉽게 뜨거워지고 쉽게 즐거워지는 그녀를 굽어보듯 재잘대는 목소리에 부드럽게 미소 지은 그가 말했다.

"우선 합격 먼저 생각해. 다음 주에 모의고사라고 하지 않았어?"

"응."

"대학은 하고 싶은 공부 때문이라며. 서울대는 아버지 때문이 아니라 미학이 이유라고 했잖아."

"응. 맞아."

"그런 네 모습이 좋아. 하고 싶은 것이 명확하고."

"또, 능력도 되지?"

하연은 그렇게 말해 놓고 장난치듯 그의 입술에 매달렸다. 입술에 닿은 키스가 어느새 깊어졌다. 짧은 순간 아득한 공간으로 빠져 들어간 하연은 그의 호흡을 빨아들였다. 그의 입술이 구원처럼 그녀를 휘감았다. 흐음, 준…… 그 키스를 감미하던 하연의 귀에 그가 입술을 맞추듯 속삭였다.

"그래. 그리고 아주 예뻐서. 어쩔 수 없이 빠져들었어."

○ ● ○

스무 벌의 옷을 갈아입고 비슷비슷한, 더 이상은 새로운 것이 나올 수 없을 만한 포즈를 모두 쥐어짜 내 카메라 앞에 서고 나면 준은 생각보다 꽤 괜찮은 돈을 지급받았다. 일이 많은 건 아니지만 한 사이트와 독점 계약을 맺었기 때문에 그 벌이는 다른 아르바이트의 몇 배였다.

그 돈이 차곡차곡 쌓여 어느 정도 모이고 나서야 다른 생각이 들었다. 제일 먼저 떠오른 건 켄타 형이었다. 준이 생각하는 건 켄타 형과 스톰을 나와 다른 밴드를 만드는 것이었다. 음악을 제일 우선으로 삼을 사람. 하지만 그 기회를 차 버린 건 역시 켄타였다.

"사실 말이야. 나는 그다지 내키지 않아. 그러면 새로 사람도 구해야 하고, 합도 맞춰야 하고, 모든 것을 우리 책임으로 해야 하는데……. 그래, 하다못해 공연할 곳도 다시 구해야 하잖아. 밑바닥부터 시작해야 하는데 맨땅에 헤딩하는 기분이야. 벌써부터 머리가 아프다고. 꼭 그래야 돼?"

그에게선 지독한 술 냄새가 풍겼다. 그에게는 자신이 가지고 있는 것을 유지할 만한 능력이 없어 보였다. 신은 그에게 재능은 주었지만 열정은 주지 않은 것이다.

하지만 그를 탓할 수만은 없는 일이었다. 준도 결단을 내리기 어려운 건 마찬가지였다. 혼자서 무언가를 새롭게 시작해야 하는 건 두려움을 동반한 일이었다. 하지만 낡은 집과 하루하루 살아 내 버리는, 그러니까 사는 것이 아니라

살아 버리는 것 같은 이 삶을 지속하고 싶지는 않았다. 음악을, 제가 사랑하는 음악을 구린내 나는 구렁텅이 안에서 구재해 내고 싶었다.

"풋내기."

준이 제게 말했다. 그가 종종 하연에게 하던 말이었다. 그 말은 바로 자신을 향한 말이기도 하다는 걸 그도 알고 있었다. 하연에게 자꾸만 눈길이 가는 것도, 그녀를 품어 주고 싶은 것도 그런 이유에서였다.

준이 그 여자를 다시 만난 건 그다음 날 공연이 끝난 직후였다. 공연을 마치고 준 혼자 악기를 정리하는 와중이었다. 그때 네 사람은 싸우고 있었다. 정확히 말하자면 노아와 준의 싸움이었다. 찬우는 낄 군번이 아니었고 켄타는 오래전부터 맛이 간 상태였다. 그는 술에 잔뜩 취해 무대에 올라 드럼을 마구 두드려 댔다. 벌써 한두 번이 아니었다.

아슬아슬하던 그 성이 무너지는 건 순식간이었다. 균열이 있었지만 이렇게 허망하게 무너질 거라고는 예측하지 못했다.

"너 이 자식 뭐 하는 짓이야!"

준이 노아의 멱살을 잡아끌었다. 히죽거리며 웃고 있는 노아의 얼굴에 침이라도 뱉고 싶은 것을 준은 가까스로 참았다.

연주를 시작하자마자 얼마 지나지 않아 박자가 어긋났다. 무대에 올라올 때부터 어슬렁거리던 켄타가 술에 취했다는 것을 안 것은 그때였다. 드럼이 무너졌고 베이스가 길을 잃고 당황했다. 노래를 이어 나갈 상황이 아니었다. 객석이 웅성거렸다. 그 순간 준의 마이크를 빼앗아 낄낄거리던 노아가 기타를 부숴 버리고 바지를 벗어 내리더니 폭주했다. 사람들이 소리를 지르고 야단이었다. 준은 그들을 버려둔 채 무대에서 내려왔다.

"다들 좋아했잖아. 왜 그래?"

노아의 얼굴은 악마였다. 그의 몸에서 전엔 맡을 수 없었던 이질적인 향기가 풍기고 있었다. 문득 짐작 가는 것이 있었지만 차마 입에 담을 수 없었다. 역겨운 생각이 드는 준의 손에 힘이 잔뜩 들어갔다.

"미친 개자식! 켄타 형한테 술 준 거 너였지?"

"달라 그러더라. 이제 무대 지겹대. 발전도 없고 앞날도 없고 노는 것도 지

쳤단다. 맨날 똑같이 띵가띵가. 지겹지도 않냐? 파격. 파격을 선보여야 할 때가 된 거거든. 이름만 스톰이면 뭐 해! 진짜 폭풍을 일으켜야지!"

"그래서 무대에서 홀딱 벗고 날뛰는 게 폭풍이야?"

"너야말로 뽕 맞은 사람처럼 눈 까뒤집고 노래하는 게 예술이냐?"

온몸을 흔들면서 혀를 날름거리는 노아의 꼬락서니가 더 이상은 보기 싫었다.

"진짜 뽕 맞은 사람이 누군데? 이렇게 살 거야? 이런 꼬락서니로 무대에 선다는 거 자체가 수치라는 거 몰라?"

"니 따위, 마이크 잡았다고 네가 뭐라도 되는 줄 아는데. 주제에 무슨 예술을 한다고!"

타악!

세게 올려 친 준의 손이 다시 올라갔다. 제 힘을 억제하지 못해 부르르 떠는데 뒤에서 누군가 손을 잡는 것이 느껴졌다. 찬우였다. 착한 눈동자가 고개를 저었다. 여기서 제정신인 사람은 이놈밖에 없는 것 같았다.

그때 문이 열렸다. 무대를 담당하는 매니저가 굳은 표정으로 다가와 말했다. 준이 빠르게 손을 내렸다. 어색한 미소를 지어 보였다. 다 망가져 버린 걸 알지만 그래도 무대에는 서고 싶었다.

"누가 너를 좀 보자는데?"

"누가?"

먼저 반응한 건 노아였다. 희끄무레 까뒤집힌 그의 눈을 보고 인상을 쓴 매니저가 준을 쳐다보았다.

"저요?"

매니저가 고개를 끄덕였다. 순간적으로 짐작된 사람은 하연의 아버지였다. 그녀가 저희 집에서 거의 살다시피 한 지 꽤 오랜 시간이 흘렀다. 아무리 자식을 버린 아버지라 해도 이 정도면 찾을 거라 생각했다. 하지만 준을 기다리고 있었던 건 하연의 아버지가 아니었다.

매장 안쪽 지저분하고 좁은 사무실에 한 여자가 앉아 있었다. 문을 열고 그 안의 여자를 본 순간 세상의 채도가 달라졌다고 느꼈다. 지난번 만났을 때보다 더 깊어져 있었다. 그녀는 확실히 다른 빛깔을 띠고 있는 사람이었다. 그동안 만났던 사람들과는 달랐다.

"잘 있었어요?"

그녀가 먼저 손을 내밀었다. 가늘고 하얀 손이 준의 손바닥에 와 닿았다. 부드러운 감촉이 준의 손을 빨아들였다. 맞대어 흔들기 쉽지 않았다. 값비싼 보석을 앞에 두고 있는 기분이었다.

그 순간 떠오른 기억이 있었다. 두 사람의 만남은 지난번, 오만하게 자신을 보며 당신과 계약을 하고 싶다고 말했던 그날 밤이 처음이 아니었다. 고개를 저으며 그 차에서 내렸던 것은 계약을 하고 싶지 않아서가 아니었다. 두려웠다. 이 여자에게 휘둘릴 것 같았다.

영원그룹의 외동딸, 이수정의 무남독녀 차유라. 이제 막 초등학교 3학년이 된 그녀가 제 어머니를 따라 보육원에 방문했었던 그날, 유라는 기타를 치고 있는 준을 손가락으로 가리키며 말했었다.

'메세나(문화예술에 지원하는 기업들의 활동). 나 쟤 가질래.'

그때 자신을 가리키던 그 오만한 여자아이의 모습을 준은 기억해 냈다. 준이 손을 내밀어 잡았다. 그녀가 말했다.

"당신을 우리 회사에서 스카우트하고 싶은데요."

"또 그 이야기입니까?"

빈정대듯 말하는 건 두렵기 때문이었다. 하지만 그녀는 준에게 휘둘리지 않았다. 비즈니스를 하는 사람의 태도로 흐트러지지 않은 채 그녀가 말했다.

"그래요. 똑같은 이야기 맞아요. 뭐든 될 때까지 계속 이야기하는 게 나한텐 어렵지 않으니까. 내가 해서 안 될 일은 없거든."

그 순간 흥미가 갔다. 지난번에는 꺼내지 않았던 질문이 튀어나왔다.

"무슨 회사요?"

당연히 쇼핑몰 모델 일을 말하는 줄 알았다. 그건 오판이었다. 여자는 확실히 그런 것을 할 만한 사람으로 보이지 않았다. 여자가 피식 웃었다.

'뭐야, 오늘 같은 난장 쇼를 좋아하는 건가?'

준은 그녀의 속내를 가늠할 수 없었다. 스톰은 한창때 꽤 괜찮은 무대를 보여 줬지만 지금은 아니었다. 그때 누군가 찾아왔다면 음악하는 사람을 구하는구나 단박에 알았을 터였다. 가늘게 뜬 시야로 여자가 보였다. 어릴 적과 다를 바 없는 오만한 얼굴이었다.

"무슨 회사긴요. 음악하는 회사죠. 당연한 거 아닌가?"

"아. 그렇군요."

준은 고개를 끄덕였다. 시간을 벌고 싶었다. 의중을 파악하기까지 꽤 오래 걸릴 것 같았다. 하지만 이미 기운은 여자 쪽으로 기울어져 있었다. 그걸 부인할 수 없었다.

"여기 관계자 말로는 그쪽이 작곡도 한다던데?"

여자는 선심을 쓰듯 미소 지었다. 그녀의 말은 마치 네가 무슨 짓을 하든 우리는 다 받아 줄 용의가 있다는 것처럼 들렸다.

"뭐, 그냥 혼자 부르고 들을 만한 것들입니다."

겸손한 척하는 준의 말에 여자는 입술 한끝을 슬쩍 들어 올렸다. 알 만한 사람끼리 되도 않는 시간을 끌 필요 없다는 의미 같았다.

"다른 건 다 준비되어 있어요."

설명하지 않아도 알 수 있을 것 같았다.

"마음 결정되면 이쪽으로 연락 주세요. 되도록 빨리. 나는 기다리는 거 딱 질색이니까."

여자는 당연히 연락을 할 거라 믿어 의심치 않는 표정으로 자리에서 일어나며 준에게 명함 하나를 건넸다. '블루엔터' 깔끔한 명함. 돌아선 여자의 반듯한 등이 매혹적이었다. 그 안의 농익은 실루엣이 눈에 보일 듯했다. 입이 건조해지고 목이 말라 왔다. 준의 시선을 눈치챈 듯 힐끗 돌아본 여자가 가볍게 미소 지었다.

"많이 자랐군요. 생각도 그만큼 자랐으리라 믿어요."

물론 그 예상은 틀리지 않았다. 이미 준의 심장은 뛰기 시작했다. 휘어잡혀도 할 수 없었다. 혼자서 일어설 수 있다는 건 환상이었다. 사실 저에게는 그 정도의 용기도 능력도 없었다. 이미 한번 생각해 봤던 일 아니던가?

저런 여자라면. 얼마든지 당해 줘도 되지 않을까?

지긋지긋한 저 녀석들에게서 벗어나서.

얼마간 의지하고 나면 그다음에는 혼자 일어설 수 있다. 능력을 키우고 내 이름 하나만으로 할 수 있는 것들이 많아지면 저 여자의 그늘에서 벗어날 수 있을 것이다.

이용당해도 상관없다. 이용당한다고 해도 그럴 가치가 있었다. 나 같은 거 하나 이용하려고 여러 번 찾아올 만큼 한가해 보이는 여자는 아니다. 켄타, 노아 같은 부류하고는 분명히 다른 사람일 것이다.

가슴이 뛰기 시작했다. 어쩌면 이런 날만을 기다리고 있었다. 음악이 그의 모든 것이 될 수 있는 날. 비질을 하거나 재수생들의 학원 수강 신청을 돕거나 취향에도 맞지 않는 옷을 입고 카메라 앞에 서는 건 이제 질색이었다.

소유? 그녀가 자신을 소유하고 싶으면 그렇게 하라고 하고 싶었다. 휘둘릴 것 같다는 두려움이 오히려 매혹으로 다가왔다. 그런 방법이 아니고서는 도저히 여기서 벗어날 수 없다는 것을 이제 알았으니까. 세상은 그렇게 호락호락한 곳이 아니라는 걸 이미 오래전 깨달아 알고 있었으니까.

삐걱거리는 낡은 침대가 내 시그니처라고? 말도 안 돼. 그런 구질구질한 것들 더는 질색이야!

준이 속으로 악을 쓰고 있었다. 그 순간 하연이 떠올랐다. 그녀의 슬픈 눈동자. 바들바들 떨던 그 첫날의 기억. 왜 그런지는 몰랐다. 그냥 어떤 예감 같은 것이었다. 어쩌면 멀어질지도 모른다는. 하지만 그 생각도 금방 지워져 버렸다. 이제 이곳과 안녕.

"누구야?"

그녀가 돌아간 뒤 악기를 정리하러 돌아온 자리에 남아 있는 건 찬우 하나였다. 노아는 이미 사라진 뒤였다. 켄타는 술에 취해 뻗어 있었다. 준은 아직 아무 말도 하고 싶지 않았다.

"그냥 시답지 않은 사람."

준이 말했다. 제 스스로 그렇게 생각해야 그 후의 모든 일을 처리할 수 있을 것 같았다. 찬우는 더 이상 물어 오지 않았다. 제게 그럴 자격이 없다고 생각한 거겠지. 자격? 지겨운 단어. 준은 씹어 뱉어 내듯 퉤 침을 뱉었다. 자격 운운하는 것들이 이제는 사라지길. 이제는 그런 것을 더 이상 생각하지 않아도 되는 곳으로 준은 가려 하고 있었다.

○ ● ○

잠이 든 그의 얼굴은 아기 같았다. 살짝 섞인 곱슬머리. 빛의 방향에 따라 밝은 갈색, 짙은 밤색, 오묘한 빛깔로 변하는 그 머리카락을 손끝으로 만져 보면 더없이 보드라운 감촉이 느껴졌다. 살짝 벌어진 입술은 한없이 평화로웠다. 이마에서 시작해 눈썹과 코끝으로 연결되는 곡선. 가느다랗고 날렵하게 솟구치다 강인하게 떨어지는 그 선에 아롱지는 그림자를 보던 하연은 조금 더 과감하게 손가락 사이를 벌려 그 머리카락 속으로 파고들었다. 가슴이 짜릿하게 울려 왔다. 진동은 천천히 크게 원을 그리다 사라졌다.

하아. 불안함을 삭히려 그의 가슴에 얼굴을 기댔다. 따스한 기운. 부석대는 몸짓. 머리꼭지 위로 내려오는 입맞춤과 모로 돌아누워 제 팔 안으로 당겨 오는 그의 팔뚝. 하연은 그 안에 기대어 불안함을 잠재웠다.

"일어났어?"

하연이 눈을 동그랗게 뜨고 그에게 물었다. 하지만 준은 눈을 감은 채로 고개를 흔들었다. 재워야 했다. 요즘 준은 학원 아르바이트를 그만두고 연습에 몰두하고 있었다. 왜 그런지 물어보았지만 자세한 설명은 없었다. 그저 부족한 것 같아서, 실력을 더 키우고 싶어서라고, 그렇게 말할 뿐이었다. 하지만 하연은 그가 연습실을 구하기 얼마나 어려워하는지 알고 있었다. 그건 꽤나 돈이 많이 드는 일일뿐더러 그의 멤버들은 누구보다 연습을 싫어했다. 그럼 그는 누구와 연습을 하고 있을까? 물어보고 싶지만 하연은 묻지 못했다.

어젯밤에도 그제 밤에도 그는 하연의 안으로 들어와 점점 커져 갔다. 그 만족감에 그 충족감에 그런 불길한 질문은 어울리지 않는 거라고 하연은 생각했다. 잠든 그의 얼굴을 바라보다, 눈이 나빠지면 안 된다며 준이 사다 준 스탠드를 켜고 공부를 시작했다. 어려운 수학 문제를 하나씩 해결하면서 동이 터 가는 순간 마음이 진정되는 것이 느껴졌다.

그는 작게 숨을 쉬며 잠을 자고 있었다. 이른 새벽 펍으로 달려가 오픈을 하고 쇼핑몰 모델을 서고 그리고 그의 말대로 연습을 하고 저녁이면 공연에 서야 하니까. 하지만 언제부턴가 하연은 그 공연에 가지 않았다. 그의 말로는 공연은 당분간 서지 않을 거라고 했기 때문이다. 더 나은 공연을 위한 준비 기간이니 이해해 달라며 그는 하연의 등을 쓸어 제 쪽으로 끌어당겼었다.

마음이 바삭거리는 소리를 냈지만 그의 손이 닿는 자리는 뜨거워 타들어 가고 있었다.

"공연 다시 시작하면 꼭 알려 줘."

그는 고개를 끄덕이며 하연의 목덜미에 입을 맞추었다.

○ ● ○

땀이 흘렀다. 하연은 수건으로 목덜미에 흐르는 땀을 쓰윽 닦아 냈다. 계절이 바뀌어 여름이 되어 가면서 마음이 급해지고 있었다. 공부를 할 생각이 없었는데 최근 모의고사 성적표를 확인하고는 조급증이 돌았다. 대학을 합격해야 아버지에게 돈을 받을 수 있었다. 그러고서도 과외를 구해서 살림에 보태야 했다. 그것이 그와 함께할 수 있는 방법이었다.

깨질 듯이 아픈 머리를 세면대에 대고 찬물을 들이부었다. 삐걱거리는 침대 위에 책을 펼쳐 놓고 집중하려 애를 썼다. 그가 오기 전까지 정해 놓은 분량을 끝내고 싶었다. 그가 오면 그의 품속에서 이 모든, 어쩌면 사소한 근심 걱정을 잊어버리고 싶었다.

하지만 어젯밤 그는 너무 늦게 들어왔고 두 사람은 서로에게 팔을 뻗은 채 잠이 들었다. 최근 매일 밤 해갈하듯 서로의 몸을 탐하던 시간의 간격이 벌어졌다.

처음은 그가 술을 너무 많이 마셔 집으로 돌아오자마자 잠이 들었던 밤이었다. 그는 하연의 몸을 꼭 끌어안은 채 잠이 들어 버렸다. 하연은 단숨에 곯아떨어진 준을 확인하고 자리에서 일어나 작은 냉장고 안에 넣어 두었던 맥주를 꺼내 마셨다. 아무리 부스럭거려도 그는 일어나지 않았다. 그렇게 며칠이 지났다.

그는 하연을 안지 않았다. 그의 몸에서는 전에 느껴 보지 못한 달콤한 향내가 풍겼다. 값비싸 보이는 옷을 입고 들어오고 신발장에는 새 신발 상자들이 쌓여 갔다. 매일 들고 다니던 기타도 더 이상 들고 나가지 않았다. 새 기타를 장만했다고 하지만 하연은 보지 못했다.

아르바이트를 하러 나가는 시간이 한 시간 늦춰졌다. 그는 거울 앞에 서서 머리를 단정하게 빗고 옷을 깔끔하게 입고 현관 앞에 섰다. 그 모습이 너무 근사해서 하연은 순간 짧은 쇼츠 차림에 브래지어도 하지 않은 채 헐렁한 티셔츠를 입은 제가 부끄러워 한 발 뒤로 물러섰다. 그는 매일 아침 건네던 굿 모닝 키스를 해 주지 않고 문밖으로 나갔다. 이른 아침에는 느껴지지 않았던 화창한 한여름 햇살이 문틈으로 새어 들어왔다.

그리고 오늘이었다. 반지하방 반쯤 가린 창이 어두워진 건 그로부터 얼마 지나지 않아서였다. 정해진 공부 분량을 끝내고 시계를 확인했을 때는 이미 밤 10시였다. 연습을 끝내고 돌아올 시간이 이미 지나지 않았나? 수학 공식 위에 맴돌던 연필 자국이 동그랗게 번져 갔다. 하연은 자리에서 일어났다. 손에는 휴대 전화가 쥐어져 있었다.

준.

준.

준.

통화 목록에 일렬로 줄을 선 그의 이름 위를 엄지손가락이 매만져 쓸어내렸다. 왼쪽 귀에 전화를 대고 손톱을 물어뜯었다. 한참 신호가 가는 동안 제 귀에 들릴 만큼 심장이 쿵쾅거리기 시작했다.

띠리리. 띠리리. 띠리리.

전화를 끊고 하연은 책상에 앉아 초시계를 눌렀다.

다음 중 글쓴이의 관점에 알맞은 것을 고르시오.

관점. 관점. 알맞은 것. 신경질적으로 표시를 해 두고 길고 긴 지문을 읽어 내려갔다. 왼손에는 휴대 전화를 여전히 꼭 쥔 채였다. 초시계가 빠르게 숫자를 흘려보냈다. 지문 위로 까만 밑줄이 넘쳤다. 그사이 세 번의 문자를 보내고 다섯 번 전화를 걸었다. 두 번째 지문을 읽기도 전에 들고 있던 샤프펜슬을 내던지듯 상 위에 올려놓고 집 앞으로 나갔다.

멀리 골목 끝으로 보이는 건 어둠뿐이었다. 미친 듯 전화를 걸었다. 켄타. 찬우. 모두 전화를 받지 않았다. 지금 이 세상이 내가 알고 있던 그 세상이 맞는 걸까? 설마 저 어둠이 모든 것을 바꿔 놓은 건 아닐까? 발을 동동 구르면서 입술을 몇 번이고 씹었다. 멀리 누군가 걸어오는 모습이 보였다. 낯선 옷을 입은 남자를 발견한 순간 하연의 눈에 불이 일고 목구멍에서 괴성이 흘러나왔다.

"야! 김동준!"

그가 까끌거리는 표정으로 하연을 쳐다보았다. 짙은 검은색 눈동자는 충혈되어 있었다. 하지만 피곤한 것이 아니었다.

"뭔데?"

대체 이해할 수 없다는 표정이었다. 평온한 자신과는 달리 격해진 하연을 감당하기 어렵다는 듯 그는 뚱한 얼굴이었다. 처음 그를 보았을 때 느꼈던 그라는 사람의 얼굴. 가로등 아래서 팬들의 선물을 받을 때 모자 위로 후드 티를 뒤집어쓴 채 조금은 귀찮다는 듯 껄렁한 자세로 서 있던 그 얼굴.

"전화 왜 안 받아?"

그는 주머니를 뒤져 전화기를 꺼냈다. 느릿하게 움직이는 손가락.

"전화했구나."

어스름한 달빛 아래 그는 고개를 내려 수신 메시지를 확인했다. 틱틱 긴 손가락이 휴대 전화의 버튼을 눌렀다. 이마와 속눈썹. 가느다랗게 흐르다 깊고 강인해지는 그의 턱선. 하연이 꿀꺽 침을 삼켰다.

"재수 없는 놈!"

소리치며 걸음을 옮겼다. 피식 코웃음 소리가 들렸다. 그가 등 뒤에서 하연을 끌어안았다.

"늦어서 화났어?"

"저리 가!"

"왜 그래, 우리 하연이."

"저리 가. 싫어. 싫다고."

온몸을 바둥거렸지만 그의 팔 안에서 벗어나지 않을 정도의 발버둥이었다. 이미 그의 팔이 제 몸을 안았을 때 하연은 무너지고 있었다. 날 선 가슴이 뛰기 시작했다. 사랑하는구나. 이 사람을 사랑하는구나. 내 자존심보다 이 사람을 사랑하는 거구나. 그 사실을 깨달은 순간 절망스러웠다.

그는 하연을 안아 들었다. 두 사람은 한 몸이 되어 뒤뚱뒤뚱 계단을 내려갔다. 차가운 손바닥이 가슴 속으로 들어왔다. 물컹한 가슴을 움켜쥐자 하연의 심장이 같이 움켜쥐어졌다. 목뒤로 짧고 뜨거운 숨을 내뱉은 그가 입술을 움직였다. 가슴이 울렸다.

"어쩌면 일이 잘될 것 같아."

그는 코끝을 하연의 목덜미에 대고 그렇게 말했다. 그는 웃고 있었다. 목덜미를 따라 자잘한 입맞춤이 흘러내렸다. 닿는 자리마다 작은 불꽃이 일었다.

"무슨 일?"

"지난번에 계약하고 싶다고 한 회사 있다고 했잖아. 오늘 만나고 왔어."

그가 축배를 들듯 하연의 입술에 입을 맞추었다. 순식간에 그의 손에 하연의 짧은 팬츠가 바닥으로 떨어졌다. 커다란 손이 하연의 몸을 덮쳐 왔다.

"그래서?"

"정식으로 계약하고 싶대. 내 목소리가 마음에 든대. 무척 섹시하대."

그가 자랑스럽게 말하며 하연의 가슴으로 제 입술을 가져다 대었다. 하연은 그에게 입을 맞추었다. 떨어지지 않으려는 듯 숨을 쉬지도 않은 채 그의 입술에 매달렸다. 머릿속이 빠르게 마비되어 갔다. 마지막 뭐라고 이야기한 거지? 신경에 거슬리는 이야기가 몸속으로 파고들어 가 녹아내렸다.

째깍째깍.

모두 다 터져 버릴 그 시간을 미뤄 내느라 허둥지둥했다.

사랑은 일상으로 스미지 못하고 가장 날카로운 순간 모습을 드러냈다. 두 사람은 서로의 입술을 꼭 끼워 맞춘 채 침대로 들어갔다. 그의 손이 하연의 짧은 옷을 벗겨 냈다. 그는 이미 흥분되어 있는 상태였다. 온몸이 물처럼 부드러워졌다. 그의 손이 하연의 가슴을 쥐고 무릎을 들어 올려 제 쪽으로 끌어당겼다. 숨이 가빠져 왔다. 그의 목덜미에 얼굴을 숨겼다.

마침내 그가 여성을 쓰다듬는 순간 하연은 알았다. 부드럽게 매만지는 손길이 충분히 달궈지지 않은 그녀를 다급하게 열어 버렸다. 그와 멀어지겠구나. 이것이 끝이구나. 하연은 직감했다. 그는 그녀에게 흥분되어 있는 것이 아니었다. 그는 다른 일에 가슴이 뛰고 있었다. 그 손이 그런 하연을 눈치채지 못하고 재차 어루만졌다. 조급하고 불안한 손놀림이었다.

입술을 뗀 채 하연은 그의 가슴에 기대었다. 그의 입맞춤은 더 이상 그녀에게 인공호흡기가 되어 주지 못했다. 그녀는 혼자서 호흡하기 위해 부단히 헉헉거려야 했다. 서로의 리듬이 어긋나고 그가 몸속으로 들어왔을 때는 아픔을 참기 위해, 그것이 아프다는 것을 드러내지 않기 위해 이를 악물고 미소를 보였다. 그는 하연의 머리카락을 쓸어안았다. 눈을 마주치지 않은 채 두 사람은 몸을 섞었다. 떼어지는 순간 지저분한 냄새를 참지 못하고 먼저 일어나 욕실로 들어간 건 그였다. 남아 있던 하연은 벗겨진 옷들을 추슬러 제 몸을 가렸다.

○ ● ○

며칠 후 그는 모든 공연을 그만두었다. 하연은 더 이상 스톰의 공연을 기다릴 필요가 없게 되었다. 대신 그는 휴대 전화로 찍어 온 사진을 하연의 눈앞에 내밀었다. 새로운 멤버들이었다. 네 사람은 처음 만난 사람들 같지 않게 잘 어울렸다.

"콜드문. 회사에서 지어 준 이름인데 마음에 들어서 그러자고 했어."

까끌거리던 그는 어느새 그 어느 때보다 관대해져 있었다.

"당분간은 조금 바빠질지도 몰라."

"……응?"

"너도 이제 몇 개월 안 남았으니까. 그러니까 네 일에 조금 더 집중할 시간이 필요하지 않아?"

그는 하연을 쳐다보고 있지 않았다. 그는 빈 공간 어딘가 눈에 보일 듯 선명한 자신의 미래를 바라보고 있었다. 그것은 화려하고 높은 곳에 있어 그 아래의 누가 그곳을 보려고 아무리 고개를 들어 올려도 보지 못할 곳이었다. 울컥 눈물이 쏟아질 것 같았다. 알았다고 담담하게 넘어가려 했는데 입에선 저도 모를 소리가 튀어나왔다.

"그게 무슨 말이야?"

그는 눈을 깜빡였다. 똑똑한 네가 이 말을 못 알아들을 리 있냐며. 저를 필요로 할 땐 언제고. 함께 술을 마시고 밤새 잠을 재우지 않았으면서. 이제 와서 너는 수능을 봐야 하니까, 재수생이니까 공부를 해야 하는 거 아니었냐며 너무도 순진한 얼굴로 말했다.

"당분간 집에 자주 못 들어올 수 있어."

하연은 고개를 끄덕였다. 그를 알 수 있었다. 이런 얼굴 본 적 있었으니까. 전날 오후 다른 여자와 몸을 섞고 그다음 날 아내를 마중 가는 남편의 얼굴이 딱 이랬으니까. 그는 지금 제 운명의 전환점을 맞이하고 있으니까. 제 삶을 살고 있었으니까. 제 삶이 충분했으니까.

하지만 하연은 화려한 삶을 앞둔 준과는 달랐다. 저는 아직 결말이 어떻게 끝날지 모르는 길고 깊은 터널을 지나고 있다. 그를 축하해 주어야 하는데. 그럴 만한 여력이 없었다. 눈물이 솟구쳤다.

다시 또 이렇게 되는구나.

"알아. 하지만. 나에게 지금이 얼마나 중요한 시간인지 알잖아. 이렇게 불규칙적으로 들락날락하면 같이 지내기 힘들어."

마지막 자존심이었다. 준은 세상 이상한 소리를 들어 본다는 듯 놀란 얼굴로 하연을 바라보았다.

"그렇겠네. 그럴 수 있겠다. 그럼……."

그는 궁리하는 것 같았다. 마치 하연을 위하듯.

"그럼 내가 연습실에서 생활할게. 너는 여기 있어."

"뭐?"

하연이 날카롭게 되물었다. 그는 그 극렬한 반응에 영문을 알 수 없다는 듯 하연을 바라보았다. 그는 지금 자신이 무슨 짓을 하는지 모르고 있었다. 그는 자신만이 머릿속에 가득하여 제가 어떤 짓을 저지르고 있는지 몰랐다.

"혼자 여기 있으라고?"

"네 일상을 규칙적으로 만들어야지. 너에게 정말 중요한 시간이니까. 서울대 이번에는 꼭 합격해야 하잖아. 나는 네가 정말 잘되길 바라고 있어."

"서울대? 일상? 내가 잘되길 바란다고?"

일상? 어떤 것들을 일상이라고 부르는 건데? 악을 쓰며 울어 대는 어머니와 냉랭한 분위기를 풍기는 아버지가 없는 이곳. 퀭한 눈으로 목표 없는 길을 향해 가고 있는 재수생들과 결과를 알 수 없는 모의시험이 없는 이곳. 매캐한 냄새가 나고 한낮이어도 어두컴컴한 이 공간이 내 유일한 구원이었는데. 이제 이곳이 내 세상이라고 생각했는데.

"가끔은 시간을 낼 수 있을 거야. 미리 연락을 할게."

그 생각지도 못한 해결 방법에 하연은 말을 잃었다. 혼자 있으라고? 그게 정말 나를 위하는 일이라고? 그깟 서울대학교고 제 미래고 뭐고 생각나지 않을 정도로 그가 중요하다고 생각했는데. 그렇게 생각하며 숨 쉴 수 있었는데. 바보 바보 강하연.

"나쁜 놈."

"무슨 소리야?"

"항상 이런 식이지!"

하연은 되는대로 내뱉었다.

"뭐가?"

"뭐든 자기 멋대로. 나가는 것도 들어오는 것도 자기 멋대로. 혼자 취해 버려서는. 그래 봤자 아직 데뷔도 안 한 상태잖아."

"그러니까 몰두하려는 거야. 너도 그래야 하고. 지금 우리 둘 다 그래야 하잖아."

"힘들어. 못 견디겠어. 미쳐 버릴 것 같다고."

"그래서 너를 도와주고 싶어."

"뭐가 도와주는 건데? 이 답답한 곳? 이곳을 양보하는 게? 그게 도와주는 거야? 나쁜 놈."

"강하연! 말이 심하잖아."

"이런 곳 이제 지긋지긋해! 너도 지긋지긋해."

잘됐다. 제 목소리가 제 머리를 왕왕 울리는 동안 하연은 한편으로 그렇게 생각했다. 서울대? 아직 합격도 하지 않아 놓고 맡아 놓은 자리인 양 안심하는 그곳? 인디 밴드의 보컬? 연주는 엉망이고 아무도 알아주지 않는 그런?

과외를 하고 원룸에서 살고. 그런 생활을 얼마나 더 할 수 있었을까? 마음 한구석 늘 불안했던 생각이 둑이 무너진 듯 콸콸 쏟아져 나왔다. 하지만 혼자 돌아가는 것도, 예전으로 돌아가는 것도 너무 무서웠다. 두려웠다. 더 이상은 하고 싶지 않았다.

그는 구원이 아니라 도피처였어. 그걸 알면서도 여태 버티고 있었던 거야. 머릿속은 냉정했지만 가슴이 울고 있었다. 그에게 버림받았다. 그에게 버려졌다.

"그만하자. 너 잃고 싶지 않아."

"그게 무슨 소리야? 놓치고 싶지 않다면서 왜 이러는데? 그게 지금 앞뒤가 맞는 말이야? 논리적이라고 생각해?"

악을 쓰고 버럭버럭 내질렀다.

"강하연. 우리 이래 봤자 서로 감정만 상해."

"그러니까, 이 바보야! 네가 무슨 말 하는지 알아? 알지도 못하면서."

"너나 나나 중요한 시기잖아. 너도 그렇고, 나는 작업에 몰두해야 돼. 어린 애처럼 이러지 말자. 인상 좀 그만 쓰고."

인상 좀 그만 쓰고…….

"어린애? 인상 쓴다고? 이 상황에 안 그러게 생겼어? 이 바보 멍청이. 재수 없어, 재수 없다고. 자기도 한량인 주제에. 할 줄 아는 거라고는 아무것도 없으면서! 내가 바보야. 너 같은 놈을 믿은 내가 한심해. 자기 팀원들도 전부 버리고 자기 혼자 살겠다고 나간 사람에게 의리 같은 게 있을 거라 생각했던 내가 멍청이야!"

그는 던져 놓았던 옷을 꿰어 입고 밖으로 나갔다. 바락바락 소리를 지르며

우는 하연을 한 번도 돌아보지 않았다. 당연했다. 이렇게 어리석게 구는 여자를 돌아볼 남자는 없었다. 저기 밝은 빛이 들어오는 문이 열리고 있는데 어둠 속에서 제 발을 잡아끄는 여자를 돌볼 남자는 없었다.

○ ● ○

7월 모의고사 성적이 나오던 날에도 하연은 낡은 침대 위에서 준을 기다렸다. 시간은 자정을 한참 넘어갔다. 성적은 형편없었지만 그에게 안기면 그런 것쯤은 잊을 수 있을 것 같았다.

그날 이후 3일이 지난 뒤 준이 들어왔다. 두 사람은 그날 서로를 안았지만 입을 맞추진 않았다. 키스가 없던 잠자리. 그 후로 그는 들어오지 않았다. 하연은 혼자 맥주를 한 캔 까 들고 방바닥에 앉았다. 두 팔로 다리를 그러모아 앉아 있다 휴대 전화를 들었다.

"언제 와?"

— 일 끝나고 새벽 2시쯤 들어갈 수 있을 것 같아.

하연은 자리에서 일어났다. 입안이 까끌까끌하게 느껴졌다. 침대 위에 오늘 받은 성적표를 꺼내 놓았다. 사회 탐구 영역의 문제집을 펼쳐 놓고 오답을 체크했다. 맥주 한 모금을 다시 삼켰다. 가물가물한 눈으로 방 안에 쏟아지는 달빛을 헤아렸다. 울컥 눈물이 쏟아질 것 같아 눈을 깜빡였다. 그에게 안기고 싶다. 지독하게 짜증스러운 남자의 품이 생각났다. 그것이 그저 도피처라는 것을 알고 있었다.

이게 사랑일까? 아니, 사랑이었을까?

고개를 푹 숙이고 눈을 감았다.

딸깍 열쇠를 여는 소리가 희미하게 들렸다. 고개를 쳐들고 어지러이 널려 놓았던 문제집을 모아 가방에 쑤셔 넣었다. 흐트러진 머리카락 사이에 손을 넣어 빗질하듯 쓸어내렸다. 문이 열리고 늘씬한 남자의 형체가 들어왔다. 핏 된 정장에 매끈하게 머리를 손질한 준이 커프스 버튼을 풀자 낡은 벽에 그가 차고 있는 시계의 글라스에 반사된 빛이 비쳤다. 또 다른 종류의 빛이었다.

그가 플리 마켓에서 사 주었던 니트 원피스 위로 하연은 제 정점이 타오르는 것을 느꼈다.

"많이 늦었다."

"아직 안 자고 있었어?"

깃이 근사한 검정 재킷이 두 사람이 하나로 앉아 있던 낡은 의자에 던져졌다. 하얀 셔츠 사이로 낯선 향내가 하연의 코를 찔렀다. 그가 검정 구두를 벗고 침대 위로 올라오자 침대는 크게 출렁이며 삐걱거리는 소리를 냈다. 그는 킥킥거리며 웃었고 곧 손을 뻗어 뒤에서 하연을 끌어안으며 그녀의 가슴을 모아 쥐었다. 평소와 다르게 기분이 좋아 보였다.

그의 머리카락이 손질된 그대로 남아 하연의 뺨을 찔렀다. 귓가를 스치는 입술 사이로 짙은 와인의 향기가 스쳤다. 그 향기를 자각하는 순간 묵직한 통증이 아랫배를 눌렀다. 무심하게 어루만지는 손길에 가슴속으로 터질 것 같은 욕망이 흘러내렸다.

"피곤하지 않아?"

"응."

"옷은 벗고 자야 하는 거 아니야?"

"응. 그런데 네 시험은?"

"시험은…… 잘 봤어."

그가 만지작거리는 가슴이 조금씩 부풀어 올랐다. 등의 곡선을 따라 맞닿은 그의 가슴이 한 올 한 올 욕정의 끈을 팽팽하게 당기고 있었다. 짧은 숨이 토해지고 긴 시간이 흘렀다. 자극은 뭉툭해지고 곧 사라졌다.

준.

얕은 한숨이 하연의 귓가에 스몄다. 그것은 고른 숨이 되고 움켜쥐었던 가슴마저 힘없이 놓았다. 뿌연 달빛에 끝이 매끈한 그의 새 구두가 반짝이는 것이 보였다. 올이 풀어진 제 소매 끝에 멍하니 시선을 둔 하연이 침대에서 일어났다.

그의 입술이 하연의 뺨에 동그란 무늬를 새겨 넣었다. 순간 피 속으로 혼탁한 기운이 스며들었다. 그의 몸을 슬쩍 밀어 내자 그는 끈적한 손길로 하연의 아래를 쓸어내렸다. 홧홧하게 타올라야 할 숲이 바짝 메말라 오그라들었다.

이 낯선 감정이 어디서 오는 건지 이해하기 어려웠다. 그의 팔 안에서 몸을 돌려 그의 얼굴을 바라보았다. 짙은 눈동자. 오뚝한 코. 넓은 가슴. 그린 듯 아름다운 입술. 그의 얼굴은 그대로인데 몸 안의 핏기가 싹 가신듯 그를 바라보는 제 눈이 이상해졌다.

"얼른 해 버릴까?"

그가 제 것을 하연의 엉덩이에 대고 말했다. 온몸에 소름이 오스스 돋았다.

"하지 않아도 돼. 피곤하잖아."

"그래도 너 기다렸잖아."

하연이 자리에서 벌떡 일어났다. 옷을 추스르고 벽에 가 섰다.

"왜 그래?"

그가 짜증스럽게 말했다.

"아니."

하연은 새까맣다 못해 멀게진 창밖의 어둠에 몸을 떨며 그렇게 말했다.

"됐어, 그럼."

그는 돌아누웠다. 얼마 후 가늘게 숨을 쉬는 소리가 들렸다. 하연은 벽에 기댄 채 어둠 속에서 눈을 밝히고 있었다.

그날 그가 말없이 집 밖으로 나간 뒤에도 하연의 마음은 수십 번 갈등했다. 말 잘 듣는 강아지처럼 그가 오길 기다리다가 그의 손에 잠들고 싶은 욕망이 수없이 들끓었다. 하지만 난 그의 애완동물이 아니잖아. 자존심이 수백 번 무너졌다.

몇 번의 약속이 어그러지고 결국 그 반지하방에서 준이 이사를 하던 날. 그가 모든 짐을 놔둔 채 자신이 새로 가지게 된 그 반짝이는 구두와 시계만을 챙겨 새 오피스텔로 들어간 순간, 하연은 저 역시 이곳에 남아야 하는 짐이라고 생각했다.

그 모든 것을 알면서도 고작 24시간도 지나지 않아 울며불며 그에게 전화를 걸었다. 지독하고 지겨운 여자라는 말을 들으면서도 제발 한 번만 와 달라고 애원했다. 꿈속에서 그는 몇 번이고 하연을 안았다. 서로 좋았을 때처럼 하루에 몇 번 그녀를 안아 주었다. 깨어나면 아무것도 없었다.

세상이 무너지고 있었다. 그것을 부정하려 그의 새 오피스텔로 찾아갔다. 높은 건물이 위압하듯 하연을 내려다보고 있었다. 맨 처음 그를 만났던 그날과 같았다. 하연은 어둠에 잠겨 하나같이 검은 그림자를 드리운 그곳으로 걸어 들어갔다. 휘황찬란한 조명 아래 경비원이 하연을 쳐다봤다. 적대적인 표정이 아니었지만 하연은 놀란 듯 밖으로 나왔다. 정문 앞에 서 있던 그녀는 슬금슬금 건물 뒤쪽으로 들어갔다.

시계는 이미 밤 11시를 가리키고 있었다. 지하 주차장 입구 옆으로 몇 대의 차가 세워져 있었다. 시커먼 차 안에는 아무것도 보이지 않았다. 한 블록 뒤에는 울긋불긋한 네온사인이 가득한 거리였다. 그곳과 고작 몇 걸음 거리였지만 이곳은 지독히도 어두웠다. 그때 차 한 대에서 누군가 내리는 것이 보였다.

달빛 아래 우뚝 선 남자 얼굴을 보지 않아도 그가 누구인지 알 수 있었다. 손을 들어 제 존재를 알리려는 순간 남자가 다시 어둠 속으로 빨려 가듯 뒷걸음질 쳤다. 놀라 바라본 곳에는 열린 차 문밖으로 나온 여자의 손이 있었다. 그 여자가 제 이마를 그의 코트 깃에 살짝 기댔다. 닿아 있는 부분이라고는 신사적인 느낌을 풍기는 정도. 옷자락과 이마.

하지만 달빛에 비친 실루엣 때문인지 그것은 색정적으로 느껴졌다. 기대 있는 여자 때문인지, 한없이 한심해 보이던 그 남자는 고결하고 단단한 사람이 되어 있었다.

하연은 홀린 듯 두 사람 앞으로 다가갔다. 아름다운 형태는 움직이지 않고 그 자리에서 한 폭의 그림이 되었다. 그 그림을 찢어발기는 제 손이 그려졌다.

그때 어디선가 음악이 들려왔다. 여자의 입속에서 흘러나오는 허밍이었다. 달을 가린 구름이 걷히자 두 사람에게 환한 빛이 쏟아져 내렸다. 고개를 든 여자가 준을 바라보는 순간 하연은 그녀가 누구인지 알 수 있었다.

지난 밤 그를 찾아왔던 여자. 그리고 아주 오래전 장례식장에서 울고 있던 그 여자.

제 것인 줄로만 알았던 남자의 얼굴이 그녀를 아껴 바라보고 있었다. 저를 사랑한다고 믿었던 눈길은 그저 설익은 것에 지나지 않는다는 것을 깨달았다.

저와 비슷하게 가는 눈매가 그런 남자를 반짝이는 보석처럼 올려다보았다. 차유라. 그녀의 손길이 준의 코트 깃을 그 남자의 몸처럼 소중히 매만졌다. 수도 없이 제 것이었던 그 남자가 다른 여자의 손에 길들여진 고양이처럼 보드라운 눈빛을 보내고 있었다.

헉. 소리조차 내지르지 못한 채 하연이 뒷걸음질 쳤다.

그가 너무 좋아서, 너의 밴드 따위 네 음악 같은 것은 모두 망해 버렸으면 좋겠다는 말은 끝내 하지 않았다.

전화를 부수고 그 후로도 몇 번을 그에게 찾아갔다. 네가 다른 여자와 있는 것을 봤다는 말을 차마 하지 못한 채 돌아오라 울부짖었지만 그것이 끝이었다. 그는 자신은 음악을 해야 하니 음악을 모르는 너는 한발 물러서 있으라 했다. 너는 그 착한 전교 1등으로 돌아가라고, 제 맛에 맞게 고쳐 놓고 바꿔 놓고 길들여 놓고 이제는 아니라 했다. 취하고 울고 속을 다 빼 놓고 자존심을 망가트렸지만 아직 끝이 아니라고 믿었다.

마지막으로 만나던 날. 그는 하연이 알고 있는 그 전화번호를 사용하던 전화를 부쉈다. 그 후 전화번호는 바뀌었다. 하연이 아는 번호는 더 이상 수신자가 없는 것이 되어 있었다. 마지막 자존심은 한 가지뿐이었다. 진짜 서울대생이 되는 것.

그해 12월 하연이 대학에 합격하는 것으로 두 사람은 온전히 멀어졌다. 그다음 해 콜드문이 데뷔했다.

3

6년 뒤.

3월은 반항기를 가진 녀석이었다. 숫자도 동글동글해서 상냥한 줄 알았더니만 알고 보면 반으로 뚝 잘려 날카로움을 숨기고 있던 것처럼. 1월, 2월에 비해 해 뜨는 시간이 빨라져 아침 7시가 되면 어느새 환해지는 창밖 그 햇살에 반해 얇은 옷을 입고 나온 하연은 금세 자신이 단단히 속아 버렸다는 것을 깨달았다.

"미친, 춥잖아!"

바바리코트 깃을 세운 하연이 몸을 움츠렸다. 지하철역까지 걸어서 15분. 곧 사람들 속에 파묻혀 조금 따뜻해지겠지만 지금은 스물여섯 해를 겪었으면서도 여지없이 속아 버린 3월의 햇빛에 약이 올랐다.

그런 하연에 반해 하나둘 횡단보도 앞으로 모여드는 사람들은 대부분 무채색의 코트, 두꺼운 점퍼에 목도리까지 두른 현명한 이들뿐이었다. 그녀처럼 잔뜩 들떠 버려 새로 산 봄옷을 꺼내 입은 사람은 어디에도 없었다.

'화보 속 S/S 컬렉션은 나 같은 호구들을 위한 유혹이라니까. 세일 때까지 못 기다리는 사람들을 위한 상술이지, 지금 정말로 입고 나오라는 게 아

니라고!'

자책하며 양손을 교차해 제 팔뚝을 쥔 하연이 사람들 속으로 걸음을 옮겼다. 밀려오고 밀려가는 두 개의 인파가 부딪쳐 만들어 내는 질서 속으로. 그 순간 하연의 눈에 그것이 들어왔다.

날카롭게 가슴을 찌르듯 선명하게 다가온 그림. 다른 사람들은 아직 이르다 판단한, 호구들의 눈에만 보이는 봄빛 때문인지 그는, 아니 그 녀석은 하연의 눈에 유독 환하게 보였다.

그걸 깨달은 순간.

"거기 잠깐만요."

오른손을 꼭 주먹 쥔 하연이 몸을 튕기듯 빠르게 뒤돌아 녀석이 사라진 쪽으로 뛰었다. 멀리 그의 동그란 머리꼭지가, 그가 메고 있는 긱백이 하연의 심장을 데우기 시작했다. 가슴이 뛰자 손발이 따뜻해졌다.

'역시 3월은 봄이고, 그러므로 세일도 하지 않은 봄옷을 산 나는 호구가 아니라니까! 남들보다 조금 예민한 것뿐.'

하연은 그를 따라잡기 위해 얼굴이 붉어지도록 달렸다.

○ ● ○

"아! 나 당신 알아요. 물론 내가 짐작하는 아트 디렉터와 동명이인이 있지 않다면 말이죠."

이른 아침 문을 연 곳은 지나치게 활기가 넘치는 패스트푸드점뿐이었다. 까만색 타일이 반사경처럼 붙어 있고 볼록한 의자가 엉덩이에 닿는 느낌이 매끈한. 시선에 보이는 것이 모두 눈에 익숙한 그곳. 그곳에서 하연이 꺼내 보인 명함을 확인한 녀석이 제일 먼저 꺼낸 말은 그것이었다. 회색 맨투맨 티셔츠에 데님. 까만색 스니커즈. 그 위에 걸치고 있는 오버사이즈 롱 코트.

현명한 녀석이군. 생각을 하던 하연이 말을 꺼냈다.

"어디서 봤는데요?"

"뭐, 여기저기서요."

어깨를 가볍게 으쓱해 보인 그는 쌍꺼풀 없는 눈을 자연스럽게 도발하듯 움직였다. 입술을 꼬옥 깨문 하연을 향해 마침표를 찍듯 그가 팔짱을 끼고 의자에 등을 기댔다. 그 모습을 보며 하연은 마음이 달아오르는 것을 억지로 차분히 가라앉히며 어른스러운 척 행동을 하는 것에 어려움을 느끼고 있었다. 갑과 을. 벌써부터 을을 자처하기 시작하면 끝이 없을 것 같았다.

서울대학교에서 미학을 전공한 하연은 졸업한 뒤, 같은 학교 선배인 진혁이 대표로 있는 J엔터테인먼트에 입사했다. 현재 그녀의 직함은 비주얼 아트 디렉터. 듣는 음악이 아닌 보여 주는 음악으로써 일관된 이미지를 구현하기 위해 앨범 디자인은 물론 스타일링과 메이크업, 무대 연출, 뮤직비디오까지 모든 작업의 이미지를 구현해 내는 중요한 일을 맡고 있다.

그런 하연에게 지금 눈앞에 앉아 있는 그는 머릿속에 떠오르는 대로 제 손에 쥐고 마구 쓰다듬고 만져 보고 싶은 작품이었다. 물론 그녀의 상사는 하연에게 결코 캐스팅 권한을 준 적이 없었지만 이건 돌발 사고였다.

기타가 들어 있을 그의 긱백은 이음새가 낡고 색이 바래 스토리가 풍부하게 느껴졌고 덥수룩한 머리는 그대로 스타일링을 해도, 아니면 파격적으로 싹둑 잘라 버려도 좋을 만큼 그는 완벽했다. 회사에서 밴드를 기획 중에 있었지만 그 긱백 안에서 생각지도 못한 것이 나온다면 모델이든 배우든 어느 쪽으로라도 사업을 확장해 보고 싶은 기분이 용솟음쳤다.

그럼 이제 남은 건 본론뿐인가? 하연이 그가 옆에 세워 놓은 긱백을 눈짓으로 가리키며 물었다.

"그건 베이스? 일렉?"

"아니요. 통기타."

"오! 정말요?"

"이것 말고도 악기는 이것저것 다룰 줄 알아요."

그는 약간 뻐기듯 말했다. 하지만 그런 건 상관없었다. 그에게는 그편이 훨씬 더 자연스러워 보였으니까.

"장난하는 거 아니죠?"

목소리가 저절로 높아졌다.

"장난을 왜요?"

되묻는 그의 눈은 순진했다. 그는 그저 어린아이가 자랑하듯 자랑하고 싶은 마음이 다인 모양이었다. 나 사실 음악 좀 하는 사람이에요. 라고.

"아, 아니요."

하연이 고개를 절레절레 젓고는, 의아한 눈빛을 거둔 그에게 싱긋 미소 지으며 말했다.

"그래요. 그럼 지금 어디 가고 있었던 거예요? 학생? 설마 이미 데뷔한 프로는 아니죠? 아니, 그럴 리가 없겠지. 그럼 내 눈에 이미 들어오고도 남았을 테니까."

"데뷔는 아직. 학생도 아니고 지금은 아르바이트."

"아르바이트? 미안해요. 시간 늦은 거 아니죠?"

"네. 워낙 한두 시간 전에 움직이는 거 좋아해서요."

그가 눈을 찡긋거리며 웃었다. 자연스러운 표정은 결코 만들어 낸 것이 아니었다.

"아르바이트를 한두 시간 전에? 에이, 너무 성실한 거 아닌가."

"원래 일은 9시부턴데."

"음."

"제가 7시를 좀 좋아하거든요. 생기가 넘쳐서 마구 살아 있는 거 같으니까."

눈이 저절로 반짝이는 것을 숨길 수 없었다. 아, 이걸 어쩌지. 남들이 보기 전에 어서 제 주머니 속에 집어넣고 싶어 하연은 안달이 났다.

"무슨 대답이 이럴 수 있지?"

"제가 뭐 잘못했어요?"

"아니요. 이름이 뭐예요? 나이는?"

"스물둘. 이름은 제이든."

"제이든? 제이든! 아, 진짜. 제이든이란 말이죠?"

제이든이 근사한 미소를 지으며 고개를 끄덕였다.

대체 이럴 수 있는 거야? 이것저것 악기를 다룰 줄 아는 스물두 살. 9시 아르바이트를 위해 한두 시간 전에 미리 움직인다는 이 남자, 이름마저 제이든이라니!

그렇게 하연이 안절부절못하며 혼자 감탄하고 있는 사이, 대체 지금 이 상황이 무언지 알 수 없다는 듯 눈썹을 찌푸린 제이든이 말했다.

"그런데 나 지금 캐스팅당한 거예요?"

캐스팅당한 게 아니라 당장이라도 붙잡아 무대 위에 세워 놓고 싶을 지경이에요!

그 마음을 적절히 얼버무린 하연이 그를 향해 고개를 끄덕일 듯 말 듯 미소를 지었다.

그 후로 차근히 이야기를 나누며 하연은 그가 낮에는 아르바이트를 하고 밤에는 언더그라운드 밴드로 활동하는 아마추어라는 사실을 알아냈다. 제이든이라는 이름은 가명. 본명은 굳이 소개하지 않겠다는 그는 노래를 하는 사람 특유의 리드미컬한 목소리를 가지고 있었다.

그렇게 다시 한번 도발당한 하연이 조바심을 느낀 것은 그다음이었다. 내 눈에 좋은 것은 다른 사람 눈에도 좋은 법. 수천수만의 사람들 속에서 빛나는 보석은 결국 자신의 운명대로 나아가기 위해 이미 사람들의 눈에 발견되기 마련이었다. 그는 여러 곳에서 캐스팅 제의를 받은 귀한 몸이었다.

"하지만 아직 고민 중이에요."

그렇다면 지금 이 상황이 그리 나쁘지 않다는 이야기겠지? 잠시 뜸을 들인 건 하연이었다.

보이지 않는 줄이 밀고 당겨지고 있었다. 다른 한쪽 줄을 잡고 있는 제이든은 지금 무슨 생각을 하는 걸까? 제가 마구 안달 내는 모습을 드러내면 안 될 것 같다고 느낀 하연은 적당한 대답을 찾기 위해 마음이 바빠졌다. 여기서 협상을 유리하게 하기 위해 어떤 결정타를 날려야 하는 거야? 확 끌어당겨 버려? 아니면 역시 아직은 느슨하게 여유를 부려야 그가 미끼를 물까?

그 순간 의자 등받이에 몸을 기댄 제이든이 가볍게 고개를 까닥거리는 것이 보였다. 발랄하고 경쾌하라는 주문을 받은 시스템이 작곡한 것처럼 들리는, 판에 박힌 음악 사이로 그의 콧노래가 들렸다. 이런 협상은 지루하고 재미없다는 듯 그는 하연이 혼자 잡고 흔들던 줄 따위는 이미 놓아둔 채 다른 재미난 것을 찾아 나선 것 같았다.

익숙한 풍경 속에 색다른 것이라도 있을까? 어느새 멈춘 그의 시선이 무엇을 바라보고 있는 건지는 알 수 없었지만 그가 만들어 내는 멜로디는 스피커 속의 리듬보다 느리게 흘러갔고 무리하게 발랄하고 경쾌하려 노력하는 스피커 속의 음악보다 산뜻하게 들려왔다.

"무슨 노래예요?"

"무슨 노래요?"

대답과 함께 현실로 돌아온 듯한 눈이 반짝이고 있었다. 그러고 싶지 않았는데 제멋대로 반호를 그린 제 입술에 하연이 주먹 쥔 손을 테이블 아래로 숨기며 그를 향해 말했다.

"내가 무슨 이야기를 해야 우리 쪽에 가장 유리한 답변이 돌아올까요?"

"유리한 답변이요?"

그게 무슨 질문이냐는 듯 제이든이 고개를 갸웃하며 되물었다.

"응."

"어. 글쎄요. 나 그쪽 작품 많이 봤어요."

"제 거요?"

"SNS가 인생의 낭비이긴 하지만 좋은 걸 무심하게 지나칠 순 없는 거잖아요. 나 좋아요 많이 눌렀는데?"

하! 짜릿한 감각이 온몸을 타고 올라와 하연의 눈이 번쩍 뜨이게 만들었다.

○ ● ○

열에 들뜬 눈동자가 제 어깨 너머 어딘가를 바라보는 것처럼 초점이 흐려져 있다. 포니테일로 묶은 머리카락이 느슨하게 늘어져 가느다란 어깨로 흘러내렸다. 그 머리카락을 한 손으로 쓸어 올려 드러난 하얀 목덜미에 진혁이 입술을 가져다 대었다.

"키스만 하겠다며?"

그 순간 저를 내려다보는 그녀가 보였다. 끝이 가늘게 뻗어 나가는 섬세한 눈꼬리. 저를 미치게 만드는 얼굴.

"그게 도저히 안 돼."

고백이라도 하듯 그가 속삭였다. 어떻게 이 여자를 사랑하지 않을 수 있을까. 진혁은 인정할 수밖에 없었다. 제가 그녀에게 온전히 빠진 것을. 그녀가 제 선택의 결정권자라는 것을.

도심 한복판이라는 지리적 위치는 진혁이 가진 자본으로 얻기엔 쉽지 않지만 어쩔 수 없는 노릇이었다. 신화그룹이란 명찰을 떼고 혼자 시작해 보겠다는 진혁에게 아버지는 까다로운 조건으로 돈을 빌려주었고 그것은 아주 빠듯했다.

방송국과 녹음실, 기타 여러 가지 상황을 고려할 수밖에 없는 사업. 하지만 현실에 맞춰 처음 마음에 두었던 곳에서 몇 블록 안으로 들어가는 것으로도 모자라 신축 건물을 포기하고 선택한 낡은 빌딩. 외관은 그렇다 쳐도 실내 장식만큼은 양보할 수 없었던 진혁이, SNS에 올린 하연의 이미지 작업물들을 발견해 이곳의 인테리어 초안을 맡긴 것이 두 사람 인연의 시작이었다.

'충분히 감각적이고 실용적이지만 가능하면 돈이 많이 들어가지 않도록.'

그 주문에 맞춰 디자인한 그녀의 초안을 인테리어 전문가에게 의뢰한 진혁은 그녀가 졸업을 한 학기 앞둔 그해, 회사의 비주얼 아트 디렉터로 하연에게 스카우트 제의를 했다.

높지 않은 연봉이라 거절할 줄 알았는데 고작 대학생이던 그녀에게 맡겼던 일이 제법 처음 이미지와 근접하게 구현된 것이 마음에 들었는지 사무실을 확인한 하연은 그날 그의 제안을 받아들였다. 그날 이후 수만 번의 구애 끝에 그녀는 낮에는 진혁의 부하 직원으로 밤에는 제 상사로 군림하는 중이었다.

"사랑해. 사랑해. 하연아."

열에 들뜬 나머지 진혁의 입에서 또 그 소리가 나왔다.

"키스만 하겠다고 했잖아."

하얀 살결 위로 유독 붉어 보이는 입술이 그런 말을 했다. 오뚝한 콧날. 깊은 눈동자.

"그러려고 했지."

그 입술 위로 제 입술을 가져다 대며 진혁이 말했다.

사랑하지 말라고. 자기는 사랑 같은 건 하지 않을 거라고. 그냥 가볍게 서로 즐기는 사이라면 상관없다고. 그 말에 진혁이 응했을 때 그녀는 몰랐을 것이다. 어떤 조건이든 들어줘야 했을 만큼 그가 이미 저에게 깊이 빠진 것을.

하지만 그것은 애초에 불가능했다. 아니, 처음에는 정말 그러려고 했었다. 그녀의 말대로 즐기다 보면 그녀에 대한 욕망이 사라질 거라 생각했다. 지금도 그랬다. 저녁을 먹고 집에 데려다주면서 같이 들어가면 안 될까 기대해 봤던 일이 뭉개진 상황. 키스 한 번으로 만족해야겠다며 자제하던 상태였다.

하지만 욕정만으로는 그녀의 마음을 갖고픈 제 욕구를 대신할 수 없었다. 그녀의 몸을 소유한들 이 마음이 잠재워질 수 있을까. 갖고 또 가져도 늘 달아날까 조바심 나게 하는 여자. 진혁에게는 강하연이 바로 그런 여자였다.

그리고 지금 이렇게 또 안달이 나는 건 어쩌면 오늘 아침 있었던 일 때문일지도 몰랐다.

이른 시간. 회의실로 들어온 강하연은 평소와 달랐다. 그동안은 전혀 속을 알 수 없는 여자라고 생각했던 강하연의 마음이 얼굴에 그대로 드러나 있었다. 같이 밥을 먹고 대화를 나누고 마음을 고백하고 키스를 나누고 잠자리를 함께해도 알 수 없을 것만 같던 여자. 그런 여자가 손톱을 잘근잘근 깨물고도 모자라 몇 번이나 혀로 입술을 축이더니 이제 좁은 사무실 안을 빙빙 돌았다.

얇은 바바리코트 속에 입은 밀크색 블라우스, 폭이 넓은 팬츠. 그 세련된 차림으로 마치 초등학교에 처음 입학한 1학년 꼬마처럼 안절부절못하는 모습을 보고 진혁은 그제야, 지금껏 행복하고 고맙고 참을 수 없을 만큼 즐거운 순간에도 남들보다는 낮은 온도로 일관하던 그녀가 어딘가 다른 사람과 다르다고 생각했던 제 판단이 잘못된 것임을 알게 되었다.

저 여자는 도대체 속을 모르겠어. 가 아니라 그녀는 진혁에게 한 번도 속을 보인 적이 없다는 표현이 보다 정확한 설명이었던 것이다.

"물건을 발견했어요. 그런데 급해요. 여기저기 구체적으로 조건을 제시하는 기획사가 많은 모양이에요. 다른 사람이 잡기 전에 빨리 우리가 데려오자고요! 서 대표, 어때요? 네?"

홍분한 그녀 앞에서 진혁은 말끝을 흐리며 그녀의 눈치를 보았다. 그 소원을 어서 들어주고 싶었지만 오늘 이 상황은 서로 알고 지낸 지 3년, 심지어 잠자리를 함께한 지 1년 만에 처음으로 그가 유리한 위치에 놓인 일이었다. 지금을 조금 더 즐기고 싶었다. 물론 사업에 냉정하려는 그의 차분함도 이유였다. 하연은 대답을 기다리는 그 짧은 순간에도 수만 가지의 표정으로 그를 놀라게 했다. 그 다급함과 함께 진혁의 손에 놓인 낯선 전화번호.

한 시간에 한 번, 아니 그보다 더 수없이 많이 그녀는 그 어느 때보다 더 자주 사무실을 확인했다. 그가 제이든과 전화를 하기 전까지는 아무것도 중요하지 않다는 듯. 결국 두어 시간 뒤 진혁은 하연을 불러들였다.

"어떻게 됐어요?"

사무실로 들어온 순간 진혁이 알던 그녀의 이미지는 사라져 있었다. 처음 겪는 낯선 그녀의 온도. 그것에 그는 어딘가 불안함을 느꼈다. 이거 어째 자기 쪽에서 속도를 낮춰야 하는 건 아닌지, 그녀의 뜨거운 온도를 낮추기 위해 물이라도 부어야 하는 건 아닌지. 그는 입을 떼기가 망설여졌다.

"아! 아니다. 아직 안 알아봤으면 됐어요. 그 녀석은 아무래도 우리 애들하고 어울리지 않으니까 그냥 우리 애들만으로 다시 생각해 볼게요."

말을 하면 할수록 그녀의 목소리는 시무룩해져 기어들어 갔다. 안절부절못하던 모습은 순식간에 욕구 불만의 꼬마처럼 심통 맞아졌다. 늘 창백하던 두 뺨은 혈색이 돌아 붉게 물들어 있었다.

처음 실내 인테리어를 의논하기 위해 만났던 그날 받았던 인상, 유리 장식장 안에 진열된 도자기 인형 같은 그녀의 모습에 반했던 거라고 혼자 결론 내렸었는데, 생기가 돌아 반짝거리는 눈을 보니 이제 자신은 그냥 그녀에게 반한 거라고 진혁은 그렇게 생각할 수밖에 없었다.

뒤로 돌아 닫혀 있던 창을 열자 얇은 그녀의 옷차림으론 감당하기 어려울 것 같은 싸늘한 바람이 들어왔다.

"알아봤어."

그가 어쩔 수 없다는 듯 절대 말하고 싶지 않은 것을 말하는 사람처럼 고백했다.

"네?"

"제이든. 이미 여러 군데에서 구체적으로 이야기를 나눈 것 같은데 아직 계약한 곳은 없다고 하던데."

"오 마이 갓! 감사합니다!"

말이 끝나기도 전에 하연은 이미 두 주먹을 불끈 쥐고 있었다. 헛웃음이 나오려 하는 것을 대신해 진혁은 눈썹을 구겼다.

"그럼 우리가 데리고 올까요? 다른 아이들 분위기를 조금 더 짙게 만들어 볼게요. 스타일링 새로 하고 사진은 지난번에 말한 거기 말고 조금 터프한 곳으로. 낭만적이면서 다듬어지지 않은 터프한 느낌. 이제 막 데뷔하는 밴드가 가질 수 있는 최상의 미완성. 괜찮죠? 어때요?"

방금 전까지 아무것도 그려지지 않는다는 그녀는 이내 흥분되어 있었다.

그녀가 입사 후 둘이 처음 함께 만들어 냈던 로엘의 싱글이 1위를 찍었을 때에도 하연은 이런 표정을 보이지 않았다. 중소 엔터 기획사가 이뤄 낸 그 대단한 성과에 하연은 그저 받아야 할 선물을 받은 것처럼 우아하게 자축했다. 하지만 지금 그녀는 어른이라면 쉽게 지어낼 수 없는 표정, 마치 어린아이가 미지의 세계를 탐험하며 느끼는 즐거움과 알 수 없는 자신감에 설레는 그런 얼굴을 하고 있었다.

어쩌면 이 얼굴을 앞으로 더 자주 볼지도 모르겠군. 씁쓸한 기분을 느끼며 진혁이 말했다.

"이 회사의 목줄은 3분의 1 정도만 잡고 흔드는 게 어떨까 싶은데? 여기 나 말고 다른 투자자들은 건드리면 안 되는 거 알고 있지?"

"그럼요."

"뭐, 어차피 내 결정권이야 이미 자기 마음대로 주무르고 싶어 하는 건 알지만."

사석과 공석을 엄밀하게 구분하려는 진혁이었지만 지금만큼은 장난을 걸고 싶은 기분을 숨길 수 없었다. 그녀가 자신의 사적인 영역 안에 들어와 있다는 걸 확인하지 않으면 참을 수 없을 것 같았다.

"아니요. 걱정 마세요. 그거 제가 몇 배로 불려 드릴게요."

그녀가 어울리지 않게 신이 나서 떠들었다.

"그렇다고 너무 무리하지 말지. 어차피 여기는 자기 놀이터니까."

"그건 정말로 걱정 마세요. 다른 데 스카우트되어 갔어도 신나게 놀 수 있을 만큼 저 뻔뻔한 거 아시잖아요."

"그렇게 말하면 내가 섭섭해. 막내 디렉터가 소리를 낼 수 있는 곳은 여기뿐 아닌가?"

"네. 그럼 그렇다고 해 드릴게요."

"그렇게 순순히 이야기하니까 더 섭섭한데? 그럼 하나 제안할게. 제이든 스카우트해 올 테니까. 그 대신 당신도 같이 오는 게 어때?"

순간 그녀가 무슨 말이냐는 듯 눈을 동그랗게 떴다.

"나요? 나는 여기 있잖아요. 이미 서 대표 어장 안에 갇혀 있는 물고기 아닌가요?"

잔뜩 흥분한 나머지 여유가 없었던 하연의 머릿속이, 민망한 듯 웃고 있는 진혁을 보고서야 그 말의 진위를 이해했다. 오랜만에 반박할 기분을 느꼈는지 하연이 장난스럽게 눈살을 찌푸렸다.

"그런 거 말고. 무슨 말인지 알잖아?"

다른 소리 하는 척 시선은 비틀었지만 못 박듯 입 밖으로 꺼낸 말에 하연의 눈꼬리가 살짝 처지는 것이 보였다. 이 비슷한 말이라도 꺼내면 매번 보이는 표정이었다. 연애는 괜찮지만 결혼은 절대 하고 싶지 않다고. 만약 결혼을 하고 싶다면 다른 여자에게 가도 얼마든지 상관없다고 했던 여자다. 그런 게 과연 연애일까?

"설마 질투하는 거 아니죠?"

"질투? 내가? 그런 스물두 살짜리를?"

"그러니까요. 당신이 그럴 리 없잖아요. 굳이 그런 방법으로 묶어 두지 않아도 나 어디 안 가요. 갈 데도 없다고요. 알잖아요. 나 여기 있어요."

그 순간 진혁은 참지 못하고 하연의 손목을 잡았다.

"오늘 밤에 집에 같이 가자."

"싫은데."

"그럼 너희 집으로."

"피곤해요. 우선 부탁한 일 먼저!"

그녀를 향해 뻗어 나가던 손이 멈칫했다. 하연이 그를 달래듯 싱긋 아름다운 미소를 보였다. 가느다란 눈꼬리가 매혹적으로 치켜 올라갔다.

"알았어. 알고 있어. 강하연이 안 된다고 하면 안 되는 거."

"하지만 그건 알아야 해요. 나도 늘 당신 눈치를 보고 있다는 거."

순간 흠칫 진혁이 놀랐다. 강하연이 그럴 리 없다는 걸 알고 있지만 그 말 한마디에 다시 얼었던 마음이 녹아 버리는 걸 부인할 수 없었다. 그의 표정이 바뀌는 것을 본 하연이 만족스러운 얼굴로 사무실을 나가고 있었다. 그 모습을 지켜보던 진혁이 창가로 다가가 열어 놓았던 창문을 닫았다. 역시 아직 봄이라고 생각하기에는 이른 날씨였다.

○ ● ○

웃음이 사라지지 않은 채로 하연은 대표실 문을 나섰다. 아직 계약한 곳이 없다는 서 대표의 전언이 곧바로 제이든과의 계약으로 연결된 것처럼 느껴져 하연의 머릿속은 이미 제이든이 포함된 밴드 브리즈(Breeze)의 모습을 상상하고 있었다. 그것은 내내 잡히지 않던 무언가로, 하연의 머릿속을 맴돌다 제이든을 목격한 동시에 구체적으로 폭발했다.

마지막 서 대표에게 실없는 농담까지 하고 자리로 돌아오면서 하연은 내내 그 생각에 흥분되어 있었다. 그 덧없는 상상이 끝나 버린 건 온갖 부자재로 가득 찬 가방을 힘겹게 내려놓으며 던진 진경의 질문 때문이었다.

"뭐야? 너 굉장히 들떠 있다?"

새벽부터 도매 시장을 한 바퀴 쭈욱 돌고 온 모양인데 풀 메이크업에 액세서리까지 신경을 쓴 그녀의 옷차림이 제일 먼저 눈에 들어왔다.

찬우의 전속 코디네이터가 되고 싶었지만 밴드의 멤버가 아닌 전문 기타리스트, 세션 맨으로 진로를 변경한 찬우 때문에 제 꿈도 잃어버렸다고 말하던 진경이 J엔터테인먼트에 전속 코디네이터로 입사한 지 1년이 되었다. 실은 찬우가 연예인이 안 되어도 제 꿈은 분명했던 진경은 이제 그의 코디네이터가 아닌 애인이 되어 있었다.

"뭐야, 무슨 일인데?"

"무슨 일? 아무것도 없어."

반짝이는 눈동자가 무슨 생각을 하고 있는 건지 빤히 보여 하연이 표정을 굳혔지만 진경은 믿지 않을 심산인 것 같았다. 어느새 완벽하게 스타일링되어 있던 머리를 일부러 풀었다 묶는 수고를 하며 그녀는 하연의 어깨 너머를 확인했다.

"아닌데? 뭐가 있기는 있는데? 서 대표님 목 빠지겠다. 야!"

그러고 보니 너무 흥분한 나머지 자신이 진혁과 주고받았던 농담의 주제가 퍼뜩 떠오르지 않았다. 그것이 결혼과 관련되어 있었던 거라면 저 남자, 방금 자신이 한 농담을 후회하고 있을 것이다. 그런 말 때문에 언제라도 이별을 이야기할 여자가 강하연이라는 걸 그 역시 잘 알고 있으니까.

"서 대표님 목 빠지시겠다고."

"원래 서 대표 목이 좀 길어."

"그래서 그분의 애덤스 애플이 섹시하지는 않고?"

"너 그런 취향인 줄 몰랐다. 찬우는 목이 좀 통통하고 귀여운 스타일 아닌가?"

"그쪽은 내 취향이고. 서 대표님은 네 취향 하라는 거지."

하연은 민망한 표정으로 웃었다. 차마 진경에게도 이야기하지 못했다. 세상에 비밀은 없는 거라고, 누군가에게 이야기를 하면 분명 밖으로 새어 나가게 되어 있으니까. 입조심해야 한다.

이래서 회사 내부의 사람과는 사적인 관계를 만들면 안 되는데. 진혁의 구애를 끊어 내는 게 쉽지 않았다. 그는 꽤 멋있는 사람이었고 표면적으로는 제게 늘 거리를 두려 애썼으며 마지막 순간 구질구질하게 매달릴 만한 사람도 아니었다. 게다가 모든 면에서 훌륭했다. 모오든 면에서. 다.

누군가 이 사실을 안다면 자신을 헤픈 여자, 못된 여자, 악마 같은 여자라 욕하겠지. 그래서 진경이 이런 이야기를 꺼낼 때마다 하연은 어떻게 대꾸해야 할지 몰랐다. 그저 불편했고 미안했다. 친구를 속이는 기분이었다. 하지만 앞으로도 서 대표와의 관계를 솔직하게 이야기할 생각은 없다.

"너, 언니 말 듣고 서 대표 꽉 잡아."

"언니? 언니는 무슨!"

다른 이야기를 할 때는 그렇게 지칭할 일이 없는 진경은 유독 사랑 이야기에는 자신을 언니라고 말했다. 하긴, 스무 살 이후 연애라고는 한 번도 하지 않았던 하연에 비하면 해바라기처럼 한 남자를 향해 지고지순한 사랑을 한 진경은 지금도 그 남자와 연애 중이니까. 그러니 적어도 사랑에 있어서만큼은 진경이 언니라 자처해도 반박할 말이 없었다.

"서 대표님이면 A 플러스 플러스인데 너를 좋아하기까지 하잖아. 네가 아까운 사람 질질 흘리고 다니는 거 같아서 걱정이다. 사랑이 어느 순간 번개 맞은 것처럼 온다던? 조금씩 키워 가는 거지."

한창 연애에 빠진 진경은 세상만사가 사랑으로 치유되는 것처럼 보이는 모양이었다. 사랑의 결말은 늘 결혼이란 해피 엔딩으로 연결되는 거고. 그걸 모르는 하연은 불쌍한 사람이 되고 마는 그런 시각.

진경의 이야기를 못 들은 척 자리에 앉은 하연이 피식 웃으며 어지럽혀져 있는 책상의 서류를 한쪽 구석으로 밀어 넣었다. 문득 고개를 돌리자 내내 바라보고 있었던 건지 눈이 마주친 진혁이 방금 전의 이야기는 농담이라는 듯 아무 걱정 말라 어깨를 으쓱해 보였다. 그 눈이 향한 것은 하연이었지만 그것을 확인한 것은 두 사람이었다.

"남이 가지고 가기 전에 얼른 손잡아. 기다리고 참는 데도 한계가 있는 거다."

"그런 거 아니야."

"그게 아니긴? 저런 남자는 쉽게 오지 않아. 사랑 가지고 자꾸 시험하려 들지 마."

말끝에 진경이 슬그머니 미소 지었다. 네 고집은 알지만 이젠 좀 질 때도 되지 않았냐는, 딱 그 표정이었다. 하연은 슬그머니 뒤를 돌아보았다.

이제 진혁은 모니터 화면에 시선을 고정하고 있었다. 단정한 눈빛과 따스한 분위기. 좋은 환경에서 잘 자라 싱그러운 빛깔을 마구 뿜어내는 것처럼 보이는 남자. 그는 어차피 제가 소유할 사람이 아니다. 하연은 재빨리 고개를 저으며 다시 진경을 바라보았다.

"오늘 아침에 굉장한 녀석 하나 발견했어. 이름이 뭐라는 줄 알아?"

"누군데? 갑자기 길에서 금덩이라도 주운 거야?"

"나이는 스물두 살. 벼랑 끝의 위태로운 젊음을 가진 녀석. 그래서 마구 해치고 싶은 분위기. 브리즈(Breeze) 센터에 세울 거야."

네 걱정은 고맙지만 당분간은, 아니 어쩌면 앞으로 사랑이라는 건 내 삶에 없을 거라고. 그저 하루의 고단함을 씻어 버릴 정도의 연애, 그 이상의 감정을 갖기는 어렵다고. 눈으로 보고 마음 안에 들어와 온몸을 적셔 온통 그의 생각으로 빠져 버리는, 그래서 내 자신의 가치관도 신념도 없어질 그런 사랑은 이제 없을 거라고. 그 대답을 하연은 또 그렇게 하고 말았다.

○ ● ○

그 보물을 다시 한번 확인할 수 있게 된 것은 그로부터 보름 뒤였다. 발견하기 전까지는 실현 가능할 거라 생각하지 못했던 환상, 불완전하기에 오히려 매력적인 분위기를 가진 밴드를 만들겠다는 꿈이 조금씩 실현되려 하고 있었다. 영원히 손에 잡히지 않을 것 같았던 그 일은 서진혁 대표가 적극적으로 나선 이후 일사천리로 진행되었다.

연락 후 이틀 뒤, 스튜디오에 나와 연주를 한 그는 자신이 작곡한 50여 곡에 대해서 소속사의 프로듀서들과 구체적인 이야기를 나눴다. 이미 준비 중에 있었던 나머지 멤버들과의 첫 만남도 매끄러웠다. 꿈을 꾸는 것 같은 시간이 지나고, 계약을 하기 전에 하연을 다시 한번 만나고 싶다는 제이든의 앙큼한 제안이 흥겨워 하연은 만사를 제쳐 두고 오케이를 했다.

4월 초. 예술의 전당 앞에서 만나자기에 발 모양을 단단히 잡아 주는 키튼

힐을 신고 기다렸다. 눈높이를 적당히 맞추기 위한 고려였는데 멀리 녀석이 나타난 것을 보자마자 역시 하이힐이 나을 뻔했다고 후회했다. 170인 제 키에 자부심이 있었는데 그는 185가 넘는 것 같았다. 기억은 이렇게 쉽게 조작된다.

"안녕하세요?"

롱 코트를 벗은 그는 회색 항공 점퍼에 블랙 진 차림이었다. 입꼬리가 저절로 올라가고 마음속에 봄바람이 불었다. 오랜만에 사심이 솟구쳐 속으로 몇 번이고 쾌재를 불렀다. 내가 보기에도 이런데 다른 사람들이 보기에는 어떨까. 여기저기 자랑하고 싶은 생각이 들어 소리를 지를 뻔했다.

"잠깐 안으로 들어갈까요?"

그녀를 보고 씨익 미소 짓고는 곧바로 콘서트홀 쪽으로 성큼성큼 앞서 걷는 그를 의심 없이 하연이 뒤따랐다.

"오늘은 아르바이트 없어요?"

"네. 앞으로 바빠질 것 같아서 한 군데는 미리 정리했어요."

"아직 계약도 전인데 너무 자신만만한 거 아니에요?"

"강하연 씨야말로 그런 질문 하시기 전에 표정을 숨기셨으면 더 좋았을 텐데요. 또 줄다리기하시려고요? 남은 절차는 사인뿐이잖아요. 이미 대표님 앞에서 연주 실력도 검증받은 데다 곡도 구체화되고 있는 상태니까. 지금 이 상황은 옵션인 거죠."

하연의 얼굴이 화끈 달아올랐다. 뒤를 돌아보고 미소 짓는 제이든은 첫 만남에서 느꼈던 것보다 훨씬 성숙한 사람이었다. 스물두 살이라고 만만하게 본 게 잘못이었다. 대학을 졸업하고 사회생활 3년 차. 그사이 로엘을 성공시킨 것에 대해 너무 자신만만했던 건가? 사실 따지고 보면 고작 네 살 차이. 저쪽도 성인이라는 것을 잊지 말아야 하겠다는 생각이 들었다.

"네. 이왕 숨기지 못한 거 그냥 말해야겠네요. 오늘 꼭 사인하고 가셔야 합니다."

그 꾸미지 않은 말에 스물두 살의 남자는 그 나이만큼 상큼한 미소를 보였다.

"솔직히 그때 정말 놀랐어요."

두 사람은 콘서트홀 건물의 벽을 오른쪽에 끼고 천천히 걷고 있었다. 날씨는 환상적이었고 평일 낮 시간이어서 한가하여 도심 한복판의 예술 공간이 고즈넉한 산속처럼 느껴졌다.

"뭐가 놀라웠는데요?"

"음. 살면서 만날 수 있을 거라 생각하지도 못했던 사람을 만난 거거든요."

"네? 누구요? 설마 나요?"

"제가 지난번에 말씀드렸잖아요. 하연 씨. 아, 역시 이런 호칭은 조금 그래요. 뭐라고 불러야 할까요? 실장님? 대리님? 누님 아니면 누나?"

이것저것 던지는 그의 말속에 누나라는 단어가 간지럽게 들렸다. 피식 소리 내어 웃자, 그가 결정했다는 듯 말을 이어 갔다.

"누나 작품 좋아했거든요. 상실이라든가 혼돈, 매혹. 뭐, 그런 주제들도 좋았지만 그 주제를 표현해 낸 결과물이."

잠깐 말을 멈춘 그가 마침 발견했다는 듯 순간 건물 안으로 쏘옥 들어가는 것처럼 보였다. 뭐야? 여기에 문이 있었어? 그렇게 생각하며 따르자, 벽을 끼고 오른쪽으로 돌아 굳게 닫힌 문을 열어젖힌 제이든이 한쪽 손으로 그 문을 고정하며 고갯짓을 했다.

설마 여기를 들어가자고? 눈을 동그랗게 뜨자 그가 고개를 끄덕였다. 그의 표정이 장난스러웠다. 왜인지 그 얼굴에 속절없이 설레고 말았다. 어디선가 본 것 같은 분위기란 생각이 든 건 그 후였다.

망설이지 않고 건물 안으로 들어서는 순간 환한 햇살이 사라지며 서늘한 기운이 들었다. 고요한 콘서트홀의 복도에는 인기척이 느껴지지 않았다. 마치 방학 중에 아무도 없는 교실로 혼자 들어간 것 같은 기분이 어딘가 두근거렸다. 언젠가 어디선가 느껴 본 것 같은 기분이었다. 언제인지 정확하게 기억나지 않지만. 누군가와 함께했는지는 확실하게 기억난다.

"그 결과물이 제 생각을 그대로 보여 준 것 같아서 기분이 정말 이상했어요. 내 생각을 도둑맞은 것 같다고 해야 하나?"

"그럴 리가 없잖아요."

"기분 좋은 도둑질이죠. 누나 작품 보면서 곡 많이 썼으니까요."

"……!"

"고맙습니다. 이 말을 대면하고 하게 될 거라곤 상상도 못 했죠."

방긋 웃는 그를 보며 하연은 두근거렸다. 그렇게 하연에게 파문을 일으킨 제이든은 그다음으로는 싱겁게도 무거운 문 하나를 열어 무대를 확인하고는 곧 밖으로 나가자고 고갯짓을 했다. 알 수 없는 행동에 휘말린 후로 녀석의 주술에 걸린 듯 그때부터 두 사람은 한참을 걸었다.

4월은 걷기 좋은 계절이고 우면산을 끼고 있는 예술의 전당 앞을 지나면 대성사로 올라가는 길이 모두 산책로였다. 솔향기가 시원한 길을 걸으며 그는 이것저것 하연에게 물어보았다.

처음 미학을 공부하고 싶었던 계기에 대해서는 고등학생 때 꿈꾸었던 허세가 실현된 거라 대답했고 어울리지도 않게 SNS는 왜 시작했냐는 말에 솔직히 외로웠기 때문이라고 답했다. 그에게 이 정도로 솔직할 수 있었던 것은 오랜만에 느끼는 감정에 대한 보답이었다. 제이든은 하연이 간절히 원하던 이미지를 가진 사람이었다. 처음 보는 사람이었지만 늘 상상해 왔기에 마치 오랫동안 알고 있는 사람 같았다.

간간이 불어오는 바람과 꽃향기. 셔틀버스를 타고 대성사에 들렀다 걸어 내려오는 길. 작은 연못에 번지는 물결과도 어울리는 그의 걸음걸이와 변주처럼 들리는 그의 질문에 하연은 매료되고 있었다.

그사이 하연은 그의 연주 경력과 앞으로의 계획, 그리고 지금 그가 흥미를 가지는 것에 대해 물었다.

"이번 앨범 콘셉트 때문에 묻는 거예요?"

"그냥 알고 싶은 것뿐이야. 아무래도 제이든은 고집이 세어 보여서 말이야. 우리 맘대로 해서는 안 될 거 같거든."

그의 의견을 반영하고 싶어 던진 질문이었다. 그만큼 녀석의 감각을 믿을 수 있겠다는 생각이 들었다. 그의 생각이 궁금하기도 했다. 어느새 말은 짧아져 있었고 두 사람의 거리는 가까워져 있었다.

"무얼 하든 그 부분은 회사에 맡길게요. 아무래도 기획이나 마케팅 쪽은 회사 쪽에서 해 주실 일이잖아요. 나는 음악을 그냥 음악으로 하는 건 아니거든요. 성공하고 싶어요."

그게 질문에 대한 그의 답이었다. 하연은 기분 좋게 미소 지었다. 성공, 그건 하연 역시 바라는 거였다.

그러나 잠시 뒤 구두가 발등을 짓누르는 통에 더 이상 마약 같은 그의 뒷모습도 소용없겠다고 판단한 하연이 곤란한 표정을 지어 보였다. 제이든은 손을 뻗어 가까운 음식점을 가리켰다. 그제야 하연은 두 사람이 예술의 전당을 지나 도심까지 무려 두세 시간을 걸었다는 사실을 깨달았다.

캐주얼한 느낌의 일식집에 마주 앉자 여기저기 두 사람을 향한 시선이 쏟아졌다. 다들 제이든의 훤칠함에 시선이 이끌린 눈치였다. 그만큼 제이든은 매력적이었다. 그리고 그 사실이 그를 캐스팅한 하연을 내내 두둥실 공중으로 띄워 올렸다.

"주문은 아무거나 해 주세요. 후식은 제가 준비했으니까 저녁은 누나가 사요."

"당연하지."

능숙하게 주문을 마치고 오래 지나지 않아 음식이 차려졌다.

"그런데 가장 존경하는 뮤지션은 누구야?"

한참 초밥과 롤, 우동을 빠르게 흡입하는 그를 향해 하연이 물었다. 제이든이 얼마나 잘 먹는지 하연은 먹지 않아도 배부른 것 같은 기분이 들었다. 호로록 면발을 흡입하던 제이든이 슬쩍 시선만 올려 말했다.

"콜드문(COLD MOON) 준."

흥겨웠던 기분이 일순간에 사라졌다.

○ ● ○

국내 밴드 최초 빌보드 뮤직 어워드 수상
전 세계 도시 콘서트 전석 매진
빌보드 메인 차트 25위, 대한민국 밴드 최초의 쾌거

콜드문 《콜드블루》, 단일 앨범으로는 누적 집계 사상 최고의 판매량

도저히 듣지 않으려 해도 도리가 없을 만큼 온 나라가 콜드문에 대해 떠들던 게 지난 한 해였다.

"준이 되고 싶어요. 콜드문의 음악을 들으면서 꿈을 키워 왔거든요."

식당을 나선 제이든이 생각이 끼어들 틈을 주지 않을 만큼 빠르게 걸어갔다. 어느새 어둠이 내린 거리에서 그는 손을 들어 택시를 잡아탔다. 고개를 들이밀어 그의 옆에 자리하자 그가 기사에게 목적지를 말했다.

"예술의 전당이요."

방금 전까지 힘겹게 걸어 내려온 곳을 왜 다시 돌아가느냐고 묻고 싶었지만 입이 쉽게 움직이지 않았다.

"우리 쪽에서 준은 우상이에요. 4년 전 크리스마스 때인가 그를 만났어요. 나는 그때 열여덟이었죠. 콜드문이 데뷔하고 지금 같은 인기를 끌지 않았을 때였어요. 대부분 아이들은 그 사람한테 관심 없었어요. 그가 우리와 같은 출신이라는 것을 알고 있는 몇몇만 예의상 귀를 기울였었죠. 거기서 그 사람 소리를 제대로 들은 건 나 하나예요."

그때의 일이 재현되듯 제이든의 눈은 아름답게 반짝였다.

"호기심 반, 그리고 어디 한번 들어 보자 하는 심술궂은 마음 반으로 그의 기타 연주를 들었어요. 그때쯤 나도 프로로 데뷔하고 싶다는 생각을 했었거든요. 물론 그의 기타를 듣자마자 반해 버렸어요. 음악적으로도 그렇지만 우리 보육원에서 그만큼 성공한 사람은 없으니까 그가 기준이 되었죠."

그러나 꿈을 꾸듯 이야기하는 제이든의 옆에서 하연은 부끄러워했다.

"우리 보육원?"

저도 모르게 내뱉은 말, 당황한 표정까지 숨기지 못했다.

"저 부모님이 안 계시거든요. 태어났을 때부터."

"아. 미안……."

"아니요. 누나가 왜 미안해요?"

그 가벼운 대꾸로 제이든은 이야기를 마무리했다. 하지만 하연은 그러지 못했다. 준의 이름이 나온 때부터 저도 모르게 제이든에게서 준의 흔적을 찾고 있었다. 묘하게 닮은 분위기의 두 사람, 어쩌면 제이든을 만난 그날 느꼈던 흥분이 무엇 때문인지 알 수 있을 것 같았다.

택시는 목적지에 다다랐고 제가 내겠다며 고집을 부리는 제이든을 대신해 하연이 차비를 치르는 동안 제이든은 조금씩 앞서 걷기 시작했다.

"준이 아마추어 시절에 연주했던 그 무대에서 지금 나도 연주하고 있어요. 그 사람이 살던 반지하방이 제 집이죠. 데뷔하기 전이라 아무도 거기가 준의 예전 집이라는 걸 모를 거예요. 데뷔 후에 한동안 그곳에 살았다는 이야기를 그날 크리스마스 연주 중간에 들려줬었거든요. 희망을 가지라는 이야기였겠죠. 언제 한번 놀러 올래요? 굉장히 낡아서 고물상에서도 받아 주지 않을 것 같은 침대가 있어요."

열심히 걸어간 제이든은 낮에 보았던 콘서트홀 앞에 섰다. 낮과는 다르게 그는 뒷문이 아닌 정문으로 향했다. 그가 주머니에서 꺼내 든 것은 오늘 밤 이곳에서 열릴 현악 삼중주 연주회의 표였다. 무려 로열석.

"준의 매니저가 보내 준 거예요. 준이 나를 응원하고 있다고 했거든요. '밴드 음악에 국한되지 말고 음악이라면 무엇이든 들어.' 그때 해 줬던 말 이후로 그는 약속을 지키죠."

"준이 이걸 보내 줬다고?"

놀랄 겨를도 없었다. 준과 제이든이 같은 보육원 출신이라는 것으로도 모자라 두 사람의 인연이 이제까지 이어져 오고 있었다는 사실이 믿기지 않았다.

"크리스마스 공연 날 당돌하게도 준을 따라가 저를 어필했어요. 나중에 무대에서 만나자고."

"……."

"내 데모를 듣고 자기네 소속사로 오라고 했는데. 역시 나는 준보다 미성숙되었는지 그의 뒤를 밟기보다는 그의 옆에서 뛰어가 따라잡고 싶어요. 그 고민을 하던 때 마침 누나를 만나게 되었던 거죠. 도와주실래요? 제가 그 사람을 뛰어넘을 수 있게."

표를 확인받고 이제는 사람들이 가득 찬 복도 안으로 걸어 들어갔다. 한낮에

보았던 텅 빈 복도는 더 이상 존재하지 않았다. 4월 날씨와 다르지 않은 제이든과의 만남에 6년 전 지독했던 겨울이 끼어들었다. 크리스마스와 준과 보낸 6개월. 그리고 마지막 만남.

이게 그가 보내 준 표라고?

하연은 제 손에 들려 있는 표를 보며 의심스러웠다. 그가 같은 보육원 출신의 아마추어 기타리스트까지 이렇게 살갑게 챙기는 사람이라고? 어쩌면 준이 약속을 지키지 않은 건 저 하나인 모양이었다.

"누나랑 같이 오고 싶었어요. 제 음악에 가장 많은 영향을 끼친 사람이 보내 준 거니까. 그 사람이 추천한 공연이기도 하고. 아까 요즘 뭐가 가장 흥미 있냐고 물어보셨죠? 기타. 그리고 성공. 무엇보다 준을 이겨야겠다는 게 지금 제 최대 관심사예요. 선의의 경쟁자로는 최고 아닌가요?"

그가 미소를 지으며 공연장 안으로 하연을 이끌었다. 제이든의 무엇에 이끌렸는지, 제이든은 왜 하연의 작품을 보며 음악을 만들었는지, 그리고 지금 왜 그와 여기에 와 있는지 하연은 혼란스러움을 느끼며 공연장 안으로 걸음을 옮겼다.

그날 콘서트홀에서 현악 삼중주를 관람한 것은 다른 의미에서 대단한 경험이었다. 현악기의 날카롭고 높은 소리가 간헐적으로 들려왔지만 그뿐이었다. 보고 있지만 머릿속으로 들어오는 것은 없었다. 복잡한 심정은 둘 곳 없는 시선을 두리번거리는 것으로 대변되었다.

그때, 옆자리에는 활로 줄을 매만지는 첼리스트의 표정에 온전히 동화된 제이든이 있었다. 그는 입을 오므린 채 눈썹을 찌푸린 조금은 우스꽝스러운 얼굴이었다. 제가 어떤 표정을 짓고 있는지 알지 못하는지 제이든의 얼굴 근육은 멜로디를 따라 마구 움직이고 있었다.

하연은 한동안 그 표정을 지켜보았다. 그런 표정 변화는 쉽게 볼 수 없어 낯설었지만 제이든에게는 전혀 어색하게 느껴지지 않아 아름다웠다. 순간 막힌 귀가 뻥 뚫린 것처럼 현악기의 멜로디가 들리기 시작했다.

쌍꺼풀 없는 남성적인 눈매. 그에 반해 곱상한 턱선. 큰 키와 건장한 체격. 음악에 빠져 있을 때 보이는 몽롱한 눈빛. 그리고 지금과 같이 눈이 마주칠 때면 나타나는 어린아이 같은 미소. 입술 끝이 공들여 그린 그림처럼 아름답다.

'왜요? 재미없어요?'

눈을 동그랗게 뜬 제이든의 천진한 얼굴에 하연은 미간이 찌푸려진 제 얼굴을 옆으로 돌려 숨겼다. 제이든이라면 충분히 할 수 있을 거야. 희미했던 소망이 간절하게 되살아났다.

괜찮다고 하는 그에게 보호자를 자처하며 집에 데려다준 건 순전 제 욕심이었다. 변태 같은 욕심, 바보 같은 생각들. 오래전 많은 것들을 흩뿌려 놓았던 그 길 위에 제이든과 함께 섰다. 열쇠를 열어 문을 열자 낡고 퀴퀴한 냄새가 코를 스쳤다.

"많이 누추해요."

하연이 간신히 괜찮다는 미소를 지으며 그 안으로 들어갔다. 암막 커튼이 살짝 사이를 벌린 자리 아래 낡은 침대가 희미한 달빛을 받으며 놓여 있었다. 그곳에 마치 그가 앉아 있을 것 같았다. 하연은 우뚝 제자리에 멈춰 서 있었다. 바삐 좁은 방에 불을 켜고 커피포트를 달구던 제이든이 그런 하연을 쳐다보았다.

'그 사람들이 나보고 천재라고 하던데?'

농담같이 했던 준의 말에 하연은 심각한 미소를 지었었다. 준이 천재라는 것은 음악을 전혀 모르던 하연도 명확하게 알 수 있었다. 그래서 그의 옆에 있었고 그래서 오랫동안 그의 옆에 있을 수는 없었다. 준은 강력한 만월이었기에 저를 온전히 가려 버릴 것 같았다. 그에게 가려져 하연은 제 존재를 지워 버리게 될 거라 생각했었다.

시간이 많이 흘렀지만 여전히 그 삐걱거리는 침대 위에 잠들어 있는 자신이 보였다.

"누나? 피곤해요?"

제이든이 싱긋 미소 지으며 말했다.

"아니."

"생각보다 집이 너무 낡아서 충격 받은 건가?"

"아니야."

하연이 소리 내어 웃으며 테이블 앞에 놓여 있는 낡은 의자에 앉았다. 매일 땀을 흘리며 앉아 있던 의자. 책을 펴 놓고 씨름하던 공간. 그리고 그를 기다리고 그를 기다리는 자신을 저주하던 그곳. 하지만 고운체로 걸러진 기억은 나쁜 것들은 모두 사라지게 만들고 좋은 기억들만 남겨 두었다.

준. 생채기가 난 것처럼 아팠다. 미움은 음각처럼 새겨져 살 속에 파묻혔다. 그를 미워할 만한 감정은 남아 있지 않았다. 하지만 그에게 받은 상처는 아직 가슴에 남아 있었다. 이젠 아프지 않지만 아물어 사라지지 않고 다른 사람에게 드러내기 싫어 늘 스카프로 긴팔 옷으로 가려야 하는 보기 싫은 자국으로 그녀의 몸에 남아 있었다.

지금 돌이켜 생각해 보면 나 역시 그랬을 거라고. 미련 없이 그를 버렸을 거라고. 서울대에 합격한 뒤 밝은 세상으로 나가게 되면 반지하방에서 꿈을 꾸는 인디 밴드의 보컬 따위는 초라하게 생각했을 거라고 이해할 수 있지만.

하지만 하연의 마음은 삐뚤어졌다. 그녀는 준과 제이든의 차이를 찾아내기 위해 골몰했다. 소위 말하는 천재에게서는 찾아볼 수 없는 삶에 대한 균형 감각. 하연은 제이든에게 그것이 있다고 믿었다. 제이든이라면 준보다 한 걸음 더 나아갈 수 있으리라.

"커피 드세요. 늦은 시간에 미안한 대접이긴 하지만."

제이든이 천진하게 웃으며 하연에게 잔을 내밀었다.

"고마워. 곧 이 집에서 나올 수 있게 우리 최선을 다하자."

제이든이 고개를 끄덕였다. 그는 저에게서 멀어졌지만 제이든은 제 앞에 있었다. 그는 성공을 위해 하연을 밀어냈지만 제이든은 성공을 위해 하연의 곁에 있다. 순간 믿음직한 기분이 들었다. 저에겐 새로운 목표가 생겼다. 그것을 이뤄 줄 수 있는 사람은 제이든이었다.

가슴이 터질 것 같았다. 미소를 지으며 그를 바라보았다. 제이든 역시 피하지 않았다. 짙은 눈동자는 동그란 생김새에 순수한 분위기를 자아냈다. 하지만 조금만 더 깊게 들여다보면 누군가를 닮았다. 그걸 부인할 수 없었다. 설마 그것이 제이든에게 처음 느꼈던 그 달뜬 흥분의 이유인 것인가? 꼼꼼한 시선이 그의 머리카락과 눈썹 그 밑으로 강렬한 눈동자를 따라 내려오다 피식 웃는 시선과 함께 주르륵 미끄러졌다.

아. 이런.

순간 하연은 제 얼굴이 붉어지는 것 같은 기분이 들었다. 알고 있었다, 이 아이. 내가 저를 어떻게 바라보는지. 제이든의 웃는 얼굴은 저를 즐기고 있는 하연을 즐기고 있었다는 것을 분명히 드러냈다.

"그만 일어나야겠다."

하연이 자리에서 벌떡 일어났다.

"벌써 가시는 거예요?"

입술도 대지 않은 커피 잔을 보며 의아한 듯 되묻는 그는 미소로 사람을 마구 헤집어 놓고 모르는 척 시치미를 떼는 능청스러움이 있었다.

"그럼. 늦었잖아. 커피는 다음에 마실게."

그는 어깨를 으쓱해 보이고는 곧 앞서 나가 골목 끝에서 택시를 잡았다.

[설마. 오늘 내 행동 오해한 건 아니죠? 나 그렇게 생각 없는 아이 아니에요. 누나한테 반한 건 맞지만. 나에게도 목표가 있어요. 쉽게 움직이지 않아요.]

제이든의 문자를 확인하는 내내 미간이 찌푸려져 있다는 것을 뒤늦게 깨달았다. 까만 창밖으로 하연이 시선을 돌렸다. 그러곤 이내 고개를 저었다.

○ ● ○

1년 전, 인디 밴드로 많지는 않지만 몇몇의 코어 팬들을 거느리고 있었던 브리즈(Breeze)에게 보컬의 탈퇴는 커다란 상처로 다가왔었다. 리나라는 열여덟 살의 소녀는 브리즈의 정체성이었다. 오르골 안에서 톡 튀어나온 듯 노래를 부르며 미소 짓는 요정은 그들을 버리고 떠났다.

J엔터와의 계약 직전에 일어난 일로, 보컬의 역량이 다른 어떤 음악 시장에서보다 중요하게 부각되는 우리나라 밴드 음악의 현실로 볼 때, 탈퇴 후 현재

콜드문의 객원 여성 싱어로 활동 중에 있는 리나의 보컬로서의 성공은 남은 멤버들에게 자격지심을 느끼게 했었다.

그런 멤버들을 다독여 아티스트 신분으로 계약을 한 것이 서진혁 대표였다. 보컬이 없는 밴드의 계약이라. 파격적인 조건이었지만 남은 세 명에겐 불안한 나날이었다. 보컬이 없는 채라는 건 자신들의 색깔이 언제든 바뀔 수 있다는 의미이기도 했다. 이대로 영영 데뷔는 멀게만 느껴지는 게 당연했다. 그 와중에 합류한 제이든의 간단명료한 목표는 그들에게 중요한 메시지가 되었다.

성공하자. 콜드문을 뛰어넘자.

스물두 살로 팀 내 가장 어린 멤버이자 굴러 들어온 돌인 그는 단단하게 묶여 있는 다른 세 멤버들에 쉽게 동화되었다. 제이든은 자신의 우상인 준을 뛰어넘고 싶어 했고, 제 보컬을 콜드문의 소속사인 '블루'에 빼앗긴 멤버들도 역시 콜드문을 타도하기 위해 지금껏 칼을 갈아 왔노라 고백했다. 그리고 하연은 그들의 목표에 조용한 지지를 보내고 있었다.

타도 콜드문. 타도 준.

건물 3층에 있는 연습실에서 제이든과 다른 세 명의 멤버들은 벌써 며칠째 이곳 외엔 세상이 아예 존재하지 않는 것처럼 연주만 내내 반복했다. 호흡을 맞추기 위해 간단한 몸풀기와 같은 카피 곡 연주 리스트에는 콜드문의 〈웨딩〉이 제일 첫 번째에 올라 있었다.

그것은 제목과는 전혀 다른 분위기의 노래였다. 하얀 드레스를 입은 신부에게 오늘의 결혼식은 쇼일 뿐. 그녀에게는 숨겨 둔 애인이 있다. 거짓과 위선으로 물든 예식. 버진 로드를 향해 걸어가는 순백의 신부가 찬란한 다이아 링을 손에 끼는 순간 붉은 피가 번지고 결혼 행진곡이 장송곡으로 변한다.

콜드문의 4집에 실린 〈웨딩〉은 그들의 음악이 가장 헤비했던 때의 곡이다. 그 곡을 기점으로 콜드문은 변했다. 〈웨딩〉은 청춘과 방황에 대해 노래하던 그들이 만든 첫 번째 사랑 이야기였다. 그리고 그들은 브리즈의 리나를 영입했다. 그 후 그들 곡의 주제는 보다 넓고 다양해졌다. 데뷔 6년 차를 넘어 그들은 더 큰 무대로 향하고 있었다.

그 곡을 연습하는 내내 하연은 연습실에 난 작은 창문 밖에서 그들을 관찰하며 스케치를 했다. 폭주하는 일렉과 드럼의 실력이 이 정도라는 것을 알게 된 것은 최근 들어 새삼스러운 발견이었다. 계약한 뒤로도 보이지 않았던 그들의 길이 자연스럽게 개척되는 것이 느껴졌다. 이미지 스케치를 하는 내내 하연은 즐거웠다. 그 곡이 콜드문의 곡이라는 것만을 제외하면 지금 이 순간만큼 일에 대한 열정이 솟아오르는 때도 없었던 것 같다.

그리고 멤버들의 열기를 느낀 건 하연뿐이 아닌 모양이었다. 팔짱을 낀 진혁이 어느새 그녀의 옆으로 다가와 있는 것이 보였다. 하연은 연필을 든 손을 멈추고, 영국풍의 슈트에 스트라이프 패턴 넥타이를 맨 진혁을 잠시 감상했다. 이런 때의 그는 엔터테인먼트 회사의 대표라기보다는 배우에 가까웠다. 그 모습을 보고도 설레지 않을 여자는 없었다.

"왜 저렇게 폭주하는 거야, 다들?"

연습실의 조그만 창을 슬쩍 들여다본 그가 특별히 옆 사람이 들으라는 이야기는 아니라는 듯 말했다.

"신난 거 같아요. 오랜만에 하는 제대로 된 연주이기도 하고. 밴드 하는 사람들에겐 역시 헤비한 음악이 즐거울 테니까요. 듣는 사람과는 별개로."

하연의 대답에 진혁은 그제야 그녀와 얼굴을 마주하고 보기 좋은 미소를 흘렸다. 그 미소조차 허투루 보이지 않는 사람. 그는 자신의 언행 모두를 통제할 줄 아는 사람이었다. 심지어 잠자리에서조차도.

"나는 저런 음악 그리 좋아하지 않는데."

그 입에서 나오는 농담 같은 이야기. 피식 하연이 코웃음을 흘렸다.

"다른 음악도 다 별로 안 좋아하시는 건 아니고요?"

"……뭐어?"

"철저히 사업가 마인드 아니셨어요?"

하연의 매도에 진혁이 곤란하다는 듯 눈살을 찌푸렸다. 그녀에게 결코 지고 싶지 않았다. 지더라도, 자신이 지는 게 아니라 져 주는 거라는 걸 하연도 알 필요가 있었다.

"아니, 그럼 왜 여기 있겠습니까? 〈웨딩〉, 콜드문 4집 수록곡 중 일곱 번째 트랙. 두터운 질감의 인트로가 특징이며 마니아들 사이에서는 헤드뱅어를 위해 태어난, 메탈 그루브를 가득 담은 곡이라는 찬사를 받았죠. 하지만 이 이야기는 사실 콜드문이 해외에서 성공한 이후 나온 재평가일 뿐 그들의 데뷔 앨범은 수많은 아이돌 음악 속에 묻혀 있지 않았었나요? 강하연 씨?"

"평론가들 사이에서 나왔던 이야기와 정확하게 일치하네요. 어디서 읽고 암기해 놓으신 건 아니에요?"

"제발 나를 그런 식으로만 평가하지 말아 주시겠습니까?"

하연의 어깨가 으쓱하는 것을 본 진혁이 제 고개를 살짝 움직였다. 그 움직임과 함께 그의 머리카락이 꽤나 매력적으로 흔들렸다.

"그래서 우리 신곡은 어떻게 되어 가고 있습니까?"

"다른 밴드들에 대한 평가는 줄줄이 외우면서 우리 아이들 곡이 어떻게 되어 가는지는 모른다니 참 한가한 대표님이시네요. 하지만 걱정 마세요. 지금 50여 개의 곡이 해체되고 있으니까요."

"해체?"

"낯선 공식들과 익숙한 공식들을 뒤섞는 작업이라고 해 둘게요. 지금까지와는 다를 거예요. 지난번에 대표님이 걱정하셨던 그 어설픈 느낌을 근사하게 칠해서 잘 포장하고 있는 중이니까."

"그건 또 무슨 소립니까?"

그의 다정한 눈동자가 장난스럽게 휘어졌다. 그냥 묻는 것일 뿐. 정말로 묻고 싶은 것은 아니라는 듯.

"미완의 반항. 날것인데, 분명 어설픈데 나도 모르게 반해 버리고 싶은 음악."

"아."

"완성되면 들려드릴게요. 인트로 포함 총 다섯 개 트랙으로 준비 중이에요."

하연이 자신 있게 말했다. 그의 고개가 천천히 움직였다. 그 태도에 순간 충동이 인 하연이 물었다.

"사진가 다시 붙여 주실 거죠? 섭외는 걱정 마세요."

"왜 그러십니까? 어차피 결재만 안 했지 이미 계획 중인 것으로 아는데."

"그래도 대표님이 좋아. 라고 이야기하지 않으면 안 할 거예요. 최종 보스,

결재를 내려 주세요."

제가 들어도 야무진 말투에 진혁이 웃는 것이 보였다.

"흐음. 난 하연 씨가 이럴 때마다 왜 자꾸 단서를 달고 싶어지는 거죠?"

"시장 동향에 대한 본능적인 파악. 정확한 예측과 위기관리까지. 그런 것만큼은 대표님을 따라갈 사람이 없다고 믿어요, 전."

"지나친 평가인데요? 사람 이렇게 끝까지 뭉갰다가 또 자기 마음대로 띄우는 건 너무한 거 아닌가?"

"설마요. 제 말에 쉽게 동요하실 분은 아니잖아요."

갑자기 그가 미소를 지으며 한 발 뒤로 물러섰다. 하연이 모르는 척 고개를 돌렸다. 그가 무슨 생각을 하는지 대충 짐작이 갔지만 일부러 자극할 필요는 없다. 하연은 다시 연주하는 브리즈에 몰두했다. 그가 하연의 등 뒤로 와 고개를 살짝 숙였다.

"하지만 네 키스에는 너무 빠르게 동요하는 게 문제인데."

짜릿한 감각이 목덜미를 타고 올랐다. 하연은 모르는 척 표정을 굳혔다. 그에게 처음을 허락한 날 하연은 그에게 분명히 했다. 우리의 사이는 잠자리에서 끝나야 한다고. 그 이상을 바란다면 더 이상은 얼굴을 마주할 수 없다고. 일에 있어서 그라는 파트너를 잃어버리기는 싫었다. 사업적인 면으로 돌아왔을 때 그녀가 제일 먼저 손을 내밀 사람은 서진혁 대표였다.

"오늘 저녁에 시간 비워 둬. 저녁 식사 예약해 놓았으니까."

"글쎄요."

"3일에 한 번은 저녁 식사를 함께 할 것. 그거 계약서에 쓰여 있던 말 아닌가?"

순식간에 부드러워진 목소리. 결국 하연이 어쩔 수 없다는 듯 반응했다.

"알았어요."

그가 사라지는 것을 본 하연이 스케치북을 덮었다. 연주를 끝낸 멤버들이 녹초가 되어 연습실 바닥에 그대로 엎어져 버린 것이 보였다. 무언가 먹을 것을 좀 사다 주어야 하지 않을까 하는 생각에 문을 열어 그들에게 자신의 존재를 알리려는 찰나 문안에서 제이든이 나왔다.

"우리 연주 들으면서 무슨 생각 했어요?"

"미완의 반항. 실패할 걸 알면서 부딪치는 멍청하고 무모한 것."

즉각적인 대답이 마음에 들었다는 듯 제이든이 손가락을 부딪쳐 소리를 냈다. 그 모습에 곧바로 못마땅한 표정을 지은 하연이 말했다.

"언제까지 카피 곡만 연습할 거야?"

"연습은 실전에 빠르게 적응할 수 있는 가장 좋은 방법이죠. 마지막으로 방금 전의 〈웨딩〉 어땠어요?"

"알았어. 원하는 대답을 내놓을게. 처음 듣는 곡이야."

하연이 장난스럽게 말했다.

"장난이죠, 누나?"

되묻는 목소리가 달콤했다. 큭큭 하고 하연의 입에서 어린아이 같은 웃음소리가 비어져 나올 것 같았다.

"장난이긴!"

톡 쏘는 목소리에 하연의 의중을 파악하려는 제이든의 눈빛이 깊었다. 제 작품에 이렇게 번번이 반해 버리다니. 얼굴빛이 변할 것 같은 기분에 하연은 재빨리 말을 내뱉었다.

"물론 좋은 쪽으로. 콜드문의 〈웨딩〉하고는 전혀 달라."

"찬사인 거죠?"

"그럼. 나는 내 작품에 흠집 내는 거 싫어해. 홀딱 반하지 않고서는 시작도 못 하지."

하연은 높은 콧대를 상징하듯 한껏 고개를 치켜올렸다. 제이든이 쿡쿡거렸다.

"오만한 사람이라 좋아요. 누나."

"그거 찬사인 거지?"

유쾌한 대답에 제이든의 명랑한 웃음소리가 복도에 가득 찼다. 그 와중에 제이든이 어디서 주워 왔는지 꼬깃꼬깃 접혀 있는 종이 한 장을 꺼내 들었다. 그것은 신문 사이 끼워 온 전단지 같기도 했고 음식점에 들렀을 때 가지고 나온 차림표 같기도 했다. 길 건너 피자집인 것 같기는 한데. 그 전단지를 받아 들어

앞뒤로 살피며 하연이 물었다.

"'피자랑 치킨'? 이런 걸 먹어도 되겠어?"

못마땅한 얼굴로 전단지를 마구 펄럭거리는 사이 제이든의 목소리가 들렸다.

"서진혁 대표님 좋아해요?"

"무슨 소리야? 서 대표님이 나랑 무슨 상관이라고?"

들고 있던 것에서 시선을 떼어 낸 하연이 고개를 들었다. 알 수 없는 표정으로 제이든이 마주 보고 있었다. 해사한 얼굴의 턱 끝에 무뚝뚝한 고집이 서려 있었다. 대체 왜 대답을 잃은 거지? 당황할 일이 전혀 아니잖아, 강하연!

"나는 서진혁 대표 좋아해요. 물론 이건 어디까지나 대표로서."

말을 꺼내려는 순간 선수를 친 건 제이든이었다.

"하지만 영 재미는 없는 사람이죠. 누난 재미없는 건 딱 질색 아닌가?"

뭐야, 이런 건방진! 하연이 인상을 썼다.

'그런 남자가 너랑 어울릴 거라 생각해? 네가 그런 남자에 만족할 수 있어?'

다른 사람의 목소리가 겹쳐 들렸다. 불끈한 하연이 입 다물라는 듯 제이든을 노려보며 말했다.

"그게 무슨 소리야?"

"무슨 소리긴요. 제가 지금껏 느낀 두 분에 대한 솔직한 생각이죠. 뭐, 그렇다고 해서 너무 심각하게 생각하진 마시고요. 우선 주문 부탁드려요."

어느새 표정을 고친 제이든이 눈길로 흘끔 휴대 전화를 가리켰다. 반박을 해야겠다고 생각하면서도 하연은 별말을 꺼내지 못한 채 휴대 전화의 버튼을 누르고 있었다. 휴대 전화를 귀에 가져다 댄 하연을 향해 제이든이 싱글거렸다. 하연이 눈으로 그를 꾸짖었다.

'너 잠깐 딱 기다리고 있어.'

— '피자랑 치킨'입니다. 주문 도와드릴까요?

"네. 여기 길 건너 J엔터테인먼트인데요."

그가 부탁한 주문을 하며 하연은 바닥에 늘어져 있는 제이든의 모습을 바라보았다. 하지만 그는 이제 아무것도 모르는 척 시치미를 떼며 동료들과 시시껄렁한 농담에 웃고 있을 뿐이었다.

4

2018년 7월.

너울너울 춤을 춘다. 거대한 인파가 그의 손끝에서 시작되는 리듬에 맞춰 진동처럼 멀리 뻗어 나간다. 거대한 공간이 하나의 유기체가 되어 숨을 쉰다. 숨막힐 듯 끓어오르는 열기가 심장을 데우고 삶의 의미를 깨닫게 한다.

심각한 중독 증상이다. 음악을 사랑하는, 성취 지향적인 남자에게 무대는 살아야 하는 이유이자 탁한 삶 속에서 숨을 토해 내게 만드는 단 하나의 유의미.

그래서 그 무대에서 내려온 다음에는 곧바로 다음 무대를 준비하기 위해 작업실로 달려가지 않고서는 못 배기는 것이다. 다른 어떤 곳에서도 느낄 수 없는 그 감정이 사라질까 불안하고, 그래서 지금 서 있는 이 무대에 감사하기보다는 그다음을 걱정해야 하는, 다음이 영영 없을까 불안해 초조한 마음이 더 커져 버린 그런 상황. 한번 잠이 들면 다시 깨어나지 못할까 두려워하는 아이처럼……. 준은 그랬다.

"콜드문이었습니다."

"여러분 고마워요! 사랑해요! I love you!"

"또 만나요!"

앵콜! 앵콜! 앵콜!

환호를 받으며 내려오는 순간 곧바로 눈이 회까닥 돌아 작업실로 뛰어가는 생활이 지난 5년간 계속 이어졌다. 무언가 잘못되었다는 건 알지만 불안하고 초조한 자신을 진정시킬 수 있는 곳은 그곳뿐이었다. 새로운 곡을 만들 수 있을까? 김동준이 아닌 준으로 영원히 대중에게 남아 있을 수 있을까? 마치 살얼음판 위에 서 있는 기분이었다. 그러니 영감을 모두 소진해 버려 몇 시간 내내 작업에 전혀 진전이 없다고 해도 그곳에 있는 것이 나았다. 아무것도 떠오르지 않을까 봐, 자신에게 남은 것이 더 이상 없을까 봐 두려울 때도 준은 작업실에 혼자 있는 것을 선택했다.

대기실로 내려온 영일이 바쁘게 짐을 챙기는 준을 흘깃 돌아보았다.

"작업실 가는 거야? 좀 쉬어야 하지 않아? 그렇게 무리하면 몸이 남아나겠어?"

돌아오는 대답은 뻔하겠지만 한마디 하는 것이 낫다고 영일은 생각했다. 그렇게 조금이라도 제동을 거는 것이 좋을 것 같았다. 지금 네가 얼마나 잘못되어 있는지 그것을 알고 있는 사람이 있다는 것을 알려 주어야 했다. 하지만 무대에서 내려오자마자 내팽개쳐진, 물론 영일의 입장에서는 전혀 그런 게 아니지만 준의 입장에서는 영락없이 그렇게 보이는, 베이스를 흘겨보는 준은 영일의 진심을 아는지 모르는지 제 생각에만 몰두해 있었다.

"다음 주에 있을 무대. 편곡해야 해."

"뭐? 부산?"

준은 대답 없이 고개를 끄덕였다. 깊은 눈동자. 팬들의 말에 의하면 타고나기를 우수에 젖어 있다, 라고 평가되는 그 눈동자가 영일에게 어쩐지 미안함을 느끼게 만든다.

"그런가?"

7월 마지막 주 시작될 록 페스티벌은 인천에서 시작해 부산과 서울로 이어지는 스케줄이었다. 물론 한 곳에만 출연해도 상관없었지만 준의 우격다짐으로 모두 출연하게 되었다. 콜드문쯤 되면, 그러니까 그 정도 위치가 되면 오히려 한 곳에만 출연하는 것이 더 나을 성싶었지만, 다른 후배들에게 기회를 준다는 의미에서라도. 그는 달리는 열차의 엔진을 꺼트리는 것을 가장 두려워했다.

"그냥 오늘처럼 하면 안 돼?"

특유의 미소를 지어 보이며 영일이 말했다. 일이 늘어날까 등 뒤에서 리나가 바짝 긴장하는 게 느껴졌다. 세하는 악기를 정리 중이었다. 팀 내에서 준의 지지를 가장 많이 받는 세하는 리듬을 찍어 내는 기계 같은 드러머였다.

영일은 진심으로 준을 걱정하고 있었다. 날이 갈수록 강박이 심해지는 그가 불안했다. 이러다 어떻게 되는 건 아닐까. 그를 진정시킬 무언가가 필요하다고 여겼고 그것이 자신이 이 팀에서 맡고 있는 역할이라 생각했다. 리더인 준을 따라 주는 세하. 그의 뮤즈인 리나. 그렇다면 자신은 그에게 반목해야 한다. 그렇게 해야 균형이 이루어진다. 물론 지금의 그로서는 역부족이었다.

"오늘 중간 후렴에서 삐끗한 거 알고 있지?"

준이 어두운 목소리로 물었다.

"그랬었나?"

그랬을 리 없다. 그렇다 해도 잘 넘어갔을 것이다. 아무도 눈치채지 못하게 완벽한 연주를 했다고 생각한다. 하지만 준이 그렇다 하면 그런 것이다. 그가 마음에 안 드는 부분은 그밖에 모른다.

"그날 무대에 누가 오는지 알지? 완벽해야 돼. 아니, 완벽한 것만으로는 부족하지."

준이 미간을 잔뜩 찌푸린 채 그렇게 말하면 모두 할 말을 잊는다. 아무리 걱정되어도 조금 쉬었다 해. 너 그러다…… . 여기까지 말을 꺼내기도 전에 이미 그는 사라지고 없다.

"야! 저녁이라도 먹어!"

그가 멀어지는 등 뒤로 크게 소리를 지르자 준은 알았다는 듯 손을 흔들었다. 지난 5년간 그는 쉼 없이 달려왔다. 쉬기라도 하면 당장이라도 미끄러질 것처럼 그는 늘 자신을 벼랑 끝으로 내몰았다. 아니, 어쩌면 이미 떨어져서 손으로만 간신히 그 끝을 붙잡은 채 버티고 있는 건지도 모른다.

그가 사라지고 영일은 조금은 불안한 눈을 리나에게 돌렸다.

"너. 싱글은 녹음 중이야?"

화려한 스팽글로 장식한 옷을 입은 리나는 올해 나이 스물. 다른 팀원들이 극구 말렸지만 준의 주장에 따라 브리즈에서 영입해 온 그녀는 이제 콜드문의 상징이 되었다. 처음에는 그녀에게 보컬을 맡긴 이유가 준의 부담을 덜기 위한 것이 아닐까 생각했는데 그건 오해였다. 그는 날이 가면 갈수록 자신을 옥죄었다. 옆에서 보면 불안한 외줄 타기였다.

그때 별안간 문이 벌컥 열리고 얼굴을 보이지 않고 준이 소리쳤다.

"샌드위치 사 오라고 해."

영일이 인상을 찌푸리며 리나를 돌아보았다.

"뭐야? 누구한테 저러는 거야?"

"나한테 하는 소리야."

잔뜩 풀이 죽은 리나가 준의 뒤를 따라갔다. 얼이 빠진 영일이 그녀를 뒤따랐다.

"준 쟤 너무한 거 아니야?"

"스케줄 맞추려면 어쩔 수 없어."

등 뒤에서 세하가 영일의 어깨를 두드렸다. 리나, 세하 그리고 영일 역시 일을 좋아하는 인간들이긴 했다. 그러니까 여기 붙어 있는 거겠지. 하지만 엔진이 꺼지지 않은 기관차 뒤에 매달린 객차. 그 객차가 뒤집어지지 않을까 조금 두려웠다. 지금까지는 기관차의 속도에 맞춰 열심히 달리고는 있지만…….

○ ● ○

블루엔터의 전속 사운드 엔지니어인 태오의 실력에 대해서는 두말하면 입이 아플 정도였다. 대부분의 가수들은 그와 함께 작업하는 걸 영광으로 여겼다. 하지만 그런 태오도 부담스러워하는 상대가 있었다. 다름 아닌 준이었다. 지금도 역시 태오는 일시 정지 버튼을 누른 채 슬금슬금 눈치를 보고 있었다. 헤드폰을 썼다 벗었다 몇 번이고 반복하는 준은 잔뜩 화가 나 있는 것 같았다. 물론 머리를 흩트리고는 주먹을 꼭 쥐고 그 화를 억누르기 위해 최대한 인내심을 발휘하는 중인 것 같긴 했지만.

리나의 첫 솔로 앨범 《스물》. 이번 음반에는 올해 스물이 된 리나가 느끼는 세상과 사랑을 담고 있었다. 하지만 벌써 네 시간째 녹음이 이어지고 있음에도 3분 20초짜리 음원이 1분도 넘어가지 못했다. 게다가 마지막 한 시간 동안은 같은 마디만 반복하는 중이었다. 좀이 쑤시고 몸이 뒤틀리는 태오였지만 준이었다. 참는 수밖에 별 도리가 없다.

준은 한번 녹음을 시작하면 하루 밤 새우는 것이 보통이었다. 태오가 듣기에는 크게 다르지 않은데 준은 자신이 만족할 때까지 몇 번이고 반복했다. 끈질 기게 버티며 완벽한 사운드를 잡아 낼 때까지. 그 지루한 작업을 그동안 준은 큰소리 없이 잘해 왔다. 하지만 오늘은 좀 달랐다. 그의 디렉팅에 감정이 담겼다. 준의 목소리에서 그것이 고스란히 느껴졌다.

콜드문이 아닌 리나의 솔로인 것이 이유였을까? 하지만 리나의 첫 번째 솔로 곡은 완벽했다. 발표 전 팀 평가에서 모두에게 찬사를 받은 상태였다. 발표 직후 1위는 당연한 것이라고 그렇게들 예견했다. 이제 녹음만 하면 되는데 아까부터 준은 무엇인가 못마땅한 것 같아 보였다. 하지만 그걸 느낀 건 태오만이 아니었다.

마이크 버튼을 누른 준이 무슨 말을 하기도 전에 리나의 예쁜 눈썹이 슬쩍 치켜 올라갔다. 짧은 스커트 위 잘록한 허리에 손을 짚은 그녀가 준을 똑바로 노려보았다.

"힘을 풀면서 호흡을 다듬는 건 대체 어떻게 하는 거야? 서로 상반된 호흡법 이라는 거 몰라?"

톡 쏘아붙이는 말투가 이번만은 쉽게 꺾일 것 같지 않았다. 짧게 코웃음 친 준이 웃기지도 않는 이야기라는 듯 그녀를 노려보았다.

"아직도 밑줄 그어 가면서 어떻게 해야 하는지 알려 줘야 하는 단계야?"

"알려 줄 수 있으면 알려 줘 보든가."

"감정 표현이 극에 달하면 호흡은 따라오게 돼 있어. 네가 아직 딴생각을 하고 집중을 못 하니까 그게 그 정도로밖에 표현이 안 되는 거지."

"집중? 집중은 무슨? 음이 이따위니까 표현이 안 되는 건 모르고?"

픽 코웃음을 치고 준이 몸을 뒤로 뺐다. 아무것도 모르는 녀석. 준은 딱 그 표정이었다. 하지만 한번 잡은 기회를 놓지 못하는 건 리나 쪽이었다. 그녀로서는 지금이 아니면 준을 상대할 기회가 없다.

"음이 제멋대로 날뛰니까 노래가 안 되잖아! 이걸 사람보고 부르란 거야?"

"네 성장 속도에 맞추느라 내 음악성이 후퇴한 건 모르고?"

"뭐?"

"너한테 맞춰서 최대한 쉽게 표현하느라 힘들었어. 근데 이거 하나를 못 해!"

큰소리가 났다. 이건 디렉팅이 아니라 화다. 무슨 생각이야? 태오가 준을 나무라듯 눈을 크게 치떴다. 부스 안의 리나가 눈물을 글썽거렸다. 입을 다물고 노려보던 준이 상황을 피하려는 듯 팔짱을 낀 채 밖으로 나갔다. 문이 쾅 닫히고 그가 사라진 것을 확인하자마자 부스 안에서 울음소리가 났다. 난감한 것은 태오였다. 블루엔터의 공주님, 콜드문의 뮤즈가 오장육부 다 끄집어내듯 울고 있다니.

"사람들은 나보고 준의 뮤즈라 하지만 아니야. 나 그 자식한테 한참 모자라."

엉엉 소리를 내며 눈물 콧물 다 질질 흘리는 그녀를 태오는 부스 안에서 데리고 나와 소파에 앉혔다. 흥분한 감정이 쉽게 가라앉지 않았다.

"나도 잘하고 싶다고! 나도 잘하고 싶은데. 대체 뭘 더 어떻게 하라는 거야!"

바락바락 소리를 지르는 모습에 태오는 그녀가 깨질까 안절부절못하고 있었다.

"고만 울어. 성대 다친다."

"그만하고 싶어. 그만할래. 콜드문 그만할래. 저 자식 꼴 보기 싫어."

작은 어깨가 들썩거렸다. 억울하다는 듯 꺼억꺼억. 하지만 알 수 있었다. 그녀도 역시 불안해하고 있는 것이다. 천재인지 미친놈인지 알 수 없는 저놈의 세계에 다다르지 못할까 봐.

"나도 알아, 안다고. 다듬으면서 내지르는 거. 억제하면서도 분출하는 거. 그 아이러니를 표현하라는 그 말은 알아. 하지만 지금 나는 못 해! 못 한다고. 퍼내고 다 퍼냈는데 못 한다고. 살점을 자르고 피까지 다 뽑아냈다니까!"

도대체 무슨 말인지 알 수가 없다, 그녀가 하는 이 기괴한 말이. 하지만 준이 바라는 것이 그런 것이라는 건 알 수 있다. 본인을 모두 내팽개치고 이 밴드에 매달리는 것이 바로 그였다. 팀원들에게까지 그것을 바라니 그들도 괴로워지는 것이다.

○ ● ○

30분이나 지났을까. 그녀를 부른 건 준이었다. 버티듯 고개를 저었지만 결국에 어쩔 수 없었다. 지금으로서는 그를 꼴도 보기 싫었지만 콜드문을 버릴 순 없다. 그럴 용기는 나지 않았다. 리나는 축 처진 어깨로 그의 앞에 섰다.

"대중과는 타협이 안 돼."

하얀 연기가 창밖으로 빨려 나갔다. 리나는 인상을 찌푸리며 그것을 보았다. 뻐끔거리는 담배일지언정 준이 담배를 피운다는 것은 그리 좋은 징조가 아니라는 것을 그동안의 경험을 통해 알고 있었다. 그마저도 숨어서, 누군가에 들키기라도 하면 큰일 난다는 듯 열 수 없이 고정되어 있는 커다란 창 아래 난 작은 보조 창 밖으로 흘려 버리는 그 하얀 연기가 어떤 의미인지 리나는 알고 있다.

그는 꽉 막혀 버린 것이다. 그래서 미치고 팔짝 뛰고 데구르르 구르고 싶은 마음을 간신히 참고 있는 것이다. 이 창이 열린다면 만약 그렇다면 그는 뛰어내리기라도 했을 것이다. 그래서 이런 높은 빌딩은 창이 열리지 않게 만들어 놓은 걸까? 리나는 순간 바보 같은 생각을 했다.

콜드문의 준. 그가 자신을 스카우트하여 같이 활동한 지 3년째였다. 콜드문은 대단한 밴드였다. 그녀가 몸담고 있었던 브리즈와는 차원이 달랐다. 완벽한 연주와 합. 특히 리더이자 보컬인 준이 내뿜는 카리스마는 모든 것을 압도했다. 타고난 스타란, 타고난 뮤지션이란 이런 것이구나 생각했었다.

그런데 1년, 2년이 지나 리나는 타고난 스타라는 것은, 천재라는 표현은 대중의 환상을 사기 위한 장사치들의 속임수라는 걸 알게 되었다. 이 정도 되면 그냥 내려놓고 드러내지 그래? 네가 사실은 무척 외롭고 괴롭고 두려워한다고. 리나는 그렇게 말하고 싶었다.

하지만 그렇게 말하더라도 준은 그런 환상을 절대 놓칠 수 없다는 듯, 그런 속임수가 사라지는 것은 참을 수 없다는 듯 고개를 흔들 것이 분명했다. 그에게 천재라는 말은, 타고난 스타라는 표현은 대중을 속이려 하는 것이 아니었다. 그것은 자신을 속이기 위한 것이었다. 대중과는 타협해선 안 돼. 그 말은 곧 내 자신과는 타협해선 안 돼. 라는 뜻이었다.

　하지만 리나는 뾰족해졌다. 이제 그만 적당히 타협하고 싶었다. 열여섯 이전 시작한 밴드놀이는 그를 만나면서 업이 되었고 그 시간 동안 리나가 깨달은 것이 있다면 평생 음악을 사랑하기 위해서는 음악과 타협해야 한다는 것이었다.

　모두가 만족하는 음악, 차트의 넘버원은 만드는 것이 아니었다. 그건 만들어지는 것이다. 자신은 그저 음악을 사랑하면 된다. 살면서 내내. 가능하다면 영원히. 리나는 그렇게 살고 싶었다.

　"네가 생각하기에 지금 네 사운드가 제대로 된 것 같아?"

　"내가 들어 보기엔 괜찮은데?"

　마지막으로 버티듯 이야기해 보았다. 리나는 언제부턴가 열 살 차이 나는 그에게 반말을 했다. 뭐, 준은 그런 건 별로 신경 쓰지 않는다. 만약 못되게 굴고 버릇없이 굴고 마구 치대도 음악만 제대로 나온다면 다른 건 상관없다고 생각하는 스타일이었다.

　"너는 스무 살이, 이제 막 사랑을 알아 가는 여자가 겨우 이렇게밖에 이야기 못 한다고 생각해?"

　그의 짙은 검정 눈동자가 리나를 노려보고 있었다.

　"사랑이 그래야만 한다고 생각하는 건 당신 착각 아니야?"

　"네 생각 말고 사람들이 생각하는 스물을 불러야 할 거 아니야?"

　"왜? 나처럼 생각하는 사람들도 있을 거야. 스물이라고 사랑에 그렇게 무조건적이어야 한다고 생각해?"

　하아.

　그는 한심하다는 듯 한숨을 쉬고 고개를 흔들었다. 자기 말만 옳다 생각하는 얼굴. 리나가 제일 재수 없어 하는 얼굴이었다.

　"재수 없어."

리나가 휴대 전화를 움켜쥔 채 말했다. 순간 휴대 전화의 전원 버튼이 눌리고 대기 상태의 화면이 반짝였다. 인상을 찌푸린 준이 그걸 흘끔 보았다.

"누구야? 남자 친구?"

화면 안에는 잘생기고 남다른 분위기를 가진 남자의 사진이 담겨 있었다.

"쳇."

리나가 코웃음을 치며 말했다.

"시간이 있어야 연애를 하지."

"하!"

비꼬는 말에 준이 큰 소리로 콧방귀를 뀌었다. 리나도 지지 않고 그를 흘겨보았다.

"그리고 브리즈도 몰라? 내가 있었던 밴드."

"브리즈……."

언뜻 그의 얼굴에 수많은 생각이 스쳐 지나가는 듯했다. 그가 브리즈를 모를 리 없었다. 얼마 전 작업실에서 그가 그들 음악을 듣고 있던 것도 이미 목격한 바였다. 다만 그가 알고 있는 건 앨범 재킷 위에 그려진 얼굴뿐이니 이런 셀카는 처음 보는 거겠지. 슬쩍 기가 살아난 리나가 쏘아붙이듯 말했다.

"제이든이야. 가수고. 나도 노력하고 있다고."

"제이든?"

"이 사람 내 스타일이거든. 그래서 사진 보면서 이 사람이랑 연애를 하고 있다고 상상하는 거야. 열렬히 사랑하고 연애했다고. 그리고 헤어졌다고. 그렇게 상상하고 그리며 당신이 만든 그 노래를 부르는 거지. 스무 살의 사랑, 연애가 뭔지 상상하고 있어! 나도 노력하고 있다고! 당신처럼 말이야."

"나처럼?"

"그래, 변태처럼! 내가 버리고 온 밴드의 보컬을 사랑하는 줄리엣이라고!"

리나가 소리쳤다. 순간 화가 나 모두 내질러 버렸지만 다 말하고 나니 조금 민망했다. 사랑을 상상하고 그것을 노래에 담아야 한다니. 게다가 정말 제가 버리고 온 밴드를, 그 밴드의 보컬을 그 대상으로 삼다니. 그런 제 처지가 조금 우울하게 느껴졌다.

"그래. 이제 알겠다. 너는 모르는 거야."

하지만 준은 다른 생각이었다. 리나 쪽은 돌아보지도 않았다. 그는 진지한 표정으로 혼잣말을 했다.

"뭘?"

"사랑 같은 거. 스물이 무엇인지에 대해."

"알아. 알거든."

"네가 어떻게 알아."

무시하듯 말하고 준이 혼자 속삭였다.

"그럼 해 보기라도 하든지……."

준을 그렇게 말하고 뒤돌아섰다. 알 수 없는 기분에 휩싸였다. 등 뒤로 분해서 어쩔 줄 모르는 리나의 기운이 느껴졌다. 하지만 그녀를 달래 줄 마음이 들지 않았다. 실상 위로를 받아야 할 건 자신이라고 느껴졌다. 경험한 것만 쓸 줄 아는 바보 같은 준.

경험하지 않으면 모르는 건 당연하다. 리나는 열여섯 살 때부터 노래를 했고 사람들은 그녀의 경험이 특별하다 생각하겠지만 그녀는 오히려 우물 안 개구리다. 그리고 자신 역시 그랬다. 경험한 것을 모두 쏟아부은 뒤 결국 수혈하듯 리나를 영입한 것은 저였다.

콜드문 초창기 그는 추운 세상을 노래했다. 아버지의 죽음과 재미없는 이름 김동준과 수많은 빚과 책임과 추위 같은 것들. 2년간 노래하고 나자 모든 것이 떨어져 버렸다. 더 이상 노래할 것이 남아 있지 않았다. 엉성하게 꾸역꾸역 만든 3집 앨범. 결국 다른 사람의 손을 빌려 음반을 내고 난 뒤 준은 좌절했다.

그날 그의 영혼은 반지하방으로 돌아갔다. 무궁무진한 가능성이 있다고 생각했던 그때. 마르지 않은 샘물이 존재한다고 생각했던 그때. 그것을 남들이 알아봐 주지 않아 서운했던 그 시절로 돌아갔다. 이젠 점점 벼랑 끝으로 몰렸다. 뒤는 얼마 남아 있지 않았다. 내 안의 모든 것을 득득 긁어내고, 긁어내고 더 이상 할 수 없다고 생각할 때마다 준은 혼자 그곳으로 돌아갔다.

스무 살 사랑을 노래해야 하는 리나. 무언가 부족하다고 느끼는 이유가 무엇인지 준은 정확하게 알지 못했다. 하지만 이건 아니야. 사랑이 이렇게 보드랍고 간질거리기만 하는 거라고? 사랑은 저도 모르는 사이 제 다리를 걸고넘어지는 악독한 것이었다. 저를 옭아매고 중독되게 만들고 그러다 중요한 순간 저를 제가 아닌 것으로 만든다.

스치듯 지나가는 얼굴이 있었다. 언젠가 한번은 다시 만날 날을 두렵게 고대하게 되는 여자. 불편하고 불안한 감정이 다시 그를 옭죄기 시작했다.

○ ● ○

지하 주차장에 차를 댄 유라가 엘리베이터에 올라 곧바로 하나뿐인 단추를 눌렀다. 외부인에게는 공개되지 않은 이 호텔의 유일한 룸이 있는 층에서 내린 유라가 햇살 외에는 아무것도 없는 고요한 복도에 놓인 소파에 앉아 있는 동우를 발견했다. 얼마나 오랫동안 그 자리를 지키고 있었는지 소파에 놓인 쿠션처럼 구겨진 그는 준의 개인 매니저였다.

"누구랑 들어간 거야?"

"누구라뇨?"

소파에 앉아 있던 동우가 저리에서 벌떡 일어나며 대답했다. 멀뚱멀뚱 서 있다 그녀가 사라지는 것을 본 후 동우는 다시 소파에 주저앉았다. 저 여자가 왜 여기 나타났는지 왜 자기에게 그런 걸 묻는 건지 궁금하기도 했지만 지금까지 본 바에 의하면 그건 그저 제가 투자한 상품을 관리하기 위한 일련의 행위일 뿐 별것 아니었다.

준은 종종 영원그룹 계열의 호텔에 머물렀고 그때마다 새로운 음악을 써 냈다. 그렇게만 생각하면 되는 거다.

동우가 준의 매니저로 오랫동안 일할 수 있었던 이유는 이것이었다. 특별히 궁금해할 것도 없고 궁금해할 필요도 없다는 것. 동우의 일하는 방식이었다. 게다가 준은 음악 이외의 것에는 수더분한 성격이었다. 특별히 타박하는 것도 없었고 보수도 훌륭했다.

동우는 유라가 문을 열기 위해 그 앞에 서서 슬쩍 미소 짓는 것을 보지 못했다. 보았더라도 잊어버리면 그뿐이었다.

혼자였다고?

입꼬리가 슬쩍 올라갔다. 그는 혼자고. 여전히 음악 이외에는 사랑하는 것이 없다는 것을 확인할 때마다 제가 얼마나 안심하고 있는지 유라는 아직 스스로 깨닫지 못하고 있었다.

문을 열자마자 놀랄 만큼 커다란 음악이 들려왔다. 미간을 찌푸린 채 유라는 그 앞으로 걸어갔다. 폭이 넓고 길이가 긴 스커트가 바닥에 끌리며 사락거리는 소리를 냈다. 커다란 스피커 두 개가 전면에 놓인 음향실의 소파에서 눈을 감고 누워 있던 준이 음악이 꺼지자마자 미간을 찌푸렸다. 그의 발치에는 와인병이 두어 병 굴러다녔다.

"술 마셨어?"

준은 대답하지 않았다. 근래에 없던 일이었다. 그는 술로 쓰는 음악은 음악이 아니라고 했었다.

"그럼 연락하지 그랬어. 좋은 걸로 가져다줬을 텐데."

그는 여전히 대답하지 않았다. 유라는 밖으로 나와 깨끗한 응접실과 누군가 누워 있던 흔적이 없는 침대를 살폈다. 바닥에 떨어져 있는 것은 그의 외투뿐이었다. 방 안은 고요했다. 그는 어젯밤 이곳에 와서 오직 음향실에 박혀 있던 것뿐이다. 완벽한 방음 장치가 되어 있는 음향 실에서 술과 함께.

포트에 물을 올리고 홍차를 한 잔 우려낸 유라는 노트북 전원을 연결하고 책상 앞에 앉았다. 암막 커튼을 친 채 영원그룹의 다음 분기의 전략 회의 자료와 지난 분기 실적을 점검했다. 몇 번의 전화를 걸고 몇 번의 전화를 받았다. 더이상 암막 커튼이 필요하지 않을 즈음의 시간이 되어서야 유라는 입고 있던 옷을 벗어 둔 채 욕조에 물을 받았다. 둥그렇고 커다란 욕조에 물이 받아지자마자 그녀는 몸을 담갔다.

선반에 올려 둔 와인 잔을 들어 한 모금 입술을 축였다. 입을 벌려 작게 숨을 내쉬었다. 그때 블라인드를 내리지 않아 훤히 보이는 밖으로 준이 어슬렁거리며 걸어 다니는 것이 보였다. 눈이 마주치자 가볍게 그가 고개를 끄덕였다. 유라는 살짝 미소 짓고 다시 눈을 감은 채 등받이에 기대었다.

잠시 동안 그가 보던 위치에서는 이 욕조의 안이 들여다보이던가. 생각했지만 그럴 리는 없었다. 유라는 스위치를 올려 물을 더 받았다. 굵은 땀방울이 이마에서 툭툭 떨어졌다.

하얀 목욕 가운을 입은 유라가 욕실 밖으로 나오자 준이 테이블 위에 올려둔 물잔을 그녀의 앞으로 내밀었다. 눈 밑 그늘이 깊은 준의 얼굴이 야위어 보였다. 새로운 음반 작업을 할 때마다 늘 이런 식이었다. 도심 가장 높은 곳의 제 집에서는 머물지 않았다. 그는 떠돌이가 자신의 본능인 양 여기저기 움직이며 생활했다. 한곳에 정착하지 못하는 이유는 알지 못했다.

어차피 자신은 예술에 대해 아는 것이 없었다. 하지만 그를 위해 모든 것을 마련해 줄 수 있었다. 해외여행. 고급 리조트. 아무도 없는 산속의 산장. 오지의 은신처. 그는 그렇게 헤매며 자신이 원하는 것을 가지고 왔다. 그리고 사람들의 찬사를 받았다.

"잘되어 가고 있는 거야? 혹시 필요한 건 없어?"

"곡은 이미 써 놨어. 리나와 견해 차이가 있을 뿐이야."

"그러니까 애초에 감당하기 힘든 애는 끼워 넣지 않는 편이 낫지 않아?"

"할 수 있어."

머리카락 끝에 맺힌 물기가 툭툭 떨어지고 있었다. 고집스럽게 말하는 남자를 내려다봤다. 유라는 손을 뻗어 제게서 멀어진 그 시선을 돌려 저를 바라보게 만들고 싶었다. 그것을 지금 이 남자도 느끼고 있다. 하지만 둘 다 그런 건 생각으로만 할 뿐 행동으로 옮기지 않는다.

"애인한테 가 봐야 하지 않아?"

"일한다고 이야기해 뒀어. 지금쯤 그 사람도 수술 다섯 개를 연달아 마치고 집에서 쓰러져 자고 있을 거야. 서로 함께 있다고 해도 좋을 게 없어."

"또 다른 애인은? 나 만나러 온 거 알면 질투하지 않아?"

"여행 중이야."

"그럼 네 파트너는?"

유라가 실쭉 입술을 들어 올렸다.

"나한테 생각보다 관심이 많은 거 아니야?"

"그저 짐작할 뿐이야."

"오늘은 여기 있을래."

부족한 것은 없었다. 어머니가 남겨 둔 영원그룹을 이끌어 갈 사람은 유라 뿐이었다. 이미 오래전 어머니와 이혼한 아버지는 위자료를 두둑이 챙겨 간 뒤 나타나지 않았다. 하긴 나타나면 자신에게 손해가 날 뿐이라는 걸 이미 알아차렸는지도 모른다. 언제든 불러낼 수 있는 몇 명의 애인, 감정을 나눌 필요 없이 해소만 할 수 있는 잠자리 파트너까지. 모든 것이 충족되었다. 그들 세 사람은 서로 역할을 바꾸어 행동하기도 했다.

하지만 준만은 달랐다. 그는 그저 준이었다. 털끝도 건드리지 않았다. 어느새 그가 성역이 되어 버렸다. 그와는 저속적인 감정을 꿈꾸지 않았다. 다만 사는 것이 무척 무료해질 때, 대체 내가 왜 여기 서 있는지 알 수 없을 때면 유라는 그를 만나러 왔다.

아니, 조금 더 솔직해져야겠다. 그는 그녀의 그 어떤 매력에도 관심이 없는 듯 굴었다. 그의 앞에서 가운을 벗어도, 머리를 빗어도, 슬립 밖으로 살짝 드러난 발목, 잘록한 허리, 풍만한 가슴……. 그 어떤 것도 그는 그저 무심하게 바라볼 뿐이었다. 그 이후로 유라는 그를 성역에 묻어 버렸다.

무엇보다 두려운 건 그가 더 이상 자신을 만나러 오지 않는 거였다. 어느 날 이제 그만해, 라고 말하면 그가 고개를 끄덕이고 그래, 이제 그만할게, 나도 지쳐 버렸어, 라고 말할까 봐 두려웠다. 하지만 실상 두려운 것은 그것이 아니었다. 그가 음악이 아닌 다른 것을 사랑하게 될까 봐. 그래서 자신이 질투하게 될까 봐 두려웠다.

"이제 일해야겠다."

자신을 치워 버리듯 내뱉은 그의 말이 사랑스러웠다.

"좋아."

유라는 가운을 벗고 옷장 안에서 새 옷을 꺼내 입었다. 느슨하게 몸을 감싸는 드레스는 마음을 편안하게 만들었다. 이제 눈을 감고 벽에 기댄 채 그가 내뿜는 열기를 고스란히 느끼고 있으면 된다. 그 어떤 잠자리보다 그녀를 들뜨게 만드는 열기. 유라는 그것을 정말 사랑했다.

○ ● ○

꼬마 병사. 꼬마 병사라는 말이 옳았다. 인천 록 페스티벌의 대기실. 잔뜩 긴장한 제이든은 마치 꼬마 병사 같은 포즈로 하연에게 제 몸을 맡기고 있었다. 페스티벌의 제일 마지막. 그러니까 사람들이 지치고 쓰러져 대부분 돌아가거나 음악 마니아들도 이제는 그만이라고 외칠 만큼 물려 버린 시간. 귀가 피곤해져 버리는 그 시간 등장해야 하는 것이 브리즈였다.

남아 있을 청중이 얼마나 될지 알 수 없었다. 하지만 브리즈에게는 엄연한 첫 무대였다. 얼마 후 있을 공중파 음악 방송에서 방송 데뷔 하기 전의 첫 라이브. 브리즈의 정체성을 위한 장소였다. 그들이 기타를 든 연기자가 아니라는 것과 그들이 든 드럼스틱이 소품이 아닌 걸 보여 주기에 제격인 장소.

그것은 콜드문의 데뷔 때도 동일했다. 대형 소속사인 '블루' 답지 않게 그들은 음악 방송이 아닌 록 페스티벌로 데뷔했고 1집이 록 마니아들 사이에 입소문이 퍼지며 알려지기 시작했다. 물론 처음부터 잘된 건 아니었다. 고민이 있었고 움츠러들 때도 있었다. 하지만 긴 호흡으로 느리게 가다 보니 나중에는 누구도 오르지 못할 높은 곳에 올라 있었다.

단박에 올라가기보다는 자기 색을 가지고 천천히 사람들을 설득시킨다. 그것이 하연의 생각이었다. 물론 콜드문을 따라 하는 건 절대 아니었다. 성공한 사람들의 법칙을 알고 있을 뿐.

"평소 하던 대로 하면 돼."

하연이 제이든의 머리칼 한 가닥까지 손질하며 말했다.

"완전 운발 날린다. 우리 다음 팀이 누군 줄이나 알아?"

드럼스틱을 휘휘 돌리며 카일이 소리쳤다. 순간 하연의 심장이 덜컥거렸다. 큐시트를 확인한 이후 내내 그런 상태였다.

"콜드문."

"준."

다른 사람의 입에서 나온 그의 이름은 신처럼 들렸다.

"아니, 준이 아니지. 리나지."

"어쨌거나. 콜드문."

막스가 벌벌 떨듯 으르르 이빨을 드러내며 괴물 흉내를 냈다.

"그럼 우리는 막간 휴식 타임인가?"

"토일렛 타임이라고 해 두자."

"사람들 발 뻗고 음료수라도 마실 수 있게."

"음료수 마시다가 흐흡. 들숨에 갑자기 놀라서 내뿜지 않게 적당히들 하자고."

"아하. 그럼 박자를 잘 맞춰야겠는데."

"내가 노래하다가 손을 갑자기 휘저으면 그때부터는 반박자 느리게 가는 거야."

"빠른 게 낫지 않아?"

왁자지껄 떠들기 시작했다. 네 명의 남자는 어린아이처럼 굴었다. 긴장감 사이로 흥분이 스며들어 반짝반짝 빛났다. 태어나 한 번뿐일 첫 무대.

그들도 그랬을까? 준, 영일, 세하, 그리고 리나가 들어오기 전까지 세컨 기타를 맡고 있던 호원. 그들의 첫 데뷔도 이렇게 싱그러웠을까? 이렇게 수줍었을까? 이렇게 풋내가 났을까?

하연은 한 발 물러서 그들이 자신의 첫 데뷔를 오롯이 느낄 수 있도록 배려하며 혼자 생각에 빠져 있었다. 자연스럽게 준이 떠올랐다. 그의 그런 모습은 상상이 되질 않지만 스물일곱이 되고 나니 스물셋을 조금 이해할 수 있다. 그는 하연을 버리고 간 것이 아니었다. 그저 자기가 뛰어가고 싶은 곳으로 뛰어간 것일 뿐. 그녀는 남겨진 것이다. 아니, '버려졌다'와 '남겨졌다'는 그 말이 그 말인가? 하긴 이제 와 이런 자기 위안은 아무런 소용이 없겠지.

하연이 고개를 흔들었다. 마치 생각을 떨쳐 버리려는 듯.

"자. 파이팅하자!"

카일의 목소리가 들렸다. 슬쩍 제이든이 뒤를 돌아보았다. 진경이 나서서 가까이 다가와 하연을 불렀다. 물론 다른 스태프들까지 모두 다 자리를 차지하고 섰다.

"브리즈. 브리즈. 무대에서 찢어 버려!"

손을 모으고 하늘 높이 던졌다. 잔뜩 기합이 들어간 파이팅은 어쩐지 풋내가 났다. 환하게 웃고 있는 제이든의 얼굴에서 준이 보였다. 하지만 그럴 리 없다. 잔뜩 검은 기운이 풍기는 준이 제이든처럼 저렇게 파란 얼굴을 하고 있었을 리 없다. 그는 타고난 다크다.

그들이 위풍당당한 척 무대에 올라가고 나서야 하연은 가까스로 숨을 내뿜었다. 어쩐지 눈가에 눈물이 고일 것 같은 기분이었다.

"안 보러 갈 거야?"

진경이 문을 열었다. 무대 뒤쪽으로 가면 그들을 바로 코앞에서 볼 수 있다. 관객들의 얼굴 표정까지 낱낱이 보인다. 어쩐지 무릎이 후들거리는 것 같았다. 하연은 소매를 걷어 올리며 괜히 딴청을 피웠다.

"확실하게 봐 두는 게 좋아. 제작자란 그래야 하니까. 그런데 이럴 때 너 꼭 학부형 같다?"

진경이 말하며 하연의 콧등을 살살 문질렀다. 마치 고양이를 대하듯. 하연이 장난스럽게 눈을 찌푸렸다.

"비즈니스야. 정확히 알아 둬야지. 괜히 쑥스러워하지 말고."

그녀가 하연을 끌어당겼다. 하연은 못이기는 척 그녀의 손에 이끌렸다. 언젠가 또 이런 날이 있었던 것 같은데. 그것이 7년 전, 그날 밤의 기억이라는 것을 깨닫고 순간 난감해졌다. 오늘 나는 어떤 것을 보게 될까. 그날 준에게서 느꼈던 그런 감정을 느낄 수 있을까.

하지만 그건 어리석은 생각이다. 그건 그날에만 느낄 수 있는 감정이고 음악을 모르던 때의 이야기다. 이제 음악은 밥벌이인걸. 단어 선택의 수준을 한층 낮추니 마음이 편안해졌다.

진경의 등 뒤에 서서 하연은 빼꼼 얼굴을 내밀었다. 후끈한 열기가, 더위가 아닌 열정이 고스란히 느껴졌다. 과연 관중들은 대단했다. 그들은 장장 두 시간을 즐기고도 모자라 아직 여흥에 취해 있었다. 물론 그것이 브리즈 때문이 아니라는 걸 알고 있다. 이 곡만 끝나면 콜드문. 이라는 생각이 그들의 다리에 힘을 키우고 있는 것 같았다.

하지만 하연은 관중들이 어디 너희 얼마만큼 하나 보자. 생각하고 있을까 봐 두려웠다. 악기 점검을 마친 뒤 카일이 리드미컬하게 드럼스틱을 두드렸다. 객석 앞에서 오오 제법인데? 하는 소리가 들렸다. 물론 그건 어디까지나 음악 선배인 관중이 이제 막 데뷔하는 초짜 밴드를 어르는 소리지 그들을 자신보다 프로로 대접해 주는 건 아니다. 그 순간 하연의 손이 저절로 꼭 쥐어졌다.

어설픈 애송이들이 아니라고. 우선 들어 보라니까! 오기가 생겼다.

콰앙. 하고 커다란 사운드였으면 좋았을 텐데. 시작은 제이든의 목소리다. 가늘고 얇은 소리. 마치 악기 같다. 이곳을 아우르기에는 조금 부족하다. 역시 사람들의 시선은 제멋대로다. 아직 판단하기는 이르다는 듯한 얼굴들. 하지만 그 아래로 루크의 베이스와 막스의 기타가 얹어지는 순간 이제부터 시작이다!

"여러분, 브리즈입니다! 처음 인사드리겠습니다!"

부드럽게 말하고 캬악! 주목! 이라고 외치듯 관중들을 향해 소리를 지르는 제이든의 목소리에 관중들보다 더 놀란 건 하연이었다. 반짝 호기심에 빛나는 표정들이 하나둘 모여들기 시작했다.

가슴이 미친 듯 뛰기 시작했다. 옆에 서 있던 진경이 팔뚝을 꼭 잡아 오는 것이 느껴졌다. 같은 것을 느끼고 있다. 내가 느낀 것은 혼자만의 공상이 아니다. 브리즈는 성공할 것 같다. 그들은 해낼 수 있을 것 같다. 따라잡을 일만 남았다. 이제 어쩌면 내려올 일만 남은 콜드문을 향해.

사람들이 물결을 이룬다. 처음 듣는 음악이지만 그들은 베테랑이다. 연주하는 사람도 그것을 듣는 사람도. 그들에게 음악은 공통의 언어다. 이곳에서 그들에게 통하는 것은 리듬이다. 음악이다. 눈물이 차오르는 것이 느껴졌다. 하지만 부끄럽지 않았다. 땀과 섞여 흐르는 눈물은 자신을 위한 보상이었다.

가슴이 고동치고 있었다. 이 순간 깨달았다. 절대 벗어나지 못할 것이다. 이것에서. 그리고 그가 이해되었다. 이제야 그를 이해했다. 준, 잘한 거야, 당신. 바보 같은 나를 버리고 음악을 택한 건 잘한 일이야.

"잘했어. 너무 잘했어!"

서로 껴안고 난리가 났다. 무대에서 미끄러지듯 내려오는 그들이 하연의 품에 안겼다. 서로 얼싸안고 환호성을 질렀다. 그들을 향한 박수가 꽤 오랫동안 이어졌다. 하지만 곧 그것은 뚝 끊기듯 사라졌다. 어디서 갑자기 천둥이 울리는 것 같은 커다란 함성 소리가 터졌다. 깜짝 놀라 뒤를 돌아보았다. 키가 큰 남자가 제 기타를 어루만지는 것이 보였다. 마치 주문을 걸듯. 잘 부탁한다는 듯이. 겁먹은 눈동자였다. 아닌가? 너무 순식간이라 그것이 진실인지 아닌지 판단하지 못했다.

작은 바늘이 몸속으로 들어와 혈관을 타고 돌았다. 휘리릭 몸이 감기는 느낌이 들었다. 울고 웃는 소리가 멀리 사라졌다. 눈이 마주쳤던가? 여기 오면 당연히 만날 거라고 생각했던 거 아니었어? 자신을 꾸짖는 소리가 들렸다. 그걸 알고 이쪽에 뛰어든 거잖아. 마치 운명처럼 다가온 기회. 록 페스티벌의 큐시트 제일 마지막에서 콜드문을 발견하고 씨익 미소 짓지 않았니, 강하연?

"처음 들려드릴 곡은 로젬입니다."

낮게 읊조리는 음성. 단숨에 귀를 사로잡아 버리는 목소리. 그 목소리를, 그 남자를 인정할 수밖에 없을 것 같았다.

"너 괜찮은 거야?"

누군가 귀에 속삭이는 소리가 들렸다. 대답하지 못한 채 하연은 그녀에게 기댔다. 아니, 전혀 괜찮지 않아. 라고 말하고 싶었지만 다행히도 그녀는 이미 알아들은 것 같았다.

○ ● ○

앵콜! 앵콜! 앵콜!

팬들의 환호성을 뒤로한 채 무대를 내려가던 준의 걸음이 순간 방향을 잃었다. 긴가민가했지만. 착각이 아니었다. 분명 본 것 같았다.

영일이 무대를 향해 열심히 화답하며 제게 다가오는 것이 보였다. 미간이 구겨진 그의 눈빛을 모르는 척하며, 때마침 제 쪽을 봐 달라 격하게 반응하는 몇몇 사람들에게 손을 들어 인사하듯 흔든 준이 무대 아래로 내려갔다.

"준 뭐야? 컨디션이 별로야?"

대기실에 들어서자마자 영일이 다가왔다.

"무슨 소리야?"

무심한 표정으로 반문해도, 미련한 녀석! 영일이 입술 안으로 그 말을 짓이기는 것이 보였다.

"거봐. 그러니까 내가 어제 잠 좀 잘 자라고 하지 않았어? 그깟 앨범 좀 늦게 나오면 어떻다고?"

"······."

"리나 쟤는 신경도 안 써! 이제 스무 살 됐는데 세상 달라지는 것도 없다고 투정만 한다니까? 어떻게 하면 놀 수 있을까 그 궁리만 한다고."

"알아, 알았다고."

낮게 대꾸한 준이 긱 백을 등에 메고 문손잡이를 잡아당겼다.

"뭐야? 그리고 또 일하러 가는 거야?"

"······."

"그러지 말고 오늘은 하루 쉬지 그래?"

"나한테는 일이 쉬는 거야."

말도 안 되는 소리! 영일이 그를 저지하려 자리에서 일어선 순간이었다. 손잡이를 비틀려던 준이 우뚝 멈춰 섰다. 복도 쪽에서 흥분한 소리로 떠드는 것이 들려왔다. 남자 서넛. 오늘 막 데뷔 무대를 마친 브리즈 멤버들이었다.

"뭐야! 그렇게 얼빠진 얼굴을 하고선?"

"아니. 드디어 콜드문을 봤다 싶은 게 흥분돼서 그러지."

"복잡하게 생각하지 마. 금방 따라잡을 테니까."

"별생각 하지 말라니까. 네 옛날의 영웅은 이제 우리의 라이벌이니까."

"뛰어넘어야 할 상대! 타도 콜드문! 타도 준!"

대기실에 얼마간 어색한 분위기가 맴돌았다. 정상의 자리. 세상 모두가 콜드문을 극호할 수는 없다. 불호라도 상관없었다. 어차피 톱의 위치는 그렇게 만들어지는 거니까. 하지만 브리즈라면 이야기가 어쩐지 달라진다.

잠시 후 모든 소리들이 사라졌다. 슬쩍 눈치를 보자 영일의 미간이 찌푸려진 게 보였다. 역시 아닌 척해도 신경이 쓰이는 것이다. 이 녀석도.

"제이든이라고 브리즈에 새로운 보컬이 들어왔더라고. 너 혹시 기억나?"

영일이 가벼운 목소리로 물어 왔다.

"뭐?"

무심한 척 또 모르는 척 넘겨 본다.

"왜, 지난번 네 가방에 보니까 브리즈라고, 앨범 들어 있던데?"

"그냥 최근 나오는 앨범들은 모두 사는 편이야. 그게 누구인지는 일일이 기억하지 않아."

쳇. 영일이 콧방귀를 뀌었다.

"제이든이라고 새로 들어온 보컬 말이야. 묘하게 네 분위기가 흐른다 이 말이야. 파랗지. 파래. 하늘같이 아주 파랗고 맑아."

"파랗다고?"

"그래. 그때 너는 그랬지. 지금은 아주 썩어 버렸지만."

영일이 농담하듯 말하고는 쿡쿡거렸다. 뒤에서 몇몇이 따라 웃는 소리가 들렸다.

나를 닮았다고……?

순간 기분이 상해 버렸다. 브리즈의 보컬 제이든이 나를 닮았다니. 허튼소리. 느릿한 손으로 다시 긱 팩을 든 준의 뒤로 스태프 중 누군가의 감상이 들려왔다.

"서진혁 씨가 아주 물건을 들었어."

"그거 서진혁 씨가 아니라 그 팀 강하연 씨가 발굴한 거래요. 뭐, 길에서 지나가는 제이든을 잡았다라나!"

"강하연?"

"왜, 그쪽 아트 디렉터 말이에요."

"아. 그 여자? 그 여자가 헌팅했다 이 말이지?"

"아이고. 헌팅이라뇨. 캐스팅이라고 해야죠!"

벌컥 문을 여는 소리가 거칠었다.

"어디 가는 거야?"

영일이 소리쳤다.

"작업하러."

찌푸려진 얼굴로 잠시 머뭇대더니 이내 혼잣말처럼 준이 중얼거렸다.

○ ● ○

엘리베이터의 버튼을 누른 준은 초조했다. 머릿속에 들끓는 것이 있었다. 그것을 바로 쏟아 내지 않고서는 참을 수 없을 것 같았다. 룸에 들어오자마자 소파에 던지듯 몸을 기대고 기타를 잡은 채 준은 몰두했다. 제 마음을 울렁이게 하는 것이 무엇인지 알 수 없었다.

방금 전 이곳에 오기 전까지는 그것이 분명 막 떠오른 멜로디라고 생각했다. 급한 대로 휴대 전화에 대고 흥얼거려 두었는데 다시 플레이해 보니 엉망이었다. 기타를 세워 두고 노트를 펼쳤다. 펜을 잡은 손끝에 힘이 들어갔다. 그대로 몇 초 멈춰 있는 동안 허망하게 툭 소리를 내며 펜대가 부러졌다. 제 얼굴을 쓸어내린 준이 눈을 감았다. 귀를 먹먹하게 만드는 함성 소리가 들려오는 것 같았지만 콜드문을 연호하는 팬들의 얼굴은 무형이었다.

언제부턴가 사람들의 시선이 두려워졌다. 인기에 취해 있을 때는 생각도 못 했던 감정이었다. 그들의 환호가 팬들의 응원이 고맙지도 않은 것은 이미 오래. 그보다 더 안타까운 것은 그 열기가 제 자신에게 더 이상 어떤 감흥도 불러일으키지 못한다는 사실이었다.

하지만 딱 그즈음 운명의 장난인지 그의 음악이 세상에 널리 알려졌다. 강제로 세계 시장에 진출한 콜드문의 일곱 번째 싱글이 빌보드 차트에 오른 날 엄청 놀라며 행복해했던 것은 준보다 그 주변 사람들이었다.

인터뷰 요청에 비례해 쏟아지는 기사들. 반지하방에서 홀린 듯 즐겨 보던 해외 유명 토크쇼 출연과 붉은 카펫에 서서 손을 흔드는 경험까지. 모든 것이 남의 일처럼 여겨졌다. 모두에게 자신의 음악을 들려주고 싶어 안달이 났을 때는 느껴 보지 못했던 유체 이탈을 경험하고 있는 것 같았다.

그 후 더 이상 남아 있는 것이 있을 리 없다는 생각으로 낸 세 개의 싱글이 모두 빌보드 차트에 오르는 기염을 토했다. 준의 인생이 한순간에 바뀌었다. 음악을 대하는 그의 자세도 달라졌다. 그에게 말을 걸던 인생이란 녀석의 목소리가 달라졌다.

하지만 그는 기쁘지 않았다. 깊은 사랑이 오히려 바닥으로 추락하는 것과 같은 심정으로 그는 자신의 성공을 바라보았다. 노곤해진 몸이 저에게로 향하는 행운과 관심에 지쳐 버렸다. 애정도 없는 곡이 차트 인을 했다는 소식은 준에게 어떤 감흥도 불러일으키지 못했다. 준은 지금 그저 사람들의 시선을 피해 어딘가로 도망치고 싶다는 생각뿐이었다.

어쩌면 너무 운이 좋았다. 대단할 것 없는 나의 음악이 때마침 나도 모르는 대중 사이 영향력 있는 누군가의 취향이었다는 것. 잘 맞아떨어진 그 순간 그 사람의 영향력을 타고 다른 사람에게로 크게 번져 갔다는 것.

그건 마치 들불 같았다. 순식간에 번지고 옮겨지는 것뿐이었다. 가방을 드는 것처럼, 운동화를 사 신는 것처럼. 음악 좀 듣는다는 사람들 사이에 콜드문은 마땅한 취향이었다. 그것에 반박을 하는 부류는 음악을 모르는 사람 취급을 받았다.

모두에게 어떠한 의미가 보인 것은 아니었다. 그저 옮겨지는 것뿐. 어떤 사람들은 다른 사람들의 분위기에 편승해 또 어떤 사람은 고개를 갸웃하면서.

자리에서 일어난 준이 바에 놓인 와인병을 들어 따랐다. 진하고 강한 빛깔의 알코올이 독한 냄새를 뿜어내는 그것. 한 모금 삼키면 제 몸은 그 낡은 반지하 방으로 돌아간다.

문을 열고 들어가자마자 먼지가 자욱해 시야가 흐려지는 곳. 기우뚱한 천장 탓에 틀이 맞지 않는 뒤창의 틈 사이로 바람이 불어 들어와 몸을 얼리는 그곳. 촌스러운 침대보가 덮인 침대의 옆으로 '호텔 에스뜨레야'라고 멋들어지게 쓰인 글씨가 있는 패널이 있는 방. 그 패널을 맨 처음 그 반지하방에 가져다 놓은 사람은 그곳을 다녀갔을까?

'별이라는 뜻도 있고 운명이라는 뜻도 있다잖아. 이런 곳으로 신혼여행 가면 정말 낭만적이겠다. 그렇지? 같이 갈 거지?'

122

돌아누운 그녀가 저를 향해 미소를 짓고 있었다. 그녀의 입술이 제 입술을 머금고 소리 내어 웃었다.

빈 잔에 술을 따른 준이 휴대 전화의 버튼을 누르고 흥얼거렸다. 기타를 잡고 줄을 튕기며. 제 앞에 싱그러운 얼굴로 저를 바라보는 강하연이 있다. 뒤에서 껴안으면 터질듯 보드라운 가슴이 제 손안에 차올랐다. 그녀는 작은 입술로 조잘거리며 사랑을 이야기하고 그에게 영원히 함께할 미래를 약속하고 저를 타고 올라 제 위에서 쓰러졌다. 기타는 멈추지 않았다. 끝도 없을 멜로디. 다시 술을 한 모금 축인 준이 연주를 이어 갔다.

강하연. 제 마르지 않는 창작의 뮤즈. 그녀가 오늘 그 무대 뒤에 있었다. 냉담한 눈빛. 자신을 보자마자 일그러진 얼굴이 고개를 돌렸다. 그녀가 분명했다. 하연이 아니고선 자신을 그런 식으로 쳐다볼 사람은 없었다. 타오르는 강렬한 거부감. 그 순간 기타 줄을 튕기던 준의 손이 멈췄다. 호텔방과는 전혀 어울리지 않을 곰팡이 같은 눅진한 냄새가 사방 풍겨 오고 있었다.

○ ● ○

"언제 온 거야?"

긴 치맛자락이 제 눈앞에 있다. 도도한 눈빛이 저를 바라보았다. 이 여자가 대체 여기 왜 와 있는 거지? 하긴 여긴 차유라의 공간이다. 저에게 내어 준 최고급 호텔방. 언제든 제가 들락날락거리는 것을 조건으로.

"작업실을 옮겨야겠어. 이상한 냄새가 나거든."

준이 기타를 들고 자리에서 일어났다. 테이블 위에 올려 두었던 녹음기를 주머니에 쑤셔 넣은 그의 앞에 유라가 다가왔다.

"술 마셨어?"

예쁘게 그려진 눈썹이 꿈틀 움직였다. 화장품 냄새가 강하게 코를 찔러 준은 고개를 틀었다.

"조금 마셨어."

"술을 마셨다고? 무슨 일이야?"

날카로운 목소리. 하긴 놀랐을 것이다. 술은 비즈니스를 위해 어쩌다 시늉만 하던 준이었으니까.

"두 잔뿐이야. 그냥 피곤해서 마셨어. 몸이 좋지 않아서."

예쁘게 치장된 얼굴이 일그러졌다. 화려하게 색칠된 손가락이 저를 건드리려다 멀어졌다.

"그동안 무리했어. 솔로 앨범에, 작업에. 여기서 쉬어. 내가 나갈 테니까."

"아니, 여긴 냄새가 지독해. 그만 밖으로 나가야겠어."

유라를 스쳐 지나간 준이 엘리베이터 앞에 섰다. 어느새 그녀가 제 옆으로 다가왔다. 기타를 등에 멘 준이 모르는 척 안으로 들어갔다.

"데려다줄게."

"됐어. 사람 부를 거야."

엘리베이터 문이 열리자 준은 인사도 없이 들어섰다. 그 뒤로 유라가 따라붙는 소리가 들렸다.

최근 유라는 조금 바뀌었다. 그의 앞에서 여유로움을 가장하던 그녀의 얼굴에 초조함이 잔뜩 배어 있다는 것을 안 것은 몇 년 전이었다. 그 초조함이 이제는 강박으로 번지고 있다는 걸 준은 느끼고 있었다. 하지만 그것을 알고 있다고 말하고 싶지 않았다. 말할 필요도 없는 사이였다. 제가 그걸 알고 있다는 것을 눈치챈다면 그녀는 제 앞에서 치맛자락을 들출 것이다. 지금같이 옛 기억에 무너지고 있는 상황이라면 준, 저도 어찌 나올지 제 스스로도 장담할 수 없었다.

준은 빠르게 걸음을 옮겼다. 무언가에 잡히지 않으려는 것처럼. 그러나 잠시 후 준은 조금도 움직일 수 없었다. 어떤 남자와 함께 반대쪽 엘리베이터를 향해 가는 여자.

롱 카디건에 긴 머리카락. 흐트러진 그녀의 옆에는 깔끔한 차림새의 근사한 남자가 있었다. 자신은 도저히 따라 할 수 없을 것 같은 분위기의 남자. 어디선가 인사한 기억이 있다.

"저 두 사람."

옆에 서서 같은 곳을 응시하는 유라의 옆얼굴이 보였다.

"누구야?"

"강하연이라고. J엔터 아트 디렉터."

긴 다리가 힘을 잃은 듯 강하연은 남자의 팔에 기대어 있었다. 창백한 얼굴이 비에 떨어진 꽃잎 같았다.

"아니, 여자 말고 저 남자."

준의 시선이 그녀에게 팔을 내어 준 남자에게 꽂혔다. 남색 슈트가 잘 어울리는 30대 초반의 남자.

"J엔터 대표."

"엔터 대표라고?"

고개를 돌린 준의 시야에 탐을 내듯 입술을 깨문 유라가 보였다.

"신화그룹 3세이기도 하지."

엘리베이터의 문이 열리고 두 사람이 그 안으로 들어갔다. 그녀를 부축한 것처럼 보이는 남자의 손. 하지만 그것은 신사적이었다. 제 회사 동료를 도우려는 매너 있는 동료의 손길. 그들이 함께 올라가는 곳이 호텔이라는 장소적인 특징만 뺀다면 너무도 담백했다.

"뭘 하는 거지?"

혼자 생각했다고 착각했다. 입 밖으로 튀어나온 줄은 몰랐다.

"호텔에 남녀 둘이 무슨 이유로 왔겠어? 서진혁, 이 호텔에 프라이빗 룸을 가지고 있어. 나와 다를 게 없는 사람이야. 저런 여자라면 당연히 침대에 눕혀야 하지 않겠어? 하긴 함께 일한 시간이 3년이 넘었으니까 이미 수도 없이 가졌을지도 모르지."

젠장.

차마 입 밖으로 뱉을 수 없는 말이 혀끝에 걸려 짓이겨졌다. 주먹 쥔 그의 손이 붉게 물들어 갔다. 강하연은 준의 상상 속에 살고 있는 여자였다. 탐스러운 스무 살의, 검은 머리카락을 휘날리며 저를 자극하는 여자.

알 수 없는 불안감이 온몸을 감싸는 것이 느껴졌다. 준은 로비를 가로질렀다. 사람들의 시선이 저에게 꽂히는 것이 느껴졌지만 상관없었다. 호텔 밖으로 나간 그가 누군가에게 전화를 걸었다. 곧이어 차에 올라타는 그의 옆으로 수 없이 많은 카메라 플래시가 터졌다. 그 모습을 지켜보던 유라의 시야가 뿌옇게 흐려졌다.

○ ● ○

'어쩜 저렇게 조금도 일그러지지 않았을까. 완벽하게. 빈틈도 없이.'

천장에 달린 조명을 바라보던 하연이 머릿속으로 한참을 그렇게 생각했다. 은은히 번지는 음영마저 완벽한 구를 이루고 있는 모형에 질투가 났다. 세상 도도한 그것에는 꺼릴 것이 없어 보였다. 일그러진 건, 흐릿해져 뒤틀려 버린 건 저 혼자였다.

힘없는 코웃음이 흘렀다. 테이블 위에 올려놓은 휴대 전화가 갑작스럽게 몸을 떨었다. 서 대표일 터였다. 휴대 전화 화면이 하연을 재촉하듯 지치지 않고 깜빡거렸다. 벌써 다섯 번째. 이 정도가 마지노선일까? 지금 받지 않으면 괜찮다는 말이 그저 노골적인 변명으로 되어 버리고 말 것이다.

창백한 얼굴로 일행들과 헤어진 지 두어 시간이 지났다. 데뷔 무대를 축하하러 모인 자리. 가까스로 그 자리를 버티다, 연습을 하겠다며 몰려가는 멤버들을 다독이던 하연의 얼굴을 바라보고 있던 서 대표의 걱정스러운 눈빛을 알았다.

괜찮으냐는 말, 무리하지 말라는 당부. 그런 그 사람에게 지금 제 위치를 설명할 방법이 하연에겐 없다. 혼자 바에 들어와 있다고. 독한 술 한 병을 시켜놓고 삼키지도 못할 만큼 목이 부어 버린 것 같다고. 그 이유가 뭔지 알 것 같은데 인정할 수는 없다고 그렇게 말할 순 없었다.

마이크를 움켜잡은 준의 기다란 손가락은 차마 보기 어려운 것이었다. 아주 오래전 제 몸의 곡선을 그리던 손가락. 야멸차게 문을 잠가 버린, 다시는 보고 싶지 않다고 생각했던 그 사람. 머릿속에서만 살다가 이후론 브라운관 속에 갇혀 버렸던, 다시 본다고 해도 무감각할 거라고 생각했던 그 사람.

그는 분명 자신이 뛰어넘고 싶은 목표였다. 눈앞에 보이는 허들이었다. 언젠가는 뛰어넘을 거라 생각한 사람이었다. 그런데 왜 이렇게 속이 울렁거릴까? 술 생각이 나 미칠 것 같았고 도저히 참을 수 없어 결국 굴복했다.

"네. 강하연입니다."

수화기 안에서 흠칫 놀라는 것 같은 숨소리가 들렸다. 포기하고 있었던 것일까? 이 남자. 설마 상대가 전화를 받을 거라 생각하지 못한 것 같았다. 받지 않을 걸 알면서도 전화하는 사람의 마음이 무엇인지 하연은 너무 잘 알고 있었다. 수화기 너머 숨을 삼키듯 긴장을 삼키는 소리가 들렸다. 무슨 말을 해야 할까 고민하는 거겠지.

— 어디야?

"그냥 잠깐 혼자 있어요."

— 혼자?

"네. 생각할 게 좀 있어서요."

— ……무슨 일 있는 거야?

"일은요, 무슨."

하하. 하연은 끝마디에 허튼 웃음을 붙여 봤다. 하하 저쪽에서도 호응하는 목소리가 들렸다.

— 위치만 알려 줘.

"……."

— 직원 보호 차원이야. 다른 의미 없어.

"호텔 바예요. 지난번에 데리고 와 주셨던."

— 그래. 그럼 지금 데리러 갈게.

바둑돌을 올려놓듯 하나하나 진중한 말투. 그 후로 뚝 끊긴 전화. 그가 끊은 건지 제가 끊은 건지 하연은 정확히 모르겠다는 생각이 들었다. 하지만 알고 있는 것 한 가지는 이제 이 술을 그만 삼키고 모든 상념을 떨쳐야 한다는 거였다. 콜드문을 짓밟는 것. 제가 원하는 것은 그 한 가지였다. 다른 것은 필요하지 않았다.

○ ● ○

엉망이었다. 이미 오래전부터 엉망이라는 걸 알고 있었다. 알코올이 머릿속에서 빙글빙글 엉켰다. 속은 울렁이고 눈빛은 흐릿해졌다. 기댈 사람이 있다는 것을 알았던 것이 이유였을까 다급하게 비워 버린 술은 40도가 넘는 독주였다. 남색 슈트를 입은 진혁이 바 안으로 들어온 것은 그때였다.

"대표님!"

자리에서 벌떡 일어난 하연이 다시 부스스 부서지듯 쓰러져 앉으며 테이블 모서리에 손을 짚었다.

"뭐야? 갑자기 왜 이렇게 마신 건데?"

마주 보는 자리에 앉을 거라 생각했던 남자가 곧바로 하연의 옆자리로 와 저를 부축했다. 그의 프라이빗 룸이 있는 호텔. 아는 사람이 언제 어디서든 그를 볼 수 있는 곳. 그는 두려운 것이 없는 걸까?

"그냥. 그냥 좀 마셨어요."

"그냥 마실 만한 사람이야, 네가?"

마른 미소를 지은 하연이 다시 자리에서 일어나는 걸 본 그가 제 팔 하나를 하연에게 내어 주었다. 다리에 바짝 힘을 주어 서서 그의 팔에 의지한 하연은 순간 천장이 비잉 도는 것 같은 착각에 빠져 남은 한 손으로 제 머리를 짚었다.

"쉬었다 가."

"아니, 됐어요."

"지금 네 상태가 로비를 빠져나가기도 전에 거꾸러질 거 같아."

"혼자 들어갈게요. 절 따라와서 좋을 거 없어요."

"그 말이 오히려 더 기대하게 만드는 거 알지?"

귓바퀴를 돌아 그의 목소리가 윙윙 울렸다.

"너를 따라간다고 해서 내가 너한테 잡아먹힐 것도 아니고."

피식 코웃음을 치며 그의 팔에 의지한 하연이 한 발 앞으로 내디뎠다. 다시 또 천장이 제 머리 위에서 한 바퀴 비잉 도는 것이 느껴졌다.

"잊지 말아야 하는 건, 널 잡아먹는 건 나지 네가 아니라는 사실이야."

옆에서 그가 계속 쓸데없는 말을 건네지 않았다면 여기 이 자리에서 볼썽사납게 넘어졌을 것이다. 킬 힐을 신고 넘어지면 창피한 것은 뒤로하고 허리가 두 동강이 날 것이다.

이 호텔에는 진혁의 프라이빗 룸이 있었다. 그곳과 지하 주차장을 연결하는 엘리베이터 안쪽, 다른 사람들은 존재하는지 모르는 별도의 엘리베이터. 그가 엘리베이터 벽에 기대 있는 하연의 고개를 제 어깨에 기대게 만들었다.

"나는 나쁜 년인데."

제 입 밖으로 독한 술 냄새가 풍기는 것이 느껴졌다.

"알고 있어. 너 지독한 사람인 거."

입술이 거의 닿을 듯한 거리에서 그가 속삭였다.

"난 헤픈 년인데."

"그래. 알아. 너무 잘 알지."

허탈한 미소가 하연의 뺨에 닿았다.

"나. 그런 거 알면서 왜 나한테 전화했어요?"

문이 열리고 발소리가 울리지 않도록 깔려 있는 푹신한 카펫 위를 하연이 그에 의지해 간신히 걸었다.

"네가 좋으니까. 너한테 미쳤으니까."

문이 열리자 호텔방 특유의 시원한 향이 풍겨 나왔다. 지금 제가 누리는 것이 무엇인지 보라는 듯 화려한 콘솔 위에 걸려 있는 거울은 매끈하게 잘생긴 남자가 자신을 부축하고 있는 것을 보여 주었다. 온갖 혹할 말로 자신을 유혹하며 저를 봐 달라고 말하는 남자가.

'그런데 미쳤어? 그 자식 생각을 하게! 정신 차려, 강하연.'

"정말 제정신이 아닌 건 이 남자네."

하연의 입술에 쓸쓸한 미소가 흘렀다.

"잠깐 너 자는 것만 보고 갈……."

무릎이 꺾이며 제 몸이 한쪽으로 기울어지는 것이 느껴졌다. 뜨거운 온도가 맞닿은 자리, 단숨에 벌어지는 입술을 거칠게 베어 문 진혁이 하연의 허리를 감싸 안았다.

흐릿해진 시야가 이성을 마비시켰다. 그의 팔에 축 늘어진 하연을 번쩍 안아 든 진혁이 그녀를 침대 위에 눕혔다. 깊은 숨을 토해 낸 하연이 고개를 젖혔다. 어느새 흘러내린 눈물이 시트를 적시고 있었다. 무엇을 위해 흘리는 눈물인지 도통 알 수 없는 그것이 하연의 숨을 조이고 있었다. 정작 그것은 보지 못한 진혁은 그녀에 열중하고 있었다. 다시 또 흔들렸다. 밤이 깊어 가고 있었다.

5

"그게 다야?"

리나는 눈을 감았다. 벌써 두 시간째 똑같은 말만 되풀이하는 준에게 짜증이 치밀어 올랐다. 공연이 끝나고 저 혼자 작업을 하겠다고 도망치듯 나가 버린 준이 전화를 걸어 온 건 그로부터 몇 시간 후였다.

지난번 다 하지 못한 녹음을 끝내야 한다며 준이 결국엔 리나를 불러냈다. 이미 녹음된 상태에서 더 좋은 것을 이끌어 낼 수 없다는 걸 리나는 알았지만 응해야 했다. 그는 준이었으니까.

"다시 해 보자."

그런데 그는 똑같은 말만 되풀이했다.

"뭐가 부족한 건데?"

"……전부. 감정이 하나도 드러나지 않아."

그의 주문은 간단했다. 다시 불러. 전혀 아니야. 그건 틀렸어. 모욕적인 언행도 없었다. 지난번처럼 감정적으로 나오지도 않았다. 다만 같은 부분을 한 시간 내내 되풀이했다는 게 문제였다.

"대체 뭐가 문제야? 서로 다른 언어로 말하는 사람이라도 이것보단 잘 통하겠어! 이유를 정확히 말해 줘! 음정이야? 박자야?"

화가 나면 날수록 끓어오르는 저와 달리 준은 차갑게 식어 간다는 것을 리나는 알고 있었다. 결국 제가 먼저 폭발하여 울고불고 난리가 나고 그리고 그에게 굴복하겠지. 준은 그것을 굽어보듯 내려다보고는 한마디 할 게 분명했다. 그럴 거라 생각했다. 그런데 그게 아니다.

"다시 해."

그는 그 말만 했다. 녹음기라도 틀어 놓은 줄! 아우 씨!

그게 더 짜증스러웠다. 그는 평소의 준이 아니었다. 적어도 무언가를 설명해 주거나 차라리 비웃어야 했다. 하지만 지금 그는 똑같은 말만 되풀이할 뿐이었다.

"다시 해. 그게 아니야."

'아니, 뭘 알고나 하는 소리인가! 저도 모르고 하는 소리가 아닌가? 뭘 찾는 건데? 그게 뭔지 알긴 아는 거야?

"원하는 게 뭐야? 준! 너 그게 뭔지 알아? 뭔지 알면서 나한테 하라는 거야? 너도 모르잖아. 네가 뭘 원하는지 너도 모르잖아, 이 자식아 ! 이 나쁜 자식아! 네가 해 봐! 네가 해 보라니까!"

귀를 막고 눈을 감은 채 리나가 고래고래 소리를 질렀다.

"개자식! 꼴도 보기 싫어. 뭐라고 막돼 먹은 소리 해 보라고 해. 듣지 않을 테니까."

감은 리나의 눈이 파르르 떨렸다. 어떤 말이 제 머리 위로 떨어지든 후회 없었다. 이깟 콜드문 그만두면 돼. 그만둔다고.

"……."

그런데. 머리 위로 떨어지는 건 아무것도 없었다. 냉랭한 기운도, 쌍욕도, 사람을 짓이기고 자존감을 밟아 버리는 쓴소리도 없었다. 리나는 오른쪽 눈을 살짝 치떴다. 준의 목덜미가 보였다.

'뭐지? 아직 여기 서 있었어?

슬쩍 왼쪽 눈마저 뜬 채로 리나는 천천히 고개를 들었다. 준은 침묵한 채 냉랭한 분위기를 풍기며 제 앞에 우뚝 서 있었다.

"뭐야? 뭘 어떻게 하라는 거야?"

힘이 빠진 리나의 목소리가 그에게 되물었다. 평소 같으면 할 생각도 못 할 소리였다. 준 앞에서 토를 다는 소리 같은 건. 그런데 그럴 수밖에 없었다. 불안했으니까. 처음으로 이 나쁜 놈이 불안해 보였으니까. 대체 왜 그런 거지? 겉으로 보기엔 멀쩡한데.

"그만해."

일렁이는 리나의 시야 밖으로 그가 사라졌다. 녹음실 밖으로 나가는 그의 뒷모습이 보였다.

"준! 뭐야? 끝난 거야?"

그를 따라 나가려는 태오를 준의 손이 저지했다. 두 사람이 실랑이하는 사이 커다란 담요를 두른 채로 리나는 그 안에 숨었다. 묘한 냉기가 제 어깨를 휩싸는 것이 느껴졌다.

"그 자식은 대체 어떻게 살아왔길래 이러는 거야?"

소리치듯 말해 버리고 한숨을 들이쉬었다.

"대체 어떤 사랑을 했길래 그러는 거냐고. 뭐가 아니라는 거야. 뭐가."

이해할 만한 내용이 아니었다. 준의 디렉팅은 도저히 이해할 만한 말이 아니었다. 겨우 스무 살의 사랑을 노래하는 거였다. 그런데 그게 왜 이렇게까지 처절해야 하는 거지? 게다가 그렇게 밀어붙여 놓고 방금 전에 그건 또 뭐야? 왜 그렇게 쳐다보는 건데?

이대로 있다가는 말라 죽을지도 몰랐다. 그러기는 싫었다. 말라 죽기 전에 준을 이기고 싶었다. 그런데 준을 이기는 방법이 있기는 한 걸까?

○ ● ○

화장을 지우고 모자를 쓰면 사람들은 그녀를 몰라봤다. 게다가 이렇게 헐렁한 스타일의 옷에 화장도 하지 않은 데다 제각기 술에 취해 버린 곳이라면. 지난번 영일을 따라 딱 한 번 와 본 곳이었다. 음악을 들으면서 춤을 출 수 있는 곳, 주변 사람의 시선에서 비교적 자유로울 수 있는 곳은 리나가 아는 한 이곳이 유일했다.

"일행은?"

"혼자예요."

직원이 고개를 갸웃거리기는 했지만 그녀를 알아보지는 않은 것 같았다. 설마 주말 늦은 시각 콜드문의 리나가 혼자 이런 곳을 올 거라 생각이나 할까? 모자의 챙을 깊게 눌러쓰고 리나가 문안으로 들어갔다. 심장을 쿵쿵 울리는 음악 소리가 들려오자 조금 숨이 트이는 것 같았다.

그렇게 두어 시간쯤 지났을까. 어느 순간 헉헉대면서 바(bar)로 다가간 리나가 맥주 한 병을 집어 들었다. 병을 기울여 반쯤 넘게 마셔 버리고 나서 다시 무대로 나가려는 순간이었다.

툭 무신경한 제 팔꿈치가 병을 건드린 것이 느껴졌다. 바닥에 떨어져 산산조각이 날 장면이 상상되어 자연스럽게 인상을 구기며 한 발 비켜선 순간이었다. 누군가의 손이 뒤로 넘어가고 있는 병을 잡아 바로 세웠다. 그 장면이 느린 화면처럼 천천히 눈앞에서 재생되었다.

"리나?"

그 순간 놀라 버린 건 자신을 불러 세운 쪽이 아니었다. 정신이 나가 전원이 꺼지고 코드가 뽑혀져 나간 기분이 든 건 오히려 제 쪽이었다.

"브리즈."

작게 속삭이자 코웃음을 친 남자의 얼굴은 한순간에 반해 버릴 만한 그 무언가였다. 제가 매일 휴대 전화 속에서 보던 그 미소가 바로 눈앞에서 재현되고 있었다. 여전히 놀라 아무 대꾸도 못 하고 있는 그녀를 향해 제이든이 말했다.

"반항기예요?"

이번에 웃은 건 리나였다.

줄리엣과 로미오 같다고 생각했다. 아니, 그건 제 쪽의 입장이겠지만. 어쨌거나 원수는 외나무다리에서 만났고 제 휴대 전화 속 남자 친구는 실재하는 사람이었다.

미안함. 호기심. 알 수 없는 경쟁 심리로 찾아본 브리즈의 앨범. 그 안에 담긴 제이든의 모습을 본 순간 리나는 첫눈에 반하고 말았다. 그리고 오늘 리나는 진심으로 그에게 반했다.

"인사할 만한 사이인가 아닌가 심히 고민했어요. 그런데 병이 떨어지는 걸 보고 그냥 저도 모르게 손이 나가더라고요."

"감사합니다."

눈이 마주쳤다. 생글거리는 미소 속에 무언가 보인 것 같았다.

"춤추러 오신 거예요? 일행 있어요?"

리나가 용기를 내 물었다.

"아니요."

"그럼 저랑 차 한잔 하실래요?"

그렇게 조신하게 말해 놓고 땀에 흠뻑 젖은 제 티셔츠를 내려다보았다. 이런. 이런 말을 할 때가 아닌 것 같긴 했다. 순간 민망한 기분에 어색하게 웃어 보이자 그가 크게 고개를 끄덕였다.

"얼음이 들어간 시원한 음료라면 괜찮아요."

그 별것 아닌 대꾸가 리나를 단번에 사로잡았다.

○ ● ○

헤드폰을 벗은 리나가 녹음실 밖으로 나와 정지 버튼을 눌렀다. 파일이 정확히 녹음되었는지 살피고 방금 전 제가 불렀던 노래를 재생했다. 평소와 전혀 다른 발성에 준이 들으면 엉망이라고 할 만한 노래였다. 하지만 확실히 감정 표현은 이전과 달랐다. 부르는 사람이 그 감정이 무엇인지 정확히 알고 있으니 전달력이 높아진 것이다.

미쳤어, 정말!

정지 버튼을 누르고 혼자 큭큭댔다. 빙그르르 회전의자를 한 바퀴 돌리고 제자리에 돌아온 뒤에도 리나는 내내 웃고 있었다. 술자리가 파하자마자 녹음실이라니, 제가 생각해도 못 말릴 지경이었다. 벽에 걸린 시계가 이미 새벽 3시를 가리키고 있었다.

방금 전 불쑥 솟아난 이 감정을 놓칠 수 없었다. 준이 소리치고 나무라며 말했던 스무 살의 사랑. 스무 살의 설렘. 그 무모함이 무엇인지 조금 알 것 같은데. 그것이 내일이면 사라질 것 같은데. 이 순간 이걸 담아 두지 못한다면 후회될 것 같았다.

"잘했어. 잘한 거야."

혼자 흐뭇하게 웃고 리나는 다시 재생 버튼을 눌렀다. 방금 전 느꼈던 감정이 고스란히 되살아났다.

신기한 일이었다. 처음 만난 사이였지만 아주 오랫동안 봐 온 것처럼 편했다. 브리즈의 제이든, 그와 함께 맥주를 마셨다. 음악 이야기, 준에 대한 농담, 사소한 일상에 대한 수다가 이어졌다. 그는 말이 잘 통하는 상대였으며 농담과 진지함을 적당히 조율할 줄 알았다.

하지만 그것만이 아니었다. 즐겁고 편안함을 넘어서는 그 무언가. 매일 그를 남자 친구라고 생각하며 노래를 불렀던 것에 대한 결과였을까. 리나는 마음속에서 무언가 불쑥 솟아오르는 것을 느꼈다. 헤어지는 순간 그다음을 간절히 원했다.

'다음에 또 연락할 수 있게. 전화번호 줄래?'

리나는 용기를 냈다. 누군가의 전화번호를 먼저 물어보는 건 이전에는 한 번도 없던 일이었다. 돌아오는 차 속에서 제이든의 문자를 받았다.

[오늘 반가웠어. 그리고 혹시 조금이라도 남아 있는 멤버들에 대한 미안함이 있었다면 이제 버려. 브리즈는 이제 내가 책임질 테니까 너는 네 노래 해.]

그걸 확인한 순간 목적지를 바꿔 녹음실로 직행해 아무도 없는 부스에서 노래를 불렀다. 당장이라도 제이든에게 달려가고 싶었다. 보고 싶다고 밤새 같이 있고 싶다고 말하고 싶었다. 미쳤다고 하겠지만 노래를 부르는 내내 그랬다. 확실히 이 감정이 맞다. 이렇게 부르라는 소리였구나. 한 음 한 음 내지르며 느껴지는 생생한 감각이 짜릿하게 느껴졌다.

들뜬 마음을 쉽게 가라앉히지 못한 리나가 듣고 있던 음성 파일을 제 메일로 보내 놓고 자리에서 일어서려다 문득 제가 녹음한 파일의 옆에 있던 파일을 보앉다. 호기심이 일었다. 파일명이 오늘 날짜로 되어 있었다. 오늘 낮 자기를 부르기 불과 한 시간 전에 녹음해 둔 파일.

"뭘 해 놓은 거야? 나쁜 자식."

히죽거리며 파일을 클릭하자마자 익숙한 목소리가 들려왔다. 인트로 없이 곧바로 시작된 건 허밍으로 부른 신곡이었다. 준의 목소리.

와! 탄성이 저절로 나올 만큼 아름다운 멜로디였다. 이번 콜드문 곡인가? 하지만 그렇다고 하기에는 지나치게 감상적이었다. 콜드문이 하기에는 너무 소프트하다고 해야 하나? 그럼 내 솔로 곡인가? 리나의 얼굴이 저절로 히죽 웃었다. 누구나 좋아할 만한 대중적인 멜로디. 이걸 준이 작곡했다니 믿을 수 없었다.

특히 설레는 멜로디가 극에 달한 순간 사랑해. 사랑해. 하고 따라오는 부분이 감미롭게 들렸다. 물론 그저 가이드곡. 마구잡이로 소리 나는 대로 부른 거니까 사랑해 다음에는 이상한 가사들이 따라 나오지만 딱 그 마디만큼은 사랑해라는 말과 정확히 맞아떨어졌다.

그런데 이 부분은 처음 나온 멜로디보다 낮은 음역대, 즉 남자 키였다. 그럼 이건 솔로 곡이 아니라 듀엣인데? 그 순간 리나는 입을 벌린 채 아무 생각도 하지 못했다. 머릿속에 불쑥 떠오른 생각이 마음으로까지 가득 차 감당할 수 없었다. 어떻게든 그 생각을 관철시키고 싶다는 간절한 욕심이 가득 차 버렸다.

○ ● ○

"솔로부터 가는 걸로 해?"

세하가 스틱을 든 채 물었다. 가볍게 고개를 끄덕인 준이 한 발 뒤로 물러섰다. 들려오는 리듬에 집중하려 그가 신경을 곤두세웠다. 제 모든 감각이 청각으로 집중되기를. 다른 것은 들어오지 않고 오직 그 하나만 떠올리기를. 연주가 시작되고 마이크에 가까이 다가선 준의 눈매가 날카로워졌다.

두 번째 연주가 계속되었다. 허밍으로 가볍게 음을 맞추던 리나는 클라이막스에서 약간의 기교를 보이며 여러 가지 것들을 시험했다. 시키지도 않았는데 곧바로 다음 곡이 이어졌고 그렇게 똑같이 두 번 반복되었다. 팀원들이 왜 그러는지 준도 알고 있었다. 그것이 늘 하던 준의 방식이었고 팀원들은 그것을 자연스럽게 따라 주고 있는 것이다. 그런데 지금 준은 그것이 시들했다.

'집중해. 마지막 무대니까.'

이번 앨범의 스케줄이 모두 끝나고 리나가 솔로를 내고 나면 그다음 콜드문의 앨범은 낼 수 있을지 아니면 영영 내지 못할지 장담할 수 없었다. 언젠가 태오가 조심스럽게 한 이야기. 외부에서 사람을 한 명 데리고 오면 어떻겠냐는 말은 그런 의미였다. 더 이상 준에게서 나올 것이 없다고 생각한 것이다.

그런 걸까? 모두 다 소진해 버린 것인가? 이제 나는 끝인가? 다른 사람의 도움이 콜드문을 유지하기 위한 최후의 수단인가? 하지만 그럴 수 없다. 그러면 더 이상 콜드문은 콜드문이 아닌 것이 되고 만다. 바보 같은 합주 밴드. 누군가의 꼭두각시.

다음을 기약하기 전까지 강렬한 인상을 팬들에게 남겨야 했다. 완벽을 뛰어넘은 무언가. 그 무언가를 위해서 지금 리허설에 집중해야 하는데. 준의 눈에 누군가 보였다. 아니, 누군가가 아니라 어떤 분위기였다. 무대 아래서 기다리고 있는 브리즈 멤버들. 겁먹은 눈동자. 그리고 그 뒤로 열의에 가득 찬 얼굴이 있었다. 그 순간 집중력이 완전히 흐트러져 버렸다.

찌푸린 시야에 하나로 묶어 올린 머리카락. 날렵한 옷차림. 제 머릿속에서 존재하던 여자. 그녀가 제 멤버들과 함께였다.

'뭐야?'

불편한 기분이 준의 미간을 구겨지게 만들었다. 유연하게 움직이던 손마디가 굳어 버려 연주가 쉽지 않았다. J엔터 공주님. 누군가 그렇게 말하는 소리를 들었다. 대기실에서였을까? 방금 전 그들을 취재하기 위해 모여 있던 기자들 사이의 이야기였을까? 누가 말했는지 준은 몰랐다.

"그만하자."

휙 고개를 튼 준이 말했다.

"뭐?"

스틱을 휘두르던 세하가 놀라 그대로 멈췄다. 일그러진 소리가 허공에 툭 끊겨 버렸다.

"잘 생각했어, 준. 본방에서 터트려야지. 너무 힘을 빼는 것도 안 좋아."

혹시나 준이 생각을 바꿀까 영일이 재빠르게 대답했다. 준이 먼저 무대를 정리하기 시작했다. 얼굴 모르는 사람들의 이야기가 자꾸 떠올랐다.

'서 대표가 완전 홀딱 반한 모양이야. 그 어린 여자애가 벌써 회사 신인들을 발굴하고 쥐락펴락하는 걸 보면. 단순한 아트 디렉터가 아니더라고. 어쩌면 이미 갈 데까지 간 사이인지도 모르지.'

소문은 빠르고 듣지 않으려 노력해도 들리기 마련이었다. 일사불란하게 무대 위로 올라오는 밴드 멤버들. 그들을 진두지휘하는, 한참 작은 체구의 여자.

"오케이. 브리즈 긴장하지 말고. 시작하겠습니다."

PD가 그들을 격려하는 소리가 들렸다. 이 계단을 내려가면 몇 걸음 앞에 그녀가 있다.

"안녕하세요? 밴드 브리즈입니다."

우렁차게 인사하는 소리. 눈으로 주고받는 가벼운 인사들. 세하와 영일 그리고 리나. 모르는 척 고개를 돌린 준의 시야에 그녀가 저와 시선을 맞췄다. 살짝 벌어진 입술이 당혹감을 감추려는 듯 재빨리 누군가를 향해 무언가를 지시하는 것이 보였다.

타이트한 블랙 진에 굽 낮은 로퍼. 아가일 버튼 카디건. 정돈되지 않은 긴 흑발. 스물과 스물일곱 사이 그녀의 얼굴에 세월이 멈춰 있다. 상상 속에 탐스러운 과일 같던 그녀는 이제 사방에 진한 향기를 뿜어내고 있었다. 누구든 꺾어 제 손안에서 바스러트려 버리고 싶을 여자. 모르는 척 지나쳐 주리라 생각했다. 이미, 과거가 되어 버린 사람.

그때 저는 그녀의 보호자였다. 갈 곳 없는 길고양이가 잠시 집에 머무른 것뿐이다.

"잘하세요. 화이팅!"

리나의 목소리가 들렸다. 그 아이의 시선이 그들 쪽에 길게 머물러 있는 것이 느껴졌다. 두고 온 자리에 대한 미련인가? 미안함인가? 그런 것은 구질구질했다. 그런 것은 미래가 없는 사람들에게나 중요한 문제였다. 나는 그와는 다르다 준이 생각하던 와중이었다.

"강하연."

무대 아래 두 번 봤다고 익숙해진 남자가 그녀를 부르는 소리가 들렸다. 고갯짓을 따라 찰랑이는 흑발과 반가움이 담긴 하연의 얼굴.

"오셨어요?"

짙은 눈썹 아래 부드러운 미소를 지은 남자가 그녀의 옆에 다가섰다. 두 사람 사이가 지나치게 가까웠다.

"긴장돼?"

"조금요."

살짝 들어 올린 그녀의 손가락과 그녀를 마주 보고 웃는 서진혁의 미소. 가벼운 손짓이 그녀의 손등에 닿았다. 격려 같은 것이니까 뭐, 동료들 사이에서 자연스러울 수 있었다.

하지만 그의 눈빛. 달랐다. 수컷들만이 알 수 있는 분위기. 제가 가진 것이 얼마나 대단한 것인지를 아는 놈들만의 우월감. 모두를 깔아뭉갠다.

불쾌한 기분이 치솟아 준의 시야를 흐렸다. 그들을 발견하고 가볍게 묵례하는 리나의 얼굴이 흐릿하게 보였다. 영일과 또 다른 스태프들이 인사하며 스쳤다. 그녀의 고개가 그들과 함께 움직였다. 날리는 머리카락. 오목한 목덜미와 유연한 곡선으로 재단된 아름다운 몸의 움직임. 그 안에 농익은 시간. 무언가 목울대를 시큰하게 울렸다.

"강하연."

준이 그녀의 이름을 부르는 순간 그 모든 것들이 멈췄다. 물 흐르듯 이뤄지던 인사가 뚝 끊겨 버리고 때마침 우습게도 무대 위 조명도 꺼져 버렸다. 짙은 검은색 눈동자가 준을 바라보았다. 짜증이 섞인 빛깔이라고 생각한 순간 불이 켜지면서 그녀가 예의 바른 미소를 준에게 던졌다.

"안녕하세요? 잘 부탁드립니다. 신인 밴드 브리즈 아트 디렉터 강하연입니다."

하. 준의 입에서 짧은 코웃음이 튀어나왔지만 하연은 못 들은 척하는 것에 능숙했다. 시선을 돌린 그녀는 아무렇지도 않은 척 무표정한 얼굴로 콜드문의 멤버들을 향해 인사하기 시작했다.

'아. 아. 이렇게 나오기로 한 건가.'

사납게 할퀴어진 무언가가 준의 눈동자에서 거칠게 일렁였다.

"아."

가볍게 고개를 흔든 준이 무시하듯 그녀를 스쳐 지나갔다. 멈춤 버튼을 누른 것처럼 느껴지던 그들 사이에 다시 물꼬가 트이고 물 흐르듯 인사가 계속되었다. 짧은 묵례. 입에 붙은 인사말.

길고 긴 그녀의 소개가 무색해졌지만 타인의 인사를 무시하는 준의 태도는 일상적이었기 때문에 멤버들은 준이 먼저 그녀의 이름을 불렀다는 사실을 잊어버렸다. 함께 있던 스태프들 역시 그런 소리를 들었는지조차 기억하지 않았다.

그날 콜드문은 활동 마지막 트로피를 거머쥐었고 브리즈는 성공적인 음악방송 데뷔 무대를 가졌다. 그러나 그 마지막 앵콜 무대에 준은 나타나지 않았다. 트로피를 쥔 리나가 감사의 인사를 하고 음악이 플레이되자 멤버들은 사방 90도로 머리 숙여 인사를 했지만 화면 속에 준은 어디에도 없었다.

○ ● ○

'방금 전 그것은 무엇이었을까?'

무대 뒤로 내려온 준의 머릿속이 혼란했다. 대체 무대를 어떻게 하고 내려왔는지 정확히 기억나지 않았다. 무신경이 시키는 대로의 연주와 노래. 박수 치는 소리가 들려오고 던져 버리듯 무대 밖으로 뛰쳐나온 준은 곧바로 짐을 싸기 시작했다.

"뭐야? 너 어디 가는 거야?"

"휴가. 휴식이 필요하니까."

"앵콜 무대 서야지!"

"어차피 앵콜은 노래하지 않잖아. 반주에 맞춰 인사나 하고 내려와."

"뭐야? 건방지게!"

망설임 없이 시선을 돌린 준이 대기실 밖으로 빠져나갔다. 어안이 벙벙한 멤버들은 얼이 빠진 채 그의 뒷모습을 바라볼 뿐이었다.

"정말 안 돌아오는 거야? 준이?"

리나가 소파에 주저앉으며 그렇게 혼잣말했다.

브리즈의 대기실 앞은 소란했다. 서로가 무슨 일을 하는지 정확히 모르는 스태프들이 엉켜 이것저것 소리치고 있었다. 반쯤 열려 있는 문 안에서는 흥분이 채 가시지 않은 풋내기 밴드 멤버들이 저들끼리 소감을 나누느라 떠들썩했다. 저의 알파 버전이라는 제이든과 눈에 익은 멤버들. 낯선 스태프들. 그 안에 하연은 없었다.

'대체 어디 간 거지?'

사나운 짐승처럼 잔뜩 눈에 불을 켠 준이 방송국 안을 샅샅이 뒤졌다. 모르는 사람들이 그에게 인사하고 누군가 그의 옷깃을 잡아챈 것 같았지만 준은 신경질적으로 뿌리치며 안으로, 안으로 들어갔다. 시선은 핀트가 어긋난 것처럼 한곳으로 초점이 맞지 않았다. 황폐한 미소가 그의 얼굴에 흘렀다. 그러나 어차피 다른 이들은 그의 표정을 확인할 길이 없었다. 대부분 사람들은 그의 목 아래 있었다.

한참을 헤매다 어느 순간 초점이 들어맞는다고 느껴진 순간 구겨진 그의 뺨이 얼어 버렸다. 누군가와 이야기를 나누고 있는 여자, 강하연이 도드라져 준의 시야에 들어왔다. 망설임 없이 그 앞으로 돌진하여 준이 가까이 다가가자 마치 알고 있었다는 듯 이쪽으로 고개를 돌린 하연의 입술이 살짝 벌어졌다. 검은 가벽 앞에 하얗게 반사되듯 보이는 하연.

'우리 사이에 할 이야기가 있지 않아?'

그 말이 전해진 것이다.

"잠시만요."

상대에게 양해를 구한 그녀가 제 쪽으로 돌아선 것이 다행이었다. 그게 아니었다면 제가 말보다 앞선 행동으로 어떤 짓을 저지를지 몰랐으니까. 등 뒤로 따라오는 하연의 발자국 소리가 준의 입술 끝을 들어 올렸다. 어두운 곳은 무대 장치를 만드는 빈 창고 같았다. 그 끝에서 준이 멈췄다. 반사되어 들어오는 무대 조명 말고는 등을 켜지 않아 어둡고 그늘진 곳이었다.

"무슨 일이세요?"

그녀는 당황하지 않았다. 캄캄한 곳에 저와 단둘이었지만 그녀 역시 그 옛날의 강하연이 아니었다. 제가 그 옛날의 김동준이 아니듯.

아무 곳으로나 튀어 버릴 것처럼 위태롭게 약동하던 강하연은, 제 아래 달뜬 얼굴로 저를 바라보던 강하연은 이제 저를 내려다보며 꼿꼿하게 서 있었다. 발그레하던 볼은 조금 날카로운 듯 변해 있었고 눈빛은 제 의중을 속일 만큼 단단해졌다. 치솟던 화증이 이상한 것으로 바뀌었다. 조바심이 나서 참을 수 없었다.

"무슨…… 일이세요?"

곧바로 그녀를 따라 하며 빈정대는 제 말투에 한 까풀 가면을 벗어 버린 하연이 기가 차다는 표정으로 살짝 눈을 감았다 떴다. 색을 달리한 그녀의 눈이 도발하듯 치켜뜨였다.

"뭔데?"

작지만 또렷한 목소리.

하! 뭐. 뭐라고? 준이 코웃음을 쳤다.

"훗, 뭐. 뭐어?"

이를 악문 준의 입술 사이로 짧은 숨소리가 하나로 뭉쳐 튕겨져 나갔다.

"오랜만에 만난 사람에게 반갑다는 표현이 이런 건가?"

"오랜만에 만난 사람? 반가워? 우리가 인사할 사이야?"

준의 턱에 닿을까 하는 그녀의 키. 지난 7년간 당연히 자랄 리 없었던 그녀는 저를 올려다보느라 턱을 들어 올린 채였다. 치켜뜬 눈동자. 그 눈동자 안에 까만 동공이 멈춰 움직이지 않았다. 가까이 오면 물어 버리겠다는 듯 화난 얼굴. 홀린 듯 그것을 바라보는 준의 시선이 흐트러졌다.

인사할 사이냐고? 아니, 그런 사이는 아니겠지. 그렇지만 준은 인사했다. 그러고 싶었으니까. 그런데 모르는 척해? 절대 가까이 하고 싶지 않아서? 우리의 과거를 없던 것으로 하고 싶어서? 네가?

낯선 표정으로 한 번도 보지 못했던 사람을 대하는 것처럼 무시하는 눈빛. 경멸하는 시선. 그래서? 그게 뭐? 그게 왜 화가 나는 건데? 준의 눈에 불이 일었던 것이 분명했다. 그 순간 저를 바라보던 하연의 눈동자가 색을 달리했다. 깜빡이는 눈동자는 화가 아니라 경계다. 상대가 무서워 잔뜩 경계하며 몸을 곧추세운 고양이.

순간 그녀에게 성큼 다가간 준이 하연의 시야를 가로막았다. 탐스러운 과실의 향긋한 내가 아닌 농익은 향기가 코를 찔렀다. 부드러운 머리칼. 날렵한 콧날. 손을 뻗은 준이 하연의 뺨을 감쌌다. 손안에 들어온 뺨이 창백했다. 놀라 깨져 버린 유리그릇처럼 산산이 부서진 그녀의 눈동자가 버거웠다. 나를 이렇게 보는 그녀를, 나를 외면하는 그녀를, 다른 남자의 손에 안긴 그녀를, 제 상상보다 훨씬 더 아름답고 성숙하게 변해 버린 그녀를. 견딜 수 없었다.

강하게 허리를 끌어당기자 힘없이 딸려 온 그녀가 준의 손안에 감겼다. 창백한 입술에 제 것을 겹쳤다. 보드랍고 도톰한 입술. 온몸을 타고 흐르는 전율, 그 후로 힘없이 열린 입술. 호흡을 잃을 만큼 매끈한 혀가 감겼다. 탐욕스러운 포식자처럼 그녀의 호흡을 빨아들인 준이 다시 한번 그녀의 허리를 강하게 끌어당긴 순간이었다. 별것 아닌 그녀의 힘에 떠밀린 준의 뺨 위로 하연의 손이 날카롭게 스쳤다.

타악!

"내가 아직 스무 살인 줄 알아?"

얼얼하게 달아오른 뺨에 초점이 흐려진 준이 그녀에게 시선을 떼지 못했다. 날카롭게 쏘아붙인 그녀가 저를 비켜 밖으로 사라졌다. 순식간이었다. 모든 것이 순식간이어서 무엇도 판단할 수 없었다. 무엇에 이렇게 가슴이 무너지는 건지. 무엇 때문에 이렇게 호흡이 가쁜 건지. 눈앞이 흐리고 귀가 아득하게 멀어지는 건지 대체 알 수 없었다.

99위.

순위를 확인한 하연의 심장이 하늘로 올라갔다 곧바로 수직으로 낙하했다. 음악 방송 직후 저 멀리 파묻혀 있던 음원이 조금씩 꿈틀거리기 시작하더니 금요일 저녁 타깃 반응이 좋은 예능 프로그램에 출연한 뒤로 100위 안에 진입했다가 다시 빠져나갔다가 다시 진입하기를 반복. 가장 높은 순위가 현재 99위였다.

물론 이쯤도 신인으로서는 엄청난 반응이었다. 요즘 들어 음원 순위 톱 100에 진입하기가 절대 쉽지 않았다. 하지만 반응이 좋은 것은 브리즈의 공연이나 음악이 아닌 예능에 나와 돋보인, 아이돌 뺨치는 기럭지와 외모 덕분이었다.

언론과 평론가들의 반응은 대체로 나쁘지 않았다. 실력과 외모를 겸비한 비주얼 밴드. 콜드문을 이어 나갈 차세대 밴드라는 평가가 대부분이었다. 하지만 그리 구미가 당기는 타이틀은 아니었다. 아무리 해도 콜드문을 뛰어넘을 수 없다는 것처럼 들리는 문장.

하연이 자꾸만 초조해지는 건 콜드문이 마지막 1위 트로피를 거머쥔 지 얼마 지나지 않아 리나의 솔로 앨범이 나온다는 소식을 들은 후였다. 곡을 쓴 사람은 물론 준이었다. 팬들 사이에서 도는, 준은 어쩌면 AI일지도 모른다는 우스갯소리가 거짓말이 아닌 것처럼 느껴졌다.

"준."

머리가 지끈거린다고 느낀 하연이 무심결에 제 입술을 혀로 핥았다. 그 순간 따가운 느낌에 하연은 얼굴을 구겼다. 그날. 스태프와 무대에 대해 이야기하며 감사를 표하고 있었던 와중이었다. 누군가 저에게 다가오는 기운이 또렷하게 느껴져 고개를 돌린 순간 그가 보였다. 화가 난 건지 혼돈스러운 건지 모를 얼굴의 준.

그 순간 느껴진 감정이 기이했다. 기쁨, 제가 아닌 그가 먼저 자신을 찾아온 것에 대한 우월감? 아니면 낭패감? 뭐였을까? 늘씬하게 뻗은 다리와 단단한 가슴. 넓은 어깨. 짙은 슬랙스에 느슨하게 묶은 타이와 핏 된 셔츠. 봐도 무감할 거라 생각했던 그의 모습에 자연스럽게 입을 벌리고 감상한 저를 깨달은 지 수 초.

여전히 저를 뚫어져라 바라보는 그를 느끼며 스태프에게 인사를 한 뒤 그를 따라갔다. 그것이 실수였다. 그는 도저히 거부할 수 있는 상대가 아니었다. 끌려가는 손길에서 느껴진 희열.

그를 굽어 바라보려 생각했었는데. 그를 비웃어 주리라 결심했었는데. 하지만 저를 바라보는 그의 시선에 발가벗겨진 듯 느껴진 하연은 그의 키스에 입술을 열었다. 그것에 짜증이 치밀었다.

저를 바라보던 초점 잃은 눈동자. 살짝 벌어진 입술. 제게 뺨을 맞고 무심결에 비틀어 풀어낸 셔츠의 단추. 흐트러진 애쉬 톤 컬러의 헤어. 단숨에 빨아들인 호흡. 엉켜든 혀의 감각과 순식간에 자극되었던 몸. 굳게 결심했던 모든 것을 단숨에 무너뜨려 버릴 것 같았던 순간. 다행히 이성을 찾고 그에게 뺨을 날린 것은 최소한의 방어였다.

'하아. 나는 더 이상 스물이 아니라고! 너한테 사랑을 구걸하던 강하연이 아니라니까!'

하연이 피가 날 정도로 강하게 제 입술을 깨물었다. 그때 하연의 시야에 불쑥 공중에서 내려오는 분홍 상자가 보였다. 다름 아닌 길 건너 케이크 전문점의 원기 회복 99퍼센트 초코케이크였다.

신경을 다른 곳으로 돌릴 수 있어서 다행이었다. 돌아보니 진경이 싱긋 미소 짓고 있었다. 책상 위로 잔뜩 쌓아 놓은 일거리를 한곳으로 몰아 치우고 진경이 케이크 위에 초를 꽂았다.

"웬 촛불이야?"

"네 건강과 안녕을 위해서 소원을 빌어야 할 거 같아서. 이러다 브리즈 다음 싱글 내기 전에 너랑 내가 죽게 생겼으니까."

피식 코웃음을 치며 하연이 눈을 감고 소원을 빌듯 가볍게 손을 모았다.

제발 브리즈가 잘되길. 내 개인적인 욕심은 잊어버리길.

화악 촛불이 꺼지고 두 사람이 박수를 치자 멀리서 두 여자의 의식이 끝나기를 기다리고 있던 찬우가 트레이에 담아 온 빅 사이즈 캐러멜마키아토를 하연의 손에 쥐어 주며 말했다.

"건강과 안녕을 빌기엔 너무 약소한 거 아니냐? 어디 뱀이라도 잡아야 하는 거 아니냐고?"

"아메리카노가 아니라 캐러멜마키아토 휘핑크림 추가잖아. 게다가 초콜릿케이크. 이거면 약소한 게 아니라 차고 넘친다고 해야지."

"그래. 당분은 차고 넘친다. 이게 20대 후반을 향해 달리는 네 눈 밑 그늘까지 사라지게 만들어 줄지는 의문이지만."

끝까지 그냥 넘어가는 법이 없는 찬우를 향해 두 여자가 매섭게 쏘아보았다.

"너는 하여간!"

"됐어. 됐어. 박찬우 저러는 거 하루 이틀이냐?"

진경이 구제 불능이라는 듯 고개를 설레설레 저었다. 찬우가 두 사람을 격려하듯 어깨를 가볍게 두드리며 말했다.

"이번 주 중요하잖아. 그동안에는 20대 후반의 후! 자도 꺼내지 않을 테니까 염려 마셔. 그리고 원기 회복은 빠를수록 좋을 것 같은데? 지금 이 10여 분의 여유도 사치라고 느껴질 게 뻔해 보이니까."

그런 그의 볼을 진경이 가볍게 두드리며 맞장구를 쳤다.

"네네. 그러시겠죠. 그런데 찬우야. 요즘 바느질하다 내 손끝 남아나질 않거든. 그러니까 반지 호수는 평소 끼던 사이즈보다 더 두꺼운 것으로 부탁해, 응?"

"반지? 무슨 반지?"

너스레를 떠는 진경의 앞에서 찬우가 무슨 말인지 못 알아듣겠다는 듯 딴청을 부렸다.

"청혼하려던 거 아니었어?"

"청혼이야 늘 하고 있지. 설마 못 들은 거야?"

"해야지 받아 주든지 말든지 하지?"

두 사람이 티격태격하는 것을 멍하니 보던 하연이 사무실 안에서 저를 향해 손을 흔드는 사람을 발견하고 자리에서 일어났다.

"회의 들어갔다 올게."

하연의 말과는 상관없이 두 사람은 어느새 서로를 마주 보며 웃고 있었다.

○ ● ○

"리나와 제이든의 듀엣이요?"

확인하듯 던진 누군가의 질문에 서 대표가 고개를 끄덕였다. 그리고 곧바로 침묵. 누군가의 휴대 전화에서 흘러나오는 리나의 목소리에 회의실의 모두는 바로 음악에 흠뻑 빠져 버렸다.

남녀 듀엣이었다. 리나와 제이든의 목소리가 분명했다. 음질은 엉망이었다. 아마 휴대 전화로 부른 것을 대략적으로 믹싱한 듯 소리가 튀고 조잡했다. 하지만 그런 조잡함을 느끼지 못할 만큼 멜로디가 환상적이었다. 아니, 훌륭한 정도가 아니라 단숨에 홀딱 반해 버렸다. 처음 듣는 것인데도 귀에 쏙 박혀 들었다.

한마디로.

"굉장해. 이걸 제이든이 부른다는 거죠?"

누군가의 탄성 같은 감상처럼 그 말밖에는 더 이상 할 말이 없었다. 하연의 생각이 멈춰 버렸다.

'대체 이게 어떻게 여기까지 오게 된 거지?'

콜드문에서 음악을 만드는 사람은 준 혼자였다. 리나의 솔로 앨범도 준이 프로듀싱한다고 알려져 있었다. 그런데 리나의 듀엣 파트너로 제이든이 지목되었다고? 그건 누구의 아이디어일까? 상상하기 힘들었다.

"설마 준이 만든 건 아니겠죠?"

"지나치게 소프트해."

"너무 러블리해. 그 사람이 아니야."

"이건 콜드문이 아니라 브리즈예요."

"맞아. 따뜻하고 살랑거리고. 완전 사랑스러워."

"완전 대박인데. 이게 어떻게 우리 쪽에 오게 된 거예요?"

하긴 다들 그게 궁금했다. 리나의 듀엣이라면 다른 후보들도 많았을 텐데. 이제 막 데뷔한 밴드의 보컬에게까지 기회가 온 걸 보면. 게다가 제가 예전에 몸담았던 밴드의 보컬에게 온 걸 보면. 어디서 꼬인 게 분명하다고 생각할 만했다.

"리나가 제이든을 직접 선택했다고 하던데? 리나와 브리즈의 화해 송으로 딱이라고."

화해 송?

아하. 그 말에 모두들 고개를 끄덕였다. 전구 여러 개가 단번에 켜진 듯 순식간에 분위기가 화악 달아올랐다. 하긴 이보다 더 좋은 이슈거리는 없을 것이다. 탈퇴한 그룹과의 콜라보라니. 모두들 그 근사한 타이틀에 얼굴을 밝혔다. 알게 모르게 다들 브리즈의 현 상황에 대해 걱정하고 있었던 건지. 이슈가 될 만한 이 일에 군침을 흘리고 나섰다. 모든 일이 이미 성사된 것처럼 흥분이 몰아닥쳤다.

"스타일은 퓨어하게 가는 게 좋겠네요?"

"음원만 녹음하는 건가? 아님 무대도 가는 걸까?"

"무대가 아니라도 화보 정도는 찍어도 좋을 것 같은데요?"

"아니지. 리나 앨범 중 한 곡일 테니까 사진도 안 들어갈 수 있을 것 같은데?"

"하지만 리나잖아요. 듀엣이 제이든이라는 게 알려지면 타이틀보다 더 큰 반응을 일으킬 수 있어요."

"곧 찬 바람 불기 시작할 테니까. 이런 곡이 딱이죠!"

상기된 얼굴들이 금세 아이디어를 쏟아내기 시작했다. 모두들 이번 일이야말로 브리즈를 알릴 최고의 기회라 생각하는 것 같았다. 하지만. 대체 이게 어떻게 된 일이냐는 듯 하연이 사람들을 돌아봤다.

"전화는 준 쪽에서 먼저 걸어 줬고 태오가 일정 잡았어. 내일 오후 3시. 녹음은 블루 쪽에서 하자고 하더라고. 어떻게 할 거야?"

누군가 설명했다.

"준이요?"

"그래. 마침 만들어 놓은 곡이 하나 있다고. 이번 리나 앨범에 실을 건데 제이든이 함께 불러 줬으면 좋겠다고 했대. 우리가 모르는 동안 우연한 계기로 리나와 제이든이 사석에서 친해진 적이 있었나 봐. 두 사람이 가녹음해 놓은 걸 준이 듣고 좋다고 했다네."

"준이 좋다고 했다고요?"

하연의 시선이 아득해졌다. 모두들 즐거워하고 있는데 하연이 혼자 소외된 사람처럼 다른 표정을 짓고 있었다.

"강하연 씨 생각은 어떻습니까?"

그런 하연을 진혁이 또렷하게 바라보았다.

"아니요. 그러니까 제 생각은."

무슨 말인가 하고 싶었지만 쉽게 말이 나오지 않았다. 머릿속이 혼란스러웠다. 이 일을 준도 아는 거야? 제게 마음대로 키스를 한 것처럼 제 밴드도 마음대로 할 수 있다고 생각한 거야?

"별로라는 건가?"

하연의 마음을 대변한 진혁의 소리에 갑자기 회의실 사람들의 표정들이 사나워졌다.

"준이잖아요. 콜드문."

설득하듯 하는 말이라곤 그것 하나였다. 다른 사람들은 이미 준이라는 이름만으로도, 콜드문이라는 이름만으로도 흥분해 있었다. 자존심이 상했다. 그를 뛰어넘으려 노력하는 중인데. 그런데 그의 도움을 받자고?

하연이 자리에서 벌떡 일어섰다.

"음악이 좋다는 건 알겠는데. 하지만 굳이 리나여야 하냐는 거죠. 뭔가 그림이 좀 그렇잖아요. 이제 막 떼어 냈는데. 거기서 벗어나려고 했는데. 다시 그쪽 손을 잡는다는 게 좀 아니잖아요. 스토리가 예쁘지가 않으니까!"

내 힘으로 일어서려 했다. 그를 모르는 척하고 싶었다. 그쪽 도움 같은 건 필요 없었다. 그와 마주치고 아무렇지도 않은 척 그를 무시하고 싶었다. 그의 키스를 몇 번이고 다시 떠올리는 짓 따윈 하고 싶지 않았다. 그의 팔에 끌려가고 싶지 않았다. 이럴 줄 알았으면 따귀 한 대가 아니라 몇 대라도 올려붙이고 악담을 퍼부었어야 했다.

안 그래도 제2의 콜드문이라는 이야기가 나오는데 듀엣이라니 자존심 상하는 일 아닌가? 따위의 논리가 머릿속에서 들끓었다. 하지만 회의실 안에서 그렇게 생각하는 사람은 한 명도 없는 것 같았다. 다들 몇 번이고 음원을 재생하며 감탄하느라 바빴다.

'타도 콜드문'은 역시 제 사적인 감정일 뿐이었다. 브리즈는 그녀의 소유물이 아니었다. 이런 좋은 기회를 모르는 척하고 있을 수 없었다. 그녀가 무슨 말을 하기도 전에 이미 스케줄이 잡히고 다들 내일 녹음을 기대하고 있었다.

그때 회의실 문이 열리고 환한 얼굴의 제이든이 들어왔다. 잔뜩 기대에 부푼 얼굴이 다른 사람의 시선을 물리치고 하연을 향해 말했다.

"누나, 음악 들으셨어요?"

모두들 일제히 하연을 향해 고개를 돌렸다. 이제 모든 결정은 너에게 달렸어. 그렇게들 쳐다보는 것 같았다. 그러니까 너 혼자 고집 피우는 이유가 뭔데?

"저 이거 꼭 하고 싶어요. 음악이 너무 마음에 들어요. 다른 사람은 안 줄 거예요."

모두들 제이든의 말에 고개를 끄덕였다. 여기서는 승산이 없었다. 하연이 제이든의 옷깃을 잡아채 밖으로 나왔다. 파티션을 스쳐 서진혁의 방으로. 물론 그는 지금 회의실에 있으니 이 방에는 제이든과 하연 둘뿐이었다. 문을 닫은 하연이 팔짱을 낀 채로 제이든을 노려보았다.

"리나는 어떻게 알게 된 거야?"

못마땅함을 숨기지 않았다. 두 사람의 음원은 가녹음 상태였다. 직접 스튜디오에서 전문가의 손을 빌려 한 게 아니라 휴대 전화의 녹음기를 가지고 두 사람이 한 일이었다.

"어쩌다 알게 되었어요."

"어쩌다?"

"설명하면 길어요. 하지만 절대 서로 어떤 의도를 가지고 접근한 건 아니에요. 우연히 만났어요. 제가 잘 가는 곳이요. 음악 감상을 하러 가는 곳이라고 할까?"

"음악 감상?"

"네. 말 그대로 음악 감상을 하는 곳이요."

믿을 수 없는 표정으로 하연은 제이든을 바라보았다. 하지만 내내 생글거리며 웃는 통에 도저히 진지하게 이야기를 나눌 수 없었다. 아니, 제이든의 속을 알 수 없었다.

"누나 혹시 실망한 거예요? 타도 콜드문이 아니라 내가 손을 잡아서?"

제이든이 여유로운 얼굴로 되받아쳤다. 아무것도 거리낄 것이 없다는 얘기였다.

"아니, 내가 알고 싶은 건 어떻게 리나가 너를 알게 되었느냐야!"

"우연이었어요. 우연. 마치 누나의 작품을 서 대표가 발견한 것처럼."

그 순간 하연의 미간이 슬쩍 찌푸려졌다.

"그런데 리나와 대화가 잘 통했어요. 저도 그렇게 느꼈고요. 그래서 연락처를 주고받았어요. 음악 동료로서."

"그래서?"

"그런데 그날 밤에 바로 이 노래를 들려주며 묻는 거예요. 같이하고 싶지 않냐고."

"……."

"그래서 가볍게 불러서 들려줬죠. 그 이후로는 일사천리. 준을 설득한 건지. 구워삶은 건지 그런 건 잘 모르지만."

"네 입김은 하나도 들어가지 않았다고?"

하연이 믿지 못하겠다는 듯 되물었다. 제이든의 입술 끝이 살짝 치켜 올라갔다.

"그런 일이 있죠. 나는 말이 잘 통한다고 생각했는데 누군가는 그것이 가슴 두근거리는 첫 경험이었을 수도 있는 거고. 나는 그저 일이 하고 싶어서 왔는데 그 사람이 나를 보는 눈빛은 다를 수 있는 거죠."

"뭐?"

"그래서. 그게 나쁜 건 아니잖아요. 우린 모두 서로에게 어느 정도 호감을 가지고 있어요. 그것들의 색이 다 같을 수는 없는 거잖아요."

"제이든!"

"누군가 나에게 호의를 베푸는 것이 모두 객관적이고 현실적인 일들 때문이라고 믿어요?"

"그건 이용하는 거야!"

"누가 누구를?"

그 순간 제이든은 무언가를 비웃고 있었다. 분명했다. 뭘 알고 있는 거지?

아니, 이 이야기에 왜 갑자기 제 자신이 발끈했는지 하연은 정확히 알지 못했다. 제가 이용하고 있는 것이 서 대표인지. 저를 이용하고 있는 게 준인지. 아니면 제이든 제가 리나를 이용하고 있다는 말인지. 하연의 입술이 떨렸다.

"누가 누구를 이용하긴요. 저 그런 사람 아니에요. 나 그렇게 우스운 놈 아니에요. 신인 밴드가, 그래요. 냉정하게 말해서 이런 중소 기획사의 신인 밴드가 살아나갈 방법이 그렇게 많은지 아세요? 저는 머리를 쓸 겁니다. 감정이 아니라. 브리즈는 누나의 소유는 아니에요. 물론 제 소유도 아니죠."

그가 진혁의 사무실을 휘둘러보며 말했다. 마치 하연에게 무슨 말을 하고 싶지만 애써 참는 다는 듯 제이든이 희미하게 미소 짓고 있었다.

○ ● ○

리나의 표정이 우쭐대는 것을 보던 준은 가만히 고개를 끄덕였다. 새벽에 혼자 와서 한 녹음이라며 들려준 노래. 약간의 수정만 한다면 지금껏 리나가 불렀던 그 어느 트랙과 견주어 봐도 좋은 편이었다. 아니, 지금의 리나로선 최선이었다. 저의 침묵이 곧 긍정이라는 것을 이전의 경험을 통해 알고 있던 리나는 곧바로 안심하고 잘난 척하기 시작했다. 평소보다 과한 반응으로 봐서 제 스스로도 꽤나 만족한 것 같았다.

"그동안 준이 했던 이야기가 뭔지 이해할 수 없었는데 감히 말하길! 이젠 조금 이해할 수 있을 것 같아."

짧은 스커트에 긴 소매의 블라우스. 평소 녹음실에서 봤을 때보다 훨씬 화사한 옷차림만큼이나 지금 리나는 흥분돼 보였다. 입에서 나오는 말은 거름망을 거르지 않고 마구 쏟아지고 있다.

"사랑이 봄바람 같다고 생각한 건 착각이었어. 너무 일차원적이었다고 해야 하나? 그야말로 글로 배운 사랑이었던 거지.”

준은 눈을 감았다. 리나가 무어라고 떠들어 대든지. 무관심해졌다. 무사히 녹음이 끝났으니 다행이었다. 당분간은. 당분간은 이것으로 또 연명이다. 몇 분만이라도 일에 대한 고민을 하지 않을 수 있다면 족했다.

“사랑은 들뜨면서도 두려운 거였어. 내가 그렇게 딸려 들어가는 게 믿을 수 없어 브레이크를 걸 수도 없지. 상대가 나를 사랑할까 두렵고 내가 더 사랑하는 것도 두려워. 그건 그냥 열병이야. 바이러스. 걸렸는지도 모르고 왜 내가 걸려들었는지도 모르고. 그냥 앓는 거야!”

리나가 제 앞에서 빙그르르 돌았다. 익숙한 향수의 향내가 그녀의 살갗과 뒤엉켜 독특한 향기를 뿜어냈다.

‘지겨워.’

“그만 조용히 좀 하면 안 될까?”

소파에 기댄 준이 그렇게 중얼거렸다. 그의 표정을 보지 못한 리나가 신이 난 표정으로 두 손바닥을 마주쳤다.

“그래서 말인데 사실은 들려주고 싶은 게 있어!”

자기에 취한 리나는 좁은 녹음실이 무대 위라도 되는 듯 몇 번이나 빙그르르 돌고는 도도하게 몇 걸음 옮기더니 플레이 버튼을 눌렀다.

귀를 닫은 것처럼 얼굴을 구긴 준이 제 시야를 손으로 가렸다. 버튼을 누르고 음악이 나오기 전 그 찰나, 살짝 긴장한 리나가 본능적으로 준에게서 몇 걸음 멀어졌다. 익숙한 기타 소리. 벌떡 일어난 준이 끓어오르는 감정을 어떤 말로 내뱉어야 할지 결정하지 못하는 가운데도 음악은 계속되고 있었다.

“미안해. 정말 미안해. 하지만 듣자마자 이게 너무 완벽해서 참을 수 없었어.”

두 손을 모은 리나가 간절한 표정으로 준을 바라보았다.

“이 남자 누구야?”

“제이든.”

“제이든?”

“응. 브리즈의 제이든.”

하! 코웃음을 친 준이 주먹을 꽉 쥐고 입술을 꽉 깨물었다.

"소리쳐! 무슨 짓을 해도 좋아. 백날을 녹음하게 만들어도 돼! 여기 나를 가두고 별짓을 다 해도 되니까. 그러니까 제발 이 음악 녹음하게 해 줘."

"이건 네가 건드릴 만한 게 아니었어!"

"알아. 내가 건드리면 안 돼. 이건 준 거니까."

"이건 내 게 아니야."

"준 것이 아니면 누구 건데?"

그건. 그건 순간의 환상이 만들어 낸 음악이었으니까. 준은 뭐라고 말할 수 없었다. 재회 키스. 그리고 곧바로 그녀에게 뺨을 맞은 뒤 만들어 낸 음악. 스무 살의 음악, 좋았다고 생각했던 순간. 사랑이 봄날의 한가운데라고 느낀 순간 그 찰나. 너무 짧아서 문제인.

"그 누구의 것도 아니야."

"좋아. 뭐가 됐든 여기 녹음실에서 찾았으니까 이건 그럼 내 거야. 보물찾기 같은 거라고. 나 이거 할래. 화해 송으로 딱이야. 브리즈와 콜드문의 화해 송."

"화해? 브리즈랑 화해를 한다고?"

"그래. 스무 살의 감정이라는 맥락에 맞잖아. 제가 떠나온 밴드와의 화해. 성숙해 보이지 않아? 준도 어차피 고민하고 있었잖아. 미니 앨범이면 트랙이 서너 개는 나와야 하는데. 부족했잖아. 이걸로 해! 이거 하자!"

리나는 막무가내로 우기고 있었다. 솔로 곡을 녹음하면서 저와 내가 얼마나 반복했는지는 잊어버린 듯, 흥분된 얼굴로 준을 재촉했다.

"너 제이든은 어떻게 알게 되었어?"

"우연이야."

"우연?"

"그럼. 우연이 아니면 내가 먼저 찾아가기라도 했다는 거야?"

방식이 문제가 아니었다. 문제는 지금 리나가 흥분한 이유였다. 그 애는 지금 정말로 빠져 있는 것이다. 스무 살의 사랑. 스무 살의 그 무모한 감정에.

말려서 될 일이 아니었다. 파도가 집어삼키듯 제 자신을 집어삼키는 것이 스물의 사랑이었다. 옆에서 아무리 빠져나오라고 해도 빠져나올 수 없다. 제가 위험한 것을 모르는 사랑은 무서웠다. 그런 사랑을 받아 본 적이 있었다.

'여기로 이사 올까? 오빠 연습하러 가는 동안 나는 학교에서 수업 듣고. 돈이 조금 모이면 테이블도 하나 사고. 가스레인지도 들이자. 그럼 밥도 해 먹을 수 있잖아. 삐걱 거리는 침대는 우리의 시그니처니까 꼭 들고 가자.'

홍조를 띤 얼굴. 세상의 모든 것 앞에 사랑이 놓였던 그녀. 강하연에게 가장 중요했던 것은 준이었다. 바로 저였다. 그렇게 말해 놓고 지금은 나를 모르는 척한다고?

"준, 어때?"

"……음."

신음처럼 낮게 깔아 내리는 소리를 리나가 용케 들었다.

"알았어? 정말? 알았다는 거지! 그럼 하는 거다! 하는 거야! 내가 태오한테 말할게. 재미없는 일은 우리 쪽에서 다 알아서 할 테니까 걱정 마!"

리나가 못 박듯 크게 외치며 태오에게 뛰어가는 게 보였다. 일이 순식간에 그렇게 되었다. 파도에 떠밀리듯 일순간 다른 것은 생각하지 못하는 사람처럼. 모든 이유의 앞에 그것이 놓였다.

제이든의 일이라면 J엔터의 일이었고 강하연도 결국에는 제 앞에 나타날 수밖에 없을 것이라는 바로 그 사실 하나.

○ ● ○

건물 출입 정문이 요란하기 짝이 없었다. 블루엔터의 아트 디렉터가 디자인한 블루 고유의 캐릭터와 소속 가수들의 소속사 홍보를 담은 영상이 쉴 새 없이 송출되는 커다란 기둥. 그 바로 옆에는 팬들을 위한 기념관마저 별도로 마련되어 있는 강남 한복판, 유동 인구가 가장 많은 구역에 자리한 블루엔터. 그 앞에 차에서 내린 세 사람이 건물 안으로 들어갔다.

"몇 층으로 가야 하는 거지? 기억이 잘 안 나네."

로비를 가로질러 엘리베이터 앞에 선 현규가 그 말을 한 것이 오늘 대화의 처음이었다. 이번 듀엣을 하면서 발생할 잡다한 일을 처리하는 임무를 맡은 현규는 태연한 목소리를 가장했다.

블루엔터에서 막내로 4년, 이후 총 5년의 경력을 이어 온 그에게 이번 일은 그 어떤 것보다 중요할 것이었다. 이직한 지 몇 개월 만에, 이전에 다니던 회사 건물 밖에 서 있던 수많은 국내외 팬들, 웬만한 고급 호텔 규모를 넘어서는 크기와 인테리어, 그런 것이 신기하게도 저를 주눅 들게 만들었다는 말 따위는 절대 하고 싶지 않을 것이다.

"7층이라고 하지 않았나요?"

버튼을 누른 후 숫자가 하나하나 올라가는 것을 지켜보던 누군가의 입에서 짧은 한숨 소리가 나왔다.

"아니야. 아니."

분명 저인 것 같은데 장난스럽게도 현규의 입이 먼저 열렸다.

"긴장한 겁니까? 설마?"

제이든이 받아쳤다.

"내가 긴장했겠냐! 노래하는 건 넌데!"

"형님이 먼저 한숨 쉬고 두리번거리고 하지 않았습니까!"

"그러니까 누가 이런 대어를 물어 오래? 내 가방에 담기질 않잖아."

"잘난 게 제 탓은 아니죠."

두 사람이 긴장을 낮추려 장난치는 것을 가만히 지켜보던 하연이 드디어 숫자가 7로 바뀌는 것을 보고 한마디 했다.

"조용히들 해. 곧 도착이야."

바짝 긴장한 세 사람이 엘리베이터를 내렸다. 준과 만나는 건 한참 후의 일이 될 거라고 생각했다. J엔터가 건물을 옮기고 제가 몇 번의 성공으로 사람들의 입에 꽤나 능력 있는 아트 디렉터로 이름을 알린 뒤, 프리랜서로 사무실을 차리고 더 큰 회사의 러브 콜을 받을 때쯤. 콜드문은 은퇴 수순을 밟을 그때쯤.

그게 아니라도 일적으로는 엮이고 싶지 않았다. 그저 어느 날 우연히 전혀 예측하지 않은 곳에서 스치듯 잠깐. 그렇게 마주치고 싶었다. 오늘처럼 제가 간절히 바라는 일을 그가 쥐여 줄 수 있는, 그런 위치에서는 절대 보고 싶지 않았다.

직원의 안내를 따라 복도 안쪽의 회의실로 갔다.

"안에서 기다리고 계십니다."

안내의 말과 함께 문이 열리기도 전에 들린 건 가벼운 외침이었다.

"왔다!"

리나의 목소리였다. 안에서 먼저 문이 열리고 좁은 틈새로 진에 검정 티셔츠, 검은 캡을 쓴 그가 보였다. 눈이 마주치자 누가 먼저랄 것도 없이 시선을 피했다. 찰나였지만 분명 그랬다는 걸 알 수 있었다.

"오셨어요? 반갑습니다!"

먼저 손을 내밀어 하연을 반긴 건 리나였다. 생글생글 웃는 얼굴이 화보 속에서 튀어나온 것처럼 보였다. 무대 위의 진한 화장을 지운 리나의 순수한 빛깔은 사람을 압도했다.

"뵙고 싶었어요! 강하연 씨 맞으시죠?"

발랄한 목소리. 루즈한 청바지에 어깨 트임이 있는 톱. 로퍼. 아름답다. 타고난 스타의 빛깔을 가진 여자. 그런 사람들의 스타일부터 훑어 내는 건 하연의 직업병이다.

"네. 반갑습니다."

"저, 정말 완전 반해 버렸던 거 아세요? 이번 브리즈 앨범 아트!"

어색하고 불편한 분위기를 덮어 버리는 리나의 목소리는 쉼이 없었다.

"좋게 봐 줘서 감사합니다."

"그냥 인사말이 아니에요. 정말 진심으로 제 취향이에요!"

활짝 웃는 리나의 얼굴을 홀린 듯 바라보던 하연의 앞으로 누군가의 손이 내밀어졌다.

"이번 프로젝트 담당자 박나연입니다."

"네. 강하연입니다."

수순처럼 서로가 서로의 손을 맞잡고 인사를 했다. 나연의 손이 하연의 손을 힘주어 잡고 놓은 다음이었다. 왼손으로 제 모자를 쓸어내린 그의 어깨가 보였다. 한눈에 담기지 않는 그것. 하연이 시선을 피했다.

"준입니다."

노래의 도입부처럼 들리는 목소리. 숨을 내쉬기 버거울 만큼 묵직한 기운이 제 앞에 자리했다. 온몸의 소름이 돋을 것 같은 짙은 시선이 저를 내려다보고 있었다. 잡으면 제 손을 모두 감싸고 남을 그의 커다란 손. 저를 쓰다듬고 끌어당기고 어루만지고 달아오르게 만들었던 그 손이었다.

"강⋯⋯하연입니다."

살짝 끝을 대었다 뗀 하연이 모두의 인사가 끝났는지 살피듯 그의 시선을 피하고 제 자리를 찾아 앉아 버렸다. 저를 따라붙는 눈빛을 모르는 척 회의 준비를 서두르는 동안 그는 저와 가장 먼 쪽으로 자리를 잡았다. 하연은 박나연 팀장을 향해 시선을 고정한 채였다.

"듀엣은 이번 리나의 미니 앨범 트랙으로 실리게 됩니다."

회의는 '블루'의 박나연 팀장의 주도로 진행되었다. 그쪽에서 먼저 제안을 한 것이니 당연한 사항이었다. 하지만 우리가 을은 아니다. 하연은 그 생각을 잊어버리지 않으려 노력했다.

"음원 수익은 관례대로 하겠습니다."

"네. 그러시죠."

"앨범 전반 프로듀서는 준이 맡게 됩니다."

하지만 그의 이름을 듣는 순간 하연은 생각을 바꾸었다. 이번 일은 우리가 을이 아니라 갑이라고. 이 듀엣을 먼저 요청한 것은 리나. 블루 입장에서는 여러 가지였을 선택지 중 제이든을 고른 것이다. 준도 긍정한 일이었다. 공은 이미 이쪽으로 넘어와 있었다.

"알고 있습니다."

"리나의 미니 앨범은 솔로 곡으로 메인타이틀이 정해져 있기 때문에 이 곡은 무대 활동은 별도로 하지 않는 것이 어떨까 하는데요?"

그리고 둘의 무대는 없다는 말이 공식적으로 논의되는 도중 그 찰나 리나의 표정 변화를 눈치챈 것은 하연이었다.

'우린 모두 서로에게 어느 정도 호감을 가지고 있어요. 그것들의 색이 다 같을 수는 없는 거잖아요.'

제이든의 이야기, 그것은 누구를 향한 것이었을까? 그것을 설명할 수 있는 건 지금 제이든을 힐끔거리는 리나의 시선일 수 있다.

"바라던 바입니다. 브리즈는 곧바로 다음 음원을 준비 중입니다. 활동이 겹치는 것은 저희도 원치 않습니다. 리나 씨의 요청으로 특별히 온 것뿐입니다."

이곳의 키를 쥐고 있는 건 준이 아니었다. 물론 리나도, 저도 아니다. 리나가 선택하고 준이 허락한 제이든. 그가 이끌어 가는 자리였다.

"네, 알고 있습니다. 그쪽 스케줄 알고 있지만 특별히 부탁드리는 일입니다."

이 정도면 나쁘지 않았다. 저쪽에서 부드럽게 나오는 일에 꼿꼿하게 대응할 생각은 없었다. 어쨌거나 모두들 인정하는 콜드문의 준이 아니던가? 최고의 여성 보컬 중 하나로 꼽히는 리나와의 듀엣이었다. 인정할 건 인정해야 했다. 이제 남은 건 몇 가지 논쟁 없는 협의 사항뿐이라고 생각하던 찰나였다.

"그런데."

테이블은 꽤나 넓고 길었다. 이쪽으로 시선을 향하고 있지 않던 준의 입이 열렸고 모두의 시선이 그쪽으로 쏠렸다. 단 하나 하연만 제 앞에 놓인 노트북 화면을 들여다보고 있을 뿐이었다. 실은 별다를 것이 하나도 없는, 아무것도 정해지지 않은 브리즈의 항로.

"비디오를 찍으면 어떨까 하는데."

"뮤비 말씀인가요?"

제이든이 되물었다.

"뮤비란 말이죠."

말끝을 흐린 현규의 입술이 흥분을 가라앉히지 못하고 치솟는 것이 보였다.

"정말, 정말이야? 준, 멋지다. 좋은 생각이야. 이번 콘셉트 스토리를 확장할 수 있을 거 같아!"

하이 톤의 목소리가 분위기를 단박에 뒤덮었다. 아직 이쪽에서는 어떤 대답도 하지 않았는데 이미 일이 그쪽으로 넘어간 기분.

뮤직비디오라고? 앨범 콘셉트를 확장하는 것의 하나로? 놀랄 만한 일이었다. 가슴이 두근거렸다. 준이 아닌 그가 던진 작업이 미끼가 되었다. 구미가 당기는 것을 어쩔 수 없었다. 마치 무언가에 이끌리듯 저절로 하연의 시선이 그에게 향했다. 내내 엇갈리며 무시하려 했던 그의 시선을 이번에는 거부할 수 없었다. 짙은 눈동자. 그를 바라보았던 제 마음을 떠올리게 만드는, 날이 박혀 있는 눈빛.

"촬영은 마요르카에서 진행되고 비용은 우리 쪽에서 부담할 겁니다."

2연타. 분명 저를 놀리는 것이다. 절대 거절하지 못할 거라는 것을 알았을 것이다. 일중독인 사람들을 미치게 하는 것이 무엇인지 준은 알고 있다. 무엇에 하연이 걸려들지 알고 철저하게 짠 작전. 정확하게 저를 향해 조준하고 있는 게 분명한 말.

"그리고 이번 앨범의 아트는 강하연 씨가 해 주셨으면 합니다."

결국, 잔뜩 힘을 주고 있던 눈가가 풀려 버렸다. 두 뺨에 열감을 느끼며 하연은 머리를 굴렸다. 피할 것은 없었다. 다만 궁금할 뿐이었다.

대체 왜?

의중을 알아내려 준에게 시선을 돌린 순간 하연은 눈을 찌푸렸다. 부드러운 미소가 스치듯 지나갔다. 마치 제게 만족스러울 만한 선물을 주고 놀라는 하연을 반응을 살피는 것 같았다. 그런 건 싫었다. 그렇게는 하고 싶지 않았다. 무언가를 받는 입장이 아닌 주는 입장이 되고 싶었다.

"비디오 촬영에 소요되는 기간은 얼마나 생각하고 계십니까?"

"대략 이틀입니다. 하지만 비행시간까지 합치면 나흘이 걸릴 겁니다."

나연이 대답했다. 그 이후로 협상은 당연하다는 듯 나연과 현규, 두 사람의 몫이었다. 자신은 아직 아무런 대답도 하지 않았는데 거절하지 못하는 일처럼 진행되었다. 내 쪽에서 하지 않겠다고 대답할 수 없는 일이 되었다. 영광? 영광이라고 받아들이라는 걸까?

둘의 듀엣 앨범이 아니었다. 리나의 솔로 앨범이다. 당연히 아트 작업은 블루의 몫이었다. 다른 사람의 손에 그렇게 중요한 일을 맡길 이유가 전혀 없었다. 그런데 이렇게 파격적인 임무가 왜 내게 주어진 거지? 순간 헷갈렸다. 심사숙고하는 사람들 특유의 자세로 하연이 잠시 생각을 비웠다.

리나의 솔로 앨범. 듀엣으로 참여하는 제이든. 화해 송? 네 개의 트랙. 마요르카. 저의 손해는 없다. 손해는 모두 저쪽이 지게 될 것이다. 그렇다면 이건 하연을 마음에 들어 하는 누군가의 제안에 의해 내부의 회의가 끝났다는 것이다. 하지만 그게 미끼라면? 그래서 뭐? 뭐를 낚으려는 건데?

"그럼 이쪽은 작업을 위해 내려가겠습니다."

순식간에 이루어진 협상을 끝으로 제이든과 리나가 먼저 녹음을 위해 자리에서 일어났다.

"다음에 꼭 사석에서 같이 식사해요!"

리나의 발랄한 인사와 함께 둘은 회의실을 나갔다. 방금 전 받았던 놀라운 제안이 아직 믿기지 않는다는 투로 현규가 하연에게 다가와 작게 속삭였다.

"뭐야? 이게 갑자기? 이런 일이 다 있어? 하연 씨, 하여간 축하해."

탁 축하의 의미로 그의 팔뚝이 하연에게 가볍게 와 닿았다. 인상을 찌푸린 하연이 입을 꾹 다문 채, 문으로 향하는 그에게서 시선을 옮겼다. 마지막 제 등 뒤에 남은 건 준뿐이었다.

"준!"

뒤로 돌아 그를 불렀다.

"잠시 이야기 좀 했으면 하는데요."

문 앞에 서 있던 현규의 눈이 놀라움으로 커졌다. 하연이 담담한 표정으로 그를 안심시켰다.

"잠시만요. 잠시만."

그가 알았다는 듯 고개를 끄덕이며 먼저 밖으로 나갔다. 그녀의 부름을 받은 준은 그 자리에 그대로 서 있었다.

회의실 안에는 이제 두 사람뿐이었다. 여기 카메라가 설치되어 있을까? 설마. 그럴 리는 없다. 그는 언제든 저에게 다가올 수 있다. 하지만 그런 유혹에 질 리도 없고 그가 그렇게 무모하다고 생각하고 싶지도 않다. 만약 그런 일이 또 발생한다면 그때는 그의 뺨을 수십 대 더 쳐올릴 것이다.

"잠깐만 물어보고 싶은 게 있어서요. 일을 그렇게 쉽게 결정할 수는 없는 거 잖아요."

"그렇겠죠."

사심 없는 미소가 그의 얼굴에 스쳤다. 그 순간 하연은 제가 그에게 할 말이 무엇인지 깨달았다.

이런 일을 왜 저에게 맡기는지 그런 것에 대한 질문은 할 필요가 없었다. 그는 개인적인 감정으로 허튼 일을 시킬 사람이 아니다. 적어도 이 회사의 시스템은 그렇게 허술하지 않다. 이 빌딩을 콜드문이 올렸다고 해도 과언이 아니겠지만 그렇다고 그가 혼자 결정할 문제는 아니다. 세계적으로 수백만의 팬을 거느린 리나의 솔로 앨범은 '블루'에게도 커다란 사업이다.

하고 싶지 않다는 말도 할 필요는 없다. 그것은 어리석은 치기다. 강하연은 스무 살이 아니다. 개인적인 감정으로 제 커리어에 커다란 보탬이 될 일을 거절할 이유가 없다. 일은 감정이 아닌 감각으로 처리할 문제다.

저는 더 이상 그에게 사랑을 구걸하던 스무 살의 강하연이 아니다.

"리나의 솔로 곡 먼저 들어 보고 싶은데요."

하연의 제안에 순간 그의 검은색 눈이 커다랗게 뜨였다. 그걸 하연은 피하지 않았다. 그도 역시 피할 이유가 없었다. 팽팽한 시선이, 회의실 안의 밀도를 점점 좁혀 가고 있다는 것을 느낄 수 있었다. 역으로 그 뒤 여유가 생겼다.

"앨범 전반적인 콘셉트가 어떤 건지 먼저 말씀해 주시죠."

이야기가 얼마든지 길어져도 상관없다는 듯 하연이 먼저 자리에 앉았다. 네가 무슨 이야기를 하든 이쪽은 다 받아들일 준비가 되어 있다는 뜻이었다. 그는 곧바로 하연의 옆으로 다가와 노트북을 열었다. 사선으로 비껴 앉은 그의 입술이 슬쩍 들리는 것이 보였다. 매력적인 입술 라인. 한동안 제가 홀렸던 것이다.

"인트로. 메인 솔로 곡 그리고 듀엣. 마지막 솔로 곡까지 총 네 곡으로 이루어져 있습니다."

플레이 버튼을 누르자. 반주 없이 곧바로 시작되는 리나의 노래. 하연은 의도치 않게 입이 벌어졌다. 콜드문에 속해 있을 때는 듣지 못했던 소리. 처절하고 아름답다. 끝이 비극이라는 걸 알면서도 절대 거절하지 못할 감정을 노래하는 그녀의 목소리는 단숨에 하연의 귀를 사로잡았다.

○ ● ○

창백하던 하연의 두 뺨에 조금씩 생기가 돌았다. 벌어진 입술이 한동안 다물어지지 않았다. 턱을 괴고 있던 준이 그 손을 천천히 내려 제 무릎 위에 올려놓았다. 그녀의 반응에 여유가 생겼다. 그 누구의 판단보다 그녀의 반응이 궁금해 긴장했던 게 분명하다. 오랜만에 느낀 기분 좋은 긴장이었다.

문득 강하연이 콜드문의 다른 곡을 들어 본 경험이 있을지 궁금했다. 제가 만든 음악. 스톰 이후의 저를 강하연이 알고 있을지 궁금했다. 그것을 그녀는 어떻게 판단했을까? 그것이 그녀의 구미를 당겼을까?

J엔터의 감각적인 아트 디렉터 강하연
로엘의 성공 뒤에 그녀가 있었다. J엔터 아트 디렉터 '강하연'
날것 그대로의 매혹, 그녀의 손끝에서 태어나다

지난 며칠간 그녀의 기사와 아트를 훑어보는 것에 시간을 들였다. 여러 앨범 속에 파묻혀 있던 브리즈 앨범의 아트를 확인한 뒤였다. 무색의 배경에 놓인 멤버들의 이미지 컷. 최소한의 제작비로 최대한의 효과를 누리기 위해서는 아트 디렉터의 공들인 수작업과 날카로운 감각이 필요했다. 그것은 무척 작은 차이지만 그 작은 차이가 세련됨과 촌스러움을 가른다. 그런 것을 만들어 낼 수 있는 사람은 그리 흔하지 않다. 주어진 재능이란 뜻이다.

만약 그녀에게 리나의 솔로 앨범을 맡기면 어떨까? 던지듯 한 말의 미끼를 문 건 리나였다. 앨범 아트를 회의하던 회의실에서였다. 모두의 앞에서 리나가 소리쳤다.

"강하연 씨한테 맡겨 보고 싶어요. 나 그 언니 정말 마음에 들어! 내 거니까.

콜드문하고 다른 나 혼자만의 거니까 그렇게 할 수 있게 허락해 줘."

J엔터의 공주라.

그녀의 뒤에 꼬리표처럼 붙은 그 말을 떼어 본다면 어떨까? 갑작스러운 성공. 이 세계의 밖에 있는 사람들은 알 수 없는 지저분한 거래와 그 밖의 음모. 그래서 성공 뒤에 무언가가 있을 것이라 오해하기 십상인 그녀의 진짜를 보고 싶었다.

속된 표현으로 정말 그 남자를 등에 업은 건지 아니면 그 안에 정말 남들과는 다른 무엇이 있는 건지. 그것을 제 음악에 섞어 본다면 어떻게 변할 것인지 그것이 알고 싶었다. 그 생각을 한 순간 준은 온몸의 피가 거꾸로 솟는 기분이 들었다. 그 어떤 것보다 훨씬 더 유혹적인 아이디어였다.

그녀가 쓸데없는 이야기를 하지 않아 다행이었다. 무채색의 옷차림처럼 강하연은 변해 있었다. 놀라고 당황할 거라 생각했다. 지난 키스를 꺼내 따져 물으며 얼굴을 붉히고 화를 낼 거라는 상상도 해 봤다. 그런 모습을 보고 싶었던가, 준? 그는 스스로 자문자답했다.

하지만 강하연은 더 이상 자신을 그렇게 바라봐 주지 않을 것이다. 제 앞에서 감정을 드러내는 일은 이제 없을 것이다. 그런 것으로 하연을 움직이게 할 수 없다.

그래, 알고 있었다. 막상 가지면 아무것도 아니라는 걸. 그녀와 함께 있을 때는 전혀 몰랐던 것. 강하연이 떠나고 나서 음악을 만들며 알게 된 것. 제 음악에 영향을 미친 그 짧은 몇 개월.

환영처럼 보이던 강하연이라는 여자. 쇼트 팬츠. 높게 묶은 머리. 귀밑으로 흘러내린 머리카락. 머금으면 톡 터져 버리는 과즙의 입술 안으로 들어가면 저를 잠식하던 부드러움. 형체가 녹아 버리는, 그래서 우주를 유영하고 있다고 착각하게 만드는 그녀의 몸.

그것은 제 상상과 리듬이 만든 환상이다. 실제로 갖고 나면 사라질 뮤즈. 이렇게 멀리 두고 보아야 한다. 건드리면 그 순간 물거품이 되고 만다. 영감의 원천은 포장지에 싸여 있을 때만 가치가 있다. 일상으로 가지고 오면 꽉 차 버린 짐처럼 무가치한 것이 되어 버리고 만다.

'뭘 기대했던 거야? 내게 매달려 울면서 사랑을 구걸하길 바랐던 거야?'

"듀엣과 굉장히 다른 재질의 음악이군요."

한참 만에 강하연이 입을 열었다. 들어 본 적 없던 목소리로.

"이번 앨범은 리나의 성장이 드러나길 바랐으니까."

톡톡톡 펜대가 준의 손안에서 신경질적으로 움직였다. 흘깃 그쪽으로 시선을 옮겼던 하연은 곧 못 본 척 회의실 선반에 놓인 콜드문의 음반을 관찰 중이었다.

신중한 눈빛. 그녀가 제 반지하방에서 머리를 질끈 묶은 채 책을 들여다볼 때 그런 표정을 짓는 걸 본 적 있다. 그때마다 저는 어떻게 했던가? 가느다란 목에 키스하고 브라를 하지 않은 가슴을 쥐었다. 작게 가르랑거리는 신음을 흘리던. 그녀.

미친! 준이 입술을 깨물었다.

"흔히들 말하는 다른 스타일의 작업이 필요한 건가요?"

무채색의 눈동자가 자신을 바라보고 있다.

"물론."

"그냥 그런 것이군요. 컨펌은 누구한테 하면 되는 거죠?"

"나."

나만 만족시키면 된다. 강하연이 만족시킬 사람은 나 하나다. 이미 제이든에 혹해 버린 리나는 제 일이 어떻게 되든 무조건 행복할 테니까.

"생각해 보도록 하겠습니다. 곡을 제 쪽으로 보내 주시죠."

"곡을 보내 달라는 겁니까?"

"스토리가 없는 일을 함부로 손댈 수는 없으니까요. 신중하게 생각해 보겠습니다."

그 말을 끝으로 하연은 일어섰다. 준은 그녀에게 손을 내밀었다. 머뭇거리던 그녀가 제 손을 잡고 몇 번 흔들며 가볍게 묵례했다. 그러고는 사라졌다.

후우.

그가 따라오지 않을 거라는 확신이 들 때까지 움직인 하연의 입에서 짧은 한

166

숨이 토해졌다. 당장이라도 긍정의 말을 쏟아 놓으며 그의 눈을 들여다보고 하고 싶은 말을 전부 다 해 버리고 싶은 것을 참느라 힘들었다.

눈을 감은 하연이 제 몸 안으로 진동하는 그 무언가를 잠재우기 위해 잠시 숨을 골랐다. 콜드문의 1집 〈카니발〉은 하연이 가장 좋아하는 곡이다. 불안하고 위태로운 미완의 것이 꿈틀거리는 곡. 리나의 1집은 그것을 담고 있었다. 남성이 아닌 여성의 보컬이라는 점도 좋았다. 마치 저의 예전 모습을 보고 있는 것 같았다.

소리를 지르고 싶은 것을 참느라 입을 벌리고 있었다는 것을 잊어버리고 있었다. 머릿속에서 쏟아져 나오는 아이디어를 나누고 싶었지만, 어떻게 이런 곡을 만들어 냈는지 찬양하고 싶었지만 상대가 준이라는 사실을 인식하고 있느라 괴로웠다.

당장이어도 오케이였다. 무급이어도 상관없었다. 콜드문의 준이다. 누가 마다할까? 게다가 이렇게 단숨에 사람을 사로잡는 곡을. 이미지마저 선명해서 당장이라도 손이 근질근질한 그런 곡을 마다할 이유가 무엇일까? 순간 그 열정을 어딘가로 토해 내고 싶어 그를 끌어안고 싶을 정도였다.

'준, 또 해냈구나.'

하지만 제 '그것'은 함부로 움직이지 않았다. 그것은 질투로 잘 다져져 있었다. 그의 결과물. 그가 저를 버리고 난 뒤 쌓아 간 결과물에 대한 질투였다. 스무 살, 그와 헤어진 뒤로 제가 차곡차곡 쌓아 놓은 그것이었다. 그것은 선망이었고 그래서 미움이었다.

눈 밑 검은 기운이 가득한 얼굴의 준은 섹시했다. 캡으로 가린 그늘 짙은 눈빛. 소매 아래 드러난 자잘한 근육. 그 특유의 느른하게 앉은 자세. 재수 없어서 질투하게 되고 그만큼 선망해서 할퀴어 버리고 싶은 사람.

협상해서는 안 되는 일에 도장을 찍어 버리리라 생각했다. 이미 이곳에 오기 전 준의 이름을 들었을 때부터 1집의 〈카니발〉, 2집의 〈샤론〉, 3집의 〈붉은 그늘〉 그 이후의 모든 싱글과 그의 모든 음반, 그 속에서 제 귀를 꽂고 심장을 쥐는 노래를 외면하려 애써 노력하던 그때부터 이미 정해진 일이었다.

위안이 되는 건 그것 하나였다. 그 어떤 협상도 안전하게 모든 것이 확인된 상태에서 성사되는 것은 없다는 사실. 그러니 이런 불완전한 협상은 용인될 법했다. 하지만 제 쪽이 손해라는 듯 태연하게 말하고 싶었던 것만큼은 쉽게 이뤄지지 않았다.

6

"네. 맞습니다. 아니요. 괜찮아요."

차분하려 애쓰는 목소리 끝이 떨리고 있었다. 제가 아닌 상대의 목소리다. 전화기 속 초조한 진혁의 이야기가 조금도 귀에 들어오지 않는 게 탈이었다.

— 피곤하지는 않고?

"네. 그럼요."

— 식사는 괜찮고?

"훌륭하죠."

— 다른…… 일은 없지?

다른 일이 없기를 바라는 진혁의 마음은 잘 알고 있다. 마요르카행을 반대하던 그가 마지막에 어떤 기분으로 저를 보내 주었는지는 하연이 제일 잘 알았다. 저와 준의 과거를 알지 못하면서도 무언가 뾰족해지던 그의 마음. 그의 본능이 반응하는 무언가가 있었을까? 떠나기 전날 그는 몇 번이나 하연을 안았다.

제가 좋아하는 사람을 며칠이나 다른 이들과, 그것도 세상에서 가장 섹시한 남자 중 하나라는 누군가와 보낼 수밖에 없는 사람의 불안감. 그 여자가 혼자 날아가 버릴 것 같은 초조함. 그런 것들을 잘 알지만 하연이 몇 번이고 진혁에게 경고했던 것처럼 지금은 그 마음이 거추장스럽게 느껴졌다.

"아무 일도 없어요. 아무 일도 없을 테니까 걱정하지 마세요."

— 다른 일은 없지? 그렇게 존댓말로 하지 마.

전화기 속 그가 투정 부리듯 말했다.

"하지만 여기 스태프들이 잔뜩이에요."

풋.

체념일지 긴장일지 모르는 그의 목소리가 짧은 코웃음과 함께 멀어졌다. 하연은 씁쓸한 기분으로 전화를 끊었다. 하지만 그건 순간이었다. 전화를 끊자마자 눈앞으로 보이는 건 현실이라 믿을 수 없을 만큼 화사한 햇살이었다.

길 건너 하늘색 간판 아래 초콜릿 빛깔의 차양이 멋들어진 쇼윈도를 하연은 몇 번이고 바라보았다. 몸이 두둥실 떠 있는 것 같은 착각이 느껴졌다.

노천카페의 한쪽에 자리를 잡은 스태프들은 오전부터 붉은 빛깔의 마르가리타 한잔을 곁들여 식사가 한창이었다. 바다의 파도를 한 줄기 뚝 떼어 올린 것 같은 파란 빛깔의 접시 위에 그림 그린 듯 놓여 있던 타파스 하나를 집었던 하연이 그것을 다시 내려놓으며 슬쩍 고개를 돌렸다.

선글라스를 쓰고 있는 준과 시선이 마주쳤다. 검은 선글라스 안 그의 눈은 보이지 않았지만 그가 자신을 쳐다보고 있는 듯한 기분이 들었다. 결국 오고 말았어. 그렇지 않아? 한 번쯤은 그런 인사를 해도 될 것 같았다. 스무 살, 반지하방에서 세상 모든 절망에 휩싸여 있던 두 사람이 여기 와 있으니 축하할 자격이 충분하다고.

그 말이 전달된 듯 그가 미소 짓고 있었다. 입술은 전혀 움직이지 않았지만 선글라스 안의 그의 눈이 웃고 있다고 하연은 확신했다.

바르셀로나에서 다시 비행기로 50여 분 정도 걸려 도착한 마요르카 공항엔 해가 떠오르고 있었다. 커다란 유리창에 비치는, 지구 반대편의 해에 순간 코끝이 찡해졌다. 지금 무슨 상황인지 인식하고 있기는 한 거야? 눈을 깜빡거리며 눈물을 밀어 넣었다.

8월 말이지만 스페인의 날씨는 덥고 건조했다. 이른 아침이었지만 쨍한 햇살에 살이 타는 듯 따끔거리는 기분이었다. 짐을 호텔에 밀어 넣어 두고 곧바로 호텔 앞에 있는 레스토랑으로 나온 직후였다.

테이블에는 콜드문의 뮤직비디오를 찍는 팀 브라운 감독과 이하 팀원 10여 명. 그리고 리나와 그가 있었다. 흰색 계열의 티셔츠를 입고 있는 준이 스페인의 아침 햇살에 반사되어 하얗게 보였다.

하연의 옆에는 제이든이 있었다. 반바지에 셔츠를 입은 제이든은 싱그러워 보였다. 리나와 제이든. 두 사람은 원의 끝에서 서로에게 맞닿아 있었다. 가까이 앉아 있지 않았지만 마치 아주 가까이 앉은 것처럼 느껴지는 분위기. 이걸 케미라고 하는 걸까? 자연광 아래 두 남녀는 더없이 아름다웠다.

"그럼 이제 찍어 볼까? 스토리는 준이 제안한 걸로 하고."

팀의 말에 하연이 천천히 고개를 끄덕였다. 그가 새롭게 바뀐 스토리를 팀원들에게 알리는 사이 느슨하게 풀려 있던 분위기가 한순간 집중되는 것이 느껴졌다. 프로들의 세계였다. 가슴이 뛰기 시작했다.

꼼꼼하게 체크되어 있는 스토리보드에는 뮤직비디오의 주인공인 두 사람의 사랑 이야기가 담겨 있었다. 바르셀로나까지의 비행 중에 수정이 이루어졌다.

출국 전 하연과 팀 브라운 감독이 정해 놓았던 스토리는 아직 사랑을 시작하기 전 두 남녀의 설렘에 대한 내용이었다.

함께 여행을 간 연인. 낭만적인 공간에서 꿈같은 시간을 보내고 현실로 돌아온 두 사람. 하지만 그 여행은 상상이었고 두 사람은 아직 서로에게 고백도 하지 못한 사이였다는 애초의 내용. 마지막에는 서로를 바라보는 두 사람의 설레는 감정을 클로즈업 해 곧 그 상상이 현실이 되리라 암시하는 것까지가 처음 계획이었다.

하지만 비행 중 팀에서 건네받은 스토리보드를 확인한 준이 내용을 바꾸어 버렸다.

"맨 마지막 아직 썸을 타기 전의 상상이라는 부분 말이야. 헤어진 다음으로 고치면 어때? 사귀는 동안 함께 가기로 약속했던 곳을 헤어진 후 각자 다녀온 거야. 물론 함께 있다고 느끼는 건 상상이고. 마지막 장면은 서로 스치듯 지나가면서 이별. 그 후 각자 자신의 현실로 돌아가는 거지."

팀 감독과 준은 비행 중에도 계속 뮤직비디오에 대해 의논했고, 그는 그들보다 뒤에 있었기 때문에 그 목소리는 마치 위에서 들리는 것 같았다. 심장이 높이 뛰어올랐다가 바닥으로 단숨에 곤두박질쳤다.

그 말을 하는 준의 표정은 어땠을까? 보지 못했지만 만약 볼 수 있는 상황이었다고 해도 차마 볼 수 없었을 것 같다. 그 후로 내내 가슴이 제멋대로 움직이고 있었고 그건 아마도 역시 색다른 공간이 주는 설렘 때문이라 하연은 생각해 버리고 있었다. 제 마음을 제 의지대로 제어하는 것이 어렵게 느껴졌다.

"그런 슬픈 내용이라고 하기엔 노래가 너무 밝지 않나?"

"멜로디만 그런 거지 가사는 전혀 아니야. '내 맘은 후에야 알 수 있는'. 그런 가사가 있잖아."

"그래. 그거 고백 후에야 알 수 있다는 거 아니야?"

"무슨 소리야. 후에는 텍스트적인 거고. 발음하면 영락없이 후회로 들려. 디렉팅을 그렇게 했어. 내 맘은 후회야."

그 말을 하는 순간 누가 먼저인지 모르지만 준과 눈이 마주쳤다. 짙은 눈동자가 말을 걸려는 순간 먼저 피해 버린 건 하연이었다. 도저히 그 눈을 똑바로 바라볼 수 없었다. 일에 대한 논의 중이라는 걸 알고 있었지만 그의 입으로 하는 사랑 이야기는 좀체 참을 수 없는 주제였다.

"사랑은 이별 후에야 알 수 있는 거잖아. 사랑하는 중에는 전혀 알 수 없지. 두 사람의 이야기도 그래. 이별한 뒤, 자신들이 얼마나 사랑했는지 그 사랑이 얼마나 값진 것인지 알 수 있었다는 스토리야."

팀이 천천히 고개를 끄덕였다.

"그리고 뮤직비디오라 해도 리나를 연애하는 여자로 그릴 순 없어. 연애를 하는 스토리가 아니라 이별한 여자의 스토리로 만드는 게 리나에게 유리해. 쓸데없이 망상하는 팬들 만들고 싶지 않아."

흔들림 없는 그의 목소리가 머리 위에서 울렸다.

"생각해 보니까 그편이 낫겠네요."

준이 말을 마치자마자 하연이 빠르게 덧붙였다. 그의 반응을 확인하기 위해 고개를 돌렸다. 오케이라고 말하는 듯한 표정의 준이 보였다.

그래. 이건 일이야. 하연은 도전적인 미소를 지으며 팀에게 준의 말대로 하자며 속삭였다.

저쪽에서 그렇게 나온다면 하연 입장에서도 제이든을 챙길 수밖에 없었다. 비록 뮤직비디오의 연기이긴 하지만, 스무 살 갓 데뷔한 밴드의 보컬에게 사랑 연기보다는 이별 연기가 훨씬 유리하다는 생각이 들었다.

그도 그런 면을 이야기한 것뿐이다. 모든 것을 우리의 관계와 연관 지어 생각하는 것 자체가 과도한 망상이다. 이건 준에게 일이며 하연에게도 일이다.

"그럼 처음과 마지막 두 장면은 어차피 한국에서 촬영할 거니까. 이곳에서는 무조건 달달하겠네. 로맨틱 마요르카."

좌석 벨트를 풀어도 좋다는 안내 등이 깜빡거리는 동시에 팀이 우스꽝스럽게 이야기하며 벌떡 일어났다. 로맨틱 마요르카. 스페인의 휴양지 마요르카는 그런 곳이었다.

○ ● ○

식사하던 내내 느긋하던 사람들이 자리에서 일어나자마자 바쁘게 움직였다. 한껏 풀어졌다 순식간에 조여지는 분위기에, 남아 있던 차를 한 모금 들이컨 하연도 재빨리 테이블 위에 놓여 있던 차 키를 움켜쥐었다. 미리 예약해 놓은 렌터카는 평소 한 번도 운전해 본 적이 없는 차종이라 조금 긴장되긴 했지만 선택의 여지가 없었다.

총 3박 4일의 빠듯한 일정. 제이든과 리나가 듀엣곡 뮤직비디오를 찍는 동안 하연은 사진을 찍을 적당한 장소를 물색해야 했다. 내일 사진을 찍고 나면 리나는 바로 솔로 곡의 뮤직비디오를 위해 바르셀로나로 향한다. 시간이 많지는 않다. 하지만 하연은 이런 긴장감을 사랑했다.

환한 햇살이 쏟아지는 좁은 골목길로 멀어지는 제이든을 향해 손을 흔든 하연이 차가 세워진 쪽으로 방향을 틀었다. 그 순간 머리 위로 커다란 그늘이 드리워지더니 손에 들고 있던 차 키가 그쪽으로 넘어갔다. 놀라 올려다보는데 뒤쪽에서 큰 소리가 났다. 짙은 검정 눈동자가 부딪쳐 오자마자 하연은 고개를 숙였다.

"하연 씨, 그 녀석 잘 부탁드립니다. 저희 쪽도 바빠서 말이죠. 오늘 밤샘 작업 하고 나면 곧바로 내일은 바르셀로나로 넘어가서 장소 섭외 들어가야 하거든요. 그런데 녀석까지 붙이고 다니면 일이 언제 끝날지 몰라서요."

"준이 쫓아다니면 힘들어요. 불편하죠, 얼마나 잔소리를 해 대는지. 대신 부탁 좀 드릴게요."

"그래서 콜드문 뮤비는 다시는 안 찍기로 했는데……."

"이번엔 리나 솔로니까 한다고 했더니만 덥석 따라나서다니."

"하연 씨는 초면이니까 설마 뭔 일 있겠습니까? 혼자 다니는 것보다는 둘이 나을 거예요."

"운전이나 시키시죠."

와자지껄 떠드는 소리가 점점 멀어졌다. 뭐지? 왜 이렇게 일이 된 거야? 거절하고 말고 할 새도 없었다. 아마도 뮤직비디오 팀이 대놓고 준을 따로 떼어 놓으려는 작전에 제가 휘말린 모양이었다. 당연히 준 쪽에서 거절할 줄 알았는데.

"어디로 가면 되는 거야?"

낮은 목소리가 들려왔다. 무어라 대답하기도 전에 그는 차를 향해 걸어갔다. 스태프와 감독까지 열댓 명이 한마디씩 보태는 바람에 도중에 끼어들어 뭐라 반박할 말이 없었다. 이 사람은 필요 없다고 하고 싶었지만 부담스러웠던 운전이 안심되는 건 어쩔 수 없었다.

멀리 까르르 웃음소리가 터지는 사람들 사이 리나의 환한 얼굴이 보였다. 그 좁은 골목 앞으로 세워 두었던 차 몇 대를 향해 그들이 사라지고 있었다. 뮤직비디오 연기는 처음이라 얼어 있을 줄 알았던 제이든마저 환하게 웃으면서 그들과 섞여 들어 있었다.

하연은 슬쩍 인상을 찌푸렸다 펴고는 차로 다가갔다. 세워 둘 때는 그늘이었던 자리에 볕이 들었다. 그림자가 진 그의 옆얼굴이 보였다.

'망설일 것 없어. 일을 하러 온 것뿐이잖아.'

문 사이에 서서 멈칫거렸다. 뒷문에 멈춰 있던 손이 잠시 망설이다 앞좌석

문을 열었다.

"팔마 쪽으로 먼저 갈게요."

몸을 들이밀기도 전에 목적지를 말했다. 반문 없이 내비게이션에 목적지를 입력하는 그에게 던진 시선을 거두고 하연은 좌석 벨트를 매고 휴대 전화를 열어 리나의 음원을 재생했다. 재킷 작업을 위해 미리 받아 둔 파일이었다. 흘깃 흘리는 시선으로 하연의 상황을 확인한 준이 정면을 응시했다. 손잡이 밑의 버튼을 눌러 하연이 창을 내렸다.

"더워?"

그는 정면에서 시선을 떼지 않은 채였다. 하연이 대답을 하기 전에 에어컨이 한 단계 높아졌다.

"아뇨. 그게 아니라."

서로 어긋난 의중이 엮여 버렸다. 창을 열어 둔 채 에어컨이 쉬익 커다란 소리를 내며 찬 바람을 내뿜었다. 창은 그대로 내버려 둔 채 하연은 리나의 목소리에 볼륨을 높였다.

리나의 솔로 앨범의 타이틀곡은 〈보라〉였다. 보라는 리나의 색이었다. 우아하고 화려하고 신비로운 빛깔. 콜드문 초기 리나의 이미지 색으로 사람들에게 각인시킨 색이었다. 그래서 리나가 처음 참여한 콜드문의 음반은 연보라였다. 그 후 해를 넘어가며 그녀의 보라는 점점 더 강해지고 있었다.

스무 살의 첫사랑과 이별을 노래하는 그녀의 목소리는 쓸쓸하게 들렸다. 그것이 환한 햇살과 조화를 이루어 묘한 분위기를 자아냈다. 그녀의 첫사랑은 산뜻하거나 설렘 없이 처절해져 버렸다.

그가 만든 곡이었다. 제이든과의 듀엣곡과 마찬가지로 이 곡의 가사 역시 그가 썼다.

차는 작은 마을의 건물 사이를 지났다.

"보라는 리나의 색이잖아요."

비현실적으로 반짝이는 햇살 속으로 하연의 목소리가 사라졌다.

"첫사랑의 이별이 보라라고 해서 처음에는 의아했는데 몇 번 들어 보니까 알겠더라고요. 사랑과 이별이 아무리 되풀이되더라도 처음 맛본 이별만큼 아픈 건 없을 테니까. 그래서 보라. 잘 어울리는 거 같아요."

어색하게 말을 마치자마자 대답 없는 그쪽을 향해 시선이 흔들렸다. 짙은 회색 티셔츠 아래 운전대를 잡은 그의 팔뚝이 보이자마자 하연은 의식적으로 고개를 돌렸다.

"짙게 표현하려고 노력 중이긴 한데……. 뭐, 사실 조금 걱정스럽기도 하고."

걱정이라고 중얼거리는 그의 눈가에 잘게 주름이 지며 코끝이 찡긋거렸다. 익숙한 표정. 오래전 수도 없이 보았던 표정이었다. 손가락으로 매만져 그리던 얼굴이었다.

어느새 그를 향하고 있다. 제 시선이 다시 그에게 닿은 순간 헤아릴 수 없는 마음이 가슴속에서 불안하게 떨었다. 흘깃 그의 눈빛이 제 뺨에 와 닿는 게 느껴졌다. 그것을 인지하자 홧홧하게 불이 붙어 버린 것처럼 느껴졌다.

이러고 싶지 않았는데 좁은 공간에 밀착되는 순간 그를 기억하는 몸이 먼저 반응했다. 그가 있다. 믿을 수 없는 시간에 믿을 수 없는 장소에 그와 있다. 하연은 잔뜩 긴장한 채로 천천히 입술을 뗐다.

"실린더를 하나 사용할 거예요. 보라색 액체가 가득 담긴 실린더죠. 아시다시피 파랑과 보라는 섞이면 남보라색이 되죠. 하지만 거의 보라색에 가까운 색이에요. 파랑은 남자를 상징합니다. 솔직하게 말하자면 제이든의 색이에요. 제이든의 이미지를 차용한 거거든요. 이번 작업을 통해 대중들에게 제이든을 파랑으로 이미지화할 생각입니다. 하지만 오해하지 마세요. 이 앨범의 화자는 물론 리나니까요."

그녀의 목소리는 열린 차창 밖으로 흘러나가고 있었다. 제멋대로 두근거리는 심장 소리가 차 안에 고여 들었다. 그의 몸체가 고스란히 느껴졌다. 그의 기운이 공간을 감싸고 있었다. 그에게 닿고 싶다고 느끼는 이 기분이 뭔지 알 수 없었다. 차분하려고 애쓰는 것이 다분하게 느껴지는 목소리가 마음대로 뻗어 나가려는 것을 진정시키며 하연은 천천히 말을 이었다.

"처음 두 사람이 만났을 때 사랑에 빠진 리나는 그 실린더의 액체를 파란 액체에 붓기 시작해요. 파란색은 온통 보라색으로 물들죠. 처음 두 사람의 사랑도 그럴 거예요. 리나는 그 사랑의 주도권을 자신이 잡고 있다고 생각해요. 그에게 빠져 버린 것도 그와 사랑을 하는 것도. 세상이 온통 제 주위를 돌고 있다고 생각하는 거죠. 하지만 사랑이 끝나고 난 뒤, 화면이 반전."

하연은 잠시 말을 멈추었다. 그에게서는 어떤 반응도 나오지 않았다. 그저 잠자코 그녀의 이야기를 듣고 있을 뿐이었다. 그의 표정이 어떤지 확인하고 싶었다. 대체 어떻게 생각하고 있을까? 마음에 드는 걸까? 아니면 역시 별로라고 생각하는 걸까. 제 작업에 대해 한 번도 의심해 본 적이 없었는데 지금은 잔뜩 긴장하고 있었다.

그때 차가 한 번 크게 출렁였다. 좁은 길로 들어서며 도로의 상황이 뒤바뀐 것 같았다.

"계속해 봐."

때에 맞춰 그의 목소리가 들렸다. 하연의 시야가 살짝 흐려졌다. 고개를 돌리자 전면을 응시하는 옆얼굴에는 표정 변화가 없다. 빛에 반사된 실루엣이 흐릿하게 보였다.

손을 뻗어 그것을 만지고 싶었다. 보드라운 갈색 머리카락과 날렵한 콧날. 넓은 어깨와 단단한 팔. 그것이 갑자기 온몸으로 인식되어 버리고 말았다. 어리석은 욕망을 삼키듯 숨을 삼킨 하연이 말을 이었다.

"사랑이 끝나고 난 뒤 화면을 반전시킬 거예요. 눈물을 흘리며 쓰러진 그녀의 머리 위로 붉은 빛깔의 피가 흘러내려요. 보라색은 파랑과 붉은색을 섞은 거니까요. 그리고 그녀의 머리 위에 남은 것은 파랑. 파란 하늘. 하늘을 머리에 인 채 그녀는 붉은 땅 위에서 눈물을 흘리죠."

말을 맺은 하연의 입술이 건조하게 말아 들어갔다. 톡톡 그의 손가락이 두어 번 운전대를 두드렸다.

"좋은데?"

눈썹 한쪽이 슬쩍 치켜 올라가는 것이 보였다. 주름진 이마가 펴지고 잠시 무슨 생각을 하는 듯하더니 싱긋 미소 짓는 것이 보였다. 종종 보았던 얼굴. 코 끝에 입술을 맞추면 간지러워하며 보이던 그의 미소. 그 생각이 떠올라 버렸다. 하연이 시선을 피하며 물었다.

"그래요? 그럼 이대로 괜찮겠어요?"

"응. 정말 좋아."

"다행이네요."

차창 밖으로 기차역이 보였다. 팔마에서 북부의 소예르. 근처 바닷가 항구까지 트램으로 여행할 수 있는 기차였다. 과거 그와 함께 오고 싶었던 곳이었다. 손을 잡고 작은 마을과 아름다운 숲을 지나고 싶었다. 낯선 곳에서 그의 온기를 느끼고 우리가 되고 싶었다. 너무 오래된 이야기였다.

하연은 등 뒤의 그와 멀어지려는 듯 재빠르게 차에서 내려 뷰를 확인했다. 내일 날씨와 공기가 이 조건에서 크게 벗어나지 않는다면 더없이 좋은 장소였다. 푸른 배경을 약간 왜곡할 것이다. 운치 있는 트램은 그로테스크한 느낌을 풍기게 만들 수도 있다.

그 후로 디저트 가게와 로컬 마켓. 성당과 주택가를 둘러보았다. 그는 하연의 짐을 멘 채로 몇 발자국 떨어져 있었다. 처음 기차역에 내렸을 때 트렁크에서 내린 짐을 하연이 어깨에 메자마자 그가 빼앗듯 가져간 뒤 내내였다. 제가 들겠다고 우기는 것도 어색할 것 같아 그만두었지만 하연은 그것이 신경 쓰였다.

하지만 그는 여유로웠다. 혼자 여행을 온 사람처럼 보였다. 몇몇 곳에서는 휴대 전화를 꺼내 사진을 찍기도 하고 작업 상황을 체크하는지 메일을 확인하는 모습도 보였다. 눈이 마주친 적은 없었다.

마지막으로 미리 섭외해 둔 바를 체크하고 차로 돌아오자 커피를 마시던 그가 종이봉투 하나와 커피를 내밀었다. 봉투 안에서 고소한 냄새가 흘렀다.

"배고프지 않아?"

"아……."

그것을 받아 들고 자리에 앉았다. 두 손으로 쥐자 컵의 차가운 온도에 상쾌한 기분이 들었다. 고마움을 표시하려 살짝 고개를 숙이고 곧바로 쪼옥 빨대를 빨았다. 꿀꺽 좁은 차 안에 음료를 삼키는 소리가 지나치게 크게 울렸다. 우웅. 엔진 소리가 낮게 울리며 차가 출발했다.

차를 세우자마자 카메라를 든 하연이 빠르게 주변을 탐색하기 시작했다. 이번에도 역시 그녀의 짐 가방을 멘 준이 뒤따라왔다. 차가 오를 수 없어 이번 길은 꽤나 고되었다.

다행히도 오래된 건물의 벽, 뛰어난 색감의 타일, 그림들, 세 개의 건물이 벽을 이뤄 만들어 낸 좁은 골목, 자연스럽게 담을 타고 올라간 넝쿨 식물의 분홍 꽃들에 카메라를 들이대는 동안 시공간을 잊어버리고 말았다.

한참 그렇게 걸어가 당도한 곳은 카르투하 수도원이었다. 이곳에는 쇼팽과 그의 연인 조르주 상드가 함께 지내던 곳이 그대로 보존되어 있다.

진심 없는 관심을 던진 사람들에게는 밀월의 장소라 생각이 들었을 이곳. 하지만 이 작은 도시는 사실 쇼팽의 요양을 위한 곳이었고 사람들에게 천재 작곡가라 불리는 그도 그저 한 여인에게 기대고 싶었던 병자였을 뿐이었다. 1년 내내 대부분 따뜻한 이곳이 그해 겨울에는 유난히 추웠다.

섬의 유명한 의사 세 명은 그가 뱉은 침을 관찰했다. 첫 번째 의사는 그를 죽었다고 하고 두 번째 의사는 그가 죽어 간다고 하고 세 번째 의사는 그가 죽을 것이라고 말했다. 그의 곁에는 그보다 더 강인한 여인이 있었다. 여섯 살이나 연상인 그녀는 섬세하고 감상적인 쇼팽에 한눈에 반했고 폐결핵으로 머물 곳을 찾지 못했던 두 사람이 자리를 잡은 곳은 이 수도원이었다.

성벽 앞에 서 있는 그는 사진을 찍고 있었다. 하연의 시선이 준에게 머물렀다.

그는 무엇을 보고 있을까? 그에겐 조르주 상드 같은 여인이 필요했을까? 내가 그런 사람이 될 수 있었을까? 그렇게 그의 곁에 그림자가 되어 남았다면 그와 계속 사랑할 수 있었을까? 그것이 사랑일까?

하지만 하연은 조르주 상드가 될 수 없었다. 제 본성을 거스른 사랑을 사랑이라 할 수 없을 테니까. 그것은 어차피 얼마 가지 못했을 것이다. 그런 사랑을 지킬 만큼 자신은 대단하지 않았다. 어차피 다시 사랑한다고 해도 아픔만 커질 뿐이었다.

'그래서? 그래서 너는 그 사랑을 놓아 버린 거니?'

순식간에 시야가 어두워졌다. 하늘이 색을 달리하고 있었다. 사방이 고요했다. 그리고 준이 사라지고 없었다. 방금 전까지 서 있던 담벼락 아래 그가 없었다. 흔들리는 시선으로 주변을 둘러보았다. 골목에도 건물 안에도 그는 보이지 않았다.

기분 나쁜 느낌이 치솟았다. 흔적도 없이 그냥 없어져 버린 사람. 역시 나는 그와는 안 돼. 우린 쇼팽과 조르주 상드가 될 수 없어. 그렇게 생각한 순간 심장이 도려내지는 기분이었다. 준? 설마 이것이 꿈이었을까?

숨이 턱에 닿아 절망과 불안에 뒤섞여 나는 듯 뛰었다. 어리석게도 그가 없어졌을까 두려웠다. 그건 원치 않았다. 함께할 수 없어도 그는 존재해야 했다. 그가 존재해야 제가 그를 미워할 수 있으니까.

하아, 하아.

멀리 차 안에 앉아 있는, 저와는 다르게 아무렇지 않은 그가 보였다. 옆얼굴. 미운 얼굴. 할퀴어 버리고 싶은 얼굴. 그가 있다. 거친 숨을 고르지 않은 채로 하연이 차에 다가갔다.

"칼로 데스 모로?"

그가 태연한 얼굴로 창을 내리며 물었다. 그러고는 하연이 올라타자마자 빠르게 차를 출발시켰다. 가쁜 숨이 천천히 잦아들었다. 그가 있었다. 사라진 것이 아니었다. 눈물을 삼킨 하연이 창밖으로 시선을 돌렸다.

바다까지 가려면 주차장에 주차를 하고 15분 정도 길을 걸어야 했다. 트렁크를 열고 손을 먼저 뻗는데. 뒤늦게 뻗은 그의 손이 카메라 가방을 메고 앞으로 걸어갔다. 뒤따르듯 걸음을 재촉하는 순간 무거운 해가 제 높이를 낮추는 것이 보였다.

굽이굽이 좁은 길 옆으로는 낯선 나무들이 줄지어 서 있었다. 굽이쳐 흐르는 길 사이로 파란 조각이 모습을 드러냈다. 그것에 홀린 듯 점점 빨리 걷다 어느 순간 멈췄다.

와아.

입을 벌리고 저절로 감탄하게 되었다. 전경이 드러나는 곳에 서서 풍경을 본 순간 할 말을 잃었다.

여기구나.

깨닫는 순간 심장이 미친 듯 두근거렸다. 둘이 사진으로 본 적이 있었다. 호들갑을 떨면서 말했었다. 이곳에 가고 싶다고. 이곳에 갈 수 있다면 영혼이라도 팔겠다고. 스무 살에게 이곳은 꿈에서나 그리던 파라다이스의 실제였다. 그리고 지금 이곳은.

하연이 고개를 돌렸다. 그는 정면을 응시하고 있었다. 사랑했었다. 이 남자를. 그리고 그 사랑이 어떤 모양이었는지 알 것 같았다. 다시는 그런 사랑 할 수 없었다. 같은 사람을 만난다 해도 다시는 못 할 사랑이었다.

우연히 일어난 사고 같은 지금 상황이 고마웠다. 이곳에 결국에는 함께 오게 된 것이. 그리고 이 정도의 재회를 하게 된 것이.

"짐 무겁지 않아요?"

하연이 물었다. 꿈에서 깨어난 듯 그의 어깨가 들썩였다.

"아니, 괜찮아."

그가 가방을 내려놓고 하연은 그 안에서 카메라를 챙겼다. 숙인 고개 아래로 후드득 머리카락이 쏟아졌다. 한 손으로 쓸어 넘기는 순간 그의 눈동자가 보였다. 가슴이 순식간에 소멸되는 것 같은 기분.

고마워라고 했던가? 그 비슷한 말을 한 것 같은 그의 얼굴이 사라졌다. 그대로 카메라를 들어 해변을 훔쳤다. 도저히 이 순간을 그대로 담아낼 자신이 없었다. 지금 이곳에서 느끼는 이 감정을 사진으로 재현할 수 없었다.

조급한 마음이 들었다. 마음이 다급해졌다. 절벽을 향해 왼쪽으로, 오른쪽으로 빠르게 걸어갔다. 해가 점점 낮아지고 있었다. 높은 곳으로 올라가 뷰를 한 앵글에 잡았다. 멀리 그리고 조금 더 가까이 그가 올라오는 것이 보였다.

찰칵. 찰칵.

저도 모르게 셔터를 누르고 있었다. 지는 해에 눈이 부신지 그는 인상을 쓴 채였다. 슬쩍 찌푸린 미간에 주름이 져 있었다. 오른손으로 머리카락을 쓸어 넘기다 이쪽으로 돌아보았다. 뷰파인더 속의 그와 눈이 마주쳤다. 버튼 위에 올려놓은 손가락이 바르르 떨었다. 조금 각도를 틀어 찰칵 누르는 순간 그가 한걸음에 다가왔다.

어어?

발끝이 허전했다. 중심을 잃고 비틀거렸다. 카메라는 절대 놓치지 않아야 했다. 허벅지로 간신히 버티고 서 더 이상은 안 된다고 생각한 순간이었다. 허공에 던져진 것이 확실하다고 느낀 찰나 단단한 팔이 등을 받쳤다. 그 힘에 기대어 몸에 잔뜩 힘을 주었다.

"세이프."

정확히 반호를 그린 그의 입술이 보였다. 찰칵. 잘못 누른 버튼이 그 입술 언저리를 담았다.

"고, 고마워요."

"다 변해 버린 줄 알았는데 변하지 않은 것도 있었네."

준의 등 뒤로 하늘이 붉게 변해 가고 있었다. 마치 안녕이라고 말하듯 형체가 흐릿해 보이는 그가 점점 멀어졌다. 이러다 사라지겠어.

"아앗!"

일어나려 한 발 디디자 강렬한 통증이 밀려왔다. 아무래도 방금 전 있었던 사고가 발목을 꺾어 버린 것 같았다. 휘청거리는 순간 한쪽 발에 무리하고 힘을 준 것이 문제였다. 크게 붓지 않았지만 근육이 놀란 것은 사실이었다. 절뚝거리는 것을 옆에서 지켜보던 준이 하연의 손에 들린 카메라를 빼앗듯 가지고 가 버렸다.

"잠깐 앉았다 가. 무리할 필요 없잖아. 내일이 있는데."

쓰러지듯 해변 근처에 앉아 버렸다. 다리를 굽히자 묵직한 통증이 선명했다. 화가 난 듯 솟은 눈썹이 가까이 다가왔다. 하연의 얇은 바짓단을 거침없이 걷어 올린 준의 손이 그녀의 발목을 가볍게 주물렀다. 으으. 쉽사리 참을 수 없는 통증에 이를 악문 하연이 소리를 입속으로 삼키고 있었다.

"치료해야겠는데?"

그가 괜히 주위를 둘러보았다. 통증 때문일지 열기 때문일지 모를 화끈함이 그의 손에 잡힌 발목에서 선명하게 느껴졌다. 동그란 머리꼭지와, 수도 없이 끌어안았던 그의 어깨가 시야를 가려 버렸다. 발목의 통증을 쓸어 낼 만큼 강렬한 아픔이 가슴에 덤벼들었다.

"괜찮아요. 잠깐 앉아 있으면 좋아질 거예요."

"그럼 차 타고 내려가서 치료받는 걸로 하지. 지금은 잠깐 쉬었다 가."

그가 어쩔 수 없다는 듯 털썩 자리에 주저앉았다. 하늘이 붉게 변하고 있었다. 하연이 가장 싫어하는 시간이었다. 알 수 없는 기분이 밀어닥치는 시간. 절벽으로 가득한 세상에 나 혼자라는 것이 오롯이 느껴지는 순간. 오래전 준에게 그 기분을 말했었다.

'나는 오후 5시가 싫더라.'

'왜?'

'한창 밝았던 햇살이 가라앉으면, 외로워져.'

'외로워? 왜?'

'몰라. 그냥. 어디론가 돌아가야 하는데 돌아갈 곳이 없는 기분.'

'......'

'어릴 때부터 그랬던 거 같아. 학교에서 돌아오면 늘 그랬어. 집은 텅 비었고 엄마는 이상한 주문을 외듯 기도하고 있었어. 아빠는 늘 늦게 퇴근하셨고. 나는 방에 숨어서 베개에 기대 귀를 막았어.'

준의 품에 안겨 그 말을 했었다. 하늘이 점점 붉어지고 있었다. 준이 입고 있는 옷마저 검붉게 물들어 버렸다. 그것을 물끄러미 바라보다 하연은 고개를 돌렸다. 멀리서 와자지껄 한 무리의 젊은이들이 가까이 다가왔다. 현지인인지 가벼운 차림들이었다.

『혹시 콜드문 준?』

그들이 물었다. 준이 가볍게 웃으면서 고개를 끄덕였다.

와우! 미국 드라마 속 인물 같은 감탄사가 터져 나왔다. 건들거리는 그들을 보자니 당하는 쪽에서는 어쩐지 유쾌하지 않은 기분이었다. 당황한 하연이 몸을 일으키려 했지만 준은 꼼짝 않고 있었다. 하연은 쉽게 일으켜지지 않는 몸을 주체하지 못하고 어정쩡하게 서 있었다.

『우리 당신 무대 유튜브에서 많이 봤어요. 콜드문인가 맞죠?』

『그래, 맞아.』

『노래 한 곡 해 주시면 안 돼요?』

『…….』

『좋네! 여기 기타도 있는데.』

불쾌했다. 당황스러운 기분이 들었다. 뭐지? 무례하다는 생각이었다. 글쎄. 아무리 가수라 해도 제 친구에게 노래시키듯 이렇게 해도 되는 거야? 하연이 그만 돌아가자는 듯 그의 옷깃을 잡아당겼다. 하지만 준은 어깨를 슬쩍 치켜올린 채 그들이 건네는 기타를 받아 들었다.

『오케이, 좋아요. 하지만 선곡은 내 마음대로.』

흔쾌히 응하는 그에게 놀라는 표정을 지은 건 오히려 그들이었다. 기타를 들고 선 준이 기댈 만한 곳을 찾았다. 흐트러진 머리카락을 쓸어 넘긴 뒤 제법 큰 바위에 기대 선 준이 현을 조율하며 사람들을 둘러보았다. 붉은빛이 마지막 긴 한숨을 토해 내고 있었다. 그것이 마치 그를 둘러싼 조명처럼 느껴졌다.

원 투 쓰리. 작게 속삭인 그가 노래를 시작했다.

"but I won't hesitate no more no more it can not wait i'm sure."

제이슨 므라즈. 하연의 시선이 흔들렸다. 오래전 음악이 음악이기만 했던 시절의 기억.

'매일 그렇게 과격한 노래 말고 좀 부드러운 노래도 좀 해 봐. 제이슨 므라즈 같은 거.'

그렇게 말했었다. 그의 취향은 무시한 채.

'음알못.'

준은 신경질적으로 답했다.

'뭐야, 그게?'

'〈넘버원〉 말고는 아는 노래가 없지? 그런 노래는 좀. 내 취향 아닌데?'

'그래도 해 봐. 한 곡만 해 봐. 해 보라고. 할 수 있잖아. 나를 위해서.'

'너를 위해서?'

'그래. 사랑한다면.'

사랑한다면 해 봐. 나를 위해서 조금 바뀌어 봐. 스무 살에는 겁도 없이 이야기했었다. 사랑하면 그래야 하지 않아? 그것도 못 하면 사랑이 아니지. 사랑이라면 저를 버리고 나에게 모든 것을 주어야 하지 않아? 자신을 바꿀 수 있어야 하지 않아? 사랑이라면.

박수를 받는 그를 향해 하연은 싱긋 웃어 주었다. 그 노래가 다 끝나고 나서 앙콜을 외치는 그들에게서 벗어나듯 하연은 힘을 내어 아픈 다리를 빠르게 움직였다. 그는 하연의 걸음을 지켜 내듯 뒤따라왔다. 알 수 없는 기분이 내딛는 걸음 위로 쌓여 갔다.

차로 돌아오자 어쩐지 눈물이 날 것 같았다. 내비게이션에 그가 호텔 주소를 찍는 동안 그 눈물이 떨어지지 않을까 몇 번이고 눈을 감았다. 그 순간 불쑥 그의 목소리가 끼어들었다.

"지금 누구 만나는 사람 있어?"

"네?"

"지금 누구……."

놀란 채로 하연은 대답을 하지 못했다. 그의 질문이 정확히 무엇인지 잘못 알아들은 것 같았다. 고개를 돌리자 짙고 검은 눈동자가 제 눈을 똑바로 쳐다본 채 희미하게 웃었다. 그러고는 곧바로 제 질문을 갈음하듯 속삭였다.

"그래. 있었겠지."

엔진 소리가 들리지 않은 것 같았는데 곧바로 차가 출발했다. 꼼짝 않고 언 채로 하연은 아무 생각도 하지 못했다. 하얗게 지워진 시야가 뿌옇게 흐려졌다.

"있는 게 당연하겠지."

그의 입에서 나온 말일지 아니면 제 머리가 만들어 낸 소릴지 모를 말이 들려왔다. 깊은 어둠이 가슴속으로 저며 들었다.

그래서 뭐? 만나는 사람이 없으면 뭐? 쓴웃음이 저를 비웃었다. 우리는 서로를, 아니 제 자신조차 바꿀 수 없었다. 스무 살 같은 사랑은 이제 할 수 없었다. 제 손에 쥐어져 있는 게 얼마나 큰지 알고 있으니까. 그걸 쥐기 위해 앞만 보고 뛰어왔으니까. 그래서 서로를 버렸으니까. 사랑은. 사랑쯤은 저쪽 구석에 밀어 버려야 할 일일 뿐이었다.

○ ● ○

잠이 들었던 것 같았다. 잠을 자려고 애를 썼고 술을 몇 잔 연거푸 들이켠 뒤였다. 얼마나 시간이 지났을까?

탕!

이젠 새로울 것 없는 그 소리와 함께 잠에서 깬 준은 제 머리를 짚은 채 고개를 숙이고 있었다.

어린 시절 꿈속에서 악의에 가득 찬 준이 방아쇠를 당긴 상대는 새어머니였다. 자신을 이용해 돈을 벌고 사람들을 속인 그 여자. 그런데 그녀와의 재회 후 준의 방아쇠는 하연에게 당겨졌다. 하얀 얼굴. 햇살 속에 빛나던 그녀. 그녀는 총구를 조준하는 준의 행동에도 놀라 동요하는 기색이 없었다. 창백한 얼굴. 찬 미소. 무관심. 냉대.

탕!

요란한 굉음과 함께 잠에서 깨어났었다. 방아쇠를 당긴 순간 그 앞에 서 있던 것은 분명 하연이었다. 잠을 자기 전부터 지끈거리던 머리가 숫제 반으로 쪼개질 것처럼 고통스러웠다.

'누구 만나는 사람 있냐고?'

낮게 읊조리고 곧바로 짧게 코웃음 쳤다. 침대에서 몸을 일으켜 부스스한 머리카락을 쓸어 넘기고 창가에 기댔다. 짙은 갈색 머리카락이 쏟아져 내려 시야를 가렸다. 신비로운 조명이 밝혀진 호텔 중앙 정원이 아름답게 보였다. 이곳에 머무른다면 한 번은 시간을 들여 산책을 하고 싶게 만드는 정원. 그곳에 있을 무언가를 찾아내려는 듯 샅샅이 훑어 내리다 이내 자조적인 미소를 지은 준이 이마를 짚었다.

'무슨 짓거리인 거야?'

까만 눈동자가 차갑게 식었다.

그녀에게 리나의 앨범 작업을 맡긴 것은 무척이나 위험한 발상이었다. 리나와 제이든의 듀엣은 그리 좋은 선택이 아니었다. 어쩌면 후회하게 될지 몰랐다.

하지만, 변명하자면 그것은 몇 번이고 재고되어 사내 회의에서 결론이 난 일이었다. 그렇게 결정하고 난 뒤 촬영지로 선택한 곳은 마요르카였다. 그것은 준의 의견이었다.

비틀거리며 일어난 준이 엘리베이터를 타고 7층 클럽 룸으로 올라갔다. 그곳에 가면 늘 한결같은 표정으로 준을 맞아 주는 호텔리어들이 있을 것이다. 창밖으로 여전히 상냥한 마요르카의 풍경도 보일 것이다.

붉은 라벨의 대중적인 맥주는 준이 스무 살부터 즐겨 마셨던 브랜드였다. 투명한 문을 열어 맥주를 꺼내 창가 근처 자리를 잡았다. 곧바로 따라온 직원이 병을 따 주며 컵을 내밀었다. 그것이 무슨 용도인지 잠시 생각한 준이 병의 입구를 입술로 물고 슬쩍 기울였다. 비스듬히 앉아 창밖으로 시선을 던졌다.

호텔의 현관에는 늦은 시각 관광지에서 돌아오는 사람들이 끊이지 않았다. 모두 각자 다녀온 게 분명한데. 언덕을 올라 택시가 멈춰 서고 벨보이가 문을 열면 와자지껄 떠드는 사람들은 한결같은 표정이었다. 비일상적인 행복. 하지만 그것을 내내 보고 있어야 하는 호텔리어들에게는 지루한 일상일 것이다. 공연장에 와 콜드문의 준을 연호하는 팬들의 특별한 순간이 저에게는 지루한 일상인 것처럼.

"그만 벗어나고 싶다."

문득 시선을 느낀 준이 옆으로 돌아보았다. 무표정한 얼굴로 하연이 멈춰 있었다.

브이넥 티셔츠에 핫팬츠. 긴 머리카락을 흐트러지듯 묶은 그녀의 목선이 또렷하게 보였다. 농익은 곡선과 살짝 벌어진 입술. 숨이 멎어 고개를 돌렸다. 뒤늦게 눈인사를 건네며 말을 걸었어야 했다고 생각했다. 그 이후로 몇 번이나 용기를 내 보려고 안간힘을 썼지만 도저히 불가능했다.

방아쇠를 당기는 순간 태연하게 자신을 바라보던 눈빛.

너는 그런 인간이야. 너란 인간은 그렇게 구제불능이야.

그 말을 실제로 듣게 될 거 같아 자신이 없었다. 태연한 척하는 건 불가능했다. 불과 한 시간 전 꿈속에서 그녀를 향해 총을 겨눴었다. 너를 죽이고 왔어. 네가 너무 갖고 싶어서. 내 아래서 신음을 흘리는 너를 보고 싶어서, 강하연.

○ ● ○

눈이 마주치는 순간 가볍게 인사를 할까 손을 들려 했던 제 자신이 한심스러워 하연은 입술을 꾸욱 깨물었다. 그는 너무도 매몰차게 고개를 돌린 뒤 처음부터 그녀 같은 것은 존재하지도 않는 것처럼 창밖을 응시하고 있었다.

모욕을 당한 것 같았고. 그다음은 부끄러웠고. 그다음은 이해했다. 서로 알은척하고 싶은 사이가 아니었다. 일은 일일 뿐. 사적인 자리에서는 모르는 척하는 것이 서로를 돕는 것이었다. 그렇다면 이번에는 제가 피해야 할 차례였다.

『돌아가세요?』

클럽 룸, 문 앞에 놓인 책상에서 업무를 보고 있던 호텔리어가 하연을 올려다보고 자리에서 일어났다.

『네. 아무래도 피곤해서요.』

『그러시군요.』

『그만 가 보겠습니다. 감사합니다.』

『편안한 밤 되세요.』

『네. 그쪽도요.』

검푸른 빛깔의 카펫이 조명에 반사되어 붉은 빛깔로 바뀌는 자리, 유리문을 밀고 밖으로 나오는 순간 어깨로 스미는 한기에 하연은 몸을 웅크렸다. 열린 창문으로 들어오는 것은 미풍인데 하연의 등골을 타고 오르는 것은 분명 지독한 한기였다.

지금이라도 돌아갈까? 지금이라도 되돌아가서 그에게 아무렇지도 않게 말해 보는 것이다.

쉬러 온 거야?

그러고 나면 무슨 이야기를 할까? 일 이야기? 드디어 오게 된 마요르카에 대한 감상? 아니면 별일 아닌 듯 어린 시절의 추억인 듯 과거의 이야기를 꺼내 볼까?

사랑했었어. 추억이잖아. 예쁜.

'바보 같아.'

혼자 붉어진 얼굴에 하연이 제 입술을 꾸욱 깨물었다. 제 등장을 그가 알아차리지 않았기를 바랄 뿐이었다. 빠르게 엘리베이터의 버튼을 누른 하연이 양쪽, 네 개의 엘리베이터 중 어떤 것이든 어서 저를 태워 가기를 바라며 조바심을 냈다.

불쑥 나타난 존재에 놀란 목소리와, 상대에게 적당히 예의를 차린 인사말이 들려왔다. 후자 쪽은 굳이 돌아보지 않아도 준이었다.

기다리던 엘리베이터를 버려두고 하연이 빠르게 걸음을 옮겼다. 대체 왜 그래야 하는지 끊임없이 반문하면서도 시선은 다급하게 사방을 훑었다. 엘리베이터 말고 무엇이든 제 룸이 있는 5층으로 이어질 만한 곳.

비상계단! 그래 비상계단은 대체 어디 있는 거지?

대강의 감으로 비상구가 있을 만한 안쪽으로 방향을 틀었다. 복도 끝에는 클럽 하우스 왼쪽으로 돔 형태의 유리 외관 안에 수영장이 있었다.

하!

하는 수 없이 그의 시선을 받으며 반대쪽으로 걸어간 하연이 비상구 그림이 그려진 문의 손잡이를 돌렸다. 그런데.

'장난하지 말라고!'

이를 물고 아무리 비틀어도 문이 열리지 않았다. 아니, 이게 말이 돼? 비상 대피 상황에 맞게 지금 같은 때에는 문이 열려야 하는 거 아니야? 언제든 일어날 만약에 대비해야 하는 게 비상이라 이름 붙인 것들이잖아! 지금처럼 헤어진 지 아주 오래된 연인과 절대 마주치고 싶지 않은 사람을 위해서.

이제 남은 것은 야외 테라스뿐이었다. 하지만 이런 차림으로는 야외로 나갈 수 없었다. 게다가 테라스 앞, 안내 표지판에는 3개 국어로 '밤 10시 이후 사용이 금지된' 는 식의 공문이 공손하게 쓰여 있었다.

그사이 엘리베이터 위에 달려 있는 작은 조명등이 불빛을 반짝이는 것이 시야 끝에 걸렸다. 제 앞을 스쳐 간 준이 저를 돌아보았다.

"탈 거야?"

그는 얇은 니트를 입고 있었다. 클럽 룸의 촛불 앞에서는 식별되지 않았던 그 빛깔은 짙은 초콜릿색이었다. 오늘 아침 식사했던 그 레스토랑 지붕 아래 있던 차양과 같은 색이었다. 당황스러운 순간 그것이 먼저 떠올랐다. 바보같이.

아니, 그건 의도적으로 그의 얼굴을 보지 않아 생긴 단상이었다. 머뭇거리는 동안 엘리베이터 안에 서 있는 그의 형체가 조금씩 사라지고 있었다. 의중을 알 수 없는 표정을 지은 채 그는 점점 더 작아졌다. 높게 솟은 콧날. 세필로 그린 입술. 그래서 그게 정말 준인지 아니면 제 눈에만 보이는 환영인지 확인할 길이 없었다.

'어차피 애써 봤자 소용없는 일이잖아.'

바닥을 디디고 선 다리 어딘가 힘이 풀려 넘어질 것 같은 기분이 들었다. 순간 닫혀 가던 문이 다시 열렸다. 그의 손끝이 엘리베이터의 열림 버튼을 향해 있었다.

"안 탈 거야?"

건조한 목소리. 짙은 윤곽.

"아니, 타려고."

하연이 엘리베이터 안으로 들어갔다. 문이 여닫히는 곳을 제외하고는 삼면이 화려한 거울로 장식된 엘리베이터. 저보다 키가 큰 준이 마치 제 주변을 감싸고 서 있는 것처럼 보였다.

스치고 싶지 않아, 닿고 싶지 않아 온몸에 잔뜩 힘이 들어갔다. 뒤돌아 주먹으로 그의 얼굴을 한 대 치기라도 하고 싶은 건 아닐 텐데. 손이 떨려 오고 있었다. 사랑한다고, 보고 싶었다고 속삭이며 키스하고 싶은 것도 아닌데 입속이 바짝 말라 왔다.

"내일 스케줄 바쁜데 이제 그만 자야 했던 거 아니야?"

"알아."

그 말을 끝으로 엘리베이터가 3층에서 멈춰 버렸다. 그러고 보니 제 룸이 위치한 5층은 이미 지나친 후였다. 뒤에 서 있던 그가 열린 문의 경계를 밟고 서 하연을 돌아보았다. 그 얼굴이 이제야 정면으로 보였다. 눈앞으로 그의 애덤스 애플과 한없이 탐했던 입술이 놓였다. 검붉은 입술의 또렷한 라인에 시선이 멈춘 순간 가슴이 작동을 멈춰 버렸다.

"들어갔다 갈래?"

뭐라고?

오른쪽 입술이 살짝 비틀어져 말려 올라가는 것을 홀린 듯 바라보았다.

"들어갔다 가."

"……뭐? 미쳤어?"

엘리베이터가 삑삑 소리를 내며 어서 내리든지 그게 아니라면 빨리 돌아가라고 소리치고 있었다. 경계 밖으로 한 발 물러서며 사선으로 떨어트렸다 들어올리는 고개를 따라 갈색 머리카락이 흔들렸다. 오만한 눈빛이 머리카락 사이로 드러났다 사라졌다. 더 보고 싶었다. 시야를 덮은 머리카락을 들어 올리고 그 눈동자를 뚫어져라 바라보고 싶었다.

머리를 쓸어 넘긴 하연이 잔뜩 솟구친 시선을 돌렸다. 엘리베이터 문이 닫히고 안에 있는 하연은 열림 버튼을 누르지 않았다. 그가 사라졌다. 시야에서 아예 없어져 버렸다.

엘리베이터는 곧장 1층으로 내려갔다. 서넛의 사람들이 엘리베이터 안에 있던 하연을 흘깃거리다 제가 가야 할 층의 버튼을 눌렀다.

'들어왔다 갈래?'

내가 그 말을 정말 들었던 것일까? 미친놈. 건방져. 대체 무슨 생각인 거야?

하지만 문이 닫히고 그가 제 눈앞에서 사라진 순간 느꼈던 절망은 분명했다. 재회한 이후 내내 가슴속에 들끓었던 욕망. 안고 싶다. 안기고 싶다. 그의 안으로 들어가고 싶다.

추운 겨울 저를 끌어안았던 그의 뜨거운 몸. 아무것도 보이지 않았던 막막함을 숨 쉬게 해 주던 그와의 키스. 좁은 방에서 느꼈던 무한의 세상을 다시 느끼고 싶었다. 그것이 여전히 존재할 수 있을까? 그것이 아직 남아 있을까.

3이라고 쓰인 계기판이 번쩍거렸다. 사람들이 내리는 것을 바라보며 강렬한 충동을 느꼈다. 아. 그러고 보니 몇 호인지도 알지 못했다. 모든 방의 문을 두드릴 수는 없는 노릇이었다. 하지만 가능하다면 하연은 지금 그 층의 문을 모두 다 열어 준 찾아내고 싶었다. 그를 안고 그의 안으로 들어가 제멋대로 굴고 싶었다. 그를 할퀴고 그의 몸을 짓이겨 버리고 싶었다. 그 열망이 도리어 두 발을 묶어 얼얼하게 만들었다.

울릴 리 없을 거라 생각했던 휴대 전화가 울렸다. 5층 객실 복도에 선 하연의 입술이 바짝 말랐다. 심장이 땅으로 떨어지는 것 같은 기분을 느낀 이유는 잠시 제 꿈이 현실이 되었다는 착각 때문이었다.

— 하연아. 어디야?

기대를 어긋나게 만드는 목소리가 심장을 딱딱하게 얼려 바닥으로 내팽개쳤다.

"아……. 서 대표."

감탄사 그 뒤로 느리게 따라붙은 호칭의 의미를 알아들을까 하연이 재빨리 말을 덧붙였다.

"잠깐 산책하러 나왔어요. 이제 룸으로 들어가려고요."

— 그래? 그럼 아직 못 만났겠네?

"누구요?"

— 누구긴. 우리 애들이지. 브리즈 멤버들. 그리고 현규.

"걔네들이 여길 왜 오는데요?"

— 나도 기대 못 했던 일이야. 팔마 페스티벌 알고 있지?

하연의 미간이 모였다.

"팔마 페스티벌?"

알고 있었다. 더없이 잘 알고 있었다. 꿈의 무대. 규모는 크지 않지만 매년 유명한 밴드들이 그 축제의 대미를 장식하고, 주목받는 신인들이 많이 발굴되는 꽤 괜찮은 페스티벌이었다. 아니, 브리즈로서는 감히 꿈도 꾸지 못할 곳이었다.

— 브리즈가 내일모레 거기서 공연할 거야.

순간 하연은 제가 진혁의 말을 잘못 들은 거라 생각했다.

"그런 말은 하지 않았잖아요."

— 추진했던 일이긴 한데 성공하고 난 뒤에 말하고 싶었어.

꿈처럼 들리는 소리에 하연은 제 주변을 두리번거렸다.

"언제부터 준비한 거예요?"

— 네가 마요르카에 간다고 했을 때부터.

당황스럽고 동시에 믿을 수 없는 말에 입을 다물지 못했다.

"말도 안 돼. 제이든도 알아요?"

— 물론이야.

알 수 없는 기분이 솟구쳤다. 그것은 무척 들뜨기도 하고 동시에 기분을 엉망으로 만들어 버리기도 했다.

"로비로 내려가 볼게요."

— 그래.

"모레 공연인데 지금 도착해서 괜찮을까요?"

— 문제없다고 했어. 내일 준비하고 곧바로 진행하면 돼. 다들 들뜬 분위기야.

잠시 목소리가 멀어지는 것 같았지만. 얼마 안 가 건조하게 마른 진혁의 목소리가 다시 들려왔다.

— 그런데 생각보다 굉장히 침착한걸?

"원래 극도로 흥분하면 사람이 더 침착해지는 법이에요."

— 그럼 나와의 침실에서는 내내 극도로 흥분해 있었다는 이야기군.

가벼운 코웃음이 전화를 타고 들렸다. 전화를 끊은 하연이 곧바로 엘리베이터를 눌러 1층으로 내려갔다. 알 수 없는 흥분과 혼돈스러운 감정이 뒤섞여 하연의 걸음이 느려졌다.

카일, 막스, 루크, 그리고 현규까지 네 사람이 로비에 서 있었다. 흥분한 표정들과 얼이 빠진 것 같은 분위기. 내내 그들을 주시하고 있었는지 하연이 내려오는 것을 보자마자 안심하는 듯 보이는 호텔리어에게 예의 바른 미소를 건네고 그들에게 다가갔다.

"오! 누나!"

"아! 하연 씨."

그들이 하연을 발견하자마자 길을 잃은 강아지가 어미를 찾은 것처럼 소리치기 시작했다.

"어떻게 된 거야?"

하연이 놀란 미소를 지으며 그들을 맞이했다.

"설마 나 출국하자마자 그대로 짐 싸서 온 거 아니야?"

시간상으로는 그게 맞았다. 마치 제 여자 친구가 비행기를 타자마자 다급해진 남자가 스파이라도 딸려 보낸 듯. 그게 사실이건 사실이 아니건 성공한 것은 분명해 보였다. 만약 여유가 있었다면, 그 전화가 오지 않았다면 제가 3층 복도를 휩쓸고 다니면서 무슨 짓을 저질렀을지 모른다.

"우리도 기대 안 했던 거야. 기적이지."

"그 담당자가 유튜브에서 우리 공연을 좀 봤나 보더라고."

"사실 요즘 K-pop이 대세이기는 하잖아."

"그냥 서 대표가 한 건 했다고 해 두자. 하여간 이게 뭔 난리인지 몰라."

와자지껄한 상황을 조금 난감하게 바라보던 하연이 곧바로 룸 체크를 하고 그들을 한방으로 집어넣었다. 네 개의 싱글베드가 놓인 넓지 않은 방.

"설마 제이든은 누나랑 같이 있는 거야?"

"말도 안 되는 소리! 하연 씨랑 제이든 경비는 블루가 지불하는 거야. 이 방은 우리가 내는 거고."

현규가 나머지 세 사람을 달랬다.

"그럼 제이든은 특실인 건가? 그쪽은 설마 스위트룸 아니겠지?"

"여기 이 방보다 좁고 싱글베드인 건 마찬가지이니까 걱정하지 마."

하연이 설레설레 고개를 저으며 방의 온도를 체크하고 곧바로 문가에 섰다.

"생각지도 못한 스케줄이야. 굉장한 기회고. 사운드 체크하고 곧바로 들어

갈 수 있도록 준비해 놔. 제이든은 몇 시간 후에 촬영 끝내고 올 테니까, 내가 별도로 지시해 놓을게. 내일 제이든은 합류 못 하니까 미리 농선이랑 마이크 체크 좀 부탁해. 나도 내일은 같이 못 가."

"걱정 붙들어 놔. 우리처럼 여기저기 굴러먹은 놈들은 실전에 강해."

"옆에서 보기에는 영 불안해 보여도."

"제 거 챙기는 데는 확실하니까 걱정 마."

와자자껄 천둥벌거숭이들처럼 구는 그들을 못미더워하는 눈빛으로 바라보던 하연은 곧 그 말에 안심했다. 몇 년간 보컬도 없이 데뷔하지 못한 팀이었다. 그들이 이 일이 얼마나 중요한지 모를 리 없었다. 침대 자리를 놓고 경쟁이라도 하지 않을까 걱정했지만 그들은 자리를 잡자마자 제일 먼저 제 악기를 꺼내 손질하고 있었다.

"알지. 믿고 있어."

"걱정하지 마, 하연 씨."

현규가 어깨를 으쓱해 보였다. 하연이 피곤이 드러난 얼굴로 억지로 미소를 지었다.

"어서 가서 쉬어."

그 말에 불안을 억지로 접은 채 하연이 고개를 끄덕였다. 모든 것은 제 괜한 조바심일 뿐이었다. 다른 사람들이 저보다 부족하다고 생각할 이유는 없다. 항상 상황을 제일 모르는 건 제 자신이라는 것을 잊지 말아야 했다.

○ ● ○

샤워를 마치고 나오자마자 리나는 그에게 매달렸다. 물기를 뚝뚝 떨어트리는 그에게 알몸으로 안겨 그의 입술을 정신없이 탐했다. 이미, 새벽 내내 그를 괴롭혔지만 날이 밝아 오는 창밖을 보자 초조해 미칠 것 같은 기분이 들었기 때문이다.

밤늦게 촬영이 끝나고 숙소에 돌아갈 때만 해도 이럴 생각은 아니었다. 그런데 그에게 정말 빠졌다. 제이든. 그는 휴대 전화 속 가상의 연인이 아니었다.

하루 종일 몰입하여 촬영을 하고 나니 그럴 수밖에 없었다. 자연스럽게 리나는 그에게 빠져 버리고 말았다. 이건 사랑이 분명했다.

부드럽게 감싸는 시선과 촬영 내내 보였던 매너. 그것이 사회적인 관계에서 나오는 것인지 아니면 조금이라도 사적인 감정이 담긴 것인지 알고 싶었다. 혹여 아무것도 아니라도 상관없었다. 제가 그를 사랑한다면 제이든 역시 저를 무시할 수 없을 것이다. 제 매력으로 충분히 그를 굴복시킬 수도 있었다. 촬영이 끝나고 그대로 그의 룸을 따라 올라갈까 앙큼한 생각도 해 봤다. 헤어지기 싫었지만 헤어진 이유는 로비에서 그를 기다리고 있던 멤버들 때문이었다.

남자 넷이 소리를 지르고 서로를 껴안는 통에 제대로 인사도 하지 못하고 헤어졌다. 대체 무슨 일인지 알고 싶어 몸이 근질거렸다. 수 분이 지난 뒤 그에게 온 문자로 리나는 하늘을 날 것 같았다.

[팔마 페스티벌에 참여하게 되었어. 축하해 줄 거지!]

당연히 축하할 일이었다. 축하하고 싶어 미칠 것 같았다.

[아직 같이들 있는 거야?]

[아니, 내일 촬영을 위해 각자 쉬는 중.]

[그럼 잠깐만 문 열어 줘.]

일반 와인 750밀리와 반병 와인 375밀리 중 고민하다 양심적으로 반병 와인을 꺼내 왔다. 오른손엔 와인병을 들고 왼손엔 두 개의 와인글라스를 손가락 사이에 낀 리나는 타이트한 슬립 원피스에 가벼운 카디건을 걸친 채 제이든의 룸 앞에 서 있었다.

"음?"

막 샤워를 마쳤는지 머리에 물기가 떨어지고 있었다. 서둘러 입은 것처럼 보이는 반팔 티셔츠 위로 물기가 얼룩져 있었다. 한껏 치솟은 눈썹이 곤란한 듯 보여 마음에 들었다. 제 차림을 보자마자 본성을 드러내는 남자는 매력이 없었다.

"축하주. 한 잔씩만 하도록 하자."

"축하주?"

"페스티벌이잖아. 내일 촬영도 있고. 그 전에 잠깐."

어쩔 수 없다는 듯 문을 열자 그 안으로 리나가 들어갔다. 불빛의 채도를 낮추고 리나가 즐겁게 떠들었다.

"무대에서 가장 중요한 건 조명이거든."

피식 코웃음을 친 제이든이 좁은 탁자에 그녀가 가지고 온 병을 따 올려놓았다.

"축하해. 이제 세계 정복은 시간문제이겠는걸?"

리나가 잔의 대략 반쯤 차도록 와인을 따랐다. 그렇게 두 잔을 채우자 이미 병이 반쯤 비어 버렸다. 자리에 앉지도 않고 가볍게 잔을 부딪친 제이든이 소주라도 마시듯 곧바로 와인을 비웠다. 이렇게 남은 술을 다 마시고 나면 이제 그만 돌아가야 하는 건가? 입술 끝을 와인으로 조금 축인 리나가 곧바로 잔을 내렸다.

"원하는 게 뭐야?"

"뭐?"

"아니, 너 말이야. 술 좋아하잖아. 이렇게 마실 만한 스타일이 아닌데."

"축하한다는 말 전하러 온 것뿐이야."

"그럼 그 의미는 충분히 전해졌으니까. 이만."

그가 당장이라도 문을 열어 내몰려는 듯 손을 뻗었다.

"잠깐."

리나가 그의 앞에 섰다. 곡선이 드러나는 원피스. 가볍게 걸친 카디건이 어깨 아래로 흘러내렸다. 다분히 의도가 보이는 차림에 제이든이 다시 한번 못마땅한 듯 입술 끝을 올렸다.

"복잡하게 얽히는 건 딱 질색이야."

가는 손가락을 들어 한쪽으로 치솟은 그의 입술을 끄집어 내리며 리나가 속삭였다.

"그거야말로 내가 바라는 바야."

그대로 입술이 겹치고, 원피스 끈을 끄집어 내린 제이든의 손이 제 가슴을 쥐자마자 리나는 신음을 흘렸다. 머릿속으로 수십 개의 불이 한꺼번에 불을 밝히는 것 같았다. 그에게 매달려 안긴 리나가 티셔츠 안으로 손을 집어넣어 매끈한 그의 등줄기를 쓸어내렸다.

흐음. 듣기 좋은 저음이 울리자 리나는 거침없이 제이든의 바지를 벗겨 내고 그의 허벅지 안으로 제 다리를 겹쳐 넣었다. 단단한 근육이 제 보드라운 허벅지에 닿는 느낌은 황홀했다. 그 어떤 무대에서도 느낄 수 없었던 충동이 저를 휩쓸고 있다는 것을 알 수 있었다.

"쓸데없는 일은 만들지 않는 거야."

단단한 제이든의 목소리와는 달리 리나의 목소리는 이미 열에 들떠 떨리고 있었다.

"알아, 알고 있어."

가쁘게 내쉬는 그녀의 숨소리를 집어삼킨 제이든이 리나의 원피스를 말아 올려 그 안의 흠뻑 젖은 곳을 가볍게 만졌다. 그 후 난생처음 겪어 보는 짓거리에 리나는 온전히 홀딱 빠져 버리고 말았다.

7

모니터 화면을 들여다보는 하연의 눈빛이 짙어졌다. 제 팀이 아닌 '블루' 전담 팀과의 촬영. 혹시나 의사소통이 쉽지 않을까 초조했던 기분은 팔마 대성당을 배경으로 선 리나가 바람에 맞서 고개를 젖힌 그 순간 사라졌다.

움켜잡은 시폰 드레스. 위태로운 표정. 온몸을 휘감는 밀도 높은 감정이 화면 밖으로 나와 손에 잡힐 듯했다. 어제의 강행군 때문인지 창백해 보이는 리나의 얼굴에는 본 적 없던 빛깔이 스며 있었다.

살짝 벌어져 있던 하연의 입술에서 감탄이 극에 달해 허탈한 웃음소리가 흘러나왔다.

강렬함과 처연함. 풍부해진 감정의 변화에 셔터를 누르는 사진작가의 입에서는 연신 조용한 오케이 사인이 떨어지고 있었다. 새로 떠오른 태양 아래 하연이 지난 며칠간 밤을 새워 조각조각 이어 붙인 시폰 드레스 자락이 바람에 휘날릴 때마다 색이 다른 영롱함을 반사하고 있었다.

아름다웠다. 리나가 왜 현재 세계 최고의 가수인지, 대체 불가한 스타인지 깨달을 수 있는 면면이었다. 그녀의 머리 위로 쏟아지는 다색의 태양빛. 수많은 스태프들의 노고로 반사판에 반사되는 빛. 그 빛을 모두 흡수하고 있는 리나는 머릿속으로나마 희미하게 그려 보았던 그 무언가의 완벽한 형상이었다.

하.

하연은 입을 벌린 채 이제껏 저를 괴롭혔던 모든 생각을 잊어버리고 그것에 빠졌다. 주문하지 않아도 유연히 펼쳐지는 장면들. 하연의 옆에는 담담해 보이는 제이든이 함께 있다. 그보다 더 멀리 제 팔을 엇갈린 채 선글라스 안에 표정을 숨긴 준이 있었다. 하지만 그것이 전혀 신경 쓰이지 않았다. 지금 이 순간 하연은 아트 디렉터로서 황홀경에 빠져 있었다. 제가 꿈꾸던 것이 이보다 더 완벽하게 구현될 방법이 없을 것 같아 설레고도 슬픈 기분.

"정말 예쁘네. 그렇지 않아?"

저절로 튀어나온 본심에 쿡 미소 지은 제이든의 표정조차 완벽했다. 헤라를 손에 쥔 제우스. 밀리지 않는 제이든의 아우라에 하연은 가슴 가득 벅차오르는 감정을 짧은 숨으로 내쉬었다.

"제이든 같이 들어가겠습니다."

예정된 것은 전체 스무 페이지. 논의하여 두서너 장 더 끼워 넣을 수 있는, 화보 형태의 앨범 패키지에 들어갈 사진이었다. 거기에 제이든이 리나의 부속품처럼 끼워질 차례였다. 돋보이지 않아도 상관없었다. 이 상황에 완벽해 보이는 커플을 무대에 올려놓는 것만으로도 만족스러웠다. 둘의 듀엣을 극구 반대했던 제 고집을 스스로 무가치한 것으로 치부하고 있었다.

팔마 대성당. 바다 바로 앞에 위치한 마요르카의 랜드마크. 고딕 양식이 주를 이루지만 오랜 시간 이어 온 공사로 여러 양식이 혼재되어 특별한 느낌을 자아내는 건축물. 그 앞, 바닷바람으로 손질한 드레스 자락을 휘날리는 리나에게 제이든이 다가서자마자 사진작가의 손이 바빠지기 시작했다.

"이미 첫 번째 장소에서부터 다 끝났는데요? 여기서 어떻게 사진을 골라?"

흥분된 목소리가 전혀 난감하지 않은 표정으로 난감한 말을 해 왔다. 그 이후의 촬영 역시 말이 필요 없었다. 저절로 숨을 죽이게 되는 연기와 연출. 조금씩 긴장이 풀렸는지 결국 마지막 촬영지인 칼로 데스 모로 해변에 도착하자 내내 저 멀리 떨어져 있던 그 남자가 그제야 의식되었다.

'들어갔다 갈래?'

그는 그런 말을 뱉은 적 없는 듯 굴었다. 남은 건 도리어 그 말을 기억하고 있는 저뿐이었다. 그는 자신의 뮤즈인 리나의 촬영이 잘 이루어지고 있는지 혹시 어긋나는 부분은 없는지 확인하러 나온 디렉터일 뿐이었다.

"조심하세요! 여기 길이 험해요."

불과 하루 전 비틀거리며 제가 넘어졌던 곳. 생각도 못 한 그의 노래를 들었던 해변가. 주차장에 차를 대고 스태프들이 모두 고된 길을 걸었다. 절벽 위 좁게 난 길 이외에는 대안이 없는, 디귿 자 형태의 암반 절벽 사이 독특한 풍경. 파도가 치지 않고 사람이 닿기 어려워 온전한 쪽빛을 감상할 수 있는 곳.

그 절벽 사이로 하연이 조심스럽게 발을 디뎠다. 오늘은 절대 넘어지지 않으리라 생각했다. 걷는 사이 자리를 바꿔 앞서거니 뒤서거니 하는 내내 제 앞으로는 보이지 않던 준은 아마도 저보다 훨씬 뒤에 서 있는 것이 분명했다. 이 길을 걸어오고 있긴 한 걸까. 뒤돌아보고 싶었지만. 저 역시 그에게 그렇게 비춰지길 바랐다. 다시는 그와 엮일 일 없는 여자로. 절대 쉽게 건드리지 못할 사람으로.

빠르게 걸음을 옮긴 스태프들이 해변가에 다다라 장비를 설치하고 있었다. 몇 걸음 앞에 어제 제가 넘어졌던 자리와 가까워지는 리나가 보였다.

"리나, 조심해. 거기 잘못하다가는 넘어질 수 있어!"

소리치는 하연에게 리나가 괜찮다는 듯 미소 지었다. 제이든의 손에 의지한 리나는 문제없이 균형을 잡고 있었다. 긴 치맛자락을 한 손 높이 치켜든 그녀와 그 옆에 매끈한 슈트를 입은 제이든은 더없이 잘 어울렸다. 질투가 날 지경이었다. 초점이 흐려질 만큼 뚫어지게 그들을 바라보던 하연의 귓가에 낮은 목소리가 들려왔다.

"누가 누굴 걱정하는 거야?"

놀라 커져 버린 시야. 제 앞을 스쳐 지나가는 준의 뒷모습이 보였다. 땅과 맞닿아 가는 해가 그의 어깨 위로 스며들었다. 해변가에서 완벽하다고 느껴졌던 제이든의 모습이 순간 풋내기처럼 보였다.

뱉어 내지 못했던 입속말이 한꺼번에 목울대를 울리며 넘어갔다. 점점 멀어져 가는 준의 모습에 7년 전 시간이 겹쳐 들었다.

'당분간 집에 자주 못 들어올 수 있어.'
'가끔은 시간을 낼 수 있을 거야.'
'어린애처럼 이러지 말자. 이상 좀 그만 쓰고.'

그 말에 저는 뭐라 대꾸했었을까. 기억나지 않았다. 어린애처럼 또다시 흔들리는 거야? 그럴 리 없었다. 그가 미웠으니까. 그가 너무도 미웠으니까. 이젠 그 누구도 사랑하지 않을 작정이니까. 아주 오래전부터 사랑 따위는 믿지 않게 되었으니까.

실패한 대입. 미쳐 버린 어머니. 낯선 여자를 안은 아버지. 나를 버린 너. 외로움에 남자를 안는 나. 텅 빈 나를 안고도 그것을 사랑이라 믿는 그. 그리고 또 아무렇지 않은 척 나를 바라보는 너.

마지막까지 넘어지지 않으려 하연은 애써 비탈을 내려왔다. 촬영은 이미 시작되고 있었다. 굳이 설명하지 않아도 모든 감정을 정확하게 알고 행동하는 리나 덕분에 하연은 그들을 감상하며 전반적인 구도를 잡는 것에 주력했다.

"여기 이쪽 조금 비껴가는 게 낫지 않을까요?"

해가 져 가는 것을 초조하게 바라보며 하연이 주문했다.

"그럼 절벽이 화면 반 이상 차지해서 부담스러울 텐데."

사진기를 든 작가가 고개를 갸웃하며 무시하려 드는 것이 보였다. 밀릴 일이 아니었다.

"한 번만 그렇게 찍어 보죠."

지시를 내리고 하연이 뒤로 물러섰다. 사진기를 든 채 잠시 고민하던 작가가 셔터를 눌렀다. 모니터 화면 속 결과물에 하연이 희미하게 입꼬리를 올리고 있을 때였다. 제 팔을 엇갈려 낀 채 다가와 까딱 고개를 튼 준이 선글라스를 통해 화면을 주시했다. 그가 무엇을 보고 있는 건지 어디를 보는 건지 알 수 없었다.

"어때요?"

정면에 둔 시선을 떼지 않은 채 물었다. 속삭이는 소리를 못 알아들었는지 대답이 돌아오지 않았다. 겹쳐질 듯 그와 가까워진 오른쪽 어깨가 뻣뻣하게 굳어 갔다.

그의 시선은 지금 어느 곳을 훑고 있는 걸까? 화면 속 피사체? 아니면 그가 오래전 입을 맞추던 제 목덜미 어딘가.

"쟤들 촬영 끝나고 만나지 못하게 해. 숙소에서 감시하라고."

툭 그 말을 던져 놓고 준이 사라졌다. 어이없어 코웃음 친 하연이 바다 앞에 포즈를 취하고 있는 두 사람을 바라보았다. 문득 이제껏 보이지 않았던 뷰파인더 밖의 농익은 감정이 눈에 보일 것 같았다.

○ ● ○

"제이든!"

누군가의 눈을 피했다고 생각했었던 것 같다. 어쩌면 그럴 여유도 없었겠지? 옆트임이 길게 파인 드레스 자락 사이로 리나가 조금 과하다 싶을 정도로 허벅지를 들어 올리며 미소를 지었다. 코웃음을 친 제이든이 고개를 돌렸다. 입을 삐죽거린 그녀의 시선이 곧바로 뒤따라왔다.

홀릴 만한 여자였다. 콜드문의 리나. 전 세계 수많은 팬을 거느린 스무 살, 콜드문 음악의 뮤즈. 그녀가 성대를 사용하는 방법은 다양했다. 소리를 누르고 짓이기고 내뱉고 지르다가 다시 안으로 끌어들여 살살 굴리는 기술. 타고났다고밖에 생각할 수 없는 실력. 노래를 부르는 사람으로서 그녀의 가창은 질투를 불러일으켰다. 그 목소리는 경쟁자조차 감탄하게 만드는 그런 것이었다.

열에 들떠 신음을 내지르는 그녀의 모습을 세상에서 제일 처음 본 것은 바로 자신이었다. 제게 반해 반짝이던 눈빛을 잊을 수 없었다. 모두가 사랑하는 여자가 자신을 사랑한다. 그건 꽤나 괜찮은 일이었다. 귀찮은 일에 휘말리고 싶지 않았지만 저 역시 스물세 살의 남자일 뿐이었다.

어젯밤의 갑작스러운 방문. 문을 열자 슬립 원피스를 입은 리나가 서 있었다. 그 순간 미간을 잔뜩 찌푸리고 저를 노려보는 하연이 떠올랐다. 그래서 허락했다. 사생활과 일은 별개라는 걸 알려 준 건 그녀였다.

그런데 오늘, 여전히 어제의 기분에서 빠져나오지 못한 게 분명한 리나와의 촬영은 꽤나 흥미로웠다. 그것은 제이든에게 어쩐지 우월한 기분을 안겨 줌과 동시에 무언가 불안한 기분이 들게 만들었다.

"바르셀로나행 비행기는 밤 11시야. 잠깐 들를까?"

작은 입술이 속삭이는 순간 제이든은 마른 입술을 핥았다.

"내일 중요한 무대가 있어."

무시하고 싶었다.

"그거야 내일 준비하면 되지."

리나가 흥미로운 듯 눈을 굴리며 속삭였다.

"우린 콜드문이 아니야."

솔직한 것이 나왔다.

"곧 콜드문보다 더 굉장한 밴드가 될 거야."

생각 없이 지껄인 것이 분명한 그녀의 말에 풋 소리 내어 웃은 제이든이 리나를 향해 돌아섰다. 커다란 눈이 느리게 깜빡였다. 그 시선을 피하지 않은 채 그가 말했다.

"그럼 너를 뛰어넘어도 된다는 소리야?"

기다란 머리카락을 손가락으로 배배 꼬며 어깨를 흔드는 모습은 영락없는 구애였다.

"물론이지."

앙큼한 목소리에는 너는 나를 뛰어넘기 불가할 거라는 도발의 의미가 숨어 있었다. 침실에서는 져 주더라도 무대에서는 절대 지지 않겠다는 뜻이 분명했다. 한 치도 물러나지 않는 시선에 제이든의 눈꼬리가 길어졌다.

"그래. 그럼. 나는 이만 목표 달성을 위해서 멤버들 만나러 가야겠다."

그가 천천히 뒤돌아섰다. 후다닥 뒤에서 저를 따라 뛰어오는 리나의 발소리가 들렸다.

"뭐야?"

"뭐긴. 이제 그만 작별이지."

"뭐?"

"어제 분명히 말했잖아. 귀찮은 일은 안 만든다고."

"제이든!"

발끈하는 얼굴이 여느 스무 살 소녀들과 다를 바 없었다. 그렇게나 많은 사람들의 사랑을 받으면서도 여전히 한 남자의 사랑을 바라는 순수한 소녀. 오뚝한 코. 커다란 눈동자. 무대 위의 여신. 보드라운 살결과 탄력 있는 몸매를 지닌.

"다시 만나. 서울에서."

씨익 그녀의 입꼬리가 보기 좋게 올라갔다. 순간 제이든의 얼굴을 잡은 리나의 입술이 그에게 닿았다 떼어졌다. 동그란 얼굴이 고개를 끄덕이며 눈물이라도 글썽거리나 싶었다. 무언가 한마디 해야겠다고 생각한 순간이었다.

"제이든."

문 앞에 서 있던 하연이 저를 불렀다. 어떤 장면부터 등장했던 거지? 화가 난 건지 당황한 건지 아니면 아무것도 보지 못한 건지 의중을 알 수 없는 얼굴이 저를 재촉하는 것이 느껴졌다.

"잘 다녀와. 행운을 빌게."

리나에게 작별을 고한 제이든이 하연을 향해 다가갔다. 내일은 팔마 페스티벌 무대에 서야 했다. 이틀간의 모델놀이는 이제 끝이 났다. 본업은 음악. 무대 위에 서고 싶은 열정이 몸속에서 들끓고 있었다. 태워야 할 장작은 이미 충분히 마련된 상태였다.

○ ● ○

파란 하늘에 연보라 꽃잎이 휘날린다. 점핑 점핑 공중으로 가볍게 떠올랐다 사라지는 환한 미소가 햇살에 부딪친다. 팔마역 종합 터미널 광장의 무대 뒤에서 준은 내내 울렁거리는 기분을 느끼며 그녀를 바라보고 있었다.

제 자신은 전혀 의식하지 못하는 것 같았지만 그녀는 사람들 속에서 유독 도드라지는 음영을 가지고 있었다. 준이 홍대 거리에서 공연을 하던 그 시절 수십의 사람들 속에서도 그보다 더 많은 지금, 수천의 사람 속에서도 강하연은 빛을 발하는 여자였다.

하연은 광장의 넓은 공간에서 브리즈의 음악을 들으며 음악에 온전히 빠진 채 제 자신을 놓아 버리고 춤을 추고 있었다. 생각지도 못한 팔마 공연. 긴장될 법한 시간. 풀어 내려 흩날리는 머리카락. 주변 관객들의 시선에도 아랑곳하지 않은 그녀는 행복해 보였다.

그녀는 무엇을 하든 온전히 빠져들었다. 그것에 두려움이 없었다. 그래서 이제는 완전히 준을 잊어버릴 수 있었다.

리나의 솔로 뮤직비디오를 찍기 위해 모두가 바르셀로나로 떠나야 했던 다음 날 준이 이곳에 남은 이유는 휴가를 위해서였다. 그런데 그사이 누군가와의 약속이 끼었다. 마땅치 않았지만 참석해야 하는 곳. 그리고 그 자리에 강하연이 있었다. 이른 아침 호텔 식당에서 보인 제이든 이외의 멤버들. 그들이 팔마 페스티벌에서 공연을 하게 되었다는 것을 안 것은 어제 늦은 밤, 사진 촬영을 마친 리나를 공항에 보내고 난 후였다.

『어때?』

긴장한 준이 제 옆에 서 있는 남자를 향해 물었다. 그는 준의 말을 알아듣지 못할 정도로 공연에 빠져 있었다. 수염이 가득한 얼굴에 거구인 남자는 날카로운 눈매를 가지고 있었다.

월드뮤직의 캐스팅 매니저 잭은 준을 처음 알아본 사람이었다. 유튜브를 통해 콜드문이 서서히 반응을 얻을 무렵 그는 콜드문의 소속사 블루에 연락을 해 왔다. 콜드문의 미주 진출을 돕겠다는 놀라운 제안을 한 뒤 잭은 조건 없이 아낌없는 투자를 퍼부었다.

돈을 좋아하고 그만큼 돈이 잘 붙고 게다가 그 돈을 아낌없이 잘 쓰는 잭은 최근 전 세계 음악 페스티벌을 돌며 숨겨진 보석 같은 인재들을 찾으러 다니던 중이었다. 그런 잭을 마요르카 섬에서 만난 것은 결코 우연이 아니었다.

준은 리나와 하연 일행이 모두 제 갈 길을 가고 나면 마요르카에 혼자 남아 며칠 쉴 생각이었다. 휴가 중이니 만나고 싶지 않다고 괜히 한 번 퉁긴 준을 무시한 잭은 어제, 밤 12시가 다 되어 정확히 세 번 전화를 걸어 왔다.

첫 번째 전화는 걸려 온 걸 몰랐기 때문에 패스. 두 번째 전화는 일부러 받지 않아 패스한 준이었다. 끈질기게 걸려 온 세 번째 전화 속 잭의 말에 준은 휴가를 하루 미뤘다. 팔마 공연 출연자 명단에 제가 최근 관심을 가지고 있는 한국 밴드의 이름이 올랐다며 같이 봐 달라고 했기 때문이었다. 그의 표현에 의하면 그 밴드의 보컬이 어린 시절 준을 닮았다고 했다.

『어떤 거 같은데?』

그리고 그들의 공연 앞에서 준은 자기도 모르게 조바심이 났다. 잭의 반응이 궁금했다. 그것이 긍정이든 부정이든 어느 쪽이든 기분이 상할 거라 생각하며 재촉한 준의 질문에 잭이 반응했다.

『연락할 수 있을까? 당장?』

무대에서 내려오는 제 팀을 향해 달려가는 하연에게 사로잡혀 있던 준은 순간 잭의 이야기가 저 여자와 당장 연락할 수 있는가를 물어보는 것이라고 착각했다.

『뭐야? 왜 그런 표정이야?』

찌푸린 미간에 겁을 먹었다는 식의 장난스러운 표정으로 잭이 되물었다.

『아? 아. 아.』

민망하게 웃다 순식간에 진지한 표정으로 돌아온 준이 물었다.

『무얼 믿고? 연주도 아직 엉망이고 무대 경험도 많지 않아. 한국에서도 인지도가 전혀 없다고.』

『그러니까. 그러니까 내가 탐내는 거야. 이미 몸값이 높아져 버리면 그때는 나도 힘들어지지. 무대는 경험하면 되고 연주는 연습하면 돼. 하지만 매력은 연습한다고 되는 게 아니지. 알잖아.』

그가 여유롭게 대구하며 어깨를 으쓱해 보였다. 그러고는 곧 덧붙였다.

『데뷔 초 때 너처럼 말이야. 준, 그땐 네 연주도 그저 그랬어. 저들보다 나을 것도 없었어.』

준이 그건 말도 안 된다는 듯 고개를 크게 흔들었다. 잭은 증명할 수 없는 사실에 무슨 반박이 필요하겠냐는 듯 코웃음을 치며 웃고 있었다.

○ ● ○

문을 열자마자 코를 찌르는 호텔방 특유의 청결한 향에 준은 이마를 찌푸렸다. 이미 꽤 오랫동안 제 오피스텔과 작업실, 저를 둘러싼 모든 곳에서 느껴지는 한결같은 향기. 그것에 갑자기 이질감을 느낀 이유는 하나였다. 안고 보듬어 들이마시면 깊은 곳 들썩이는 무언가를 가라앉힐 수 있는 그것. 그것을 가진 여자를 재회한 것이 그 이유였다.

콜드문 3집의 〈붉은 그늘〉은 제 자전적인 이야기를 담은 음악이었다. 그 노래의 끝 무렵에 나오는 '어둔 그늘 아래 너무 붉은'이란 가사는 지금 돌이켜 생각해 보면 바로 반지하방에 머물렀던 그녀였던 것 같다.

너무 붉어 다른 것에 전혀 물들지 못하는 사람. 원시적인 종교에 의존했던 엄마 때문에 유치원에 다니던 그 시절 초록색 원복 사이 붉은 원피스를 입고 다녀야 했다던 하연. 그녀가 씁쓸한 표정으로 뇌까리던 그 이야기가 준의 머릿속에 어떤 이미지로 남아 있었다. 붉은 빛깔의 강하연. 7년의 시간이 흘러 재회한 지금 그녀는 더욱 짙어진 그 빛을 가지고 있었다.

예상에 어긋나지 않았다. J엔터의 공주는 특별한 능력을 가지고 있는 사람이었다. 시끄러운 합주실 바닥에 다리를 꼬고 앉아 수학 문제를 풀어낼 때부터 하연은 재미있는 사람이었다. 파일로 받은 리나의 사진에 준은 헛웃음이 나왔다. 그동안 콜드문의 화보가 나쁘다는 뜻이 아니었다.

수많은 작품들 중 제 색을 가지고 있는 것은 그리 많지 않았다. 가장 좋은 것과, 그것을 따르는 수많은 아류작들이 대부분인 가운데 눈을 사로잡는 것은 극소수였다. 인기는 그렇게 소수의 자기 색을 내는 것들에 몰리는 것이 타당했다. 하연은 결국엔 모두가 알아볼 그 소수였다.

〈보라〉의 가사를 어떤 마음으로 썼는지 실은 준, 제 자신도 정확히 알지 못했다. 의도를 가지고 작곡한 곡들은 가수의 음성을 통해 전혀 다른 것으로 변하곤 했다. 그러니 그 음악은 리나의 목소리가 얹어진 뒤 리나의 것으로 변하게 되는 것이다. 그러나 하연의 사진은 마치 제 속을 비추듯 선명했다.

208

너랑 나는 어차피 같은 부류야.

하연의 사진이 제게 말을 걸고 있었다.

너랑 나는 너무나 똑같아서, 그래서 서로를 밀어낼 수밖에 없어.

7년간 하연의 생각을 하지 않은 것은 아니었다. 뮤즈로서의 하연이 아닌, 스무 살의 하연. 그녀를 가끔 생각했었다.

'혼자 여기 있으라고?'

'나쁜 놈. 항상 이런 식이지!'

'힘들어. 못 견디겠어. 미쳐 버릴 것 같다고. 이런 곳 이제 지긋지긋해! 너도 지긋지긋해!'

마지막 그녀의 말에 저는 무어라 대꾸했었을까. 이젠 기억도 나지 않았다. 지긋지긋한 그곳에서 달아난 하연은 지금 저만의 세상으로 빠져들고 있었다. 홀린 듯 작업에 몰두하던 얼굴. 그 표정을 준은 잘 알고 있다. 제가 처음 무대에 섰던 그날. 조금씩 인기를 얻고 사람들의 인정을 받던 그때. 음악에 몰두한 그에게도 그런 몰입이 있었다.

홀딱 빠져 버려 다른 것은 눈에 보이지 않던 시기였다. 그것이 너무 황홀해서 하연을 돌아보지 않았다. 그리고 지금 하연은 그곳에 첫발을 디디고 있었다.

그런 그녀에게 줄 수 있는 선물이 있다는 것이 다행이었다. 전화를 걸까 고민하던 준이 욕심을 부려 그녀와 마주하고 이야기하려 결심했다.

잭이 브리즈를 만나고 싶어 해.

그 순간 그녀의 환희를 목격하고 싶었다. 그 얼굴을 보는 건 저 혼자. 그녀가 볼 제 씁쓸한 표정은 가려야 했다. 캡을 집어 든 준이 호텔방 문을 열고 밖으로 나온 순간이었다. 열린 문 밖에 고여 있던 것인지 저를 울렁이게 하는 향기가 준의 코를 찔렀다.

사방으로 흔들리는 검은 눈동자. 허공을 휘저은 손가락이 제 이마를 짚었다가 다시 아래로 떨어지는 것이 보였다. 숨이 막혀 고통스러웠다. 저 허리를 끌어안고 그 가슴에 품고 있는 향내를 한껏 들이마시고 싶은 충동에 손이 얼었다.

"나가려던 참이었어요?"

곤란한 기색의 하연이 저를 바라보고 있었다.

○ ● ○

고개를 젓지도 끄덕이지도 않았다. 생각지도 못한 순간 제 앞에 있는 그녀를 눈 깜빡일 시간도 아까워 준은 그저 눈에 담고 싶었다. 핏 된 진에 티셔츠 차림. 너무도 수수해서 나이마저 속일 수 있을 것 같은 그녀가 조금은 난처한 표정을 쉽게 지우지 못하고 저를 바라보고 있었다. 이 시간을 길게 늘리고 싶었다. 손 뒤로 숨기고 있는 선물을 아직 내밀고 싶지 않았다. 그녀가 저를 찾아온 이유가 궁금했다.

"아니, 나가려던 건 아니었어."

곧바로 그녀의 말이 따라붙었다.

"나도 그 안으로 들어가려던 건 아니었어요."

피식 코웃음이 났다. 그래. 이렇게 나와야 강하연이었다.

"그럼 뭐가 좋을까?"

"잠깐 나가서 걸어요."

하연이 고갯짓으로 엘리베이터를 가리켰다. 준이 기분 좋은 미소를 흘리며 그녀를 따라갔다. 호텔 로비에서부터 곧바로 이어지는 정원은 은은한 부분 조명으로 장식되어 있었다. 한낮 햇빛에 드러나 있던 푸른 이파리들이 짙은 음영에 가려 노란 빛과 함께 색다른 분위기를 발하고 있었다.

제 옆에서 보폭을 맞추던 하연은 이곳에서 또 무언가 마음에 닿는 것을 찾아냈는지 홀린 눈을 하고 있었다. 살짝 가늘어진 눈초리. 멍하니 벌어진 입술. 그 표정에 정말 홀린 눈을 하고 있던 저를 눈치채 버린 하연이 입을 다물어 고개를 몇 번 끄덕이고 말을 꺼냈다.

"고맙다는 말을 하고 싶었어요."

"아."

"어쨌거나. 이런 기회를 준 거. 두 사람 듀엣을 하게 된 거 모두 고마운 일이에요."

"뭐, 그래. 하여간 내가 한 일은 아니야."

"맞아요. 당신이 한 일은 아니죠. 콜드문의 준이 한 일이에요."

별것 아닌 농담에 준의 눈동자가 휘어졌다. 고개를 젓는 그의 입술에 미소가 흘렀다. 그사이 조금 뒤처진 그녀는 다른 곳에 시선을 돌린 채였다. 그녀의 옆에 있는 한국에서는 볼 수 없는 커다란 잎을 비추는 조명이 마치 하연이 있는 쪽으로 방향을 튼 것 같은 기분은 착각일 게 분명했다.

"콜드문 음악 잘 듣고 있어요."

생각지도 못한 이야기가 들렸다.

"설마."

긴장되어 쓸데없는 말이 튀어나왔다.

"음. 찾아 듣지는 않아요."

"그래. 그게 솔직하지."

"그래도. 그 자리까지 올라가 준 거 고마워요."

"하!"

"넘어트릴 의욕이 생길 만큼이니까."

순간 입술을 일그러트린 준이 뒤를 돌았다. 긴장한 것처럼 보이는 하연의 시선이 저와 마주쳤다. 어두운 조명 아래 반쯤 그늘이 진 그녀의 이목구비가 선명하게 도드라졌다. 입술 라인의 니트 위로 드러난 가녀린 어깨가 뚜렷했다. 마지막 말은 제법 회심의 농담이었는지 긴장한 얼굴이 이내 조금은 지어낸 듯한 장난스러운 미소를 보였다.

하지만 제가 보이고 있는 표정은 그녀가 원한 것이 아니었던 모양이었다. 올라가 있던 그녀의 입꼬리가 살짝 처지는 순간 미간을 좁힌 준이 시선을 돌려 아래를 향했다. 한숨 같은 짧은 웃음이 바닥으로 떨어졌다.

'넘어트릴 의욕이라⋯⋯. 그렇다면 그녀가 제게 갖고 있는 건 그저 불쾌한 기억⋯⋯ 같은 것이란 의미일까?

"〈보라〉는 정말 좋은 음악이에요. 가슴 뛰는 작업이었어요. 고마워요."

당황한 목소리가 그 말을 서둘러 덧붙였다.

"뭐, 어찌되었건 네 뜻은 잘 알아들었어. 나도 고맙다고 생각하고 있었어. 기대했던 것보다 좋은 결과물이었으니까."

'네 생각이 어쨌든 나름 반가운 재회야.'

하고 싶은 말을 감춘 준이 곧바로 고개를 들어 다시 하연을 바라보았다. 이내 담담해져 있는 그녀의 얼굴이 사심 없이 저를 쳐다보았다. 이런 얼굴과 마주할 일이 이제는 없을 것이다. 여기는 마요르카. 그들의 로망이었고 이곳을 떠나 버리고 나면 그녀는 다시는 볼 일 없는 완전한 남이 되어 있을 테니까.

"마음에 든다니 다행이에요. 실은 고맙다는 말은 핑계였고 혹시라도 추가 촬영이 필요하다고 할까 봐 인건비를 협상하려고 했었거든요."

여전히 저와 있는 이 순간이 어색한 건지 실없는 농담을 하는 하연을 향해 준이 조금은 느긋한 미소로 대답을 건넸다.

"그럴 리가."

그런 제 얼굴을 하연이 똑바로 바라보았다. 증명사진이라도 찍듯 잠시 눈도 깜빡이지 않은 것 같았다. 시간이 멈춰 버렸다. 어디선가 불어오는 훈훈한 바람이 그녀의 머리카락을 가볍게 건드리는 것이 보였다. 내내 느끼지 못했던 은은한 꽃향기가 정원 어딘가에서 실려 오는 향기인지 아니면 그녀의 체취인지 분간이 가지 않았다.

예쁘다 같은 말을 하고 싶었다. 너무 예뻐서 너를 떠올리며 써 내려간 그 가사들을 모두 취소하고 싶다고 알려 주고 싶었다. 이렇게 변한 걸 알았다면 지금 내 노래는 모두 다른 형태였을 거라 고백하고 싶었다.

상상 속 추위에 홀로 있던 네가 안타까웠는데 이제 너는 내가 이미 지나쳐 온 길, 그 어떤 경험으로도 대체할 수 없는 그곳으로 가게 되어 다행이라고 이야기하고 싶었다. 그 길의 끝에는 나와 다른 행복과 안정이 있게 되길 바란다고 말해 주고 싶었다.

하지만 아무 말도 꺼낼 수 없어 움직일 수 없었다. 여기서 무언가 꺼든다면 지금 이 시간이 끝나 버릴 거라는 걸 알았다. 초조한 마음이 입술을 바짝 말렸

212

다. 치미는 불안이 제 시선의 날을 세웠다. 마법에서 깨어난 그녀가 조금은 허탈한 미소로 입술을 올렸다.

"음. 그렇다면. 이제 그만."

상황을 갈음하려는 하연이 제 머리칼을 쓸어 올렸다. 방금 전 헛갈렸던 그 향기가 그녀의 몸에서 나는 체취라는 것이 확실해졌다. 감정을 억누른 준이 입을 떼었다.

"선물이 있어."

의아한, 하지만 경계하는 것이 분명한 그녀의 눈빛이 순간 제 모든 행동을 멈춰 버렸다. 결코 키스 같은 것을 하려는 것이 아니었는데 절망이 스며들었다.

"별건 아니야. 그냥 식사."

"식사?"

되묻는 목소리에는 분명 거부감이 있었다.

"오늘 팔마 공연장에 월드뮤직 잭이 있었어. 브리즈를 한번 만나 보고 싶어 해."

그 말을 끝으로 준은 제 시선에서 하연을 밀어내듯 뒤돌아섰다. 그녀의 환희도, 저와 같은 성공의 길로 들어서는 그녀의 기쁨도 함께하지 못했다. 그 순간을 보기 위해 냈던 용기는 아무런 소용이 없었다.

"뭐라고요?"

조금은 놀란 듯, 어쩌면 부족한 정보에 대체 무슨 말인지 알아들을 수 없는 말을 하고 있는 준을 원망하는 것이 분명한 되물음이 있을 뿐이었다.

"내일 오후. 잭이 만나고 싶어 해. 그 이상은 나도 몰라. 네 연락처를 알려 줘도 되겠어?"

"물론! 물론이에요!"

떨리는 목소리. 준은 뒤돌아서지 않았다. 그리고 멀어졌다. 잠시 후 무언가를 포기한 것 같은 물음이 뒤따랐다.

"그 사람에게 우릴 소개한 거예요?"

우뚝 멈춰 선 준이 잠시 생각한 뒤 대답했다.

"아니, 그들이 너희를 찾은 거야. 나는 아무것도 아니야."

○ ● ○

준에게 그 말을 전해 들은 뒤 하연은 정신을 차릴 수 없었다. 준을 찾아갔던 건 팔마에서의 공연에서 느낀 기분 좋은 경험, 그 이후 오늘 떠났을 거라 생각한 준이 호텔 로비를 가로질러 엘리베이터를 타는 것을 보았기 때문이었다.

고민하다 그를 찾아가기로 결심했다. 다시는 볼 수 없을 테니까. 브라운관 안에서의 그가 아니라면 다시는 마주할 수 없을 테니까. 마지막으로 그를 제 눈에 담고 싶어 하연은 용기를 냈다.

고맙다는 말. 이 일에 참여시켜 줘서 고맙다는 말을 하고 싶었다. 리나의 곡은 무척 훌륭했고 제이든과 듀엣을 할 수 있는 기회를 줘서 고맙다는 이야기를 하려 했었다. 그리고 콜드문의 음악을 잘 듣고 있었다고. 그 음악이 저를 타오르게 했으며 결국 이런 일을 선택하도록 만들어 주었다고 알려 주려고 했다. 그렇게 마지막, 진짜 마지막 이별을 하려 했다. 그의 얼굴을 제 눈으로 사진 한 장 찍어 두려던 게 전부였다.

그런데 그의 얼굴을 보자마자 하연은 제가 할 말을 잊어버리고 말았다. 실 없는 농담 이외에는 아무것도 생각나지 않았다. 그의 목소리가 울리고 그가 제 뒤에서 처지지도, 앞서지도 않는 속도로 제 보폭을 맞추고 있다는 것을 느끼자마자 하연은 이미 정신을 차릴 수 없었다.

짧은 산책. 그와 함께했던 모든 날들이 떠오를 것 같았다. 그 좁은 반지하방에서 여기까지 오게 된 당신을 축하한다고, 기어코 여기까지 온 콜드문의 준에게 존경심을 표하고 싶다고 그런 말을 하려다 눈이 마주친 순간 눈물이 흐를 것 같아 서둘러 자리를 떠야겠다고 생각했다. 긴장해서 피하려는 저를 그는 잡지 않았다. 하긴 남은 것이 없는 사이였다. 무엇을 기대했는지 알 수 없는 제 마음을 포기하려던 순간이었다.

그 순간 그에게서 뜻밖의 선물을 받았다. 월드뮤직의 잭? 상상 밖의 일이라 귀마저 얼얼해졌다. 제가 들은 말이 사실인지 알 수 없었다.

흥분하여 치솟은 것 같은 심장. 이런 경험을 한 적이 있기는 했다. 그리 멀리 갈 것도 없었다. 제이든을 발견한 그 순간의 흥분. 어제의 촬영. 그보다 더 오래전에는 붙을 거라 생각한 대학을 불합격한 경험. 그와의 이별. 그 후 고작 세 달간의 공부로 합격한 대학. 그리고 진혁이 제 그림을 알아보고 준 전화.

그런 일들은 항상 제 인생을 뒤바꿔 놓았다. 롤러코스터를 탄 것처럼 치솟았다 곤두박질치게 만드는 기회. 그 기회가 나를 어디로 데려다줄지는 그것을 잡은 사람에게만 드러나는 법이었다.

흥분을 가라앉힌 하연이 곧바로 옆방을 두드렸다.

"뭐야? 뭔데?"

나른한 목소리들. 아마 공연이 끝나고 뻗어 버린 상태겠지?

"빨리 문 좀 열어 봐! 빨리!"

"왜? 불이라도 난 거야?"

문을 연 카일이 무심한 표정으로 저를 보고 있는 것이 느껴졌다. 이 무료한 표정을 단박에 바꿔 버릴 소식이 있다는 것을 모르는 게 당연했다. 너무 흥분해서 숨을 제대로 쉴 수 없던 하연이 침대에 누워 있던 막스와, 제 앞에 있는 것을 닥치는 대로 먹고 있던 루크. 휴대 전화를 만지작거리던 제이든이 천천히 돌아보았다.

'이런 미련한 녀석들! 지들이 저지른 사고를 모르는가 본데!'

눈 안에서 불꽃이 인 하연이 그들을 향해 소리쳤다.

"월드뮤직 잭이라고 들어 봤어?"

브리즈 그들이 여전히 의도를 알 수 없다는 듯 눈을 치켜뜨고는 무심한 표정으로 하연을 바라보았다.

○ ● ○

오전 일찍 잭에게서 전화를 받은 뒤 멤버들은 모두 사라졌다. 어디서 저들끼리 자축이라도 하려는 건가 싶었는데 잠시 후 전화를 걸어 보니 다들 너무 흥분하고 긴장돼서 어제 공연했던 그곳을 다시 둘러보는 중이라고 했다.

조심하는 게 좋을 거란 하연의 충고에 그들은 잠시만, 잠시만 저희들끼리 긴장을 풀고 오겠다고 했다. 분명 어디선가 동그랗게 서서 기도라도 하려는 게 분명했다. 어제 공연을 시작하기 전에도 그런 브리즈를 목도한 바였다.

회사에 전화를 걸었을 때 전화를 받은 건 진경이었다.

— 야! 개뻥 치는 거지?

저렴한 대꾸에 하연은 미소를 지었다.

"회사 사람들한테는 대신 전해 줘. 나 지금부터 정신없을 거 같아."

— 응. 알았어.

진경은 여전히 떨리는 목소리로 대꾸하고는 마지막 한마디를 덧붙였다.

— 이거 나한테 먼저 알려 줘서 고마워. 지금부터 사람들 놀랠 생각을 하니까 나 너무 행복한 거 있지!

하연은 소리 내어 웃었다. 이렇게 크게 웃은 건 오랜만이었다. 그렇게 비행기표 예약까지 바꾼 하연은 한참을 고민하다 밖으로 나갔다. 그리고 기어코 일을 저질렀다. 평소라면 구경하는 것만으로도 긴장될 만한 대단한 가격의 드레스를 구입한 거였다. 지불하고 돌아 나오면서도 하연은 손이 떨렸다.

"이번 행운에 대한 대가라고 해 두지, 뭐."

물론 마요르카가 아니라고 해도 잭과 같은 사람과 미팅이라면 한 벌 마련했을 법한 드레스였다.

그날 오후 5시. 약속 장소는 호텔 가까운 곳에 위치한 어느 레스토랑이었다.

잭이 이곳에 휴가 올 때마다 들른다는 그 식당은 팜볼리가 유명하다고 했다. 팜볼리는, 지중해의 낙원이라고도 불리는 마요르카의 음식 문화 중 유일하게 남아 있는 전통 요리이다. 사실 요리랄 것도 없이 무척 간단한 음식이어서 별로 기대되지는 않지만, 잭과 함께라면 종이를 씹는다고 해도 황홀할 것 같았다.

그러니까 그 특별한 일에 의미를 더할 멋진 의상은 당연한 예의라고 생각하는 하연이었다. 문을 열고 나서기 전 하연은 청록색과 검은색 기하학적 패턴의 짧은 미니드레스를 입은 자신을 거울에 비추어 보았다. 살짝 보이는 가슴골의 사이에는 은은한 향수도 잊지 않았다. 풍성하게 늘어트린 머리는 조금 부풀어 오르게 스타일링했다. 매끈한 다리 아래 검정색의 스트랩 슈즈. 손에 든 클러치의 검정 버클이 조명 아래 반짝였다.

후읍.

긴장된 숨을 들이쉰 하연이 고개 숙여 제 스스로에게 미소를 한 번 지어 보이고 밖으로 나갔다.

○ ● ○

"잘할 수 있지?"

레스토랑 앞. 차에서 내린 하연이 한숨을 들이쉰 뒤 그들을 향해 말했다. 조금 긴장한 세 사람과 여유가 있어 보이는 제이든.

"여기서 제일 긴장한 사람은 누나 같은데요?"

그가 분명 새것 같아 보이는 하연의 드레스를 지적하며 웃었다. 하연이 제이든을 향해 눈을 흘기자 제이든이 즐거운 듯 웃었다.

"예뻐요. 충분히 아름답다고요, 그러니까 어서 우리를 데리고 들어가시죠!"

그의 말에 하연이 긴장감을 조이고 문안으로 들어갔다. 아직 약속 시간까지는 10분 정도 여유가 있었다. 예약석을 찾아 낯선 이곳을 눈에 조금 익히며 잭을 기다리리란 생각에 서둘렀던 것이다. 그런데 안으로 들어가자마자 하연은 뜻밖의 상황을 맞이했다. 당황스럽게도 미리 도착해 있던 잭이 그들에게 환한 표정을 지어 보이며 자리에서 일어섰다.

『죄송합니다. 늦었습니다.』

하연이 민망한 미소를 지으며 그에게 다가갔다. 설마 잭이 먼저 도착해 있으리란 건 생각하지 못했다.

『아니요. 내가 먼저 온 겁니다. 미리 와서 차 한잔 했죠. 여러분과의 만남이 기대되었거든요.』

그의 배려 깊은 말 한마디가 분위기를 유연하게 만들었다. 긴장이 조금 풀린

217

하연이 그의 손을 잡았다. 긴장해서 지나치게 표정이 들뜬 브리즈 멤버들도 모두 그와 악수했다. 제이든은 제일 마지막이었다. 잭의 날카로운 눈빛이 그를 스치는 것을 하연은 똑바로 목도할 수 있었다.

『오늘 제 초대에 응해 주셔서 감사합니다.』

커다란 통창 밖으로 노을이 지는 바다의 붉은빛이 스미는 자리. 잭이 모두의 잔에 와인을 따르며 말을 꺼냈다.

『분명히 해 두지만 이 자리는 그냥 친교의 자리일 뿐. 무언가 심각한 이야기가 오가진 않을 겁니다. 편안하게 먹고 즐겨 주세요. 그리고 한국으로 돌아간 뒤. 오늘을 잊지 마시기 바랍니다.』

능청스럽게 제 의도를 분명히 전한 그의 말에 하연은 미소를 보였다. 그가 한 명 한 명 잔에 와인을 따를 때마다 보이는 부드러운 매너에 가슴이 벅차올랐다. 그의 손에 탄생한 세계적인 팝 가수들이 하나하나 떠올랐다.

별것 아닌 만남이라 칭했지만 제 말의 무게를 아는 잭은 결코 허튼짓을 하지 않을 사람이었다. 그의 시간은 흔한 말로 금보다 귀했다. 그리고 그는 자신감에 찬 사람이었다. 아무리 좋은 물건이라도 자신이 제대로 포장하지 않으면 시장에서 절대 통하지 않을 거라는 배짱을 보이는 잭이야말로 하연이 기대하던 행운이었다.

『결코 잊지 못할 겁니다.』

하연이 내민 잔을 살짝 부딪치며 잭이 미소 지었다. 본론이 나올 때까지는 조금 시간이 걸릴 것 같았지만 하연은 조바심을 내지 않기로 했다.

그때였다. 아직 식사가 나오지도 않은 상황에서 제이든이 몇 사람을 건너 소리가 들리도록 불쑥 말했다.

『그래서 저희 음악은 어떠셨나요? 어제 연주한 음악은 저희 1집에 수록된 〈펌핑〉이란 곡인데 제가 작곡했습니다. 분명 마음에 드셨겠죠?』

당돌한 제이든의 말에 하연이 입을 벌렸다. 어떻게 반응해야 하나 잠시 고민하던 하연이 어색한 미소를 짓고 말았다. 아무리 급해도 조금 참지 그랬어. 하연이 제이든을 향해 눈치를 준 순간이었다. 다행히도 호탕한 웃음소리가 들리고 잭의 표정은 흥겨워 보였다.

『내 예상이 틀리지 않군요. 마치 준의 옛날 모습을 보는 것 같아요. 영락없죠!』

그 반응에 하연이 안심한 그때였다. 문이 열리고 누군가 들어오는 것이 보였다. 블랙 진에 굵은 스프라이트 셔츠 차림의 준이었다. 어제 제 앞에서 보이던 모습과는 전혀 다른 느낌의 그. 레스토랑 안의 시선들이 모두 그에게 쏠리는 순간 단 한 명, 하연만 긴장한 듯 고개를 돌려 버렸다.

○ ● ○

『두 사람은 구면이겠죠? 나한테 브리즈를 소개한 게 준이니까.』

잭의 이야기에 하연의 눈이 크게 뜨였다. 저도 모르게 그에게 돌린 시선에 준이 그건 아니라는 듯 고개를 작게 저었다. 이로써 더 이상 변명할 말은 없는 거겠지? 하지만 하연의 신경은 쉽게 가라앉지 않았다. 애써 미소를 지으며 하연은 다시 테이블 안쪽, 사람들이 모인 곳으로 시선을 돌렸다.

『물론이에요. 준은 제 우상이거든요. 실은 이번에 작업도 같이 했습니다.』

그 틈에 끼어든 것은 제이든이었다.

『작업을 같이 했다고요?』

생각지도 못한 전개는 하연만의 것이 아니었던 것 같았다. 제이든은 불과 하루 전 이루어진 리나와의 화보 촬영을 잭에게 소개하느라 여념이 없었다. 밝고 활기 찬 목소리. 자신감이 가득한 표정. 사람을 홀리는 능력은 보통이 아닌 녀석이었다. 처음 하연과 만났을 때와 똑같았다. 그런 제이든의 태도에 잭 역시 반하고 있는 것 같았다. 그 틈새로 다시 준이 끼어들었다.

'우리를 소개한 게 준이었다고?'

하연은 잠시 그 생각으로 머리가 복잡했다. 그러나 이내 그것을 털어 버리려 노력했다. 어젯밤 준은 분명 그들을 발견한 것은 잭이라고 했었다. 자꾸만 의미를 부여하는 일 따위는 하지 않는 게 좋을 것 같았다.

잭이 고른 레스토랑의 메뉴들은 모두 훌륭했다. 익숙해 편안한 것들과는 달리 그동안 건드려지지 않았던 미각을 자극하는 새로운 음식들도 즐거웠다.

'하지만 이런 것도 역시 매일 먹으면 익숙해지고 마는 걸까?'

칼로 잘게 썬 하몬을 입에 집어넣으며 하연은 그 생각을 하고 있었다. 와인을 든 준의 눈이 잠시 제게 머물렀다 멀어지는 게 느껴졌다. 어제와 다르게 그의 눈빛은 식탁의 분위기를 부드럽게 만들고 있었다. 복잡한 생각을 접어 두려 살짝 미소 지은 고개가 아래로 떨어졌다.

『하연 씨는 미식가인가 봐요. 사실 스페인 사람이 아닌 이상 하몬은 특유의 향 때문에 호불호가 갈리는 음식인데 말이죠.』

매력적인 하연의 움직임을 눈여겨보던 잭이 칭찬처럼 한마디 건네 왔다.

『새로운 자극을 흥미로워하는 편이거든요. 호불호는 없습니다.』

그 대답에 잭이 즐거운 듯 포크질을 멈추고 고개를 끄덕였다.

『열린 생각에.』

『열린 식욕이죠!』

잭의 장단에 맞춘 하연의 대꾸에 좌중이 가볍게 웃음을 터트렸다. 그 끝에 준 역시 미소 짓고 있었다. 그 얼굴을 자꾸만 확인하게 되는 제 자신에 놀란 하연은 거둬들인 시선을 멤버들에게 향했다. 다들 아닌 척했지만 잔뜩 얼어 있었다. 잭에게 제법 대담하게 말을 걸었던 제이든조차 조금 긴장된 표정으로 하연을 바라보았다. 염려 말라는 듯 하연이 그들을 향해 미소 지은 그때였다.

『그래서 말인데. 그 열린 마음이라는 것 말입니다.』

잭이 들고 있던 포크를 내려놓으며 입을 열었다.

『그건 사실 저에게 제일 먼저 해당하는 말입니다. 물론 최근 한국의 음악이 세계 시장에 널리 진출해 있기는 하지만 아시다시피 밴드 음악이라면 우리 쪽 자부심이 워낙 대단하니까. 쉽게 받아들여질까 판단하기 어려웠거든요.』

솔직한 잭의 이야기에 멤버들의 시선이 자연스럽게 그쪽으로 향했다.

『하지만 한국 음악을 좋아하는 소수의 젊은 층에서부터 조금씩 반응이 오기 시작할 무렵 말입니다. 그러니까 반응이 아주 미미하던 그때 제 열린 사고가 지금의 콜드문을 있게 만들었죠. 이건 제작자로서 칭찬받아야 마땅한 거 아닙니까?』

농담 같은 잭의 말에 준이 마치 그건 아니라는 듯 코웃음을 쳤다. 오만한 분위기. 순간 하연은 그것에 취했다. 최근 준과 같이 있으면서는 내내 느끼지 못했던 분위기였다. 그러나 무대에 서 있는 그에게서는 종종 보이던 것.

지난 이틀간 제 옆에서의 그는 예전의 준, 스톰의 준이었을 때보다 훨씬 더 부드러웠다. 말을 걸기에는 까다롭게 느껴졌지만 적어도 오만하진 않았다. 하지만 하연과 조금 떨어져 다른 사람과 섞이던 준은 제자리를 되찾았다는 듯 다른 모습이었다. 별다른 행동을 하지 않는데도 뿜어져 나오는 남다른 분위기와 카리스마는 어제 리나를 피사체로 세워 두었을 때와는 비교할 수도 없었다. 콜드문의 준은 결코 쉽게 만들어진 것이 아니었다.

『저희로서는 잭의 안목에 감사할 따름입니다. 하지만 콜드문은 당신이 아니었다 해도 다른 누구에게라도 발견되었을 거 같은데요. 이건 당신에게도 행운인 거겠죠?』

팬심을 드러내기라도 하는 듯 제이든이 조심스럽게 대화에 끼어들며 준을 쳐다보았다. 답례의 뜻으로 살짝 고개를 숙여 미소를 보이는 준에게 제이든이 뿌듯한 표정으로 마주 보는 것이 보였다. 잭이 즐겁다는 듯 웃음을 터트렸다.

『그렇죠! 그건 제가 인정할 수밖에요. 그러니까 남들보다 빠르게 움직이는 게 제가 살아남는 방법입니다. 그렇게 준을 발견했죠. 그래서 지금도 신이 나는 겁니다.』

잭의 대꾸에 멤버들의 눈이 반짝였다. 특히 설레어 어떤 말을 할지 차마 정하지 못한 것처럼 보이는 제이든은 어린아이처럼 가슴 두근거리는 표정을 감추지 못했다. 밤색 머리카락이 마구 흔들렸다. 준의 것보다는 덜하지만, 날카롭게 뻗어 나가다 끝이 동그마한 그의 콧등이 찡긋거렸다. 그런 제이든을 확인한 잭이 웃으며 다시 대화에 끼어들었다.

『그래서 말인데 우리 쪽에서는 이번 만남을 아주 긍정적으로 생각하고 있습니다. 브리즈에게는 좋은 선배가 필요하고 콜드문에게는 좋은 후배가 필요하죠. 시장을 넓히기 위해서는 말입니다. 서로간의 조력이 필요합니다. 앞에서 끌고 뒤에서 밀면 그 시너지가 대단할 것 같은데. 그렇지 않아, 준?』

잔을 들고 있던 준이 싱긋 웃었다. 그러고는 대꾸 없이 천천히 그 잔을 기울였다. 모두의 시선이 준을 주목하고 있었지만 준은 결코 서두르는 법이 없었다. 마치 그것을 즐기듯 그는 한껏 여유를 부리며 잔을 돌렸다.

그사이 잭은 이런 일에 익숙하다는 듯 가볍게 휘파람을 불며 제 잔에 든 것을 삼켰다. 그제야 여전히 저에게서 시선을 떼지 못한 멤버들을 향해 준이 장난스럽게 웃으며 대꾸했다.

『그럴지도 모르죠.』

순간 하연은 제 가슴이 크게 들썩이는 것을 느꼈다. 속으로는 그렇게 만든 준을 수만 번 욕하고 있었다.

『그러니까 어때요? 오늘의 만남을 계속 이어 나가는 것 말입니다.』

이번에 잭이 질문한 상대는 하연이었다. 놀라 뒤집어질 뻔한 제안이긴 했지만 하연은 제 표정을 적당히 통제했다. 소리를 지르고 싶은 것은 잠시 후로 미뤄 두는 것이 좋았다. 비록 뒤에서는 놀라 손뼉을 치고 싶어 안달이 난 브리즈 멤버들의 모습이 보이긴 했지만 방금 전 준을 보고 배운 것이 있다면 어떻게 행동해야 할지는 뻔했다.

애매모호한 미소.

『나쁘지 않은 의견인 것 같습니다.』

정확한 정답은 아닐지라도 모범 답안에 가까운 것이라 하연은 생각했다. 슬쩍 준 쪽을 바라보자 그는 하연이 아닌 제이든을 보고 있었다. 무슨 생각을 하고 있을까?

준의 눈에는 제이든이 그저 애송이처럼 보일지 모르겠지만 그래도 조금은, 그가 제이든을 무조건 어리기만 한 후배가 아닌 자신을 위협할 경쟁자로 봐 주길 바랐다. 콜드문의 다음 곡이 여전히 히트하기를 바라지만 하연은 준에게 브리즈가 어쩐지 짜증스럽게 신경을 건드리는 후배가 되었으면 좋겠다고 생각했다.

『그럼 좋습니다. 역시 식사 시간에 일 이야기를 하는 것은 그리 좋은 생각이 아니군요. 이제부터는 정말 즐겁게 시간을 보내 보도록 하죠.』

그 후로 식사는 내내 화기애애했다. 당장이라도 환호를 지르고 싶은 기분을 삼키느라 쉽지 않았지만 하연에게 있어 그것은 최고의 저녁이었다.

○ ● ○

잭은 제일 먼저 차를 불러 공항으로 향했다. 이륙이 1분 1초를 다투는 시각에도 그는 열정적으로 사람을 챙겼다. 모두와 악수를 하고 사진을 찍은 그는 다음 만남을 기약하는 것 역시 잊지 않았다. 그에게 연락처를 건넨 하연은 그의 두툼하고 커다란 손을 꼭 잡으며 특별한 미소를 지었다.

잭이 사라지자마자 떠난 준, 그 이후 팀원들은 자기들끼리의 자축을 위해 숙소로 돌아갔고 하연은 그 뒤에 남아 있었다. 이 흥분을 가라앉히기 위해서 조금 걸어야겠다고 생각했다.

스페인의 밤은 아름다웠다. 오래된 건축물의 아름다움을 감상하기 적절한 가로등 빛 아래 하연은 어깨에 걸친 재킷 속으로 제 팔을 엇갈려 팔짱을 낀 채 천천히 길을 걸었다.

밤이 깊어지자 도시는 낯선 냄새를 풍겨 왔다. 한국에서는 느낄 수 없는 이곳 고유의 향이 한낮 사람들 속에 섞여 희석되어 있다 밤이 되자 스멀스멀 기어오르는 것 같았다.

하연은 엇갈린 팔을 조금 더 단단하게 끌어안았다. 어깨를 덮치는 감정은 정확히는 알 수 없지만 마치 거대한 파도처럼 밀려올 무언가를 대비하는 듯했다. 걸음을 옮길 때마다 실크 드레스 자락이 제 무릎을 스쳤다. 제정신이 아닌 감각을 자극하는 감촉.

그 순간 이곳의 향기만큼이나 지독하게 자신을 사로잡고 있는 것이 무엇인지 깨달았다. 그 거대한 파도는 잭과의 만남이 아니었다. 걸음을 멈추었고 주변을 돌아보았다. 오래 걸었다고 생각했는데 실은 내내 같은 건물의 주변을 맴돌았을 뿐이었다.

그럴 수밖에.

사실 아까부터 머릿속에는 내내 한 가지 생각뿐이었다. 레스토랑으로 들어오는 그를 본 뒤로 하연은 잔뜩 긴장을 했다. 어제는 제대로 시선을 맞추지 못했던 준의 달라진 분위기. 그것에 반했다. 브라운관 속에서 내내 질투하며 바라보았던 콜드문의 준이 거기에 있었다.

그에게 입을 맞추고 단단한 가슴을 풀어헤쳐 그에게 안기고 싶었다. 스톰의 준이었을 때 보이던 그 다듬어지지 않은 준의 매력은 그동안의 성취와 좌절 속에 더 깊어져 있었다. 마치 무대 위에서 대중을 사로잡는 것처럼 준의 카리스마는 단숨에 하연의 숨통을 조였다. 그 생각을 가라앉히려 노력하다 보니 오히려 객과의 대화에 여유로울 수 있었다. 하지만.

준의 옛 애인이 디렉팅한 신인 밴드 브리즈

충분히 상상하고도 남을 만한 기사의 헤드라인은 그리 매력적이지 않았다. 그와의 만남은 브리즈의 해외 진출도 왜곡되게 만들 것이 분명했다.

하연은 곧게 뻗은 길 쪽으로 방향을 틀었다. 숙소까지 걸어서 15분, 멀지 않은 거리지만 이렇게 계속 걷는 것은 좋은 생각이 아닌 것 같았다. 상념은 사람을 비이성적으로 만들 수 있었다.

차가 많지 않은 거리, 택시를 잡기 위해 하연은 길가를 향해 섰다. 얼마 지나지 않아 멀리 골목을 돌아 차 한 대가 들어오는 것이 보였다. 손을 뻗은 하연의 앞에 차가 멈춰 섰다. 하지만 택시의 뒷좌석에는 손님이 타고 있었다.

"죄송해요. 손님이 있는지 몰랐어요."

엉겁결에 한국어로 말하며 손을 흔들었다. 차창이 열리고 누군가 모습을 드러냈다.

"네가 멈춘 게 아니라 내가 멈춰 달라고 부탁한 거야. 타."

준이었다.

○ ● ○

청록색은 하연의 외모를 돋보이게 한다. 하연은 제 외모의 장점을 정확하게 이용할 줄 아는 사람이었다.

스무 살 그즈음 하연은 늘 무늬 없는 티셔츠를 입었었다. 그녀는 반지하방에 있는 동안에는 종종 브라를 착용 안 하고 있었고 그것을 보고 있는 것만으로도 준은 아무 생각도 할 수 없었다. 애교를 부리듯 그대로 안기면 준은 곧바로 자극되었다. 도저히 다른 생각을 할 수 없게 만드는 여자였다.

일주일에 한 곡 작곡을 하던 오래된 습관도 자주 지켜지지 못했다. 미리 맞춰진 스케줄에 따라 연습도 제대로 하지 못한 채, 공연을 하는 것 말고 준의 시간은 온통 하연의 것이었다.

사랑을 하고 잠에서 깨면 그녀는 또다시 준을 자극했다. 그 자극에 준은 번번이 져 버렸다. 그녀는 저에게 몰두하지 않을 거라면, 저에게 모든 것을 가져다 바칠 생각이 아니라면 덤비지도 말라고 그렇게 온몸으로 이야기하고 있었다. 제 매력을 제대로 인지하지 못한 나이에도 그녀는 본능적으로 그것을 알고 있었다. 하물며 그것이 만개해 가는 지금 하연이 그것을 모를 리 없었다.

"고마워요. 잠깐 산책을 하려고 했던 게 길을 잃은 거 같아서요."

"나도 마침 호텔로 들어가려던 차였어."

"그랬군요."

우연히 길에 서 있는 그녀를 만났고, 택시에 태웠다. 그런데, 그것뿐인데 지금 준은 참을 수 없었다. 지금 준이 원하는 것은 그런 그녀를 제 침실로 데려가는 것뿐이었다. 머릿속에 가득한 그것만이 지금의 자신을 설득할 수 있을 것 같았다.

"아까 잭이 하는 말이, 우리를 소개한 게 준이라고."

"글쎄. 그런 건 아니야. 잭은 세계 곳곳의 페스티벌에 다니면서 신인 밴드들을 발굴하는 게 일이거든."

"그럼. 우리한테 연락한 것은?"

"어제. 연락이 와서 함께 봐 달라고 하더군. 한국 밴드의 공연이 있다고 말이야."

그리고 그곳에서 너를 봤지. 온통 몰입해서 즐겁게 춤을 추는 너를.

준은 말끝에 쓸쓸한 미소를 흘렸다. 짧게 내쉰 숨에 옆에서 긴장한 것처럼 보이는 그녀의 숨이 뒤엉켰다. 그조차 저를 잔뜩 달아오르게 만들어 그는 제 다리를 그녀와 떨어진 쪽으로 꼬아 떨어뜨렸다.

"공연은 괜찮은 편이었나요?"

조금은 어색한 어투로 하연이 물어 왔다.

"나쁘지 않았지. 하지만 그걸 보고 객이 반하게 될 줄은 몰랐어."

마치 지금의 나처럼.

제가 부담스럽고, 제게 거부감이 들어 내내 시선을 맞추지 않는 그녀. 레스토랑에서도 그녀의 시선을 끌고 싶어 자기도 모르게 계속 하연을 향해 부드러운 미소를 보이던 저에게 하연은 한 번도 눈을 마주치지 않았다. 그런 하연에게 준은 화가 나 있었다.

뭐, 꼭 그런 의미가 아니라도 좋으니 그녀가 자신을 바라봐 주길 바랐다. 과거의 인연을 이어 가진 못해도 새로운 사이, 같은 업계에서 일하는 선배, 아니면 브리즈를 부탁하고 싶은 꽤나 성공한 밴드의 리더라면 어떨까?

가끔 일이 있을 때 부탁하거나 조언을 청한다면. 그것도 아니라면 이렇게 객과의 일이 성사되고 있는 마당에 프로세스에 대한 지혜라도 구한다면 좋을 텐데. 지금 이 순간. 기뻐 죽을 만큼 좋은 이 순간 자신을 축하해 달라며 차나 한잔, 아니 술이라도 한잔 같이 하자고 청해 오면 거절하지 않을 것이었다. 아무리 먼 사이라 해도 그 정도는 괜찮지 않을까.

아니. 그런 걸로는 도저히 저를 만족시키지 못할 거라는 걸 준은 알고 있었다. 지금 이곳에서라도 당장 청록색의 실크 드레스 아래 바짝 모으고 있는 두 다리를 제 손으로 가르고 그녀의 입술을 빨아들이고 싶은 이 본능을 가까스로 참고 있다는 것을 알게 된다면 하연은 무슨 표정을 지을지 두려웠다.

자신이 그저 그런 남자일 뿐이라는 걸 안다면.

그러나 그녀와 함께 보낸 이틀 내내 그를 괴롭히던 악몽이 어젯밤 비로소 사라졌다는 것을 알게 된다면. 그리고 오늘 그녀가 돌아가고 나면 다시 준은 밤마다 하연을 조준하는 꿈을 꾸는 그저 그런 남자로 전락해 버릴 거라는 걸 그녀가 알게 된다면 말이다.

"내일은? 한국으로 돌아가는 건가?"

그의 목소리가 어느새 탁해져 있었다.

"네. 오전 일찍."

"그래."

빈 공간 사이 당황한 그녀가 조금 빠르게 말을 덧붙였다.

"이제 일주일 뒤면 듀엣곡이 공개되겠네요. 기대하고 있어요."

그 순간 택시가 급하게 오른쪽 커브를 돌았고 실크 드레스가 감싸고 있는 그녀의 다리가 준의 무릎 어딘가를 건드렸다. 가까스로 긴장하고 있던 준의 허벅지 근육에 힘이 빠져 버렸다. 준은 택시의 손잡이를 잡아 그녀에게서 한 뼘 떨어졌고 그 순간 눈이 마주친 하연은 무표정한 얼굴로 창밖을 바라보았다. 칠흑같다는 표현으로밖에는 설명할 수 없는 아무것도 없는 마요르카의 창밖 거리.

경멸하는 것 같았다. 마치 제 속을 들킨 것 같아 준은 헛기침이 나왔다. 하지만 짐작하는 것과 아는 것에는 큰 차이가 있는 법이었다.

풍성한 머리카락이 구불구불한 길을 달리는 택시의 리듬에 맞춰 흔들렸다. 어깨에 걸친 재킷과 그 가운데 엇갈려 여며진 가슴 사이로 오래전 제 입안을 가득 채웠던 그녀의 가슴골이 슬쩍 눈에 들어왔다.

한탄이 터져 나올 것 같은 기분에 준은 제 입술을 깨물었다. 만약 제 자신이 한심스러운 사람으로밖에 그녀에게 이해되지 못한다 해도. 그렇게 매력 없는 사람이 되어 버린다고 해도. 이것이 마지막 기회라면. 지금 말하지 않고서는 방법이 없다면.

그러니까 지금 내가 원하는 건.

"강하연?"

"저기, 준."

동시에 터져 나온 말에 두 사람 모두 한발씩 물러섰다.

"먼저 말해."

하연이 가볍게 미소 지었다.

"아니. 그쪽이."

하지만 그는 기다렸다. 머뭇대던 하연이 고개를 흔들며 이야기를 꺼냈다.

"내내 인상을 찌푸리는 것 같던데 만약 두통이 심하다면 약보다 마사지가 좋을지도 몰라. 호텔 1층에 스파 하는 곳이 있던데. 받아 봐."

"그래."

의미 없는 충고와 지킬 생각이 전혀 없어 보이는 대답. 그런 것보다 더 정확한 것은 하나뿐이었다.

『차 세워 주세요.』

그의 말에 택시가 멈췄다. 가로등이 가득한 거리의 한복판. 놀란 하연이 그를 향해 눈을 동그랗게 떴다. 그가 하연의 손을 잡고 뛰어나갔다. 하얀 공기 속으로 두 사람의 거친 입김이 마구 흩뿌려졌다.

한참을 걷고 또 걷고 그렇게 걷던 준이 걸음을 멈춘 곳은 건물과 건물 사이 끝의 어둔 공간이었다. 조명이 비치지 않는 거리. 누구의 눈길도 스미지 않을 것 같은 좁은 공간. 그가 그곳에 우뚝 멈췄다. 그러고는 하연의 허리를 끌어안아 그대로 입을 맞추었다.

하아.

심장이 터질 것 같았다. 혀끝으로 하연의 입술을 그린 그가 그대로 그녀의 입술을 벌려 안으로 들어왔을 때 하연은 현기증이 날 것 같아 손으로 그의 옷깃을 잡아챘다. 치아를 훑어 내리고 입안의 살결을 샅샅이 핥고 혀뿌리를 뽑아낼 것 같은 짙은 키스에 하연은 정신을 차릴 수 없었다. 다급하고 거칠고 목마른 키스. 숨이 막혀 죽어 버릴 것 같았다. 그대로 그의 입술에 숨을 빼앗겨 그의 팔 안에 쓰러져 기절해 버릴 것 같았다.

아니, 여기서 이대로 쓰러져도 상관없었다. 머릿속의 모든 신경이 그를 향해 들끓는 것이 느껴졌다. 사방이 흐릿했다. 그 무엇도 끼어들 틈 없는 새까만 마요르카의 밤. 무형의 무대 위에 저희에게만 핀 조명이 떨어지고 있다는 착각이 들었다.

준.

준.

그가 그리웠다. 미치도록 그리웠다. 악의에 찬 말을 뱉어 놓고 뒤돌아 곧바로 후회했다. 전화기를 던져 버리고 그걸 끌어안고 울었다. 브라운관에 나온 그를 흘기는 눈으로 모두 새겼다.

다른 사람을 사랑할 거라는 생각은 못 했지만 다른 남자의 품에 안기면 적어도 그가 열어질 거라 생각했다. 시험해 보고 싶었다. 그와의 만남은 추운 겨울 마지막 보루여서 특별하게 느껴졌던 것뿐이라고. 그렇게 느끼고 싶었다.

하지만 그를 대체할 수 있는 남자는 어디에도 없었다.

하아, 하아.

숨이 턱 끝까지 달한 준이 하연을 내려다보았다. 욕망으로 흐려진 그의 시선이 하연을 옭아매었다.

"당장 너를 가져야겠어."

그의 손이 스커트 자락을 밀고 들어왔다. 허벅지 안쪽으로 치달은 거친 손길이 하연의 힙을 제 쪽으로 끌어당겼다. 이미 잔뜩 부푼 그의 남성이 하연의 몸에 짓눌렸다. 애틋한 욕망으로 가득한 그의 손길이 하연의 살결을 쓰다듬을 때마다 닿은 부위가 열로 뜨거워졌다.

"하연아. 강하연."

그가 하연의 이름을 소리 내어 부를 때마다 그녀의 몸이 바르르 떨렸다. 그녀의 어깨를 제 쪽으로 끌어당긴 준이 제 입술로 하연의 드레스 어깨 부분을 풀어 내리려는 때였다. 가까스로 이성을 발휘한 하연이 고개를 흔들어 그의 손을 잡았다.

"여기선 안 돼."

교차되는 시선에 뜨거운 눈빛의 준이 그녀의 손목을 잡았다. 그러고는 급하게 하연을 끌어당겨 골목 밖으로 나갔다. 손을 흔든 준이 택시를 잡아 세웠다.

『가까운 호텔로.』

좌석으로 밀고 들어온 준이 그녀를 한쪽 구석으로 몰아붙였다. 택시 기사가 피식 웃음을 흘리며 차를 출발시켰다. 하연은 민망한 기분이 들었지만 그것은 찰나였다. 하연의 턱을 손으로 가볍게 쥔 그가 그녀의 입술을 제게 끌어와 입을 맞추었다.

머금고 다시 놓아 주고 또다시 머금고. 그러다 부어오를 만큼 아랫입술을 빨아 마시는 그의 키스 안에 들끓는 욕망이 하연의 심장을 쥐고 흔들어 놔주질 않았다. 눈앞이 아득해져 그녀의 머릿속에 남은 것은 준 하나뿐이었다.

아주 오래전, 그와의 사랑은 검푸른 우주, 적막하고 아름다운 그 미지의 공간에 오직 서로에게만 인공호흡기를 매단 채 끝도 없이 유영하는 것과 같다고 생각했었다. 서로의 표피에 와 닿는 싸늘한 감촉. 그것을 잊으려 몸부림치듯 매달리는 포옹과, 유일한 생존의 가능성을 이야기하는 혀끝의 감각. 마지막 희망 같은 키스.

택시가 멈춰 선 자리. 서둘러 값을 치른 준이 뒤따라온 하연의 손을 잡고 빠르게 걸음을 옮겼다. 차가운 바람이 드러난 살결을 할퀴었다. 드레스 자락 안으로 제 몸의 감각이 잔뜩 곤두선 것이 느껴졌다.

생전 처음 보는 휘황찬란한 샹들리에. 그가 이끄는 호텔의 화려한 불빛 속으로 하연이 말없이 따라 들어갔다. 로비의 한가운데 잠시 그녀의 손을 놓은 그가 눈빛으로 그녀를 제 옆에 세워 둔 뒤 마치 아무 일도 없었다는 듯 직원 앞에 섰다.

『룸 부탁합니다. 하루 머물 겁니다.』

두 사람을 확인한 직원이 키를 건넸다. 테이블을 쓸어 그 카드를 손에 쥔 그가 하연을 뒤따라 엘리베이터 앞으로 갔다. 매너를 갖추고 더없이 신사다운 모습으로 버튼을 누른 그의 옆모습이 보였다. 우뚝 솟은 코. 시야를 반쯤 가린 갈색 머리카락. 그 아래 또렷한 라인의 입술.

그가 천천히 떨어지는 빨간 숫자를 초조한 눈빛으로 응시하고 있었다. 그사이 몇 번이고 베어 문 그의 입술 사이로 후 하고 숨이 내쉬어졌다. 두 사람 앞으로 엘리베이터 문이 열리자 강하게 그녀를 잡아끈 준이 그대로 하연을 엘리베이터 구석에 가두고 덤벼들었다.

그의 입술 아래 하연의 하얀 목덜미가 드러났다. 바르작거리며 몸을 움직여 그에게 시선을 맞춘 하연의 앞에, 성난 짐승처럼 입술을 박고 자국이라도 남길 듯 강하게 저를 빨아들이는 그가 보였다.

들뜬 감각에, 열린 엘리베이터 밖으로 방을 찾는 하연의 눈은 이미 흐려져 있었다. 그녀의 손목을 잡은 채로 성난 눈을 밝힌 준이 빠르게 문을 열었다. 등 뒤로 문이 닫히는 것조차 확인하지 못한 하연은 제 앞에서 셔츠 단추를 풀어 내리는 그의 강렬한 눈빛에 저도 모르게 겁을 먹고 뒷걸음질 쳤다.

손을 뻗은 그가 한 손으로는 제 셔츠를 풀어 내리고 또 한 손으로는 하연의 옷을 헤집어 그녀의 가슴을 끌어냈다. 그러고는 단숨에 하연을 제 앞으로 밀착시켰다. 크게 부풀어 오른 그의 남성이 하연의 드레스 자락을 뚫고 들어올 듯했다.

누구의 입에서 뿜어져 나오는 호흡인지 알 수 없었다. 넘어지지 않으려 팔꿈치를 어딘가에 기댔을 때 그에 의해 번쩍 들어 올려진 하연은 어느새 콘솔 위로 올라앉아 있었다. 반라가 된 준이 하연의 시야에 가득 들어찼다. 곧게 뻗은 어깨와 단단한 가슴의 근육.

이미 오래전 반해 있었던, 그래서 오히려 그 모습을 온전히 기억할 수 없었던 그 가슴에 손을 대어 어루만지다 탐하듯 그의 목을 끌어안는 순간 하연은 두 팔 안에 가득 채워지는 그와 비례하는 깊은 슬픔이 가슴속으로 번져 나가는 것을 느꼈다. 누군가 손을 잘못 대어 넘어진 잉크처럼 종이를 적시는, 온몸으로 번지는 이상한 감정.

그 감정을 잊으려는 듯 옅은 신음을 내뱉는 그녀의 입안으로 깊숙이 혀를 밀어 넣은 그가 하연을 강하게 빨아들였다. 그의 손은 제 바지 버클을 마구 흩트리고 곧바로 하연의 치마 안으로 뻗어 들어왔다. 그 열띤 손길에 뒤틀어진 그녀의 힙을 끌어안은 준이 거칠게 제 허벅지에 그녀를 밀착시켰다. 믿을 수 없을 만큼 단단한 그가 까딱이며 하연의 아랫배를 긁어 대고 있었다. 그가 하연을 집어삼킬 듯 응시하고 있었다.

"강하연."

"……"

"강하연. 강하연. 강하연."

그녀가 제 앞에 있다는 것이 믿을 수 없다는 듯 재차 하연을 부르는 그의 목소리가 슬프게 들렸다. 야수 같은 눈빛은 어느새 깊은 바다처럼 변해 버려 그 속을 알 수 없었다. 한없이 일렁이는 눈으로 그를 바라본 하연이 나직이 대답했다.

"그래. 나야."

입술이 부딪치고 혀와 혀가 엉켜들었다. 서로를 그리워한 만큼 서로를 악랄하게 미워했던 시간들. 그의 입술은 하연의 혀뿌리를 뽑고 하연의 이는 그의 입술을 잘근잘근 깨물었다. 상처 난 곳을 들쑤시고 헤쳐 그 상처가 그 자리에 있다는 것을 기어이 제 눈으로 보아야 하는 사람들처럼. 하연은 그의 허리를 제 앞으로 당기고 그는 하연의 어깨에 팔을 둘러 제 입술로 자꾸 밀착시켰다. 잠시의 틈 사이로 서로의 거친 호흡이 엉컸다.

가슴 위로 흐트러진 머리카락 사이 연신 키스를 퍼부은 준이 치마를 치켜올려 그 안을 쓸었다. 차가운 콘솔의 감각과 반대로 열이 잔뜩 오른 그의 손에 놀란 하연이 힙을 꿈틀거린 순간 준이 그대로 저를 하연의 안으로 밀어 넣었다.

강하게 들어오는 페니스에 고통을 참지 못한 하연이 저절로 소리를 내뱉었다. 그녀의 가슴에 입을 맞춘 준이 하연의 허리를 받쳐 안고 재차 밀어붙였다. 잔뜩 치솟은 그가 몇 번이고 몸속으로 밀려 들어오자 극한의 환희와 고통이 하연의 얼굴을 일그러지게 만들었다.

"참지 말고 질러. 여기는 우리 둘뿐이니까."

흥분에 탁해진 그의 목소리가 하연을 자극했다. 하지만 하연은 숨을 내지를 수 없었다. 안은 이미 흠뻑 젖어 있었지만 그보다 더 크게 부푼 그를 받아들이는 것이 버거웠다. 한 번도 가 닿지 않은 곳을 치고 들어오는 단단한 그에 숨이 턱턱 차올라 내지르지 못하는 신음이 입가에서 웅얼거려졌다.

"왜 그러는 거야?"

꼿꼿하게 선 하연의 정점을 머금어 깊게 빨아들인 준이 속삭였다.

"흐흣. 숨도 못 쉬겠어."

가까스로 내뱉은 말과 함께 탁한 숨이 하연의 입 밖으로 내뱉어졌다. 그 숨결을 잡으려는 듯 준이 떨리는 손으로 하연의 얼굴을 쓰다듬었다. 부드럽고 애틋한 눈길이 곤란한 듯 불을 밝혔다.

"아직 끝까지 들어가지도 않았는데."

그녀를 번쩍 안아 올리자 준에게서 떨어지지 않으려 하연이 두 다리로 그의 허리를 감쌌다. 그녀의 가슴이 그의 코끝을 스치고 하연의 손이 준의 갈색 머리카락 사이로 파고들었다. 그 손길을 따라 고개를 움직인 준이 달뜬 숨을 뱉어 내며 속삭였다.

"천천히. 천천히 할게. 미안."

아주 오래전 준은 하연을 뒤에서 끌어안는 것을 좋아했다. 그의 키는 하연보다 20센티미터는 더 크고 몸집은 커다래서 그의 품안에 들어가면 하연은 온전히 속박되어 버렸다.

"예전처럼. 천천히."

그녀를 바닥에 내려놓은 준이 하연의 허리에 걸쳐져 있는 드레스를 벗겨 내렸다. 그리고 제 무릎에 걸쳐져 있는 팬츠까지 모두 벗어 버리고는 하연을 뒤에서 끌어안았다. 불이 켜지지 않은 룸에 두 사람이 맞닿은 자리만 뜨거운 열기가 가득했다. 가만히 그 열기를 느끼며 준이 하연에게 밀착했다. 그의 입술이 목덜미를 훑어 내리자 그의 팔 안의 하연이 허리를 뒤틀었다.

"천천히 하고 있어. 천천히."

주문처럼 그 말을 읊은 준이 혀로 하연의 귀를 핥아 올리며 한 손으로 그녀의 가슴을 리드미컬하게 쥐었다 놓았다. 순식간에 발끝까지 전해지는 자극에 다리에 힘이 풀린 하연이 준의 팔에 온전히 의지한 순간 준의 손이 하연의 허벅지 사이로 스며들었다.

그대로 하연을 안아 침대 위로 눕힌 준이 하연을 바라보았다. 아까와는 전혀 다른 종류의 야수가 제 앞에 있었다. 조심스럽게 허락을 구하는 그의 검은색 눈동자는 신중하고 섬세했다.

"준……."

신음을 토하듯 그의 이름을 부른 순간 그녀의 입술을 제 입술로 누르며 올라온 준이 몸을 굽혀 자신의 페니스를 하연의 안으로 조금씩 밀어 넣었다.

"아흐훗."

참을 수 없는 신음을 터트린 하연이 그의 허리가 밀고 들어오는 힘에 머릿속이 하얗게 비워져 버리는 것을 느꼈다. 천천히 그가 움직일 때마다 부르르 몸을 떤 하연이 탄탄하게 치솟은 그의 엉덩이를 잡아끌었다. 맞닿은 부분이 그의 움직임에 따라 더 깊게 열릴 때마다 하연은 마치 준이 제 몸을 관통한 것처럼 느껴졌다.

그와 떨어지지 않으려 그의 허리를 제 다리로 감싼 하연이 그를 제 끝까지 당겨 안았다. 더 깊게 더 깊게 서로를 당겨 안은 두 사람이 함께 천천히 움직였다. 제 가슴의 정점에 입을 맞추는 준의 얼굴을 끌어안은 하연의 짙은 숨이 공중으로 흩뿌려졌다.

더할 수 없는 쾌감의 끝에 그 누구도 주지 못했던 무언가가 열리는 것을 느꼈다. 검푸른 우주. 적막하고 아름다운 그 미지의 공간에 오직 서로에게만 인공호흡기를 매단 채 끝도 없이 유영하는 시린 아름다움.

시선을 그에게 맞춘 채로 그가 한없이 밀려왔다 밀려가는 것을 하연은 온전히 바라보고 있었다. 꿈과 현실의 경계가 몽롱하여 이 순간 그 어떤 논리도 그녀의 머릿속을 침범하지 못했다. 짧은 키스와 긴 키스가 밤새도록 이어졌다. 살과 살이 맞닿은 채 서로에게 녹아 가고 있었다.

8

"음원하고 뮤직비디오 모두 한 시간 뒤인 오후 12시에 발표될 겁니다. 물론 리나의 솔로이지만 우리 제이든과의 듀엣도 있죠. 그러고 나면 오후 3시는 브리즈 라이브 방송. 저녁에는 음악 방송."

줄줄이 읊어 내려가는 현규의 말에 하연은 고개를 끄덕였다. 그녀의 옆에는 진혁이 앉아 역시 현규의 브리핑을 듣고 있었다. 며칠간 지방 출장을 다녀왔다는 진혁은 조금 피곤한 얼굴로 제 이마를 짚은 채 마치 다른 생각을 하는 사람처럼 앉아 있었다. 그쪽으로 시선을 두었던 하연이 입술을 깨문 채 고개를 떨어트렸다.

보고를 마친 현규가 오전 11시 현재 시각을 확인하더니 휴대 전화를 켜 놓고 살짝 이맛살을 찌푸렸다. 현규의 휴대 전화가 하연의 눈앞에 놓였다.

"1위, 3위가 콜드문 음악이에요. 이거 '블루'에서 괜찮다고 한 겁까?"

"이미 차트 인 한 지 7주째야. 상관없어."

하연의 말에 현규가 피식 웃었다.

"그럼 이제 끝난 건가?"

딱 부러지는 소리와 함께 진혁이 뒤도 돌아보지 않고 일어섰다.

"대표님 무슨 일 있으세요?"

그가 멀어지자 슬쩍 눈치를 본 현규가 하연에게 속삭였다. 하연은 알 수 없다는 듯 고개를 흔들며 잠시 후 발표될 리나의 〈보라〉 뮤직비디오에 시선을 던졌다. 머릿속이 긴장으로 딱딱하게 굳어 가는 것 같았다.

원하던 방향은 아니지만 이번 음원 발표의 파급력은 예상보다 클 것이 분명했다. 이틀 전 예고한 리나의 〈보라〉 뮤직비디오 티저 영상의 조회 수가 이미 일억 뷰를 넘어선 상태. 두 사람의 듀엣곡인 〈블루문〉은 트랙 제목만 공개된 상태로 화제가 되었다.

한국 팬들뿐만 아니라 콜드문의 리나를 좋아하는 전 세계의 팬들이 리나와 함께 듀엣을 한 남자 가수에 대해 관심을 보이고 있었다. 호의건 그 반대의 감정이건 중요한 것은 브리즈의 존재를 알렸다는 것. 신인에게 있어 그보다 좋은 것은 없었다. 그 이후 사람들을 자신에게 끌어들이는 건 전적으로 브리즈, 제이든의 몫이었다.

물론 쇼는 그것으로 끝이 아니었다. 그들에게는 여전히 잭의 제안이 유효했다.

한국으로 귀국한 지 이틀 뒤 잭의 팀으로부터 연락이 왔다. 자신들과 브리즈의 해외 진출에 구체적인 방안을 논의해 보자는 내용이었다. 그에 결정적인 계기가 리나와의 듀엣이라는 점은 부인할 수 없었다. 리나의 음반 트랙이 공개된 이후 브리즈의 공연 영상까지 찾아와 관심을 보이는 이들의 숫자나 제이든을 팔로우하는 사람들의 숫자가 유의미했다.

이 기세를 몰아 무언가를 해 볼 수 있지 않을까 하는 생각이 들었다. 물론 섣부르게 행동한다고 될 일은 아니었다. 우선 대강의 그림은 다음번 브리즈의 앨범을 국내뿐 아니라 해외 시장에도 내놓는 방향으로 잡아 보자는 게 잭의 제안이었다.

그 말을 듣는 순간 하연은 가슴이 무거워졌다. 상상해 왔던 것보다 그 무게감은 훨씬 더했다. 일을 추진하기 전에 우선, 보다 섬세하고 구체적인 계획이 필요할 거라 느꼈다. 안타깝게도 J엔터 팀 내에서는 아직까지 이런 일을 해 본 사람이 없었다. 다들 이곳저곳 자신들의 인맥이 닿는 쪽으로 조언을 해 줄 만한 사람들을 찾아 나서기 시작했다. 문득 생각나는 것은 준이었다.

하지만 귀국한 뒤 하연은 그의 전화를 받지 않았다. 그날 밤을 지새우고 그가 잠든 사이 호텔 밖으로 나오면서도 하연은 메모 한 장 남기지 않았다. 무슨 말을 해야 할지 알 수 없었다. 어차피 바뀔 결론이란 없을 사이. 연락 따위가 무슨 소용이 있을까 싶었다. 그런데. 아쉬울 때 다시 준을 떠올리다니.

하연은 자조적인 미소를 지었다. 하긴 지금 당장은 누구보다 제 가까이에 있는 남자 서진혁, 그에게 할 이야기가 있었다.

○ ● ○

농담처럼 하는 말이라고 생각했었다. 맨 처음 서 대표가 그 말을 꺼냈을 때 하연은 그걸 농담으로 치부하고 싶었다. 1년 전, 그날은 회식이 끝나고 늦은 밤이었다. 술은 많이 마시지 않았다. 음식이 훌륭한 프랑스 레스토랑. 긴 창 아래 모여 와인 한잔과 음식을 들었는데 모두 대접받은 분위기에 기분이 좋았다.

하늘에선 금방이라도 눈이 내릴 것 같은 희뿌연 날씨였다. 구름은 낮고 사물의 깊이가 깊어지는 그런 날씨. 공기는 투명하고 특유의 싸한 바람이 코끝을 스쳤다. 그날은 유일하게 서 대표가 제 차로 집에 데려다준다는 것을 하연이 거절하지 않은 날이기도 했다.

그때도 하연은 조금 어리석어서 한겨울 다른 사람들이 입고 다니는 털 코트를 무시하고 허리만 겨우 가리는 라이더 재킷을 입고 있었다. 아름다운 것이 실용성을 이기는 나이였다. 오들오들 떨면서 차에 타는 하연을 보고 진혁은 재미있어했다. 어깨를 움츠리고 꽁꽁 언 손을 맞잡아 녹이는 하연을 보고 그가 말을 꺼냈다. 술을 전혀 하지 않아 실언을 할 만한 상황도 아니었는데.

"내일 시간 되면 영화나 보러 갈래?"

장난처럼 퉁명스러운 목소리가 하연에게서 나왔다.

"시간 낭비세요. 전 누굴 사귈 만한 그런 상황이 아니거든요. 그러니까……."

하연의 단골 거절 멘트였다. 진혁이 하연의 말허리를 자르며 끼어들었다.

"아! 그 말 하려는 거구나. 알고 있어. 저는 누군가를 사랑할 만한 사람이 아니거든요. 쓸데없는 시간 낭비세요. 그쪽 잘못이 아니니까 그런 눈으로 쳐다보지는 마시고요. 제가 원래 그런 애예요."

데이트 신청을 거절할 때마다 했던 말을 서 대표가 똑같이 읊어 대서 하연은 깜짝 놀랐다. 말투까지 빼닮아 헛웃음이 나왔다.

"미안. 들으려는 건 아니었는데. 지난주에 김 대리랑 나누는 얘기를 어쩌다 듣게 됐었어."

"아."

조금 난감한 표정이 되어 버렸다. 방어하려던 마음이 맥없이 무너졌다.

"그러니까 데이트를 청하거나 거절하려면 이렇게 아무도 못 듣는 곳에서 하면 좀 좋아? 다른 사람은 못 들으니까 덜 창피하잖아. 그렇게 사방이 뻥 뚫린 곳은 별로 좋은 선택이 아닌 것 같아."

그의 유쾌한 대꾸에 하연은 웃어 보였다. 장난이겠지 싶었다. 그걸 봤다는 것을 에둘러 표현하는 거구나 싶었다. 사내에서는 연애 금지라는 경고인가? 서 대표는 누군가에게 거절당할 만한 남자가 아니었다.

신화그룹 3세. 30대 초반의 나이에 남자다움이 강하게 느껴지는 이목구비. 큰 키와 넓은 어깨. 아버지의 회사를 그대로 물려받은 게 아니라 본인이 회사를 차려 나온 점도. 의외의 섬세함과 자상함을 갖췄다는 것도. 여자들에게 큰 매력으로 다가올 일이었다.

그러니까 이런 사람을 거절할 때면 차라리 마음이 편했다. 그러면 하연의 이런 말이 그저 저를 거절하기 위한 판에 박힌 변명이 아니라는 것쯤은 알 테니까.

"그 말 나한테도 할 줄 몰랐네. 매크로 답변에 거절당하는 처지라니."

투정 어린 진혁의 말투에 하연은 코웃음을 쳤다.

"진짜니까요. 전 누굴 사랑할 생각이 없거든요."

한편으로 조금 지루하기도 했다. 이 사람과는 이렇게 되고 싶지 않은데. 그런 아쉬움이 컸다.

그가 제 그림을 알아봐 주고 졸업하지도 않은 학부생의 디자인에 진심 어린 대우를 해 줬을 때 하연은 서진혁을 좋은 사람이라 여겼다. 남자와 여자의 관계는 되고 싶지 않았다. 대부분의 남자들이 자신을 그렇게 대한다는 것을 알고 있지만.

남자들에게 하연은 둘 중 하나였다. 여신, 우러러보며 가까이하기 힘들 것 같은 제 깜냥을 벗어나는 여자. 혹은 한 번쯤 소유해 보고 싶은 여자. 서진혁은 다를 거라고 생각했다. 그는 대단한 사람이니까. 그리고 정말 좋은 상사였으니까.

"왜 그렇게 생각하는데?"

그가 핸들을 우측으로 꺾었다. 하연의 집을 안내하는 내비게이션과 방향이 달랐다. 돌아보자 피식 모르는 척 코웃음을 치는 얼굴이 기분 좋아 보였다. 어쨌거나 그는 꽤나 괜찮은 상대였다.

"그 뒷말을 못 들으셔서 그래요. 그 뒤에 따라가는 말이 있었거든요."

"뭔데? 말해 봐."

빠르게 대답한 지혁이 다시 핸들을 크게 돌렸다.

"나는 누구한테도 사랑받은 적이 없거든요. 사랑은 믿지 않아요. 그건 여자를 침대로 데려가기 위한 그럴싸한 속임수일 뿐이잖아요. 그러니까 사랑 같은 거 하자고 하지 마세요."

차는 근처 호텔에서 멈췄다.

"술 한잔 하고 갈래? 여기 13층 바가 꽤 괜찮아."

"별로 좋은 생각이 아닌 거 같아요."

그가 사선으로 고개를 저었다. 짧은 앞머리가 보기 좋게 흐트러졌다.

"그럼 차라도 한잔."

꽤나 집요한 표정이었다.

"방금 전에 말씀드렸잖아요. 저는 누군가랑 데이트를 하거나 그럴 생각은 없다고."

"나도 마찬가지야. 어차피 결혼은 부모님이 정해 주신 몇 명의 여자 중 하나와 해야 하지. 영원그룹 차유라가 될 수도 있고 미전그룹 김이영이 될 수도 있고."

진혁은 늘 웃는 얼굴을 하고 있었다. 입꼬리가 살짝 올라가면 주변이 저절로 환하게 밝혀지는 그런 얼굴이었다.

어릴 때부터 사랑을 많이 받고 행복한 환경에서 살아온 사람은 저런 얼굴을 가지고 있구나. 그렇게 생각했었다. 그런데 웃지 않는 그의 얼굴은 누구보다 슬퍼 보였다.

"그럼 김이영이 낫겠네요. 피아노 독주회에서 본 적 있는데 미인인 데다가 연주 실력도 좋더라고요."

하연의 말에 다시 그 입꼬리를 올려 짓는 특유의 미소를 보인 서진혁이 제 입술을 하연에게 가져다 대었다. 하연은 거부하지 않았다.

"사랑은 안 해요. 그래도 너무 추우니까 포옹은 괜찮겠죠."

"절대 사랑 안 할게. 자신 있어."

그는 무엇에 자신이 있었던 걸까? 지금 생각해 보니 헛갈렸다. 돌이켜 생각해 보니 그건 사랑을 하지 않을 자신이 아니었던 것 같았다. 그는 자만에 빠진 것이다. 아마도 그는 하연을 사랑에 빠질 수 있게 할 수 있다고 생각한 모양이었다.

○ ● ○

안타깝게도 그가 어디 숨어 있을지 하연은 알고 있었다. 이 회사에서 서 대표가 갈 만한 곳은 그리 많지 않았다. 그가 숨을 만한 곳을 이미 하연도 데리고 갔었으니까. 그의 사무실. 옥상 야외 베란다. 그리고 지하 주차장 제 차 안.

똑똑.

하연이 유리문을 두드렸다. 어딘가를 응시하고 있던 서 대표가 사선으로 그녀를 올려다보았다. 그의 입꼬리는 오늘도 아래로 가라앉아 있었다.

"무슨 일이야?"

"할 말 있어요."

그는 제 옆자리를 비워 줄 생각이 없는 것 같았다. 하지만 하연도 지금은 물러설 생각이 없었다. 대치하듯 하연은 차 밖에서, 진혁은 차 안에서 움직이지 않았다. 잠시 후 하연이 조금은 거친 손길로 차 문을 두드렸다.

"열어 봐요. 이런 건 아무 소용 없어요."

"알았어. 들어와."

그가 제 옆자리에 하연이 앉는 것을 확인하고는 곧바로 차를 출발시켰다. 차는 목적지가 정해지지 않은 채로 4차선 도로를 달렸다. 그 길이 익숙하다는 사실을 안 하연은 인상을 찌푸렸다. 이쪽으로 가는 길은 별로 좋아하지 않았다. 엄마가 있는 요양원, 그 요양원이 이 도로의 끝에 있었다.

정신 병원에서 퇴원한 후에도 집으로 돌아오지 못한 엄마는 요양원으로 보내졌다. 엄마의 현 상태가 하연에게 양심을 묻고 있는 것 같았다. 하연은 인상을 썼다. 하지만 그는 제 감정에 충실한 나머지 하연의 표정 변화를 알지 못한 것 같았다.

일주일 전. 공항으로 하연을 데리러 온 진혁은 그녀가 입국장에 들어서자마자 무언가를 눈치챘던 게 분명했다. 당장에라도 포옹하고 싶은 기분을 참는 그의 얼굴. 옆에 있던 멤버들과 현규에게조차 보일 것 같은 그 남자의 감정. 그에 비해 하연은 지나치게 침착했다. 왠지 미안해서. 그에게 눈도 마주치지 못했다.

그들 모두를 집에 태워다 준 진혁은 하연을 제일 마지막에 데려다주면서 말이 없어졌다. 그녀의 집에 들어오려고 하지도 않았다. 하연이 무슨 말을 하려고 하면 그는 조용히 해 달라고, 지금 너무 피곤해서 아무 말도 귀에 들어오지 않는다고 거절했다. 대화는 시도조차 하지 못했다. 대치하는 상태로 그렇게 일주일이 지났다.

한 시간쯤 달린 것 같았다. 하연은 더 이상 참을 수 없었다. 제가 하려는 말이 그를 상처 주고 말 거라는 걸 알지만 이렇게 시간을 끈다고 달라질 것은 없었다. 그런 건 원하지 않았다.

"이제 그만 세우죠. 할 이야기가 있어서 온 거니까."

화가 난 듯 치솟은 눈썹, 진혁은 핸들을 급하게 꺾어 길가에 차를 세웠다. 꽤나 멀리 달려온 상태였다. 국도 주변의 길가는 한산했다. 바로 일주일 전까지 하연을 향해 내리쬐던 무해한 마요르카의 태양 대신 주변을 둘러싸고 있는 건 조금은 탁하고 뽀얀 빛깔의 대기였다. 저절로 사람을 움츠러들게 만드는, 아무것도 없이 황폐한 국도. 하연은 그 먼 곳에 시선을 던지며 차에서 내렸다. 진혁이 그런 그녀를 따라잡아 제 쪽으로 돌려세웠다.

"무슨 이야기를 하고 싶은 거야? 헤어지자. 그만 만나자. 뭐, 그런 거?"

그는 1년 전 그날처럼 오늘도 성급하게 하연이 할 말을 제가 먼저 읊고 있었다. 처음 관계를 시작하던 그날처럼. 이번에는 하연이 대답을 잃었다. 말이 없는 하연을 바라보며 진혁은 흥분해 소리쳤다.

"하긴 그만 만나고 뭐 그럴 게 있나? 어차피 잠만 자는 사이였잖아. 그런데 이젠 그것도 싫다는 거야? 왜? 내가 별로라서? 질렸어?"

"그렇게 말하지 마요."

하연은 눈을 감고 시선을 돌렸다. 진혁의 얼굴을 보고 싶지 않았다. 예감이 현실로 이루어지는 것을 확인하며 자조적으로 지어 보이는 그 미소를 보고 싶지 않았다.

"이른 거 같은데. 나는 아직 결혼을 안 할 생각이거든. 너도 결혼하려는 거 아니잖아. 애인이 생긴 것도 아니고. 그 전까지는 괜찮은 거 아닌가? 나 정도면 나쁘지 않은 상대야. 싸구려 모텔에 눕힌 적은 한 번도 없었고. 누구에게도 들키지 않을 만큼 자제심도 뛰어나."

억누른 그의 목소리 끝이 떨렸다.

눈물이 쏟아져 하연은 시선을 돌렸다. 이건 오롯이 그를 향한 눈물이었다. 절정에 오르면 늘 사랑한다 고백하던 그를 위한 눈물. 이렇게 될 거라는 걸 알면서 그를 이용한 저라는 나쁜 여자에게 걸린, 운이 없는 서진혁을 위한 눈물.

"왜? 결혼이라도 할 생각인가?"

진실을 요구하는 진혁이 하연을 바라보았다. 굳어 버린 하연의 뺨이 제어할 수 없는 방향으로 떨렸다.

무엇보다 잔인한 말을 해야만 했다. 그게 아니면 진혁은 더 나쁜 상상으로 자신을 몰아붙일 테니까.

"나 다른 남자랑 잤어요."

치솟는 미간. 주먹 쥐어진 손. 떨리는 진혁의 눈은 슬픔과 분노로 얼룩졌다. 그의 팔이 하연을 제 쪽으로 끌어당겼다. 힘없이 딸려 가는 하연의 입술로 제 입술을 박은 진혁이 거친 손으로 하연의 허리를 힘주어 끌어안았다. 날카로운 치열로 그녀의 입술을 물어뜯듯 입맞춤했다.

"윽."

어깨를 비튼 하연이 그에게서 벗어나려 바동거렸다. 그럴수록 그의 입술은 날처럼 치솟아 하연의 입술을 벌리려 애썼다. 주먹으로 가슴을 치고 바동거려 벗어나려 할수록 그는 하연을 끌어안고 놓아주지 않았다. 하지만 끝내 하연은 열리지 않았다. 꼭 다문 입술이 부풀어 올랐다. 하연의 눈물이 두 사람의 입술 사이로 스며들었다. 하연을 옥죄게 잡았던 진혁의 팔에 점점 힘이 떨어지는 것이 느껴졌다.

"이러지 마요."

흐느껴 눈물을 흘리는 하연의 어깨를 놓아 진혁은 그녀에게서 떨어졌다. 상처받은 사람의 얼굴에는 방금 전 일을 후회하는 부끄러움과 해갈할 수 없는 욕망이 뒤덮여 이상한 표정이 떠올랐다.

"당신 잘못 아니야. 내가 그런 애야. 내가 그런 나쁜 애야."

제 옷을 추스르며 하연이 말했다. 이마를 짚은 진혁의 목소리는 흐느낌처럼 들려왔다.

"그 사람 사랑하는구나?"

누군지 알 것이다. 아니, 설마 그 사람인가 싶을 수도 있었다. 그 남자가 누군가를 사랑하는 모습은 상상하기 어려울 테니까. 사랑받는 것은 자연스럽지만.

'그 사람을 사랑하냐고?'

하연은 고개를 강하게 흔들었다. 어차피 서진혁, 그는 보지 못하겠지만.

"아니요. 누구도 사랑하지 않아요. 내가 사랑하는 건 내 일이야."

하연은 차로 돌아가 보조석에서 뒹구는 제 가방을 꺼내 들고 그를 스쳤다. 국도 한가운데 끝이 없어 보이는 길을 따라 하연이 걸었다. 이제부터 하연에게 남은 시간은 이토록 척박한 흙길뿐이었다.

○ ● ○

"어때요? 기대한 만큼인가? 아직 아닌가?"

사무실로 다시 돌아온 것은 오후 5시였다. 대로변을 따라 한참을 걷다가 택시를 타고 두 시간여를 달렸다. 강남 골목 안쪽에 위치한 J엔터. 허기진 하연이 근처 샌드위치 가게에서 샌드위치를 사 들고 들어온 순간 제이든과 마주쳤다. 히죽 웃는 얼굴이 어딘가 즐거워 보였다.

"무슨 소리야?"

"어디 갔다 이제 온 거예요? 차트 확인 안 해 보셨어요?"

당당한 말투에 하연은 그제야 잊어버린 것이 떠올랐다. 휴대 전화를 꺼내 들어 음원 사이트를 확인하는 하연의 입이 벌어졌다. 1위는 리나의 〈보라〉. 2위는 콜드문. 3위는 대형기획사 아이돌의 곡. 그리고 4위는 〈블루문〉, 두 사람의 듀엣곡이다.

"하."

기분 좋은 것을 숨길 수 없었다. 자랑스러움으로 눈이 빛나는 제이든이 제 표정을 살피는 것이 느껴졌다. 이럴 때는 칭찬이 나와야 하는데.

"음원 순위가 좋은 건 리나 덕분이야. 평이 좋아야 해."

"댓글들 반응도 나쁘지 않아요. 오늘 아침부터 여기저기서 걸려 오는 전화 받느라 힘들었고요."

제이든이 항의하듯 볼멘소리를 했다.

"뭐, 그래. 그것도 즐거운 일이긴 하지. 하지만 진짜 중요한 건."

"진짜 중요한 건 앞으로의 방향이죠. 잭이랑 통화했어요."

그의 말에 하연이 깜짝 놀라 되물었다.

"누구 맘대로?"

"누구 맘대로라니요. 잭은 나와 일하는 사람이에요. 모든 걸 회사 통해서 할 순 없죠. 현규 형한테는 이미 들려준 곡이에요. 누나가 어디 다녀왔는지 모르지만 그사이에 잭에게 연락이 왔길래. 축하한다 뭐, 그런 말 하고. 그리고 그에게

244

우리 다음 싱글에 대해 몇 곡 들려주었던 것뿐이에요."

그러고 보니 오늘 아침 11시쯤부터 대략 대여섯 시간쯤 하연이 자리를 비웠는데 그사이 벌어진 일인 듯했다.

"브리즈는 저 혼자만의 것이 아니에요. 누나의 것도 아니죠."

제이든이 예의 그 말을 읊었다. 그렇다. 하지만 지금 하연에겐 브리즈가 전부였다.

"그래. 잭의 반응은 어때?"

"다음 주 초 그의 팀을 한국에 보낼 거래요. 몇 가지 사항을 점검하고 계약을 하고 싶다고 하더군요."

너무 좋은 일이 있으면 어이없어 입이 벌어질 수 있었다. 입을 벌린 채로 하연은 지금 이 상황을 어떻게 해석하고 어떻게 대비해야 할까 생각하던 와중이었다. 문이 열리고 현규가 들어왔다. 표정은 살짝 난처해 보이는 정도였지만 분위기가 좋지 않았다.

"무슨 일이에요?"

"지금 가 봐야 할 곳이 있어요."

"누가? 지금 어딜 가야 하는데요?"

"블루 쪽에서 전화가 왔어."

"블루요? 대체 왜?"

"나도 잘 모르는 일이에요. 그냥 차유라가 서 대표랑 강하연이랑 제이든을 찾는다고 연락 왔어요. 비서를 통해서 전해 온 말이에요."

하연이 미간을 좁혔다. 아직 가라앉지 않은 입술을 머금은 하연이 제이든을 돌아보았다. 제이든의 표정도 그리 좋지 않았다.

"서 대표한테 대신 전화 좀 넣어 줄래? 나는 당장 출발할게."

하연이 현규에게 당부했다.

잠시 넋을 놓았던 제이든이 하연을 뒤따라갔다.

"무슨 일인지 짐작이 가?"

그늘진 제이든이 빠르게 읊었다.

"두 가지가 있어요. 좋은 거 하나. 나쁜 거 하나. 표정을 보아 후자 쪽일 거 같네요. 우선 무슨 이야기인지 아시기 전에 말씀드릴게요. 정말 죄송해요. 그리고 이기적인 거 알지만. 무슨 일이 있어도 나 도와주세요."

○ ● ○

여섯 사람이 마주 앉은 가운데 테이블 위로 사진 몇 장이 놓였다. 불과 하루 전 찍은 사진. 키스를 하려는 것이 명백해 보이는 연인의 모습이었다. 여자는 키가 큰 남자를 향해 한껏 까치발을 하고 있고, 똑바로 선 남자는 조금 비협조적으로 보였다. 한 손을 점퍼 속에 집어넣고 가볍게 고개를 숙이는 둥 마는 둥. 순간 코웃음이 흘렀다.

그다음 사진은 몸매가 드러나는 옷을 입은 리나가 주변을 두리번거리며 빠르게 차 안으로 뛰어드는 모습. 어딘가로 향하는 리나의 개인 승용차. 그리고 그 안에서 내리는 제이든과 리나. 그에게 몸을 기대고 있는 리나의 옆모습.

하연은 사진을 들여다본 순간 소리 내어 피식 웃었다. 심장은 쿵쾅거리고, 거꾸로 솟아 파랗게 변해 버린 피는 제멋대로 날뛰고 있었지만 그렇게 하는 것이 최선이라는 생각이었다. 절대 밀려서는 안 될 일이었다. 소파에 기대 있던 차유라 역시 한쪽 입술을 씨익 올렸다.

"이렇게 만나고 싶지는 않았는데."

차유라의 시선이 하연을 향해 있다. 슬림한 랩 니트에 스커트를 입은 그녀는 사심 없는 눈빛으로 그녀를 바라보았다.

"여기 다른 사람은 구면이고."

진혁을 향해 눈을 마주친 유라가 가볍게 눈인사를 하고 제이든을 무시하듯 스쳐 하연에게 손을 내밀었다.

"블루엔터 차유라입니다."

하연이 가볍게 그녀의 손을 맞잡았다. 대등한 입장에서, 아니 우월한 입장에서 만날 것을 고대했던 여자. 물론 인생은 계획대로 되지 않았다. 그러니 지금으로서는 할 수 있는 최선을 다해야 했다.

"J엔터 강하연입니다. 리나 감정 표현이 좋아진 이유가 이것 때문이었네요."

하연의 도발에 진혁의 눈썹이 꿈틀 움직였다. 그러다 이내 강하연은 그런 여자라는 식의 굳은 미소가 흘렀다. 모르는 척 하연이 고개를 돌렸다. 무언가를 깊게 생각하고 있는 것 같아 보였던 준도 그 순간 가볍게 미소를 흘렸다. 귀국 이후 처음이었다. 서너 번 걸려 온 그의 전화를 받지 않았으니까. 준은 어쩌면 그 불통의 이유를 묻고 싶을지도 몰랐다.

한동안 네 명 모두 말이 없었다. 하지만 조금 떨어져 앉은 이 일의 당사자들은 달랐다. 무언가 불안하고 초조해 보이는 제이든과 그에 비하면 침착한 리나. 그녀는 무엇이든 다 책임지겠다는 투였다. 그 표정에 하연의 얼굴에 그늘이 졌다.

그러고 보면, 그날의 착각은 착각이 아니었던 것 같다. 뷰파인더 밖으로 보이던 두 사람의 감정. 마요르카에서 리나와 마지막 인사를 나누던 제이든은 분명 그녀에게 키스를 했다. 때로 눈은 제 뇌를 속이기도 한다. 보고 싶지 않은 건, 보지 못한 것으로 착각하게 만드는 것이다.

스캔들이 나면 어느 쪽이 더 손해일까?

리나. 답이 명료하게 떨어졌다.

노래하는 여신. 실력 있는 보컬이긴 하지만 리나가 사람들에게 보이는 이미지는 그것만이 아니었다. 남성 팬들에게는 그들의 환상을 완벽하게 충족시켜 줄 여신. 여성 팬들에게는 우상과 다름없는 여자. 그런 그녀가 스무 살이 되자마자 스캔들이 터졌다? 그것도 자기보다 한참 네임드가 밀리는 신인 밴드의 보컬. 그것도 제가 떠나온 밴드의.

그에 비하면 제이든은 리나의 연인이라는 이유만으로 사람들의 시선을 한 몸에 받을 것이 분명했다. 부러움과 질투. 제법 나쁘지 않은 화제였다. 결코 원하는 방향은 아니었지만, 이렇게 음악 외적인 부분에서 먼저 이슈화되는 것이 결코 즐거울 리 없지만. 그래도 손해는 저쪽이 더 막심하다. 그러니 말을 아껴야 했다.

"아마추어 기자군요. '추적 연애' 라는 사이트를 운영하고 있던데 이 사람에게는 무척 운이 좋은 날이었을 겁니다. 이런 큰 건을 잡기 위해 늘 상상도 못할 노력을 하니까."

먼저 말을 꺼낸 건 준이었다.

"이 사람은 어차피 기사를 낼 생각이 없을 겁니다. 알 권리, 그런 말도 안 되는 헛소리를 할 사람도 아니고. 권력욕이 있는 사람도 아니고. 원하는 건 소속사 쪽에 사진을 보내고 돈을 받는 것. 그게 목적이겠죠."

진혁이 무겁게 입을 열었다.

"그럼 뭐, 해결은 간단하네요."

의자에 기대 있던 유라가 내내 지루하다는 표정을 짓다가 자리에서 일어설 듯했다.

"하지만 문제가 하나 있습니다."

담담한 준의 말에 하연의 미간이 찌푸려졌다. 순간 시선이 엉키고 그것을 툭 잘라 버리듯 먼저 피해 버린 준이 다시 입을 열었다.

"이들의 거래처가 우리 쪽 한 군데가 아니라는 겁니다."

"그럼 또 어디가 있다는 말씀이죠?"

"그 사진을 진짜 기사로 내보내고 싶어 하는 기자들."

순간 회의실의 공기가 탁해졌다.

음악으로, 실력으로 인정받으면서도 모두가 사랑할 수밖에 없는 비주얼 밴드를 만드는 것이 하연의 목표였다. 그런데 정상 궤도에 올라서기도 전에 스캔들에 빠졌다. 음악을 하는 밴드가 음악으로 승부를 보면 된다고? 말도 안 되는 헛소리! 다음 주 객과의 협상까지 난항을 겪을 것이 뻔했다.

하지만 하연은 마음을 정했다. 모든 것을 취할 수 없었다. 사건이 터지면 손해는 감수해야 했다. 돈으로 해결되지 않는 일. 어차피 빠져나갈 구멍은 없었다. 거짓말은 더 큰 거짓말을 낳고 그러면 결국 아무것도 해결할 수 없게 된다.

"그래서 어떻게 하자는 겁니까?"

유라가 먼저 입을 열었다.

"저는."

하연이 결심한 것을 이야기하려는 순간이었다. 조금 떨어져 있던 자리, 리나와 제이든이 거의 동시에 입을 열었다.

"솔직하게 털어놓겠습니다."

"이건 안 되겠어요. 도와주세요."

그 순간 모두 얼어 버렸다. 잘못 들은 것이 아닐까 생각했다. 하지만 분명 도와 달라 말한 건 리나가 아닌 제이든이었다. 그 애의 얼굴은 부끄러움보다는 기필코 이 상황을 모면하겠다는 굳은 결심이 명백히 보였다. 일그러진 입술을 꾹 다문 하연이 고개를 돌렸다. 준이 입을 열었다.

"제 생각도 다르지 않습니다. 아티스트의 이미지가 무너지는 건 한순간이니까요."

준의 말은 순간 어느 쪽과 생각을 같이한다는 것인지 이해하기 힘들었다.

그래서? 리나? 제이든?

어느 쪽이든 차마 준의 의견은 듣고 싶지 않았다. 마치 7년 전 그날과 똑같은 갈림길에 선 기분이었다. 심장이 두근거려 모든 말소리가 소음처럼 들렸다.

"수명이 다해 버리고 말죠. 이 스캔들이 보도되고 나면 그 이후로는 우리가 원하는 걸 보여 줄 수 없을 겁니다."

그 말을 끝으로 극도로 긴장했던 심장이 차갑게 식었다. 애초부터 기대할 것이 없는 이야기였다. 그런 생각을 한 제가 우스웠다.

"그럼 다른 방도라도 있다는 말입니까?"

내내 제 손으로 시야를 가리고 있던 진혁이 손을 떼어 준을 똑바로 바라보며 되물었다. 알 수 없는 시선이 두 사람 사이를 스쳤다. 유라의 눈이 유의미하게 휘어지는 것이 보였다.

"우선 그 사람에게 일정 정도 돈을 지불하는 걸로 하겠습니다."

"어차피 복사본이 존재할 텐데요."

"상관없습니다. 우리가 협상할 사람은 그 사람이 아니니까요."

"그러면 협상 대상자는 누굽니까?"

"그가 이 사진을 팔 만한 기자들."

진혁이 말을 잃었다.

"그 사람들과 협상을 할 겁니다. 적어도 그들은 우리와 계속 일을 해야 하기 때문에 우리의 말을 완전히 무시할 수는 없을 테니까요."

"기사를 막아 달라고 말할 생각입니까?"

"감정에 호소하는 건 소용없습니다."

"그러니까 되묻는 겁니다."

"제가 협상 조건으로 내걸 것은 제 스캔들입니다."

순간 방 안에 기묘한 정적이 흘렀다.

"뭐라고?"

수 초 후 그 말을 꺼낸 건 유라였다. 날카로운 비명 같은 소리였다. 우아한 유라의 입에서 나온 것이라 믿어지지 않을 소리. 준은 상관없다는 듯 계속 말을 이었다.

"일반인 여성분과의 스캔들로 대체할 겁니다. 일반인은 취재하지 않는다는 불문율이 있으니 상대 여자의 신원은 보장될 겁니다."

진혁이 먼저 헛웃음을 지었다. 위험한 발상이었지만 그것보다 나은 방법을 생각할 수 없다는 것이 현실이었다.

"리나는 우리 밴드의 상징과도 같은 존재입니다. 팬들에게는 침범할 수 없는 성역이죠. 그에 비해 저는 이제 기타 솜씨 정도로나 칭송받을까. 냉정하고 비인간적이고 몰인정한 사람으로 이미지가 굳어 있으니까."

옆에서 유라가 아찔한 미소를 흘렸다. 화가 난 건지 아니면 어이가 없다고 생각하는 건지 알 수 없는 얼굴. 빨간 립스틱이 두드러졌다.

"다시 생각해 봐. 그게 정말 최선이야?"

하지만 그녀의 말은 그저 추임새 정도로만 여기는 건지 준은 그쪽으로 시선을 돌리지도 않았다. 준의 시선은 이 테이블에 앉아 있는 사람들 가운데 정말로 제 일에는 조금도 관심이 없어 보이는 진혁에게 가 있었다.

"걱정하실 거 없습니다. 근거 없는 소문은 더 많으니까요. 말도 안 되는 상대와 내연의 관계라느니 성 소수자일 거라느니. 그에 비하면 일반인 여성과의 스캔들은 저에게 오히려 도움이 될 거라고 생각합니다."

그들의 말에 하연은 한마디도 낄 수 없었다. 저의 능력 밖의 일이었다. 준이 누군가와 스캔들이 난다고 해도 상관없다고 느꼈다. 7년 전과 똑같은 결정을 내린 준. 그리고 순간 기대했던 제 어리석음. 그것이 공론화된 후에는 긴장이 순식간에 사라지고 어쩔 수 없이 그것이 당연하다고 느끼는 제 자신이 조금 달라졌을 뿐이었다.

그저 지금 하연이 가장 두려운 것은 다음 주에 있을 잭과의 협상이었다. 그리고 납득할 수 없는 제이든의 객기와 순진하기 짝이 없는 리나의 반응뿐이었다.

"그래서 누구와 스캔들을 낼 작정인데?"

흥분한 유라가 여전히 어이없다는 투로 물었다.

"세상에 숨길 수 있는 비밀은 없습니다. 돈이라는 게 꽤나 괜찮은 목적이 될 수 있긴 하지만 쉽게 배신할 수 있는 목적이기도 하죠."

그의 말은 옳았다.

"배신하지 않을 사람이 필요합니다. 이 일이 더없이 중요한 사람. 이 일에 자신의 전부가 걸려 있는 사람."

준의 시선이 그 순간 하연에게 머물렀다. 어쩌면 이 일이 터진 직후 준은 그것밖에 방도가 없다고 생각했을 것이다. 문제는 사람들에게 그것을 어떻게 납득시키느냐이겠지. 못마땅하게 구겨져 있던 하연의 표정이 순간 얼어 버렸다.

"안 됩니다."

진혁이 단호하게 소리쳤다.

"왜 안 된다고 하시는 겁니까? 이 일이 누구보다 중요하고 비밀이 보장될 만한 사람. 하연 씨보다 더 적절한 상대는 없습니다."

준이 의아한 눈빛으로 진혁을 바라보았다. 그것 말고 더 좋은 방도가 있다면 얼마든지 수용하겠다는 투였다. 하지만 진혁의 표정은 그것이 아니었다.

"강하연 씨는."

하연이 숨을 멈추었다. 불안해 보이는 진혁의 시선이 결심한 듯 하연의 시선을 피해 버렸다.

"하연이는 제 결혼 상대입니다."

"하!"

차유라의 헛기침 같은 웃음소리가 먼저 튀어나왔다. 그 뒤로 준의 표정에 스쳐 가는 조소와 경멸. 정확한 형태는 알 수 없지만 그런 종류의 미소가 소리 없이 흩어졌다.

"양해를 구해야 할 부분이겠군요. 하지만 걱정하지 마십시오. 어차피 강하연 씨 신상이 밖으로 유출될 일은 없습니다. 그들이 좋아할 만한 사진 몇 장. 그게 끝입니다. 어차피 그 이후는 이쪽에서 틀어막으면 됩니다."

"재미있네요. 밴드놀이. 이렇게 흥미로운 일인지 진즉 알았으면 좋았을 텐데."

웃고 싶은 건지 울고 싶은 건지 알 수 없게 일그러진 표정을 한 유라가 자리에서 일어나 회의실 밖으로 나가 버렸다.

"저기."

그때 목메어 밖으로 꺼내기 전까지 무척이나 망설였을 것 같은 제이든의 목소리가 들려왔다. 하연이 매서운 눈으로 그에게 고개를 저었다. 그의 옆에는 소리 없이 눈물을 흘리는 리나가 있었다. 하지만 리나는 여전히 저를 무시하는 제이든과 멀어지지 않은 상태였다. 어쩌면 가장 안쓰러운 사람은 리나였다.

하지만 준의 제안을 절대 들어줄 생각은 없었다. 하연에게는 아직 생각할 시간이 필요했다.

"이런 일은 적시성이 중요합니다. 시기를 놓치면 일은 우리가 감당할 수 없는 방향으로 흐를 겁니다."

의자를 완전히 반대쪽으로 돌린 그는 이제 하연을 향해 있었다. 준의 시선이 자신을 끈덕지게 잡고 놓아주지 않는 것이 느껴졌다. 그것을 피해 버리고 싶었다. 그는 마치 묻고 있는 것 같았다. 네가 그렇게 원하는 것이 무엇인지, 그걸 어떻게 해결해야 하는지 이제 알 것 같지 않느냐고. 내가 이 자리까지 올라오는 동안 무엇을 버렸는지 이제 알 것 같지 않느냐고.

그렇다면 너는 어떻게 할 것인지. 이제 한 번쯤은 시험해 봐야 하는 것 아니냐고.

하연이 자리에서 일어났다. 우선 이곳을 피하고 싶었다.

"잠시만요."

"시간은 많지 않습니다."

여유로운 준의 목소리 뒤로.

"그만 좀!"

'닥쳐'라는 말이 진혁의 입술 속으로 삼켜들었다.

좁은 회의실 안에서는 도저히 아무 생각도 할 수 없었다. 등 떠밀리듯 이 상황이 정해지는 것도 참을 수 없었다. 이런 식으로 일이 해결되는 것도 원치 않았다. 지끈거리는 머리를 부여잡고 하연이 문밖으로 나왔다. 등 뒤로 누군가 자신을 뒤따라오는 소리가 들렸다.

제이든. 곤란하지만 미안해하지는 않는 그 애가 하연을 붙잡았다. 복도 끝에 있는 외부 정원으로 하연을 따라온 제이든이 그녀와 마주 보고 섰다.

"미쳤어? 너 정신이 있는 거야?"

지금 퍼부을 사람은 이 아이밖에 없었다. 이 모든 사달의 원인. 그리고 이 고민을 하게 만든 사람.

바람이 거셌다.

"한 번이었어요."

회의실에서 끼어들었을 때와는 조금 달라진 표정으로 제이든이 저를 바라보았다. 할 말을 잃은 하연이 마른 웃음을 흘리며 제이든을 노려보았다.

"한 번? 뭐? 침대에라도 데려갔다는 거야?"

"끌려갔어."

이 웃기지도 않는 대답에 하연은 소리 내어 웃었다. 사납게 엉켜드는 머리카락을 귀 뒤로 꼽아 넘기며.

"실수예요. 아니, 유혹에 졌다는 말이 맞겠네. 콜드문의 리나. 그거 답이 되지 않아요? 마요르카에서의 일이었고. 거기서 끝이었어요."

"그래서?"

"그런데 귀국 후에도 연락이 왔어요."

"받지 말았어야 해."

"안 받았어요. 그랬더니 찾아왔더군요."

"그다음은?"

"사진과 같아요."

하. 한숨이 나왔다.

"넌! 넌!"

당장이라도 그 애를 내려치고 싶은 기분이 들었다. 제 마음대로 되지 않는 저의 목표. 저를 제가 원하는 곳으로 데려다줄 거라고 믿었던 제 희망. 그 애가 지금 형편없이 망가지고 있었다. 아니, 망가지기만 한 것이 아니었다. 제이든의 내면에는 애초에 제가 원하는 것이 들어 있지 않았는지도 모른다. 그건 환상이었다.

"도와줘요. 앞으로 이런 일 없을 거예요."

제이든은 그 말을 하며 휴대 전화를 내밀었다. 음원 차트. 1위는 리나의 〈보라〉, 2위는 두 사람의 듀엣곡인 〈블루문〉이었다. 당당한 제이든의 태도에 기가 차서 말이 안 나왔다. 이를 꽉 문 하연이 제 주먹을 꽉 쥐었다. 하지만 제이든은 제 휴대 전화 안에서 무언가를 찾으며 여유롭게 말을 꺼냈다.

"그러는 누나는 실수 안 해요? 그런 유혹에 진 적 없어요?"

"지금 그 이야기가 왜 나한테 던져지는 건데? 그렇다고 네 잘못이 없어질 거라 생각해?"

"아니, 그렇게 생각하지 않아요. 하지만 난 운이 없었어요. 순간 있었던 일이 그쪽으로 엉겨 붙은 것뿐이죠. 누나는 그렇지 않았고."

피식 웃은 제이든이 하연의 눈앞에 새로운 것을 들어 보였다. 즉석 사진. 그것을 휴대 전화로 재촬영한 사진이었다.

"이거 어디서 난 거야?"

하연의 목소리가 떨렸다.

"반지하방. 장판을 뜯어냈거든요. 곰팡이가 하도 많이 펴서 말이에요. 원본은 집에 가지고 있어요. 모든 건 행복한 추억이에요. 부정하진 않아요. 하지만 지금 저에겐 해결해야 할 문제가 되어 버렸어요."

즉석 사진기로 찍은 사진. 그 안에 두 사람이 얼굴을 맞대고 웃고 있었다. 반라의 준과 그의 팔에 꼭 붙어 있는 하연. 색이 바랜 사진 속에 그날이 또렷했다.

"도와줘요. 도와 달라고."

제이든의 목소리는 간절했다. 그날의 준처럼. 콜드문의 이름이 정해졌다는 소식을 전해 주었을 때처럼. 자신은 이제 다른 세상으로 가려 한다고 그 말을 전할 때처럼. 그게 너무 간절해서 하연은 배려하지 못할 정도로, 아니 고려하지 못할 정도로 다급했던 그때처럼. 제이든 역시 다른 사람을 배려하지 못하고 있었다.

그래서. 제이든 너에게 리나의 유혹은 덫이었니? 순간의 실수였어? 너에게 리나는 뭐니? 떼어 버려야 할 먼지? 귀찮은 애완동물?

두려워 묻지 못했다.

모든 감정을 어떻게 매 순간 명확하게 정의 내릴 수 있을까? 7년 전의 일일 뿐이었다. 그것으로 지금 저를 협박하려는 것일까?

하지만 하연이 해야 할 일은 정해져 버렸다.

"좋은 추억이었어요. 하지만 지금 제게는 해결해야 할 일이 되어 버렸죠."

입을 꾹 다문 하연이 제이든을 홀로 내버려 둔 채 회의실로 들어왔다. 여전히 대치 상태에 있는 두 사람이 거의 동시에 하연을 올려다보았다.

○ ● ○

무거운 침묵이 좁은 공간 안에 고였다. 하고 싶은 말은 많았지만, 해야 할 이야기도 많은 것 같았지만 마음이 무거워 차마 입술을 뗄 수 없었다.

"먼저 가 보겠습니다."

결론을 내린 일은 돌아볼 이유가 없었다. 간략한 과정을 협의하고 세 사람은 블루엔터를 나왔다. 주차장 앞에서 하연이 먼저 진혁에게 인사했다. 제이든과 같이 왔으니 같이 돌아가야 했다. 초췌한 얼굴이 걱정되었지만 그와 함께할 수는 없었다.

"강하연 씨는 내 차를 타고 가는 걸로 하지."

굳은 얼굴의 진혁이 말했다. 난처한 얼굴이 그를 돌아보았다.

"할 이야기가 있어."

성큼성큼 다가온 그가 하연의 손에 들린 차 키를 곧바로 제이든에게 넘겼다. 별말 없이 수긍한 제이든이 별도로 세워 둔 까만 중형차 쪽으로 걸어가 버렸다.

"다른 곳으로 새지 말고."

그 말을 던진 진혁이 제가 몰고 온 차 쪽으로 향했다. 불과 몇 시간 전 그와 대치했던 공간이다. 하연이 말없이 그의 뒤를 따라갔다.

운전석에 앉은 진혁의 옆얼굴은 화가 나 보였다. 그 정도 감정으로밖에 해석할 수 없었다. 다른 감정을 더 알아내기에는 제가 너무 버거워 그저 머뭇거리다 그의 옆자리로 올라탔다.

"꼭 그렇게 해야 했을까 하는 생각은 여전해."

기다렸다는 듯 그가 말했다. 정확히 무엇을 지칭하는 것일까. 지금의 합의? 아니면 그보다 더 전의 일? 하연은 차마 대답할 수 없었다. 그가 곧 자조적인 미소를 보였다. 담백한 얼굴이 구겨져 버렸다.

"하지만 그보다 더 좋은 방법은 없었다는 사실은 인정할 수밖에 없어."

그를 만난 이후 처음으로 서진혁이 초라해 보였다.

"미안해요. 마음에 안 드는 방식이라는 거 아는데 이 일을 해결할 다른 방법은 없었어요."

그가 차를 출발시켰다. 첫 번째 신호등 앞에 차가 멈췄다.

"결혼 운운한 건 우리 쪽 출혈을 줄이고 싶었던 거야."

"알고 있어요."

"모든 것은 선택이야. 완벽한 건 없어."

"알아요. 하지만 이 방법이 리스크를 최대한 줄일 수 있다고 생각했어요."

그 순간 그의 옆얼굴이 일그러졌다.

"누가 그래? 누가 그렇다고 장담할 수 있는 건데?"

"……"

"그런 입에 발린 말 듣고 싶지 않아. 묻고 싶은 말이 많지만 일부러 묻지 않는 거야. 상처 주기도 싫고, 상처받기도 싫으니까."

차가 또다시 신호등에 걸렸다. 두 사람의 앞으로 건널목을 건너는 행인들이 스치는 것이 보였다. 진혁은 시선을 돌리지 않았다.

"……."

"아무 말도 하지 마. 가까스로 참고 있으니까."

신호가 바뀌고 조금 뒤늦게 진혁이 차를 출발시켰다. 하연의 손안으로 진동이 울리고 도착한 메시지는 준으로부터 온 거였다.

[새벽 1시. 사진 찍힐 거야. 복장은 편하게.]

전면 유리창을 향하고 있는 진혁의 눈빛이 어쩐지 슬퍼 보였다. 그것을 참을 수 없는 것을 보면 저는 정말 헤픈 여자인지도 몰랐다. 제가 그렇게 싫어하던 아버지의 피가 저에게 흐르고 있는 것이 분명했다.

○ ● ○

사실이 아니지만 사실은 그것이 진실이라 느끼는 사람은 어떤 표정을 지어야 할까? 연기는 제 전공이 아니라 준은 대체 알 수 없었다.

와이드 팬츠에 브이넥의 얇은 여름 니트. 눈을 가린 모자와 선글라스. 하연의 몸은 대부분 가려지고 드러난 곳이라고는 손등과 두 볼뿐이었다. 운전석에 앉은 준. 그 옆에 앉은 하연. 눈에 보이지 않는 곳에서 두 사람을 찍고 있는 사진 기자.

팽팽한 침묵이 차 안에 가득했다. 자포자기한 것처럼 보이는 하연이 제 옆에서 고개를 숙인 채 말이 없었다. 선이 가는 눈매. 오뚝하지만 끝이 둥근 콧대. 탐스러운 열매를 떠올리게 만드는 입술. 기억하고 있다고 생각했는데 기억은 그저 기억일 뿐이었다. 현실의 그녀는 훨씬 더 강렬하고 매혹적이었다. 재회 이후 내내 확인했던 바였다. 잔뜩 힘주어 버텨 왔던 것이 한순간 소용없게 되어 버린 것처럼 준은 나른한 한숨을 쉬었다.

마요르카에서의 그날 이후 일주일이 지났다. 하연은 전화를 받지 않았다. 이른 아침 그녀가 사라졌다는 것을 깨달은 순간, 지난밤 하연의 눈동자 안에서 보았던 감정을 깨달았다.

오늘의 유혹은 다음으로 이어 나가기 위한 것이 아닌 과거를 끊어 버리기 위한 것이었다는 걸. 마음이 조급해 다급하게 움직였던 제 자신의 절정은 이미 그런 사실을 알고 있었다는 것도.

받지 않는 전화를 걸면서 내내 몸이 달았다. 하연을 떠올리는 것만으로도 제 근육은 팽팽하게 당겨져 묵직하게 힘이 들어갔다. 그 어떤 것에서도 느낄 수 없었던 감정. 다른 여자와의 만남과 그 흔한 잠자리로는 구현해 낼 수 없는 사랑. 그 농밀하고 빡빡하게 채워진 시간을 다시 재현해 내라며 제 몸이 들끓고 있었다.

이 정도 시간이면 충분했을까? 파파라치에게 찍힌 사진처럼 연출되어야 하는 사진. 준은 이 연극이 조금은 오래 계속되었으면 좋겠다는 생각을 하던 중이었다. 하지만 하연은 이 정도 시간이 지났으니 충분치 않느냐는 듯 차에서 내리려는 신호를 보냈다.

"그렇게 고개를 숙이고 있으면 그림을 건져 낼 수 없어."

하연의 쪽으로 시선을 돌린 준이 제 오른손을 뻗었다. 그의 팔꿈치에 하연의 가슴이 묵직하게 닿는 것이 느껴졌다. 결코 이런 아마추어적인 행동은 의도한 바가 아니었다. 솟아올라 있던 가슴이 제 몸에 닿은 순간 준은 팔을 움츠렸지만 이미 하연은 바짝 신경이 오른 상태로 자신을 노려보았다.

"뭐 하는 짓이야?"

입고 있는 옷의 차이 때문일까? 이미 그녀의 몸은 완벽하게 알고 있다고 생각했는데 그것이 제 팔에 닿을 거라고는 생각도 못 했다. 그 크기에 대해 착각하고 있었던 것일지도 몰랐다. 그 생각만으로 열기가 바짝 끓어오른 제 몸의 반응에 준이 제멋대로 말을 내뱉었다.

"연인이잖아. 시나리오상 사귄 지 몇 달 된. 처음 만나는 사람처럼 그렇게 어색하게 행동하면 다 티가 나게 되어 있어."

조금은 섬세하지 않은 손길로 안전벨트를 끌어 잡아당긴 준이 그것을 버클에 채웠다. 제어할 수 없는 제 시선이 하연의 가슴과 입술 그리고 눈에 닿았다. 모자 틈 사이로 보이는 가는 눈매가 순식간에 짙어졌다. 준이 다시 팽팽하게 긴장했다.

"그날은. 순간이었어. 마요르카였고, 그래서 감정에 취한 것뿐이야."

매서운 한마디가 들려왔다.

"무슨 날?"

단번에 알아들었지만 준은 모르는 척했다.

"그날."

눈매를 가린 탓에 더욱 또렷하게 보이는 그녀 입술의 움직이는 모양이 시야에 선명하게 들어왔다. 아무것도 모르겠다는 듯 준이 운전대를 잡았다.

"이쪽으로 와서 조금 더 가까이 붙어."

명령하듯 말했다.

"이 정도면 충분해."

"어정쩡하게 했다가는 아무 소용 없어. 데뷔 수년 만에 첫 스캔들이야. 웬만한 사진으로는 팬들 눈속임 불가야. 게다가 그렇게 고개를 떼어 놓으면 네 얼굴 라인이 고스란히 드러나게 되어 있어."

"웃기지도 않은 소리 하지 마."

순간 몸을 숙인 준이 하연의 아랫입술 가까이 고개를 틀었다. 그녀의 입속으로 마른침이 삼켜 들어가는 소리가 들렸다. 그녀의 가슴 가장 봉긋한 부분이 준의 어깨를 스칠 듯했지만 이번에는 실수하지 않았다.

그를 밀치려 뻗은 하연의 손을 제 손으로 감싼 준이 그 이상 침범하지 않는다는 것을 알아차렸는지 입술을 꾹 다문 하연의 눈이 저절로 감겼다. 결코 설렘이 아니었다. 그저 빨리 끝나기를 바라는 사람의 협조일 뿐이었다. 이것이 드라마의 한 장면이라면 감독에게 당장이라도 커트당할 만한 표정이었다.

그녀를 내려다보는 준의 심장이 저릿하게 아파 왔다. 길고 가느다란 속눈썹이 가지런히 펼쳐져 있는 눈매. 아찔한 곡선으로 떨어지는 빰과 그 아래 턱선. 눈앞에 그릴 듯 보이는 아랫입술의 보드라움. 뜨거운 온도.

준의 몸이 하연의 쪽으로 점점 기울어졌다. 자꾸만 제게서 떨어지려는 하연을 그의 팔이 떠받치듯 안았다. 그 탓에 손을 맞댄 곳이 자제력을 잃어 가는 듯 점점 더 힘이 풀리는 것이 느껴졌다. 그녀가 속삭였다.

"다가오지 마."

짧은 경고에 감정이 치달았다. 보송보송한 솜털이 잔뜩 곤두서 있는 빰에 당장이라도 입술이 닿을 것 같았다. 그것이 더 자극적인 것 같았다. 직접적인 접촉보다 그것을 간신히 참아 내고 있는 이 순간의 호흡이 더 흐트러졌다. 제 아래 근육이 부풀어 오르는 것이 빤했다. 제 몸이 그녀를 조르고 있었다. 조금 불편했던 건지 어깨를 살짝 튼 하연의 뺨이 준의 입술 부근에 닿았다. 건드려진 부위를 중심으로 열기가 뻗어 나갔다.

"움직이지 마."

피가 몰리는 것을 느끼며 준이 숨을 토하듯 말했다. 폭발할 것 같은 감정이 긴장과 함께 저를 옥죄었다. 흘긴 눈이 자신을 바라보았다.

"가만있어. 쳐다보지도 말고."

제 말은 모두 반대로 할 생각인지 눈을 고쳐 뜬 하연이 준을 바라보았다. 화가 난 것 같은 표정인데 이상하게 유혹하는 것처럼 느껴졌다. 그 눈이 자신의 입술을 바라보는 것 같았다. 강하게 자극되는 느낌에 더 이상은 무리였다. 그녀에게 제 솔직한 상황을 들키지 않으려면 욕심을 버려야 했다.

"됐어. 이 정도면."

일순간 몸을 떼어 일어난 준이 하연의 손을 잡아 그녀를 일으켜 세우고 곧바로 창을 내렸다. 차 안을 가득 메웠던 열기가 조금씩 빠져나가고 있었다. 오래지 않아 남자가 다가왔다. 무언가를 요구할 것 같은 얼굴에 준이 사납게 뱉었다.

"이 정도면 충분하지 않습니까?"

거절에 익숙한 남자가 여유로운 미소를 보였다.

"괜찮으시면 외부에서도 좀 찍었으면 하는데요."

옆자리의 하연은 말없이 시선을 돌리고 있었다.

"어디로?"

"한강이나 남산같이 한적한 곳이 좋겠네요. 두 분이 같이 서 있어도 좋고. 보다 확실하게 얼굴을 가리려면 포옹하는 장면 한 컷이면 완벽할 것 같습니다."

이번에 준은 굳이 그녀를 바라보지 않았다.

"알겠습니다."

○ ● ○

그와 많은 밤을 함께 보냈었다. 하지만 그 시간을 보낸 곳은 대부분 그의 반지하방이었다. 공연장을 제외한 세상 밖을 준과 향유할 수 있으리란 꿈은 한 번도 꿔 본 적이 없었다.

차를 몰아 도착한 곳은 인적이 드문 곳이었다. 주차장도 아닌 어딘가. 익숙해 오히려 낯선 길가. 이 자리를 알려 준 것은 기자였다. 밀회를 즐기는 연인들의 장소. 그리고 또 들키기도 하는.

차를 세우자마자 기자 쪽에서 준에게 전화를 걸어 왔다.

— 여자 쪽 얼굴은 보이지 않게 해 주십시오.

그쪽에서 무슨 말을 했는지는 알지 못했지만 준이 하는 말은 들을 수 있었다.

어두운 강가에 그가 서 있었다. 평소보다는 조금 편안한 복장. 선글라스. 남들 눈에 띄지 않기 위해 정말 밀회를 나온 연인처럼 보이려 노력한 그의 모습에 하연은 마른 미소를 지었다. 아무리 노력한다고 해도 수백 미터 밖에서도 그는 준이었다. 누구도 모를 수 없는 뒷모습. 그는 제가 원하는 대로 그런 사람이 되어 있었다. 아직 저는 미진하지만.

긴장이 표정에 떠오른 순간 준이 뒤를 돌아보았다.

"어서 끝낼까?"

하연은 심각한 표정을 풀고 그에게 다가갔다.

"어차피 오늘 하루면 돼. 일반인과의 연애라고 했으니까 후속 기사도 필요 없고."

"알아."

"확실하게 한 번에 끝낼게."

그렇게 말한 준이 하연의 어깨로 손을 올렸다. 움찔하는 것이 그대로 느껴졌는지 그가 고개 숙여 피식 웃었다. 모자로 시야를 가린 탓에 매력적인 미소가 더욱 선명하게 보였다.

탁 트인 공간. 기자가 그 어느 곳에 서 있다고 해도 완벽한 앵글이 잡힐 정도의 장소. 그가 제 몸을 잡아 끌어당겨 그의 품에 가두었다. 갑작스럽긴 했지만 이대로 힘없이 끌려가다니. 고작 손끝에서 손끝까지 짧은 거리였지만 그의 힘에 맥없이 딸려 간 순간 하연은 심장이 두근거리는 것을 도저히 숨길 수 없었다. 저도 모르게 방어적인 자세로 몸을 비튼 찰나 그의 턱이 하연의 머리를 가두고 그의 팔이 하연의 어깨와 허리를 감싸 들어 안듯 포용했다.

온전히 그에게 갇혀 버렸다는 것을 깨닫자 순식간에 핏기가 싸악 가셔 머릿속이 하얗게 변해 갔다. 익숙한 조건 반사처럼 제 몸이 그에게 더 깊게 다가가고 싶어 안달이 났다는 것을 느낄 수 있었다.

"1분이면 충분해."

뜨거운 입김에 순식간에 온몸이 달아올랐다.

"확실하게 보여 줘야 금방 끝나는 거니까."

그 말을 끝으로 갑자기 그의 팔이 하연의 몸에서 떨어졌다. 조금은 더 안고 있을 거라 생각했는데 그를 대신해 온몸을 감싸는 찬 공기에 하연은 놀랐다. 저를 강하게 끌어안았던 그는 온전히 남이 되어 멀어졌다. 잠시 후 기자로부터 전화를 받는 것인지 그가 돌아서서 몇 걸음 떨어졌다. 그 뒷모습이 하연의 가슴을 뛰게 만들었다.

그와 충동적으로 마요르카에서 일을 벌인 뒤 하연은 곧바로 후회했다. 아무리 발버둥 쳐도 저는 콜드문 준의 강하연. 그 이상의 타이틀을 달기 어려워질 것을 깨달았다. 그를 기다리는 것, 그를 사랑하는 것, 그가 다른 곳으로 눈을 돌릴까 두려워하는 것 말고 제가 할 수 있는 일은 없을 거란 예감을 굳이 확인해야 했을까. 아쉬웠다.

그에게 저를 보이면 보일수록, 그에게 저를 주면 줄수록 그는 강하연을 사랑하지 않게 될 게 뻔했다. 그런 멋이 없는 사람은 되고 싶지 않았다.

새벽 찬 공기가 가득한 강 주변으로 뿌연 공기가 번지는 것이 보였다. 양손으로 두 팔을 감싸고 강물 쪽을 향해 있던 하연의 옆으로 그가 다가왔다.

"그만 가자."

"응."

뒤따라오지 않고 서 있는 하연에게 준이 차 문을 열어 고갯짓을 했다.

"데려다줄게."

하긴, 이 시간에 그것 말고 달리 두 사람이 할 것이 남아 있을까.

"회사로 데려다줘."

제 오피스텔로 그를 끌어들이고 싶지 않았다.

"이 시간에? 그 모습으로?"

운전석으로 올라타며 준이 물었다.

"상관없어."

그 한마디를 뱉어 놓고 벨트를 채운 하연이 눈을 감았다. 그리고 너무나도 순식간에 차는 목적지에 도착했다. 내내 눈을 감고 있었지만 사무실 앞이라는 것쯤은 감으로도 알 수 있었다. 시동이 꺼지고 하연은 아직 내리지 못했다.

"이제 끝이야."

자동차 소음마저 사라져 버려 준의 목소리가 선명했다. 대답할 말을 찾지 못한 하연이 숨을 들이쉬고 소리를 죽였다.

"서 대표와는 진짜 결혼할 생각이야?"

"……"

"하긴 정말 결혼할 생각은 아니겠지. 강하연은 그런 스타일이 아니니까."

"……"

"또 만날 수 있을까?"

그의 목소리에 자신이 없었다. 시선을 돌리고 있는 저에게서 그는 이미 답을 알아냈을지 모른다.

"어디서 만날 수 있을까? 호텔? 아니면 차 안? 서로의 욕정을 풀고 나면 또 아무렇지 않은 척 뒤돌아서는 사이?"

하연이 되물었다. 이번에 답을 찾지 못하는 건 준이었다.

"……"

"그러다 운 없이 걸리면 나한테 돌아오는 건 '강하연'이 아닌 '콜드문 준의 연인'. 이라는 타이틀뿐이겠지. 지금껏 쌓아 올린 일이 모두 헛수고가 되어 버리고 사람들은 잭의 스카우트도, 제이든의 매력도 모두 준의 능력으로 만들어

낸 마법이라고 생각하게 될 거야."

　그에게 들려주려는 말이었는지 아니면 저를 납득시키려는 것이었는지. 차갑게 말하려 했지만 그 끝이 자꾸만 흔들린 것 같아 하연은 내내 마음이 쓰였다.

9

커다란 여행용 가방 세 개가 현관 앞에 놓였다. 모두 수화물로 부쳐야 하는 사이즈의 캐리어. 어젯밤 동우가 들러 미리 챙겨 둔 짐인 것 같았다. 준은 그것을 물끄러미 바라보다 소파에 기댔다. 이것은 그의 개인적인 짐. 월요일 공항에서 준을 따라오는 스태프들은 최소한이란 원칙 아래 셀 수 없이 많은 짐을 끌고 그를 따를 것이다.

"지겹다."

짙은 한숨이 입술 사이로 새 나왔다. 이틀 후 미주 지역 세 개 도시를 도는 15박 16일의 스케줄이 잡혀 있었다. 오늘 저녁 음악 방송에서 리나가 마지막 솔로 무대를 선보이고 나면 내일 무대 관련 마지막 점검을 하고 비행기에 오르게 된다.

사람들의 플래시 세례, 낯선 이의 힐끔거리는 시선. 작은 실수 하나도, 잠시 흐트러져 뱉어 버린 실언도 모두 날이 되어 돌아오는 일. 이 길을 선택한 건 제 자신이었다.

수많은 사람들이 그의 뒤에 있었다. 그를 만들고 포장하여 선보이는 사람들. 그 앞에 제가 서 있었다. 일상은 사치였다. 식사를 나누고 함께하는 미래를 꿈꾸는 그런 삶 대신 그는 무대에 서고 다음 앨범을 고민하는 그 좁은 세계에 갇혀 버린 지 오래였다.

'오빠 연습하러 가는 동안 나는 학교에서 수업 들으면 돼. 공연할 때는 같이 가고. 경제적인 거 오빠한테 의존 안 해. 우리 먹고사는 거 내가 충분히 마련할 수 있어. 돈이 모이면 테이블도 사고, 가스레인지도 들이자.'

작은 식탁을 두고 마주 앉아 그녀와 따뜻한 한 끼를 나눌 수 있다면, 그랬다면 행복했을까?
잊어버리고 있었는데. 애초에 하연은 그걸 원했다.

'그러다 운 없이 걸리면 나한테 돌아오는 건 '강하연'이 아닌 '콜드문 준의 연인'이라는 타이틀뿐이겠지. 잭의 스카우트도, 제이든의 매력도 모두 준의 능력으로 만들어 낸 마법이라고 생각하게 될 거야.'

그녀의 생각을 바꿔 버린 건 모두 그였다. 스무 살의 그녀에게 사랑보다 중요한 건 제 앞에 놓인 목표임을 잔인하게 가르쳐 줬으니까. 그러니까 지금 그녀를 욕심내는 건 염치없는 짓이었다.
하지만.
투둑 준의 뺨을 타고 무언가가 흘러내렸다. 손을 들어 제 얼굴에 흐르고 있는 그것을 닦아 내려다 말고 준은 얼굴을 가린 채 그대로 고개를 숙였다. 언제 터져 나왔는지 모를 눈물이 그의 어깨를 흔들고 그의 가슴을 흔들었다.
오래전 제 앞에서 눈물을 보이던 하연의 심정을 뒤늦게 알 것 같았다. 그녀는 이별의 순간 제게서 멀어지는 것이 얼마나 소중한 것인지 알고 있었던 것이다. 하지만 아무것도 모르던 그는 그것을 세상 가장 무가치한 것이라 여기고 버렸다.
제 아버지가 저를 술심부름하는 아이로나 치부했을 때처럼. 새어머니가 저를 그저 현금 출납기 그 이상도 그 이하도 아닌 무형의 것으로 대했던 것처럼.

준에게 사랑은 허상이었다. 아무것도 모르는 스무 살 소녀의 풋사랑은 언제든 다시 손에 쥘 수 있는 것이라. 다른 사람에게서 얼마든지 구할 수 있을 거라. 그에게는 의미가 없었다.

그런데 그런 준이 지금 원하는 건 단 하나. 강하연이었다. 제가 간절히 원하는 것은 그녀뿐이었다. 준은 그 마음을 주체할 수 없었다.

'하연이는 제 결혼 상대입니다.'

하지만 그녀에게는 이미 다른 남자가 있었다. 그녀의 가치를 알고 있는 남자. 위기의 상황에서 그 모든 것에 앞서 하연을 지켜 내려고 했던 남자. 가장 어려운 순간에도 그녀가 제 사람임을 밝힐 수 있는 남자.

아니, 그 사람이 없다 해도 그녀는 제가 가질 수 있는 사람이 아니었다. 저는 그녀에게 상처를 줬고 그녀는 그 상처를 뛰어넘기 위해 살아왔으니까. 제가 할 수 있는 일은 그저 영원히 가질 수 없는 그녀를 생각하며 제 심장을 도려내 노래하는 것뿐이었다.

○ ● ○

발매 후 몇 시간 만에 치솟은 순위가 그 후로도 다른 음원들과의 격차를 벌려 유지한 채 내려올 생각을 하지 않고 있었다.

1위는 리나의 〈보라〉 2위는 〈블루문〉. 리나의 〈보라〉는 빌보드 HOT 100 차트에도 랭크되어 있는 상태였다. 그 곡을 따라 앨범의 다른 수록곡들도 주목을 받기 시작했다.

단순히 눈에 보이는 순위만이 아니었다. 리나와 제이든의 듀엣곡은 예상보다 훨씬 더 좋은 반응을 얻고 있었다. 그들의 목소리가 가지는 조화는 물론 뮤직비디오에서 보이는 외관상의 어울림이 사람들의 욕구를 충족시킨 모양이었다. 한마디로 그림체가 어울린다는 반응. 사람들은 성인이 된 리나 옆에 선 제이든에게 호의적이었다.

물론 〈블루문〉을 만든 사람이 준이라는 사실도 큰 반향을 불러일으켰다. 그의 스캔들과 맞물려 사랑에 빠진 사람만이 쓸 수 있을 것 같은 로맨틱 송은 당연히 사람들의 마음을 움직였다. 대중들이 저에게 가지고 있는 이미지란 게 악독하고 냉정한 사람이라는 준의 예측과는 달리 수많은 팬들은 그를 홀린 여자가 누구인지 궁금해하고 부러워하며 질투했다.

준의 그녀를 어떻게든 찾아내리라 집요한 반응을 보이는 팬들과 그의 사생활은 보호해 주고 싶다는 개념 있는 팬들로 양분된 상황. 하지만 교묘한 사진 덕분에 네티즌들이 그의 연인을 발견하기란 어려웠다. 그리고 그 후 그 연인들은 실제로 만난 일이 없었기 때문에 꼬리가 밟히지 않았다.

순위를 확인한 준이 휴대 전화를 내려놨다. 오늘은 리나의 마지막 솔로 무대. 준은 리나를 살피겠다는 명목으로 음악 방송 무대 리허설에 참가했다. 평소 없었던 일이지만 이유는 간단했다. 오늘 이곳에서 브리즈는 첫 앨범 마지막 무대를 선보일 예정이었다.

차트 밖에서 누구의 주목도 받지 않았던 그들의 음악이 10위권으로 치솟으면서 마련된 특별 무대였다. 이 무대가 끝나고 나면 브리즈가 세계 진출을 위해 월드뮤직의 잭과 한 팀이 된다. 정식 발표 되지 않은 상태이지만 이미 여러 번 기사화되었다.

"이런 곡 진작 쓸 수 있었다면 좋았잖아?"

빙그르르 회전의자를 돌린 영일이 피식 웃음을 지으며 말했다.

"무슨 소리야?"

준이 건조한 목소리로 되물었다.

"듀엣곡 말이야. 리나한테 훨씬 더 잘 맞아. 그 녀석한테 〈보라〉같이 그렇게 어둡고 힘들고 과격하고 짙고, 그래서 미쳐 버릴 것 같은 그런 사랑 노래는 애초에 너무 일렀다고."

"나는 그쪽이 더 마음에 드는 거 같은데? 순위도 그쪽이 더 나아."

"그거야 타이틀이라서 그렇지. 충성하는 팬들이 제 취향과 관계없이 플레이 해 주고 있으니까. 하지만 팬들 사이에서도 반응은 〈블루문〉 쪽이 더 뜨거워. 리나를 콜드문의 코올드에서 빼내 올 수 있을 거라고 다들 좋아하지."

제가 한 말에 피식 웃은 영일이 다음 순간 조심스럽게 준과 시선을 엇갈려 물었다.

"그런데 너, 연애는 언제 한 거냐?"

순간 준은 그가 하는 말이 무엇인지 헷갈렸다. 이렇게 가슴이 아프고 외로운 제가 연애를 하고 있다고?

얼마 후 제 현재 상황을 깨달은 준이 헛웃음을 지었다. 설마 영일이 그것을 진심으로 믿는 것일까? 하긴 준이 누군가를 위해 가짜 연애를 하고 있다는 것이 더 믿을 수 없는 일이기는 했다.

"연애는 얼마든지 할 수 있어. 그동안 자제한 것뿐이야."

"무슨 소리야? 그동안 내가 준을 잘못 알고 있었나? 너란 놈은 침대로 여자를 끌어들이는 게 공개 연애보다 낫다고 생각할 만한 스타일 아니었어?"

그 순간 굳어진 얼굴의 준이 영일을 바라보았다.

"아니. 나는 네가 연애라니, 완전 미치고 팔짝 뛰게 좋다는 이야기지."

당황한 영일이 곧바로 허술한 미소를 보이며 손을 저었다.

"그럼 됐어."

"뭐야? 나를 위해서 연애를 하고 있다는 식의 투는? 아니, 것보다 누군데? 우리한테도 이야기 안 하는 거야?"

"뭘?"

"그 여자. 예뻐? 뭐가 좋았어? 어느 면에서 확 끌렸는데?"

순간 준의 머릿속으로 하연의 얼굴이 스쳐 지나갔다. 그 찰나의 표정에 영일은 혼자 히죽 웃었다.

"알았다. 알았어. 묻지 않을게. 그건 네 사생활이니까. 그런데."

오랜만에 진지한 표정으로 말하던 영일이 슬쩍 입꼬리를 올리며 덧붙였다.

"내일부터 당장 15박 16일 공연 예정인데 네 애인은 괜찮아? 나쁘지 않으면 스태프인 척하고 함께 가도 우리는 상관없는데. 내가 얼마든지 숨겨 줄 수 있어."

영일의 진심 어린 말에 준이 비릿하게 웃었다. 그것을 정말 바라는 것은 바로 자신이었다. 어쩌면 7년 전 하연이 원하던 대로 두 사람이 반지하방에서 함께했었다면, 그렇게 헤어지지 않았다면 가능했을지도 모를 일이었다. 함께 공연을 가는 일.

하지만 순간 준은 깨달았다. 그때 만약 두 사람이 헤어지지 않았다면 콜드문의 해외 공연, 그 자체가 아예 없었을 수도 있다는 사실을. 그 사실에 준은 씁쓸한 미소를 지었다.

○ ● ○

보라색 드레스에 까만 보석. 화려한 의상으로 거울 앞에 선 리나가 저를 향해 미소 지었다. 의상에 맞춘 메이크업으로 그녀는 오늘 한껏 신비로운 분위기를 자아내고 있었다.

데뷔 때부터 '보라'를 리나의 이미지로 차용한 이유는 바로 그것이 리나와 더없이 잘 어울리는 색이기 때문이었다. 리나는 아름다운 제 모습을 또렷하게 응시했다. 오늘 무대를 성공적으로 이끌 생각이었다.

물론 평소 그녀는 자신의 팬을 위해 그렇게 다짐했었다. 그것이 아니라면 제 자신을 위해서이기도 했다. 하지만 오늘은 달랐다. 오늘 이 무대는 제이든을 위해서였다. 제이든, 그를 다시 자신에게 반하게 만들 생각이었다. 제가 무대에서 얼마나 빛나는지를 보게 된다면 그는 제가 했던 말을 후회할 것이다.

리나는 제 모습을 찍어 곧바로 SNS에 올렸다. 순식간에 뜨거운 반응들이 올라왔다. 대부분이 그녀의 모습에 찬사를 보내는 내용이었다. 싱긋 미소 지은 리나가 다시 거울을 들여다보았다. 그가 아무리 외면하려 해도 외면할 수 없도록 완벽한 무대를 만들 작정이었다.

3일이 지나도 여전히 파생 기사가 나는 준의 스캔들은 그야말로 우스운 연극이었다. 저와 제이든을 대신해 만든 가짜 스캔들. 준은 마치 자신을 구원해 준 것처럼 이야기하지만 그건 말도 안 되는 이야기였다. 이 스캔들에서 자신은 피해자였다. 성공. 콜드문. 회사의 이익. 서로의 이해관계. 그 속에서 제 마음은 무가치한 것으로 치부되어 버리고 말았으니까.

제이든 역시 원망스럽기는 마찬가지였다. 문제는 그럼에도 그가 믿지 않다는 사실이었다. 리나는 제이든이 보고 싶어 미칠 것 같았다. 그에게 안기고 싶어 참을 수 없었다. 내일이면 15박 16일의 일정으로 미주 공연이 잡혀 있었다. 그 전에 어떻게든 제이든을 만나고 싶었다.

하지만 방법이 없었다. 휴대 전화마저 빼앗기고 그녀가 받은 건 도청 장치가 달려 있지 않을까 싶은 폴더 폰뿐이었다. 물론 내내 자신을 감시하는 매니저와 함께였다. 이럴 때를 대비해 미리 교육해 둔 것인지 그녀는 리나의 숙소에서 같이 밥을 먹고 잠을 잤다.

제이든과 짧은 인사라도 하기 위해서는 지금이 기회였다. 대기실 문을 살짝 연 리나가 밖을 내다보았다.

"뭐 하려는 거야?"

문 바로 앞에서 제 팔을 엇갈려 팔짱을 낀 준이 그녀를 바라보았다. 냉랭한 눈동자. 그 눈빛에 커다란 리나의 눈이 당황하여 흐트러졌다.

"제이든을 찾아보려는 생각이었겠지?"

문을 밀고 들어오는 준 때문에 리나가 뒷걸음질 쳤다.

"아니야!"

항변하는 리나의 얼굴에는 낭패감이 서려 있었다.

"너는 그게 정말 사랑이라고 믿고 싶은 거야?"

준이 리나의 시선을 제게 묶어 둔 채 말했다.

"나도 애는 아니거든."

피식 그가 코웃음을 쳤다.

"그래서 너에게는 조금의 배려도 없는, 그저 제 성공에만 눈이 먼 그 남자를 다시 만나러 가겠다는 거군?"

"그럴 거야."

"어리석은 짓이야. 그런 여자는 멋이 없어."

"그래도 갈 거야!"

억누른 목소리로 고집을 부리는 리나의 눈에 눈물이 맺혔다.

"그럼 가 보든지. 문전 박대 당하거나. 사랑도 책임도 없이 너를 안겠지."

"웃기는 소리 하지 마! 제이든은 그런 사람 아니야."

"스물, 스물셋 너희 머릿속을 내가 모를 거 같아?"

밖으로 새어 나갈까 낮게 짓이겨 내는 목소리. 이 상황에도 곧 무대에 서야 한다는 의식으로 눈물을 삼키는 제 스스로가 안쓰러워 리나는 무너져 버릴 것 같았다.

"응. 몰라. 준은 내가 아니니까. 너는 냉혈한이니까. 네가 사랑을 어떻게 알아?"

"사랑을 모른다고? 빤히 보이는 네 생각을 내가 모를 거 같아? 이건 어때? 제이든이 아니라 네가 제이든을 가지고 논 거라면?"

"가지고 놀았다니. 어떻게 그런 말을 해? 사랑해. 사랑한다고. 내가 제이든을 사랑한다니까! 꼭 먼저 사랑받을 필요 없잖아. 내가 사랑하면, 내가 먼저 사랑하면 돼."

그 말을 마지막으로 리나가 다시 문으로 다가갔다. 하지만 소용없었다. 리나의 손목은 곧 준의 손에 채여 거기서 더는 한 발도 움직일 수 없었으니까.

"가지 마. 너를 바보로 만들고 싶지 않아. 넌 콜드문의 리나야."

"놔둬!"

바동거리는 그녀를 힘으로 누른 준이 리나를 소파에 앉혔다.

"곧 무대 시작해. 브리즈도 무대에 올라갔을 거라고. 이런 짓 아무 소용 없어."

울음을 억누르며 리나도 더 이상은 저항하지 않았다. 그깟 콜드문의 리나 따위 아무 필요도 없다고 중얼거렸지만 그녀 역시 몇 분 뒤 무대에 서야 한다는 것을 알았다. 그녀가 더 이상 저항하지 않는다는 것을 깨달은 준이 그녀와 조금 떨어져 벽에 기대섰다. 심호흡하며 제 자신을 다스리려는 리나의 모습에 누군가가 겹쳐 보였다.

리나는 어쩌려는 생각이었을까. 예전의 하연처럼 그에게 매달릴 생각이었을까. 물론 제이든은 돌아보지도 않을 것이다. 그가 그런 결정을 내릴 거라는 건 준도 알았다. 자신 역시 똑같은 상황에 놓였었고 그때는 음악과 성공 이외 어떤 것도 중요하지 않았었으니까.

브리즈는 이제 자신들의 음악을 들고 세계의 팬들 앞에 설 일만 남았다. 그리고 리나 역시 내일이면 곧 미국으로 출국해야 했다. 그러면 두 사람의 사이는 자연스럽게 멀어지는 것이다. 저 역시 하연에게 그렇게 멀어질 것이었다.

○ ● ○

화면 안의 인형처럼 생긴 두 명의 진행자가 무대를 소개했다.

— 요즘 반응이 참 대단해요.

— 네. 이분들 노래를 듣고 있으면 그야말로 어디선가 부드러운 바람이 불어오는 것 같죠.

— 미풍. 브리즈가 미풍이라는 뜻 아닌가요?

— 네! 맞습니다. 그런데 이분들의 인기는 결코 미풍이 아닙니다. 잘생긴 네 남자가 여러분께 전하는 이야기, 브리즈의 〈you〉입니다.

딴청을 부리고 있던 리나의 시선이 그 순간 모니터 화면으로 박혀 드는 것이 보였다. 저들의 무대가 끝나고 나면 얼마 뒤 저도 무대에 서야 하는데. 그것 따위는 까맣게 잊어버린 채 벌어진 리나의 입술.

"와, 제법이네. 역시 물 들어올 때 노 젓는 그런 상황인가?"

세하가 모니터를 힐끔하더니 키득거렸다.

"역시 제2의 준이라는 소리가 안 나올 수가 없어. 저 분위기하며 창법하며."

"제2이라는 말이 나올 만하지. 준은 이미 분위기가 달라졌고 그때의 준을 대신할 만한 스타가 필요하니까."

세하는 계속해서 비아냥거렸다. 곧바로 인상을 찌푸린 영일이 그에게 주의를 주듯 시선을 멈췄다. 준은 일련의 상황을 모두 모르는 척했다. 어차피 신경도 쓰이지 않을뿐더러 지금 그의 신경을 거스르는 건 그들이 아닌 리나였으니까.

"야! 아예 무대로 뛰어 들어가겠다. 뛰어 들어가겠어!"

공격의 대상을 바꿨는지 세하의 화살이 이제는 리나에게 향했다. 리나가 사납게 치뜬 눈을 그에게 흘겼다.

"왜? 듀엣 파트너가 잘되면 좋은 거지."

영일이 그나마 순한 반응을 내놨다.

"아니, 이거 둘이 설마 작업하다 눈 맞고 그랬던 거 아니야? 이러다 우리 콜드문 반이 연애하게 생겼네!"

"반이라고? 네 놈 하는 짓을 봐라!"

쓸데없는 소리로 영일과 세하가 아웅다웅했다.

"시끄러워!"

리나가 뒤돌아 버럭 소리 지르고는 다시 화면을 향했다. 노래가 거의 끝나 갈 즈음. 화면에는 제이든이 클로즈업되고 있었다. 거친 숨을 고르며 카메라를 응시하는 눈빛. 홀릴 만했다. 과연 타고난 끼가 보통이 아닌 녀석이었다. 노래 실력은 못 들어 주지 않을 정도. 준이 저를 억누르듯 뒤돌았다. 노크 소리가 들리고 연출부 스태프가 나타났다.

"스탠바이하겠습니다."

리나를 비롯해 댄서까지 모두 자리에서 일어났다. 준이 그 뒤를 따랐다. 좁은 복도에는 무대를 마치고 나오는 사람들과 스태프들, 무대를 준비하는 가수들과 댄서들이 뒤엉켜 거대한 열기를 만들어 내고 있었다.

"안녕하세요?"

"안녕하십니까?"

"감사합니다."

뒤엉킨 인사들. 그 사이에 준은 리나가 아까부터 안절부절못하며, 다가오는 제이든과 눈이라도 한번 마주치길 간절히 바라는 것을 지켜보고 있었다. 그리고 그와 반대로 무신경해 보이는 제이든도.

"안녕하세요? 무대 잘 봤습니다."

리나의 목소리가 떨렸다.

"아. 네."

가볍게 묵례한 제이든이 스쳤다.

'뭐야, 저 녀석?'

순간 준은 신경이 거슬렸다.

'건방진 녀석이라니.'

준이 이를 악물었다.

데뷔하자마자 스캔들을 만들고 리나를 가지고 논 녀석이었다. 하연이 저 녀석에게 무엇을 봤는지 모르지만 준의 기준에는 분명 한참 못 미치는 수준이었다.

준은 못마땅한 기분에 치솟은 감정을 억누를 수 없었다. 데뷔 시절 자신은 분명 녀석과 달랐다. 준은 모든 것을 버리고 음악을 선택했었다. 제 마지막 보루였던 지하의 그 어둔 방마저 잊어버리고 제 꿈을 모두 콜드문에 밀어 넣었다.

그에 비하면 저 녀석은 인기에 목마른 애송이 같은 수준이었다. 그런 녀석에게 제2의 콜드문이니 제2의 준이니 하는 수식어가 가당키나 한가? 리나가 무대 위에 오르는 것을 확인한 준이 그대로 뒤돌아섰다.

「브리즈」

종이 명패 너머의 시끌벅적한 소리에도 아랑곳없이 준이 문을 벌컥 열었다. 얼어 버린 것처럼 보이는 다른 멤버들 속에서 제이든이 반갑다는 식의 표정으로 일어났다.

"준!"

긴장하는 모습이 보이지 않는 것을 보니 뻔뻔한 그 성격만큼은 대단하다고 할 만한 구석이 있었다.

"잠깐 봤으면 하는데."

환하게 미소 짓는 제이든과는 달리 냉랭한 준의 표정에 다들 하던 일을 멈추고 밖으로 빠져나갔다. 그들이 모두 나간 것을 확인한 준이 문을 닫고 소파에 기대앉았다. 제이든이 그의 눈치를 보며 그의 건너편에 앉아 미소 지었다. 그래, 저 녀석이 어떤 표정을 짓건 그게 중요한 건 아니었다.

"새로운 싱글은?"

준이 물었다.

"준비 중에 있습니다."

"잭과의 협의는?"

"순조롭습니다."

그래. 그거면 된 것이다.

"그럼 다시는 볼 일 없는 거겠지?"

"물론입니다."

"혹시라도. 리나한테 쓸데없는 희망 같은 거, 주지 마. 어차피 네가 무슨 생각을 하는지 알고 있으니까."

그 말에 살짝 표정이 변한 제이든의 대답이 조금 느리게 따라왔다.

"알고 있습니다. 다시는 실수하지 않겠습니다."

실수? 실수라.

귀에 거슬리는 말을 못 들은 척 준은 자리에서 일어났다. 녀석에게 제 감정을 쏟아붓고 싶은 생각은 없었다. 이제 그만 돌아가면 되는 것이다. 하지만 돌아서려는 그 순간 준의 발목을 붙잡는 것이 있었다. 제가 방금 전 왜 이렇게 다급하게 이곳으로 향했는지. 제이든에게 충고를 하고 싶어서? 그것만이 전부는 아니었다. 묻고 싶었던 말.

'하연이는 제 결혼 상대입니다.'

내내 신경을 거스르던 그 말이 진실인지 알고 싶었던 게 분명하다. 그때였다. 그를 따라 일어선 제이든이 이미 돌아선 준을 향해 입을 열었다.

"하연 누나는. 서 대표와는 결혼하지 않을 겁니다."

"……."

"괜히 미안해하실 필요 없으시다는 말씀 드리고 싶었습니다. 하연 누나도 신경 쓰지 않는 부분이니까요. 어차피 더 이상 파생 기사도 나지 않을 테고."

그 순간 돌아선 준이 한걸음에 제이든 앞으로 다가와 그의 목덜미를 쥐었다.

"윽."

일그러진 제이든이 준을 향해 노려보았다.

"네가 잘되든 말든 나한텐 중요하지 않아. 너 같은 놈이 수도 없이 덤비는 곳이 이 세계니까. 내가 너를 신경 쓰는 건…… 그래, 너 같은 놈 뒤에 있는 스태프들을 생각해서야."

한참 그를 노려보던 제이든이 기가 꺾인 듯 고개를 돌렸다. 부들부들 떨리던 준의 손이 제이든을 밀쳐 버리듯 놓았다. 그에게서 놓이자마자 천천히 옷을 추스른 제이든이 문으로 향하던 준에게 물었다.

"그래서. 그 세계가 괜찮습니까? 그곳은 살 만하냐고요."

비릿한 미소를 지은 준이 고개 돌려 제이든을 응시했다.

"올라오고 나서나 물어. 네가 올라올 때까지는 굳건히 지키고 있을 테니까."

○ ● ○

이별의 책임은 누구한테 있는 걸까? 이별은 어디서부터 오는 걸까? 마주 들고 있던 유리구슬이 깨지고 말았다. 그 손을 하연이 먼저 놓았다. 갑자기 놓쳐진 그것에 놀란 진혁을, 그 사람을 위로해야 했다. 그걸 놓아 버린 사람이, 그걸 놓친 사람을 위로해야 한다. 위로가 되지 않을 것을 뻔히 알면서.

"어차피 알고 있었어. 잘못한 건 나야. 넌 늘 경고했었으니까."

진혁은 술에 엉망으로 취해 있었다. 전화 걸지 말아야 한다는 것을 그가 알면서도 제게 전화 걸었다는 것을 하연도 알고 있었다. 불과 몇 달 전 하연이 취했던 그 자리, 그의 프라이빗 룸이 있는 호텔, 같은 레스토랑 같은 좌석이었다. 진혁 역시 남들의 시선을 의식하지 못할 만큼 괴로웠던 것이다. 하연은 말없이 그의 맞은편에 앉았다.

"내가 올해 나이가 몇인지 알아? 그동안 사랑은 얼마나 많이 했었는지…… 아느냐고."

"……"

무슨 말이 그에게 위로가 될까. '걱정하고 있다. 내가 당신에게 느끼는 감정이 당신이 원하는 그런 사랑은 아니지만, 동료로서 마음이 쓰인다. 그 마음을 이해할 수 있다.' 그렇게 말하면 도움이 될까.

슬픈 눈이 하연을 바라보고 있었다. 가지고 싶어도 가질 수 없는, 함부로 굴고 싶지만 함부로 굴 수 없는, 제 안에서 너무 커져 버려 더 이상 감당할 수 없는 그의 마음이 그 눈빛에 고스란히 드러났다. 그리고 그런 마음을 받아 줄 리 없는 사람 앞에서 힘겨워하는 사람의 기분이 어떤 것인지 하연도 잘 알고 있었다.

빈 잔에 다시 술을 따라 단숨에 들이켠 진혁이 흔들리는 눈빛으로 어쩌면 후회할 말을 뱉어 내고 있었다.

"그래서. 네가 포기가 안 돼. 이번이 마지막이거든."

"나 같은 사람. 가지고 나면 별거 아닌 여자예요. 멋없고 우울하고 당신이 하는 일 방해만 할 그런 사람이야. 웃는 것도 모르고 세상이 행복한 것도 몰라요."

"그런 너를 행복하게 해 주고 싶었어."

"그러니까. 그 누구도 나를 행복하게 해 주지 못해. 나는 행복이 없는 사람이니까. 당신은 그것에 질릴 거고. 내가 당신 지인이었다면 결사반대할 만한 그런 여자예요, 나."

자조적인 미소가 바닥으로 떨어졌다. 눈물이 쏟아질까 입매를 고쳐 다문 진혁이 한숨 쉬듯 대답했다.

"알아."

"그만 힘들어해요."

"알아."

"내일이면 잭이 와요. 술은 그만 마시고."

위태한 눈으로 그를 바라보던 하연이 그에게서 술병을 멀리 떨어트렸다.

"알고 있어. 네 일 방해되지 않게 잘해 볼게. 미친 짓거리는 하지 않게. 조심하겠다고."

그가 자신의 룸으로 들어가는 것을 보고 하연은 되돌아 나왔다. 도저히 오피스텔로 그냥 돌아가기 힘들 것 같았다. 진혁을 위로하기 위해 마신 술 한 잔이 문제였다. 택시를 잡아탄 하연이 사무실로 돌아왔다. 잭이 한국으로 보낸 팀과의 논의가 내일 예정되어 있었다.

텅 빈 사무실, 불을 환하게 밝힌 하연이 이미 수십 번 검토했던 서류를 다시 꼼꼼히 읽어 내려갔다. 쉽게 눈에 들어오지 않는 서류를 붙잡고 다른 한 손을 뻗어 라디오 버튼을 눌렀다.

〈붉은 그늘〉. 콜드문의 3집 수록곡.

— 어둔 그늘 아래 너무 붉은

서류를 내려놓은 하연이 그대로 하던 일을 멈춰 버렸다. 표정을 짓는 것도, 숨을 쉬는 것조차도 잊어버릴 것 같았다. 모든 신경이 준의 목소리에 갔다. 음악의 분위기에 따라 창법이 변하는 준은 성대를 긁듯 까끌거리는 목소리로 이 노래를 불렀다. 거친 음색과는 달리 폭발하지 않은 소리는 마치 시를 낭송하는 것처럼 부드러웠다.

그는 그 어둔 반지하방에서 머무를 만한 사람이 아니었다. 너무 붉었던 준. 그래서 그를 사랑한 것이다. 그곳에 머물 만한 사람이 아니라는 것을 알기에. 더 괜찮은 사람이 될 거라는 걸 기대했기에. 그런 준이 그곳을 버리고 떠났다고 해서 준을 미워할 일이 아니었다.

그리고 자신은 아직도 준에게서 벗어나지 못하고 있다. 진혁에게는 그저 미안한 것을 보면, 미안해서 버거워 조금은 귀찮은 걸 보면, 그래서 그저 형식적으로 대하는 것을 보면. 준에 대한 미움은 사랑의 또 다른 이름이었다.

○ ● ○

콜드문의 준, 그의 마음을 사로잡은 여인은?

일반인 여성과 밀회를 즐기는 준

그가 사랑에 빠졌다. 콜드문의 리더, 준

제 이름을 검색하는 것은 준의 취미가 아니었다. 지난 몇 년간 준은 제 이름을 포털 사이트에 검색해 본 적이 없었다. 사람들이 보는 자신의 허상을 마주하는 것이 힘들었다. 무대에 서서 자신도 모르는 열정을 폭발하는 그를 사람들은 제가 아닌 다른 사람으로 보고 있었다.

무대를 장악하는 카리스마. 세상에 두려울 것이 없어 보이는 남자. 천재 뮤지션의 손길을 거쳐 탄생되는 걸작. 그런 수식어는 보는 것만으로 부담스러워 준은 자신의 기사를 검색하지 않았다.

하지만 제 가짜 연애 기사에 준은 마음이 편했다. 아무리 자세히 보아도 분간해 낼 수 없는 하연의 모습. 제 품 안에, 제 얼굴 각도에 교묘하게 가려져 있어서 그녀를 잘 아는 사람조차 이 사진의 주인이 강하연임을 알 수 없을 것 같은 사진.

다행이라는 생각이 들었다. 그녀에게 더 이상의 피해는 주고 싶지 않았다.

'치기 어린 제이든. 어리석은 제이든.'

준은 알고 있었다. 제이든에게 화가 난 이유를. 사람은 저와 같은 유형의 인간은 단박에 알아보는 법이었다. 저의 후속 버전이라는 그 녀석의 속이 훤하게 들여다보였다. 자만심. 다만 그것을 표현하는 방법이 다를 뿐이었다.

7년 전 준도 다를 게 없었다. 사람들이 자신을 알아주지 않는 것이 이해되지 않았던 데뷔 초. 같은 고민 속에서 제이든과 똑같은 선택을 했던 제 자신이 떠올랐다.

'어차피 네가 무슨 생각을 하는지 알고 있으니까.'

너와 똑같은 마음으로 나는 하연을 버렸으니까.

어둔 그늘 아래 너무 붉은
혼자 두면 시들어 버려 신경을 거스르지
눈앞에서 사라져 내 영혼에 깃든

그리고 그녀를 내 환상 속에 살게 했으니까.

자신도 모르는 사이에 준의 차는 J엔터 앞에 멈춰 있었다. 기대하는 것이 있을 리 없었다. 어차피 우연이라도 그녀를 마주칠 가능성이라고는 조금도 없는 새벽 1시. 그녀는 집으로 돌아가 있을 시간이었다. 지금 이곳에서는 그녀를 찾으려야 찾을 수 없었다. 전화를 걸어도 받지 않을 하연이 어디서 어떻게 지내는지 준은 알지 못했다. 강하연은 저를 그저 형편없는 놈으로 생각하고 있다는 것도 알았다.

그녀를 데려다주었던 그 자리, 준은 시동을 끄고 멈춰 있었다. 들썩거리는 이 감정. 무슨 일이라도 저질러야 사라질 것 같은 이 울렁거림을 잠재우려는 생각뿐이었다. 초점 없는 시선으로 차가운 회색 벽을 바라보고 있던 그때, 고층 건물의 회전문 옆에 나 있는 작은 유리문이 열리는 것이 보였다.

어깨를 움츠린 여자. 아찔한 길이의 미니스커트. 킬 힐과 루즈 핏의 니트. 추운 날씨에 어쩌자고 저런 차림인 건지. 계절과 어울리지 않는 차림을 하는 버릇은 아직 버리지 못한 모양이었다.

"강하연."

부르는 소리에 우뚝 멈춘 걸음이 한참을 고민하는 듯하다 뒤로 돌아섰다. 너무 놀라 사고하는 것을 잊어버린 것 같은 얼굴이 준과 마주쳤다.

무슨 생각으로 그녀를 멈춰 세운 것인가? 속마음과는 달리 준은 그녀에게 다가갔다.

"어떻게 된 일이에요?"

"내일 오후 출국이야."

"공연이군요."

"15박 16일. 그사이에 너를 볼 수가 없어."

말도 안 되는 소리들이 입 밖으로 나왔다. 마치 사귀는 연인처럼. 거짓 스캔들이 진실이기라도 한 것처럼.

"왜 왔어요?"

그러니 이런 질문은 당연했다. 이런 표정은 당연했다.

"멸시당하고 싶어서."

풋 하연이 웃었다. 아주 오래전 그녀와 나누었던 이야기. 그것을 하연도 기억하고 있었다.

'공연은 대체 왜 오는 거야? 음악도 모르면서.'

너에게 멸시당하고 싶어서. 너한테 무시당하고 싶어서. 그런 너라도 보고 싶어서.

그 웃음소리에 머릿속 퓨즈가 끊어진 기분이 들었다. 하지만 그 이후 무엇을 해야 할지는 대체 알 수가 없었다. 이런 감정에 그녀를 끌어안는 것 말고는 해본 일이 없었다. 마치 제이든과 리나처럼. 그러나 저에게는 더 이상 맹목적인 사랑을 줄 리나가 없었다. 한동안 아무 말 없이 그녀를 바라보던 준이 갑자기 한기를 느꼈다.

"기자가 따라올지도 몰라."

그건 거짓말이 아니었다. 열애 보도 이후 어떻게든 그녀의 존재를 알아내고 싶어 하는 기자들이 어디서 어떻게 나타날지 몰랐다. 불쑥 준이 하연의 손을 잡았다. 다급해진 그가 그대로 차를 향해 달렸다. 당황한 하연이 그를 따라와 곧바로 준의 옆에 올라탔다. 그가 시동을 걸고 무언가에서 달아나듯 급하게 차를 몰았다. 순간 솟아오른 긴장과 열기가 차 안을 데웠다.

새벽, 텅 빈 도로에 그들을 막고 있는 것은 없었다. 하지만 방금 전 그들을 불안하게 만들었던 긴장은 여전히 사라지지 않았다. 그것이 두 사람 사이 밀도 높은 침묵을 만들었다.

강변도로를 달리는 차 주변으로는 불이 밝혀진 다리가 끊임없이 이어졌다. 빌딩 사이 간간이 켜진 불빛 이외에는 어둠뿐이었다. 불과 몇 시간 뒤 차로 가득 찰 도로는 드문드문 지나는 택시를 제외하고 멈춰 있는 것이 아무것도 없었다. 그 도로에서 준은 불안했다. 누군가 여전히 두 사람을 지켜보고 있는 것 같다는 생각이 준의 머릿속에서 사라지지 않았다.

평범한 사람들이라면 모두들 자신의 둥지로 들어가 몸을 녹일 시간이었다. 서로를 안은 채 깊은 잠에 빠질 시간이었다. 하지만 밀회도 쉽지 않은 연인이 갈 수 있는 곳은 없었다. 이렇게 끝없이 도망가는 수밖에.

어색한 것을 참을 수 없었는지 하연이 손을 뻗어 플레이 버튼을 눌렀다. 콜드문의 1집. 흘러나오는 노래에 하연이 입을 열었다.

"자기 노래를 듣고 있었네."

가벼운 목소리.

"나란 놈은 나르시시즘이 가득한 사람이니까."

그녀에게는 늘 그렇게 보이고 싶었다. 제 자신의 불안과 날카로운 신경 따위는 들키고 싶지 않았다. 그녀를 버렸던 그 순간처럼 자신감을 넘어 자만심으로 가득 차 있는 모습으로 그녀에게 남고 싶었다. 사이드 미러를 살피듯 살짝 고개를 튼 준의 시선에 하연이 보였다. 긴장을 한 건지 아니면 불편해하는 건지 알 수 없는 표정.

"그러네. 당신은 그런 사람이었지."

그 표정을 눈치 볼 만큼 나르시시즘 이미 그런 것은 다 잊어버렸지만. 준은 여전히 하연에게만은 그런 사람이고 싶었다.

"계약 준비는 잘되고 있어?"

"응."

"제이든 단속해. 어디로든 뻗어 나갈 놈이야. 가둬 두고 음악만 하게 해."

"응."

반박 없는 대답 속에 하연의 생각이 궁금했다. 적어도 일에 대해서만은 묻고 싶었다.

"대체 뭘 원하는 거야? 브리즈를 통해서 뭘 하고 싶은 거야?"

머뭇거림 없이 그녀가 곧바로 답했다.

"세계 정복."

입술 끝이 그 옛날처럼 장난치듯 비죽였다. 제 몸을 둘러싸고 있던 감정이 경직되는 것을 느꼈다.

"그럼 나는 이제 그 자리에서 내려와도 상관없겠군."

하연이 코웃음을 쳤던가? 그것을 살필 여유는 없었다. 어두운 곳이었다. 내비게이션이 가리키는, 2차선 쭉 뻗은 도로가 아닌 그 사이 좁은 길. 급한 경사로를 따라 내려온 자리, 입구 중간 부분부터 막혀 있는 터널이 보였다. 이미 제용도로 사용되지 않는 건지, 무엇이 들었는지 알 수 없는 상자가 가득 쌓여 있는 폐쇄된 터널이었다.

그곳에 차를 멈춘 준이 하연을 향해 시선을 돌렸다. 이런 곳이 아니면 하연의 얼굴을 들여다볼 수 없었다. 가로등 불빛조차 사라진 곳. 그 속에서 누구에게도 발각되고 싶지 않은 준이 차의 시동마저 꺼 버렸다.

그녀가 제대로 보일 리 없었다. 하연의 표정을 알아볼 수 없었다. 터널 지붕에 가려 희미한 달빛에 그녀의 옆얼굴이 간신히 분간될 뿐이었다. 입술도 눈빛도 없었다. 이마를 따라 내려오다 코끝에서 유연하게 떨어지는 가는 선만이 준의 시야에 들어왔다.

이런 곳에 그녀를 두고 싶지 않았다. 다른 사람의 시야에서 도망치기 위한 이런 곳에 하연을 두고 싶지 않았다. 가장 밝은 곳에서 저로 인해 행복해하는 여자를 보고 싶었다. 오래전에는 해 주지 못했던 그 많은 것들을 이제는 해 줄 수 있었다. 7년 전 그녀가 바랐던 모든 것을 이제는 해 줄 수 있었다.

"결혼하자. 하연아."

"……."

"결혼하고 우리 아이도 낳고 그렇게 살자. 공연도 같이 다니고, 여행도 하고, 돈은 얼마든지 있으니까 네가 바라는 곳 어디서든 살 수 있어. 네가 원하는 작업 할 수 있도록 회사를 차리는 것도 좋고. 실력 있는 직원들 얼마든지 영입해도 좋아."

그녀의 표정을 볼 수 없었다. 그녀가 어떤 표정을 짓고 있는지 준은 알 수 없었다.

"결혼식은 스위스에서 하는 게 어떨까? 너 거기 가 보고 싶다고 했잖아. 아니면 하와이 해변가? 아예 1년쯤 여행을 갈까?"

조용히 몰아쉬는 작은 숨소리가 들려왔지만 곧 그것조차 희미해졌다.

"차 키 나한테 줄 수 있어?"

그녀의 손이 준의 앞으로 내밀어졌다. 표정이 보이지 않아. 그 표정을 차마 볼 수 없어 준은 시선을 돌리지 못한 채 그녀의 손에 키를 떨어트렸다. 그 키를 손에 쥔 하연이 차 문을 열어 준이 있던 쪽으로 와 그를 내리게 했다.

"어서 타. 시간이 별로 없어."

운전대를 잡은 그녀는 내비게이션에 목적지를 입력했다. 차가 출발했다. 그가 달리던 것보다 조금 더 빠른 속도.

"하와이, 스위스? 우리가 거기서 얼마쯤 버틸 수 있을까?"

같은 도로를 되짚어 그들은 다시 도시로 향하고 있었다.

"일주일? 한 달? 그 시간이 지나고 여전히 행복할까?"

캄캄했던 하늘은 언제부턴가 낯선 빛깔로 점점 바뀌어 갔다. 두려울 정도로 텅 빈 거리가 이제껏 준은 모르던 것들로 채워져 가고 있었다.

"당신이 공연을 가면 나는 빈집을 지키고. 당신이 일을 가고 나면 난 홀로 남아서 무대에 선 당신을 보게 되겠지. 준의 아내. 준의 신부. 준의 여자."

새까만 어둠 속에서는 보이지 않던 하연의 옆얼굴은 서늘할 만큼 담담했다.

"내가 한 모든 일은 폄하당하고 제대로 가치를 인정받지 못할 거야. 아니. 그건 괜찮아. 그걸로 브리즈의 노력도 폄하당하는 거고 그의 뒤에 있던 모든 스태프들도 그 노력의 가치를 제대로 존중받지 못할 거야. 그게 참을 수 없어."

준은 아무런 대답을 하지 못했다. 그녀의 말에, 그녀의 생각에 감히 반할 수 없었다.

"그러다 어느 날, 모든 일이 그렇듯 당연히 서로에 대한 열기가 식고 나면 당신은 나를 무가치하게 여길 거야. 강아지처럼 당신을 기다리는 사람으로. 당신의 일에 부담이 되는 사람으로."

창밖으로도 창 안으로도 옮길 수 없는 시선. 얼어 버린 그는 제 눈앞의 것들이 보이지 않는 것처럼 느껴졌다. 눈으로는 보고 있지만 뇌에는 가 닿지 않는 그림자.

"당신만 그런 거 아닐 거야. 나도 그럴 거야. 이 열기가 식고 나면 나는 그때의 결정을 후회하고 내 커리어에 아쉬워할 거야. 준의 아내가 아닌 강하연으로 살아야 했을 내 이름을 왜 그렇게 쉽게 놓아 버렸을까? 어차피 시간이 지나면 흐려질 감정에 왜 내 모든 것을 걸었을까?"

"......"

"이미 경험했잖아. 같은 걸 반복하는 사람은 어리석어. 우리 이 감정. 지금은 그 향기에 취해도 얼마 지나지 않아 시드는 꽃 같은 거야."

차는 몇 시간 전 떠나왔던 그 높은 빌딩 주차장에 멈췄다. 차에서 내린 하연이 준의 시선을 피하지 않았다.

"나는 당신에게서 가장 멀어질 거야. 나를 미워하고 나를 그리워하고 나를 저주하고. 그렇게 평생 나를 기억하게 만들 거야."

"강하연……."

오래전 부서져 사라졌다고 생각했던 그것이 제 안에서 단단해지고 있는 것을 준은 느끼고 있었다. 두 사람 사이 소중히 간직하고 있었던 유리구슬. 하연이 그것을 제 손에 쥐여 주었다. 그녀는 더 이상 그것을 필요로 하지 않았다.

"하연아. 가지 마. 이렇게 떠나지 마……."

준은 그녀를 붙잡았지만 하연은 뒤도 돌아보지 않았다.

"당신이 나를 죽을 때까지 사랑하게 만들 거야. 나를 너무 사랑해서 미치게 만들 거야. 끝까지 빛나는 사람이 될게. 따라잡을 수 없을 정도로 멀리 갈게. 그렇게 처절한 감정으로 무대 위에서 나를 불러 주길 바라."

○ ● ○

"사람들은 왜 가십을 좋아할까?"

하얗고 긴 유라의 다리가 눈앞을 가렸다 이내 사라졌다. 턱을 치켜든 채 허리를 꼿꼿하게 편 그녀의 우아한 걸음걸이가 호수 위를 미끄러지듯 유영하는 백조를 떠올리게 만들었다.

엉망이 되어 버린 머리를 손으로 쥔 준이 몸을 길게 늘어트리고 있었다. 테이블 주변으로 아직 향이 잔존하는 독한 술병이 나뒹굴었다.

오전 11시. 준은 오늘 마지막 무대 점검을 위한 회의에 나타나지 않았다. 머리카락은 방금 샤워를 마치고 나온 흔적으로 물기가 채 마르지 않은 상태였다.

하얀 진주 귀걸이를 풀기 위해 한쪽으로 고개를 숙인 유라가 거울 속 준을 확인하고 인상을 흐렸다. 오래전, 보육원에서 처음 본 김동준. 열한 살 반항기가 가득했던 얼굴.

'메세나(문화예술에 지원하는 기업들의 활동). 나 쟤 가질래.'

그날 열 살 동갑내기 아이에게 눈독을 들인 이후 유라는 내내 준을 잊지 않았고 결국 두 사람은 재회했다.

그리고 지금 준은, 그를 소유했기에 골치 아픈 것들을 처리하기 위해 애를 쓴 유라에게 예의를 표할 수밖에 없었다. 하연과 헤어진 뒤 불과 몇 시간 지나지 않아 발생한 사건. 제가 했던 청혼과 무참히 밟힌 마음. 그리고 다시는 볼 수 없을 것 같은 하연에 대한 아픔. 그 크기를 온전히 깨닫지도 못할 만큼 짧은 시간 안에 벌어진 일이었다. 준의 새어머니가 또다시 블루엔터 건물에 모습을 드러냈다.

"이것 좀 도와주면 안 될까?"

등 뒤의 지퍼를 내리려던 유라가 말했다. 늘어트렸던 몸을 일으킨 준이 그녀 앞으로 다가갔다. 향긋한 향기, 가느다란 목. 한쪽으로 머리를 쓸어내린 그녀는 유혹하듯 준에게 몸을 기댔다. 슬쩍 인상을 쓴 준이 그녀의 손이 닿는 곳까지 지퍼를 내린 뒤 곧바로 벗어났다. 숙취로 지끈거리는 머리를 쥔 그가 눈을 감은 채 다시 소파에 기댔다.

지퍼를 내린 유라가 원피스를 모두 벗어 내리자 레이스가 화려한 하얀 슬립이 드러났다. 그 슬립을 입은 유라의 모습은 백조 같았다. 끝이 동글동글 말려 늘어진 머리카락과 가슴골 위로 드러난 물방울 다이아.

실제로 그녀를 백조에 빗대어 표현하는 사람들이 있었다. 사람들의 상상력이라는 건 모두 그렇고 그런 정도에서 벗어나지 못하기 때문에 대부분의 머릿속에 가장 우아한 것을 떠올리자면 백조가 최선이었다.

"아까 물어본 거 왜 대답 안 해 줘? 사람들이 왜 가십을 좋아하는지 물었잖아."

드레스 룸으로 들어간 유라가 몇 개의 옷걸이를 밀어젖혔다. 짙은 다홍색의 블라우스. 누드빛 핑크 드레스. 거울 앞에 선 그녀가 옷을 하나씩 제 몸에 대보고 곧바로 던졌다.

"글쎄."

한참 시간이 지난 뒤 준의 대답이 뒤따랐다. 검정색 인어 라인 스커트를 입은 유라가 그의 앞에 나타났다.

"그럼 내가 대신 대답할게. 가십이라는 건 재미있어서 좋아하는 거야. 다른 사람이 지옥으로 떨어지는 걸 구경하는 것만큼 재미있는 건 없으니까."

상의는 여전히 슬립 차림으로 나타난 유라에게 무관심한 준의 시선이 허공을 맴돌았다. 거울 앞에서 짙은 립스틱을 덧칠하는 그녀의 시선이 거울 밖의 준에게 박혔다.

"천재적인 기타리스트가 될 재목이 있다고 하자. 그는 아버지가 일찍 돌아가시긴 했지만 어머니의 사랑을 받으며 제 꿈을 키워 나갔지. 경제적으로는 힘들었지만 어머니와 동생의 응원을 받으며 결국 콜드문으로 데뷔하고 세계적인 스타가 되었어."

준에게 가까이 다가온 유라가 테이블 위에 올려져 있던 찻잔을 손에 들었다. 한 모금, 두 모금 유라는 준의 대답을 기다렸지만 준은 대답할 기력이 없었다. 준은 절망에 빠졌고 그 구렁텅이는 헤아릴 수 없을 만큼 깊어 이제는 도저히 빠져나올 기력이 없었다.

"사람들은 사막에 핀 꽃을 사랑해. 그런 사람은 사랑해 줘도 되겠다고 여기고 그런 사람은 사랑을 받아도 질투를 하지 않지. 그의 성공이 곧 자신의 성공으로 느껴지니까. 하지만 그보다 구질구질하면, 그러니까 그게 사막이 아니라 진흙 바닥이나 거름통이라면. 사람들은 그를 무시하고 발로 걷어차. 허용의 한계라는 게 있는 거야."

커다란 눈이 천천히 감았다 뜨였다. 집어삼킬 듯 화르르 타오르는 눈빛. 시선을 피했던 준이 그녀를 응시했다. 그 정도 도발이면 충분했다. 이제는 그가 말할 차례였다.

"아버지가 돌아가시고 사실 여자는 시장통에서 아들을 잃어버린 적이 있어. 먹고살기 힘들어 작은아이는 등에 업고 큰애는 따라오든 말든 되는대로 끌고 다니며 행상을 하던 때였지. 그런데 어느 날 어릴 적 잃어버렸던 아들이 텔레비전에 나오는 것을 본 거야."

준의 머릿속에 희미한 그날의 기억이 떠올랐다. 자신을 찾아온 여자. 아버지가 돌아가시고 보육원에서 지내던 그때였다. '보육원의 천재 기타 소년 김동준' 이라는 다큐멘터리 형식의 프로그램이 방송되고 얼마 지나지 않아서였다.

"여자는 방송국에 연락했지. 어릴 적 잃어버린 그 아들이 텔레비전 프로그램에 나온 걸 보고 기적이 일어났다고 생각했어."

이야기를 이어 나가는 준의 목소리는 조금씩 떨리고 있었다.

"드디어 찾은 아들. 가난한 엄마는 한 푼 두 푼 모은 돈으로 낡은 기타 한 대를 사 주었고 소년은 풍부한 상상력과 천재성으로 자라서 콜드문의 준이 되었지. 그래서? 그거면 되는 거잖아. 또 뭐가 필요해?"

비릿한 미소로 말을 맺은 준이 유라를 바라보았다. 피식 코웃음을 친 그녀가 천천히 고개를 흔들었다. 준은 몇 번이고 제 미간을 찡그렸다. 날렵한 그의 눈매가 슬픈 빛을 띠고 있었다.

"그거 말고 진짜 말이야. 내가 너를 위해 감추어 두었던 이야기."

제 옆의 빈 술병을 응시하던 준이 입을 열었다.

"그래, 사실 이야기는 이제부터 시작이야. 그런데 알고 보니 그것이 모두 거짓이었으니까. 사람들은 몰랐지. 그들은 '천재 소년이 드디어 엄마와 만나 영원히 행복하고 아름답게 살았습니다. 아버지는 계시지 않았지만, 경제적으로 힘들었지만. 그들 가족은 행복했습니다.' 그게 전부인 줄 알았으니까."

도발적인 미소를 보인 유라가 준의 곁으로 가까이 다가왔다. 하얀 팔이 그의 목을 감싸 안았다. 당장이라도 입을 맞출 듯 가까이 다가온 그녀의 하얀 슬립 사이로 그보다 뽀얀 젖가슴이 버젓이 드러났다.

"그 여자 감당하기 힘들어. 어떻게 할까?"

아양을 떠는 것 같은 목소리였다. 지금껏 준을 쥐고 흔든 여자. 그의 비밀을 지키는 것으로 준을 꼼짝 못 하게 만들었던 여자.

"상관없어."

그 순간 유라의 커다란 눈이 천천히 깜빡였다.

"어렵게 쌓아 올린 아티스트의 이미지가 한순간 무너질 수 있다는 말. 지난번에 네가 했던 이야기 아니야?"

그녀를 떼어 내듯 아직 덜 마른 머리카락을 흩트리는 준의 옆으로 히스테릭한 목소리의 유라가 연극 같은 목소리로 떠들어 댔다.

"그런데 이제 와서 사람들에게 진실을 말하고 싶어졌다고? 네가 피어난 곳이 사막이 아니라 지독한 거름통이었다는 거?"

"처음부터 상관없었어."

"상관없어? 그 여자가 블루엔터에 찾아온 날 네가 나한테 했던 말 기억 안 나? 동생은 지키고 싶다고. 동생만은 이런 지옥에서 구해 주고 싶다고 했었잖아."

"그래. 이제 걔도 성인이니까. 지 인생은 지가 알아서 살겠지."

하!

헛웃음을 지은 유라가 어쩔 수 없다는 듯 입을 열었다.

"애초에 여자는 아들을 잃어버린 게 아니라 버렸던 거야. 총각이라 속인 남자의 전처가 낳은 아이를 키울 생각은 조금도 없었으니까. 술주정뱅이 남자는 죽고 열한 살 남자아이가 살아남았지. 어차피 사실혼 관계였으니 호적에 남아 있을 리도 없고."

"그만둬."

그의 까칠한 목소리에 아랑곳없이 유라의 목소리는 점점 더 커져 갔다.

"그럼에도 불구하고 아들을 보육원에서 다시 데리고 온 건 계산이 섰기 때문이겠지. 천재 아들이 가져다줄 후원금과, 장래에 그 아들이 큰돈을 벌어 줄까 하는 기대. 그런데 그게 쉽지가 않아. 너는 겨우 열한 살이었고 들어오던 후원금은 1년도 안 되어 끊겼으니까. 몇 푼 후원금을 착취한 그 여자는 그 후로 별 볼 일 없다고 생각해 너를 방치했고 너는 홀로 살아남았지."

"그만해. 그만두라고. 이제 와서 그게 다 무슨 소용이야."

"네가 콜드문이 된 뒤, 그녀가 다시 찾아왔으니까. 그녀에겐 무기가 있었잖아. 너와 꼭 닮은 남자아이. 네 아버지가 남긴 배다른 동생. 네 돈이 아니라면 그 여자는 그 아이마저 버릴 테니까. 그래서 혼자 밖으로 떠돌면서도 아르바이트를 해 꼬박꼬박 돈을 부쳤던 거 아니야?"

"그건 그저 의무였어. 내 아버지에게서 태어난 불쌍한 녀석에 대한 의무!"

"그래? 그게 다가 아닐 텐데. 네가 콜드문이 된 이후 너는 그 동생을 지켜 주고 싶어서 사람들에게 그녀를 친엄마라 소개했지."

"이젠 필요 없어. 그딴 가족은 이제 필요 없다고."

"필요 없다고? 나는 그런 가족이라도 가지고 싶었던 남자의 보호막이 되었어. 대중들에게 진실을 감추고 싶어 한 준을 대신해 모든 돈을 감당하고 꼴도 보기 싫은 그 여자의 비위를 맞췄지. 그런데도 이제 와서 필요 없다고!"

유라가 소리쳤다. 일어나 벗어 놓은 재킷을 집어 든 준이 자포자기하듯 읊조렸다.

"가십 좋아하잖아. 얼마든지 가져다 써."

그의 손등 위로 굵은 눈물이 한 방울 떨어졌다. 가족. 준이 그토록 원했던 그것은 준에게는 가장 얻기 어려운 일이었다. 그건 사치였다.

'결혼하자, 하연아. 결혼하고 우리 아이도 낳고 그렇게 살자. 공연도 같이 다니고, 여행도 하고. 돈은 얼마든지 있으니까 네가 바라는 곳 어디서든 살 수 있어. 네가 원하는 작업 할 수 있도록 회사를 차리는 것도 좋고.'

짧은 코웃음과 함께 여전히 열기가 식지 않은 유라의 목소리가 뒤따라왔다.

"이건 어떻게 할까? 오늘 아침 네 가짜 엄마가 다시 나타났어. 이제는 성인이 된 네 동생까지 한 패지. 둘이 다른 사람에게 사기를 치고 준, 네 이름을 팔아."

헛웃음을 지은 준이 되물었다.

"내 이름을 팔고 다닌다고?"

"그 여자와 네 동생에게 속아서 돈을 빌려준 사람이 여러 명이야. 금액 단위는 당연히 수십억 대를 넘어가지."

유라는 뒤돌아 거울 앞에서 머리를 빗질하기 시작했다. 풍성한 머리카락이 긴 폭포처럼 물결치고 있었다.

"그거 알아? 사실 백조는 음탕한 팜므파탈이라는 거?"

도르르 구르는 유라의 눈동자가 반짝였다.

"백조는 철저한 모계 사회인 동물의 본능을 따르는 것뿐이야."

준이 딱딱하게 말하며 고개를 흔들었다.

"하지만 제 알을 보듬어 기르는 수컷의 옆에서 보란 듯 다른 수컷과 교미를 하는 백조를 보고 우아함을 떠올린다는 건, 기가 막힌 생각이야. 거세된 수컷조차 암컷을 떠나지 않고 제 알을 지키는 거 알아? 넌 그 백조가 낳은 아들이고, 나도 마찬가지야. 나는 너를 소유한 거야, 준. 함부로 움직이지 마!"

준은 코웃음을 쳤다. 하지만 알고 있었다. 그녀는 준의 주인이었고 준은 그것을 부정하지 않았다. 물론 유라는 단 한 번도 준에게 손을 댄 적이 없었다. 모든 것을 다 가져서 더 이상 가질 것이 없는 사람에게 흔하게 찾아오는 무력한 우울증. 그것이 그녀가 가장 경계하는 감정이라고 유라는 말했다. 그리고 그것이 준을 취하지 않는 이유라 했었다.

"네가 알아서 해. 돈을 주든 소금을 뿌리든."

모든 것을 포기한 표정으로 준은 멈췄던 걸음을 다시 떼어 냈다. 등 뒤로 톤이 높은 유라의 목소리가 들렸다.

"스캔들은 전략적이었어. 네 과거를 이제껏 숨긴 것처럼. 그 여자 역시 네 과거야."

순간 준이 그 자리에 그대로 얼었다. 뿌연 안개처럼 흐린 그의 얼굴에 서서히 무언가를 깨달은 듯 주름이 잡혔다.

"강하연. 내가 모를 거라고 생각해? 나는 너를 어릴 때부터 알고 있었어. 열한 살 보육원 시절부터."

그의 앞으로 유라가 다가왔다. 희미한 미소를 지은 그녀가 준을 안쓰러운 눈길로 바라보았다.

"너는 네가 좋아하는 일을 해. 그런 골치 아픈 일은 내가 처리할 테니까."

그녀의 손이 준의 갈색 머리카락을 쓰다듬었다. 손을 올려 그녀의 손을 털어 낸 준이 제 얼굴을 쓸어내렸다. 손가락 사이로 유독 붉은 유라의 입술이 보였다.

"그 여자는 서 대표 거야. 너랑은 몸정이야."

"조용히 해."

"너는 서진혁이 되지 못해. 서진혁은 신화그룹이 없어도 서진혁이지만 너는 음악이 없으면 준이 아니라 김동준이야. 천한 출신. 새엄마에게 사기나 당하고 제 반쪽짜리 동생에게 혈육의 정을 느끼는 보잘것없는 소년."

"……."

"그 여자한테 네가 매력적일 수 있다고 생각하는 건 아니겠지? 서 대표랑 너는 출신부터가 다르니까 너는 절대 그렇게 될 수 없어."

유라는 항상 말했다. 그가 사랑하는 것을 소유하면 그가 곧 제 것이 되는 거라고. 그건 그를 소유하는 것보다 더 큰 소유라고 했다. 그가 사랑하는 것이 사라지면 그는 곧 빈껍데기가 되어 버릴 테니까. 그가 사랑하는 것을 소유하는 건 언제든 유라를 벗어날 구멍을 찾고 있는 그를 옭아맬 수 있는 아주 간단한 방법이라고 그녀는 말했다.

"넌 내 소유야. 가짜 스캔들은 이제 그만 끝내는 게 좋아. 네 장난을 받아 주는 것도 여기까지야."

유라가 준의 어깨에 손을 대었다. 움찔거리지 않는 단단한 어깨. 애무하듯 유라의 손가락이 천천히 그 어깨를 쓸어내렸다. 그녀의 시선을 외면한 준의 머릿속으로 수많은 것들이 들끓었다.

"고민하고 있어. 강하연이 더 싫어하는 것이 무엇인지."

인상을 찌푸린 준이 그녀의 손을 쳐 내렸다.

"너와의 가짜 스캔들이 진실이라는 것을 밝히는 것이 좋을까. 아니면 그녀의 제이든을 망가트리는 게 좋을까."

부르르 주먹 쥔 준의 얼굴에서 핏기가 사라졌다.

"강하연 본인을 바스라트리는 방법도 있지."

"진심은 아니겠지?"

서늘한 준의 목소리.

"진심은 존재하는 게 아니야. 만들어지는 거지."

여유로운 표정으로 그를 바라보던 유라가 뒤돌아 다시 거울 앞에 섰다.

"그 여자는 건드리지 마. 나랑은 아무 상관 없는 사람이야. 이제 끝났어."

거울 속 짙은 입술이 반호를 그리며 아래로 휘었다 곧바로 꼬리를 올렸다.

"방법이 수만 가지라는 게 참 마음에 드는 상대야. 허점이 많은 데다가 어디를 찔러도 치명상을 입을 거라는 게 완벽하거든."

블랙 재킷과 팬츠. 올 블랙으로 감싼 준의 출국 사진이 포털 사이트에 떴다. 바로 몇 시간 전. 제 앞에 있던 준의 모습은 사라지고 그는 여느 때와 마찬가지로 콜드문의 준이 되어 플래시 세례를 받으며 출국장으로 사라졌다. 가벼운 손 인사마저 여유로워 보이는 모습.

하연은 오전부터 계속되었던 회의를 이제 막 마치고 온 상황이었다. 월드뮤 직과의 계약은 무난하게 체결한 상태였다. 콜드문의 미국 공연 소식과 맞물려 빌보드 차트에서 순위가 치솟은 리나의 솔로 곡 〈보라〉 덕분에 더 큰 주목을 받게 된 두 사람의 듀엣곡 〈블루문〉을 계기로 유입이 늘어난 팬들과 유의미한 숫자의 팔로워들 덕분이었다. 이제 하연에게 남은 건 제 자신과의 싸움뿐이었다.

그의 청혼을 거절했던 것에 대한 후회와 그런 바보 같은 제안에 흔들리지 않았던 것에 대해 다행이라는 마음. 그 둘 중 자꾸만 한쪽으로 생각이 기우는 것을 잡아 세우려 하연은 내내 노력하는 중이었다.

톡톡.

그때 하연의 옆으로 책상을 두드리는 손이 보였다. 말끔한 양복을 입은 진혁이 그녀를 바라보고 있었다.

"잠시 봅시다."

그 말을 하고 먼저 나서는 그의 뒷모습을 난감한 표정으로 보며 잠시 고민하던 하연이 결국 자리에서 일어나 진혁을 뒤따라갔다.

"서 대표님."

엘리베이터 앞에서 그가 하연을 마주 보고 섰다. 복도에는 몇몇 직원이 있었지만 그들은 두 사람을 주시하지 않았다. 그와 하연이 함께 있는 장면은 이미 그들에게 익숙했던 것이다.

"같이 갈 곳이 있습니다."

대답 않은 하연의 미간이 좁아졌다. 무덤덤한 듯 보이는 진혁이 그녀에게 되물었다.

"일이 많아서 힘듭니까?"

"네. 오늘 중요한 회의도 있었고 지금은 그만 쉬고 싶습니다."

"그것보다 더 중요한 일이라고 말하면 알아듣겠습니까?"

알 수 없는 기분으로 진혁의 의중을 알아내려는 듯 그를 바라보고 있는 사이 몇몇의 사람들이 서 대표를 향해 묵례하며 지나갔다. 오늘 소식을 막 전해 들은 모양인지 하연에게 엄지손가락을 치켜 보이는 직원들도 있었다.

"우리에게 더 중요한 일이 남아 있습니까?"

몇 초간 멈춰 버린 듯 답이 없던 진혁이 의미를 정확히 파악하기 힘든 눈빛으로 대답해 왔다.

"같이 가야 할 일이에요. 지하에서 5분 기다리겠습니다."

○ ● ○

무슨 생각에 빠져 있는지 알 수 없는 준의 눈은 선글라스에 가려져 있었다. 힐끔 그를 바라본 리나가 트집을 잡으려 했지만 준은 늘 그렇듯 조금의 여지도 주지 않았다. 비행기에 오르기 전까지 30여 분. 멤버들은 모두 공항의 VIP 룸에서 대기 중이었다.

분풀이를 할 대상이 없어 속이 뒤집힐 것 같은 리나는 아까부터 휴대 전화를 만지작거리고 있었다. 휴대 전화를 돌려받은 지 만 두 시간. 해외에서는 무슨 짓을 저지르려야 저지를 수 없다고 생각한 건지 공항에 도착하기 직전 보름 가까이 동고동락했던 매니저가 선심 쓰듯 리나에게 휴대 전화를 돌려주었다.

손이 달달 떨릴 만큼 긴장을 했던 건 무언가 기대하는 것이 있어서였다. 어리석게도 재차 냉정해지려는 이성을 제 마음이 제어하지 못하고 있었다. 그러나 오랫동안 잠들어 있던 그녀의 휴대 전화에 제이든의 메시지는 보이지 않았다.

상처받은 기분. 그러나 그것과는 별개로 그녀의 손가락은 자꾸만 제이든의 SNS와 유튜브 채널로 향했다. 매체와 차단되어 있는 동안 보지 못했던 제이든의 사진들. 한껏 꾸미고 무대에 올라가기 직전 찍은 모습이나 멤버들과의 브이로그, 연습실에서의 합주와 제이든의 다재다능한 악기 연주까지.

그 영상들 밑에는 세계 각국의 팬들이 보내는 메시지가 수만 개였다.

오빠 완전 내 스타일!

꿀 바른 성대 아닌가요? 내 고막에서 완전 녹아내려요.

브리즈 우리나라에도 와 줘요! 기다리고 있을게요.

리나의 얼굴이 구겨졌다. 아무렇지 않은 척하려 해도 쉽지 않았다. 호흡이 가빠져 몇 번이고 베어 문 입술에서는 피가 날 지경이었다.

제 안을 가득 채우던 제이든. 저를 희롱하던 그 눈빛은 다 무엇이었을까? 그저 흔한 남자들처럼 저를 가지고 놀았던 것일까? 리나는 믿을 수 없었다.

자신도 모르던 제 모습. 난생처음 저지른 일이었다. 어디서 그런 끼가 쏟아진 건지 제이든의 앞에서 리나는 마치 그곳이 무대인 것처럼 느꼈었다. 그를 유혹하겠다는 생각만이 가득했었다. 그를 저에게서 빠져나오지 못하게 하고 싶었다. 그에게 사랑받고 싶었다.

왈칵 쏟아질 것 같은 눈물에 리나가 입을 꾹 틀어막은 그때였다. 갑자기 휴대 전화가 울렸다. 한눈에 보이는 메시지.

[오늘 미국 공연 간다는 소식을 들었어. 잘 다녀와. 응원하고 있을게.]

혹시라도 알아채지 못할까 봐 소리를 크게 해 놓은 게 문제였다. 사선에 위치한 소파에 앉아 있던 준이 그녀에게로 고개를 돌렸다. 방어적인 자세로 휴대 전화를 가슴에 품은 리나가 준을 노려보았다. 가려진 눈이 코웃음 치는 것이 느껴졌다.

"쳐다보지 마!"

티 나게 소리치고 곧바로 입술을 베어 물었지만 얼굴 근육은 기쁨을 주체하지 못하고 실룩거리고 있었다. 결코 순간의 감정이 아니었다. 어떤 이유에서인지 그건 중요하지 않았다. 제이든이 자신의 스케줄을 체크하고 걱정하고 있다는 사실만이 중요한 일이었다. 메시지를 보내려 손가락을 움직이던 리나가 다시 준을 째려보았다. 그는 아무것도 보지 못한 척 소파에 기대어 있었다.

'진짜 어디 아프기라도 한 거야?'

실내에서도 벗지 않은 선글라스. 이곳에는 멤버들과 스태프 몇몇뿐인데 그는 여전히 선글라스를 쓰고 있었다. 게다가 오늘 오전에 있던 회의에 준이 참석하지 않았다. 몇 년간 준과 함께 일하면서 처음 있는 일이었다.

무엇이든 자신이 모두 알고 관여해야 직성이 풀리는 그가 아프다는 이유로 회의에 참석하지 않았다고? 죽을병이라도 걸린 줄 알았는데 몇 시간 후 실제로 본 준은 멀쩡했다. 평소보다 조금 피곤해 보이기는 하지만 그 정도 이유로 회의를 참석하지 않을 인간이 아니란 말이었다. 콜드문의 준. 가짜 스캔들도 내는 마당에.

"이제 출발합니다."

스태프 중 누군가 소리쳤다. 소파에서 일어난 준이 리나를 향해 어슬렁거리며 걸어왔다.

"관둬!"

그가 가까이 다가오는 것을 본 리나가 다시 방어적으로 휴대 전화를 감췄다. 아직 답 문자도 보내지 않았는데 여기서 빼앗길 순 없었다.

"안 가? 가자고!"

영일이 리나를 향해 외쳤다. 리나가 급하게 고개를 끄덕였다. 모두들 자리에서 일어났다. 휴대 전화에 고개를 박고 있던 세하마저 가방을 둘러메었다. 곧 비행기를 타야 했다. 리나가 다급한 눈빛으로 준을 바라보았다. 꺼져! 라고 외치고 싶은 걸 간신히 참은 순간 느긋해 보이는 그가 리나의 바로 눈앞에 다가와 섰다.

"먼저들 가. 나는 리나랑 할 이야기가 있으니까."

개자식! 나쁜 놈!

리나가 휴대 전화를 재차 꼭 쥐었다.

"매니저 언니가 준 거야. 이건 당신이 간섭할 일이 아니야!"

벌떡 일어나 제 백을 어깨에 걸친 리나가 여전히 그를 쏘아보며 옆으로 물러섰다. 선글라스 아래 그의 입술이 슬쩍 입꼬리를 올리는 것이 보였다.

"네가 괴로운 거 알아."

그 순간 준이 입을 열었다. 평소보다 더 나른하게 들리는 목소리. 마치 노래를 부르는 것 같은.

"그걸 알면서 계속 괴롭히려는 거야?"

억울함에 리나의 목소리가 떨렸다.

"꼬리 치는 강아지는 멋없어."

"그러는 거 아니야!"

곧바로 반박한 리나의 목소리가 한 톤 높아졌다. 그렇게 믿고 싶었다. 비록 한국으로 돌아온 후 제이든은 자신과 만나는 것에 그리 적극적이지 않았지만 저를 안았던 그 순간만큼은 열정적이었으니까. 그러니까. 그런 것도 사랑이니까. 사랑하지 않으면 안을 수 없다고 그렇게 생각하니까.

"적어도 그 순간은 진심이었을 거야."

잔뜩 긴장을 한 나머지 리나는 그것이 준의 입에서 나온 말이 맞는지 헷갈렸다.

"뭐라고?"

"마요르카. 그곳에서는 적어도 진심이었을 거야. 그 밖의 많은 것들이 제이든의 눈을 가린 거겠지. 너에게 완전히 거짓은 아닐 거야."

윙윙. 어디선가 들려오는 기계음이 귀를 멀게 하는 것 같았다. 선글라스에 가려져 속을 알 수 없는 준의 목소리가 거짓말 같았다.

"일을 망치지는 마. 나중에 후회할 거야."

"그러지 않는다고! 그러니까 잔소리 좀 그만해!"

풋. 준의 입술이 허탈한 미소를 지었다. 휴대 전화를 쥔 리나의 손에 땀이 배었다.

"잡히지 않을 곳까지 가. 그가 너를 노래하게 해. 후회하게 만들어. 나중에야 깨닫고 처절하게 후회하도록. 그렇게 녀석을 너한테 묶어. 그게 가장 좋은 방법이야."

조금은 무거운 준의 손이 리나의 머리 위에 살짝 얹어졌다. 움츠러든 리나가 잔뜩 긴장한 채로 숨을 죽였다. 그의 입술이 움직이는 것이 보였다.

"지금껏 잘 따라 줘서 고맙게 생각하고 있어."

'뭐, 뭐라고?'

문으로 가까이 다가간 준의 어깨가 작게 흔들린 것 같았다. 미친! 방금 제가 들은 그 말이 정말로 준의 입에서 나온 게 맞는 건가? 알 수 없다.

"갑자기 사람이 바뀌면 죽는대. 헛소리하지 마."

문밖으로 사라지는 준을 향해 리나가 소리쳤다. 그러고는 곧 멍해졌다.

'잡히지 않을 곳까지 가. 그가 너를 노래하게 해. 후회하게 만들어. 나중에야 깨닫고 처절하게 후회하도록.'

"노래 가사라도 되는 줄 알았네."

그가 했던 말을 떠올린 리나가 마른침을 삼켰다. 고민하던 손가락이 순식간에 메시지를 작성하고 발송 버튼을 눌렀다.

[기대하고 있어. 멋지게 보여 주고 올 테니까.]

그대로 답은 상관없다는 듯 휴대 전화를 꺼 버린 리나는 방금 전 준이 나간 그 문으로 빠르게 뛰어나갔다.

○ ● ○

엘리베이터를 탄 진혁이 먼저 지하 주차장으로 내려간 뒤 시간이 꽤나 흘렀다. 5분 시간을 준다고 했는데. 자리로 돌아온 하연은 느릿한 손으로 제 자리를 정리하기 시작했다.

'같이 가야 할 일이란 게 무엇일까.'

전혀 짐작할 수 없었다. 다만 그 말을 하는 진혁의 표정이 결코 사적인 무언가를 담고 있는 것은 아닌 듯했다. 어쩌면 내용과 상관없이 그 말을 나누는 순간 두 사람을 지나가던 직원들이 이유였을지도 모르지만.

사람이 많은 곳에서는 이야기하기 힘든 일이었을까? 혹시 제가 제 개인적인 상황에 너무 매몰되어 놓치고 있던 무언가가 있었던 걸까?

잠시 머뭇거리던 하연이 지하 주차장으로 갔다. 차 문을 열어 조수석에 올라타자마자 진혁은 말없이 차를 몰아 어딘가로 향했다. 제 예감이 틀리지 않았다는 생각에 하연은 바짝 긴장을 했다.

"어디로 가는 건가요?"

진혁의 표정은 좋지 않았다. 그의 차는 평소보다 조금 거칠고 빠르게 움직였다. 예상하지 못한 사고가 있는 게 분명했다.

"네 아버지와 통화했어."

"네?"

"아버지, 네 아버지 말이야."

길 끝에서 그의 차가 급하게 유턴했다. 머릿속이 그와 함께 비잉 회전을 하며 속이 울렁거렸다.

그럴 리 없었다. 강하연의 아버지는 누군가와 연락할 수 있는 사람이 아니었다. 그의 아버지란 그저 입사 원서의 빈칸을 채우는 이름이었다. 하연과 아버지는 오래전 무언의 약속처럼 어머니의 병원비를 반씩 내는 것으로 안부 인사를 대신하고 있는 사이였다.

"네가 연락이 안 된다고 오늘 아침 회사로 전화가 왔었어."

그의 검정 세단은 곧 4차선 도로를 달리기 시작했다.

"회사로요?"

왜…….

"어머니가 돌아가셨대."

그 목소리가 마치 영화의 대사. 노래의 가사. 낯선 이의 삶을 해설하는 다큐 같이 들렸다. 하연의 입에선 실소가 흘렀다.

어머니에겐 형태가 없었다. 매달 내야 하는 돈은 공과금 같은 것이었다. 7년 전 요양원을 찾은 것이 마지막이었다. 그 이후 하연은 더 이상 어머니를 찾아 가지 않았다.

아버지에게는 1년에 한 번 전화가 왔다. 새해 아침. 건조한 목소리로 새해의 복을 바란다는 아버지의 말씀은 31일의 타종 행사만큼이나 판에 박힌 의식 같은 것이었다. 아버지가 전화를 걸어 오면, 새해가 시작된 거구나. 하연은 그렇게 생각했었다.

차는 하연이 싫어하던 그 거리로 방향을 틀었다. 진혁과 대치하던 그 길. 그 길의 끝에 요양원이 있다. 회백색의 건물. 그 누구의 마음도 어루만져 주지 못할 것 같은 빛깔. 그곳에 제 기억보다 더 초췌한 아버지가 계셨다. 그분의 얼굴을 마주한 것은 재수를 시작하기 전 만났던 때 이후로 처음이었다.

"화장할 생각이다."

아버지의 옆, 사선으로 비낀 자리에 하연이 있었다. 대여섯 걸음 떨어진 곳에는 진혁이 서 있었다. 나무 아래에서 그 남자가 마치 그 나무처럼 움직이지 않아 하연은 진혁과 나무가 하나인 것처럼 착각되었다.

"네."

"납골당은 의논해야 할 거 같은데."

"알려 주지 않으셔도 돼요. 그와 관련된 비용은 같은 계좌로 입금하겠습니다."

아무렇지도 않을 것 같았던 그 말을 입 밖으로 내뱉는 순간 가슴 한쪽이 숭덩 잘려 나가는 것 같은 기분이 명확했다.

"네 엄마는."

아버지의 목소리 역시 떨리고 있었다.

"네 엄마는 며칠 동안 식사를 잘 못했다고 하더구나."

"흐음."

어딘가 높게 띄워 올려진 몸이 바닥으로 수직 낙하 하는 기분.

"이틀 정도 힘들어하다가 갔다."

또다시 더 이상은 솟구칠 일이 없다 느꼈던 오장육부가 치솟았다 곧바로 바닥으로 떨어졌다.

"같이 계셨어요?"

"그 이틀."

"다행이네요."

하연은 제 아버지를 돌아보았다. 저와 닮은 얼굴. 이런 사람이 존재하고 있었구나. 나의 핏줄이었구나. 단박에 느껴지는 이유는 주름이 졌다는 것을 제외하고는 저와 너무도 닮은 생김새 때문이었다.

고집 센 눈빛. 꼭 다문 입술. 도도하게 치솟은 콧대. 미남이라 할 만한 얼굴이지만 결코 호감형은 아니다. 슬픈 눈빛. 타인에게 가까이 다가오지 말라는 듯 장막을 치고 있는 분위기. 하연은 순간 아버지에게 궁금한 것이 많아졌다.

'그 여자는요, 아버지. 이수정 말이에요. 그 여자가 죽었다고 했던 그때 아버지는 어디 계셨어요?'

그 말이 제일 먼저 묻고 싶었다.

아버진, 이수정이 달려가던 그 오피스텔에 계셨나요. 그곳에서 오지 않는 여자를 향해 전화를 거셨나요. 그러다 뉴스 속보를 보고 알게 되신 건가요. 아니면 영원그룹 누군가, 그녀의 사적인 일을 대신 처리하는 직원의 전화를 받으셨나요.

아무도 모를 거라 생각했던 두 분의 밀회가 실은 누군가의 암묵 속에 이뤄진 것을 알고 부끄러움에 떠셨나요. 그게 아니면 마지막 그 순간 두 사람의 비밀이 세상에 들춰질까 두려우셨나요.

하연은 아무것도 묻지 않았다. 아버지의 시선은 나무 아래 서 있는 그 남자, 진혁에게 머물렀다 서서히 떼어졌다.

"잘 지내는 거냐?"

"네. 아버지는요. 어떻게 지내고 계세요?"

"책임이 무거워졌다. 승진한 지 얼마 되지 않았거든."

"그럼 이젠."

"내 밑으로 직원이 300명이 넘어. 몇 년 그렇게 일하면 끝이겠지."

낯선 영정 사진 앞, 짧은 의식을 뒤로 하연은 아무도 없는 그곳을 빠져나왔다. 하연의 옆에는 진혁이 함께 있었다. 뒤에 남은 아버지는 그녀를 향해 손을 흔들 듯 그녀의 뒷모습을 가만히 응시하고 있었다. 자리에 멈춰 뒤돌아 하연의 아버지께 꾸벅 묵례를 한 진혁이 차 문을 열었다.

"며칠 쉬어. 회사에는 내가 얘기해 둘 테니까."

"아니요. 괜찮습니다."

그 말을 끝으로 차에 탄 하연은 눈을 감았다. 이제 남은 건 진혁에게 할 변명이었다. 지금 진혁은 하연이 궁금할 것이었다. 사이가 좋지 않다, 정도로 알고 있던 가족이 이 정도일 거라고는 상상하지 못했을 테니까. 하지만 지금 하연은 누구에게도 아무것도 말하고 싶지 않았다.

체감상 잠시라고 생각했는데 벌써 어두워진 새벽이었다. 진혁의 차가 하연의 집 앞에 세워졌다. 꾸벅 묵례를 한 하연의 시야로 그의 무거운 시선이 떨어졌다.

"괜찮으면 같이 있을게."

하연은 고개를 가로저었다.

"아니요. 괜찮습니다."

그는 그 말을 믿지 못하겠다는 듯 되물었다.

"너 혼자 둘 수 없어서 그래. 그냥 같은 공간에 있기만 할게."

다정한 눈이 자신을 걱정하고 있었다. 그런 그에게 안겨 무언가를 잊어 보려 발버둥 친 적도 있었다. 하지만 막상 감당할 수 없는 상황에 닥치자 하연은 그 어느 것도 진혁에게는 말할 수 없다는 것을 느꼈다.

스무 살 어린 시절 준의 품에 안겨 어리광 부리듯 제 부모님에 대해 이야기했던 것과는 달랐다. 나이의 차이일까. 아니면 제가 말하고 싶은 사람은 다른 곳에 있는 것일까.

"정말 괜찮아요."

"하연아."

"정말. 정말 괜찮아요."

닫히는 문 사이로 진혁의 안타까운 표정이 보였지만 그런 것들을 배려할 만큼 지금의 하연은 그를 존중하지 못했다. 그에게는 조금도 위로받고 싶지 않았다. 혼자 있는 것이 나았다.

문안에 머문 하연은 한동안 현관 앞에 서서 집 안으로 들어가지 못하고 있었다. 문밖에 진혁의 기척이 사라지지 않고 머물러 있다는 것을 느낄 수 있었다. 제가 손 내밀면 언제든 저를 안아 줄 사람. 하지만 제가 손을 뻗어 잡고 싶은 건. 준.

입을 틀어막은 하연이 현관에서 가장 먼 곳으로 뛰었다. 방문을 닫고 주저앉아 고개를 숙였다. 후드득 떨어지는 눈물. 준이 보고 싶었다. 그에게 말하고 싶었다.

돌아가셨어. 그분 말이야. 나에게 붉은 원피스를 입히던 엄마. 남편이 늘 외도를 하는 게 아닐까 의심하던 여자. 결국 그게 사실이라는 게 밝혀지면서 참으로 안쓰러운 인생이 되어 버린 그 여자.

그와 관련된 이야기를 솔직하게 다 말해 버린 사람은 준 하나였다. 친구인 진경에게도 그렇게 자세히 설명하지 못했다. 사실은 전부 말할 수 있었지만 정말 말하고 싶었던 제 솔직한 감정, 제가 자신의 어머니 아버지에 대해서 어떤 마음을 가지고 있는지는 말하지 않았다. 그걸 말할 수 있었던 건 준 하나이다.

'난 우리 아버지 미워하지만. 그래도 가끔 생각은 해. 그 사람. 머리는 똑똑했어. 처세술도 뛰어났고. 엄마와는 달랐어. 왜 그런 남자가 엄마랑 결혼했는지는 모르지만. 나는 그 유전자를 닮아서 다행이라고 생각해. 아버지를 닮아 똑똑한 거 그거 하난 고마워.'

그 이야기를 들려주었던 건 준 하나였다. 그리고 지금 혼자 가둬 두기에는 미쳐 버릴 것 같은 생각. 그 생각을 마음껏 지껄이고 싶은 상대도 준뿐이었다.

회사의 임원이 되었다는 아버지. 어머니가 돌아가신 상황에도 아버지의 그 말이 더 크게 들렸다고. 오래전에는 아버지의 외도 상대가 너무도 높고 대단해서 괴로워 몸부림치는 어머니를 보면서도 자신은 아버지를 닮아 그나마 다행이라고 생각했었다고.

말라 갈라진 뺨으로 눈물이 흘러내렸다. 왜 하필 그는 지금 한국에 없는 걸까. 지금이라도 당장 그에게 달려가 만나고 싶었다. 아니. 지금 그가 이곳에 없는 게 다행이었다. 그가 없어서, 그래서 어리석은 실수 따위는 하지 않을 테니까. 안기고 난 후 미칠 것 같았던 열기가 식어 버리고 나면 곧바로 감당할 수 없는 그 이후의 일들을 후회하지 않아도 되니까.

머리를 무릎에 묻은 채 하연이 숨죽여 울었다. 그럼에 동시에 내일 출근을 위해서는 더 이상 울면 안 된다고, 그럼 눈이 퉁퉁 부어서 사람들이 이상하게 여길 거라 생각하며 눈물을 삼켰다.

하지만 결국 하연은 그다음 날 회사를 나가지 못했다.

○ ● ○

지이잉. 지이잉. 일정하게 울리는 전화 소리에 하연은 잠에서 깨었다. 암막 커튼으로 가려진 어둠 속에서 발작하는 것처럼 부르르 몸을 떠는 전화기. 발신자를 확인한 하연이 다시 눈을 감았다. 지금 몇 시쯤 된 걸까. 온몸이 물에 젖은 솜처럼 무거워 움직여지지 않았다. 좁은 공간에 팔다리를 동여맨 채 묶여 버린 것 같았다.

이미 회사에는 늦어 버린 것 같은데. 만약 무슨 일이 있다면 지금 저에게 계속해서 전화하고 있는 서 대표가 사람들에게 해명을 해 줄 일이었다. 아니, 그런 것까지 신경 쓰지 못할 만큼 머리가 무거웠다. 쉬이 끊길 것 같지 않은 전화가 끊기고 하연은 손을 뻗어 휴대 전화를 들었다.

플레이 리스트를 검색한 하연이 버튼을 눌렀다. 준의 낮은 목소리가 흘러나오고 하연은 눈을 감았다. 눈가에 고여 있다 넘쳐흐르는 눈물이 귓불을 따라 목덜미로 스며들었다. 미칠 것처럼 준이 보고 싶었다. 이대로 머리가 돌아 버릴 것 같았다. 무서워서. 무언가 두려워서. 다시는 그를 볼 수 없다는 생각에 먹먹해서 하연은 아무 생각도 할 수 없었다.

소리 내지 못한 울음이 목울대를 치고 올라 상처 난 듯 쓰라렸다. 지금이라도 당장 준에게 달려가 네가 말했던 모든 것을 지키겠다고 외치고 싶었다. 제이든도 브리즈도 다 나오는 상관없는 일이라고. 너와 함께 공연을 다니고 네가 돌아올 때까지 호텔을 지키겠다고. 하루 종일 너만 기다리면서 아무것도 하지 않아도 상관없다고. 준 네가 좋아하는 음식을 차리고 너의 옆에서 잠시도 벗어나지 않겠다고 그렇게 말하고 싶었다.

그래서 그가 비행기를 타고도 열두 시간이나 걸리는 그곳에 있다는 사실이 다행이었다. 그리고 다시 암전.

쾅쾅쾅.

시간이 얼마나 지났을까 누군가 문을 두드리는 소리가 들렸다. 다급한 마음이 그 소리에 명확히 전달되었다.

"하연아. 강하연!"

진혁의 목소리였다. 부재중 전화에 수도 없이 찍혀 있던 이름. 아침 내내 하연에게 전화를 걸었던 사람. 그가 자신을 걱정하고 있는 것 같았다. 불과 몇 시간 전 새벽녘, 자신이 내몰았던 사람. 그 사람이 자신을 찾고 있었다.

간신히 몸을 일으킨 하연이 문을 열었다. 반쯤 열린 문 밖으로 사색이 되어 버린 진혁이 그대로 문을 밀고 들어와 제 품에 그녀를 끌어안았다. 그의 어깨에 파묻힌 채로 하연이 굳어 버렸다.

"다행이다."

두근거리는 진혁의 심장이 하연의 가슴에 닿았다. 이해할 수 있지만 알아들었다 차마 말할 수 없는 마음. 그를 이렇게 만든 저를 비난해야 하는 마음.

"내가 죽기라도 할 줄 알았어요?"

마른 미소를 지은 하연이 그에게서 제 몸을 떼어 내었다.

"아니."

부인하는 진혁의 목소리가 떨렸다. 그의 눈은 불안을 드러내듯 사방으로 흔들렸다.

"미안해요. 지금 잠에서 깨서."

거짓말을 하고 말았다. 제가 누워 있던 방 안, 낮게 흘러나오는 콜드문의 음악. 진혁은 그것을 못 들은 척 굴었다.

"괜찮아. 회사에는 이미 말해 놓은 상태니까. 걱정하지 마."

"그럼……."

그럼 이제 어떻게 하면 될까요? 되물어 보고 싶었다. 지금 여기 왜 나타난 거냐고. 이런 나를 뭘 말하고 싶은 거냐고. 지난 새벽. 아무것도 설명하지 않고 보낸 제가 안쓰러워서, 그런 나를 안아 주고 싶어서 나타난 거냐고 묻고 싶었다. 그게 아니면 내 마음이 약해진 상황에 나에게 다가오고 싶은 거냐고, 당신 그런 사람이었느냐 따지고 싶었다.

"상황이 이래서 아무것도 대접할 게 없네요."

내몰려는 것이 분명한 하연의 말에 조급해 보이는 진혁의 눈. 그 눈빛이 억지로 차분함을 가장하고 있었다. 그 시선을 감추며 청하지도 않은 걸음을 진혁은 집 안으로 들였다.

"죽 좀 사 왔어. 너 뭐라도 먹어야 할 거 같아서."

"아니요. 괜찮아요. 먹을 건 제가 알아서 해요."

"아니, 내가 안 돼."

부엌으로 들어간 진혁이 익숙한 손놀림으로 찬장을 열어 그릇과 수저를 꺼내 왔다. 봉투 안의 아직도 따뜻한 죽을 한 국자 떠 놓은 그가 제 맞은편에 와 앉으라는 듯 의자를 끌어내었다. 한 번도, 1년 내내 한 번도 마주 앉지 않았던 식탁이다. 이 집에서 그에게 안겼던 적은 있지만 진혁과 식사를 한 적은 없다.

하연은 제자리에 멈춰 있었다.

"죄송하지만. 이건 무례한 일인 것 같아요. 저는 원치 않는 배려예요."

굳어져 가는 입술을 간신히 움직여 말을 꺼냈다.

"도와주고 싶어서 그래. 널 혼자 놔둘 수가 없어서."

식탁을 벗어나 다가온 그가 하연의 앞에 섰다. 오늘따라 유독 커다란 그의 눈이 슬퍼 보였다.

"그만하세요."

하연이 시선을 뒤로 물렸다.

"아니, 나는 말해야겠어. 강하연. 내가 어떻게 하면 되겠니?"

그의 목소리는 외침처럼 들렸다. 살려 달라 말하는 사람처럼 느껴졌다.

"아무것도 해 주지 않으셔도 돼요. 이미 많은 걸 해 주셨잖아요. 충분해요."

머리가 핑 돌아 당장이라도 쓰러질 것 같은 현기증이 느껴졌지만 하연은 미소를 짓고 있었다. 그에게는 이 이상 보이고 싶지 않았다. 그에게 약한 모습을 보일 이유가 없었다.

"하연아, 강하연. 제발."

마주 보아 온 시선이 하연의 냉담한 눈빛에 바닥으로 떨어졌다.

"죄송해요. 오늘은 회사 못 나갈 거 같아요. 내일 뵙겠습니다."

가벼이 묵례한 하연이 방향을 돌렸다. 진혁의 손이 하연의 손목을 잡았다.

"너 혼자서 안 돼."

"아니요. 할 수 있어요. 짐작하시겠지만 저 어머니랑 그렇게 감정적으로 깊은 관계 아니었어요. 혼자서도 충분히 감당할 수 있어요."

"그럼. 나 혼자는 안 되니까. 날 받아 줘."

하연의 손목을 잡은 그의 손아귀 힘이 강해졌다. 저보다 깊게 고개를 숙인 그의 어깨가 가늘게 떨려 왔다. 아프지 않았다. 안쓰럽지도 않았다. 지금 하연의 마음에 솟구치는 건 화였다.

"서진혁 씨. 당신 왜 이래요? 당신 이런 취급 당해야 할 사람이에요? 이러지 마세요. 난 이미 다른 남자랑……."

어긋난 진혁의 입술 사이로 속이 단단히 뭉쳐진 말들이 고백처럼 흘러나왔다.

"난 상관없어. 네가 다른 사람 품고 있어도 상관없어. 내가 받아들일게. 내가 감당할게."

"이러지 마세요. 제발! 대체 지금 내 상황이 어떤지 알면서 이러는 거예요?"

"같이 여행 가자. 잠시 쉬면서 다시 생각해 보자."

"괜찮습니다."

"그럼 결혼해."

"그건 아니에요. 서 대표님. 그건 좋은 생각이 아니에요."

"행복하지 않은 강하연이라도 가질 생각이야."

"그만두세요."

"불행한 강하연이라도 가질게."

"이러지 마세요. 저는 그 남자랑 그냥 잔 게 아니에요. 그런 게 아니에요."

주먹 쥔 하연이 눈을 감았다. 굵은 눈물이 후드득 뺨으로 쏟아졌다. 엇갈린 호흡이 불협화음을 내고 있었다. 감았다 뜬 진혁의 눈에 불이 일었다.

"그럼 사랑이라도 한다는 거야?"

'사랑?'

말을 잇지 못한 하연의 입이 벌어졌다.

"네가 사랑을 해? 네가 사랑을 한다는 게 말이 돼?"

대답을 하려 벌어진 그 입이 순식간에 뻣뻣하게 말라 멈춰 버렸다. 한참이 지나서야 치솟은 울분을 삼킨 하연이 다시 입을 열었다.

"죄송해요. 제가 그동안 행동을 잘못했어요. 제가 서 대표님 헷갈리게 만들고 제 마음대로 행동했어요. 봐서 아시잖아요. 저 그런 가정에서 자란 사람이에요. 제가 누구를 행복하게 해 줄 수 있겠어요?"

"날 행복하게 만들어 주지 않아도 돼. 너는 그럴 필요 없어."

그 말을 뱉어 낸 서진혁이 미소 지었다. 그를 만나면서 한 번도 보지 못했던 얼굴. 흔히 생각하는 권력을 쥔 사람. 다른 사람을 제 마음대로 부려 본 사람만이 지을 수 있는 미소. 그런 표정으로 진혁은 하연을 바라보았다.

"누구야?"

"……."

"그 남자. 거기서 당신하고 잤다는 그 사람."

"알면……. 별로."

"콜드문 준."

경악하여 크게 뜨인 하연의 눈동자가 얼어 버렸다. 두려움에 뒤로 물러선 하연에게 가까이 다가가 진혁이 속삭였다.

"처음부터 알고 있었어."

대체 어떻게? 그걸 알고 있었던 걸까? 진위를 갈구하는 하연의 시선이 진혁을 바라보았다.

"상관없어. 정말 상관없어. 회장님과 이야기 끝난 거야. 너를 데리고 와 보라고 하셔."

"이건 계약이 아니잖아요. 결혼이에요."

"어차피 사랑은 없는 거라고 네가 말하지 않았나? 이거야말로 계약이야. 결혼이라는 계약."

이 사람이 정말 그가 맞을까? 나를 감싸 안아 주었던 서진혁.

하지만 어쩌면. 저에겐 사랑이 없다고. 부모님이 정해 주신 여자들 중 한 사람과 결혼해야 한다고. 그러니 그 전에 너를 안고 싶다고. 말했던 그야말로 결혼은 아무런 의미가 없었던 것이다. 애초에 진혁에겐 상대가 누구라 해도 상관없던 일. 그러니. 이제 그게 강하연이었으면 좋겠다고 결정한 게 분명했다.

"이거 사랑 아니에요."

두려움에 하연이 속삭였다.

"네가 하는 건 사랑이고?"

"아니. 내가 하는 건 미련. 당신이 하는 건 집착. 다 썩어 버렸어요. 이제 둘 다 버려요."

○ ● ○

후드득 진혁의 손에 들려 있던 사진이 바닥으로 떨어졌다. 쾅! 운전석 핸들을 내리친 진혁이 떨어진 사진 속 하연을 응시하고 있었다. 가슴이 깊게 파인 청록색 드레스를 입은 강하연. 그녀는 무척 아름다웠다. 어떤 남자라도 한눈에 반할 만한 매혹적인 모습이었다. 그러니 그날 밤 그런 일이 일어났던 건 당연했다.

재킷을 걸치고 밤길을 걷는 그녀의 모습. 택시를 타고 사라진 그녀. 어딘가로 뛰어가는 두 사람. 그리고 호텔로 함께 들어가는 강하연과 준. 마요르카. 그 밤의 밀회.

하연의 입에서 절대로 나오지 말았어야 할 이야기가 결국 나왔다. 그녀의 귀국보다 먼저 도착했던 사진. 입국장에 도착한 강하연의 시선이 자신에게 향하지 않는다는 것을 깨달은 순간 진혁은 모든 것이 끝났다는 것을 예감했다.

마요르카로 두 사람이 떠나던 그날 밤, 진혁은 차유라를 만났다. 그녀 쪽에서 먼저 청해 왔다. 예상치 못했던 제이든과 리나, 두 사람의 듀엣이 성사된 직후라 진혁은 그것이 J엔터와 블루엔터의 공식적인 만남이라 생각했다. 사업이야기나 하며 중간에 가벼이 어쩌면 우리 두 사람이 선 자리에서 만났을 수도 있었다는 농담이나 꺼내려 했다.

"오래된 사이야. 7년 전. 동거했었고. 그 이후 헤어졌어."

그 자리에서 진혁은 믿지 못할 이야기를 들었다.

"왜? 왜 헤어진 거지?"

공중으로 붕 떠 버린 기분이었다. 마치 꿈을 꾸고 있는 것 같았다. 상대방이 하는 말에 자신을 속이는 허점이 있을 거라 여겼다. 앞뒤가 들어맞아 가는 유라의 이야기에도 진혁은 믿지 않았다. 아직 확신할 만한 이야기는 아니다. 수없이 그리 생각했다.

"준이 성공 가도를 달리기 시작했으니까. 여자는 버려진 상태였지."

당연한 이야기 아니겠냐는 듯 눈앞의 차유라는 여유로웠다. 하지만 진혁의 눈에는 그것이 보이지 않았다. 차유라가 왜 제게 이런 이야기를 하는지 그것을 판단하지 못할 정도로 진혁은 충격을 받은 상태였다.

"버려져?"

강하연이? 준에게? 겨우 그런 자식에게?

기분 나쁘다는 듯 진혁이 뇌까렸다. 제 목소리가 어떻게 뱉어지는지 진혁은 알지 못하고 있었다.

"그 자식 이제 와서 뭘 어쩌겠다는 거야?"

"위로 올라와 보니 생각이 달라졌을 거야. 강하연 매력 있잖아. 네가 정신 못 차릴 정도로."

뭐 그리 놀랄 일이냐는 듯 말하는 차유라의 입술에는 가늘고 긴 담배가 물려 있었다. 히죽거리며 미소 짓는 차유라는 진혁이 알던 신화그룹의 외동딸, 그 차유라가 아니었다. 어릴 적 제 어머니 이수정과 함께 그렇고 그런 지루한 모임에 나타난 요조숙녀가 아니었다.

"함부로 말하지 마!"

진혁이 소리쳤다. 느긋한 유라가 비웃으며 말했다.

"비행기표를 끊어 뒀으니까 애들 당장 공항으로 가라고 전해 줘."

"무슨 소리야?"

"페스티벌. 그 정도면 감시가 되려나? 브리즈가 설 만한 무대 잡아 뒀어. 겨우 잡은 기회야."

하얀 연기가 공중에 뿜어졌다. 붉은 입술을 축인 혀가 즐겁다는 듯 뒤틀렸다.

"뭘 하려는 거야?"

"감시. 아니다, 구경."

"무슨 구경을 하겠다는 건데. 지금 그게 맞는 소리이기나 해?"

"두 사람이 다시 만날지 아닐지. 그게 궁금해. 그 두 사람. 둘 다 자존심이 강해서 절대 굽히지 않을 스타일이거든."

담배를 왼손으로 바꿔 든 차유라가 오른손으론 스트레이트 잔을 들어 가볍게 꺾었다. 진혁은 그제야 차유라가 보였다. 자신이 알던 그 어떤 사람과도 다른 종류의 인간.

"원하는 게 뭐야?"

"재미있게 놀던 양을 다시 울타리 안으로 몰아넣는 거."

그 말을 끝으로 탄산수라도 마신 듯 웃음을 뱉어 낸 유라의 얼굴을 진혁이 외면했다. 그 시선을 따라 유라가 저를 보라는 듯 다시 미소 지었다.

"너는 강하연이 좋아 죽겠고 미치겠잖아. 너 같은 스타일이 딱 좋아할 만한 여자야. 뭐. 나도 이해해. 순수하지만 열정적이지. 쉽게 굽히지도 않고 손에 잡히지도 않고. 재미있지."

"고작 이런 사람이었어? 차유라?"

313

그녀의 손이 제가 물고 있던 담배를 비벼 끄며 한심하다는 듯 진혁을 바라보았다.

"조그만 엔터 회사 하나 차려 놓고 아버지한테 반항한다고 우월감을 느꼈을 서 대표가 내 마음을 어떻게 알겠어?"

미간을 구긴 채, 일그러진 유라를 응시하던 진혁이 낮게 한숨을 내쉬었다. 그 한숨을 비웃듯 유라가 입을 열었다.

"조신하고, 참한 재벌가의 외동딸? 태어나서부터 모든 것을 제 마음대로 움직였던 뭐, 그런 사람을 그렸던 건가? 판에 박힌 고루한 사고."

"……"

"그럼 이건 알겠네. 그런 사람들의 특징이 뭔지 알아? 그런 사람들은 타인이 제 마음대로 움직이지 않는 걸 제일 싫어해. 그래서 난 준이 필요해. 그러니까 네 건 네가 챙겨 가."

"무슨 짓을 하려는 거야?"

"두 사람 지금쯤 호텔에서 뒹굴고 있지 않을까? 아. 미치겠다. 미치게 질투가 나서 미치게 즐거워."

깔깔 웃으며 유라가 자리에서 일어났다.

"미친 건 너야."

진혁이 그녀를 따라 일어섰다. 피식 코웃음을 친 그녀가 입술을 올렸다.

"내일쯤 자기한테 사진이 도착할지 모르겠네. 아니면 그다음 날이려나? 기다려 봐. 내 말이 맞는지 틀리는지!"

차유라는 예언 같은 그 말을 남긴 뒤 사라졌다. 그 자리에 진혁은 다시 주저 앉아 버렸다. 독한 술 한 잔을 시켜 놓고 진혁은 불안에 떨었다.

아닌 척했던 그 말들을 곱씹었다. 7년이나 지난 사이. 스무 살의 사랑. 술자리 안주나 될 이야기였다. 다시 현실로 끌어들이기엔 장벽이 많았다. 아직 그 마음이 남아 있을 리 만무했다. 과연 두 사람이 그곳에서 재회할까? 수많은 스태프들이 있는 가운데? 믿을 수 없었다.

하지만 그건 착각이었다. 그건 제 순진한 생각이었다. 그들이 서로를 원하는 열망은 훨씬 더 강렬했다. 늘 제게 안기면서도 먼 곳에 있는 것 같았던 강하연.

잡히지 않던 그녀의 마음은 오래전부터 내내 그 자리에 머물고 있었다.

'그런 사람들의 특징이 뭔지 알아? 사람들이 제 마음대로 움직이지 않는 걸 제일 싫어해. 재미있게 놀던 양은 다시 울타리 안으로 들어와야지 않겠어?'

콜드문 준. 열한 살 텔레비전 프로그램에 출연한 이후 잃어버렸던 어머니와 재회한 뒤, 행복한 가정에서 재능을 꽃피운다. 스물넷. 콜드문으로 데뷔. 현재 서른. 세계 정상의 밴드 리더이자 보컬 프로듀서. 7년 전, 강하연과 동거.

'그의 음악은 모두 강하연을 향한 거야. 물론 제 자신도 눈치채지 못하고 있었지. 제 음악이 모두 한 사람을 향한 세레나데였다는 걸.'

어둔 그늘 아래 너무 붉은
혼자 두면 시들어 버려 신경을 거스르지
눈앞에서 사라져 내 영혼에 깃든

진혁은 콜드문의 음악을 좋아했었다. 준은 꽤나 멋진 뮤지션이었다. 그의 음악을 좋아했기에 그가 제이든과 리나의 듀엣을 추진했을 때 진혁은 고마웠다. 머뭇거렸던 하연의 마음이 오히려 이해되지 않았다. 돌이켜 생각해 보니 그것이 마지막 기회였다. 강하연을 잡을 수 있었던 마지막 시간이었다.

제이든의 듀엣곡인 〈블루문〉은 준의 자작곡이었다. 하연과의 재회 후 만든 곡임에 틀림없었다.

처음 느낀 사랑 당신이 나의 마지막이길 원해요
달이 뜬 밤 그늘을 빌려 당신이 나에게 와 주길 바라요

하지만 귀국 후, 두 사람은 함께하는 것을 택하지 않았다. 저에게 이별을 고해 놓고 그녀는 그에게 돌아가지 않았다. 그날 이후 하연은 내내 괴로워했다.

당연한 결과였다. 아무것도 포기하지 않고 대치한 그들이 가질 수 있는 건 과거일 뿐이었다.

○ ● ○

"서 대표가 회의한다는데?"

컴퓨터 자판 위를 빠르게 달리던 손이 그대로 우뚝 멈췄다. 보고 있던 화면을 서둘러 꺼 버리고 하연이 자리에서 일어났다. 어색하게 굳어 버린 입꼬리를 간신히 끌어 올리자 진경이 걱정스러운 눈빛으로 바라봤다.

"무슨 일 있어? 표정이 안돼 보여. 어제 결근도 하고."

머뭇거리는 순간 박자가 어긋나 버렸다. 말할 타이밍이란 그렇게 스쳐 지나가는 법이었다. 어머니의 소식. 6년 넘게 보지 않았던 아버지를 만난 일. 그리고 방금 전 제가 컴퓨터로 서치하고 있었던 미국행 비행기표 같은 것들. 그곳에 가서 준을 만날 기회라는 건 없다는 걸 알면서 하는 바보 같은 짓.

"몸이 좀 고생한 거 같아. 브리즈 협상 때문에 며칠, 밤에 잠도 잘 못 잤거든. 하루 쉬면 좋을 줄 알았는데 아무래도 당분간은 컨디션 난항이 올 거 같아."

애교스러운 표정은 그런 당황을 숨기기 위한 것이었다.

"그러니까 적당히 하래도."

격려하듯 진경의 손이 하연의 어깨를 두드렸다. 두 사람을 스쳐 몇몇의 무리들이 회의실로 들어가며 어서 들어오지 않고 뭐 하냐는 듯 뒤돌아보았다.

"무슨 일이래, 이렇게 다 모아 부르고?"

개중 하나가 하연에게 물었다. 하연이라면 알고 있지 않겠냐는 의미이기도 했다. 숨기고 있던 것을 들킨 것처럼 하연은 부끄러워졌다. 당연히 오늘 회의 안건은 하연도 알지 못하는 것이었다.

"글쎄요."

하연이 고개를 흔들자 진경이 빠르게 그녀의 손을 이끌었다.

"들어가자. 어서."

회의실에는 J엔터 대부분의 직원들이 모였다. 현장에 나가 있는 사람들을 제외하고는 단기 알바를 하는 학생들까지 모두 이렇게 모인 회의는 처음이었다. 평소 스타일보다 차분해 보이는 정장을 입은 진혁은 스프라이트 넥타이까지 갖춰 맨 모습이었다. 모두들 착석한 것을 확인한 그가 약간의 여유를 두고 입을 떼었다.

"이제 모두 모이셨네요. 말씀드릴 것이 있습니다."

몇몇의 시선이 하연을 향해 돌았다. 다들 아마도. 이번 브리즈의 계약에 관한 일이겠거니 생각하는 것 같았다. 하지만 그런 일로 모두 모일 리 없었다. 차라리 새로운 건물로 이사하려는 계획이라면 모를까. 약간은 혼란한 기분으로 고개를 든 순간 짙은 그의 시선이 하연을 스쳤다.

'행복하지 않은 강하연이라도 가질 생각이야.'
'불행한 강하연이라도 가질게.'
'그럼 사랑이라도 한다는 거야?'
'네가 사랑을 해? 네가 사랑을 한다는 게 말이 돼?'

어젯밤 그 말을 꺼냈을 때 보였던 눈빛. 아니, 그건 착각이었다.

"당분간 J엔터는 지금껏 저와 공동 대표를 맡았던 김 대표의 단독 체제로 갈 생각입니다."

폭탄을 던져 놓은 서 대표의 표정은 단정하기 짝이 없었다. 좌중은 쥐 죽은 듯 고요했다. 어색한 공기가 회의실을 가득 메우고 그 후 수 초가 지났다.

"네?"

누구의 입에서 나왔는지 모를 물음과 함께 기분 나쁜 잡음들이 술렁였다. 앞에 서 있는 서 대표 이외에는 다들 차분하지 못한 것처럼 보였다.

"다행히 이틀 전 브리즈와 월드뮤직의 계약이 무난하게 풀렸다는 소식을 들어 마음이 가벼워진 상태입니다. 제 개인적인 사정으로 인해 이런 변화를 겪게 해 드려서 죄송합니다. 당분간 혼란스러우시겠지만 지금껏 해 왔던 것처럼 잘 해 주실 거라 믿습니다."

"그럼 대표님은 어떻게 하실 계획이신가요?"

가운데 앉아 있던 현규가 목소리를 냈다.

"저는 신화그룹으로 돌아갈 생각입니다."

다시 한번 좌중에 가벼운 소란이 일었다.

"저는 신화건설 쪽에 당분간 몸담을 생각입니다. 하지만 J엔터에도 계속 고문 형태로 남아 있을 예정이니 걱정하지 마십시오. 이곳의 일에 대해서는 김 대표가 모든 상황을 파악하고 있으니 여러분께서 하고 계시는 일은 어제와 똑같은 상황으로 진행될 겁니다. 앞으로 더 많은 수고 부탁드립니다."

그 말을 끝으로 꾹 입을 다문 진혁이 놀라 멍한 표정을 지은 하연의 옆을 스쳐 지나갔다.

"알고 있었어?"

낮게 속삭이는 진경의 말에 하연은 고개를 흔들었다. 혼란스러웠지만, 그 의중을 알 수 없는 행동에 지나친 의미를 부여하는 것을 경계해야 하는 상황이었다. 서 대표에게 일어나는 일련의 일들 전부에 자신이 원인이 된다고 생각하는 건 무리가 있었다.

회의는 일방적으로 마무리되었고 모두 이 상황을 어떻게 해석해야 할지 신중한 듯 보였다. 하연 역시 불안을 가라앉히며 자리로 돌아가려던 때였다. 조금 떨어진 곳에 선 진혁이 저를 부르는 소리가 들렸다.

"강하연 씨. 브리즈 계약 건으로 잠시 의논하고 싶은데 들어오시죠."

짧게 의도를 밝히고 자리로 돌아가는 그의 뒷모습에 진경의 시선이 하연을 스쳤다. 가볍게 고개를 흔든 하연이 관련된 서류를 찾아 들고 곧바로 그를 따라갔다.

20여 분. 그는 하연을 자리에 세워 둔 채 천천히 느긋하게 서류를 검토하고 있었다. 사무실은 이미 대부분의 짐이 비워진 상태로, 남은 건 책상과 작은 테이블뿐이었다. 서라. 앉아라. 아무 말도 없이 그녀에게 시선조차 두지 않고 있던 그가 서류를 덮으며 낮은 목소리로 말을 꺼냈다.

"이 방은 최 팀장이 쓰게 될 겁니다. 브리즈 전담 팀 팀장으로 최 팀장을 앉힐 생각입니다. 이의 있습니까?"

"아니요."

하연이 고개를 저었다. 최 팀장이라면 J엔터에서 경력이 가장 많은 사람이었다. 시원시원한 성격에 급할 때면 말을 함부로 내뱉기는 하지만 그 정도는 참을 수 있었다.

"의논할 일은 강하연 씨와 의논하라고 지시해 뒀습니다. 강하연 씨는 브리즈의 해외 진출 관련 최 팀장 다음으로 결정권을 갖게 될 겁니다."

"감사합니다."

"그리고. 잭으로부터 초청이 왔습니다. 콜드문이 해외 공연을 마치는 대로 함께 귀국해 한국에서 작은 파티를 열 생각이라고 하더군요. 일주일 뒤인데 준비하도록 하세요."

"네."

"철저하게 해 두는 것이 좋을 겁니다. 작은 파티라 해 놓고 빌린 장소를 보니 그게 아닌 것 같으니."

무언가 비웃는 것 같은 표정으로 말을 흘린 진혁이 그제야 고개를 들어 하연을 바라보았다. 지시 조로 말을 뱉어 내는 것처럼 지금 그의 얼굴 역시 그런 표정이었다.

"갑자기 신화그룹으로 돌아간다는 이야기가 어떻게 된 건지 궁금하지 않습니까?"

급작스러운 화제의 전환에 하연이 긴장했다.

"네. 어떻게 되신 일인지 여쭤보고 싶습니다."

내내 책상에 앉아 있던 그가 자리에서 일어나 그녀 쪽으로 천천히 다가왔다. 하연의 미간이 깊게 파였다. 불안한 기운이 감지되었다.

"부모님과 일종의 딜을 했습니다. 그간의 반항기를 끝낸 셈인데. 제가 원하던 게 하나 있었죠."

"어떤 것 말씀이십니까?"

"회사 일을 돕고 아버지의 면을 세워 드리려 하니 딱 하나만 나에게 양보해 달라는 조건이었습니다."

"……."

"결혼할 여자. 그 상대만은 내가 고르게 해 달라고."

창으로 뻗은 그의 손이 하연의 머리카락을 스치듯 지나갔다. 움찔 뒤로 물러 선 하연이 잘게 고개를 저었다. 열린 창 안으로 예기치 못한 사나운 바람이 불 었다.

"결혼은 계약이 아니죠. 하지만 결국에는 내 뜻대로 될 겁니다. 김동준은 당 신을 한 번 버렸던 사람이고."

짧게 말을 멈춘 진혁이 하연을 똑바로 바라보았다. 그것이 사실이 아니냐는 듯 되묻는 그의 표정에 하연은 아무 말도 할 수 없었다.

"두 사람에게는 미래가 없으니까요. 하지만 나는 다르죠."

"서 대표님."

"난 이제 서 대표가 아닙니다. 당신의 직장 상사가 아니니까요. 서진혁 씨라 고 부르는 게 좋을 거 같네요."

살짝 입꼬리를 올린 그가 미소 지었다. 늘 하연을 따스하게 바라보았던 그 미소. 하지만 그 표정은 미묘하게 달라져 있었다. 하연의 얼굴이 뻣뻣하게 굳어 버렸다.

"무슨 생각이십니까?"

"내가 싫다고 할 때까지 내 옆에 있어야 할 겁니다. 내가 질렸다고 할 때까 지 내 옆에 있어야 합니다."

"……."

"김동준 그런 녀석에게 당신을 보낼 거라고 생각해? 내가?"

순간 사나운 바람이 책상 위에 올려 있던 서류를 사방으로 날려 버렸다. 뒤 섞여 버린 일의 순서처럼 뒤바뀌어 버린 목소리로 말을 뱉어 내는 진혁이 두려 워졌다. 대체 왜 이렇게 변해 버린 걸까? 제 잘못이라 하고 끝날 일이 아니었 다. 여러 번 되풀이했던, 미안하다는 말로 좋아질 일이 아니라는 것쯤은 알고 있었다. 하지만 이제 그의 아픔은 집착이 되어 있는 것 같았다.

"그 사람과 잘되지 않는다고 해서 제가 서 대표님과 함께할 거라고 생각하 시는 건, 죄송하지만 잘못된 생각이십니다."

일그러진 그의 얼굴이 그럴 리 없다는 듯 잘게 흔들렸다. 하연은 그것을 못

본 척 바닥에 떨어진 서류를 주워 들었다.

"글쎄요. 그건 두고 봐야 알겠죠."

마지막 한 장. 순서를 맞춰 정리한 하연이 그를 향해 고개를 들었다. 마주한 진혁의 매서운 눈에서 불꽃이 일었다. 질끈 눈을 감았다 뜬 하연이 그에게 다가갔다. 각도를 틀어 고개 숙인 하연이 그의 귀에 대고 속삭였다.

"서 대표, 우리는 잠자리 상대였어. 당신 나한테 가지고 있는 미련, 그거 몸정이야. 더 이상 이런 식으로 굴면 서로에게 좋을 게 없을 거야."

쿵! 그의 가슴에 서류를 안긴 하연이 사무실 밖으로 나가자마자 무언가 둔탁한 것이 바닥을 치는 소리가 들렸다. 모두들 놀라 그 문을 닫고 나오는 하연을 향했다.

"해외 진출 건으로 이견이 있었습니다. 죄송합니다."

고개를 숙인 하연이 자리로 돌아왔다. 직원들이 저마다 수군거리는 모습을 뒤로한 채 하연은 브리즈의 스케줄을 체크하고 어제 찍어 두었던 브리즈의 브이로그를 모니터하기 시작했다.

○ ● ○

뻔뻔한 여자. 강하연은 뻔뻔한 여자였다. 우연히 SNS에서 발견한 작품. 그 작품의 이미지와 함께 올라온 사진 속 표정이 마치 저를 바라보는 느낌에 진혁은 그런 확신을 느꼈다. 제 쪽 세계에 있는 사람들과는 묘하게 다른 분위기. 호기심이 일었고 대체 어떤 여자인지 만나 보고 싶었다.

그 여자에게 너무 쉽게 모든 것을 허락했다. 2년간 함께 일하면서도 옆을 내주지 않는 여자를 어떻게 제 것으로 만들어야 할지 그 방법을 알 수 없었다. 그러다 사랑이 아닌 잠자리 상대, 연애가 아닌 짧은 만남, 그것에 응한 하연과 1년을 함께했다. 하지만 그 1년 내내 그녀의 몸은 가졌을지 몰라도 그녀의 마음은 한 번도 가진 적이 없었다.

진혁은 그것을 인정했다. 하지만 지금 그녀를 사랑하는 제 마음을 집착이라 부르는 하연의 말은 인정할 수 없었다.

그럴 리 없었다. 그것이 아니었다. 그녀에게 회사를 내주고 강하연이 하고 싶은 모든 것을 지원하고 있었다. 그녀에게 조금도 양보하지 않고 팽팽하게 맞서는 준과 저는 달랐다. 강하연에게 새로운 미래를 쥐여 줄 수 있는 사람은 저뿐이었다.

진혁이 제이든을 제 업무실로 부른 것은 늦은 밤이었다. 모두 퇴근하고 사무실 안에 남은 사람은 그 하나였다. 밤늦게 스케줄을 끝내고 돌아온 제이든은 피곤한 얼굴이었다. 그가 저를 부른 의도가 무엇이든 간에 빨리 상황이 마무리되었으면 좋겠다고 생각하는 따분한 표정을 지은 스물셋의 얼굴.

그런 풋내기조차 강하연의 희생을 담보로 살아가고 있었다. 제게는 향하지 않았던 하연의 마음이 제이든에게는 닿아 있었다. 이 녀석은 제가 한 짓을 책임지지 않아 발생한 수많은 일들에 대해 대체 알기는 하는 걸까?

"회사 관두신다는 말씀은 들었습니다."

사무실로 들어오자마자 선수를 치고 나온 제이든이 가볍게 미소 지었다. 그런 이야기를 하려고 부른 것이면 빨리 끝내자는 의미였다. 이런 맹랑한 녀석이라니. 그 생각을 숨긴 진혁이 차분하게 말을 꺼냈다.

"그래서 말인데. 앞으로 네 일은 네가 책임지는 걸로 하지."

"네? 무슨 말씀이신지 못 알아듣겠는데요."

아무것도 모른다는 듯 여유로워 보이는 스물세 살의 얼굴은 대표와의 독대에도 예의를 갖추는 기색이 없었다. 하긴 고작 스무 살이 된 리나를 유혹하고 그것으로 수많은 사람들에게 피해를 끼친 녀석이었다. 그것에 조금도 반성하는 기미가 없어 보이는 제이든을 진혁은 참을 수 없었다. 고작 이런 녀석에게 제 미래를 건 강하연이 안쓰러워 견딜 수 없었다.

"네 그 오만한 태도 말이야. 그 태도로 얼마나 많은 사람이 희생을 감수했는지 아나?"

그 말을 꺼내기 무섭게 피식 제이든이 코웃음을 쳤다. 갑자기 무언가 머릿속에서 쭈뼛 서는 기분이 들었다.

"지금 그 태도는 뭐야?"

그의 턱 밑까지 다가간 진혁이 녀석의 속을 밝히려는 듯 그를 노려보았다.

물러서지 않은 눈동자가 그제야 알 만하다는 표정을 지으며 입을 열었다.

"하연이 누나 때문에 그러시는 건가요?"

"뭐?"

진혁의 눈동자가 냉랭한 빛으로 일렁였다.

"지금 화난 거, 뭔가 잔뜩 불만족한 것 같은 얼굴. 하연이 누나 때문이잖아요. 누나가 대표님 마음대로 되질 않으니까."

"대체 뭐라고 지껄이는 거야?"

"하연이 누나랑 준. 그 두 사람, 그렇게 쉽게 헤어질 만한 사이가 아닙니다."

기 막혀 살짝 벌어진 진혁의 입술 위, 그의 눈동자가 일그러졌다.

"두 사람, 그냥 평범한 연인이 아니니까요. 콜드문 준에게 하연은 뮤즈예요. 누나에게도 역시 그렇죠. 같은 방식으로 생각하는 사람들. 멀리 있어도 서로의 결과물로 대화를 할 수 있는 사이."

"……."

"당신은 그들의 전파를 이해하지 못할 겁니다. 그 사람들이 쓰는 언어를 당신은 절대 이해하지 못해요. 강하연이 당신에게 안길 순 있겠지만 그건 그냥 어떤 행위 그 이상으로 충족하진 못할 겁니다."

"닥쳐!"

간신히 화를 억누른 표정으로 진혁이 소리쳤다. 그와 정반대의 표정으로 입꼬리를 살짝 올린 제이든은 하나하나 곱씹어 내뱉었다.

"하지만 두 사람의 결합은 완벽한 충족이죠."

"하!"

불꽃이 인 진혁이 제이든의 멱살을 잡아당겼다. 그의 힘에 컥 숨을 내뱉은 제이든이 곧 여유로운 표정으로 대꾸했다.

"누나가 준에게 가지 않는 건 오로지 준을 위해서예요. 그가 콜드문을 얼마나 사랑하는지 아니까."

"네가 대체 뭘 안다고 지껄이는 거야?"

"누나가 나를 위해 스캔들을 감당했다고 생각하세요? 아니에요. 누나는 준을 위해 그 연극을 한 겁니다."

부르르 떨린 손이 제이든의 멱살을 재차 잡아 뒤틀었다. 고개를 꺾어 진혁을 향한 제이든의 시선에 진혁이 낮게 떨었다.

"서 대표님만 모르고 계셨죠. 어쩌면 서 대표님도 알면서 모르는 척하신 걸 수도 있죠. 콜드문 데뷔 초, 준이 우리 보육원에 와서 이야기를 나눴어요. 아직 어린아이들 앞이라 생각했는지 그는 좀 풀어져 있었습니다."

진혁의 손에 잡힌 채로 오래전 기억을 떠올리듯 제이든의 눈동자는 흐릿해졌다.

"그때 이런저런 이야기 끝에 준이 말했어요. 그의 음악의 원천은 한 여자라고. 그 여자는 자신에게 뮤즈라고 했습니다. 나는 그것이 하연 누나라는 걸 알게 되었어요. 대중적인 인기는 4집 이후이긴 하지만 콜드문 3집 그 전까지 있었던 모든 음악은 하연 누나의 이야기죠."

멱살을 쥔 손아귀에서 힘이 빠졌다. 진위를 알기 어렵다고 생각하면서도 진혁은 제이든의 말이 틀리지 않다는 것을 희미하게 느끼고 있었다. 내내 못마땅해했던 제이든의 듀엣을 받아들인 뒤 갑자기 뒤바뀐 그녀의 태도에서 진혁은 실체를 알 수 없는 무언가에 초조함을 느꼈다.

제이든의 스캔들. 그날 밤 준이 하연을 바라볼 때 보였던 그 표정에서 진혁은 설명할 수 없지만 확실한 무언가를 보았다. 차유라가 이야기를 하지 않았다 해도 진혁은 이미 알고 있었다.

"이제야 아셨어요? 당신이 즐겨 들었던 콜드문의 음악, 실은 준이 하연에게 보내는 세레나데였다는 걸."

손이 힘없이 떨어지며 제이든이 놓았다. 탁탁 소리 나게 옷을 털어 정리한 제이든이 짧게 한숨을 내쉬고 그 방을 나왔다. 혼자 남겨진 진혁이 무너지듯 자리에 주저앉았다.

그렇게 불과 한 시간도 채 지나지 않아서였다. 대형 포털 사이트가 속보로 올라오는 콜드문의 준과 관련한 기사로 온통 뒤덮였다.

콜드문 준 어머니 사기 구속
콜드문 준의 어머니 수십억 원대 사기 혐의 구속

친모로 알려진 준의 어머니, 친부와 사실혼 관계의 새어머니로 밝혀져
콜드문 준 남동생 김 모 씨 사기 혐의로 구속
준의 새어머니, 그녀의 거짓말

남편을 먼저 보내고 혼자 억척같이 아이를 키웠다는 준의 어머니가 사실은 준의 친부와 사실혼 관계에 있던 새어머니였다는 이야기가 주였다. 역시 그 정확한 이유는 본인에게 들어야 알 수 있겠지만 무슨 이유에서인지 준은 그동안 그 새어머니를 제 친어머니로 사람들에게 소개했다는 이야기와 함께, 지금까지 보도와는 다르게 실은 무척 불행한 어린 시절을 보낸 준의 마음 상태에 대한 추측성 보도도 연이어 나왔다.

하연 역시 그 여자를 기억했다. 콜드문 데뷔 이후 여성 잡지에 실렸던 인터뷰. 잃어버린 아들을 되찾은 과정과 그를 키워 낸 그간의 일들을 드라마처럼 털어놓은 그 여자. 대중들에게는 지루하기 짝이 없는 가족사. 그 거짓을 해명하는 또 다른 거짓. 쏟아지는 기사에 하연은 질식해 숨이 막힐 지경이었다.

11

무대 위에 올라 있는 준은 평소와 조금도 다르지 않았다. 이틀 전 네 시간의 공연을 마치고 일곱 시간 비행기를 타고 LA에 도착한 지 겨우 서너 시간. 그는 내일 있을 공연을 위해 다시 무대 위에 서 있었다.

장비를 점검하고 동선을 체크하고. 스태프들에게 적극적으로 자신의 의견을 피력하는 준. 그는 유라의 작품이었다. 진흙 속에서 건져 낸 진주. 그 사람이 지금 무대 위에 서 있었다. 눌러쓴 캡. 진 위로 까만 반팔 티셔츠. 그 차림으로 무대를 점검하는 준을 지켜보는 기분은 마치 오르가즘을 느낄 때와 비슷했다.

제 팔을 엇갈려 팔짱을 낀 채로 무대 밖에 서 있던 유라에게 곧 준의 시선이 멈췄다. 나타날 줄 알았다는 식의 표정. 무시하던 평소와는 달리 오늘 준은 유라를 발견하자마자 곧바로 그녀에게 다가왔다. 이제까지와 다르다는 점 하나로 유라의 가슴이 뛰었다. 평소 보이던 준의 행동과 달라 색달랐다.

"너니?"

대뜸 건네 오는 짧은 말에 유라가 코웃음을 쳤다.

"뭐? 그 기사?"

"음."

캡을 살짝 빗겨 진위라도 파악하겠다는 듯 제 얼굴을 바라보고 있는 준에게 키스하고 싶은 충동을 느끼며 유라가 여유롭게 미소 지었다.

"내가 그런 짓 할 사람으로 보여?"

"아니. 넌 그 정도로 만족할 사람은 아니니까."

"그래? 알면서 왜 물어?"

"그래도 정보 제공자는 너일 테니까. 불씨를 만들어 네 쪽에서 피웠을 테니까."

"아니. 전혀."

유라가 크게 고개를 저었다. 커다란 링이 그녀의 귀에서 반짝였다.

"원래 그런 법이잖아. 잘 숨겼다고 생각했던 것도 순식간에 드러나는 거."

"뭐. 그래. 어차피 끝까지 지켜질 비밀이란 건 없을 테니까."

다시 모자를 고쳐 쓴 준이 상관없다는 듯 가볍게 대꾸했다. 유라의 입꼬리가 바짝 올라갔다. 그녀의 가슴에 슬슬 잔불이 피워졌다. 이제 막 재미있어지려는 참이었다.

"그리고 나는 생각이 조금 달라. 그런 걸로 무너지기에는 콜드문이 그리 호락호락하지 않거든. 내가 그렇게 만들어 놨잖아."

풋 준이 소리 내어 웃었다. 매력적인 입술이 꿈틀거리는 것을 유라가 만족스러운 눈으로 지켜보았다.

"그래. 그딴 기사. 그건 너한테 파리 같은 거야. 뭐, 날아다니든 말든 조금 신경 쓰이고 귀찮겠지만 그렇다고 해서 너를 무너트릴 순 없겠지. 그런 수준 낮은 짓은 안 해. 재미없잖아."

"알았어. 그럼. 그만 돌아가."

준이 볼일은 다 끝났다는 듯 뒤돌아섰다.

"왜? 여기서 더 지켜볼 생각인데."

"무대는 내일이야."

"아니. 나는 네가 이렇게 무대 위를 휩쓸고 다니는 게 좋아. 스태프들에게 지시하는 것도 좋고. 너를 학대하듯 끊임없이 몰아붙이는 것도 좋아. 그건 나한테도 짜릿한 자극을 주니까. 그래서 나는 너한테서 무대를 빼앗지 않아."

마치 장난감이라도 던져 주는 식의 말. 뒤돌아선 준이 나른한 한숨을 내쉬었다.

"그래서?"

그 숨소리에 유라는 가슴이 벅찬 듯 싱긋 웃었다.

"나는 네가 꼼짝 못 하게 만들 거야. 너를 꼼짝 못 하게. 여기 박제해 버릴 거야."

"아. 그럴 생각이시다?"

우습다는 듯 코웃음을 친 준이 잠시 고민하더니 다시 이쪽으로 다가왔다. 무대의 위에서 무릎을 굽혀 눈높이를 맞춘 준이 유라를 바라보았다. 까만 눈동자. 그 눈동자가 캡에 반쯤 가려져 있어 섹시한 분위기를 풍겼다. 유라의 눈이 순간 반짝 빛을 발했다. 준이 입을 열었다.

"넌 상태가 심각해. 불쌍해."

"뭐?"

빛나던 눈을 일그러트린 유라가 그것을 사납게 치떴다.

"말 안 하려고 했거든. 이것도 관심이라도 느낄까 봐 거부감이 들어서. 그런데. 너 당장 병원에 가 보는 게 좋겠다. 7년 전에는 이런 네가 뭐라도 갖고 있는 사람인 줄 알았는데. 착각이었어. 이젠 아니야."

"무슨 소리야?"

"네가 지껄이는 소리. 뭐든 제 손에 넣고 부스러트릴 것처럼 구는 네 이야기 말이야."

준이 가뿐히 무대 아래로 뛰어 내려왔다. 순간 그의 뺨이라도 내려칠 듯 유라의 손이 번쩍 들렸다. 그보다 빨리 힘주어 잡는 준의 손아귀에 유라의 얼굴이 벌겋게 달아올랐다.

"놔둬! 이 손 놔!"

"그런데 이제 여기 올라와 내려다보니까 알겠어. 네 헛소리 말이야. 상태가 더 심각해졌어. 병원 빨리 가 봐야 할 거 같다."

모욕감에 달궈진 유라의 팔이 그의 손아귀에서 벗어나려 발버둥 쳤다. 그 모습을 한 순간도 놓치지 않으려는 듯 똑바로 마주하던 준이 순간 무심한 표정으로 그녀의 팔을 놓았다. 잔뜩 달아오른 그녀의 뺨만큼이나 팔목의 자국도 붉게 남아 있었다. 원망 섞인 눈이 준을 바라보았다. 그게 다 무슨 소용이겠냐는 듯 준의 얼굴이 무표정하게 변했다.

몸매가 드러나는 짧은 원피스를 입은 차유라가 연극 같은 몸짓으로 뒤돌아섰다. 평생을 저렇게 살았던 여자. 제 삶을 만인이 보는 무대라고 생각하는 사람. 안쓰러운 여자다. 그래서 준은 내내 모르는 척하고 있었던 것이다.

하지만 만약 차유라가 그녀를 건드린다면. 그것은 절대 참지 못할 일이었다. 준은 무대 준비가 한창인 곳을 향해 돌아섰다. 뒤늦게 떨리는 손을 다른 쪽 손으로 감싸 쥔 그가 희미하게 미소 지었다.

'나는 네가 이렇게 무대 위를 휩쓸고 다니는 게 좋아. 스태프들에게 지시하는 것도 좋고. 너를 학대하듯 끊임없이 몰아붙이는 것도 좋아. 그건 나한테도 짜릿한 자극을 주니까. 그래서 나는 너한테서 무대를 빼앗지 않아.'

차유라가 제 과거를 기삿거리로 삼을 그런 짓을 했을 거라 생각하지 않았다. 그녀는 제가 망가지는 것을 지독히 싫어하니까. 오늘 그녀가 이곳에 온 이유도 그것일 것이다. 제 장난감이 제대로 작동되는지 아닌지. 그것이 알고 싶었겠지.

그녀는 그래도 조금이나마 제가 그 기사에 두려워했을 거라 생각한 모양이었다. 하지만 안타깝게도 준의 생각은 거기까지 미치지 않았었다. 그가 두려워하는 것은 정작 다른 곳에 있었다.

이제는 지쳐 버린, 가족이라는 이름. 모두에게 드러날 제 과거쯤이야 아무것도 아니었다. 준의 마음을 무겁게 하는 것은 다른 하나.

그녀가 걱정하지 않을까. 제 기사를 보고 그의 과거에 대해 아무것도 알지 못했던 강하연이 걱정하지 않을까. 결혼하자 다급하게 청했던 제 말의 의미를 뒤늦게 곱씹으며 안쓰러워하지 않을까. 그것이었다.

차마 이야기하지 못했던 사실. 어릴 적 아버지를 여의고 보육원에서 자랐다는 이야기 외에는 솔직하지 못했던 과거. 하지만 강하연에게는 그런 사람이고 싶었다. 누구에게도 상처받지 않고 누구에게도 마음을 주지 않는 단단한 사람.

그녀에게는 그런 사람이고 싶었다. 실은 모든 것이 두려워 미칠 것 같으면서.

생각이 깊어진 찰나 싸늘한 것이 가슴에 스미는 것이 느껴졌다. 그리 좋지 않은 예감이 들었다.

"준! 이건 어떻게 할까?"

한기를 느낀 순간 무대 밖으로 무거운 조명 하나를 들고 서 있는 스태프가 자신에게 묻고 있는 것이 보였다.

"아! 잠깐!"

준이 빠르게 그쪽으로 뛰어가 그 조명의 위치를 바꾸는 것을 도왔다.

"고마워."

그가 가볍게 고개를 끄덕였다. 준이 희미하게 미소 지었다. 다행이었다. 아직 이 무대만큼은 빼앗기지 않았으니까. 회복할 시간은 충분했다.

○ ● ○

— 오늘 콘서트 무대에 오르기 전 준이 짧게 입장을 밝혔는데요. 아마도 국외 팬들에게도 준의 소식이 전해진 모양입니다.

컴퓨터 화면 속 한 남자가 만면에 미소를 띤 채 이야기하고 있었다. 그의 뒤로는 작년 콜드문의 미주 공연이 반복해서 재생되고 있었다. 얼마 전 선보였던 리나의 솔로 무대와 뮤직비디오 영상 역시 드문드문 섞여 나왔다.

— 준의 기사가 나오자마자 전 세계 수십여 개 국가들에서도 그의 소식을 빠르게 속보로 전했죠. 하지만 역시 준은 준입니다. 콘서트 직전 그가 팬들에게 걱정 말라며 이 일은 자신이 알아서 잘 처리하겠다고 했다죠?

그렇게 말하는 여자의 얼굴 역시 무척이나 밝아 보였다.

— 네. 그런 의미였습니다. 무뚝뚝하지만 자상한, 준 특유의 말투가 있잖아요. 이건 내 일이니 걱정 마. 너희는 너희 인생을 즐기면 돼! 오늘 재미있게 놀아 보자! 뭐, 그렇게 말했다는데. 참 자신감이 넘치는 사람입니다. 그의 이런 카리스마가 사람들을 즐겁게 하죠.

실시간으로 연예 소식을 전하는 방송 매체의 두 진행자가 불과 30여분 전

끝난 준의 LA 공연에 대해 소식을 전하고 있었다. 멍하니 그것을 바라보던 하연이 불안한 눈빛을 가만두지 못했다.

카리스마. 그의 무대는 늘 그런 식으로 표현되었다. 단단한 사람. 그 누가 꺾으려 해도 꺾이지 않을 사람. 그런 준이 실은 제 새어머니를, 그것도 자신이 그렇게 싫어하던 남자와 사실혼 관계에 있던 새어머니를 친어머니라 소개한 것에는 이유가 있지 않을까? 하연의 생각이 자꾸만 그쪽을 향해 쏠렸다.

'결혼하자. 하연아.'

그의 목소리가 아직도 귀에 생생했다.

'결혼하고 우리 아이도 낳고 그렇게 살자. 공연도 같이 다니고. 여행도 하고.'

그의 소망이라 생각하기 힘들 만큼 소박한 이야기. 그 말이 진심이었던 걸까? 그 이야기는 그렇게 간절했던 걸까? 자신을 이용하던 새어머니를 제 친어머니라 소개할 만큼 그에게는 가족이 필요했던 걸까?

그런데 자신은 그 말을 묵살했다. 저에게 했던 그의 말이 준이 가진 수많은 선택지 중 하나라고 생각했다.

— 그런데 말입니다. 오늘 앙콜에 특별한 무대가 있었다는 소식입니다. 팬들은 그 미발표곡을 음원으로 발매해 달라고 요청했다죠?

— 무슨 곡입니까?

— 바로 리나의 앨범에 듀엣곡으로 녹음된 〈블루문〉인데요. 그것을 어쿠스틱 버전으로 준이 노래했다고 합니다. 그 곡 역시 준이 작곡했죠? 그리고 곧바로 열애설이 났으니 그야말로 사람들의 관심이 대단할 수밖에 없었습니다.

— 팬들은 아무래도 그 곡을 준이 사랑하는 사람을 위해 작곡한 곡이 아닐까 추측하고 있죠.

— 네, 그렇습니다. 아마 그 가사 때문인 것 같은데. 처음 느낀 사랑. 당신이 나의 마지막 이길 원해요. 달이 뜬 밤 그늘을 빌려 당신이 나에게 와 주길 바

라요.

— 낭만적인 곡이네요. 오늘 그 곡을 기타 하나로 편곡해서 불렀다고 합니다.

— 와우! 들어 보고 싶네요.

— 한편 오늘 오후 5시 입국 후 준은 얼마 후 곧바로 아시아 투어에 나서게 됩니다.

— 그럼 그사이에 이 사건에 대해서도 어떠한 형식으로든 해결을 하려는 움직임이 있겠군요.

— 그럴 겁니다.

그들의 보도 뒤로 리나의 뮤직비디오가 이어졌다. 화면을 끈 하연이 숨을 멈추었다. 걱정되었다. 그에 대한 걱정으로 하연은 제 자신의 일은 모두 잊어버리고 말았다. 어머니. 아버지. 그리고 서진혁. 그 모든 걱정들이 단숨에 사라지고 말았다.

저 혼자 잘한다고 해결되는 일이 아니었다. 그가 제 길을 갈 수 없다면 하연 역시 제 길을 갈 수 없었다. 그가 그 길 위에 서 있지 않다면 저 역시 조금도 움직일 수 없었다.

○ ● ○

이 기분을 잘 알고 있다. 3년 전. 갑자기 시작된 증상. 이륙 직전 찾아온 그날의 증상은 비행기의 아주 작은 흔들림에도 계속되었었다. 술을 마시고 잠을 청하려 해도 쉽게 사라지지 않는 긴장감. 불길한 생각과 불안한 마음에 호흡이 가빠져 오고 결국 준은 식은땀을 흘리며 질끈 눈을 감은 채 좌석을 꼭 잡고 다섯 시간을 꼬박 두려움에 떨어야 했다. 그것은 무척이나 불쾌한 기억이었다.

그리고 오늘 귀국 비행기를 타자마자 준은 다시 그 증상을 느꼈다. 그날부터 비상약으로 가지고 다니던 안정제를 입안에 털어 넣은 채 준은 억지로 눈을 감았다. 열세 시간의 긴 비행은 다행히 큰 흔들림 없이 끝나 가고 있었지만 착륙 직전까지 준은 소리 지르며 울고 싶은 기분을 겨우 참고 있었다.

불안증. 어느 날 불쑥 그에게 찾아온 현상이었다. 이제 조금 괜찮아졌다 생각했는데 그것이 다시 시작되었다. 별것 아니라고 생각했던 보도가 제 마음 깊은 곳에 감춰 두었던 것을 건드린 게 틀림없었다.

하연이 보고 싶었다. 그녀를 보고 싶은 마음뿐이었다. 이런 식의 생활. 대체 무엇을 위한 것인지 그 목적마저 흐려졌다. 제가 간절히 원했던 무대. 콜드문의 음악. 그것이 무엇을 위한 것이었는지, 불안이 가득한 준의 머릿속에 제가 그토록 갈구했던 것들에 대한 의지가 희미해졌다. 이미 오래된 일이었다. 아닌 척 간신히 버틴 것뿐이었다.

무대를 통해 재생되었던 에너지가 오늘은 미치지 못했다. 팬들 앞에서는 강한 척 아무렇지도 않은 척 그런 소리를 내뱉어 놓고 네 시간 꼬박 무대에서 날아다녔지만 소용없었다.

"〈블루문〉 따위 부르지 않는 건데."

준이 괜한 코웃음을 치며 속삭였다. 좌석의 손잡이를 꼭 쥔 그의 손안이 땀으로 흠뻑 젖었다. 몇 번이고 식었다 다시 열이 도는 그의 등에는 한기가 가득했다. 가쁜 숨을 쉬는 그의 옆에는 영화에 빠진 세하가 아무것도 눈치채지 못하고 있었다. 바로 옆에 앉아 있음에도 세하는 준의 괴로움을 알지 못했다.

착륙을 마친 비행기 내부에 사람들이 짐을 내리느라 일순간 소란스러워졌다. 상단 문을 열어 그 안의 짐을 꺼내는 준의 뒤로 찰칵찰칵 셔터 소리가 들렸다. 얼굴을 일그러뜨리며 소리가 난 쪽으로 귀를 기울였다. 등 뒤로 또다시 식은땀이 솟구쳤다. 묵직한 기운이 느껴져 뒤를 확인하는 것조차 쉽지 않았다.

"와, 대박! 진짜 도착했네."

명랑한 목소리에 준은 간신히 시선을 돌렸다. 한 손으로 브이를 만들어 제 뺨에 가져다 댄 낯선 두 여자의 얼굴에서 행복한 미소가 보였다. 그 두 사람은 제 앞의 준은 의식하지 않은 채 제 일들에 빠져 있었다.

저 여자들은 그저 셀카를 찍고 있는 것뿐이라니까.

흘깃 그들을 확인한 준이 모자를 고쳐 썼다. 모든 게 지나친 망상일 뿐이라는 것을 깨달아야 했다. 세상은 생각만큼 그에게 주목하고 있지 않다는 것을 알아야 한다고 준은 제 자신에게 되뇌었다.

하지만 결국 다시 도지고 만 것이다. 쓸데없는 불안과 괴로움. 다행히 아무도 그의 불안을 느끼지 못했는지 그의 옆에는, 아까부터 심각한 얼굴로 무언가 들여다보고 있는 리나와 랜딩 직후 내내 수화기를 든 세하가 있었다. 준은 천천히 몸을 움직였다. 괜찮다 속으로 몇 번이나 되뇌었다.

"그런데 말이야."

그때 사람들과 열을 맞춰 나가던 리나가 잠시 망설이는 투로 준에게 속삭였다.

"뭐? 무슨 일인데?"

의도치 않게 무뚝뚝한 말투가 튀어나왔다. 그런 것에 상관없다는 듯 리나가 그의 귀를 빌려 달라 눈짓했다. 리나의 키에 맞춰 고개 숙인 준의 귀에 그녀의 목소리가 들려왔다.

"제이든이 그러는데. 강하연 씨, 어머님이 돌아가셨대. 그래도 한번 연락해 봐야 하는 거 아니야? 우리를 그렇게 도와줬는데 전화라도 해 봐야 할 거 같아."

"뭐라고?"

서늘하다 느껴질 만큼 낮은 목소리로 준이 되물었다.

"강하연 씨 말이야."

하지만 그가 되물은 이유는 리나의 이야기를 알아듣지 못했기 때문이 아니었다. 사람 사이를 파고든 준이 빠르게 밖으로 내뛰었다. 그의 주변으로 준을 알아본 사람들이 놀라는 소리가 들렸다. 이해할 수 없는 표정으로 리나가 제 눈앞에서 빠르게 사라져 가는 준의 뒷모습을 바라보고 있었다.

○ ● ○

하연의 어머님이 돌아가셨다. 그 말을 들은 후로 준은 아무것도 생각할 수 없었다. 머리가 굳어 버려 그녀에게 전화를 걸 수 있다는 것도 떠올리지 못했다. 하지만 전화 따위로 건네는 위로는 아무 소용 없었다. 만약 그녀가 제 전화를 받아 준다고 해도 그것으로는 불충분했다.

그녀를 보고 싶었다. 공중에 뜬 상태로 3년 전과 똑같은 불안과 초조를 느끼며 준은 이 비행기가 안전하게 착륙한다면 그녀를 찾아가겠다는 마음이 간절했다. 혹시라도 내 소식을 듣고 걱정하고 있을지 모르지만 나는 괜찮다고. 잘 해낼 수 있으니 너는 네 길을 가면 된다고 말해 줄 생각이었다.

하지만 내가 혼자 잘 감당하고 있다고 해서 될 일이 아니었다. 그녀가 행복하지 않다면 모든 것은 아무 소용 없었다. 빠르게 수속대를 빠져나가는 준의 뒤로 매니저 동우가 따라붙었다.

"어디 가는 거야, 준?"

다급한 목소리의 동우에게 다가간 준이 그의 주머니에 손을 집어넣었다. 흥분한 준의 표정에 동우가 낯설어하는 얼굴로 그가 하는 행동을 그냥 당하고만 있었다.

"뭐 하는 건데?"

"너 차 키 있지?"

때마침 주머니에서 그것을 발견한 준이 키를 꺼내 흔들어 확인시키고는 무작정 밖으로 뛰었다.

"뭐야? 왜 그러는 건데?"

당황한 동우가 크게 소리쳤다.

"잠깐 쓸게. 곧 돌아올 거야. 걱정하지 마."

뒤돌아 손을 흔든 준이 곧바로 열린 문 밖으로 뛰어나갔다. 입국장 밖으로 그가 모습을 드러내자마자 수많은 플래시가 준을 향해 쏟아졌다. 여기저기 그에게 질문을 던지려는 기자들이 준을 에워쌌다.

"죄송합니다. 지금 급한 일이 있어서. 곧 기자 회견을 열고 모두 설명드리겠습니다."

아무리 말을 해도 진입로를 막고 둘러싼 그들은 하나의 거대한 장막처럼 준을 휩싸고 있었다. 팔을 방패 삼아 앞으로 나아가자 열이 흐트러지며 위태해 보였다. 눈이 부시도록 쏟아지는 카메라 세례에 준이 눈을 깜빡였다. 불안증은 어느새 사라지고 그의 마음에는 조급함이 가득했다. 지금이 아니면 강하연을 보지 못할 것처럼 느껴졌다.

"준!"

"준, 오늘 보도 보셨나요?"

사람들의 외침에 순간 미간을 찌푸린 준이 시선을 멀리 한 순간이었다. 또렷하게 박히는 그녀의 실루엣. 하얀 얼굴. 늘어트린 긴 머리. 그곳에 분명 그녀가 있었다. 그를 둘러싼 수백의 사람들 너머 놀란 얼굴로 자신을 바라보고 있는 하연이 그곳에 서 있었다.

'설마. 나를 걱정하고 온 거야?'

믿을 수 없어 몇 번이고 미간을 찌푸린 준이 그녀가 달아날까 시선을 고정한 채 천천히 움직였다. 그를 따라 카메라를 든 기자들과 수백여 명의 팬들이 물결처럼 움직였다. 그 물결 너머 저를 바라보는 강하연이 있었다. 가슴이 울렁거려 준은 마른침을 삼켰다.

"준! 이번 사건에 대해서 이야기 들으셨습니까?"

"앞으로의 계획이 어떻게 되십니까?"

"준, 힘내세요! 우리가 있어요!"

"준! 사랑해요, 준!"

수많은 소리가 하나로 뭉쳐져 거대한 함성처럼 귀를 울렸다. 당장이라도 그들의 물결을 헤치고 그녀에게 다가가고 싶었지만 그건 불가능했다. 물리적인 이야기가 아니었다. 그녀를 위해서였다.

'강하연. 제발 거기 서 있어!'

그의 시선이 저를 따라 일정하게 움직이는 사람들 너머 창백한 얼굴로 자신을 바라보는 하연에게 박혀 있었다. 그런 그녀가 희미하게 미소 짓는 것이 보였다. 그렇게 느낀 것도 잠깐이었다.

우우 소리를 내며 열의 한군데가 일그러졌다. 넘어질 듯 말 듯 발을 헛디딘 사람들이 간신히 균형을 잡고 선 순간이었다. 잠시 시야 밖으로 사라졌던 그녀가 그 물결 밖에서 사라지고 없었다.

'강하연!'

쭈뼛 불길한 열기가 몸속에 솟구쳤다. 대체 어딜 간 거지? 사방을 헤매는 시선이 불안함에 흐려졌다. 마른 입술을 고쳐 문 준이 사라진 그녀의 흔적을 찾아 사람 사이를 헤치고 하연이 있던 방향으로 뛰었다.

'강하연 너, 어디 간 거야?'

순식간에 사라진 그녀가 방금 전까지 제 눈앞에 있었다는 사실이 믿어지지 않았다. 설마 헛것을 본 것일까? 제 간절함이 환상을 만들어 냈던 것일까? 준의 등 뒤로 서늘한 한기가 불끈 솟구쳐 올랐다.

내딛는 발이 엉켜들었다. 앞으로, 분명 앞으로 가고 있는데 자꾸만 뒤로 당겨지는 것 같았다. 보이지 않는 거대한 힘이 저를 나아가지 못하도록 막아서고 있는 것 같았다.

식은땀이 비죽 솟은 준이 보이지 않는 곳을 향해 뛰었다. 제 뒤를 따르는 사람들의 외침도, 제 길목을 막는 낯선 이의 얼굴도, 그들의 아우성도 어느 것 하나 그의 귀와 눈에 들어오지 않았다.

되새겨 떠올려 봐도 그것은 결단코 사실이었다. 방금 전 분명 강하연을 봤었다. 그녀의 모습은 환상이 아니었다. 감히 저로서는 바랄 수 없는 환상을 만들어 낼 수 없었다. 그러므로 확신할 수 있었다. 그녀는 이곳에 존재했었다. 제가 걱정되어서, 입으로 차마 열거하기도 구차한 그의 과거가 슬퍼서, 그런 저를 위로하기 위해서 그녀가 온 것이다.

그래서 꼭 말해 주어야 했다. 나는 아무렇지도 않다고. 그러니까 걱정 말고 너는 너의 길을 가라고. 네가 올라가고 싶어 하는 그곳으로 가도 네가 행복하다면 나는 그것을 바라보는 것만으로도 충분하다고. 내 일쯤은, 이제 그깟 일쯤은 아무것도 아닐 만큼 나는 단단하다고.

거친 숨이 공기 중으로 마구 흩뿌려졌다. 간절함에 목이 메어 쓰려 왔다. 주차장 입구에 일렬로 늘어선 차를 빠르게 훑은 준이 짙은 회색의 중형차를 발견하고 빠르게 올라탔다. 어디인지 알 수 없지만 그녀가 있는 곳으로 가기 위함이었다. 시동을 걸자마자 곧바로 차를 출발시킨 준이 하연을 발견한 건 바로 그 순간이었다. 두 블록 앞, 차 문을 연 채 멈춰 있는 하연이 보였다.

'강하연.'

짙은 청보라 빛깔의 블라우스. 상황을 갈음하듯 보이는 희미한 미소. 눈이 마주치자마자 이것이 마지막이라고, 마치 그렇게 이야기하는 것 같은 슬픈 얼굴이 차 안으로 사라지고 있었다. 브레이크를 밟은 준이 문을 열어 차 밖으로 내렸다.

"강하연."

그와 동시에 한 무리의 사람들이 주차장 건너 저를 향해 밀려들어 오고 있었다.

"오빠! 준! 준 오빠!"

커다란 사진기를 든 그들이 연신 셔터를 눌러 댔다. 제길. 사나운 말을 뱉어 낸 준이 다시 차 안으로 들어가 벨트를 채웠다.

"오빠! 준! 오빠! 끼아아악!"

백미러 속으로 소리치는 팬들 뒤로 그녀가 차를 출발시키는 것이 보였다. 이번에는 착각이 아니었다. 출구 쪽으로 급하게 차를 몬 준이 오른쪽으로 다시 방향을 틀어 반 바퀴를 돌아 제자리로 왔다. 전면 유리창 앞으로 주차 공간을 빠져나온 하연의 차가 천천히 속도를 높이는 것이 보였다. 그 속도에 맞춰 준이 하연을 뒤쫓기 시작했다.

주차장을 빠져나온 하연의 차가 도로 위에 놓였다. 창밖으로 어둠이 내리기 시작하자 주변이 시야에 들어오지 않았다. 이 밑으로는 바다라는 것을 인지하고 있었지만 그의 신경은 온통 제 앞의 차를   아가는 것에 집중하고 있었다.

목적지가 어디인지는 알 수 없었다. 아니, 애초에 그건 상관없는 일이었다. 이제 그녀가 어디를 향하든 그것은 중요하지 않았다.

불빛이 번지는 컴컴한 도로로 하연의 차가 멈추지 않고 달리고 있었다. 일직선으로 뻗은 4차선의 도로는 마치 그 끝이 존재하지 않을 것처럼 오래도록 계속되었다. 한시라도 눈을 돌리면 그녀를 놓칠까 준은 숨도 편히 쉬지 못하고 있었다.

바짝 긴장한 손에 식은땀이 솟았다. 일정한 간격을 유지한 두 사람 사이에 SUV 차량 하나가 낀 상태로 불안을 감수한 준이 몇 킬로를 달렸다. 신경이 곤두서 차선을 바꿀 용기조차 나지 않았다. 그녀를 추월하여 앞설 생각도 하지 못했다. 속도를 올려 따라잡을 생각도 나지 않았다.

혹시라도 이 길이 끝나 그녀가 어딘가로 방향을 틀어 버리면 놓치게 될까 두려워 준은 눈도 깜빡이지 못했다. 극도의 긴장으로 제가 숨을 쉬고 있는지조차 알 수 없었다. 오로지 그녀를 멈춰 세우려는 생각만이, 그렇게 하여 무엇을 어찌할지 결정하지도 못하면서 그러려는 생각만이 그의 안에 가득했다.

그때 갑자기 도로의 폭이 좁아지면서 4차선 도로가 순식간에 2차선으로 바뀌었다. 두 사람의 차 사이로 서너 대의 차량이 더 끼어들었다. 하연이 타고 있는 차가 그대로 멀어졌다. 시야 전면을 막아 버린 고속버스의 높이에 준은 제 앞으로 몇 대의 차가 달리고 있는지조차 알 수 없었다.

그의 시선이 사방으로 흔들렸다. 불안한 심장이 두근거렸다. 드문드문 자리해 있던 가로등의 노란 불빛이 갑자기 하얗게 빛났다. 어둠으로 시야가 좁아져 제 차가 어디로 향하고 있는지조차 알 수 없었다.

"하연아. 강하연."

간절한 마음이 녹아들 듯 아려 왔다. 이대로 그녀를 찾을 수 없다면 어떻게 해야 할지 결정하기 어려웠다. 무한으로 연결되어 있을 거라 생각했던 직선 도로가 전방 몇 미터 앞에서 양 갈래로 나뉘었다.

잠시 머뭇거린 준이 핸들을 돌려 오른쪽 방향으로 틀었다. 다시 제자리를 찾듯 넓어지는 4차선 도로가 아닌 폭이 좁은 도로. 경사가 진 그쪽으로 그의 차가 진입했다. 그녀가 이곳을 택하였기를 간절히 바라는 마음밖에 없었다. 하지만 가로등마저 드문드문한 거리. 순간 준은 이대로 끝이라고 해도 괜찮을 것 같은 기분이 들었다.

운전대를 잡은 준의 얼굴에 마른 미소가 지어졌다. 절망을 느꼈던 준에게 지금의 상황은 오히려 희망적이었다. 이미 양 갈래 길로 갈라져 더 이상 만날 수 없는 곳으로 그녀가 향하고 있다 해도 이전의 제 상황보다는 훨씬 나았다. 영영 그녀를 잡을 수 없다고 느꼈던 그 순간의 절망에 비하면 아주 작은 희망이나마 가지고 있는 지금은 견딜 수 있었다.

그녀와 헤어지고 혼자 남아 지독히 외로웠던 시간들. 늘 벗어나고 싶었던 그 어두운 반지하방, 낡은 침대의 삐걱거리는 소리로 리듬을 만들어 그녀를 부를 수밖에 없었던 그 시간. 그 시간에 비하면 지금 그녀를 찾을 수 있다는 작은 희망에 매달려 있는 이 순간이 오히려 무너져 가는 자신을 지탱할 수 있었다.

어두운 곳이었다. 2차선 쭉 뻗은 도로가 아닌 그 사이 좁은 길. 이전 서로를 어둠 속에 가리기 위해 급한 경사로를 따라 내려온 그 자리를 닮은 곳. 입구 중간 부분부터 막혀 있는 터널 앞에서 준이 차를 세웠다. 그곳에 하연의 차가 멈춰 서 있었다.

"강하연."

제 눈을 믿을 수 없어 준이 그녀를 소리 내어 불렀다. 시동이 꺼진 차 안으로 어두운 실루엣이 보였다. 정면을 응시하고 있던 그녀의 어깨가 움찔했다. 눈이 크게 뜨인 준이 그 창을 두드렸다.

"문 좀 열어 봐."

재차 두드려도 꼼짝 않는 그녀의 앞에서 준은 말을 잃었다. 한참을 그 자리에 멈춰 서 있었던 것 같았다. 바닥 낮게 깔려 있던 어둠이 점점 더 깊어지고 있었다. 형언할 수 없는 슬픔이 준의 손을 붙잡아 창문을 두드리려는 조급한 마음을 묶어 버리고 말았다.

겨우 이곳에 도착했지만 그녀는 외면할 생각인 것이 분명했다. 공항에서 환영이라 생각할 수밖에 없는 강하연을 목도한 순간 느꼈던 환희가 점차 가라앉고 있었다.

저를 찾아온 것이 아닌, 우연히 마주쳐 피하고 있었던 상황이라 설명해 온다면 이해해야 했다. 두 갈래 갈림길에서 같은 곳을 선택했지만 그녀가 외면을 택한 지금 이 또한 하연의 생각이라면 받아들여야 했다. 하지만 그녀가 떠나지 않는 한 준은 이곳을 떠날 수 없었다. 밤을 지새우더라도 여기 멈춰 있어야 했다.

불쑥 창문이 열리고 주저하는 하연의 얼굴이 모습을 드러냈다. 간절히 원했던 상대가 저에게 주저하며 일말의 여지를 내어 주었다. 낮게 신음한 준이 손을 뻗어 그녀의 턱을 감쌌다. 놀라 얼어 버린 그녀의 시야를 가린 채 그 입술에 입 맞추었다. 제 몸이 기억하고 있던 온도, 감촉. 막혀 있던 숨이 그제야 입 밖으로 토해졌다. 불안으로 떨렸던 감정이 일순간 다른 열기를 만들어 냈다.

몇 번을 확인해야 그제야 깨닫고 인지하는 것이 인간이었다. 제 옆의 사람을 속이는 것으로도 모자라 제 자신을 속이고 괴롭히고 상처를 내고, 아파야 뒤늦게 후회하며 눈물을 흘리는 것이 사람이었다.

호흡을 따라 흘러 들어오는 그녀의 향기에 숨통이 트였다. 아직도 믿지 못하여 몇 번이고 의심하는 준의 시선이 그녀에게서 떨어질 줄 몰랐다.

"나는 네가 어떻게 되는 줄 알고 놀랐어. 네가 어떻게 되는 줄 알고."

믿을 수 없다는 듯 하연이 속삭이고 있었다. 지금 제 앞에 있는 남자가 정말 준인지 아니면 제 염원이 만들어 낸 환상인지 하연 역시 의심하고 있는 것 같았다.

"쉬. 쉿."

그 입술에 검지손가락을 가져다 댄 준이 다른 손가락을 펼쳐 그녀의 얼굴을 어루만졌다. 어둠 속에 유독 빛나는 눈동자가 그의 손길을 따라 느리게 깜빡였다. 보드랍고 가는 선이 제 손안에 쥐어졌다.

작은 실소가 준의 입 밖으로 흘러나왔다. 이 작은 존재 하나가 저를 숨 쉴 수 있게 한다는 사실이 슬프게 느껴졌다. 불안에 떨었던 준의 심장이 제 눈앞에 있는 그녀의 존재만으로 다시 뜨겁게 데워졌다. 잊어버렸다고 생각했던 음률이 그의 머릿속으로 떠올랐다.

컴컴한 어둠은 그녀를 숨기기 위해 불가피한 공간이었지만 지금 이 순간 두 사람에게 유일한 곳이었다. 구차하게 느껴져 외면하고 싶었던, 낡고 어두운 폐 터널의 음산한 기운이 서로의 열기를 선명하게 느끼게 만들었다.

그녀를 운전석에서 내리게 해 뒷좌석에 밀어 넣고, 곧이어 저도 올라탔다. 팔을 뻗어 그녀를 제 앞으로 가져온 준이 그녀를 품에 끌어안았다. 좁은 차 안에서 제게 안기는 것 말고는 조금도 움직이기도 힘든 그녀가 저에게 오롯이 안겼다. 서로를 서로의 시선에서 떼어 내기 어려운 두 사람이 눈을 맞춘 채 천천히 움직였다.

준의 허벅지를 감당하기 위해 벌려진 그녀의 다리를 제 앞으로 바짝 당겼다. 준의 눈이 긴장으로 일렁였다. 마치 처음처럼, 모든 것의 처음처럼 지금 준은 머뭇거리고 있었다. 아니, 그것은 머뭇거림이 아니었다. 선택의 갈림길에서 어느 방향으로 갈지 정해야 하는 사람의 그것과는 달랐다.

조심스러워 깊게 스미지 못한 준의 입술이 그녀의 입술을 스치듯 훑어 내리자 하연의 몸이 가늘게 떨었다. 서로가 앞에 있다는 사실만으로 터질 듯 흥분되는 긴장감이 두 사람을 감싸고 있었다. 욕망과 두근거림, 알 수 없는 두려움으로 미칠 듯 고동치는 심장을 느끼며 준이 그녀를 바라보았다.

"강하연."

긴장으로 굳은 그의 손이 하연의 머리카락을 쓸어 귀 뒤로 꽂았다. 그 손가락이 아무것도 달고 있지 않은 그녀의 귓불에 스치자 그 말랑한 감촉에 곧바로 신경이 곤두서는 것이 느껴졌다. 날 위에 선 듯 잔뜩 예민해진 감각으로 두 사람이 서로를 응시했다.

"아무것도 바라지 않을게."

두려워 겁내는 아이처럼 준의 목소리가 떨렸다. 어둠에 가려 그녀의 얼굴이 어떤 표정을 지어내는지 알 수 없었다. 손으로 매만져 헤아리려 해도 겁이 나차마 더 이상은 가까이 갈 수 없었다.

"숨 쉴 수 있게만 해 줘."

흐읍. 두 손으로 준의 얼굴을 감싸 안은 하연의 입술이 준에게 숨을 불어넣듯 키스해 왔다. 닿은 감촉이 믿을 수 없을 만큼 부드러워 준은 제 입술을 그녀의 입술로 비비댔다. 순식간에 차오르는 열기로 좁은 차 안에 두 사람의 가쁜 숨결이 엇갈려 뱉어졌다.

제 머리 위로 떨어져 내리는 하연의 머리카락을 쓸어내린 준이 그녀의 블라우스 속을 조심스럽게 쓰다듬었다. 닿는 부위마다 저를 빨아들일 듯 부드러운 촉감에 준의 입에서 낮은 신음이 흘러나왔다. 제 시야를 가득 메우는 그녀의 몸이 느린 물결처럼 움직였다.

손을 뒤로 보내어 능숙하게 브래지어의 훅을 푼 준의 손이 말랑한 가슴을 손으로 쓸어 올리며 다른 한 손으로는 그녀의 블라우스 단추를 하나씩 풀어 내렸다. 캄캄한 어둠. 보이는 것은 아무것도 없었다. 달빛조차 등 뒤로 가려져 있어 준의 시야에는 반라가 된 그녀의 실루엣만 간신히 짐작할 수 있을 따름이었다.

그 탓에 쓸어 올린 가슴이 손안에 차오르는 감각, 바짝 곤두선 정점이 주는 자극이 또렷했다. 주변의 소음을 모두 집어삼킨 어둠 속에 그녀의 가쁜 숨소리가 선명했다. 이미 흥분으로 터질 것같이 타오르는 페니스의 자극에 준이 낮게 으르렁거렸다.

그 순간 피식 소리 내어 웃은 것 같은 하연이 손으로 준의 턱을 가볍게 쓸었다. 그 유혹적인 손짓에 미간을 찌푸린 준이 제 손에 움켜쥐어져 도드라진 가슴의 정점을 다급하게 입에 물고 혀로 살살 굴리다 깊게 빨아들였다.

준이 바지의 훅을 풀어 갇혀 있는 제 페니스를 꺼내었다. 하연이 팔을 뻗어 준의 티셔츠를 벗겨 내었다. 걷어 올린 스커트 자락 속으로 파고든 준의 손바닥이 구르듯 그녀의 허벅지를 타고 올라 안쪽을 더듬었다. 뜨거운 그녀의 혀가 준의 귓바퀴를 타고 돌았다.

부르르 떤 준의 손이 그녀의 안을 파고들어 리드미컬하게 움직였다. 허리를 뒤로 젖히며 신음을 터트린 하연의 몸이 유연한 곡선을 그렸다. 그녀의 허리를 받쳐 안은 준이 천천히 그녀의 안으로 저를 밀어 넣었다.

"주, 준."

짙은 하연의 숨이 좁은 공간을 가득 채웠다. 환희와 안도가 뒤섞여 반짝이는 눈동자가 제 위에서 자신을 바라보고 있었다. 살짝 벌어진 입술 사이로 연신 짙은 숨이 토해졌다. 미칠 듯 꿈틀거리는 자신을 조율하기 위해 팽팽하게 당겨진 준의 팔 위로 굵은 땀방울이 흘러내렸다.

새까맣게 변해 버린 그녀의 눈동자가 그의 움직임에 맞춰 미소 지었다 찡그렸다 다시 질끈 감겼다. 그 시선에 아우성치는 그의 남성이 더 크게 부풀어 올라 그녀의 안을 가득 채웠다.

몸을 고쳐 세운 준이 그녀의 가슴을 제 앞으로 당겨 와 입안 가득 머금었다. 아훗. 짧게 비명을 지른 그녀를 한 팔로 지탱한 채 다른 한 손으로 그녀의 허벅지를 제 쪽으로 힘껏 당겼다. 바르르 떤 하연이 팔을 뻗어 다급하게 자동차의 어딘가를 짚어 기대었다. 단단한 힘에 기댄 준이 잔뜩 조이는 그녀의 내부로 빠르게 허리를 움직였다. 정신없는 쾌감이 그의 온몸을 감싸 돌았다.

온전히 겹쳐진 하연이 준의 등줄기에 매달리듯 안겨 오며 허리를 뒤틀었다. 그 순간 더 크게 치솟은 그가 하연의 몸속으로 끝까지 밀려 들어갔다. 고통과 환희가 뒤섞여 몸을 떤 하연이 목을 젖혀 가릉거리는 신음을 내뱉었다. 그 숨을 빨아들이듯 준의 입술이 그녀의 입술을 열어젖히며 다시 거칠게 움직였다.

미칠 것 같은 자극이 조금의 틈도 허락하지 않았다.

흥분이 치솟은 하연이 연신 거친 숨을 내뱉었다. 집요한 그의 움직임에 출렁이는 그녀의 가슴이 준의 시각을 자극했다. 맞닿은 부분이 질척이며 그의 것을 더 깊게 빨아들이고 있었다. 강렬한 쾌감에 준은 쉴 새 없이 그녀의 안으로 들어가며 그녀를 쓸어안았다. 숨 막혀 간신히 비어져 나오는 신음을 흘린 하연이 어느 순간 축 늘어져 버린 채로 준의 귀에 속삭였다.

"이러다 죽을지도 몰라."

그 말에 거칠게 움직이던 그의 하반신이 천천히 속도를 낮추며 땀으로 얼룩진 그녀의 가슴을 핥았다.

부드럽게 그녀의 등을 쓸어안은 준의 숨소리가 하연의 숨소리와 엉켜들었다. 보드라운 가슴을 제 가슴으로 납작하게 만든 그가 하연의 허벅지를 쓸었다. 여전히 그녀의 안에서 빠져나오지 않은 그가 아주 천천히, 천천히 움직였다. 하연의 까만 눈동자가 유혹적으로 눈 맞춤 해 오며 준에게 가볍게 입맞춤했다.

그 순간 제 몸 안에 묵직하게 느껴지는 무언가에 준은 한동안 그녀를 끌어안은 채 꼼짝도 할 수 없었다. 애초 그곳에 존재했는지 알지 못했던 문이 열리고 그 누구도 제게 주지 못했던 새로운 자극이 느껴졌다. 그 쾌감에 크게 열린 그의 눈동자로 짙은 하연의 눈빛이 저 역시 그것을 느낄 수 있다는 듯 준을 응시해 왔다.

제 안을 가득 채운 그것. 저를 숨 쉬게 하는 그 무언가. 감고 있던 눈을 뜨게 만들고 이제껏 한 번도 가 보지 못한 그곳으로 빠져들게 만드는 하연의 몸. 움직임 없이 서로를 끌어안고 있는 것만으로 몇 번이고 그녀의 안에서 치솟는 페니스를 느끼며 준은 낮게 신음했다. 이제껏 그녀에게 지배당했던 것을 제 몸이라 한정 지은 제 자신이 어리석었다.

"하연아. 강하연."

그녀의 가슴과 배. 부드러운 살결이 닿는 모든 곳에 입을 맞추며 준은 그녀를 계속해서 불렀다. 스치는 입술에 희롱당하는 그녀의 가슴이 오히려 제 입술을 희롱하는 것을 느끼며 준은 그녀의 안에서 자꾸만 부풀어 가는 저를 명백히 깨닫고 있었다.

○ ● ○

"기다릴게."

준의 목소리는 바스락거리는 낙엽 같았다.

"네가 원하는 방식으로 내가 맞출게."

그의 목소리는 이곳에서 떨어진 어디 멀리선가 들려오는 종소리 같았다. 사방이 캄캄했고 아무것도 보이지 않았다. 하연을 자극하고 있는 건 제 귀에 닿은 준의 심장 소리와 그의 몸통을 울리며 나오는 목소리뿐이었다. 그 소리는 마치 준이 들려주는 음악 같았다.

"어떠한 형태로든 상관없어. 너랑 함께 있는 것만으로도 충분해. 나는 기다릴게. 네가 결심할 때까지."

준이 깊게 호흡했다. 그 움직임에 따라 하연은 제 마음속 깊게 들어찬 공기가 그와 같은 리듬으로 움직이는 것을 느꼈다. 제 등을 쓸어내리는 준의 손길이 주는 다정한 다독임. 그의 몸이 저를 깊게 빨아들이는 것까지 모두 선명하게 느끼고 있었다.

어둠에 가려진 채 하연은 좌석에 기대 있는 준의 몸에 안겨 있었다. 눈을 감고 준을 느끼고 있었다. 시간이 여기서 멈춰 버렸으면 좋겠다고 생각했다. 영원히 이 안에 머물고 싶었다.

하지만 밀회는 잠시였다. 새벽은 시시각각 변해 두 사람을 가리던 어둠은 밝아 오는 여명에 조금씩 밀려나고 있었다. 그의 손 아래 제멋대로 치켜 올라가 있던 치맛자락을 끌어 내렸다. 하연의 입술이 닿아 있던 셔츠를 여미며 준은 차에서 내렸다.

"다시 만나. 곧."

준은 쓸데없는 맹세 같은 건 하지 않았다. 하연도 그에 대답하지 않았다. 두 사람은 각자의 차를 타고 돌아왔다. 내비게이션에 찍힌 200킬로미터의 거리. 어젯밤 그렇게 오랜 시간을 달렸는지 하연은 깨닫지 못했다.

준이 없는 삶을 떠올릴 수 없다는 것을 인정해야 했다. 영원하지 않을 거라 지금도 여전히 그렇게 생각하고 있지만, 그 영원을 맹세할 수 없는 사랑 없이는 조금도 버틸 수 없다는 걸 알아야 했다. 인공호흡기. 그건 애초에 불안정한 상태, 긴급한 상황에 필요한 물건이었지만 그가 없는 모든 상황이 그러하다면 하연은 준에게 매달릴 수밖에 없었다.

하지만 어떠한 방식으로, 어떻게? 라는 말에는 대답할 수 없었다. 준과 제 삶의 어느 부분을 이어 붙여야 할지 그 방법을 하연은 알지 못했다. 그저 헤어지자마자 얼마 지나지 않아 다시 또 미치도록 그에게 안기고 싶은 제가 있을 뿐이었다. 그와 또다시 어제와 같은 어둠 속에 갇히고 싶어 조바심이 났다. 하지만 그건 불가능했다.

하연은 돌아오는 길의 끝에 생각지도 못한 전화를 받았다. 아버지의 연락이었다. 어머니의 납골당과 관련된 일이라고 생각했는데 뜻밖에도 아버지가 병원에 계시다는 연락이었다. 불과 몇 주 전 아버지는 건강한 모습이셨는데, 아니 그렇다고 생각했었는데 아버지는 내일 있을 수술을 위해 입원해 계신 상태였다.

병원 특유의 냄새는 사람을 불안하게 만들었다. 벽에는 옅은 에메랄드 빛깔의 페인트가 칠해져 있었고 침대에는 깨끗한 시트가 씌워져 있었다. 아버지가 입고 계신 연하늘색 입원복은 깔끔했다. 어느 것 하나 불쾌한 빛깔이 없었지만 그것은 묘하게 사람들을 불안하게 만드는 색이었다. 그 톤과 그 명암은 불쾌했다.

"큰일은 없을 거다. 하지만 혹시 모르니 연락을 해야 한다고 느꼈다."

성공 확률이 높지 않은 수술을 위한 수술 동의서에 서명하는 아버지를 보며 하연은 혼란에 빠졌다. 태연한 척 말씀하고 계셨지만 아버지는 하연이 몰랐던 병으로 고생 중이었고 회복한다고 해도 또다시 재발할 위험이 높은 상태였다. 다시는 보지 못할지도 몰랐다. 그것을 어떻게 받아들여야 할지, 무표정한 얼굴로 하연은 아버지를 바라보았다.

평생 미워했던 사람을 잃게 될 수 있다는 위협이 저를 이토록 두렵게 만든다는 걸 하연은 이해할 수 없었다. 그 며칠 사이 병색이 짙어진 아버지는 그런 하연과는 다르게 담담한 표정이었다.

"네가 무슨 생각 하는지 안다. 어쩌면 오늘이 마지막이라고 생각하는 거구나."

"아니에요. 그렇지 않아요."

하연의 목소리가 불안정했다.

"아니. 무엇이 되든 상관없지."

아버지는 허탈한 목소리로 말했지만 하연은 거부감을 느꼈다. 왜 이런 표정을 짓고 있는 것일까. 마치 욕심이 없는 사람처럼. 평생 부리지 말았어야 할 욕망으로 저와 어머니를 괴롭혔으면서 아버지는 지금 이 순간 원체 아무런 욕심이 없던 양 굴고 있었다.

"다시 일어나실 거예요. 아버지는 욕심이 많은 분이시니까요. 지금 있는 전무 자리에 만족 못 하실 거예요. 부사장, 사장까지 올라가셔야죠."

피식 그가 소리도 나지 않는 코웃음을 쳤다. 구겨진 얼굴이 보기 힘들었다.

"너는 무슨 위로를 이런 식으로 하는지 모르겠다."

고집 센 다섯 살 어린아이 같은 얼굴로 하연이 아버지를 향했다.

"그래도 넌 날 닮았으니까. 걱정하지 않는다. 넌 혼자서도 알아서 잘할 거야. 어디 가든 손해는 보지 않겠지."

그런 아버지를 닮은 저였다. 그걸 아버지도 알고 계셨다. 물론 그런 아버지를 사랑하진 않았다. 하지만 그가 제게 준 그 근성만큼은 감사했다. 제 마지막도 이런 모습일까? 누구에게도 사랑받지 못하고 혼자 이렇게 남아야 할까?

"아직 기억나는 게 있으세요?"

하연이 물었다. 무슨 말인지 알아들을 수 없다는 표정으로 아버지가 하연을 바라보았다. 그러다 이내 무언가 생각난 것이 있다는 듯 그의 입술이 슬프게 벌어졌다.

"그 여자에 대한 기억 말이에요. 이수정."

50대 중반, 모든 것을 가지고 있으나 아무것도 가지지 않은 남자의 얼굴에 희미한 미소가 스쳐 지나갔다.

"추억이야. 이젠 정확히 기억나는 것도 없다. 내가 왜 그런 결정을 했는지조차 기억 속에서 사라져 버렸지."

기분 나쁜 대답이었다. 하연이 원하던 것이 결코 아니었다. 입술이 떨렸다. 의식이 그것을 제어하지 못한 순간 입이 열렸다.

"왜 그랬어요?"

"……."

"왜 그러셨냐고요?"

"……."

이제는 아무것도 선택할 것이 없는 아버지는 마지막까지 대답이 없었다. 끝내 나타나지 않았던, 분향소에서의 그 밤처럼. 아버진 여전히 제 자신이 가장 중요한 사람이었다.

후드득 하연의 눈에서 눈물이 떨어졌다. 울분이 치밀어 올라 가슴이 답답했다. 한동안 그 가슴을 지그시 눌러 보았지만 숨이 트이지 않았다. 하연이 점점 더 세게 제 가슴을 내리쳤다.

"그만. 그만해라."

아버지의 입에서 나온 한마디는 고작 그것이었다. 제 앞에서 감정을 숨기지 못하는 딸을 참기 어려운 게 분명했다.

그럴 거면서. 다 끝나 버린 상황에 이것 하나 참을 수 없으면서 어떻게 그런 일을 저지를 수 있었던 걸까? 제가 한 일이 아내와 딸에게 얼마나 큰 고통이었는지 알지 못했던 걸까. 저에겐 그저 미쳐 돌아가는 사랑. 아버지의 그 사랑 놀이에 하연은 모든 걸 잃었다.

"겨우 이럴 거면서 왜 그러셨어요. 왜 그러셨냐고요. 왜 그렇게 우리를 괴롭히신 거예요. 왜 내가 나를 부정하게 만들었어요. 왜 내가 나를 미워하게 만드셨냐고요!"

"미안하구나. 이기적으로 행동해서. 그러니 이제 그만. 그만 좀 해라."

하연은 고개를 저었다. 이제 와서 그런 이야기를 듣고자 함이 아니었다. 내뱉었던 말들이 의미 없이 사라졌다. 쓴 울음을 삼키느라 목구멍이 찢어질 듯 아렸다. 한참을 눈을 감은 채 그 울음을 삼켰다. 입술을 짓이기고 숨을 간신히 골랐다.

그 울음이 잦아들 즈음 멀리 창 너머 무언가를 바라보는 것 같은 눈으로 아버지가 입을 여셨다.

"그래. 결국 하나를 선택했지. 하지만 어느 쪽을 택했든 후회했을 거다."

○ ● ○

사무실은 일대 혼란에 빠져 있었다. 내일 있을 잭의 파티를 위한 준비와 함께 2주일 후 예정되어 있는 브리즈 싱글 앨범 발표 때문이었다.

"심플한 라인을 살린 상태에서 제이든은 재킷. 카일은 카디건. 막스는 조끼. 어떤 거 같아? 뭐가 더 어울리는 거 같은데? 야! 강하연, 듣고 있어?"

한참 설명을 하던 진경이 흥분된 목소리로 되물었다. 그녀의 모니터에는 고심한 흔적이 가득한 수십 개의 이미지 컷이 신중한 선택을 기다리고 있었다. 하연은 곤란한 얼굴로 미소 지으며 그녀를 바라보았다.

"왜? 왜 그러는 거야? 너?"

진경이 약 오른다는 듯 하연을 향해 눈을 흘겼다. 하지만 하연은 내내 다른 것에 눈길이 머문 상태였다.

"아니. 너 이거 말이야. 혹시 내가 이야기 들었는데 잊어버렸나?"

하연이 진경의 손가락에서 빛나는 반지를 가리켰다. 제 기억이 틀리지 않는다면 이건 처음 보는 것이 분명했다. 진경에게 그와 관련된 말을 들은 적도 없었다.

"이제 알아봤어?"

진경이 조금은 쑥스러운 듯 웃었다.

"실은 나 찬우한테 청혼받았어."

하연이 놀라는 얼굴을 했다.

"축하해."

곧바로 그 말이 따라붙었으나 그 끝이 명쾌하지 않았다.

"그러니까 너도 어서 결혼하라고 했지, 내가!"

아마도 진경은 그런 하연이 저를 부러워하는 거라 생각하는 것 같았다. 하지만 그게 아니었다. 마음속에서 무언가 꿈틀거렸지만 그것이 결코 친구의 결혼에 대한 질투는 아니었다.

"아니. 그런 거 아니야. 나는. 그런 게 아니라."

고개를 저은 하연이 분위기를 환기하듯 다시 물었다.

"너희 결혼 날짜는 잡았어? 날짜는 언젠데?"

"6개월 뒤."

하연의 입이 또다시 벌어졌다.

"얼마 안 남았네. 왜 이야기 안 한 거야?"

"네가 정신없어 보이니까. 그리고 사실 우리도 즉흥적이었어."

"즉흥적? 결혼을?"

진경이 재미있는 일이 있었다는 듯 코웃음을 쳤다.

"응. 그냥 더 이상 미루면 안 될 거 같아서."

그 말로 서두를 꺼낸 진경은 행복해 보였다. 부드러운 미소. 그녀의 장난마저 여유롭게 느껴졌다.

"왜 그럴 때 있잖아. 더 이상 미루면 안 될 거 같은 기분. 여기서 더 이상 미루면 서로를 놓칠까 봐 걱정되는 거."

이해할 수 없는 표정으로 하연이 진경을 바라보았다. 떠밀리듯 하는 결혼이라니. 서로를 놓칠까 봐 걱정돼 하는 결혼이라니. 서로를 강렬히 원하는 게 아니라. 서로가 헤어질까 봐 두려워하는 그런 사랑. 하지만 그 말을 다시 뒤집어 보면 어차피 같은 말이 아닐까. 하연은 어쩐지 그런 기분이 들었다.

"그래, 두려워서 그랬어. 하연이 너는 모르겠지? 두렵다는 거 말이야. 너는 강하니까 그런 감정 모르잖아."

"그렇지 않아."

하연이 고개를 저었다.

"두려웠어. 이러다 서로 헤어질까 봐. 다시는 찬우 보지 못하게 될까 봐. 그게 결혼이라는 제도로 묶이는 것보다 더 두려웠어. 결혼이라는 게 조금은 우스운 것이긴 한데. 나는 지금 무척 안심이 돼. 평생을 같이할 수 있어. 이제 찬우하고는 떨어지지 않아."

"……."

"나 찬우하고는 절대 헤어질 수 없거든."

변명 같은 투였지만 결코 그것이 아니었다. 그 말이 하루 종일 하연의 머릿속에서 떠나지 않았다. '그 사람하고는 절대 헤어질 수 없거든.' 절대 헤어질 수 없어서 더 이상 미루지 못한다는 진경은 하연에게 변명을 할 필요가 없었다.

힘이 들었다. 지쳐 버렸다. 더 이상 그를 밀어낼 힘도 이유도 찾지 못했다. 주저앉아 발을 구르며 울고 싶은 기분을 겨우 억누르고 있는 기분이었다. 그렇게 울고 있을 준이 눈에 선해 도저히 참을 수 없었다. 제 불안과 괴로움을 그에게 토로하고 싶었다. 그의 불안과 그의 어려움을 한발 떨어져 지켜본다는 건 불가능했다.

혼자 있고 싶지 않았다. 준이 보고 싶었다. 미치도록 그가 보고 싶었다. 그것을 밀어내는 것에 힘을 쏟는 일이 더 이상 힘에 부쳐 견딜 수 없었다.

때마침 전화가 울렸다. 사무를 위해 주고받았던 번호로 전화가 걸려 온 것은 처음이었다.

— 하연아.

그의 목소리가 들려오자마자 하연은 몸이 달아올랐다. 그에게 그 무엇도 약속할 수 없었지만 지금 준을 만나고 싶다는 그 마음을 지울 수 없었다. 어디서 만나자고 해야 할지 선뜻 말 하지 않았다. 차 안. 호텔. 생각나는 곳은 많았지만 그 모두 마음이 내키지 않았다. 마음이 조급해졌지만 대체 무엇 때문인지는 몰랐다.

— 주소 보내 줄게. 거기로 와 줘.

반지하방은 아니었다. 그곳은 도심에서 그리 멀지 않은 곳에 있었고 무척 좁고 낡은 곳이었다. 문을 열자마자 그 앞에 서 있던 준이 곧바로 다가와 다급하게 하연을 안았다. 하연도 그동안 내내 숨을 쉬지 못했던 사람처럼 크게 숨을 내쉬며 그에게 안겼다.

그의 입술이 하연의 입술을 강하게 빨아들였다. 하연을 끌어안은 채로 그가 침실로 향했다. 갈구하는 강렬한 키스와 함께 하연의 몸이 침대에 눕혀졌다. 열기가 잔뜩 오른 준의 손이 하연의 티셔츠 안으로 들어와 둥근 가슴과 납작한 배를 쓸었다. 가느다랗게 떨리는 하연의 나신이 그의 눈앞에 적나라하게 놓였다.

서로가 서로의 입술을 끊임없이 빨아들이는 순간 아주 오래전 낡은 침대에서 나던 삐거덕거리는 소리가 들리는 것 같았다. 치미는 열정에 다급하게 끌어안던 스물의 섹스와 다르지 않았다.

조명이 은은히 떨어지는 곳에 두 사람은 서로가 서로에게 반응하는 아주 작은 부분까지 섬세히 살폈다. 준의 입술이 닿는 자리마다, 그의 손이 쓸어내리는 자리마다 바르르 떠는 하연의 흥분을. 저에게 젖어 있는 하연의 눈동자를 준은 똑바로 바라볼 수 있었다.

집요한 키스와, 몇 번이고 비명을 지르게 하는 그의 거친 몸짓을 하연은 하나도 놓치지 않았다. 저를 향한 강렬한 욕망과 그에 따라 반응하는 제 눈빛을 깊게 바라보는 그를. 그 달콤한 빛깔이 얼마나 완벽한지를 하연은 느끼고 있었다.

"3주 후면 콜드문 아시아 투어야."

하연의 두 다리를 제 몸 안에 가둬 둔 채 그가 말했다.

"보름 넘게 떨어져 있어야 할 거야."

그 시간이 도저히 견딜 수 없다는 듯 준이 속삭였다.

"따라갈게."

하연이 말했다.

"내가 그 투어 따라가는 걸로 할게. 호텔에서 널 기다릴게, 준."

믿을 수 없다는 듯 빛나는 눈으로 하연을 바라보던 준이 떨리는 입술을 하연의 입술에 가져다 대었다. 짓눌린 하연의 입술 사이로 짙은 신음이 새어 나왔다.

○ ● ○

기억나는 것이 있었다. 제 삶의 가장 짧은 순간. 오래된 일이 아니었다. 스물일곱 해 그 가운데 그곳 반지하방에서의 기억은 고작 8개월. 그럼에도 마음이 외로워 고단할 때마다 왜 자꾸만 그곳의 기억이 되살아나는 건지 알 수 없었다.

냄새가 났다. 결코 향기롭다 말할 수 없는 그 냄새는 음식에서 풍겨 나는 것이었다. 고소한 향기나 보드라운 감촉이 느껴지는 향기, 어린 시절 집안 가득 풍기던 향초처럼 그 싸하게 쓰린 어딘가 불길한 기분을 느끼게 하는 향이 아니었다. 혼자 사는 집에서 느껴지는 깔끔하지만 냉랭한 향기, 그것도 아니었다.

졸음에 겨워 눈을 뜨지 못하고 이불의 바스락거리는 감촉에 숨어들어 있을 때면 제일 먼저 저를 감싸는 냄새. 하연은 내내 그 냄새가 그리웠다.

툭.

"뭐야? 우는 거야?"

가까이 다가온 준의 눈이 크게 뜨였다. 눈물이 고여 있던 하연의 눈동자가 느리게 깜빡였다. 고개를 틀어 하연을 들여다보는 그는 진만 입은 반라 차림이었다. 손가락을 뻗어 그 눈물을 거둬 낸 준의 머리카락은 물기가 아직 마르지 않은 상태였다. 말갛게 씻은 얼굴에서 나는 그의 체취가 향기로웠다.

"아니."

이불을 끌어당겨 제 가슴을 가린 하연이 침대 머리맡에 등을 기댔다. 밤새 나신의 서로를 안고 행복한 잠에 들었었다. 혼곤한 잠 속에서도 제 몸에 닿는 누군가의 살결이 주는 안온함에 취해 있었다. 오랜만에 몸 구석구석으로 온기가 뻗어 나가는 것을 느낄 수 있었다.

"아니긴. 어서 눈물 닦고 일어나 봐. 너무 감격하지 말고."

장난스럽게 말한 준이 탁자를 끌어 하연의 앞에 놓았다. 그는 맞은편에 앉아 조금은 잘난 체하는 것 같은 표정을 짓고 있었다. 코를 찡긋거려 그에게 핀잔을 주듯 미소 지은 하연이 제 앞에 놓인 우드 트레이를 천천히 감상했다.

노른자를 터트리지 않은 계란프라이와 으깬 감자. 토스터기로 구운 식빵과 커피 한 잔. 목걸이. 그리고 준이 있었다.

"이건 애피타이저."

그가 자리에서 일어나 하연의 목에 목걸이를 걸어 늘어트렸다. 하얀 목덜미로 반짝이는 은빛 목걸이가 빛을 발하고 있었다. 그 목걸이를 손으로 매만진 하연이 감격한 표정으로 준을 바라보았다.

"고마워."

별것 아니라는 듯 양쪽으로 흔드는 준의 고갯짓에 맞춰 하연이 작게 고개를 끄덕였다. 그리고 곧 쑥스러운 듯 시선을 돌렸다.

토스터기가 없어 차갑고 뻣뻣해져 있던 식빵. 찬밥과 라면 한 그릇. 우유가 부족한 콘플레이크. 잘못 뒤집어진 계란프라이. 지난밤 남겨 놓은 식어 빠진 치킨. 준이 아르바이트비를 받았다며 사 준 삼겹살. 온갖 냄새에 대한 기억이 그 그리움의 열쇠였다. 바쁜 시간 속에 여유가 없던 환경 안에서 서로를 배려해 남겨 놓았던 끼니. 그것이 그 8개월의 시간이 주는 그리움이었다.

레스토랑에서 먹는 훌륭한 음식들. 그 이후의 모든 식사들에서는 느낄 수 없었던 냄새. 그 냄새가 이곳에 있었다.

"진경이 결혼한대."

아주 오래전 준에게 이 비슷한 이야기를 했었다.

'요즘 진경이가 얼마나 예민한지 몰라.'
'아아. 뭐, 사랑의 객기 같은 건가?'
'진경이는 오랫동안 찬우를 좋아했으니까.'
'시간이 중요한 건 아니지. 두 사람 밀도는 높지 않잖아.'

스물. 그해에는 알지 못했던 모두의 선택.

"결혼? 누구랑?"

순간 상대를 알 수 없다는 듯 준이 고개를 갸웃했다.

"누구긴 누구야, 찬우지."

하연이 그 이외에 누구를 떠올리는 것이냐는 듯 코웃음을 쳤다. 이 아침에 어울리는 동화 같은 이야기였다. 오랫동안 한 사람만 사랑했던 연인이 드디어 결실을 맺었습니다. 이 순간은 하연도 결혼이라는 제도가 그리 어색하게 느껴지지 않았다.

커피를 한 모금 머금고 하연은 눈을 흘겼다. 한 손으로는 여전히 드러난 가슴을 이불로 가리느라 자유롭지 못했다. 그 모습을 바라보던 준이 자리에서 벌떡 일어난 구겨진 하연의 블라우스 대신 제 커다란 티셔츠를 가지고 와 하연의 머리에 집어넣었다.

"뭐야? 뭐 하는 건데!"

깔깔거리며 하연이 그의 손길에 따라 한쪽 손씩 번갈아 뻗었다. 헐렁해서 어깨 반쪽이 조금 드러나는 티셔츠 밖으로 얼굴을 내민 하연이 쿡 소리 내며 웃었다. 손으로 티셔츠가 가린 목걸이를 밖으로 꺼내 놓았다.

"이제 훨씬 낫다."

두 손이 자유로워진 하연이 탁자에 기대며 치즈를 바른 식빵을 들었다.

"이제 훨씬 별로야. 하지만 적어도 먹을 수는 있게 됐지."

준이 내린 시선에 미소를 흘리며 말했다.

"6개월 뒤에 결혼할 거래. 청혼받았다면서 반지 끼고 있더라. 앙큼하게 나한테는 말도 안 했어."

"그래? 어떻게 알았는데?"

"반지 보고 알았어. 아마 내가 발견 안 했으면 말 안 했을 거야."

바사삭 그가 씹은 토스트에서 듣기 좋은 소리가 났다.

"진경이답지 않은데?"

"응. 둘 다 즉흥적으로 결정한 거래. 여기서 결정하지 않으면 멀어질 거 같아서 그랬대. 더 이상 결심하지 않으면 서로 못 볼 거 같아 두려웠었대."

"현명한 선택이네."

가볍게 대꾸한 그가 젓가락으로 프라이를 반으로 갈라 하연의 앞에 놓아 주었다. 물끄러미 그것을 바라보던 하연은 얼른 입에 넣었다. 제 얼굴이 스무 살의 그때처럼 철없이 움직이는 것이 고스란히 느껴졌다. 그만큼 마음이 자유로워졌다. 보드랍고 고소한 맛이 가득 퍼졌다. 잠시 머뭇거리던 하연이 남은 반을 그의 접시에 올려놓았다. 준의 입술이 살짝 꼬리를 올리는 것이 보였다.

"아버지 병원에 입원하셨어. 며칠 뒤에 수술이셔."

순간 젓가락질을 멈춘 준이 가만히 하연을 바라보았다. 담담한 표정의 하연이 감정이 담기지 않은 목소리로 말을 이었다.

"잘되기를 바라고 있어. 정말로."

"그렇게 될 거야."

"아빠는 욕심이 많은 사람이니까 지금 잘못될 리 없어. 그거 알아? 우리 아빠 지금 전무야. 콜드문이 되는 것만큼은 아니지만 그것도 아주 어려운 일이야."

"역시 대단하시다."

"그분. 부사장, 사장도 되고 싶어 하는 그런 스타일이야. 절대 현재에 만족 못 하셔."

"누구랑 똑 닮았네."

쿡. 미소를 짓고 하연은 다시 커피를 한 모금 마셨다. 저도 모르던 이야기가, 그 누구에게도, 제 자신에게도 하지 못했던 말이 준의 앞에서 소리가 되어 입 밖으로 나왔다. 그리고 어제까지만 해도 불안했던 아버지의 수술이 정말로 잘될 것 같다는 기분이 들었다.

이게 모두 냄새 때문이었다. 제 앞에서 느리게 움직이는 준의 리듬 때문이었다. 기억 속에 있었던 그 이후 내내 놓쳐 버렸다고 생각했던 그의 음성 때문이었다.

"엄마 납골당 한번 다녀올까 봐."

하연은 그렇게 생각했다. 그리고 드디어 뾰족했던 제 마음이 물러지는 것을 느꼈다. 그리움. 아무리 미웠어도 제 마음 속에 어머니에 대한 그리움이 있었다는 걸 인정하는 순간 내내 울렁거렸던 속이 드디어 잠재워졌다.

"아버지한테 주소를 받았거든."

"그래. 같이 가 줄게."

그가 제 커피 잔을 양손으로 감쌌다. 그 손가락 사이로 보이는 잔에 무늬로 그려져 있던 작은 새가 마치 그의 새끼손가락에 앉은 것처럼 보였다. 훗. 어린 아이 같은 웃음이 하연의 입에서 비어져 나왔다.

"같이 가더라도 준은 차 안에 있어."

"왜?"

준이 억울하다는 듯한 표정을 지었다.

"우리 엄마가 보면 놀랄 테니까."

제 별것 아닌 말에 코웃음 치는 그의 소리를 들으며 하연은 곧바로 두 번째의 토스트를 들어 씹었다. 한동안 두 사람의 식사 소리만 가득했다. 급조한 듯한 분위기가 역력한 방 안의 침대와 테이블, 짝이 맞지 않는 물건들이 하연의 마음을 편안하게 만들었다. 제 포크질과 엇갈려 그가 커피를 마시는 소리가 듣기 좋았다.

"내일 파티 오는 거지?"

이번에는 준이 먼저 물었다. 하연은 고개를 끄덕였다.

"아주, 아주 예쁘게 하고 갈 생각이야."

그 말에 준이 웃음을 흘렸다.

"내가 보기엔 지금 그 차림을 따라갈 순 없을 것 같은데."

그가 하연이 입고 있는 티셔츠를 손으로 가리키며 말했다.

"아하. 그러셔? 어디 그럼 제대로 보여 줄까?"

하연이 자리에서 일어나 곧바로 그의 무릎에 앉았다. 컵을 들고 있던 준이 놀라 곧바로 잔을 내려놓고 제 위에 앉은 하연의 허리를 가볍게 끌어안았다. 그의 목에 제 손을 두르며 하연은 준의 눈을 들여다보았다.

"결혼은 안 할래."

어리광을 부리는 것 같은 목소리가 나왔다.

"알았어."

"결혼은 우리와는 안 어울려."

"우선은 그렇게 알아 둘게."

"콜드문의 준이 한 여자에게 사랑을 맹세하는 건 멋지지 않아."

"그럼 그건 너한테만 비밀로 해 둘게."

그가 자신의 턱으로 하연의 머리카락을 살살 건드리며 속삭였다. 어린아이처럼 입을 삐죽인 하연은 준의 품 안에서 비로소 어제 진경의 결혼 소식에서 제가 무슨 마음을 느꼈는지 알 수 있었다.

준과 나의 밀도. 우리의 밀도는 그들과는 다르다고 그렇게 생각하며 질투했었다. 여기서 더 이상 시간을 미루고 결심하지 않으면 헤어질 것을 염려하는 그런 사이와는 다르다고. 그렇게 우기고 싶었다. 우리는 엔딩을 미리 끌어당겨 약속하지 않더라도 얼마든지 함께할 수 있을 거라고. 그렇게 믿고 싶었다.

제 등을 쓸던 준의 손바닥을 끌어 제 손가락 사이에 그의 손가락을 끼우며 하연이 말했다.

"그래도 조금 부럽다."

하하하 준이 호탕한 웃음소리를 내었다. 하연도 그에 맞춰 어깨를 들썩였다.

"내일 내가 아무리 예뻐도 절대로 먼저 알은체하면 안 돼."

"알았어."

"내일은 브리즈가 가장 빛나야 하는 날이니까."

"네네. 알겠습니다."

"그러니까 콜드문은 대충 허름하게 하고 와."

하연이 고개 돌려 준을 똑바로 바라보았다. 가벼운 입맞춤이 하연의 코끝에 닿았다.

"걱정하지 마. 절대 그럴 사람이 아니야."

"뭐?"

하연의 눈이 장난스럽게 치솟았다.

"아. 하긴 콜드문의 준이 누군가의 빛에 가릴 만한 사람은 아니지."

하연이 고개를 까딱이며 준을 놀리듯 말했다.

"아니. 너. 강하연. 강하연이라면 누군가의 빛에 가릴 사람이 아니야."

"그럴 리가."

"아니. 두고 봐. 팬들이 다들 부러워할 거야. 대단한 여자를 잡았다고. 강하연이 아깝다고."

"에이. 네 팬들이 그럴 리 없어."

하연은 미소를 숨기지 못하며 고개를 흔들었다. 그런 하연을 그윽하게 바라보던 준이 속삭였다.

"음악을 만들게. 그림을 그려 줘."

손가락으로 내내 하연의 머리카락을 가지런히 정리하던 준이 드러난 그녀의 목덜미에 입을 맞추었다.

"나를 고용하겠다는 거야? 나 비싼데."

하연이 짧은 신음을 흘리며 대꾸했다.

"평생 너를 위해서 음악을 만들게."

"내가 옆에 있어도 음악을 만들 수 있어?"

"응. 네가 있어야 음악을 만들 수 있어."

그의 입술이 하연의 머리카락에 닿았다. 그 머리카락 사이 향기를 마시듯 준이 숨을 크게 들이마셨다. 알 수 없는 감정이 하연의 마음속에 꿈틀거렸다. 한 번도 생각해 본 적 없던 이야기. 그 시작과 과정이 어떻게 나열되어야 하는지 모르는 이야기. 형체를 알 수 없어 그런 것이 존재했는지조차 몰랐던 이야기.

"우리. 행복할 수 있을까?"

알 수 없는 감정으로 떨리는 하연의 말이 준의 입술 속으로 사라졌다.

12

청록색의 드레스. 그 드레스를 입은 하연이 거울 앞에 섰다. 낯선 모습의 제가 마음에 들지 않았다. 수많은 색들 중에서 그리 흔하지 않은 청록색의 드레스 역시 거북했다.

그날의 기억을 떠올리게 하는 것은 그리 유쾌하지 않았다. 마요르카의 날들은 무척 행복했지만 동시에 두렵기도 한 시간이었다.

"왜 하필 청록색이야?"

허리 라인이 잘록하게 들어가는 아코디언 원피스였다. 보트넥의 깔끔하고 우아한 느낌. 그날과 다르게 하연이 가진 매력 중 청초한 분위기를 강조하고 있는 드레스였다.

"너무 정적이지 않나?"

제 모습을 앞뒤로 비춰 보며 하연이 말했다. 그녀의 모습을 확인하며 머리를 매만지던 진경이 동의한다는 듯 고개를 끄덕였다.

"그래도 뭐. 서 대표 쪽에서 보내온 옷이라."

어쩔 수 없지 않냐는 말투였다.

"서 대표?"

하연이 거울 앞에서 멈춰 섰다. 미간이 살짝 모였다.

"서 대표가 왜?"

"서 대표도 당연히 같이 가야지. 회사 고문 형태로 계속 있는 것도 있는 거지만, 무엇보다 잭이 초대장을 보낸 건 서 대표 쪽이니까."

"그거야. 서 대표가 대표로 있었을 때고."

"김 대표가 출장 중이잖아. 너 에스코트할 사람도 필요하고. 하여간 그쪽 비서실에서 보내온 옷이야."

한순간 불안한 눈빛으로 변한 하연이 거울 속 제 모습을 지긋이 응시했다. 이걸 어떻게 받아들여야 할지 판단이 서지 않았다. 진혁의 비서실에서 보낸 옷이라니. 이런 것을 입고 파티에 가야 할 거라고는 생각하지 못했다.

브리즈 멤버들이야, 어차피 제 마음대로 옷을 고를 수 없는 처지지만 저마저 그래야 한다는 것은 계획에 어긋난 일이었다. 선택의 여지가 없다는 것이 마음을 무겁게 하는 것이 아니었다. 무언지 형태를 알 수 없는 기분이 하연의 표정을 어둡게 만들었다.

"이제 출발해야 해."

그런 하연을 일깨우듯 진경이 몸을 세우며 부산을 떨었다. 하연의 머뭇거림을 이해할 수 없는 진경의 평소와 다른 행동에, 하연은 마음을 가라앉혔다. 별수 없는 노릇이었다. 어제 밤늦게까지 준과 떨어지기 싫어 오늘 아침에야 사무실로 돌아온 제 탓도 있었다. 이제 와 갑자기 다른 옷을 구하기도 어려울뿐더러 아무리 회사를 그만두었다 하지만 서 대표는 J엔터의 주인이었다.

"누나 어제부터 내내 연락 안 되더니 이제야 나타난 거예요?"

때마침 메이크업까지 마친 브리즈 멤버들이 문가에 나타났다.

며칠 전 진경이 보여 주었던 이미지들의 완벽한 재현. 풋내기의 모습을 벗어나 한층 성숙해진 모습의 브리즈를 보자 하연은 곧 자신의 드레스 따위는 잊고 말았다.

"오늘따라 다른 사람처럼 보이는데요?"

분명 제이든의 의도는 평소보다 훨씬 더 정숙해 보이는 하연의 드레스를 가리킨 것이겠지만 제이든이 그 말을 건넸을 때 하연은 제 목에 걸려 있는 목걸이를 만지작거렸다. 어제 준이 걸어 준 목걸이였다.

"그럼 출발할까?"

기운을 내어 그들을 먼저 매니저와 함께 태워 보낸 하연이 곧 도착할 서 대
표를 기다렸다.

비가 올 것처럼 흐린 날씨였다. 높은 건물들 사이 뿌연 하늘이 낯설게 느껴
졌다. 긴 코트로 청록색 드레스를 가린 하연이 제 목에 걸린 목걸이를 엄지와
검지 사이에 끼워 매만지며 작은 숨을 토해 냈다.

○ ● ○

커다란 파티 룸의 대기실 입구는 우드 텍스처의 헤링본 타일로 마감되어 부
드러운 느낌을 자아내고 있었다. 웨인스코팅으로 몰딩 되어 밖이 보이지 않는
우아하고도 안락한 공간에는 소파와 의자가 마련되어 있어 몇몇 사람들이 이야
기를 나누었다. 당장이라도 그 소파에 주저앉고 싶은 기분을 이겨 내며 하연은
다리에 힘을 주었다.

방금 전까지 브리즈와 하연은 공식적으로는 분명 비공식이라 명명되어 있
는 잭의 파티장 앞에 몰려 있는 취재 기자들에게 둘러싸여 플래시 세례를 받
고 들어온 길이었다. 브리즈의 옆에서 하연 역시 몇 장의 사진이 찍히고 말았
다.

해외 진출을 확정 지은 브리즈가 잭의 파티에 초대되었다는 사실에 기자들
의 이목이 집중됨과 동시에 리나의 앨범 아트를 한 하연도 작게나마 회자되었
다. 주변에는 어디선가 비공식적인 채널로 오늘의 스케줄을 알게 된 팬들이 장
사진을 이루었다.

대부분이 역시 콜드문의 팬이었지만 간간이 보이는 브리즈 팬들로 인해 하
연 역시 조금은 흥분된 상태였다. 그녀를 알아보는 기자들이 이번 일에 대한
소감을 물어 왔을 때는 들뜬 심경을 가라앉히기 위해 노력해야 했다. 그들 옆
에서 한 발 물러서 있던 진혁은 무슨 마음인지 알 수 없는 표정으로 하연과 브
리즈를 바라보고 있었다.

362

제이든을 앞세워 그 뒤를 따라가는 하연은 저와 같은 컬러의 타이를 매고 있는 진혁의 차림을 이제야 확인했다. 브리즈 멤버들을 먼저 이곳으로 보내고 진혁과 차를 타고 오면서 하연은 차마 그와 눈도 마주치지 못했었다.

운전하는 내내 진혁은 하연을 벌주듯 무거운 침묵을 고수하고 있었다. 하연은 그 침묵을 당연히 감내해야 한다고 생각했다. 이 모두 제가 자초한 일이었다. 그저 자신이 얼마나 가치 없는 사람인지 그가 깨닫고 어서 상처가 아물기를 바랄 뿐이었다.

차에서 내려 단 한 번 그의 시선이 하연에게 머문 순간이 있었다. 제가 보낸 드레스를 확인하는 듯했다.

"드레스를 보낸 건 우리 비서진의 아이디어일 뿐이야."

얼른 눈을 떼어 내며 그가 무겁게 말했다.

"내 생각은 아니었어."

"네. 오해하지 않겠습니다."

곧바로 따라오는 하연의 대답에 그는 코웃음을 치며 돌아섰었다.

"오해를 해 달라고 해도 어차피 신경 쓰지 않을 거잖아."

그 말을 끝으로 진혁은 하연에게 말을 걸지 않았다. 그의 걸음걸이에 보조를 맞추기 위해 조심스러워하며 하연은 그를 따랐다. 다행히 홀로 들어서기 전 누군가 진혁에게 다가와 손을 내밀었다.

"아! 서 대표, 어떻게 된 일이야? 갑자기 신화로는 왜 들어간 건데?"

"일이 좀 있었어. 아버지가 하도 성화를 부리셔서."

친밀하게 이야기하는 상대에 하연은 잠시 걸음을 멈추었다가 이내 제이든을 따라 홀 안으로 들어갔다. 뒤로 지인에게 제 상황에 대해 둘러대는 진혁의 목소리가 쉽게 사라지지 않았다.

마음이 무거워 괴로웠지만 그것을 털어 버리려 애쓰지 않기로 했다. 억지로 지워 버리려는 것 역시 그저 그에 대한 미안함을 벗어 버리기 위한 것뿐이니 그러면 안 될 것 같았다.

만약 제가 서 대표와 적당히 거리를 유지하며 내내 그의 마음을 모르는 척했더라면. 그를 사랑하지 않으면서 그에게 위로받으려 했던 욕심을 접었더라면,

지금 같은 상황은 벌어지지 않았을 테니까. 그가 괴로워하는 만큼 저는 미안해야 했다.

커다란 창이 커튼처럼 이어진 홀 내부는 웅장했다. 끝이 둥근 아치형인 창밖으로 비가 내리고 있었다. 어둑어둑한 창 덕분에 실내의 조명이 보다 화려하게 빛났다. 서너 개의 언어가 뒤섞인 공간. 세련된 옷차림을 한 사람들 가운데 준이 한눈에 들어왔다.

『이건 좀 너무한 거 아닌가? 준! 그렇게 안 봤는데 나한테 너무 섭섭하게 하는 게 있어.』

커다란 제스처와 함께 미소를 흘리고 있는 잭의 옆으로 준이 장난스러운 표정을 지으며 서 있었다. 모노톤의 니트 위에 디테일이 강조된 칼라의 블랙 슈트. 분명 눈에 띄지 않는 차림을 주문했지만 그는 그 약속을 지키지 못한 듯했다.

아니, 분명 화려한 옷차림은 아니었다. 하지만 지난밤에 확인했듯 잘 재단된 그의 몸은 베이식한 스타일을 돋보이게 하기에 오히려 최적이었다.

『열애설 나기 전에 나한테 먼저 알려 줘야 할 거 아니야? 하긴 〈블루문〉이라니 그런 살랑살랑한 음악이 네 머릿속에서 나올 때부터 알아봤어.』

『결혼식장에 우리 아버지 대신 앉으려는 생각이야, 잭? 왜 이렇게 참견을 하고 싶어 하는데?』

눈썹을 짙게 찌푸리는 잭의 말에 준이 너스레를 떨었다. 미소를 잃지 않는 시선이 하연을 스쳤다. 짙은 눈썹 아래. 매력적인 눈빛. 가슴이 두근거렸다.

『왜 아니고? 그 운 좋은 여자에게 시아버지 노릇까지 확실하게 할 예정이지.』

『무서워서라도 그쪽으로는 방향도 틀지 않아야겠는데?』

평소와는 다르게 약간은 고조된 준의 모습에 잭이 알 만하다는 듯 웃음을 터트렸다.

『진짜긴 한가 보네. 난 솔직히 오보라고 생각했거든.』

『오보라면 내가 이미 손썼을 거야.』

『그럼. 그 여자는 대체 누구지? 여기 어디 있는 거야?』

그 순간 하연의 눈이 잭과 마주쳤다. 잭이 반가워하는 눈빛을 보이려 했지만 역시 어딘가 어색한 미소를 흘린 하연의 시선으로 이번에는 준이 따라붙었다. 걱정 말라는 의미가 분명한 그 진중한 표정에 하연의 심장이 여지없이 두근거렸다.

『여기 데리고 올 만큼 내가 그렇게 순진하지 않지. 집에 고이 모셔 두었어.』

『아! 식사도 손수 챙긴 건 아니고?』

『지금쯤 늘어지게 잠을 자고 있을 거야.』

『이름은 빙고인가?』

『아니, 베일리. 혹은 맥스라고 하기도 하지.』

웃기지도 않은 농담을 하며 그들이 크게 웃었다. 그러나 곧바로 진지한 표정으로 바뀐 잭이 준에게 조심스럽게 다가가는 것이 보였다.

『그 밖의 일은 잘 처리되고 있는 거지?』

아마도 준의 어머니 일을 묻고 있는 것 같았다.

『걱정 마. 내가 잘 알아서 할 테니까.』

잭의 배려에 대한 고마움과 자신만만함을 담은 표정의 준이 그의 어깨를 가볍게 두드렸다. 그 미소가 곧바로 조금 떨어져 있던 하연에게 다시 향했다. 보일 듯 말 듯 한 미소를 숨기며 하연은 이내 지난 협상 때 만났던 스태프 하나와 대화를 나누기 위해 준이 보이는 자리에서 멀어졌다.

월드뮤직 잭의 주최하에 파티에 수많은 사람들이 모였다. 콜드문과 브리즈. 그 이외에 블루엔터의 가수들은 전부 초대된 상태였다. 세계적으로 활동 무대가 넓은, 최고의 주가를 달리는 아이돌 그룹도 빠지지 않았다. J엔터의 로엘 역시 참석했다.

그 가운데서도 준은 남다른 존재감을 내뿜고 있었다. 그의 옆으로 함께 사진을 찍고 싶어 하는 사람들, 인사를 나누고 싶어 하는 이들이 끊이지 않았다.

외부에서 보는, 온전히 콜드문의 준인 그는 대단한 존재였다. 당당해 보이는 태도와 부드러운 매너. 유쾌하지만 선을 넘지 않는 제스처. 그리고 그런 그를 바라보는 사람들의 시선은 준을 더욱더 매력적으로 만들었다.

하연은 그런 준을 지켜보는 것만으로 가슴이 두근거리고 긴장되었다. 어제 밤새 저와 눈을 맞추고 대화하며 제게 사랑을 고백했던 남자가 바로 저 남자라는 사실이 믿기지 않았다.

하지만 다른 여자와 포옹하고 그녀들의 손길을 받아들이는 그를 보는 것은 힘들었다. 매혹하는 것이 명백한 여자들의 시선을 아무런 거름망 없이 확인해야 하는 것은 입안을 자꾸만 바짝 마르게 하고 몇 번이고 커다란 숨을 들이쉬게 만드는 일이었다.

그리고 서 대표, 제 옆에서 내내 굳은 표정을 풀지 못하는 진혁을 보는 것 역시 힘들었다. 그와 함께 낯선 사람들과 인사를 해야 하는 일도 어려웠다.

"강하연 씨입니다. 이번 브리즈의 미국 진출을 주도했죠."

진혁이 소개하면 사람들은 늘 이렇게 젊은 여자가? 하는 식의 눈빛으로 하연을 훑어 내렸다. 그럼 하연은 그에 기죽지 않고 그 시선에 맞서 손을 내밀어 악수를 해야 했다. 속으로는 무척 떨리면서도.

"잘 부탁드리겠습니다."

그렇게 하연이 무사히 악수를 마치고 나면 진혁의 설명이 덧붙여졌다.

"앞으로 잘 부탁드립니다. 제가 회사의 일을 김 대표와 강하연 씨에게 일임한 상태라 앞으로 강하연 씨 역할이 커질 겁니다."

"서 대표가 그렇게 말한다면야."

그런 일련의 인사들이 수도 없이 이어졌다. 얼굴에 경련이 일고 손이 굳는 기분이었다. 걸음을 옮길 때마다 사람들이 계속 알은체를 해 왔고 이름을 기억하기 어려운 그들은 계속해서 무언가를 물어 왔다.

"이번 미국 진출을 위해서 페스티벌 무대에 섰다는데. 그 기회는 어떻게 잡으신 건가요?"

"그건 서 대표께서 하신 일이라서요. 저는 그 이후 협상을 진행했습니다."

"서 대표요? 서 대표가 어떻게 그런 기회를 잡았을까? 잭 쪽에서 먼저 전화를 한 건가요? 아니면 하연 씨가?"

협상 진행 과정을 집요하게 물어 오는 사람도 있었다. 그때마다 그런 하연을 구해 주는 건 진혁이었다. 조금 강압적인 표정으로 하연을 부르는 서 대표.

"저기 인사드릴 분이 있습니다. 빨리 오죠."

그러면 어쩔 수 없다는 듯 상대에게 인사를 하고 진혁에게 가는 것으로 상황이 일단락된 것이 몇 번이었다.

"감사합니다. 어떻게 말을 맺어야 할지 몰라서."

"적당히 둘러대고 나오면 돼. 끝까지 붙잡혀 있다가는 진짜로 인사를 나눠야 할 사람과 말 한마디 못 하는 경우가 생기니까."

굳은 표정을 풀지 않은 진혁이 하연에게 가까이 다가와 말했다. 알겠다는 듯 하연이 고개를 끄덕였다. 언뜻 서로의 눈빛이 스치고 하연의 머리카락이 그의 어깨에 닿았다. 실수였지만 지나치게 의식하며 한 발 떨어지는 진혁의 움직임에 하연은 속으로 긴장하며 입술을 깨물었다. 이 이상 버틸 수 있을까 자신이 서지 않았다.

그때 마침 리나가 크게 손을 흔들며 하연에게 다가왔다. 그녀에게 하연을 맡기고 진혁이 곧바로 멀어졌다. 후우 마음속에서 깊은 한숨이 새어 나갔다. 미간을 모으며 하연의 옆에 바짝 붙은 리나가 귀에 대고 속삭였다.

"설마 두 사람 진짜 사귀는 거예요?"

생각도 못 한 오해에 하연이 고개를 흔들었다.

"그럴 리가요. 그런 분위기가 전혀 아니었는데."

얼굴마저 붉어진 하연에게 리나가 농담이라는 듯 대꾸했다.

"지난번에 서 대표께서 하도 정색을 하고 말씀하셔서요. 그냥 해 본 말이에요. 방금 전 분위기도 좀 그렇고."

리나가 조금 전, 두 사람의 찰나를 봤는지 손가락을 까딱댔다.

"아니요. 전혀 아니에요. 오해하지 말아요."

리나가 알겠다는 듯 피식 코웃음을 치며 하연을 돌아보았다.

"그건 그렇고 언니, 오늘은 스타일이 평소랑 완전 다른데요?"

"고마워요. 리나는 역시 늘 빛나네요."

"그렇게 보인다면 다행이네요. 저는 제 모습이 지루하거든요."

그렇게 말한 리나가 가까이 다가와 하연의 귀에 속삭였다.

"어머님 일은 걱정하고 있었어요."

살짝 하연의 손등을 쥔 그녀가 깊은 눈빛을 보이고 있었다. 고마운 말이긴 했지만 순간 하연은 이 상황을 어떻게 판단해야 좋을지 몰랐다. 핀트가 어긋난 것 같은 눈으로 하연이 그녀를 바라보았다. 그러자 난처한 눈빛을 숨기지 않으며 리나가 말했다.

"제이든에게 들은 이야기예요. 제이든이 언니 걱정을 많이 했거든요. 하지만 언니가 걱정하는 그런 일은 만들지 않아요."

"그래요. 그랬으면 좋겠네요."

단호하게 대답했지만 하연은 미안한 감정이 들었다. 그런 표정을 눈치챈 듯 리나가 속삭였다.

"하지만 여전히 제이든에게 끌리고 있는 건 사실이에요. 오늘 이 파티 중에 제가 무슨 짓을 저지르지 않게 언니가 좀 말려 줘요."

장난스러운 미소를 지으며 리나는 제가 결코 그런 일을 다시는 저지르지 않을 테니 믿어 달라는 제스처를 취했다. 하연은 부끄러웠다.

이전, 불미스러운 일이긴 했지만 스캔들로 함께 모인 자리에서 리나가 보였던 당찬 모습이 떠올랐다. 솔직하게 모든 것을 털어놓겠다고 말하던 그 순간 하연의 눈에 리나는 빛나 보였다. 리나는 그 어떤 순간에도 진실된 행동을 보이고 있었다. 제이든과의 일에서도. 그리고 다른 사람을 대할 때도. 그녀는 자신과는 무척 달랐다.

"걱정하지 않을게요."

하연의 대답에 리나가 인사를 건네듯 눈을 깜빡이며 스쳐 지나간 그때였다. 멀지 않은 곳에 있었는지 진혁의 목소리가 들렸다.

"어? 김 대표님!"

출장으로 참석하지 않을 거라던 김 대표가 자리한 모양이었다. 뒤돌아선 하연이 가볍게 묵례하며 그를 반겼다. 40대 초반의 김 대표는 깔끔한 슈트 차림과는 달리 조금은 피곤하다는 말투였다.

"아, 다들 여기 있었네."

김 대표의 옆에는 뜻밖에도 차유라가 함께 있었다. 은빛의 롱 드레스를 입고 머리를 길게 늘어뜨린 여자.

"못 오시겠다는 걸 제가 모셔 왔어요. 오늘 아침에 귀국하고 벌써 몇 시간이

나 지났는데 못 오시겠다는 게 말이 돼요?"

사교적인 미소가 가득한 얼굴로 차유라가 말했다.

"하아. 하여간 여긴 다 일 중독자들뿐이니, 원."

과장스럽게 고개를 설레설레 흔든 김 대표가 순간 눈을 반짝이며 진혁에게 농을 치듯 말했다.

"그런데 서 대표는 어떻게 나한테 그런 걸 숨길 수 있나? 그냥 솔직하게 말하면 좋지 않아?"

갑작스러운 말에 의아한 표정의 진혁이 김 대표를 마주했다.

"그게 무슨 말씀이신지……."

그 말에 더 크게 눈을 흰 김 대표가 눈짓으로 하연과 진혁을 번갈아 가리켰다.

"아니. 두 사람 말이야. 결혼 준비 하고 있다면서?"

"네?"

생각도 못 한 김 대표의 발언에 진혁의 눈빛이 짙어졌다. 얼어 버린 하연이 부인하려 입을 떼려는 찰나 유라가 선수를 쳤다.

"서 대표가 부모님을 그렇게 열심히 설득했다면서요? 어제 우연히 서 대표 어머님 만났는데. 그 말씀 하시더라고요. 자식 이기는 부모 없다고. 어떻게 하면 좋겠냐고 걱정하시던데. 1년이나 연애했으면서 어떻게 그걸 말 안 했어요?"

그 말을 끝내기 무섭게 유라가 제 주변을 스쳐 지나가는 서퍼를 불러 세워 진혁과 김 대표의 손에 와인을 들렸다. 주변으로 하나둘 시선이 모이기 시작했다.

"두 분 축배 드셔야죠. 강하연 씨랑 서진혁 대표 결혼 축하도 할 겸."

"아니요. 그게 아니라 뭔가 오해가 있으신 것 같은데요."

하연이 또다시 입을 연 사이 잔을 든 진혁은 별 망설임 없이 김 대표의 잔에 제 잔을 가져다 대었다. 곧바로 고개를 저으며 하연이 다시 끼어들려 했지만 더 많은 사람들의 시선이 자신에게 몰리는 것에 얼어 버려 쉽게 입을 떼지 못했다. 이때 자애로운 얼굴을 하고 있던 차유라가 제 주변인들을 향해 입을 가리는 제스처를 하며 속삭였다.

"두 사람 곧 결혼한다나 봐요. 잘 어울리는 한 쌍이죠?"

하연이 거세게 고개를 흔들며 부인했다.

"아니요. 말씀 중에 죄송하지만 오해세요. 저희는 결혼을 약속한 사이가 아닙니다."

멀리 준이 제 쪽을 바라보는 것이 느껴졌다. 그들의 소란과 제 옆에 서 있는 서진혁. 준의 시선이 그들 모두를 하나하나 훑고 있었다. 당황한 김 대표가 영문을 모르겠다는 듯 변명했다.

"그런가요? 아. 나는 그런 줄도 모르고. 차 대표가 날짜만 잡으면 다 된 이야기라길래."

혹시 실수한 건 아닌지 진혁의 눈치를 살피는 김 대표 앞에서 진혁이 하연의 손을 꼭 쥐며 대변하듯 말했다.

"아니요. 김 대표님. 오해 아니십니다. 저희 결혼할 사이 맞습니다. 이미 부모님께 다 말씀드리고 허락을 받았는데 아직 신부가 될 사람에게 확답을 받지 못한 상태네요."

하. 헛웃음을 입 밖으로 내지 못한 하연의 입술이 파르르 떨렸다. 저를 잡은 그의 손길에 치미는 거부감에 하연의 손이 오그라들었다. 하지만 제가 아무리 아니라 말한다고 해도 이미 단단히 어긋나 버린 상황이었다. 차유라의 주도하에 주변 사람들이 그들에게 축하 박수를 보내고 있었다.

대체 서진혁을 거절할 이유가 무엇이 있겠냐는 의미였다. 벌써부터 그들의 수군대는 소리가 들리는 것 같았다. 원망할 것은 없었다. 여기까지 끌고 온 건 모두 저였다.

"아니요. 정말로. 오해하지 않으셨으면 좋겠습니다. 서 대표님. 정말."

하연이 다시 강하게 손을 비틀어 저를 잡은 그의 손을 떼어 내려 했다. 그 순간 진혁이 힘을 주어 하연의 손을 잡았다. 땀이 잔뜩 밴 손. 그 손이 간절함을 담아 떨려 왔다. 그러나 하연은 도저히 그것을 받아들일 수 없었다. 한 발 떨어진 곳에서 치솟는 화를 참는 듯 표정이 굳은 준이 뒤돌아서는 것이 보였다.

자리를 박차고 나간 하연이 홀 밖으로 뛰었다. 웅성거리는 소리와 함께 뒤따라오는 진혁의 발소리가 들렸지만 그건 제가 원하는 것이 아니었다.

그 시각. 그들과는 조금 떨어진 곳에서 아까부터 내내 제이든의 행동을 유심히 지켜보던 리나가 때마침 제이든이 혼자 있게 되자 그에게 다가갔다.

"제이든."

들고 있던 것 중 하나. 제이든에게 잔을 건넨 리나가 그를 향해 싱긋 웃었다.

"무슨 일이야? 우리는 서로 모르는 척해야 하는 사이 아니었나?"

그 잔을 건네받은 제이든이 말과는 다르게 인사하듯 잔을 부딪쳤다. 리나가 그의 등 뒤로 돌아가 속삭였다.

"잠깐 이야기 좀 해도 될까?"

"별로 할 이야기는 없을 거 같은데."

"그래도. 나는 하고 싶은 이야기가 있어."

리나의 목소리가 간절했다.

"여기 말고 사람들 좀 없는 데서."

곧바로 따라오는 그녀의 목소리에 제이든이 흘깃 눈짓으로 홀 밖을 가리켰다.

"아까 들어오면서 보니까 대기실 안쪽에 탈의실이 있던데."

"좋아. 그럼 거기서 봐."

싱긋 웃은 리나가 제이든을 스쳐 앞서 걸어갔다.

○ ● ○

거센 비가 쏟아지고 있었다. 파티장에 도착하기 전까지는 흐린 하늘에서 조금씩 떨어지던 비가 기어코 장대같이 쏟아지는 중이었다. 한참을 뛰어가던 하연이 숨을 헐떡이며 자리에 멈춰 섰다. 제 발이 멈춘 것이 아니었다. 뒤에서 강하게 잡아당기는 힘에 멈춰 세워진 것이었다.

"그만해. 강하연. 그만해."

저보다 거친 숨소리가 뒤에서 들려왔다. 그 숨이 빗줄기에 섞여 하얗게 흩뿌려졌다. 빗물이 시야를 가려 아무것도 보이지 않았다. 함께 흘러내리는 눈물이 뺨을 적셔 뻣뻣하게 만들었다.

"왜 그랬어요? 왜!"

악에 받쳐 지르는 소리가 빗소리에 묻혔다.

"왜 다른 사람들 앞에서 말도 안 되는 소리를 하는 거예요. 왜!"

제 손목을 잡고 있던 진혁의 팔을 뿌리친 하연이 거친 숨을 내쉬었다. 손을 뻗어 그녀의 머리카락을 걷어 주려는 진혁에 하연이 고개를 홱 돌렸다. 공중에서 떨어져 버린 손을 거둬들인 진혁이 질끈 눈을 감았다.

"처음 만날 때부터 우리에게 미래는 없었잖아. 우리 두 사람 다 너무 슬프니까. 너무 서러우니까, 너무 추우니까. 지금처럼 비를 피할 길이 없으니까. 그래서. 그래서 함께했던 거잖아!"

하연이 악을 쓰며 소리쳤다. 쉴 새 없이 쏟아지는 비를 막을 길은 없었다. 그가 손을 뻗어 그녀의 머리를 가려 준다 해도 이 비를 맞지 않을 방법은 없었다. 악에 받쳐 지르는 하연의 소리엔 억울함도 화도 아닌 간절함이 담겨 있었다. 제 앞에서 사라져 달라는 애원이었다.

이런 하연에게 제발 부탁이니 다른 곳으로 비를 피하자 해도 그녀는 따라나설 기세가 아니었다.

"내 마음이 깊어져서 그래. 네가 욕심이 나서 그래. 너무 힘들어서 참을 수가 없어서."

"그래서! 다른 사람 앞에서 거짓말한 거예요? 내가 언제 결혼을 원한다고 했어. 난 그런 적 없는데. 왜 이렇게 다 망쳐 버리는 거야!"

"네 대답을 기다리고 있었어. 내 청혼은 거둬진 적 없어. 지금도 그 마음은 변하지 않아."

빗물과 함께 진혁의 눈에도 눈물이 흘렀다. 그 눈물을 감당할 수 없어 하연은 눈을 감았다. 이 모든 것이 제 잘못이었다. 제 외로움을 주체하지 못해 기댔던 진혁의 마음. 그의 마음이 아직 치유되지 않았다.

그가 필요 없다 그를 버리고 간 것은 저였다. 일방적인 행동. 함께할 때는 서로를 배려하려 애썼지만 이젠 무가치하다고 버리고 만 것. 제 행동은 과거의 준과 다를 바 없었다.

하지만 진혁에게 갈 수는 없었다. 이전부터 저를 망설이게 만들었던 것이 무엇인지 하연은 이제야 깨달았다. 준과의 행복이 진심으로 기쁘지 않았던 이유가 명확하게 다가왔다.

"난 당신한테는 가지 않아. 난 당신하고는 결혼 같은 거 조금도 생각해 본적 없어."

"그렇게 말하지 마!"

"겨우 나 같은 거 때문에 왜 이러는 건데? 내가 뭐라고. 왜 이렇게까지 망가지는 거냐고!"

엉망으로 젖어 버린 몸이 식어 가며 한기가 느껴졌다. 걷어 내지 못한 비가 목덜미를 따라 스며들어 피부를 얼게 만들었다. 화가 나 열기를 뿜어 대던 몸이 차가워져 가고 있었다.

"그 사람하고 함께하기 위해서 이제 나는 필요 없다는 건가? 그 사람하고는 네 미래가 있다고 생각해?"

"당신하고는 상관없는 일이야. 그 사람하고 관계없이 우리는 끝이야."

너무 추워 견딜 수 없었다. 심장이 굳고 손과 발이 얼어 버려 땅을 딛고 서있는 것조차 쉽지 않았다. 하지만 이 상황이 왜 벌어진 것인지, 여태껏 제가 했던 일이 무엇인지 하연은 깨달아 가고 있었다. 그것에 하연은 제 두 팔을 감쌀수가 없었다. 그의 앞에서는 비를 피할 수 없었다.

"너는 그 사람하고 미래를 꿈꾸면서 나는 이렇게 망가지라고?"

슬픈 눈동자가 처분을 바라듯 하연의 앞에 놓였다. 저를 위로하던 그가 이젠저를 간절히 바라며 아파하고 있었다. 그런 그를 위로할 수 없었다. 강하연은누구도 위로할 만한 사람이 아니었다.

"내가 어떻게 해 주길 바라는 건데? 나보고 어떻게 하라는 건데? 나는 당신한테 더 이상 해 줄 게 없는데. 나는 당신 앞에서 빈껍데기인데. 이거라도 가지고 싶은 거야? 이걸 갖고 싶어?"

한기로 바르르 떠는 하연이 이를 꼭 물어 터져 나오려는 울음을 삼켰다. 저는 누군가와 행복을 만들어 낼 수 없는 사람이었다. 아무것도 책임지지 않으려는 강하연은 순간순간의 감정에 기대는, 나약하고 어리석은 사람일 뿐이었다.

"함께해 주길 바라. 하지만 그게 불가능하다면."

쓴 울음을 삼킨 하연이 고개를 숙였다. 일렁이는 시선으로 진혁이 하연을 바라보며 천천히 입을 열었다.

"네가 불행해졌으면 좋겠어."

그의 목소리가 머리 위에 떨어졌다. 내내 저를 두렵게 만들었던 사실. 희미하게 예감하고 있었던 이야기가 진혁의 입을 빌려 들려왔다.

○ ● ○

"제이든!"

탈취제 냄새가 가득한 탈의실 안에 리나가 숨어 있었다. 오직 하나, 제이든이 오길 바라면서. 그간 제이든과 휴대 전화 문자로 연락 몇 번을 한 것이 전부. 스캔들이 난 뒤 죄인이 된 리나는 제이든을 한 번도 만난 적이 없었다.

그를 얼마나 보고 싶었는지. 그건 다시는 떠올리고 싶지 않은 힘든 시간이었다. 그리움은 리나의 심장을 졸아들게 만들고 입술을 바짝바짝 말렸다. 잠을 이루지 못하고 무엇을 먹어도 그 어떤 맛도 느끼지 못했다. 너무도 사랑하던 무대조차 아무런 감흥이 없었다.

포멀한 스타일의 그레이 정장에 블랙 셔츠. 남성적인 매력이 물씬 풍기는 제이든의 모습에서 리나는 파티 내내 눈을 뗄 수 없었다. 잭의 앞에 선 제이든의 여유로움, 당당함, 멤버들 사이에서의 장난스러운 미소, 사람들을 대하는 어른스러운 매너. 그 어느 것 하나 사랑스럽지 않은 것이 없는 사람. 그를 사랑했다. 제이든을 사랑하지 않는다 말할 이유가 없었다.

"무슨 일이야?"

자존심이 허락할 정도의 시간이 지난 뒤였다. 문을 열고 들어온 제이든이 리나의 앞에 섰다. 시선을 올려야 보이는 그의 도도해 보이는 눈매가 좋았다.

"오랜만이니까. 보고 싶어서."

제이든이 피식 웃었다.

"넌 아직도 참 순진하구나."

"그래. 그렇게 본다면. 그런 거겠지."

태연한 척 말했지만 리나의 입속으로는 마른침이 넘어갔다. 마음을 진정시키고 다시 미소 지으려 애썼다. 텅 빈 옷걸이와 전신 거울, 지독한 냄새 말고는 아무것도 없는 좁은 방. 하지만 기뻤다. 제이든의 얼굴을 보는 것만으로, 그가 자신을 바라보는 시선을 느끼는 것만으로 긴장이 되고 심장이 뛰었다. 이것으로 충분했다.

"싱글 나온다며?"

리나가 진지한 목소리로 말했다. 그의 음악이 어떻게 되어 가고 있는지 늘 궁금했었다.

"응."

"자작곡이야?"

"응. 편곡은 다른 사람의 힘을 빌렸지만."

"굉장하다. 들어 보고 싶어."

양손을 모으고 말하는 리나의 눈이 반짝였다.

"그래?"

"응. 정말. 정말 들어 보고 싶어."

리나의 열렬한 반응에 제이든이 휴대 전화를 꺼냈다.

"들어 볼래?"

크게 고개를 끄덕이며 숨죽인 리나가 제이든을 바라보았다. 제이든은 흐뭇한 미소를 지었다가 곧바로 제 노래를 선보이는 것에 긴장해 혀로 입술을 핥았다. 그 모습이 사랑스러워 리나가 피식 소리 내 웃었다.

그리고 1초 숨이 멈춘 순간 곧바로 터지는 폭발적인 기타와 드럼, 그 위에 얹어지는 단단한 제이든의 보컬. 해방감이 느껴지는 사운드. 리나의 눈이 순간 환하게 밝아졌다. 긴장했던 제이든의 얼굴이 밝아졌다.

"정말 멋지다. 최고야! 정말 멋져."

감탄하는 그녀의 얼굴이 환희와 기쁨으로 이어졌다.

"사랑해. 사랑해, 제이든. 정말 훌륭한 보컬이야."

박수를 치며 흥분한 리나가 제이든의 목을 꼭 끌어안았다. 그녀에게서 달콤한 향기가 풍겼다. 리나의 얼굴은 환한 전구가 수만 개 켜진 것처럼 밝았다. 제이든이 당해 낼 수 없다는 듯 천천히 고개를 저었다.

"너 말이야. 정말 진짜구나?"

"뭐가?"

"순진한 게 아니라 진짜 순수해."

동그란 리나의 입술이 대체 무슨 말인지 알아들을 수 없다는 듯 벌어졌다. 제이든의 손이 곧바로 리나의 어깨를 끌어당겨 제게 밀착시켰다. 달콤한 혀가 순식간에 리나의 입술을 가르고 들어갔다. 뒤엉킨 혀가 숨 가쁘게 서로를 빨아 들였다.

○ ● ○

비에 젖은 셔츠에서 물기가 뚝뚝 떨어졌다. 엉망이 된 머리카락을 그대로 소파에 묻은 채 준은 눈을 감았다. 혼란한 이미지들이 머릿속을 어지럽게 만들고 있었다. 지끈지끈 아파 오는 것은 아마도 급하게 들이켠 술 때문일 터였다. 룸으로 들어서자마자 꺼내 든 술을 반병 이상 단숨에 비운 뒤에야 화가 난 건지 괴로운 건지 알 수 없어 울렁이던 속이 쓰리게 뒤바뀌어 버렸다.

"뭐 하는 거야, 준?"

낮게 읊조린 그의 입술이 곧 허탈한 웃음을 뱉어 냈다.

알고 있었다. 그녀와 진혁의 관계. 진혁이 하연을 사랑하고 있다는 것도. 둘 사이에 무언가가 있었다는 것도. 저와 만나기 전의 일이었다는 것도. 머리로는 모두 이해하고 있었다.

하지만 그 두 사람이 잭의 파티에서 갑자기 모두의 주목을 받는 일이 생길 거라고는 차마 예측하지 못했다. 그녀의 손을 잡아채는 서진혁을 보자마자 당장이라도 따라가 주먹을 날리고 싶었지만 끝까지 참은 것은 잭 덕분이었다.

"설마 저런 개싸움에 낄 생각은 아니지?"

"놔 줘. 그만 놔!"

"네 뒤에 있는 사람들을 생각해. 너는 혼자가 아니야."

잭의 손이 제 팔을 꼭 잡고 있었다. 거역할 수 없는 강한 힘은 마치 모든 것을 눈치채기라도 한 것 같았다.

그 후로 한 시간, 놀라운 자제력을 발휘하여 준은 사람들을 상대했다. 오랜 경력이 아니었다면 불가능했을 일이다. 제 주변을 둘러싸고 있는 수많은 눈들. 그런 것이 모두 무가치하게 여겨질 만큼 여기 있는 모든 것을 뒤집어엎어 버리고 싶은 기분만 가득했으니까.

그 시간 준은 틈이 나는 수시로 전화를 걸었다. 그녀는 받지 않았다. 예의를 차릴 정도의 시간이 지난 뒤 파티장을 뛰쳐나간 준은 곧 서너 명의 경호원들에게 붙잡혀 이곳으로 배달되었다. 그를 보호하던 경호원들이 이제 그를 감금해 놓은 상태였다.

그리고 그 이후로도 여전히 하연은 전화를 받지 않았다. 그녀는 다시 저를 버리기로 결심한 모양이었다.

'결혼은 안 할래.'

어젯밤 하연이 했던 마지막 말. 어리광처럼 받아들였던 그 말이 불길했다.

'우리, 행복할 수 있을까?'

어디에도 안착하지 않은 그녀의 불안감. 그것은 왜였을까? 강하연은 왜 그의 존재에도, 함께 있어 준다는 말에도, 사랑한다는 그 말에도, 늘 불안감을 느꼈을까.

하지만 준은 여전히 알지 못했다. 저란 놈은 강하연이 어디 사는지도 알지 못하는 바보 같은 상태였다. 찾아가 호소라도 하고 싶었지만 제가 두드릴 수 있는 문이 어디에 있는지도 알 수 없었다.

머릿속으로는 차마 상상도 할 수 없는 일들이 수도 없이 리플레이되고 있을 뿐이었다. 젖은 하연을 안은 서진혁. 그와 호흡하는 강하연. 두 사람의 미래. 그것은 저와 함께할 때보다 명확하게 그려졌다.

비틀거리며 준이 자리에서 일어나 또 다른 술병을 집어 들었다. 휴대 전화를 들어 수많은 번호를 훑었다. 아무리 떠올려 봐도 그녀가 사는 곳을 알려 줄 수 있는 사람은 단 한 명, 서진혁뿐이었다.

"뭘 어떻게 하긴 어떻게 해! 당장이라도 가서 네 여자라고 밝혀야지!"

그 순간 문이 열렸다.

"우리 준이 여기 있었네."

화려한 은빛 드레스를 입은 그녀가 제 앞에서 웃고 있었다. 대체 왜?

긴 머리카락을 한쪽으로 쓸어내리며 다가온 그녀는 준의 모습이 재미있다는 듯 미소 지었다.

"뭐 하는 거야? 그 꼴로 어딜 가겠다는 건데? 설마 내일 아침 신문에 '콜드문 준 음주 운전 혐의' 따위의 기사를 내고 싶은 건 아니겠지?"

준이 코웃음을 쳤다.

"걸어갈 거야."

"걸어가? 어딜?"

재미있다는 듯 차유라가 소리 내어 웃었다. 세상 그런 웃기는 농담은 들어 본 적 없다는 식의 깔깔대는 소리.

"어차피 어디로 가야 할지도 모르니까. 나를 내보내 줘."

"아. 그럼 기사 제목이 바뀌겠네. 콜드문 준 길거리 난동."

고개를 숙인 준이 손잡이를 잡아 비틀지 못하고 자리에 멈춰 섰다.

"망가진 준을 하연이가 재미있어하겠어? 어차피 서진혁한테도 한참 밀리는 상태인데 여기서 더 구질구질해질 참이야?"

준에게 다가온 차유라가 고개를 들어 그의 얼굴을 들여다보았다. 실쭉 꼬리를 올리는 새빨간 입술이 뭉개지듯 하더니 준을 향해 물었다.

"둘 중 하나가 있는데 뭘로 할래?"

"헛소리 집어치우고 꺼져!"

준이 저를 향해 다가오는 그녀의 손을 뿌리쳤다.

378

"기회를 주는 거야. 두 가지 중에 하나. 우선 들어 보고 결정해."

흐릿하게 초점 없는 눈으로 선 준을 확인한 유라가 미소 지으며 말했다.

"선택지는 둘이야, 준. 하나는 나랑 자는 거. 또 하나는 네가 망가지는 거."

피식 미소를 흘리며 어깨를 으쓱한 그녀가 커다란 눈을 느리게 깜빡였다.

"미친!"

입술을 짓이긴 준이 유라의 앞에 섰다. 파르르 떨리는 미간. 당장이라도 그녀의 목을 쥐어 비틀고 싶었지만 준은 최대한 자제심을 발휘하는 중이었다.

"꺼져. 당장 내 눈앞에서 사라져 버리라고!"

"왜? 왜 그렇게 흥분하는데? 그나마 내가 값을 쳐줄 때 움직이는 게 좋을 거야. 너한테 선택지가 둘이나 있다는 건 좋은 거잖아. 나랑 자면 하연이한테 보내 줄게. 하지만 망가지길 원한다면 너는 강하연한테 절대로 못 가. 죽어도 못 가. 어떻게 할래?"

붉은 입술을 끌어 올린 그녀가 육감적인 걸음걸이로 걸어가 침대맡에 걸터앉았다. 그러고는 준을 바라보았다.

일이 이렇게 된 이유는 무엇일까? 도발적인 미소를 띤 채 저를 바라보고 있는 차유라를 응시하는 준이 공허한 미소를 흘렸다.

진정 처음 만났던 그날부터. 7년간 저 여자를 몰랐단 말인가?

유혹하는 눈빛. 수위를 넘나드는 농담. 끈끈한 긴장감. 그것을 알면서 모르는 척했던 이유를 그래, 굳이 변명하자면 준, 저에겐 어차피 상관없는 감정이라 생각했기 때문이다.

차유라나 준 모두에게 의미 없을 하룻밤. 사랑이 아닌 제 자존심을 확인하기 위한 잠자리. 그것을 알기에 지난 시간 동안 차유라는 감히 준에게 다가오지 않았고 준은 그녀를 무시했다.

그럼에도 지금 당연히 제가 원하는 방향대로 일이 풀릴 거라 자신하는 차유라의 저 도발적인 표정을 알 수 없었다. 세상 모든 것을 제 마음대로 주물러 지루하다 못해 지리해진 차유라의 인생에 왜 김동준이란 인간이 걸려 든 것일까.

차유라가 가진 것과 다를 바 없는 집요한 욕망, 절대로 굴러떨어지지 않으리라 매달려 버티고 있는 정상의 자리. 그 하나만을 갈구한 저 같은 인간이란 저런 여자의 먹잇감이 되기 십상이었던 것일까. 원체 비정상적인 것에는 왜곡된 것들이 끼어들기 마련이었다.

"그런 쓸데없는 도발 따윈 그만둬."

자신만만하게 꼬리를 올렸던 붉은 입술이 비틀어졌다. 낮게 눈을 내리깐 준이 망설임 없이 뒤돌아섰다.

"뭐 하는 거야?"

자리에서 일어난 차유라가 준을 향해 천천히 걸어왔다. 그녀의 걸음걸이마다 은빛 드레스가 찰랑이며 반짝였다.

"준, 왜 일을 이렇게 어렵게 만드는 거야? 한 번이면 되는데. 잠깐이면 놔주려고 했는데. 그게 그렇게 어려워?"

누구라도 혹할 만한 매혹적인 여자. 드레스 자락 사이 드러난 탄력 있는 허벅지와 풍만한 가슴. 그녀가 가진 지위만큼이나 아름다운 외모. 그것에는 시선조차 두지 않은 준이 지루하다는 목소리로 속삭이듯 말했다.

"지난번에 내가 한 말 잊었나 본데. 너는 여기가 아니라 병원에 갔어야 옳아."

"하! 뭐라고?"

코웃음을 친 차유라가 준의 앞으로 다가왔다. 기다란 속눈썹이 유혹하듯 느리게 깜빡였다.

"네가 나한테서 벗어날 수 있을 거라고 생각해?"

그런 유라를 내려다보는 준의 눈이 알 수 없는 감정으로 흔들리는 찰나 붉은 입술 사이로 혀를 굴린 그녀가 향긋한 향기를 풍기며 준의 입술로 다가왔다. 말캉한 감촉이 느껴진 순간 고개를 비튼 준이 그녀를 밀치듯 뒤돌아섰다.

"착각했나 본데. 나는 이제 네가 주는 거 흥미 없어."

"……뭐?"

"넌 불쌍한 여자야. 방금 전 그 눈빛은 동정이었어."

뒤돌아선 준이 문으로 다가갔다. 흐흐흑 무언가를 토해 내는 소리와 함께 차유라가 준을 강하게 끌어안았다. 경악한 그녀의 눈꺼풀이 준의 등줄기 가까이에서 파르르 떨렸다.

"다른 사람은 몰라도 너는 알잖아. 내가 얼마나 지독한 년인지. 내가 얼마나 집요한 사람인지. 내 카드는 아직 꺼내지도 않았어."

준의 손이 그녀의 팔을 끌어 내려 제게서 떨어트렸다. 눈을 감고 고개를 든 준의 눈에서 눈물이 흘러내렸다.

"겁나지 않아. 이젠 그런 거 다 상관없어."

"네 어머니 일을 내가 저질렀다고 생각해? 오늘 김 대표를 그곳으로 데리고 간 게 내 짓이라고 생각하는 건 아니겠지? 그런 건 일도 아니었어."

지끈거리는 이마를 짚어 고개를 흔든 준이 그녀를 무심하게 바라보았다.

"하고 싶은 대로 해. 너 하고 싶은 대로. 날 망가트리든지 던져 버리든지 맘대로 해. 콜드문의 준은 네 거니까."

"그러면!"

경련하듯 몸을 떠는 차유라가 준을 향해 소리쳤다.

"그럼 김동준은 강하연 거라는 거야!"

"그러길 바랄 뿐이야. 여전히."

"네가? 네가 그럴 거라고 생각해? 그 여자가 아직 너를 원한다고 생각해!"

쨍그랑! 유라의 손에 들려 있던 무언가가 바닥으로 내동댕이쳐졌다. 산산이 부서진 조각들이 두 사람 사이 흩뿌려졌다.

"그만둬."

"넌 강하연을 몰라. 걔는 지 아버지랑 다를 게 하나도 없는 애야. 그 아버지가 어떤 사람인지는 너도 잘 알고 있잖아? 그 남자는 내 엄마를 속이고 제가 원하는 것만 취해 갔어. 강하연은 그런 애야. 제 엄마가 미쳐 말라 가는데도 눈 하나 깜짝하지 않은! 그런 애가 너를 사랑할 거라고 생각해!"

뻣뻣하게 마른 입술을 꾹 다문 준이 희미한 미소를 보인 채 뒤돌아섰다. 물기가 채 마르지 않은 셔츠의 첫 단추를 푼 준이 문을 열었다. 문 앞을 지키고 있던 경호원들이 일제히 그를 막았다.

"죽여 버릴 거야! 김동준! 널 죽여 버릴 거야!"

유라의 날카로운 목소리가 복도를 울렸다. 뒤따라오는 그녀의 발에 박힌 파편에 유라는 피를 흘리기 시작했다. 그녀의 걸음마다 바스라지는 소리와 함께 붉은 빛깔이 카펫 안으로 스며들었다. 준이 그들을 향해 고갯짓했다.

"지켜야 할 사람은 내가 아니라 저쪽인 거 같은데."

그들이 멈칫한 사이 빠져나간 준은 비틀거리는 걸음을 간신히 추려 가며 복도를 걸어 밖으로 나갔다.

○ ● ○

택시를 타고 도망치듯 파티장을 빠져나온 하연이 집에 도착했다. 엉망이 되어 버린 머리카락을 말리고 거울 앞에서 갈라진 입술을 확인한 하연이 손가락으로 제 입술을 꾸욱 눌렀다. 뻣뻣한 감촉이 느껴지며 이어 붉은 피가 묻어 나왔다. 입술을 머금어 지혈하는 하연의 뺨 위로 눈물이 떨어져 내렸다. 그때 전화가 울렸다. 발신자는 제이든이었다.

— 누나.

"무슨 일이야?"

비를 맞으며 스민 한기가 이제껏 사라지지 않고 제 몸을 감싸고 있는 것 같았다. 우울한 공기가 창밖의 어둠을 삼켰다.

— 방금 전 말이야. 준이 나한테 왔었어. 누나 집을 알려 달라고 해서.

"······."

— 사무실에 물어서 알려 줬어. 그러지 않으면 안 될 거 같아서.

"······."

왜! 라는 말이 치솟을 것 같았지만 하연은 참았다. 지금은 그럴 상황이 아니었다. 수습하고 싶지 않아도 파편들을 주워 담아야 할 때였다. 상처가 나고 다치겠지만 모두 제가 벌여 놓은 일이었다.

— 문을 열어 주고 안 열어 주고는 누나 마음이야. 누나가 알아서 해.

"······."

— 하지만 내 입장에선 알려 주지 않을 수 없었어. 호소라도 해야 할 거 같아 보였으니까. 그 사람 말이야.

전화를 끊은 하연이 불안한 눈으로 사방을 바라보았다. 대체 지금의 제가 무엇을 선택할 수 있을까. 지금 이런 것들이 다 무슨 소용일까.

'너는 그 사람하고 미래를 꿈꾸면서 나는 이렇게 망가지라고?'

부끄러워서. 제가 부끄러워서 하연은 견딜 수 없었다. 이렇게밖에 하지 못하는 제가 너무 창피해서 차마 준에게 안길 수 없었다.

단순한 해프닝으로 끝날 일이 아니었다. 업계의 중요한 사람들이 모두 모인 자리였다. 그런 자리에서 오해가 되었든 그게 아니었든 제가 저지른 일은 사람들 입에 오래도록 오르내릴 것이었다.

그렇다면 그 일에 욕이 되는 사람은 누구일까? 강하연? 그녀는 그저 이름 없는 일반인일 뿐이었다. 두 사람의 섣부른 사랑 놀이에 모든 것을 잃을 사람은 제가 아닌 준이었다. 지금껏 그가 쌓아 온 음악은 거짓이 되고 그의 멤버들에게는 커다란 피해가 갈 것이 분명했다. 음악을 잃은 준을 지켜볼 수 없었다. 그건 준에게 할 수 없는 짓이었다.

'어느 쪽이 되든 후회했을 거다.'

아버지의 말을 왜 이제야 이해할 수 있을까. 하연은 그 말을 지금에야 깨달았다. 그것은 아버지 스스로 한 선택에 대한 답변이 아니었다. 어머니와 이수정 중 누구를 선택했어도 후회했을 거라는 대답이 아니었다.

이수정을 사랑했던 건 아버지의 결정이 아니었다. 그녀를 사랑할 수밖에 없던 건 아버지의 부덕이었다. 아버지가 선택할 수 있었던 거라곤 마지막 그날뿐이었다. 이수정의 장례식에 찾아오지 않은 것에 대한 대답. 어느 쪽이 되었던 후회했을 거라는 아버지의 대답은 그 질문에 대한 것이었다.

아버지는 그곳에 나타나지 않았고 그리고 후회했다 말했다. 하지만 그의 결정은 옳은 것이었다. 아버지가 그 자리에 나타났다면 사람들은 이수정을 어떻게 생각했을까? 아무것도 아닌 남자의 모습에. 사람들은 아버지와 이수정. 둘 중 누구를 욕했을까.

문을 열어 줄 수밖에 없었다. 쉼 없이 두드리는 문. 그 앞에 서 있는 건 많은 사람들의 눈에 띄는 콜드문의 준이었다.

"들어와."

쓰러질 듯 안겨 오는 준의 몸에서는 지독한 알코올 냄새가 풍겼다. 젖은 채 그대로 말라 버린 옷이 뻣뻣하게 그의 몸을 감싸고 있었다. 이 옷을 벗겨 얼어 버린 그의 체온을 녹여 줄 수 있다면. 그럴 수 있다면 얼마나 좋을까.

"이 문을 열어 준 건 다시 만나지 않기 위해서야."

곧바로 문에서 몇 걸음 떨어져 하연은 그에게 말했다. 마치 그의 축축한 몸에는 절대 닿고 싶지 않다는 듯.

"그게 무슨 소리야, 강하연."

상황을 이해할 수 없어 초점 없이 흐려진 눈으로 준이 고개를 흔들었다.

"우린 이제 끝이야. 그러니까 소란 피우지 말고 돌아가."

놀라 얼어 버린 준이 한동안 말을 잃었다. 하지만 그의 앞에 있는 건 냉랭한 분위기를 풍기는 하연뿐이었다. 울부짖는 목소리로 그가 매달렸다.

"하연아! 제발 내 말 좀 들어 봐. 난 네가 무슨 상황이었던 상관없어. 서진혁하고 어떤 관계였든 그 자식하고 정말 식장에 들어갔든! 밤새 함께했든 상관없어! 너 이러면 안 돼. 우리 앞으로 함께하기로 했잖아. 영원히 함께하기로 그렇게 약속했잖아."

"그런 약속 한 적 없어. 설사 그렇게 오해했다 해도 그건 없는 일이야."

제 양팔을 엇갈려 잡은 하연이 준의 시선을 피하지 않고 말했다. 믿을 수 없다는 듯 준의 눈빛이 흔들렸다.

"무슨 소리야? 너 설마. 정말 서진혁하고 뭘 어떻게 해 보려는 거야?"

하연이 코웃음 치듯 가볍게 미소 지었다.

"나쁘지 않은 결정이라고 생각해. 신화그룹. 그 가치는 콜드문하고는 비교도 안 될 정도니까."

하. 미간을 찌푸린 준이 제 앞에서 점점 흐릿해져 가는 하연을 어떻게든 바라보려 눈을 부릅떴다.

"난 김동준이야. 콜드문 준이 아니라 김동준. 너한테 서진혁이 그런 사람이었어? 정말 그런 거야?"

"나는 나를 가장 사랑해. 네가 준이건 김동준이건 그런 건 상관없어. 그만나가 줘. 곧 그 사람이 올 거야. 여기서 소리 지르고 난리 치면 경찰을 부르겠어. 그런 건 원하지 않겠지?"

"하연아!"

"이러지 마. 추한 모습 보고 싶지 않아. 예전에 네가 나에게 했던 행동 잊지않았지? 넌 나한테 지금 그때의 강하연하고 똑같아."

"하연아! 거짓말하지 마. 너 지금 다른 생각이잖아. 다른 생각으로 이러는거잖아! 하연아! 하연아!"

문밖으로 그를 몰아낸 하연이 그 자리에서 그대로 주저앉았다. 문틈 사이로 준의 절규가 들렸다. 휴대 전화를 든 하연이 떨리는 목소리로 제이든에게 말했다.

"누군가 불러서 준을 좀 데리고 가라고 해 줘. 부탁이야."

얼마 안 가 커다란 소란이 들렸다. 그러나 그것도 순식간에 사라져 어둠 속으로 흩어졌다. 하연은 곧바로 호텔로 짐을 옮겼다. 누군가가 몰아닥칠 것을. 방금 전의 일들에 대해 물어 올 사람들을 대비하고자 함이었다.

그날 밤 열이 올라 흐트러진 정신으로 하연은 몇 번이고 다시 생각했다. 어쩌면 다시 돌아갈 방법이 있을 거라고. 제 모든 걸 버린다면 준에게 다시 돌아갈 수 있는 방법이 생길 거라고. 그 파티에 모인 사람들이 어쩌면 그 일에 대해 크게 생각하지 않을 수도 있다고.

아니, 어제 그 일은 모두 꿈이라고.

하지만 다음 날 아침 하연은 이제 다시는 돌아갈 수 있는 방법이 남아 있지않다는 걸 알게 되었다. 제가 저를 모두 버린다 해도 이 상황을 해결할 방법은 없었다.

콜드문 준의 연인은 J엔터 아트 디렉터 강하연으로 알려져
신화그룹 차남 서진혁의 상대는 J엔터 아트 디렉터 강하연

엉켜 버린 세 사람의 인연
신화그룹의 서진혁, 콜드문 준과의 악연

이제 그 누구도 제자리로 돌아갈 수 없었다.

13

"난 전혀 몰랐어."

전화기를 들고 있던 리나의 표정이 멍해졌다. 제이든과 통화를 하는 중이었다. 기사가 나고 몇 시간이 지난 후였다. 사무실은 엉망이었다. 보통 이럴 때는 다른 멤버들이 당황하는 사이, 준이 수습하는 수순이었는데 준이 곤란할 때는 어떻게 한다고 정해진 것이 없었다. 준은 그 누구도 곤란하게 만든 적이 없었으니 당연한 일이었다.

— 나도 자세히는 몰라. 그냥 내가 준의 팬이었다 보니, 어쩌다 알게 된 조각들이 하나씩 맞춰진 거라고 해야 할까.

전화기 속의 제이든은 담담하게 말하고 있었다. 아마도 이미 많은 것들을 알고 있었던 모양이다. 그러니 나올 수 있는 반응이었다.

그가 놀라지 않았다는 건 세 사람의 사랑이 지금의 파국을 이해할 만큼 깊었다는 의미일 것이다. 이성적인 행동을 생각하지 못할 만큼 감정적으로 치닫는 상태. 그런 상황은 리나도 잘 알고 있다.

"아."

리나는 짧게 그렇게 대답해 놓고 무어라 덧붙일 수 없었다. 무슨 말로 그들에 대해 코멘트를 달아야 할지 모르겠다는 것이 정확했다. 그 감정의 소용돌이를 아는 사람은 함부로 말할 수 없었다. 그저 침묵할 수밖에.

— 준은 지금 어디에 있어?

제이든이 물었다.

"회사 사람들에 의해 잘 간수되고 있어. 방문도 지키고 있고."

— 그거 가지곤 안 돼.

"방 안에서도 지키고 있어. 들리는 말에 의하면 그로기 상태래."

— 음.

"아무도 상대할 수 없어."

리나의 눈에서 눈물이 쏟아지기 시작했다.

이른 아침 폭로 기사가 터졌다. 준의 숨겨 둔 일반인 연인이 바로 브리즈가 소속된 J엔터 아트 디렉터 강하연이란 소식이었다. 지난번 기사에서 사용되었던 사진들이 재이용되었는데 얼굴을 가리고 모자이크 처리 했던 사진에 모자이크가 사라져 얼굴이 모두 드러나고 다른 각도에서 찍어 선명하게 나온 것도 추가되어 있었다.

몇 분 뒤, 신화그룹 서진혁의 결혼 기사가 났다. 마치 준의 보도가 난 것은 전혀 몰랐다는 듯. 보도된 기사에서는 서진혁이 최근 자신이 설립한 엔터 회사에서 자리를 옮겨 신화건설의 이사를 맡게 된 이유가 같은 엔터 회사에서 근무한 아트 디렉터 강하연과의 결혼 때문이라는 이야기가 명시되어 있었다.

그 후로 자극적인 제목을 달고 수없이 많은 파생 기사들이 봇물 터지듯 터졌다.

몇 시간 뒤 신화그룹 측에서는 반박 기사를 냈다. 강하연과는 회사의 직장 상사와 부하 직원의 관계일 뿐이었으며 서진혁의 결혼 상대는 강하연이 아닌 피아니스트로 활동하고 있는 미전그룹 김이영이라는 보도였다.

블루엔터의 반박 기사 역시 이어졌다. 준은 강하연과 교제한 것이 맞지만 그 것은 이미 몇 개월 전의 일이며 현재 준은 새로운 앨범을 준비 중이라는 이야기였다.

하나 마나 한 두 사측의 반박 기사들은 후순위로 밀려났다. 사람들은 이제까지 한 번도 본 적 없던 재벌 3세와 뮤지션의 삼각관계에 관심을 두었다. 그들에 비해 정보가 많지 않은 강하연과 관련된 자료는 하루 전 있었던 잭의 파티에 등장한 하연의 사진이 허술하게 모자이크 처리 되어 기사에 났다.

누군가는 그 모자이크를 지워 실수인 양 보도했고 그 사진을 본 사람들은 이 여자야말로 두 남자를 쥐고 흔들 만한 대단한 외모라 칭찬하기도 했지만 대부분은 그 정도는 되지도 못한다고, 어디 더럽게 도화살이 낀 재수 없는 여자라 평했다.

날뛰는 기사들에 듣도 보도 못한 역술가들이 나와 올해 세 사람의 운세를 올리기도 했다. 원체 재물 운, 관운은 있으나 셋 모두 평생 외로움을 타고난 운명이라. 서로가 서로를 갉아먹는 합이 보여 좋을 것 없는 인연이라는, 그럴싸한 이야기였다. 각종 커뮤니티에서는 익명을 빌려 세 사람에 대한 추잡한 이야기들을 떠들어 댔다.

다른 사람에게는 10분짜리 가십거리밖에 되지 않는 세 사람의 긴 이야기였다.

○ ● ○

"심리적으로 의심 가는 일이 있지만 물증을 잡지 못해 안타까운 상태야."

진혁의 날카로운 눈매가 유라를 바라보았다. 서울에만 공식적으로 다섯 채의 집을 가지고 있는 차유라의 소재를 알아내기 위해 이미 많은 시간을 허비한 상황이었다. 수소문 끝에 알아낸 현재 거처는 생각 밖에 좁은 오피스텔. 늦은 밤 제 집으로 찾아온 진혁을 맞이한 유라는 나태한 표정으로 그를 바라보았다.

"왜 그래? 곧 결혼을 앞둔 새 신랑이 죽상이 돼서."

손가락 사이 끼운 담배에 불을 붙인 차유라가 천천히 후 연기를 내뿜었다. 검은 눈동자가 깜빡거리며 진혁을 비웃는 듯했다.

"이 집은 어때? 밀회의 장소로 사용하기에 딱 좋은데. 결혼 선물로 줄까 하고 기다리고 있던 참이야. 어차피 김이영은 꼭두각시일 테니까."

"미친."

힘주어 뻗은 진혁의 손이 유라의 멱살을 잡아끌었다. 저항 없이 딸려 오는 그녀의 얼굴이 일그러져 있었다.

"네 맘대로 안 된다고 나한테 화풀이하는 거야? 저질스러운 놈. 진짜 네가 맞설 상대는 다른 곳에 있지 않아? 그쪽으로는 칼도 뽑아 들지 못하면서."

긴 속눈썹이 꼬리를 올리듯 바짝 치켜졌다. 그녀의 가증스러운 표정에 진혁의 손에 힘이 들어갔다.

"어떻게든 네 정체를 낱낱이 밝혀낼 생각이야. 네년이 어떤 인간인지 반드시!"

부르르 진혁의 손아귀가 떨렸다. 그 손에 걸린 유라의 얼굴은 평온했다. 손가락 사이 끼워져 있는 담배 끝이 붉게 타올라 재가 바닥으로 떨어졌다.

"그리고 싶다면 우선 제 감정을 컨트롤하는 것부터 연습해야겠어. 도련님. 이래 가지고는 링 위에 올라가기도 전에 자멸하겠는걸?"

피식 입술 끝이 치솟았다. 진혁의 손이 유라를 거칠게 던졌다. 바닥으로 내던져진 유라가 재미있다는 듯 웃으며 느긋하게 자세를 곧추세워 긴 머리카락을 털었다.

"일 다 봤으면 이제 그만 가."

소파에 앉은 유라가 긴 다리를 꼰 채 들고 있던 담배를 다시 입에 물었다.

"앞으로 신화그룹은 영원그룹과 영원히 협력하지 않을 생각이야."

그쪽을 향해 진혁이 말을 던졌다. 코웃음을 친 유라가 그 제안을 받아들이겠다는 듯 고개를 끄덕이며 말했다.

"뭐, 굳이 우리 쪽에서 굳이 신화의 협조가 필요할까 싶은데. 격차가 워낙 벌어져서 말이야."

진혁의 눈동자에 불이 일었다. 비웃은 차유라가 가볍게 손가락 두 개를 들어 까딱거렸다. 내내 그녀의 뒤에 서 있던 건장한 체격의 남자 세 명이 진혁을 향해 다가왔다. 어쩔 수 없다는 듯 뒤돌아선 진혁이 문밖으로 나갔다. 허름한 오피스텔은 3층 건물 안의 나머지 방은 모두 비워져 있기라도 한 듯 고요했다. 계단을 내려가 차로 돌아온 진혁이 운전대를 잡은 채 쉬 출발하지 못했다.

기사가 난 뒤 일대 혼란에 빠진 오늘 오전 신화그룹의 상황. 외근 준비를 하던 진혁은 회장님께 불려가 호되게 다뤄졌고 그 자리에서 그의 결혼 상대는 김이영으로 곧바로 결정되었다. 변명도 애원도 필요 없는 시간이었다.

저 여자가 한 짓이 분명했다. 분명, 저 여자의 짓이었다. 서로 다른 신문사를 통해 두 개의 기사를 각각 내도록 지시한 것. 시차를 두고 보도한 자료는 미리 준비된 듯 매끄러웠다. 심증은 있으나 물증이 없었다. 파고들어도 그 끝을 잡을 순 없을 것이다. 하지만 그 끝에는 차유라가 있을 게 분명했다.

그러나 지금으로서는 그 어떤 방도도 찾아낼 수 없는 것이 사실이었다. 하연은 전화를 피하고 있었고 그녀가 자신에게 원하는 것은 제가 자신을 포기하는 것뿐이었으니까.

"애초에 알고 시작한 거잖아. 어차피 내 것이 될 거라고 생각한 건 아니잖아. 안 그래, 서진혁?"

진혁의 눈에서 눈물이 흘러내렸다.

○ ● ○

"꼭 그렇게 해야만 해? 너 없이 브리즈 불가능해."

호텔에 있었던 하연이 진경의 덕분에 집으로 돌아왔다. 찬우까지 동원되어 겨우 집 앞에 머무르고 있던 기자들의 아우성과 플래시 세례를 뚫고 안으로 들어올 수 있었다.

집으로 돌아온 하연은 다른 것 없이 짐을 싸기 시작했다. 지난 마요르카로 출국할 때 사 놓았던 대형 여행용 가방 두 개가 순식간에 가득 채워졌다.

"어차피 이삼 일이면 끝날 일이야. 다들 열심히 떠들고 그러다 시들해지면 그만둘 거라고. 남 얘기 하기 좋아하는 사람들, 쓸데없는 호사가들일 뿐이라니까. 그러니까 가지 마. 응?"

진경은 불안에 떨고 있었다. 이대로 하연을 보낼 수 없었다. 작은 얼굴. 가느다란 몸체. 그런 것을 잊어버릴 만큼 한없이 강해 보이던 친구. 언젠가 힘주어 준을 뛰어넘을 거라 말하던 그녀가 실은 내내 준을 잊지 못하고 있었다는 사실을 진경은 너무 뒤늦게 알아채 버렸다. 여기서 그녀를 보내면 혹시라도 무슨 일이 생길까 두려웠다. 저 혼자 무슨 짓을 할지 몰랐다.

하지만 한번 결심한 하연은 뒤돌아보는 법이 없었다. 준을 만나고 있었다는 그 사실을 제외한다면 진경이 알고 있는 그대로의 하연이었다. 울먹거리는 것은 오히려 진경이었다. 제 짐을 꼼꼼하게 챙긴 하연이 그녀를 향해 뒤돌아섰다.

"괜찮아. 진경아. 네가 걱정하는 거 뭔지 아는데 정말 나 며칠만 쉬었다 돌아올게. 그러니까 걱정하지 않아도 돼."

"그래도 이건 아니잖아. 그 사람들이 제멋대로 떠드는 이야기에 너 혼자 피해를 볼 수 없잖아."

"피해 보는 거 아니야. 정말이야. 여기서 더 파고들면 나 너무 힘들어져. 그러니까 보내 줘. 그리고 나 원래 여행 좋아하잖아. 이런 기회 정말 흔치 않아. 이럴 때 아니면 또 일에 파묻혀서 떠나지 못했을 거야."

하연의 눈빛은 심지가 굳었다. 그 어느 때보다 더욱 그랬다. 슬프고 불안한 표정은 보이지 않았다. 그녀의 외모는 여전히 여렸지만 그녀의 눈빛은 평소만큼이나 단단해졌다.

"당분간 앨범과 관련해서는 월드뮤직에서 전담할 테니까 걱정할 거 없어. 일 있으면 김 대표랑 현규랑 의논하면 돼."

"하연아. 가지 마. 너 없이 우리 아무것도 못 해."

진경이 결국 울음을 터트리며 하연을 잡았다. 서러운 마음. 하연을 위로하는 울음. 연연한 미소를 지은 하연이 고개를 가볍게 저었다.

"그렇게 말해 줘서 고마워."

하연이 친구의 손등을 다독였다.

"차는 공항에 세워 둘게. 나중에 좀 부탁해."

마지막으로 차 키를 챙기며 하연은 당부했다. 눈물을 닦은 진경이 머뭇대다 덧붙였다.

"준이 전화했었어. 물론 서 대표도."

차안으로 짐을 실어 넣은 하연이 멈춰 크게 숨을 들이마셨다.

"잘 지내고 있다고 해 줘. 두 사람 모두에게 잘 지내길 바란다고도."

담담한 표정으로 하연이 차에 올라탔다. 애타는 진경이 하연을 불렀다.

"하연아!"

"연락할게. 정말이야. 걱정하지 마."

떠나는 하연의 얼굴은 홀가분해 보였다.

○ ● ○

공항은 사람들로 붐볐다. 여행의 설렘, 불확실한 상황에 대한 두려움. 그것을 뛰어넘는 기대감. 그 모든 것들이 뒤엉켜 넓은 공간은 열기로 가득했다. 그런 곳에서 누군가 자신을 알아볼 리 없다는 것은 당연했다. 크지 않은 키에 작은 체구. 대단할 것 없는 외모.

모자를 깊게 눌러쓴 하연의 시야가 좁아졌다. 자꾸만 느려지는 행동과는 다르게 마음이 조급했다. 커다란 여행용 가방을 양손으로 끌어 무인 발급기로 다가가려는 찰나 다리에 누군가 부딪치는 느낌이 들었다.

"으아앙!"

대여섯 살 되어 보이는 남자 아이가 앞을 보지 않고 달려오다 부딪친 모양이었다.

"괜찮니?"

허리를 굽혀 아이를 일으킨 하연의 옆으로 아이의 부모가 다가와 눈을 흘겼다. 흠칫 놀란 하연이 재빨리 고개를 돌려 얼굴을 숨겼다.

"괜찮아? 우리 아들! 어디 다친 데 없어?"

아이는 다행히 크게 다친 곳이 없는 것 같았다. 실제로는 부딪친 것이 아니라 닿았던 것뿐. 그저 놀란 것일 수도 있었다. 그런데도 제 부모의 역성에 어리광을 부리는 것이었다. 그 울음소리는 점점 높아져만 갔다.

그 앞에서 하연은 말 한마디 하지 못하고 아이를 살필 생각도 못 하고 굳어 버렸다. 사람들의 시선이 흘깃흘깃 그들 사이를 스쳤다. 모자를 기울인 하연이 제 눈을 숨겼다. 등줄기로 한기가 스며들어 몸이 얼었다. 시야가 점점 더 좁아져 왔다. 손에 들고 있던 휴대 전화가 부르르 떨었다. 준. 저장되어 있지 않았지만 알 수 있었다. 그 번호는 준의 것이었다.

"죄송합니다."

우물거려 말하는 순간 아이의 엄마가 하연을 매섭게 노려보았다. 실금 같은 상처가 단숨에 벌어져 아파 왔다. 손에 든 전화가 여전히 부르르 떨고 있었다. 그것을 주머니에 넣은 하연이 제 자신을 다독여 무인 발급기에 닿았다. 시간을 한참 들여 겨우 제 이름과 여권 번호를 입력한 하연이 티켓을 수령했다. 수하물을 부치고 보안 검색대를 향했다.

"모자는 벗어서 여기 넣어 주셔야 합니다."

직원의 말에야 외투를 벗은 하연이 마지막으로 머뭇거리다 모자를 벗어 바구니에 넣었다.

"이쪽으로 오세요."

머리끝부터 발끝까지 훑어 내리는 시선은 하연을 알아보고 하는 것이 아니었다. 이것은 그저 비행기를 타기 위한 절차일 뿐이었다. 그것을 하연도 알고 있었다.

검색대에 올려놓은 휴대 전화가 다시 또 부르르 떨고 있었다. 껌뻑이는 휴대 전화의 발신자 이름은 서진혁 대표였다. 검색대를 통과한 하연이 제일 먼저 다급하게 모자를 눌러썼다. 쉼 없이 울려 대는 휴대 전화를 누가 볼까 주머니에 집어넣고 출국 심사대 앞에서 모자를 벗은 하연이 시선을 돌렸다.

"제 쪽으로 봐 주셔야 합니다."

눈을 마주친 남자 직원은 하연을 유심히 바라보았지만 이것 역시 절차일 뿐이었다. 여권에 적힌 이름과 사진이 실제 본인과 맞는지 대조하는 일이었다. 결코 어제 아침 세상을 떠들썩하게 했던 삼각관계 스캔들의 장본인을 비난하는 눈빛은 아니었다.

비행기를 타기 전 준을 본 것 같은 착각이 들었다. 기내용 짐을 끌고 의자에 앉아 휴대 전화를 보고 있던 남자의 옆얼굴에서, 커피를 사기 위해 줄을 선, 키가 큰 남자의 뒷모습에서, 기내 안 스치듯 지나간 비즈니스석 창가 자리의 남자에게서 준이 보였다.

하지만 그럴 리 없었다. 하연의 휴대 전화는 좌석에 앉을 때까지 쉬지 않고 울리고 있었고 그를 다시 만날 이유는 없었다.

이코노미 좁은 좌석에서 하연은 모자를 눌러쓴 채 긴장하고 있었다. 주머니를 뒤적여 이어폰을 꺼내 귀에 끼워 넣었다. 옆자리로 들어온 젊은 여자의 손에는 신문이 들려 있었다. 주간으로 발행하는 신문의 연예 기사의 일면에 하연의 얼굴이 확대되어 있었다.

흡. 하연이 긴장하며 고개를 숙인 찰나였다.

"강하연 씨?"

"네?"

스튜어디스 하나가 하연을 향해 허리를 굽혔다. 놀란 목소리가 버럭 튀어 나갔다. 할 말이 있어 보이는 그녀의 표정에 하연은 다시 제 모자를 깊게 눌렀다.

"착오가 있었던 거 같아서요."

상냥한 표정의 그녀가 하연을 향해 말했다.

"뭐죠?"

경계하는 눈빛으로 하연이 시선을 피했다.

"좌석이 잘못 예약되어 있었거든요."

"그럴 리가 없는데요?"

하연이 제가 가지고 있던 표를 내밀어 그녀에게 확인시켰다.

"아. 그게 아니라 더블로 예약되어서요. 좌석을 변경해 주셔야겠어요."

상황을 파악할 수 없는 하연이 머뭇거리는 중이었다.

— 지금 저희 비행기는 이륙 준비를 마치고 활주로로 진입 중입니다. 승객 여러분께서는 안전벨트를 착용하여 주시기 바랍니다.

기내의 안내 방송과 함께 좌석 주변이 분주해졌다. 그녀를 향해 힐끗 눈치를 주는 옆자리 승객이 신문을 펼쳐 들었다.

"알겠습니다."

서둘러 자리에서 일어난 하연이 스튜어디스를 따라갔다. 좁은 통로 사이로 사람들이 하연을 힐끔거리는 것 같았다. 누군가 그녀의 이름을 부르는 것처럼 들렸다. 고개를 숙인 채 그 통로 끝으로 들어가자 넓은 좌석이 나타났다.

"이쪽입니다."

"네. 감사합니다."

지금 이 일이 어떻게 된 것인지 알 수 없었지만 하연은 그런 것을 파악할 상태가 되지 못했다. 진경이와 찬우 앞에서 이미 태연한 척 모든 신경을 곤두세운 상태였다. 거기서 이미 모든 정신을 소진했다. 지금으로서는 눈물을 흘리지 않기 위해 노력하는 것조차 쉽지 않았다. 거친 숨이 자꾸만 입 밖으로 새어 나왔다.

자리에 앉은 하연이 안전벨트를 착용한 뒤 모자를 앞으로 기울여 눈가를 가린 채 눈을 감았다. 이 모든 상황이 어서 끝나기를. 저 멀리 아무도 자신을 모르는 곳에 던져지기를. 바랄 뿐이었다. 심장이 거칠게 날뛰어 멎어 버릴 것 같았다.

"약속한 걸 그새 잊은 거야?"

익숙한 목소리가 음률처럼 들려왔다. 얼어 버린 채로 시선을 돌리지 못한 하연의 옆으로 그의 손이 하연의 손등을 꼭 쥐었다. 내내 기타 줄을 잡은 손가락 끝이 까슬거리며 하연의 손등을 긁었다.

"혼자 가면 어떻게 해?"

"……."

"우리, 우리만의 방식으로 함께하기로 했잖아. 영원히."

제 손을 온전히 감춰 버린 그의 손등 위로 하연의 눈물이 떨어졌다.

영국의 시골 작은 마을은 한국인 관광객이 한 명도 보이지 않는 곳이었다. 영상물에서나 보던 목가적 풍경. 사람보다 나무의 수가 월등히 많은 곳. 시내 중심가라도 해도 시야를 가리는 것은 없었다. 아기자기한 건물들이 몇 미터 이어지고, 그곳에는 식료품과 빈티지 제품을 파는 곳, 오래된 티 숍이 전부였다.

숙소에서 걸어 20여 분의 거리에 있는 음식점. 레스토랑이 많이 없는 시골 마을, 이런 가까운 곳에 음식을 사 먹을 곳이 있다는 건 다행이었다. 메뉴는 햄버거와 피시 앤 칩스, 샌드위치가 전부. 과일과 감자, 옥수수를 식료품점에서 사 가지고 와 간소하게 먹었다. 준이나 하연 모두 먹는 것에는 크게 관심이 없었다.

대부분의 시간을 집 안에서 보냈다. 독채로 빌린 이층집은 꽃이 가득한 정원과 오래된 나무 그늘, 마당으로 창이 난 부엌과 사방 열어 놓으면 향긋한 바람이 불어오는 침실이 있었다.

하연이 그림을 그리는 동안 준은 녹음기를 들고 멜로디를 흥얼거렸다. 그의 등에 기대고 있거나, 집 안 어딘가에 준이 있다는 생각을 하면 마음이 편안했다.

두 사람 모두 인터넷이나 전화는 거의 하지 않았다. 눈을 뜰 수 있을 때 잠에서 깼고 피곤하면 시간이 언제든 잠을 잤다. 그를 끌어안고 등줄기를 파고드는 바람과 코끝의 낯선 향기를 참아 냈다. 그래도 무서워지면 준의 품으로 파고들었다. 언제건 그의 억센 손은 하연을 재차 끌어안아 주었다.

그렇게 일주일의 시간이 지났다. 세상 떠들썩했던 세 사람의 기사는 이제 포털 사이트에서 사라지고 없었다.

어느 날인가 밤늦은 시간 준이 방 안에 들어가 전화하는 소리가 들렸다.

"일주일 뒤 아시아 투어가 마지막이야. 그러니까 최선을 다해 줘. 곧 입국할게."

커피를 내리던 하연의 심장이 뚝 멈추었다. 방 밖으로 나온 준이 찬장에서 컵을 꺼내 하연의 옆으로 다가왔다. 그가 하연의 손을 대신해 커피를 내렸다. 그들 주변으로 쌉쌀한 커피 향이 은은히 퍼졌다. 눈을 마주친 준이 가볍게 미소 지었다.

"아시아 투어를 위해서 귀국해야 할 거 같아."

"그래."

하연이 빵을 든 접시를 들고 식탁 앞에 앉았다. 아직 등을 보이고 있는 준은 두 잔의 커피를 내리기 위해 공을 들이고 있었다.

"콜드문, 마지막인 거야?"

하연이 불안감을 감추며 물었다.

"그러지 않을 거야. 나만 쉴 순 없잖아. 우리 모두 당분간 휴가야."

커피 잔을 하연의 앞으로 내밀며 준이 부드러운 미소를 지었다.

"세하랑 영일이 모두 투어 끝난 다음 날 걸로 비행기표를 끊었더라고. 놀라는 건 리나뿐이야. 너처럼."

"놀란 거 아니야."

하연은 곧바로 부정했지만 겁이 난 그녀의 얼굴은 쉽게 진정되지 않았다. 이 상황이 아직은 버거울 뿐이었다.

"같이 가는 건 어떨까?"

하지만 그의 말에는 고개를 저었다. 그건 그리 좋은 생각이 아니었다. 그 역시 예상하고 있었다는 듯 가만히 고개를 끄덕이더니 곧바로 덧붙였다.

"투어가 끝나면 함께하자. 우리만의 방식으로."

하연은 대답하지 않았다. 어떻게 대답해야 할지 알 수 없었다. 준이 손을 내밀어 하연의 손을 잡았다. 바르르 떨고 있는 하연의 손이 그의 손 아래 차차 떨림을 잠재웠다.

"불안해하지 마. 우리는 서로가 필요하잖아. 더 이상 그것으로 의심하지 말자. 나는 강하연이 필요해. 그 무엇보다 우선이야."

열정을 담아 이야기하던 준의 눈이 부드럽게 휘어지며 풀렸다. 어르듯 감싸 안듯 속삭이는 목소리.

"너에게도 내가 필요하지 않아?"

입 밖으로 소리 내지 못했지만 하연은 고개를 끄덕였다.

"그거면 됐어. 걱정하지 마. 내가 그렇게 만들 거니까. 내가 너한테 올 테니까."

그의 넓은 어깨 너머 하연의 시야의 끝으로 닿는 것은 나무와 꽃뿐이었다. 사방으로 가득 들어오는 햇살에 공기를 들이마시면 따스한 기운이 몸 안으로 스며들었다. 상처가 채 낫지 않았지만 모두 있던 자리로 돌아가야 했다.

○ ● ○

느리게 흘러가는 하루는 시작과 끝 모두 마침점이 없었다. 그가 떠나고 난 뒤 하연은 끊었던 인터넷을 다시 켰다. 미국으로 진출한 브리즈의 첫 싱글이 미국 빌보드 차트 HOT 100의 75위에 랭크되었다는 소식과 신화건설 서진혁이사의 약혼 소식.

스케치북 한 권과 연필 하나를 들고 하연이 마을 산책을 나갔다. 이틀 내 비가 내리고 그친 하늘이 맑았다. 푸릇푸릇한 나무들 사이. 가장 번화한 곳에 위치한 오래된 티 숍의 창가에 하연이 자리를 잡았다.

중년을 넘어간 듯 보이는 두 명의 여자가 나긋나긋한 목소리로 이야기를 나누고 있는 자리 하나. 그리고 하연이 앉은 자리 하나. 그렇게 채워진 자리는 두 개뿐이었다. 하나하나가 예술 작품이라 느껴질 만한 예쁜 티포트에 담긴 차는 별것 아니었지만 사람의 기분을 좋게 만들었다.

눈에 보이는 것과 눈에 보이지 않는 것들 모두를 스케치하며 하연은 차를 한 모금 마셨다. 투어를 간 준에게서는 하루에 두 번의 전화가 왔다. 영국으로 들어올 비행기표를 이미 구매해 놨다는 것과 이번에 입국하면 다른 마을로 거처를 옮기자는 이야기. 그것이 마치 꿈결처럼 들려왔다.

— 곧 갈게. 조금만 더 기다려 줘. 곧 너한테 갈게.

"알았어. 하지만 무리하지 마."

무대 위에서의 준은 어떨까? 걱정이 됐었다. 준을 옹호하는 소수의 사람들과 그를 비난하는 대부분의 사람들로 양분되었던 넷상의 반응.

하지만 준은 그 일이 마치 아무것도 아니라는 듯 태연했다. 그는 무대 위에서 여전히 콜드문의 준이었다. 일부 팬은 준에게 실망해 콘서트 티켓을 취소했지만 취소된 티켓은 구하기 어려웠던 콘서트 자리를 구할 수 있게 돼 기뻐하는 다른 팬들에게 돌아갔다.

그리고 준은 투어의 첫날 비상업적인 방식으로 자신의 음악 한 곡을 대중들에게 공개했다. 어두운 조명 아래 기타를 안고 노래하는 준의 모습은 담담했다.

오랫동안 만나지 않았던 친구에게 전화가 왔네
사람들이 나에 대해 떠드는 이야기가 맞는지
그 친구는 믿기지 않는다고 했지
사람들이 하는 소리

그 이야기 속의 내가

마치 자신이 알던 그 사람이 아닌 것 같아

걱정된다고 했네

그의 목소리는 조심스러웠기에 나는 그가 그저 호기심으로

내게 전화를 걸지 않았다는 걸 알았고

그것만으로도 나는 큰 위로를 받았네

나는 오랫동안 생각만 했던 이야기를 친구에게 했네

사람은 똑같은 모습으로만 살 수 없다고

시간이 흐르면 우리는 달라진 우리의 모습에 적응해야 한다고

만약 그래야 하는 순간이 있다면 그것이 바로 지금이라고

나는 그렇게 친구에게 말했네

괜찮다고 나는 지금이 바로 그런 순간일 뿐이라 말했네

나는 잘 해내고 있다고

네가 알던 그 사람이 맞다고

그저 지금이 달라져야 하는 그런 순간일 뿐이라 그런 거라 말했네

나는 잘 해내고 있다고

괜찮다 말했네

작업실에서의 부른 그의 노래를 담은 영상은 순식간에 10억 뷰를 달성했고 그에 대한 반응 역시 양분되었다. 별것 없는 남자의 마지막 발악이라는 의견과 사생활은 어땠는지 모르지만 역시 음악은 잘한다는 의견.

정식 음원이 없는 무제의 그 음악을 듣기 위해 하연은 몇 번이나 인터넷에 접속해야 했다. 그리고 그가 마지막 무대를 위해 서울에 도착했을 때 준은 팬들에게 긴 장문의 손 편지를 공개했다.

그동안 말하지 못했던 제 진심을 고백한 그의 글은 꾸밈없이 진실되었다. 제 마음을 일찍 깨닫지 못해 혼란을 안기고 팬 여러분께 실망을 드린 점을 죄송하게 생각한다는 내용이 주였다. 앞으로는 책임을 갖고 최선을 다해 아티스트로서 한 가정의 가장으로서도 노력하겠다는 말이 제일 마지막에 적혀 있었다.

그의 편지는 대대적으로 보도되었고 수많은 사람들이 보았다. 하지만 정작 그 편지를 보아야 할 사람은 그것을 보지 못했다. 하연은 한 통의 전화를 받고 한국으로 귀국해야 했다. 인터넷은 다시 꺼진 지 오래였다.

수술실 특유의 향이 짙은 대기실은 사람을 불안하게 만들었다. 다른 것에는 좀처럼 집중할 수 없고 오로지 집중할 수 있는 것이라고는 제 심장의 고동 소리뿐인 그곳에서 하연은 당장이라도 쓰러질 것 같은 제 몸을 추스르는 것도 쉽지 않았다.

병이 재발되어 다시 수술해야 한다는 아버지의 전화. 동의서를 작성하고 마지막 인사를 나누던 그때 보았던 아버지의 창백한 얼굴이 자꾸만 떠올랐다. 수많은 자책과 후회가 뒤엉켰다.

의사가 애초 약속한 수술 시간은 여섯 시간. 그 시간이 넘어간 순간 그 이상이 걸릴 수도 있다는 말을 기억해 낸 하연은 다시 희망을 걸었지만 애통한 표정으로 수술실 밖에 모습을 드러낸 의사의 얼굴을 확인하고 난 뒤 하연은 아무 말도 할 수 없었다.

○ ● ○

날씨가 무척 맑았다. 망울 터진 봄꽃들이 재잘거리는 소리가 햇살에 소란스러웠다. 그 속에 드문드문 이어지는 조문객들이 검은 그림자를 드리웠다. 그게 무척이나 이질적이었다.

그래, 이게 현실일 리 없었다. 앞뒤가 맞지 않고 뒤죽박죽 엉켜든 꿈이 분명했다. 눈 한번 질끈 감았다 뜨면 사라질 꿈. 조문객을 향해 깊게 고개 숙였던 하연의 시선이 전광판에 깜빡이는 아버지의 이름에서 멈추었다.

「101호. 故 강진석」

한 번도 얼굴을 본 적 없던, 아버지의 회사 직원들이 조문객의 대부분이었다. 그들은 담담한 얼굴로 방문해 예의 바른 조문객의 표정으로 하연을 마주했다. 꼬박 하루 하고 반나절. 아버지의 마지막 가시는 길은 그리 외롭지 않았다. 그러나 손님들이 모두 돌아간 그날 밤부터 하연의 곁에는 아무도 없었다.

제 동료들에게는 알릴 겨를도 없었지만 알리고 싶지도 않았다. 귀국과 수술. 그리고 오늘에 이르기까지 하연은 사고가 마비된 듯 눈물만 쏟아졌다. 그 이유가 슬픔인지는 알 수 없었다. 하염없이 흐르는 눈물이 옷깃을 적셨다. 잠깐도 눈도 감을 수 없었던 새벽녘 누군가 하연을 향해 걸어왔다.

"잠시 만나셔야 할 사람이 있습니다."

불길해 보이는 두 명의 남자였다. 건장한 체격의 사람 앞에서 하연은 고개를 흔들었지만 그건 소용없는 짓이었다. 두 사람은 방금 전 했던 그 한마디가 최선의 예의였다는 듯 하연을 끌어당겨 억지로 차에 태웠다.

하연의 팔은 삽시간에 끈으로 묶였고 입은 소리 지르지 못하도록 테이프로 봉해졌다. 아무리 발버둥 쳐도 도망갈 곳이 없었다. 수십여 분 달린 차가 어둔 곳에서 멈췄다. 남자가 강제로 하연을 끌어 내렸다.

어둔 공터에는 아무것도 없었다. 불빛이라고는 사방 몇 백 미터 밖의 고속도로를 지나는 자동차의 헤드라이트뿐이었다. 몸을 비틀어 제 손에 묶인 끈을 풀어내려 했지만 그럴 때마다 끈은 더 옥죄며 하연의 손목에 깊게 박혔다. 누군가 저를 소리 소문 없이 없애 버린다면 딱 좋을 만한 곳이었다. 제가 이토록 원한을 산 적이 있었을까? 하연은 짐작하지 못했다.

그때 까만 옷을 입은 한 여자가 하연의 쪽으로 다가왔다. 시선을 가린 챙이 넓은 모자. 평소와는 다른 색깔 없는 입술. 어둠에 그늘이 져 하연은 처음 그녀가 누구인지 알지 못했다.

"이제 다 끝났네."

은근히 다정한 목소리가 들려왔다.

"이젠 정말 다 끝났어. 허무하게도."

그녀가 입꼬리를 비틀어 미소 지으며 하연을 바라보았다. 흠칫 놀란 하연이 한 발 뒤로 물러섰지만 성큼 다가온 그녀가 하연의 입을 막고 있는 테이프를 뜯어냈다. 빨갛게 부르튼 입술로 하연이 그녀를 노려보았다.

대체 누구일지 짐작이 가지 않을 만큼 낯선 얼굴에 달빛이 비춘 순간 하연은 곧 그녀가 누구인지 알아챌 수 있었다.

"우리 어머니는 네 아버지를 사랑했고 네 아버지는 우리 어머니를 사랑했지. 만나지 말았어야 할 인연이었어. 우리처럼."

숨을 들이쉰 하연이 제 앞에 있는 여자를 똑바로 마주 보았다. 까만 눈동자가 이상한 빛깔로 반짝이고 있었다. 재미있다는 듯 그녀가 웃었다.

"설마 알고 있었으면서 어떻게 여태 모른 척할 수 있었을까. 그런 생각을 하는 건가? 너랑 나의 관계를 내가 모를 거라 생각했어?"

떨리는 입술을 꾹 다물어 상대를 노려보았다. 쿡 재미있다는 듯 차유라가 소리 내어 웃었다.

"하지만 그건 너도 마찬가지잖아. 나를 보면서 그동안 무슨 생각을 했어? 불쌍하다고 여긴 건가? 아무것도 모르면서 당하고만 있었다고 생각했던 건 아니겠지? 네 아버지와 내 어머니의 관계. 그것을 너만 아는 비밀이라고 생각하면서 흐뭇했던 거야? 설마?"

"이게 뭐 하는 짓이야? 그만둬!"

버둥거리며 하연이 소리쳤다.

"강하연 네가 무엇을 봤는지 모르지만 나는. 그래, 나는. 고작 다섯 살 때부터 네 아버지가 전화를 걸어 오지 않는 밤이면 불안해 술잔을 드는 여자를 지켜봐야 했어. 새벽 몰래 소리를 죽여 빠져나가는 바보 같은 여자. 그 남자의 말 한마디에 천국과 지옥을 오가는 여자."

차유라의 말을 믿을 수가 없었다. 하지만 그것을 믿지 않을 방법도 없었다. 표독스러운 눈동자. 그와 반대로 모든 것을 포기한 듯 처연한 목소리. 겁먹은 얼굴의 하연이 조금씩 뒤로 물러섰다.

"그 여자는 세상 사람들이 아는 신화그룹의 외동딸 이수정이 아니었어. 그녀는 한 남자에게 휘둘리는 어리석은 여자였지. 별것도 아닌 그런 남자에게."

마지막 한마디를 뱉어 내며 부르르 차유라가 몸을 떨었다. 소름 끼치는 눈빛.

"그래서? 그래서 그걸 나한테 보상받으려는 거야? 대체 이러는 이유가 뭐야."

"여자는 울면서 매달렸어. 다른 건 다 좋으니 나한테 돌아와 달라고. 하지만 남자는 저를 인정하지 않는 그런 곳에는 들어가지 않겠다고 했지. 어차피 그럴 생각도 없었고 말이야. 그러니까 그 남자는 그냥 여자의 마음을 가지고 논 거야. 이럴까, 저럴까 망설이면서 제가 원하는 것을 취했지. 어떤 게 더 좋을까, 내가 손해 보지 않을 상황은 뭘까. 그게 지금 네가 준에게 하고 있는 짓과 다를 게 뭐야?"

유라는 천천히 하연의 앞으로 다가왔다. 화장기 없는 얼굴. 창백한 두 뺨. 그 얼굴에서 이수정이 보였다. 하연의 눈에 불이 일었다.

"말도 안 되는 소리 하지 마! 네가 지금 하고 있는 짓이 뭔지는 알기나 해? 너는 너희 엄마랑 똑같아. 가정이 있는 남자를 가지고 제멋대로 군 건 이수정이야!"

하! 짧게 미소 지은 그녀가 제 시야를 가리고 있던 모자를 벗었다. 그늘 속에 가려 있던 차유라의 얼굴이 처음으로 온전히 하연의 앞에 놓였다. 저와는 정반대의 분위기를 가지고 있다고 생각했던 차유라의 얼굴.

불안한 눈빛으로 하연이 그녀를 바라보았다. 알 수 없는 기분이 하연의 몸을 감싸기 시작했다.

"가정 있는 남자를 가지고 멋대로 굴었다고? 마지막 날 그녀가 그 남자에게 전하려고 했던 게 뭔지 알기나 해? 그 여자가 둘만의 밀회의 장소로 가서 그 남자에게 호소하려고 했던 게 뭔지 아냐고?"

차유라의 목소리는 점점 더 거칠어져 가고 있었다.

"그게 뭐든 상관없어."

하연이 눈을 치떴다. 그 눈빛에 차유라의 얼굴이 일그러졌다.

"참 너는 순진해. 이 세상에서 네가 맡은 역할이 선하다고, 착한 아이라고 생각하는 거야? 네 아버지 역시 다른 여자에게 꼬임을 당해 그렇게 했다고 생각하는 모양인데. 그건 착각이야! 가정이 있는 여자를 희롱한 남자가 바로 네 아버지야. 그 여자를 버리고 다른 여자와 가정을 만든 게 바로 그 남자야!"

"……."

짙은 쌍꺼풀. 긴 꼬리를 가진 가는 눈동자. 검붉은 빛깔의 입술.

"나는 절대 혼자 남겨지지 않을 거야."

히스테릭한 미소를 지은 그 얼굴이 자신과 무척 닮아 있었다. 분명 그 얼굴은 저와 닮아 있었다. 경악한 하연의 눈동자가 초점을 잃었다. 저보다 세 살이 많은 차유라.

"이번에 버려져야 할 것은 너야! 내가 아니라! 너라고!"

그 순간 부르르르 부르르르 손에 쥐고 있던 휴대 전화가 몸을 떨었다. 끈으로 묶인 손을 비틀어 하연이 통화 버튼을 눌렀다.

— 하연아 어디야?

준의 목소리가 수화기 밖으로 튀어나왔다. 부들부들 떨리는 하연이 조금씩 뒤로 물러섰다. 그 순간 차유라의 손이 하연의 전화를 앗아 갔다.

— 하연아! 강하연! 대답해 봐! 강하연!

재차 부르는 준의 목소리에 하연은 그대로 차유라를 향해 제 몸을 부딪쳤다. 하지만 그것은 역부족이었다. 날카로운 차유라의 손톱이 하연의 손등에 박혔다. 으윽. 괴로워 몸을 비튼 하연이 신음을 흘리며 쓰러졌다.

— 하연아, 강하연!

넘어진 하연의 등 위를 차유라의 힐이 강타했다. 그대로 하연은 바닥을 뒹굴었다. 그 앞으로 고개를 튼 차유라가 하연의 눈을 뚫어져라 바라보고는 곧바로 제가 타고 온 차를 향해 빠르게 뛰어갔다. 놀란 하연이 몸을 일으켜 차유라와 반대쪽으로 달리기 시작했지만 손이 묶여 쉽지 않았다.

뒤엉킨 두 발보다 제 안의 심장의 소리가 더 빠르게 느껴졌다. 시끄러운 엔진 소리가 바로 뒤에서 들려왔다. 차마 뒤돌아볼 수 없는 공포가 하연을 얼어붙게 만들었다. 아무도 없는 빈 공터. 돌진하는 자동차가 자신을 그대로 덮칠 것이 분명했다. 자동차 헤드라이트 불빛이 하연의 몸을 집어삼킬 듯 휘감았다.

"아아아악."

그 순간 강하게 밀어 부딪친 무언가에 하연이 바닥으로 나뒹굴었다. 눈앞이 깜깜해져 모든 것이 사라졌다. 세상이 음 소거 된 듯 고요해지고 머릿속에 어지러운 것들이 휘몰아쳤다. 그리고 갑자기 귀가 열렸다.

"준! 준!"

절규하는 여자의 목소리와 함께 시끄러운 사이렌 소리가 들렸다. 몸을 일으켜 그를 확인하려는 순간 또다시 모든 것이 아득해졌다.

○ ● ○

준이 처음 그 말을 꺼냈을 때만 해도 리나는 실제 그런 일이 일어날 거라 생각하지 못했었다.

'투어 시작하기 전에 서로의 휴대 전화에 위치 추적 어플을 설치하면 어떨까 하는데.'

아시아 투어 시작 이틀 전. 준은 영국에서 귀국했다. 하연과 함께 올 줄 알았던 그는 혼자였다. 하긴 지금 이 상황에서 함께 입국하기도 쉽지 않을 거라 미루어 짐작한 리나는 입을 다물었다. 그런데 위치 추적이라고? 준의 의도를 짐작할 수 없는 리나가 조금 긴장했다. 영일도 말없이 준의 설명을 기다렸다.

'뭐야? 나를 그렇게나 감시하고 싶은 거야? 준, 드디어 나에 대한 흑심을 드러내는구만!'

세하가 여느 때처럼 장난을 쳤지만 준의 표정은 굳어 있었다.

'네가 아니라 나를 감시해 달라는 말이야. 내가 너희들의 도움이 필요해.'
'그게 무슨 소리야?'

순간 모두 불길한 표정을 지었다. 기분 나쁜 분위기가 공간을 에워쌌다. 모두의 얼굴이 어두워진 것을 본 준이 그럴 의도는 아니었다는 듯 가벼운 목소리로 말했었다.

'하연이랑 나, 우리 두 사람도 서로 추적 어플 깔아 놨거든. 그냥 모두 조심하자는 것뿐이야.'

그때만 해도 리나는 그가 만약을 대비하는 상대가 차유라일 거라는 생각은 조금도 하지 못했다. 준은 늘 예민했고 최근 들어 그의 불안증 증세가 조금 심해졌다는 정도밖에 알지 못했으니까. 그저 하연을 떼어 놓고 와서 준이 힘든 모양이라고 그렇게 여겼다.

하지만 걱정과는 달리 보름간의 아시아 투어는 별 탈 없이 진행되었다. 준도 무대 위에선 그 어느 때보다 열정이 넘쳤다. 그리고 마지막 서울.

본 공연이 끝나고 앵콜 무대가 시작되기 전 준이 불안한 눈빛으로 차유라를 찾았다. 그들의 공연이 있는 날이면 늘 대기실에서 모니터를 통해 콜드문의 공연을 감상하던 차유라였다. 오늘따라 그녀가 보이지 않는 것이 리나로서도 조금 의아하긴 했다.

하지만 신경 쓸 만한 일은 아니었다. 어차피 차유라는 음악 같은 건 잘 알지도 못할 뿐만 아니라 이제껏 그녀의 관심은 콜드문이 아닌 오직 준에게만 향했으니까.

대기실 밖으로 팬들의 환호가 끊이지 않았다.

"이쯤이면 다시 나가 봐야 하지 않아?"

앵콜을 위해 다시 무대 위로 올라가야 할 때였다. 리나가 모두를 독려했다. 그때 테이블 위에 놓인, 메시지 카드도 없고 띠조차 둘러져 있지 않은 꽃바구니 하나가 눈에 들어왔다.

"이게 대체 무슨 꽃이지?"

어딘가 두려워하는 것처럼 보이는 준이 리나에게 물었다. 거울을 확인하던 리나가 흘깃 그것을 보고 대답했다.

"아칸더스."

"아칸더스?"

그가 되물었다.

"꽃말이 아마 복수라는 의미였던 거 같은데. 그런 걸 누가 보낸 거야?"

고개를 갸웃한 리나가 무대 위로 올라갔다. 앵콜에 화답해 준 스타를 향해 팬들이 콜드문을 연호했다. 하지만 그 무대에 준은 올라오지 않았다. 마지막으로 뒤따라올 거라 생각한 그가 사라지고 없었다.

준 없이 리나는 솔로로 두 곡을 연달아 불렀다. 무슨 일이 생긴 게 분명했지만, 불안했지만. 무대 위의 리나는 환하게 웃으며 완벽한 무대를 선보였다. 그 무대를 뒤로하고 그들은 곧바로 차로 달렸다.

"여보세요? 제이든, 나야."

어둠 속을 향해 끝도 없이 달리는 차 속에서 리나는 제이든에게 전화를 걸었다. 위치 추적기로 확인한 준의 차는 그들이 알지 못하는 외진 곳으로 달려가고 있었다. 그 역시 하연의 위치를 추적하고 있을 터였다. 운전대를 잡은 세하의 눈에 잔뜩 핏발이 섰다. 리나의 어깨를 감싼 영일의 눈에 눈물이 고였다. 리나는 숨이 막힐 것 같았다.

— 공연은 잘 끝난 거야? 이대로 곧바로 2차는 언제? 좋은 곳을 알아 두었는데.

전화기 속의 제이든 옆으로 멤버들의 왁자지껄한 소리가 들렸다. 입술이 떨려 와 리나는 쉽게 말이 나오지 않았다. 거친 숨소리가 전화기 안으로 흘러들어 갔다.

— 무슨 일이야?

제이든의 목소리가 그제야 심각해졌다.

"준이랑 하연 언니. 무슨 일이 생긴 거 같아. 흐흐흑."

전화기를 잡은 리나의 손목을 타고 끝없이 눈물이 흘러내렸다. 뒤늦게 현장에 도착했지만 이미 소용없는 일이었다. 눈앞에 벌어진 광경에 리나는 다리에 힘이 풀려 주저앉고 말았다. 무엇이 두 사람을 이렇게 만들었는지 가늠할 수 없었다.

새카만 어둠이 깔린 도로 위로 준의 피가 흩뿌려져 있었다. 그는 혼절한 상태로 들것에 실려 가고 있었다. 이어서 하연을 실은 구급차가 빠르게 시야 밖으로 사라졌다. 경악한 리나를 세하가 부축했다. 리나의 등에 맞닿은 세하의 심장이 거칠게 뛰고 있었다.

○ ● ○

─ 오늘 새벽 경기도 인근 한 도로에서 콜드문의 리더 김동준 씨와 스물일곱 살 A 씨가 크게 다친 채 발견되었습니다. 경찰은 주변 CCTV 분석을 통해 도주한 차량을 조사 중에 있습니다.

─ 지난 새벽 1시경 발생한 뺑소니 사건과 관련하여 경찰은 주변 CCTV 분석 결과 현장에 함께 있다 도주한 것으로 파악된 B 씨를 불러 사고 경위를 조사 중인 것으로 밝혀졌습니다. 사고를 당한 김동준 씨는 머리 등을 크게 다쳐 현재 인근 병원으로 옮겨져 수술 중에 있는 것으로 알려졌습니다.

냉랭한 공기. 수술실 앞에서 리나는 부들부들 떨었다. 짧은 미니스커트. 무대에서 공연할 때 입은 의상 그대로 달려온 그녀의 온몸은 하얗게 질리다 못해 새파랗게 멍 든 것처럼 보였다. 누군가가 걸쳐 준 코트 깃을 여밀 기운도 없이 리나는 하염없이 눈물을 흘렸다.

얼마 후 소속사 관계자들이 도착해 병원 밖의 기자들을 정리하기 시작했다. 그 인파 사이를 뚫고 제이든이 달려왔다. 깨진 듯 조각나 버린 제이든의 눈동자. 자리에서 벌떡 일어난 리나가 울음을 터트리며 그에게 안겼다.

"하연 언니는 괜찮아. 타박상 정도래."

"준은?"

"준은…… 준은 머리랑 오른쪽 팔이 크게 다쳤어. 손가락이 엉망이야."

손가락? 준의 손가락이 다쳤다고?

제이든은 얼어 버렸다. 수많은 장면들 속 존재하던 음률이 사라졌다.

"하아……."

"준이 다시 기타를 잡을 수 있을까? 나 너무 무서워."

리나의 어깨가 제이든의 품 안에서 격하게 흔들렸다. 그녀의 어깨를 끌어안은 제이든이 제멋대로 흐르는 눈물을 내버려 둔 채 속삭였다.

"준은 가능해. 준은 무엇이든 해내는 사람이니까."

○ ● ○

그날 준은 여덟 시간의 수술을 견뎌 냈다. 가벼운 타박상만 입은 하연은 간단한 처치만 받은 뒤 곧바로 퇴원한 상태였다.

'수술은 모두 무사히 끝난 상태입니다. 다만 오른쪽 손가락의 손상이 심해서. 재활 치료 진행에 따라 달라질 거라 생각되지만 글쎄요. 두고 봐야 알 것 같습니다.'

그 말에 담긴 의미가 무엇인지 하연은 짐작할 수 있었다. 만약 그의 오른손이 예전 같지 않다면 준은 더 이상 기타를 칠 수 없을지도 몰랐다. 병실의 불이 모두 꺼지고 작은 비상등 하나가 깜빡였다. 잠이 든 준의 얼굴은 평화로워 보였다.

'준 그동안 많이 힘들어했어요. 최근 들어 불안증도 많이 심해졌어. 7년간 쉬지 않고 달려왔잖아요. 그러니까 이젠 하연 씨가 옆에서 지켜 줘요. 다른 거 생각하지 말고. 두 사람만 생각해요. 이제 준한테 남은 건 강하연 씨뿐이야.'

멤버들이 모두 돌아가고 난 뒤 마지막 남은 영일이 하연을 위로했다. 차마 리나와 제이든을 앞에 두고 무너질 수 없었던 하연이 영일의 위로에도 마지막 인내를 발휘해 눈물을 삼켰다.

날. 용서할 수 없을 거 같아. 만약 준, 준 손이……

차마 입에 담을 수 없는 말을 하연은 속으로 삼켰다. 영일의 앞에서 울고 싶지 않았다. 그에게 하고 싶은 말은 하나뿐이었다. 준이 이렇게 다친 것에 반해 너무도 멀쩡한 제 자신.

'모두에게 너무 미안해요.'

하연이 질끈 눈을 감았다. 영일의 손이 하연의 어깨를 깊게 짚었다 놓았다.

'하연 씨가 만약 다쳤다면 우리, 준 못 봐요. 그 자식 죽기보다 힘들어했을 거야.'

병실을 나서기 전 영일이 전해 준 것은 준의 손 편지였다. 팬들에게 공개했다는, 진작 하연에게 닿았어야 했던 편지. 아티스트로서도 한 가정의 가장으로서도 책임감 있는 모습을 보여 주겠다는 그 대목에서 하연은 미소가 흘렀다. 그와 동시에 쉬지 않고 흐르는 눈물이 멈출 기세를 보이지 않았다.

데뷔 이후 내내 제가 사랑하는 음악을 위해 준은 7년간 한 번도 쉬지 않고 달려왔다. 정규 앨범 네 장과 콘서트 실황 앨범 세 장. 그 밖에 앨범 사이사이 발표한 싱글은 콜드문의 인기가 급상승한 지난 3년간 거의 두 달에 한 번 꼴이었다. 콘서트뿐 아니라 각종 페스티벌과 방송까지 무대 욕심에 지치지 않았던 준과 멤버들은 독하게 달려왔다.

힘들고 외로웠을 것이다. 창작의 고통. 그뿐만이 아니라 늘 완벽해야 한다는 강박에 준은 자신을 채찍질하며 견뎌 왔을 것이다. 그러니까 이제는 잠시 쉬어도 되지 않을까. 이제 그는 잠깐이라도 제자리에 머물러 뒤를 돌아봐도 되지 않을까.

하지만 그렇다 해도 준의 손이 저렇게 된 것에 대한 제 죄책감을 없앨 수는 없었다.

편지를 접어 넣은 하연이 그의 침대로 가까이 다가갔다. 잠이 든 준의 얼굴은 서른인 제 나이보다 어린 모습이었다. 그는 아무것도 모르는 채 평온했다. 그는 아직 제 손이 온전히 나아지지 않을지도 모른다는 사실을 알지 못했다. 그런 준이 가여워 견딜 수가 없었다.

흡. 울음소리가 밖으로 튀어나올까 하연은 입을 꼭 틀어막았다. 하지만 곧 어깨가 들썩이고 침대 손잡이를 잡은 손이 떨리는 것까지는 막을 수 없었다. 아무에게도 기댈 수 없었던 우리. 누군가에게 사랑받는 법을 몰라 사랑하는 방법조차 서툴러서 그걸 밀어내기만 했던……

쓰린 눈물이 가슴을 뒤집어 놓았다. 그가 깨어나기를 간절히 바랐다. 그가 다시 노래할 수 있기를, 그 하나만을 바라고 있었다.

"지진이라도 난 줄 알았네."

웅얼거리는 소리에 하연이 고개를 들었다.

"왜 그렇게 우는 거야?"

지친 얼굴의 준이 희미하게 미소 짓고 있었다. 이제껏 하연이 알고 있던 담대하고 단단하던 준의 모습이 아니었다. 긴 수술과 피로로 그는 창백해 보였다.

입 주변은 뻣뻣하게 마르고 얼굴에도 상처가 나 하연은 차마 그를 똑바로 쳐다볼 수 없었다. 그의 앞에서 강해져야 하는데 흘러내리는 눈물이 도저히 멈추질 않았다. 제 손에 얼굴을 파묻은 채로 하연이 참았던 울음을 터트렸다.

"미안해. 미안해. 준. 나 때문에."

"그만 울어. 주삿바늘 때문에 안아 주지도 못하잖아."

그가 몸을 일으키려 애썼다. 하연이 다가가 그의 손을 잡았다.

"지금은 가만히 있어. 움직이면 안 돼. 잠깐만 의사 선생님 좀 모셔 올게."

하연이 잡은 손을 놓고 다급하게 몸을 일으켰다. 그의 손가락이 하연을 잡았다.

"잠깐. 잠깐만 같이 있자. 선생님 모셔 오기 전에 잠깐만."

그의 말은 느렸고 그의 미소는 희미했다. 머뭇거리던 하연이 다시 그의 손을 잡고 자리에 앉았다. 애틋한 눈빛으로 저를 바라보는 시선에 하연이 눈가에서 흘러내리는 눈물을 닦아 냈다.

"손 더 꼭 잡아 줘."

그가 말했다. 하연은 그의 손을 재차 잡았다. 준이 입꼬리를 올려 미소 지었다.

"기억나?"

"뭐?"

"예전에 내가 손으로 네 등 이렇게 데워 주었던 거."

"언제?"

되묻는 소리에 준의 얼굴에 미소가 번졌다.

"너 처음 만나고 얼마 안 돼서. 고시원에서 말이야. 아버지 전화 받고. 너 힘들어서 마음속으로 울고 있을 때."

훗. 하연이 바람이 빠져 버린 것 같은 소리로 웃었다. 아버지가 이층 단독 주택을 팔았다고 했던 그날. 마치 가족과 절연했다 느꼈던 그날. 하연은 준과 함께 고시원 바닥에 누워 있었다.

더 이상 돌아갈 곳이 사라진 그때. 세상 모든 것에 냉기가 흐르던 순간 그의 손바닥이 하연의 등을 받치고 있었다. 그 온기는 온몸의 혈관을 타고 돌아 심장을 얼어붙게 만드는 냉기를 차단하고 있었다. 여전히 몸이 시렸지만 그 냉기가 심장을 뚫고 들어가진 못하게 그가 막아 주었었다.

"그때 내가 왜 그랬는지 알아?"

"아니."

하연이 고개를 흔들었다. 그가 장난스러운 미소로 하연을 바라보았다.

"사랑해서."

마른 입술이 달싹였다. 하연의 눈에 눈물이 고였다.

"내가 그때 너랑 있었던 그 몇 달 동안 음악이라고는 한 곡도 작곡 못 한 거 알아?"

"아니."

"내가 너랑 헤어진 다음 그 집에 혼자 남아서 얼마나 많이 울었는지 알아?"

"아니."

"그때 리나가 제이든과 듀엣을 한다고 했을 때. 내가 망설였던 이유가 뭔지 알아?"

하연을 마주 보는 준의 얼굴에도 이제 눈물이 고였다.

"사랑해서. 하연아…… 너를 사랑해서 그랬어."

눈물이 자꾸 흘러내려 그의 얼굴이 보이지 않았다. 사랑한다는, 세상 모두가 말하는 그 흔한 말 한마디가 하연의 눈물을 멈추지 않게 했다.

하지만 그 눈물은 이전의 것과는 달랐다. 차가웠던 하연의 뺨에는 조금씩 생기가 돌았고, 하연은 이제 그 눈물이 흘러넘치지 않도록 제 손등으로 제 눈가를 자꾸만 닦아 냈다. 그를 잘 볼 수 있도록. 그를 한시도 놓치지 않으려 하연은 눈물을 재차 닦아 냈다.

"마요르카에서 내내 너를 안고 싶어서 돌아 버리는 줄 알았어. 그날 잭과 처음 만난 자리에 너를 두고 먼저 나온 건 나를 원치 않는 너를 억지로 끌어안을까 봐, 그게 겁나서였어."

"……."

"지금도 여전히 나는 겁이 나. 네가 나를 떠나 버릴까 봐. 나는 여전히 겁이나, 하연아."

그는 겁먹은 아이처럼 새까만 눈으로 하연을 바라보았다. 제가 달아날까 그는 불안해하고 있었다.

하지만 하연은 차마 준과 눈을 마주치지 못하고 그보다 더 불안한 눈빛으로 고개를 돌렸다. 준의 고통을 함께 지켜 줘야 하는데 그가 힘들어할까 봐 하연은 그를 차마 볼 수 없었다.

그의 낮은 목소리가 속삭이듯 말했다.

"손가락쯤 괜찮아."

놀란 하연의 얼굴이 그를 돌아보았다.

"들었어. 네가 영일이랑 하는 말. 재활할게. 할 거야. 나 할 수 있어."

"……."

"나. 다시 노래할 수 있게 도와줘. 무대에서 영원히 너를 부를게."

하연이 준의 손을 쥐었다. 곳곳이 상처나 할퀴고 갈라져 엉망이 되어 버린 그의 손. 그 손 위로 하연의 눈물이 하염없이 흘러내렸다.

"준. 지난 7년간 달려왔잖아. 이젠 나 부르지 않아도 돼."

"그게 너의 꿈이잖아."

"응. 그건 이전까지 나의 꿈, 지금 내 꿈은 네가 내 옆에서 쉬는 거야."

울먹이는 하연이 그렁거리는 준의 눈을 들여다보며 말했다.

"나는 어디로 가지 않아."

하연이 그의 손가락을 살살 문질렀다. 소용돌이치듯 휘몰아치던 그의 눈동자가 조금씩 가라앉았다.

"정말이야. 나는 아무 데도 안 가. 이제는 영원히 함께야."

○ ● ○

세 달의 시간이 흐르고 준은 퇴원했다. 하연은 그의 옆에서 내내 준을 지켰다. 그사이 차유라는 제 혐의를 부인했다. 그녀가 뺑소니 사고의 당사자라는 기사는 그 어떤 매체에서도 다뤄지지 않았다. 그녀는 위증을 위해 법정에 단 한 번 선 것 외에는 비즈니스를 목적으로 해외로 출국한 뒤 돌아오지 않았다.

언니. 배다른 저의 언니. 어쩌면 제 모습이었을지 모르는 그 사람.

마당이 넓은 집은 서울 외곽으로도 한참 달려야 나오는 곳에 자리했다. 이건 준이 가진 몇 채의 집 중 하나였다. 하연은 그가 퇴원하기 전 준이 알려 준 몇 채의 집을 돌아본 뒤 그중 하나를 골랐다.

가장 마음에 드는 덴 따로 있었으나 그 집은 세 들어 살고 있는 가족이 마음에 들어 포기했다. 다섯 살, 세 살 남매와 강아지 두 마리. 그리고 엄마 아빠. 하연이 생각하는 가장 이상적인 가족의 모습이었다.

그들은 하연이 찾아오자 조금 긴장한 상태로 그녀를 맞이했고 그저 둘러본 것뿐이라는 그녀의 말에 안심하며 궁금한 것들을 질문했다.

"결혼식은 하지 않으실 예정이세요?"

"네. 아마도요."

"신혼여행은요?"

"조금 더 있다 가려고요."

돌아가는 하연을 향해 그들이 인사했다.

"예쁜 아기 많이 낳으세요. 두 분 닮으면 정말 귀여울 거 같아요."

하연이 꾸벅 묵례하며 환한 미소를 보였다.

결혼식을 생략한 두 사람은 신혼집으로 들어오는 그날을 결혼기념일로 결정했다. 준이 퇴원하고 그다음 날. 하연이 운전하는 차를 타고 두 사람이 함께 집으로 들어왔다.

"마음에 들지 안 들지 잘 모르겠어. 내 멋대로 해 놔서."

하연이 미리 경고하듯 그에게 말했다. 긴장한 채 마당 안으로 한 발 발을 디딘 준의 얼굴이 환하게 밝아졌다. 그의 표정을 확인한 하연이 그제야 안심하며 미소 지었다. 준이 하연의 이마에 가볍게 키스하며 속삭였다.

"우리만의 방식대로 딱 맞는데?"

"그래. 우리만의 방식."

하연이 그의 가슴에 제 뺨을 기댔다. 기분 좋은 심장 소리가 하연의 귓가를 울리고 있었다.

퀭한 얼굴로 복도를 걸어간 하연이 사람들이 가득 들어찬 강의실 뒷자리에 털썩 주저앉아 자리를 잡았다. 발목까지 꼼꼼히 덮은 긴 바지와 되는대로 틀어 올린 머리. 목 끝까지 칭칭 감은 스카프. 거의 대부분의 시간 동안, 눅눅한 공기, 흐린 햇빛과 강한 바람이 가득한 이곳에서 살아남기 위해 하연은 자신을 무장 중이었다.

직장 생활을 하면서 즐겼던 객기 가득했던 옷차림은 이미 사라지고 하연은 이제 정말 정신을 차렸다. 식사도 잘 챙기고 감기 걸리지 않도록 보온에도 신경 썼다. 스물여덟. 또다시 혼자가 된 하연은 제 몸 하나쯤은 스스로 지켜야 하는 이 상황을 명확히 이해하고 있었다.

『하이. 진.』

『하이.』

이곳에서는 진이라 불리는 하연의 옆으로 안나가 인사를 하며 들어와 앉았다. 뺨을 타고 흐르는 다크서클. 며칠째 손질하지 못하고 방치된 머리. 부은 얼굴. 둘 다 부루퉁한 얼굴로 인사를 나누고 있지만 결코 상대에게 관심이 없거나 상냥하고 싶지 않아 그런 건 아니다. 그저 너무 지쳐 얼굴 근육을 움직이는 게 쉽지 않은 것뿐.

이미 2주일 넘게 강의실과 작업실, 세상에 존재하는 곳은 딱 그 두 군데뿐인 것처럼 살아온 하연이었다. 학교 근처에 얻은 작은 방으로 돌아간 것도 그간 서너 번뿐. 지쳐 쓰러져 겨우 서너 시간 잠을 자고 다시 유령처럼 학교 복도를 돌아다니는 생활이 이어졌다.

과제와 실습이 많기로 유명한 영국 미술 대학의 석사 과정.

『아침은 먹었어?』

고개를 절레절레 흔든 하연이 피곤으로 뻣뻣하게 마른 양쪽 입꼬리를 잔뜩 끌어 올려 보였다.

『이 수업 끝나면 가서 먹으려고.』

『그때 나도 같이 가.』

『오케이.』

그 이야기를 끝으로 삽시간 모두 조용해졌다. 30여 명의 사람들 앞에 수티앵 칼라의 셔츠를 입고 경쾌한 걸음으로 나타난 교수가 시간에 쫓기듯 말을 늘어 놓았다. 멍하게 풀려져 있던 하연의 눈에 바짝 힘이 조여졌다. 이미 지난 한 학기 동안 저보다 뛰어나다는 것이 증명된 수많은 학생들 사이에서 하연은 늘 긴장 상태였다.

어차피 이 모두가 제가 선택한 길이었다. 긴장과 고된 작업의 연속이 될 영국 유학. 나른한 햇살이 집 안 곳곳을 비추고, 제 옆에 누워 있는 준의 품 안으로 한없이 파고들 수 있는 신혼집에서의 생활이 3개월째 이어지던 그 시간 동안 하연은 영국으로의 유학을 준비했었다.

목표했던 곳은 두 군데. 그중 한 곳에서 인터뷰 요청이 왔고 합격도 하기 전 하연은 영국으로 짐을 옮겼다. 불합격하면 다시 도전하기로 마음먹은 상태. 다행히 그녀는 목표한 학교의 석사 과정에 합격했다.

새로운 음반을 작업 중이던 준은 함께 영국으로 와 학교 근처의 임대를 알아 봐 주었다. 대부분의 가구는 이미 마련되어 있었기 때문에 그 밖의 필요한 것은 없었지만 준은 자꾸만 무언가를 더 사 주고 싶어 했다. 그런 준을 말리느라 서로 몇 번의 실랑이를 하고 난 뒤 하연은 겨우 그를 한국으로 돌려보낼 수 있었다.

그 역시 기일이 한정되어 있는 일에 몰두 중이었다. 새로운 음악은 아니었다. 팬들을 위한 리패키지 앨범. 지금까지의 곡들 중 몇 곡을 새롭게 편곡할 예정이었다. 기타 연주는 다른 사람에게 맡길 생각이라고 했다.

준은 꾸준히 재활 치료를 받아 손이 많이 좋아진 상태였지만 연주를 할 만큼은 되지 못했다. 준의 손가락은 기대만큼 완벽하게 회복되지 않았다. 어느 정도의 연주는 가능했지만 그래도 예전 같지 않았다.

물론 그 미묘한 변화는 본인 스스로나 알아차릴 만한 정도였다. 하연은 그의 연주가 예전과 같지 않다는 것을 전혀 알 수 없었다. 하지만 준은 그것을 느끼고 있었고 그가 그것에 대해 신경 쓰고 있다는 것, 그것은 하연도 느낄 수 있었다.

서로를 속이는 말과 솔직한 말. 두 가지 중 무엇이 더 좋을까. 때론 너무 솔직한 것이 서로에게 짐이 된다는 것을 알고 있지만 이 상황은 달랐다. 두 사람은 고민했다. 손가락이 다친 건 분명 하연의 잘못이 아니었지만 하연은 그것을 제 잘못이라 생각하고 있었다.

그리고 일상생활에 전혀 문제가 없지만 제 기타 연주에 부족함을 느끼는 준은 그 손가락의 상태에 대해 하연에게 솔직하게 말하기 어려워했다. 그것이 두 사람 사이의 미묘한 감정을 만들어 냈다. 사랑하기 때문에 벌어지는 일이라는 건 알고 있었다. 그래서 두 사람은 어느 지점에서 타협하기로 했다.

하연은 더 이상 그것에 대해 미안해하지 않기로. 그리고 준은 손가락의 상태와 그것에 대해 느끼는 기분을 하연에게 솔직하게 말하기로.

"미안하다는 말은 더 이상 하지 마. 그건 결코 나를 위하는 일이 아니야."

준이 단호하게 말했다. 하연은 눈물을 삼켰다. 그의 앞에서 이 일로 더 이상 울지 않기로 했었다. 하연은 천천히 고개를 끄덕였다. 준이 결심한 듯 말을 꺼냈다.

"그럼 나도 이제 솔직히 말할게. 내 손의 상태가 이 이상 나아지는 건 힘들 거 같아."

"그럼 기타는……."

"다른 사람은 그렇지 않다고 느낄지 몰라도 나는 만족 못 할 거 같아."

솔직함은 고통스러운 일이었다. 하연은 할 말을 잃었다. 준의 손이 하연을 따스하게 감쌌다. 유학을 결심한 것. 그의 손에 대해 솔직하게 말하기로 한 것. 모두 다른 사람들은 이해 못 할 두 사람만의 방식이었다.

"그래서. 다른 방법을 생각 중이야. 고민할게. 치열하게. 너도 이 자리에서 열심히 고민해 줘. 그리고 내가 자극받을 만큼 최선을 다해 줘."

그다음 날 준은 다시 한국으로 돌아갔고 하연은 제 자신을 위해 그리고 그를 위해 열심히 학업에 몰두했다.

강의가 끝나자마자 하연은 도서관으로 자리를 옮겼다. 입에는 조각 두 개를 하나로 합쳐 놓은 듯 커다란 크기의 피자를 문 상태였다.

『학기 끝나면 다시 한국으로 가는 거야?』

안나가 커다란 안경 속에서 눈을 빛내며 물었다. 안나는 첫 학기에, 대부분 현장 실습으로 이루어진 '땅과 나무' 라는 수업을 함께 들으며 알게 된 친구였다. 캐나다 사람으로 원래 가구 디자인을 하다 더 공부하고 싶다는 생각이 들어 5년간 다니던 직장을 그만두고 입학 준비를 했다고 했다.

그녀는 음악에 대해서는 크게 관심이 없었기 때문에 하연이 무척 유명한 어떤 가수와 결혼한 상태라고만 알고 있을 뿐 그 이상은 몰랐다. 그것이 하연의 마음을 편하게 했다.

『응. 다음 주에 출국하게 될 거 같아.』

하연은 어제저녁 준과의 통화를 떠올리며 대답했다. 준은 하연이 출국한 이후 리패키지 앨범으로 몇 번의 텔레비전 출연과 인터뷰를 했다. 그리고 그 일로 여전히 바쁘다고 했다. 그와 제가 각각의 일로 바쁜 건 당연했고 그래서 자주 못 만나게 된 것도 당연했다. 그것이 두 사람의 선택이었다.

『네 남편이 어서 오라고 기다리지 않아?』

『음. 하지만 그 사람도 바빠서.』

『그립지 않아?』

『그립지. 그래서 더 열심히 할 거야.』

그 아이러니한 말에 안나는 고개를 갸웃했다. 마지막 조각을 입속으로 구겨 넣으며 하연이 미소 지었다. 맨얼굴을 가리기 위해 알 없는 뿔테 안경을 걸치고 머리카락을 칭칭 동여맨 하연이 그 미소를 끝으로 책 속으로 빠져들었다. 지난 학기의 부진을 만회하려면 조금 더 몰입해야 했다. 그렇게 두어 시간 후, 옆에서 긴 한숨을 쉰 안나가 자리에서 일어났다.

『안 되겠어. 나는 이제 그만 나가 볼래.』

안경을 안경집에 넣은 안나가 칭칭 동여맸던 머리를 풀었다. 입고 있던 라운드 티를 벗자 근사한 원피스가 드러났다. 하연의 눈이 놀라 동그래졌다.

『뭐야? 아예 작심하고 왔던 거야?』

『오늘 파티가 있거든. 너도 같이 가지 않을래?』

배낭 앞에서 립스틱을 꺼낸 안나가 커다란 입술에 짙게 립스틱을 발랐다. 방금 전까지 공부에 지쳐 초췌해 보이던 그녀의 모습이 순식간에 180도 바뀌어 생기가 가득해 보였다.

『무슨 파티인데?』

솔깃한 기분에 하연이 물었다.

『C사의 트렁크 쇼야.』

하연의 입이 쫙 벌어졌다.

C사의 트렁크 쇼라고! 하연이 안절부절못하는 표정을 지었다. 안나가 결정하려면 빨리 하라는 식의 표정을 지으며 여유를 부렸다. 하연의 남편에 대해서는 잘 몰라도 하연의 평소 취향이라면 잘 알고 있는 그녀였다.

C사의 트렁크 쇼라니. 그 브랜드라면 하연이 가장 좋아하는 것인 데다가 트렁크 쇼라면 VIP들을 위한 행사와 판매는 기본이요, 그 브랜드의 차기 시즌 패션쇼가 함께 진행되는, 한마디로 쉽게 초대받을 수 있는 파티가 아니었다. 이 구역의 모든 셀럽들을 구경할 수 있는 데다 간만에 완벽하게 기분 전환이 가능할 만한 곳.

하연의 머릿속이 복잡해졌다. 지난번 사 놓고 한 번도 입지 못한 미니드레스와 클러치를 들 수 있을 만한 장소였다. 머리. 머리를 다듬지 못해 엉망이긴 하지만 집에서 손질하면 그런대로 봐 줄 만할지 몰랐다.

『몇 시인데?』

하연이 기대감을 가지고 물었다.

『6시부터.』

시간을 확인한 하연의 얼굴이 구겨졌다.

지금으로부터 두 시간 뒤. 남아 있는 에세이와 준의 얼굴이 떠올랐다.

『안 되겠다. 미안.』

포기의 말에 안나가 열심히 잘해 보라는 식의 응원을 남기고 사라졌다. 그녀의 뒷모습에 힐끔 눈길을 준 하연이 고개를 털고 제 일에 다시 집중했다.

이 무슨 말도 안 되는 욕심이었단 말인가. 하연이 다시 책으로 눈을 박았다. 6천 자의 에세이를 작성하는 일은 대강의 개요를 잡는 것만으로도 쉽지 않았다. 미련을 버리고 공부에 몰두한 하연은 네 시간 뒤 녹초가 되어 간신히 방으로 돌아왔다. 잠시 눈을 붙인 뒤 다시 일어나 에세이 작성을 마칠 계획이었다.

친구들의 SNS에는 방금 전 제가 포기했던 파티의 사진이 속속들이 올라오고 있었다. 화려한 실내 장식과 눈이 돌아가게 예쁜 음식들. 하지만 하연에게는 다른 목표가 있었다. 그러니까 그때까지는 조금 더 인내해야 하는 것이다.

후에 직접 제 이름이 새겨진 초청장을 받을 수 있게 되거나 제가 직접 호스트가 돼서 사람들을 초청할 수 있는 위치에 도달하는 것. 그리고 무엇보다 준에게 계속해서 영감을 줄 수 있는 사람이 되는 것. 그것이 하연의 목표였다. 그것을 위해 신혼의 안정된 삶을 접어 두고 이곳에 온 것이다.

그러니 이제 그만 쓴 기억은 지워 버리고 공부를 위해 휴식을 취해야겠다 판단했다. 그렇게 잠시 눈을 붙이려 했던 하연이 잠에 빠졌다.

달콤하고 시원한 향기가 코끝을 스친 것 같았다. 아니, 부드러운 손길이 제 귓불 어딘가를 건드린 건지도 모른다. 한참 달게 잠을 잔 것 같은데. 지금 몇 시지? 재빨리 손을 뻗어 제 휴대 전화를 건드린 하연이 아직 어둑어둑한 창밖과 새벽 1시를 알리는 붉은 불빛에 안심한 것도 잠시였다.

제 허리를 감싸고 있는 익숙한 손길에 돌아본 하연이 제 등 뒤에 누워 있는, 멋들어진 반라의 남성에 깜짝 놀랐다. 애시 브라운 머리카락이 그의 이마 위에 흐트러져 있었다. 빈틈없이 완벽하게 재단된 근육이 심장을 두근거리게 만들었다.

지난 콜드문의 리패키지 앨범 발매를 위한 화보 촬영을 위해 잠시 영국에 들렀던 이후 한 달 만이었다. 어젯밤에 통화할 때만 해도 이런 말은 없었는데. 하연은 여전히 그가 제 앞에 있는 게 믿기지 않아 몇 번이나 눈을 감았다 떴다.

'열심히 공부하고 온 나를 위해 신께서 선물을 주신 걸까?'

그 역시 지쳐 쓰러졌는지 뚫어져라 바라보는 하연의 시선에도 여전히 아무 눈치 채지 못하고 깊게 잠들어 있었다. 아이처럼 꿈꾸는 듯 보이는 매끈한 얼굴과 남자다운 턱선. 그 얼굴을 가만히 내려다보고 있기를 한참. 눈을 뜬 준의 미간에 주름이 졌다.

"언제 일어났어?"

그의 낮은 목소리에 하연은 제 가슴이 파르르 떠는 것을 느꼈다.

"것보다 언제 온 거야?"

하연이 그의 입술에 살짝 입을 맞췄다.

"두 시간 전쯤인가?"

"어떻게 온 건데?"

"어떻게라니. 남편이 아내 보러 오는데 이유가 있어?"

팔을 뻗은 준이 하연의 허리를 껴안아 제 앞으로 당겼다. 그의 힘에 갑자기 침대로 구른 하연이 까르르 웃으며 준의 얼굴을 마주 보았다.

"그럼 그때부터 날 안 깨우고 쭈욱?"

"응. 너 너무 곤히 자는 거 같아서 깨우기 좀 그랬어."

서로를 향해 누워 가만히 상대의 얼굴을 들여다보던 두 사람이 어느 순간 엉겨 붙어 키스했다. 그리웠던 감촉. 매번 저를 달아오르게 만드는 그의 숨결. 오랫동안 애달프게 그리워했던 서로를 탐하듯 물고 빨아 몇 번이나 제 앞의 존재를 인식하고 나서야 두 사람은 간신히 서로를 놓을 수 있었다.

"보고 싶었어."

"나도."

"죽도록 보고 싶었어."

"나도. 미치도록 보고 싶었어."

하연의 달콤한 대답에 그다음을 유혹하듯 준이 매력적인 미소를 지으며 하연을 끌어당겼다. 항복하듯 길게 시선을 늘어트린 하연이 잠시 뜸을 들이다 순간 제 입술을 깨물며 결심한 듯 자리에서 벌떡 일어났다.

"뭐야? 한 달 만에 만난 남편을 이렇게 대하기야?"

그가 하연을 따라 벌떡 일어나며 항변했다.

"아니. 당신을 그렇게 대하는 건 건 내가 아니라 우리 교수님이야."

책상 앞에 앉은 하연이 곧 노트북을 펼쳤다. 그 뒤로 다가온 준이 어린아이처럼 칭얼거렸다.

"뭐야? 아직 시험이 더 남은 거야?"

"아니, 에세이. 그 교수가 기어코 마지막에 에세이 하나를 더 내 주신 거 있지."

스탠드 불빛을 밝힌 하연이 아직 뼈대밖에 정해지지 않은, 그 정도도 사실 굉장히 괄목할 만한 상태이긴 하지만, 에세이 작성을 위해 입을 앙다문 채 자판에 손을 올렸다.

"언제까지 제출인데?"

"내일. 내일이면 해방이야. 그때까지 좀 자고 있어."

다시 한번 준에게 당부한 하연이 쉽게 떠오르지 않는 첫 문장을 써 내기 위해 미간을 잔뜩 찌푸렸다.

"알았어. 그럼 나도 네 옆에 있을게."

식탁 앞에 있는 의자 하나를 끌어온 준이 하연의 옆에 앉았다.

"그러지 말고 좀 자 둬."

"싫어. 네 옆에 있을래."

고개를 젓는 준의 말에 그럼 별수 없다는 듯 하연이 곧바로 제 일에 몰두하려 애썼다. 제 옆에서 그윽하게 제 존재감을 풍기고 있는 준 때문에 그것이 쉽지 않았지만 바짝 허리를 곧추세워 앉아 타이핑하는 그녀의 손은 어느새 바쁘게 움직였다.

무언가에 몰두할 때면 입술이 비죽 나와 부루퉁해지는 하연의 얼굴이 준은 무척 재미있었다. 당장이라도 울 듯한 표정으로 자신을 바라보던 것도 잠시. 빠르게 제 일에 몰두하는 그녀의 모습은 준에겐 그저 바라만 보고 있기 힘든 것이었다.

건드리고 싶었다. 지금 이 에세이만큼이나, 아니 그보다 더 제게 몰두하는 그녀를 보고 싶었다. 결국 그 유혹에 지고 만 준이 스스로 피식 웃으며 그녀의 허리를 감싸 안았다. 뭐 하냐는 듯 준을 째려본 하연이 곧 제 허리를 살살 간질이는 그의 손길에 신음을 삼키며 허리를 튕겼다. 밉지 않게 그를 흘겨본 하연이 말했다.

"나 정말 시간 별로 없어."

"응. 알고 있어."

"그런데 이러기야?"

"알았어. 그럼."

준이 말을 잘 듣는 착한 아이처럼 하연의 허리에서 손을 떼어 내 놓고 곧바로 모르는 척 제 손에 들린 책으로 시선을 돌렸다. 그렇게 몇 분 서로 간의 약속이 잘 지켜지는 것 같았다. 하지만 어느새 준의 손은 다시 하연의 허리를 감쌌다. 그의 턱이 하연의 어깨에 올려졌다. 결이 고르지 않은 그의 숨이 하연의 귓가를 울렸다.

"뭐야?"

하연이 다시 그를 돌아보았다.

"한 달 만이잖아."

준이 이런 처사는 말도 안 된다는 듯 하연에게 말했다. 그의 입술이 하연의 볼을 살살 건드렸다. 그녀의 손은 여전히 노트북 자판을 향해 있었지만 하연의 입꼬리는 슬쩍 올라갔다. 그것을 확인한 준이 하연의 귓가를 스치듯 제 입술로 건드렸다. 그녀의 목울대가 마른침을 넘기는 것이 보였다.

폭이 넓은 티셔츠 속으로 준의 손이 침범했다. 등 뒤의 훅을 푼 그가 느슨해진 브래지어 속으로 제 손을 집어넣었다. 말랑한 가슴을 살살 어루만지자 하연의 입에서 아닌 척 앙큼스러운 신음이 살짝 비어져 나왔다.

"너는 공부해. 나도 내가 원하는 공부 할게."

준의 손이 하연의 가슴을 살짝 쥐었다 놓았다 금세 다시 가볍게 쥐어 제 손 안에서 쓸어 올렸다 곧바로 다시 뭉개어 뾰족해진 정점을 손끝으로 어루만졌다. 살짝 치켜 올라가는 하연의 고개를 확인한 그가 이번에는 하연의 바지를 풀어 그 안을 살살 달래듯 어루만졌다.

"정말 이러기야."

말과는 달리 그녀의 목소리는 촉촉하게 젖어 있었다.

"너는 네 공부 하라니까."

"알아. 알고 있는데. 흐흡."

순간 하연이 커다란 신음을 들이켰다. 그의 팔이 하연을 번쩍 들어 안아 제 앞으로 끌어당겼다. 하연이 손을 뻗어 그의 얼굴을 어루만졌다. 알고 있지만 다시 또 알고 싶은 얼굴. 두 사람 사이 치솟은 열기가 은은하게 퍼져 나갔다. 흐릿해진 그의 눈이 하연을 지긋이 바라보았다.

"잠깐만 괴롭힐게. 그러고 나면 네 옆에서 얌전히 기다리고 있을게."

"잠깐?"

"응. 정말 잠깐."

준이 하연을 잠시 제 앞에 내려놓고, 벗지 못한 자신의 진을 빠르게 벗어 내렸다. 그러고는 손을 뻗어 하연을 끌고 와 그녀의 옷을 마저 벗겨 내었다. 나신이 된 하연이 그의 몸 위에 올라탔다.

서로를 끌어안은 두 사람은 마치 조율하듯 천천히 서로의 호흡을 공유했다. 두근거리는 그의 심장 소리를 느끼며 하연은 준의 귓바퀴에 천천히 입을 맞추었다. 그녀의 가슴을 살짝 쥐어 제 손에 채운 준은 마치 처음인 것처럼 천천히 그 보드라운 것을 제 손바닥 안에서 넓게 퍼지게 만들었다가 다시 쓸어 담아 손안에 가두었다.

길게 신음을 흘리는 하연의 눈 안으로 그에 대한 욕망이 반짝이고 있었다. 그런 그녀를 사랑스럽다는 눈길로 바라본 준이 천천히 고개를 내리고는 그녀의 정점을 제 입안에 머금어 살살 굴렸다.

가는 허리가 준의 손안에서 매혹적으로 휘었다. 그의 손에 길들여져 하연이 제 몸을 열었다.

"사랑해, 하연아."

잔뜩 흥분한 열을 자제하다 쉬어 버린 그의 목소리가 하연의 귀를 울렸다.

"나도. 나도 사랑해, 준."

그의 입술에 입 맞추려 살짝 들어 올려진 하연의 힙을 제 손바닥으로 받아 안은 준이 천천히 제 몸에 그녀를 맞춰 넣었다.

날카롭고 강렬하고 동시에 무척이나 부드러운 세계가 두 사람에게 열렸다. 그녀의 몸이 제 안에서 자유롭게 움직일 수 있도록 준이 하연의 허리를 제 손으로 받쳤다. 육감적으로 벌어진 하연의 힙이 그와 공유했던 호흡과 마찬가지로 그의 움직임에 맞춰 저를 그의 안으로 밀어 넣었다.

그 이후로 암전. 세상이 보이지 않았다. 눈을 뜨고 있는 두 사람 앞에 펼쳐진 건 이 좁은 방 안이 아니었다. 후드득 준의 땀방울이 하연의 가슴을 타고 두 사람 사이로 스몄다. 입술에 엉긴 끈적이는 호흡이 하연의 몸을 탐닉했다. 욕망이 다급하게 치솟을 때마다 아껴 가며 다시 천천히 두 사람은 서로의 몸을 손끝 하나하나에 각인시켰다.

잠깐이라고 했던 그의 유희는 그 이후 한참 하연을 잡고 놓아주지 않았다. 하지만 다행히도 다시 책상 앞에 앉았을 때 하연은 새로운 힘이 솟아오르는 걸 느꼈다.

처음 약속했던 대로 준은 정말 얌전히 하연의 옆에서 꼬박 네 시간 자리를 지켰다. 그리고 어느 순간 하연의 표정이 부드러워지는 것을 본 준은 에세이가 거의 완성되었다는 걸 눈치챘다. 창밖으로 해가 뜨기 시작했고 자리에서 일어난 준이 주방으로 가 식사를 준비했다.

토스트가 구워지고 계란프라이가 완성되고 베이컨과 소시지가 기름 냄새를 풍기는 것이 느껴졌다. 마지막 저장을 한 하연이 출력 버튼을 누르고 자리에서 일어났다.

"아. 살 거 같아."

주방으로 나와 그가 보이는 자리에 앉은 하연이 생기가 가득한 눈으로 그를 바라보았다.

"이제 내 와이프를 리포트에서 돌려받은 거 맞지?"

그가 장난스러운 표정을 지으며 건너편에 앉았다.

"우선 먹어."

소시지를 자른 그가 하연의 포크로 소시지를 찍어 그녀의 앞에 내밀었다. 그것을 덥석 입에 문 하연이 크게 고개를 끄덕였다.

"응. 이번 학기 끝! 이제 1년 남았다!"

흐뭇한 미소를 지은 하연이 입을 오물거렸다.

"그래서 정말 1년 뒤에는 한국으로 돌아올 예정이야?"

"응."

하연이 고개를 끄덕였다.

"여기서 좋은 기회들도 많을 텐데. 귀국해서 네 양에 차겠어?"

일부러 그녀의 시선을 보지 않으려는 듯 준이 접시 위의 계란프라이를 가르며 물었다. 반년 전 하연은 월드뮤직의 잭으로부터 의뢰를 받아 신인 가수 앨범 아트에 참여한 적도 있었다. 잭은 그 일의 성과를 보고 하연을 탐냈고 그녀가 원한다면 하연은 세계 어디서든지 일할 수 있었다.

"응. 내가 하고 싶은 건."

잠시 궁리하던 하연이 그에게 말했다.

"당신 회사와 일하는 거야."

싱긋 웃은 하연의 앞에 준이 멍한 표정으로 그녀를 바라보았다. 블루엔터와 전속 계약 해지를 신청한 콜드문은 계약 기간을 2년 정도 남겨 둔 상황에서 별무리 없이 계약 해지를 했다. 그리고 그곳에서 오랫동안 함께 일했던 스태프들을 데리고 나와 준은 새로운 소속사를 만들었다. 최대 지분은 준의 몫이었지만 콜드문을 제외한 다른 소속 가수들의 매니지먼트에 대해서는 전문 인력에 맡겨 놓은 상태였다.

블루엔터와 비교가 되지 않을 정도의 작은 회사이긴 했으나 그의 소속사는 최근 신인 가수 발굴에 여념이 없었다.

"절대 싫다고 했던 게 당신 아니야? 유학 가기 전에 도와 달라고 내가 몇 번이나 말했잖아."

"그때는 싫었어. 하지만 이제는 내가 원해."

조금은 도발적인 하연의 대답에 준이 장난스럽게 코웃음을 쳤다.

"우리 회사에 입사하기가 그렇게 쉬운 게 아닐 텐데."

"그럼. 나도 알아. 세상에서 제일 무서운 상사인 콜드문의 팬들이 있지."

"그래? 그럼 당신은 어떤 작전인데?"

준이 하연의 접시를 제 앞으로 가지고 와 그녀의 소시지와 베이컨을 잘게 잘라 주며 물었다.

"사실 내 개인 SNS에 당신 팬들이 종종 보이거든."

"정말?"

준은 하연이 SNS를 하고 있는지 알지 못했다. 하연은 팬들과 대화하는 준의 여러 가지 소통 창구에 들어가지 않는 것을 원칙으로 하고 있었기 때문에 준도 역시 하연이 그런 공간을 가지고 있는 줄 몰랐던 것이다.

"응! 그런데."

"그런데?"

"그쪽에서 내가 반응이 좀 괜찮아."

약간은 뻐기는 듯한 미소를 지은 하연의 표정에 준의 눈이 휘었다.

"뭐?"

"잭하고 함께 한 프로젝트를 봐 준 것 같아. 다들 내 영어 이름이 진인 것까지 알고 있더라고. 당신 팬들이 내 작업들을 꽤나 마음에 들어 해. 최근 했던 작업물 게시글들에는 준 크로스 진이면 진짜 괜찮은 작업물이 나올 거 같다며 기대한다는 이야기가 대부분이야."

이번에는 하연이 조금 쑥스러운 듯 말했다. 준의 입이 살짝 벌어졌다. 그것이야말로 준이 정말 기대하던 바였다. 제 음악 작업의 원천이 되어 주는 건 다른 어떤 것도 아닌 바로 강하연이었다. 서로의 생각을 공유해 하나의 작품을 만들어 낼 수 있다면 더할 나위 없이 좋을 것이었다. 준의 회사에도 현재 또 다른 아트 디렉터가 있었지만 앞으로 회사의 규모를 키우기 위해선 하연 정도의 능력 있는 전문가가 들어오는 것이 큰 도움이 될 거 같았다.

"진도 강하연도 아닌 무명 신인으로 당신 회사의 신인 작업을 해 보고 싶어."

"정말 좋은 생각이야."

"만약 그걸로 사람들이 내 작업을 마음에 들어 해 준다면 몇 개의 작업을 계속할 수도 있어. 하지만 어디까지나 나는 프리랜서야. 당신 회사에 소속되고 싶진 않아. 필요하면 나를 단기로 채용해 주면 돼."

"좋아."

"심사는 철저히 해야 해."

"물론이야."

"나라는 거 밝히지 말고."

"오케이. 그럼 합의된 건가?"

그가 손을 내밀었다. 하연이 준의 손을 잡고 진지하게 두어 번 흔들었다.

"그럼 이제 이 에세이를 제출하고 나가자."

"어딜?"

"네가 어쩌면 무척이나 가 보고 싶어 했던 곳."

"거기가 어딘데?"

기대 반 걱정 반의 표정으로 하연이 그에게 물었다.

"어쩌면 나보다 더 보고 싶어 했을 만한 거?"

준이 장담한다는 듯 대답하며 매력적인 미소를 지어 보였다.

학교에 들러 에세이를 제출한 하연은 곧 준이 마련해 온 차를 타고 어딘가로 실려 갔다. 두 사람이 도착한 곳은 화려한 상점이 가득한 런던 중심가. 검은색과 흰색이 조화를 이뤄 세련된 상점에 들어가자 미리 준비해 놓은 양 몇 벌의 드레스가 하연의 앞에 놓였다.

『기다리고 있었습니다. 진.』

가볍게 인사한 매장의 직원은 하연의 방문을 이미 알고 준비한 듯했다. 고급스러운 조명과, 들어서는 순간 발을 휘감는다는 착각이 느껴지는 부드러운 카펫. 하연의 눈높이에 맞게 걸려 있는 드레스들은 전통적인 느낌의 것에서부터 개성이 강한 것까지 다양했다.

클래식한 느낌의 아이보리 트위드 드레스. 짧은 미니드레스와 함께 연출된 독특한 문양의 카디건. 당연히도 그 드레스들은 모두 하연이 가장 좋아하는 브랜드의 것이었다. 어제 친구가 함께 가자 권유했던 바로 그. 설마?

"어서 입어 봐."

소파에 앉은 준이 다리를 꼬고 앉아 미소 지었다.

"어디 가는데?"

"C사 다음 시즌 패션쇼."

하연이 입을 떡 벌렸다.

"날 보러 온 게 아니었구나?"

"네가 이유야. 정말이야. 믿어 줘. 거절하려고 했던 건데 영국이라는 이야기를 듣고 오케이 했으니까."

특유의 미소를 짓는 준의 앞에서 신중하게 의상을 고른 하연이 그를 향해 앙큼한 미소를 날렸다.

준과의 결혼 이후 하연은 그의 아내로서 파티나 쇼에 참석해야 할 때가 많았다. 그의 이름을 통해 빌린 의상을 입고 그의 아내로 함께하는 쇼. 결혼하기 전까지만 해도 그것은 하연에게 있어 그리 행복한 그림이 아니었지만 현실은 상상보다 나쁘지 않았다. 아니, 환상적이었다.

수많은 스포트라이트가 쏟아지고 특별한 의상을 얼마든지 입어 보고 고를 수 있는 특권이 주어지는, 사람들의 호의적인 대우와 사람들의 환한 미소로 둘러싸인, 콜드문 준의 아내라는 위치. 그것에는 잃는 것만 있는 것이 아니었다.

그 경험을 통해 하연은 더 큰 꿈을 꿀 수 있게 되었고 제 시야를 넓힐 기회를 가지게 되었다. 사람을 대하는 법도 자연스럽게 익혔으며 더 높은 곳으로, 더 넓은 곳으로 갈수록 갖춰야 할 겸손에 대해서도 깨닫게 되었다. 그러했기에 영국에서 유학 생활을 하며 조금씩 식견을 넓히고 있는 하연에게 이번 쇼는 더 큰 의미를 지녔다.

블랙 니트에 독특한 디자인의 롱스커트. 준의 의상과 매치되지만 제 색을 잃지 않는 그녀의 의상은 그런 자신감의 발현이었다. 준은 하연의 의상에 맞춰 제 의상을 결정했고 두 사람은 완벽한 커플의 모습으로 거울 앞에 섰다.

두 사람의 시선은 제 모습에 잠시 스쳤다가 서로의 모습에서 오랫동안 머물렀다. 거울 속에 비친 준의 완벽한 모습. 하연은 부끄러운 듯 미소 지으며 고개를 숙였다. 그런 그녀의 허리를 팔로 감은 준이 그녀의 이마에 키스하며 속삭였다.

"예뻐. 너무 예뻐서 또다시 반한 거 같아."

약속된 장소 앞에 두 사람의 차가 멈췄다. 수많은 취재진이 늘어선 가운데 차 문이 열리고 먼저 모습을 드러낸 준을 향해 환호가 쏟아졌다. 그리고 그 안에서 준의 에스코트를 받으며 내린 하연. 비대칭으로 스타일링한 머리. 장신구라고는 작은 보석 하나만 더해 깔끔한 룩을 선보인 그녀가 차에서 내리자마자 사방에서 플래시가 터졌다.

『포즈 좀 취해 주세요!』

『여기, 여기 좀 봐 주세요!』

『준! 진!』

사람들이 그들을 환호했다. 그리고 그 순간 준은 하연의 허리를 꼭 껴안고 입을 맞췄고 그 사진은 그날 수많은 매체를 통해 보도되었다. 그저 찰나를 잡은 계획되지 않은 사진이었으나 그의 팔에 끌려가듯 안긴 하연의 환한 미소와 그녀에게 입을 맞춘 준의 옆얼굴은 완벽한 화보처럼 보였다.

그 파티를 끝으로 두 사람은 함께 귀국 비행기에 몸을 실었다. 한 달의 기간을 보내고 하연은 다시 영국으로 돌아올 예정이었다. 총 두 달의 긴 방학이 계획되어 있었지만 그 가운데 뒤의 한 달은 교수님과 함께 하는 프로젝트에 참여해야 하기 때문이었다. 하지만 첫 한 달의 기간 동안 두 사람은 제일 처음 마련해 놓았던 신혼집으로 함께 숨어들어 갈 수 있었다.

○ ● ○

하연과 준은 모두 먹는 것에 인색한 편이었다. 하지만 함께 마주 앉아 하는 식사 시간은 소중히 생각했다. 두 사람 다 특별히 가려 먹거나 다이어트를 하는 건 아니지만 먹는 양은 새 모이만큼이나 적었다. 그러나 음악을 틀어 놓고 예쁜 식기에 음식을 담아 그 조금을 음미하며 천천히 먹는 것은 즐겨 했다.

두 사람의 식기들은 대부분 자주 들르는 그릇 편집 숍에서 고른 것이었다. 사실 그 가게는 처음부터 두 사람의 단골집은 아니었다. 그 가게를 소개해 준

건 바로 진경이었다. 하연은 진경의 의견을 소중히 했다. 제 취향을 확실히 아는 진경이 허튼 곳을 소개해 줄 리 없었다.

예상대로 그곳은 무척 마음에 드는 가게였다. 하연은 진경과 찬우에게 줄 선물을 사고 그 후로도 가끔 그 가게에 들러 마음에 드는 주방 도구들을 몇 개 골랐다. 이것저것 취향에 따라 하나씩 고르다 보니 짝이 맞는 것은 거의 없었지만 그래도 그날의 기분에 따라 접시를 골라 쓸 수 있다는 점은 좋았다.

오늘 하연은 타원형의 주름진 그릇에 알리오올리오 파스타를 담았다. 그녀의 옆으로 다가온 준은 짙은 남색 바탕의 둥근 접시를 내밀었다. 파스타 옆으로 골드 빛에 손잡이 부분이 어두운 남색 빛깔을 띠고 있는 커틀러리가 짝이 되었다. 그사이 준은 음악을 틀었다. 마주 앉은 두 사람의 차분하고 조용한 식사가 지속되었다. 준이 틀어 준 음악은 저녁 메뉴와 훌륭하게 잘 어우러졌고 하연은 만족했다.

"새로운 프로젝트 그룹을 하나 만들려고."

나지막한 준의 목소리에 하연은 맨 처음 그가 무슨 말을 하는지 알아듣지 못했다. 포크를 내려놓은 하연이 준을 똑바로 마주 보았다.

"무슨 프로젝트 그룹?"

"리나가 원하는 음악을 해 볼까 해."

"리나가 원하는 음악?"

하연의 입이 살짝 벌어졌다. 이번에야말로 정말 생각도 못 한 이야기였다. 그는 늘 자신의 목소리로 제 이야기를 하는 것을 중요하게 생각했었다. 그런데 다른 사람의 음악을 해 보겠다고 하다니. 그것도 리나가 원하는 음악.

이것이 바로 준의 새로운 발상일까? 두 사람이 서로에게 약속했던. 서로가 서로를 끊임없이 자극하고 발전해 나가자는, 그 생각의 일환일까. 조심스러운 주제였지만 준의 표정은 평온해 보였기에 하연은 마음 편히 그에게 물었다.

"어떤 그룹? 밴드?"

"밴드는 아닐 거 같아. 왜냐하면 리나가 하려는 음악 자체가 밴드와는 형식이 다르거든. 여성 보컬 그룹을 만들 생각이야."

하연이 다시 한번 입을 벌렸다. 쉽지 않은 발상이었다. 그것을 각오했다는 것은 준이 이 상황을 이겨 내려는 의지가 그만큼 강하다는 이야기였다. 어쩌면 그만큼 절실하다는 방증이기도 했다.

"밴드가 아닌 보컬 그룹이라는 거지?"

"음악 자체는 리드미컬할 수도 있고 몽환적인 요소들이 있을 수도 있어."

하지만 그의 설명 한마디 한마디에 하연의 눈은 빛났다. 재미있는 아이디어들이 막 쏟아지는데 그것이 즐거워 참을 수 없었다. 머릿속에서는 리나와 또 다른 몇 명의 매력적인 보컬들이 만들어 내는 아름다운 무대가 그려졌다. 그런 하연의 반응에 준이 긴장을 낮추는 것이 느껴졌다.

"정말 좋은 생각인 거 같아."

하연은 준의 손등을 제 손등으로 덮었다. 그가 천천히 고개를 끄덕였다. 그 짧은 순간 수많은 생각들이 스쳤다.

그는 새로운 세계로 나가려 하고 있었다. 제 기타 연주에 만족할 수 없는 준은 그 자리에 멈추지 않았다. 그는 좌절하지 않았다. 그렇다고 그것에 고집을 부리지도 않았다.

어떻게든 그를 도와야 했다. 하연은 눈물이 왈칵 쏟아질 것 같은 기분을 참아 삼키며 대신 장난스럽게 웃었다.

하연의 미소를 확인한 준이 돌돌 만 파스타를 천천히 입에 밀어 넣으며 그녀의 표정을 즐기고 있었다. 그리고 한참 만에 다시 입을 열었다.

"같이 해 볼래?"

꿈에서 깬 듯 준을 바라본 하연이 장난스럽게 맞대응했다.

"그거 영입 제안이야?"

"글쎄."

그가 또다시 시간을 들여 파스타를 말았다. 그 모습을 보고 있던 하연 역시 제 옆의 물잔을 들어 조금씩 입에 머금고 삼켰다. 준이 자랑스러웠다. 그가 한없이 존경스러웠다.

"음악 먼저 들어 보고 이야기할게. 대략적인 분위기가 나오면 그때 정식으로 제안해 줘."

하연의 말에 준이 피식 코웃음을 쳤다. 두 사람은 마주 보고 서로를 향해 미소를 보였다. 깊은 이해와 믿음. 길게 말하지 않아도 그 미소만으로 두 사람은 서로를 위로하고 있었다.

식사가 끝난 뒤 하연은 레몬 향이 가득한 욕조 안에 몸을 누였다. 따뜻한 기운이 하연의 온몸을 감쌌다. 욕조에 몸을 기댄 채 목까지 물속으로 담근 하연이 눈을 감았다. 편안하고 따뜻한 기운이 느껴졌다. 잠시 후 노크 소리가 들리고 와인을 든 준이 모습을 드러냈다.

"편히 쉬고 있는 중인데 미안."

그가 하연의 손에 잔을 들려 주었다.

"당신인데 방해될 게 뭐야?"

두 사람이 가볍게 잔을 맞부딪쳤다. 준이 욕조 옆에 놓아둔 암체어에 앉아 초를 켰다. 은은한 향기가 퍼지고 그 이후로 찰박거리는 물소리. 그가 책장을 넘기는 소리. 그 이외엔 아무것도 없었다.

지난 한 달간 두 사람의 신혼집은 대부분 이런 시간들로 채워져 있었다. 서로의 것에 집중하지만 함께 있음을 느낄 수 있는 시간. 그가 작업에 몰두해 있을 때면 하연은 그 작업실의 베드 체어에서 책을 읽거나 낮잠을 잤고 하연이 영화를 보고 있으면 그는 제 취향과 상관없이 옆에 앉아 그녀의 머리를 제 무릎에 기대게 했다. 두 사람은 영화를 보며 내내 서로가 함께 있음을 즐겼다.

손을 들어 머리카락을 쓸어 올린 하연이 들고 있던 와인을 한 모금 입에 머금었다.

"마사지해 줄까?"

하연이 가볍게 고개를 끄덕였다. 욕조 가까이 다가온 준이 하연의 목덜미를 공들여 마사지했다. 평소 책상에 앉아 있거나 작업대에서 손을 놀려야 할 시간이 많은 하연은 자주 목덜미가 뻣뻣하게 뭉치기 마련이었다. 준은 신기하게도 하연의 아픈 부위를 정확히 짚어 낼 줄 알았고 그는 아프지 않게 그곳을 살살 잘 풀어 주었다. 그의 손길은 섬세했다.

"학교에 돌아가면 해야 하는 작업은 어떤 종류의 거야?"

그가 하연의 어깨를 살며시 누르며 물었다.

"환경과 관련된 디자인 작업이야. 업사이클이 될 수도 있고 애초에 디자인의 재료 자체를 친환경적인 것으로 하는 방법도 있고."

하연이 그 손길에 나른한 표정을 지으며 답했다.

"쉽지 않겠네."

"하지만 꼭 필요한 일이지. 준은?"

하연이 슬쩍 뒤돌아 그와 눈을 마주쳤다.

"우리는 실력과 열정이 최상이면서도 동시에 개성이 강한 세 명의 여자를 찾고 있지."

"리나 프로젝트?"

"응. 리나가 좀 까다로워야 말이지."

히죽 웃은 하연이 그의 검은 눈동자를 바라보았다.

"쉽지 않겠네."

"하지만 꼭 필요한 일이지."

풋 소리 내어 웃은 하연이 몸을 일으켜 키스를 조르듯 그를 바라보았다. 그의 입술이 하연의 입술에 맞춰졌다. 하연이 마신 것과 같은 와인의 향이 그의 입에서 풍겨 나왔다. 마주 보고 미소 지은 두 사람이 다시 조금 더 길게 입을 맞추었다. 엉켜든 혀끝에서 달콤한 향이 흘렀다. 몸을 일으켜 욕조 끝에 걸터앉은 하연이 준에게 물었다.

"제이든은 여전히 잘 만나고 있어?"

그의 손이 다시 자분자분 하연의 목덜미를 눌렀다.

"아직까지 용케 걸리지 않았지."

그의 목소리가 하연의 피부를 쓰다듬듯 부드럽게 들렸다.

"어디서 만나는데?"

"보통 내가 제공한 숙소가 대부분이야. 그 이외 또 어디서 만나는지까지는 파악하지 못했지만."

"만약 그러다 발각되면."

목을 튼 하연이 그에게 물었다.

"어차피 말릴 수 없는 사이야."

"그래. 그걸 일찍 깨달은 두 사람이 현명한 거지."

피식 코웃음 친 준이 하연의 이마에 입을 맞추었다. 말캉하고 부드러운 입맞춤. 그대로 하연을 끌어안은 준이 욕실 밖으로 그녀를 데리고 나갔다. 벗은 몸으로 갑작스레 바깥 공기에 노출된 하연이 추위를 느끼며 그의 몸에 매달렸다.

"추워."

아이처럼 어리광 섞인 그녀의 목소리에 준이 사랑스럽다는 듯 그녀에게 다시 입맞춤했다. 따뜻한 입술에 매달려 하연이 자꾸만 몸을 바르작거리며 그에게서 떨어지지 않으려 했다. 하연을 꼭 끌어안은 그가 그녀를 침대에 눕히자마자 시트로 감쌌다. 촉촉하게 젖어 있던 하연이 그 안에 감겼다.

"그만둬. 부끄러워."

하연이 제 몸을 시트로 감싼 채 침대에서 일어났다.

"부끄러울 게 뭐가 있어? 내가 해 줄게."

가볍게 그녀를 저지한 준이 하연을 다시 눕혔다. 그에게 꼭 안겨 버린 채 하연은 희미한 미소를 지었다.

"부끄러우니까 빨리해 줘."

"아니. 아주 천천히 할 거야."

준은 시간을 들여 하연을 온몸을 구석구석 닦아 냈다. 머리카락과 목. 어깨와 가슴. 배와 허벅지. 하연의 모든 것이 그의 눈길과 손길에 의해 쓰다듬어지고 있었다. 간지러워 키득거리며 웃던 하연이 곧 몸을 일으켜 그의 몸에 매달렸다. 잔뜩 달아오른 그의 몸은 침대 시트보다 더욱 따뜻했다. 하연은 그의 얼굴에 제 뺨을 비비고 그의 목에 입 맞췄다.

그의 손이 하연의 허리와 힙을 단단히 받쳐 안았다. 시트가 닿아 있을 때보다 그의 몸에 닿아 있을 때가 훨씬 더 포근했다. 그대로 공기에 노출된 부분을 모두 준의 몸에 밀착한 하연이 노곤한 기분으로 눈을 감고 그의 가슴에 기댔다.

"잠들어 버릴 거 같아."

"푹 자. 내가 내내 옆에 있을게."

"으음. 당신이 있어서 행복해. 다른 건 필요 없어."

"나도 그래."

그 말을 끝으로 준의 입술이 하연의 머리카락에 닿았다. 등 뒤로 길고 깊은 숨소리가 일정하게 들려왔다. 하연은 그의 가슴에 제 등을 꼭 맞대었다. 그의 팔이 하연의 가슴과 허리를 가볍게 안았다. 그의 다리가 하연의 두 다리 사이로 들어와 엉겼다. 그의 몸에 감싸인 채 하연은 깊게 잠들었다.

○ ● ○

다시 학교로 돌아온 하연은 지난 학기보다 더욱 강도 높은 수업을 들어야 했다. 이제 수업은 실전과 거의 다름없었다. 그 와중에 한 가지 사건이 있었는데 그건 바로 영국으로 패션 화보 촬영을 온 리나가 하연의 학교를 방문한 일이었다. 그녀의 등장을 먼저 발견한 건 안나였다.

『하연아! 너 혹시 저 여자 알아?』

허리까지 내려오는 머리카락을 밝은 갈색으로 염색하여 구불구불하게 늘어트린 리나가 만면에 미소를 지으면서 다가왔다. 하연은 오랜만에 캠퍼스 잔디에 앉아 책을 읽던 중이었다. 영국에서는 귀하디귀한, 햇볕이 따사로운 날씨였다. 하얀색 옷을 입고 있는 리나는 마치 화보집에서 튀어나온 것처럼 보여서 하연 역시 그녀를 보자마자 놀라 입을 다물지 못했다.

예쁜 것이면 환장하는 학생들의 이목이 모두 제게로 쏠리는 것을 당연하다 생각하는 듯 보이는 리나의 걸음걸이가 마치 무대 위에서의 모습을 연상케 했다.

"어떻게 된 일이야?"

책을 놓아둔 하연이 자리에서 일어났다.

"언니가 바쁘니까 내가 왔죠. 어떻게 연예인보다 스케줄이 바빠요? 준이 심통 나서 우리 연습을 얼마나 빡빡하게 시키는지 내가 화보 촬영을 핑계로 겨우 빠져나온 거예요."

리나의 말이 채 끝나기도 전에 그녀의 주변으로 사람들이 모였다. 콜드문은 아주 유명한 밴드였지만 대부분 그녀가 콜드문 리나라는 것을 알아봤다기보다는 그녀의 미모에 먼저 반해 모여든 게 분명했다.

『저 여자분 누구야? 소개 좀 해 주면 안 돼?』

옆에 앉아 있던 안나가 얼이 빠져 리나를 바라보다 하연에게 부탁했다.

『이쪽은 리나라고.』

말을 끝마치기도 전에 리나가 먼저 안나를 향해 손을 내밀었다. 안나는 입이 벌어져 리나의 손을 꼭 잡았다.

『이렇게 예쁜 사람은 정말 처음이야. 하연이도 예뻐서 깜짝 놀라긴 했지만. 이쪽은 뭐, 거의 완벽한데.』

리나가 그녀의 손을 잡는 것을 본 그 이후 더 많은 사람들이 리나의 주변으로 몰려들었다. 그들에게 리나는 일일이 인사하고, 사인을 하는 것에 정성을 들였다. 밝게 웃으며 응대하는 리나의 모습에 어이없는 미소를 지으며 한 발 물러서 있던 하연은 30여 분쯤 지나 사람들에게 양해를 구해 겨우 리나를 빼내어 올 수 있었다.

"전화를 하지 그랬어."

"그냥 나도 가끔은 이렇게 아무렇지도 않게 나오고 싶을 때가 있거든요."

"그럼 눈에 띄지 않게 못생기게 하고 오든가."

"내가 어떻게 그렇게 하겠어요?"

말도 안 된다는 듯 리나가 눈을 흘겼다. 하연이 유쾌하게 웃었다. 두 사람은 하연의 단골 식당에 들어가 자리를 잡았다.

"음식 맛은 그저 그래. 알지?"

리나가 익히 알고 있다는 듯 코웃음을 쳤다. 음식이 나오고 그릇을 반쯤 비워 어느 정도 허기가 가시자 리나가 먼저 말을 꺼냈다.

"사실 언니 의견을 듣고 싶어서 왔어요. 준이 우리 음악에 대해 진심인 거 말이에요. 정말 괜찮은 거죠?"

리나의 표정이 진지해졌다. 하연은 천천히 고개를 끄덕였다. 그녀가 무슨 말을 하려는 건지 알 것 같았다. 리나 역시 준의 손가락에 대해 크게 걱정을 해 왔었다. 어쩌면 하연보다 더 절망한 것은 리나였을지 몰랐다. 같은 팀. 그의 연주에 맞춰 노래를 부르는 리나에게 그의 손가락이 다쳤다는 것, 그가 다시 연주하기를 힘들어한다는 것은 그녀에게 또 다른 의미였을 것이다.

그런데 손가락이 나아 다시 기타를 잡기 전까지는 절대 노래하지 않고 음악을 하지 않을 것 같던 준이 갑자기 리나의 소원을 들어주겠다고 나선 것이다. 콜드문이 아닌 리나의 보컬 팀이라. 제 음악이 아니면, 제가 부른 것이 아니면 진정 음악이 아니라고 했던 준이 리나에게 맞춘다니.

　"네가 부담스럽지 않다면 그 진심 받아 줄 수 있어?"

　하연이 약간 긴장한 채로 물었다.

　"부담스럽기보다는. 예전까지만 해도 자기 노래가 아니면 절대 안 할 것처럼 굴던 준이. 이제 나보고 해 보고 싶은 건 얼마든지 해 보라는 걸 솔직히 어떻게 받아들여야 할지 모르겠어요."

　"리나도 준하고는 벌써 오랜 시간 함께했잖아. 준이 어떤 마음인지 리나도 잘 알 테니까……."

　"그러니까. 그래서. 더 조심스러워. 그렇다고 오해하지 말아요. 이건 언니를……."

　리나는 차마 말을 끝맺지 못했다. 하연은 고개를 끄덕였다.

　"알아. 알고 있어. 나 미안해하지 않아. 그리고 지금 준은……."

　하연 역시 잠시 말을 멈췄다. 그리고 잔을 들어 차를 한 모금 마셨다. 준은 현재 인내의 시간을 견디고 있었다. 그것이 창작자로서 얼마나 고통스러운 일인지는 하연도 이해하고 있었다.

　"준은 발전하고 있어. 더 나아지고 싶어 해. 알잖아. 준이 콜드문을 하면서 얼마나 힘들어했는지."

　"알고 있어요. 그걸 누구보다 잘 아는 사람은 나일 거야."

　"그래. 그래서 그가 기타를 잡지 않는다고 그것이 후퇴라고 생각하진 않아."

　하연은 진심으로 마음 깊은 곳으로 그렇게 생각하려 애쓰며 다시 포크를 들었다. 리나가 그런 하연에게 맞춰 다시 식사를 시작했다.

　"준은 지금 성장 중이야. 거기에 리나가 돕는 거고."

　"내가 돕는 거라고요?"

　리나가 말도 안 된다는 듯 콧대 주변으로 앙증맞은 주름을 만들어 보였다.

"응. 알잖아, 리나도. 준, 알고 보면 굉장히 연약한 사람이란 거. 그리고 리나는 콜드문의 뮤즈라는 거."

그렇게 이야기하면서 두 사람은 함께 웃었다.

"준 말이야. 제 음악을 확장해 보고 싶어 해. 새로운 분야라서 지금 만들어 낸 곡이 준의 기준으로는 100퍼센트 마음에 들지는 않을 수도 있어. 어느 정도의 수준에 올라서기까지 훨씬 더 힘들 거야. 제 스타일이 아닌 것을 하기 위해서는 그 배, 아니 그보다 더 고통스럽거든. 그래서 어긋나는 부분들에 대해 리나에게 거칠게 표현하고 있다면 내가 미안해."

"아니요. 언니, 그렇진 않아요. 다만 너무 끙끙대고 괴로워하는 게 보여서."

"준 원래 그런 스타일이잖아. 자신을 극으로 밀어 넣는 걸 좋아하지. 만약 결과물이 마음에 들지 않으면 가차 없이 해고해."

"아니. 나는 정말 좋아요. 그의 기타 연주도 여전해요. 곡도 마음에 들고. 다만 준이 스스로를 해고하고 있는 중인걸요."

리나가 영 못 말리겠다는 듯 고개를 작게 흔들었다.

"그럴 만도 해, 준이라면."

하연이 쓸쓸한 미소를 지었다.

"하지만 준을 아니까. 그러니까 안타까워서 그래요."

그런 하연의 표정을 살핀 리나가 하연을 달래듯 말했다.

"가혹하게 다뤄 줘. 그게 준을 위한 거야."

"알았어요. 언니가 그렇게 생각한다면. 준은 가혹하게 다루고. 대신 그의 고집도 참아 내는 걸로."

리나가 가벼운 미소와 함께 이야기를 마무리 지었다. 하연은 그녀를 향해 고개를 끄덕였다. 수많은 의미가 담긴 긍정의 끄덕임이었다.

두 사람은 그 후로 일에 대해서는 이야기하지 않았다. 리나는 제이든과의 비밀 연애에 대한 이야기를 털어놓았고 하연은 말도 안 되는 양의 공부를 해내고 있는 제 자신의 처지에 대해 투정을 늘어놓았다. 두어 시간가량의 대화가 끝나고 리나는 다시 귀국 비행기에 올랐다.

그리고 다시 3개월이 흘렀다. 하연은 또 다른 한 학기를 끝냈고 준은 리나의 새로운 프로젝트 그룹의 멤버를 영입하기 위해 공을 들였다. 그와 동시에 준의 음악 작업은 여전히 어렵고 느리게 계속되었다.

그리고 다시 시작된 긴 겨울. 브리즈의 다섯 번째 싱글이 빌보드 싱글 차트 1위에 오른 그날. 하연과 준은 새로운 일에 착수한 상태였다. 준이 새롭게 설립한 회사 '블루문'은 리나의 첫 솔로 앨범의 듀엣곡을 그대로 따와 지은 사명이었다.

리나를 메인 보컬로 새롭게 영입한 세 명의 보컬리스트까지. 네 사람은 그동안 리나가 원했던 몽환적인 느낌의 곡들로 채워진 앨범을 위해 뭉친 프로젝트 그룹의 멤버가 되었다. 그 앨범의 프로듀서는 준. 그리고 앨범의 아트를 담당한 것은 하연이었다.

입에 물고 있던 빵을 접시에 내려놓은 채 하연은 컴퓨터 모니터에서 시선을 떼지 못하고 있었다. 그녀의 옆에는 날카롭게 신경을 곤두세운 준이 있었다. 그쪽으로 눈도 돌리지 않고 하연이 도전적으로 말했다.

"자칫 잘못하다가는 리나가 너무 돋보이는 수가 있어. 다른 세 사람의 이미지 역시 무척 중요해."

하연은 몇 장의 이미지를 빠르게 넘기며 제 결정을 몇 번이나 확인했다. 하연은 제 선택에 확신을 가지고 있었다. 몇 주 전 준으로부터 받은 그들의 신곡. 그 곡을 듣자마자 하연은 전율했다. 준은 콜드문과는 전혀 다른 사운드를 완성했다. 그것은 콜드문을 전혀 떠올리지 않게 했고 또 다른 의미로 완벽했다. 그 곡이 하연의 도전 정신을 부추겼다.

어떤 창작자건 제 색을 온전히 바꿔 다른 사람처럼 구는 것이 불가능하다는 걸 하연은 알고 있었다. 하지만 이 곡은 준이라는 이름을 지운다면 대중의 입장에서 새로운 작곡가의 탄생이라 여길 만했다. 그는 천재임에 틀림없었다. 자신은 끝까지 부정하고 있지만.

하연은 그 음악을 통해 제 안의 열정이 다시 들끓는 것을 느꼈다. 그녀 역시 자신의 색을 탈바꿈하기 위해 노력했다. 그가 그 정도로 해 냈다면 자신도 그래야 했다.

하연은 리나보다 다른 세 명의 이미지 구축에 더 많은 시간을 들였다. 그들

각각의 외모가 가진 장점을 찾아내기 위해 시간과 공을 들인 촬영 작업이 몇 번이나 계속되었다.

"지아의 여성스러운 눈. 다빈의 섹시하고 도회적인 이미지. 수진의 중성적인 이미지를 극대화할 수 있도록 할게. 리나는 보컬리스트로서의 역량을 강조하기 위해서 색을 죽이고 선을 살리는 방식으로."

"각각의 개성이 지나치게 강조되면 오히려 어긋나지 않나?"

제 코끝을 손가락으로 쓰다듬던 준이 확신할 수 없다는 듯 고개를 갸웃했다.

"그걸 적절히 잘 배합하는 게 아티스트의 일이지."

하연이 자신감 있는 표정으로 대꾸했다. 두 사람의 시선이 날카롭게 맞붙었다. 까만 눈동자가 하연을 빈틈없이 바라보았다. 하연이 여유롭게 고개를 들었다. 준이 여부가 있겠냐는 듯 찌푸렸던 미간을 풀었다.

최근 두 사람은 마주 보고 앉기만 하면 하루 종일 일에 대한 이야기를 나누었다. 식사를 할 때도 운전을 할 때도 장을 보거나 심지어 잠자리 직전까지도 잠시도 지치지 않았다.

"의상보다 조명에 훨씬 더 공을 들여야 해. 여기서 이런 식으로 다 번지게 표현하면 자칫 잘못하다가는 촌스러울 수 있어."

두 사람의 침대 옆에는 언제든 의논할 수 있도록 노트북이 놓여 있었다. 하연은 자려고 누워 있다가도 벌떡 일어나 그에게 사진을 들이밀었다.

"음악은 들어 본 거야? 너무 과해. 이렇게 이미지만 강조하다가는 음악은 귀에 안 들어올 수 있어."

"그래. 그럴 수 있겠네. 다시 해 볼게."

하연은 준에게 제 의견을 관철하기 위해 열심히 매달렸지만 그와 반대로 그의 의견이 옳다고 생각하면 쉽게 수긍했다.

하연이 다시 스케치를 시작했고 준은 녹음실로 향했다. 때로는 그 녹음실 안에서 하연이 직접 그들을 관찰하고 스케치할 때도 있었다. 활활 타오르는 기분의 하연은 오랜만에 찾아온, 일이 주는 압박감에 흥분되어 있었다. 준이 노래를 마스터링하는 동안 녹음실에 들어가 있는 네 명의 여자들은 하연의 머릿속에서 쉼 없이 자유롭게 움직였다.

"역시 리나를 가장 뒤에 세워야 할 거 같아. 아니면 리나는 측면이 예쁘니까 오른쪽 날개가 어떨까?"

심각한 하연의 표정에 준이 단호하게 고개를 흔들었다.

"리나가 메인이라는 인식은 사람들에게 변함없어. 그럴 바에야 차라리 사람들의 시선이 쉽게 집중되도록 리나를 센터에 세우는 게 나아."

불이 인 하연의 눈이 준을 바라보았다. 그의 눈은 어느새 장난스럽게 휘어져 있었다. 커다란 동공이 그쪽을 향해 좁아 들었다. 자신을 바라보는 하연의 시선을 눈치챈 순간 준의 눈빛이 그윽하게 변했다.

"이리 와 봐."

준이 먼저 청했다. 바퀴가 달린 회전의자에 다리를 꼬고 앉아 그는 제가 하연을 잘 알고 있다는 듯 느긋하게 굴었다.

"누가 할 소릴?"

그렇게 말하면서도 하연은 그의 말을 들었다. 길게 눈을 내리깐 하연이 그의 무릎 위에 올라 그를 마주 보고 앉았다. 하연이 균형을 잡을 수 있도록 준의 팔이 그녀의 허리를 단단히 묶었다. 서로의 시선이 벗어나지 않게 두 사람은 상대를 강하게 묶었다. 천천히 다가와 각도를 튼 준의 입술이 하연의 입술을 덮쳤다.

짜릿한 기분이 하연의 어깨를 바르르 떨게 만들었다. 그대로 훅 준의 혀가 하연의 혀뿌리를 삼켰다. 그 뒤로 두 사람은 한참 달아 있던 소유욕에 서로를 내맡겼다.

준의 손이 하연의 짧은 스커트를 치켜올렸다. 단단히 허리를 세운 채 하연은 그에게 팔을 뻗게 만들었고 준은 제 티셔츠를 벗어 던졌다. 자잘한 근육이 섬세하게 재단된 그의 몸에 하연은 제 부드러운 몸을 밀착시켰다. 만족스러워 보이는 그가 미소를 띠며 하연의 힙을 바짝 끌어안고 제 몸을 밀어 넣었다.

방금 전까지 저를 똑바로 마주 보며 한 치도 지지 않을 것처럼 굴던 하연이 제 앞에서 내지르는 신음에, 준은 전율하듯 떨었다. 제 의견을 관철하기 위해 내내 그를 설득했던 하연은 이제 그의 몸에 설득당하고 있었다. 격하게 움직이는 준의 몸짓에 조금 더 가까이 다가가기 위해 하연의 몸이 몇 번이나 매혹적으로 움직였다. 후드득 그의 땀방울이 하연의 허리 위로 떨어졌다.

"이제 내 말대로 할 거지?"

거친 호흡을 내쉬며 그가 물었다.

"말도 안 되는 소리!"

유혹하듯 미소 짓는 그녀의 입술을 준이 머금었다. 또다시 처음처럼 타오르는 열정으로 두 사람이 서로의 입술을 탐했다. 몇 번이고 서로를 설득하려는 듯 움직였고 그들은 다시 서로에게 설득당하고 있었다. 서로가 얼마나 서로를 자극하는지, 자신의 사랑이 얼마나 상대를 향해 크게 달하고 있는지를 확인하며 두 사람은 한참 서로를 탐닉했다. 두 사람에게 가장 큰 영감을 주는 건 바로 상대였다.

흐트러진 머리를 제 손가락으로 쓸어 올리며 하연이 그의 앞에 앉았다.

"서로 대등하게 보일 수 있도록 하되 리나는 앞에 세울게. 어쨌거나 리나가 만든 팀이라는 게 사람들의 인식이니까."

얇은 담요 하나로 하연이 제 몸을 가리며 그에게 말했다. 하연은 그의 의견을 따르기로 했다. 결코 방금 전 있었던 그 유희 때문만은 아니었다. 준은 아직까지 꺼지지 않은 욕구로 하연의 그 아슬아슬한 모습에서 눈길을 피하지 않으며 고개를 끄덕이다 이내 가로저었다.

"아니야. 처음 네 의견대로 리나는 오른쪽 날개에 서는 걸로 해."

"아니. 리나는 메인이야."

"무슨 소리야? 방금 전까지만 해도 오른쪽 날개가 좋을 거 같다고 했잖아."

그가 장난스러운 표정으로 하연에게 따졌다.

"생각해 보니까 당신 의견이 더 맞는 거 같아. 그쪽으로 따를래."

준이 자리에서 벌떡 일어났다. 하연이 그에게 가까이 다가섰다. 그녀의 몸을 가리던 얇은 담요 안으로 준의 손이 들어가 힘 있게 하연을 끌어당겼다. 또다시 달아 있던 그의 몸이 하연의 부드러운 살을 자극해 왔다.

"이걸로 오늘 밤을 또 새울 거 같은데."

그의 입술이 하연의 귓가를 가벼이 스치며 속삭였다.

"아니, 이건 내 전문 분야야. 당신은 당신의 일을 해. 나는 내 일을 할 테니까."

단호한 말을 마지막으로 하연은 그에게서 떨어져 바닥에 흐트러져 있는 스커트를 집었다. 하얗게 드러난 그녀의 뒷모습을 바라보던 준이 어이없다는 듯 피식 웃으며 크게 숨을 들이쉬고 헤드폰을 썼다.

그리고 보름 뒤. 리나의 프로젝트 그룹은 앨범 발매 이후 곧바로 주목을 받으며 음원 차트를 장악했다. 리나의 새로운 변신에 리스너들 역시 후한 평가를 내렸다. 준 크로스 진의 도전은 모두를 만족시킬 수 없다는 조건하에 대부분의 사람들에게 호평을 받았다.

그 프로젝트는 곧 다른 프로젝트로 이어졌고 '블루문'은 새로운 여성 밴드와 남성 보컬 팀을 데뷔시켰다.

하연과 준은 결혼 7년 차에 첫 아이를 임신했다. 아이의 이름은 김지민. 그리고 2년 후 낳은 둘째의 이름은 김지아였다. 준은 지극히 평범한 아이의 이름에 대해 이렇게 설명했다.

"사람 이름은 자고로 평범할수록 좋은 거야. 너무 특이하고 눈에 띄는 건 이름답지 않아."

그리고 그해 준은 콜드문을 해체했다. 하연은 아트 디렉터로서 '블루문'에서 계속 일했다. 준은 한 대학에서 학사와 석사에 도전했고 곧 박사 학위를 받기 위해 준비 중이었다. 그는 실용음악과에서 학생들을 가르치는 일로 대학 교단에 서길 원했고 하연은 그런 그를 응원했다.

준은 가끔 기타를 잡았는데 그건 지민과 지아를 위해서였다. 지민은 그림 그리는 것을 좋아했고 지아는, 아직 걸음마도 떼지 않은 그 아이는 아빠의 기타 소리에 맞춰 춤을 추는 것을 좋아했다. 지아의 돌잔치에는 콜드문의 멤버들과 브리즈의 멤버들이 모두 초대되었다.

아이들은 저희를 둘러싼 그 바보 같고 우스꽝스러운 행동을 잘하는 이모와 삼촌들이 세계 최고의 스타라는 건 전혀 알지 못했다. 그저 자신들과 숨바꼭질을 함께 해 주고 까꿍 놀이를 함께 해 주는, 아빠와 엄마의 좋은 친구들이라고 알고 있을 뿐이었다.

446

그리고 준과 하연, 두 사람은 여전히 서로가 서로의 가장 커다란 영감의 원천임을 확인하며 상대를 향해 끊임없이 빠져들어 가고 있었다.

— Fin

폴
링

1판 1쇄 찍음 2021년 7월 22일
1판 1쇄 펴냄 2021년 7월 30일

지은이 | 하지연
펴낸이 | 정 필
펴낸곳 | (주)똘미디어

기획·편집 | 이영은, 성다영

출판등록 | 2002년 9월 11일 (제1081-1-132호)
주소 | 경기도 부천시 원미구 소향로17, 303(두성프라자)
전화 | 032)651-6513 팩스 | 032)651-6094
E-mail | dahyangs@naver.com
블로그 | http://blog.naver.com/dahyangs
비북스 | http://b-books.co.kr

값 11,000원

ISBN 979-11-6713-275-8 03810

※파본은 구입하신 서점에서 교환하여 드립니다.

※이 책은 (주)똘미디어를 통해 독점 계약되었습니다.
저작권법에 의해 보호를 받는 저작물이므로 무단 전재와 무단 복제를 엄금합니다.